DE HEM

PAOLO GIORDANO BIJ DE BEZIGE BIJ

Paolo Giordano

DE HEMEL VERSLINDEN

Vertaald door Mieke Geuzebroek en Pietha de Voogd

2018

DE BEZIGE BIJ

AMSTERDAM

De vertalers ontvingen voor deze vertaling een werkbeurs
van het Nederlands Letterenfonds.

Voor Rosaria en Mimino
Voor Angelo en Margherita
Voor hun liedjes

DEEL EEN

De grote egoïsten

1

Ik zag ze op een nacht in het zwembad. Ze waren met z'n drieën en ze waren heel jong, bijna kinderen nog, net als ik destijds.

In Speziale werd mijn slaap voortdurend onderbroken door nieuwe geluiden: het geruis van de automatische tuinsproeiers, zwerfkatten die elkaar in het gras te lijf gingen, een vogel die eindeloos dezelfde klanken uitstiet. De eerste zomers bij mijn oma leek het wel of ik bijna nooit sliep. Liggend op bed keek ik hoe de voorwerpen in de kamer van me af bewogen en weer dichterbij kwamen, alsof het hele huis ademde.

Die nacht hoorde ik geluiden in de tuin, maar ik stond niet meteen op. Soms kwam de jongen van de beveiliging een kaartje tussen de voordeur steken. Maar toen hoorde ik gefluister en ingehouden gelach. Ik besloot om op onderzoek uit te gaan.

Ik liep om de muggenvanger heen die op de grond stond en een blauw licht verspreidde, kwam bij het raam en keek naar beneden, te laat om de jongens zich te zien uitkleden, maar net op tijd om de laatste in het donkere water te zien glijden.

Door het licht onder de veranda kon ik hun hoofden onderscheiden, twee donkere en eentje dat wel van zilver leek. Afgezien van dat zilveren hoofd zagen de jongens er bijna identiek uit, ze bewogen hun armen in cirkels om te blijven drijven.

Er heerste een zekere kalmte, nu de noordenwind was geluwd. Een van de jongens liet zich in het midden van het zwembad op zijn rug drijven. Ik kreeg een branderig gevoel in mijn keel toen ik plotseling zijn naaktheid zag, al was het niet meer dan een schaduw, en vooral mijn verbeelding. Hij kromde zijn rug en maakte een koprol in het water. Toen hij weer bovenkwam, stootte hij een kreet uit. De vriend met het zilveren hoofd gaf hem een klap in zijn gezicht om hem stil te krijgen.

'Dat deed pijn, sukkel!' zei de jongen van de koprol, nog steeds met luide stem.

De andere jongen duwde hem onder water en toen dook ook de derde boven op hem. Ik was bang dat ze aan het vechten waren, dat er eentje kon verdrinken, maar ze lieten elkaar lachend los. Ze gingen aan de ondiepe kant op de rand zitten, met hun natte ruggen naar mij toe. De jongen in het midden, de langste, spreidde zijn armen en sloeg ze om de nek van de anderen. Ze praatten zachtjes, maar ik kon een paar losse woorden opvangen.

Heel even overwoog ik om naar beneden te gaan en me samen met hen in de zwoele nacht onder te dompelen. Door de eenzaamheid in Speziale snakte ik naar menselijk contact, met wie dan ook, maar ik was veertien en sommige dingen durfde ik nog niet. Ik vermoedde dat het de jongens van de boerderij naast ons waren, ook al had ik die altijd alleen uit de verte gezien. Oma noemde ze 'die jongens van de *masseria*'.

Toen gepiep van een bed. Gehoest. De badslippers van mijn vader die op de vloer klepten. Voordat ik de jongens kon waarschuwen, rende hij de trap al af en riep de beheerder. Het licht in het beheerdershuisje ging aan en Cosimo kwam naar buiten, op hetzelfde moment dat mijn vader in de tuin verscheen, allebei met alleen een boxer aan.

De jongens waren opgesprongen. Ze graaiden hun kleren bij elkaar – er bleef nog wat liggen – en renden het donker in. Cosimo ging erachteraan, hij schreeuwde: ik vermoord jullie, stelletje rotjongens, ik sla jullie de hersens in. Mijn vader ging er, na een lichte aarzeling, ook achteraan. Ik zag dat hij een steen opraapte.

Uit het donker klonk een schreeuw, daarna de klap van lichamen tegen de omheining, een stem die zei: nee, je moet dáár naar beneden klimmen. Mijn hart klopte in mijn keel, alsof ík op de vlucht was, alsof ík achtervolgd werd.

Het duurde behoorlijk lang voordat ze terugkwamen. Mijn vader hield zijn linkerpols vast, hij had een plek op zijn hand. Cosimo bestudeerde hem van dichtbij en duwde mijn vader toen zijn huis in. Voordat hij op zijn beurt naar binnen ging, keek hij nog even naar het donker dat de indringers had opgeslokt.

De volgende dag, aan tafel, had mijn vader een verband om zijn hand. Hij vertelde dat hij was gestruikeld toen hij een eksternest had gered. In Speziale werd hij iemand anders. Zijn huid werd in een paar dagen heel donker en als hij dialect sprak, veranderde zijn stem ook; dan had ik opeens het idee dat ik hem helemaal niet kende. Soms vroeg ik me af wie hij echt was: de ingenieur die in Turijn altijd een pak en een das droeg, of die man met zijn onverzorgde baard die halfnaakt door het huis liep. Hoe het ook zij, mijn moeder had er ontegenzeggelijk voor gekozen om met een van de twee te trouwen: van die andere moest ze niets hebben. Ze zette al jaren geen voet in Puglia. Als wij begin augustus in de auto stapten voor de eindeloze rit naar het zuiden, kwam ze niet eens de kamer uit om ons gedag te zeggen.

We aten in stilte, totdat we de stem van Cosimo hoorden, die ons vanuit de tuin riep.

In de deuropening, vóór Cosimo, die als een wachter boven hen uittorende, stonden de drie jongens van die nacht. In het begin herkende ik alleen de langste, door zijn magere nek en de enigszins langwerpige vorm van zijn hoofd. Maar de andere twee trokken meer mijn aandacht. De ene had een heel lichte huid, zijn haren en wenkbrauwen waren spierwit; de andere was donker, en bruin van de zon, en zijn armen zaten onder de schrammen.

'Ha,' zei mijn vader, 'komen jullie je kleren halen?'

De langste antwoordde op vlakke toon: 'We komen onze excuses aanbieden voor het feit dat we gisteravond in uw tuin waren en van uw zwembad gebruik hebben gemaakt. Dit is van onze ouders.' En hij hield een plastic tas omhoog, die mijn vader met zijn niet-verbonden hand aanpakte.

'Hoe heet je?' vroeg hij. Hij was zijns ondanks wat milder gestemd nu.

'Nicola.'

'En zij?'

'Hij heet Tommaso,' zei hij en wees naar de witte jongen. 'En dat is Bern.'

Ik kreeg de indruk dat ze zich niet op hun gemak voelden in hun T-shirts, alsof iemand ze gedwongen had die aan te trekken. Bern en ik keken elkaar lang aan. Hij had gitzwarte ogen die vrij dicht bij elkaar stonden.

Mijn vader schudde even met de plastic tas, en de potjes die erin zaten rammelden. Ik geloof dat het niet makkelijk voor hem was om hun excuses in ontvangst te nemen.

'Jullie hadden niet stiekem hoeven doen,' zei hij. 'Je had gewoon kunnen vragen of je in het zwembad mocht.'

Nicola en Tommaso sloegen hun ogen neer, terwijl Bern strak naar mij bleef kijken. Het wit van het natuurstenen terras achter hen was oogverblindend.

'Als er iets mis was gegaan met een van jullie...' Mijn vader maakte zijn zin niet af, hij voelde zich steeds ongemakkelijker. 'Cosimo, hebben we die jongens al een glas limonade aangeboden?'

Cosimo trok een grimas, alsof hij wilde zeggen: bent u gek geworden?

'Dat hoeft niet, dank u wel,' zei Nicola beleefd.

'Als jullie ouders het goedvinden, mogen jullie vanmiddag komen zwemmen.'

Mijn vader keek mij aan, misschien wilde hij weten of ik het ook goedvond.

Op dat moment nam Bern het woord. 'U heeft gisteravond een steen tegen Tommaso's schouder gegooid. Wij hebben een overtreding begaan door op uw terrein te komen, maar u heeft een ernstiger overtreding begaan door een minderjarige te verwonden. We zouden aangifte kunnen doen, als we zouden willen.'

Nicola gaf hem met zijn elleboog een por tegen zijn borst, maar hij had duidelijk niets in te brengen, hij was alleen maar de langste.

'Dat heb ik absoluut niet gedaan,' zei mijn vader. 'Ik weet niet waar je het over hebt.'

Ik zag weer voor me hoe hij bukte om een steen op te rapen en hoorde weer de geluiden in het donker, de schreeuw die ik niet thuis had kunnen brengen.

'Tommie, laat je blauwe plek eens aan meneer Gasparro zien, alsjeblieft.'

Tommaso deed een stap achteruit, maar toen Bern de onderkant van zijn shirt pakte, verzette hij zich niet. Voorzichtig stroopte Bern het T-shirt op en liet Tommaso's rug zien: die was nog witter dan zijn armen, waardoor de donkere plek, die zo groot was als de bodem van een glas, nog meer opviel.

'Ziet u wel?'

Bern drukte met zijn wijsvinger op de blauwe plek, Tommaso wrong zich los.

Mijn vader verstarde. Cosimo nam het van hem over en zei iets in het dialect tegen de jongens, en die maakten keurig netjes een buiging en vertrokken.

Toen hij weer in de volle zon stond, draaide Bern zich om en onderwierp ons huis aan een strenge blik. 'Ik hoop dat uw hand snel geneest,' zei hij.

Die middag brak er noodweer uit. De lucht werd in een mum van tijd paars en zwart, zulke kleuren had ik nog nooit gezien.

Het onweerde bijna een week, de wolken kwamen telkens plotseling uit zee opzetten. Eén bliksem doorkliefde een tak van een eucalyptus en een andere zette de pomp die water uit de put oppompte in de fik. Mijn vader was woedend en reageerde zich af op Cosimo.

Oma zat op de bank een van haar detectives te lezen. Omdat ik niets beters te doen had, vroeg ik haar welke ze me kon aanraden. Ze zei dat ik er gewoon eentje uit de boekenkast moest trekken, ze waren allemaal goed. Ik koos *Dodelijke safari*, maar het was een saai verhaal.

Nadat ik een tijdje voor me uit had zitten staren, vroeg ik haar wat ze over de jongens van de masseria wist.

'Ze komen en gaan,' zei ze. 'Het zijn steeds anderen, ze blijven nooit erg lang.'

'En wat doen ze daar?'

'Wachten tot hun ouders ze weer ophalen, neem ik aan. Of tot iemand anders ze ophaalt.'

Ze legde haar boek neer, alsof ik haar leesplezier nu had vergald. 'En in de tussentijd bidden ze. Ze behoren tot een soort... sekte.'

Toen het ophield met onweren en regenen, was er een kikkerinvasie. Ze doken 's nachts in het zwembad en hoeveel chloor we er ook bij gooiden, ze lieten zich niet wegjagen. We vonden ze verstrikt in de skimmers of vermalen door de wieltjes van de zwembadrobot. De kikkers die nog leefden, zwommen op hun dooie gemakje rond, sommige in paartjes, de een op de rug van de ander.

Op een ochtend ging ik, nog in mijn boxer en hemdje, naar het terras voor het ontbijt en zag ik Bern. Hij joeg op de rand van het zwembad met een schepnet op de kikkers. Als hij er een te pakken kreeg, sleepte hij hem naar de rand en gooide hem in een emmer.

Ik wist niet meteen wat ik doen moest, zijn aandacht trekken of weer naar boven gaan om me aan te kleden, maar uiteindelijk liep ik naar hem toe en vroeg of mijn vader hem voor dat werk betaalde.

'Cesare wil niet dat we onze handen vuilmaken aan geld,' zei hij terwijl hij zijn gezicht maar een beetje naar me toe draaide. Na een korte stilte voegde hij eraan toe: '"Hierop ging een van de twaalf naar de hogepriester en zei: wat wilt ge mij geven als ik Hem u in handen speel? Zij betaalden hem dertig zilverlingen uit."'

Ik kon er geen touw aan vastknopen, aan dat antwoord, maar ik had geen zin om te vragen of hij het wilde uitleggen. Ik keek in de emmer: de kikkers probeerden eruit te klimmen, maar de plastic wanden waren te steil.

'Wat wil je ermee doen?'

'Ik ga ze vrijlaten.'

'Als je ze vrijlaat, komen ze vanavond weer terug. Cosimo maakt ze dood met caustische soda.'

Bern keek op, als door de bliksem getroffen. 'Ik ga ze een heel eind hiervandaan loslaten, hoor.'

Ik haalde mijn schouders op. 'Maar ik snap toch niet waarom je dit rotwerk doet, als je er niet eens geld voor krijgt.'

'Het is mijn straf voor het feit dat ik zonder toestemming in jullie zwembad heb gezwommen.'

'Jullie hadden toch al je excuus aangeboden?'

'Cesare vond dat we het goed moesten maken. Alleen konden we dat tot nu toe niet doen, omdat het zo regende.'

In het water schoten de kikkers alle kanten op. Hij ging er geduldig met zijn net achteraan.

'Wie is Cesare?'

'De vader van Nicola.'

'Is hij niet ook jouw vader?'

Bern schudde zijn hoofd. 'Hij is mijn oom.'

'En Tommaso? Die is toch wel jouw broer?'

Weer schudde hij zijn hoofd. Toen ze voor onze deur stonden, had Nicola het over 'onze ouders' gehad. Maar waarschijnlijk wilde Bern me op het verkeerde been zetten, en die lol gunde ik hem niet.

'Hoe gaat het met zijn blauwe plek?' vroeg ik.

'Het doet pijn als hij zijn arm optilt. 's Avonds maakt Floriana kompressen met appelazijn voor hem.'

'Ik denk trouwens dat je het mis hebt, het was niet mijn vader die die steen gooide. Het moet Cosimo zijn geweest.'

Het leek of Bern niet naar me luisterde, hij ging helemaal op in het kikkers vangen. Hij droeg een broek die ooit blauw geweest moest zijn, en had geen schoenen aan. Toen zei hij ineens: 'Jij durft, zeg.'

'Hoezo?'

'Meneer Cosimo beschuldigen om je vader vrij te pleiten. Daarvoor betalen jullie hem niet genoeg, volgens mij.'

Er viel weer een kikker in de emmer. Het waren er nu een stuk of twintig, ze bliezen zich op en liepen weer leeg.

Ik wilde hem afleiden van mijn leugen van daarnet en daarom vroeg ik: 'Waarom zijn je vrienden er niet?'

'Omdat het mijn idee was om het zwembad te gebruiken.'

Ik voelde aan mijn haar: het gloeide. Ik had voorover kunnen buigen om mijn hand in het water te steken en mijn hoofd nat te maken, maar er zaten nog kikkers in het zwembad.

Bern ving er eentje en hield het schepnet onder mijn neus: 'Wil je hem aanraken?'

'Ik pieker er niet over!'

'Dat dacht ik al,' zei hij met een vals lachje. En toen, langs zijn neus weg: 'Vandaag is Tommaso naar zijn vader in de gevangenis.'

Hij wachtte op het effect van deze mededeling. Ik zei niets.

'Hij heeft zijn vrouw met een houten sandaal doodgeslagen. Daarna wilde hij zich aan een boom ophangen, maar de politie kreeg hem op tijd te pakken.'

De kikkers sloegen onrustig tegen de emmer. Die hele berg glibberige beesten: ik moest er bijna van overgeven.

'Dit sta je nu te verzinnen, hè?'

Bern hield zijn schepnet in de lucht. 'Absoluut niet.'

Eindelijk ving hij de laatste kikker, die het langst uit zijn handen had weten te blijven. Hij bukte om het net niet te hoog te hoeven optillen.

'En jouw ouders?' vroeg ik.

De kikker sprong omhoog en vluchtte naar het diepste punt van het zwembad.

'Verdorie, zie je nou wat je doet? Je bent een warbol.'

Ik verloor mijn geduld. 'Wat betekent dat, warbol? Dat woord bestaat niet eens! Ik heb je broer, of je vriend of wat het ook is, geen pijn gedaan, hoor!'

Ik wilde meteen weglopen, maar toen keek Bern me voor het eerst echt aan. Er stond oprechte spijt op zijn gezicht te lezen, en tegelijkertijd ook een soort naïviteit. Weer die verlammende, licht loensende blik.

'Alsjeblieft, vergeef me,' zei hij.

'Vraag je me nou om…'

Ik was een beetje zenuwachtig, net als een week daarvoor, toen hij me over mijn vaders schouder heen had aangestaard. Ik boog over het water om te kijken waar de kikker zich had verstopt.

'Wat zijn dat voor zwarte draden?'

'Eitjes. De kikkers zijn hiernaartoe gekomen om eitjes te leggen.'

'Wat walgelijk.'

Maar hij begreep me verkeerd.

'Ja, dat is walgelijk. Jullie doden niet alleen alle kikkers, maar ook al die eitjes. In elk eitje zit een levend wezen.'

Later ging ik in de zon liggen, maar het was twee uur 's middags, de slechtste tijd, dus ik hield het niet lang vol. Ik liep door de tuin en stapte over de stenen die de afscheiding vormden met het open veld. Ik vond de plek waar de jongens over de omheining waren geklommen. Aan de bovenkant was het gaas ingedeukt en daaronder was het vervormd. Aan de andere kant stonden ook bomen, ze waren net iets hoger dan bij ons. Ik keek of ik de masseria kon zien, maar die was te ver weg.

Voordat hij verdween, had Bern me gevraagd of ik bij de begrafenis wilde zijn van de kikkers die zijn schepnet niet hadden overleefd. Na al die uren in de zon was er geen druppel zweet op zijn lijf te zien.

Ik vroeg aan Cosimo of hij de banden van mijn oma's oude fiets wilde oppompen en even later stond hij klaar, gepoetst en geolied.

'Waar ga je naartoe?'

'Een eindje fietsen, hier, op de oprijlaan.'

Ik wachtte tot mijn vader naar zijn vrienden ging en stapte op de fiets.

De toegang tot de masseria bevond zich aan de andere kant van hun terrein, je moest een hele omweg maken om er te komen, als je er tenminste niet voor koos om over het hek te klimmen en dwars over het terrein te lopen, zoals de jongens hadden gedaan. Op de asfaltweg raasden de vrachtwagens langs me heen. Ik had mijn walkman in het fietsmandje gelegd en moest vooroverbuigen omdat de draad van de koptelefoon te kort was.

De masseria had niet echt een hek, alleen een ijzeren slagboom, en die stond open. In het midden van het weidepad stond onkruid en de randen waren niet scherp afgebakend, alsof de auto's die eroverheen reden, bepaalden waar het precies liep. Ik stapte af en ging lopend verder. Het kostte me nog vijf minuten om het huis te bereiken.

Ik was al eerder in masseria's geweest, maar deze was anders. Alleen het middelste gedeelte was van natuursteen, de rest zat ertegenaan geplakt. Het terras, dat bij ons een gladde stenen vloer had, was hier van beton, met barsten erin.

Ik legde mijn fiets op de grond en schraapte mijn keel om de aandacht te trekken. Er kwam niemand tevoorschijn. Toen liep ik naar de pergola, om beschutting te zoeken tegen de zon. De deur achter de hordeur stond wijd open, maar ik durfde niet naar binnen te gaan. In plaats daarvan leunde ik met mijn handen op de tafel, ik was nieuwsgierig naar het plastic tafelkleed waar een wereldkaart op stond. Ik zocht Turijn, maar dat zag ik niet.

Ik zette mijn koptelefoon weer op, liep om het huis heen en probeerde naar binnen te kijken, maar het contrast tussen het donker binnen en het licht buiten was te groot. En toen zag ik Bern, achter het huis.

Hij zat in een schaduwhoekje, voorovergebogen op een kruk. In die houding lagen zijn wervels als een rijtje bobbels midden op zijn rug. Er lagen bergen amandelen om hem heen, ontelbaar veel amandelen, zoveel dat ik er met gespreide armen bovenop zou kunnen liggen en erin weg zou kunnen zinken.

Hij zag me pas toen ik voor hem stond, maar hij leek er niet van op te kijken.

'Daar hebben we de dochter van de stenengooier,' mompelde hij.

Er welde een diep gevoel van schaamte in me op. 'Ik heet Teresa, hoor.'

Al die tijd dat we, die ochtend, bij elkaar waren geweest had hij dat niet gevraagd. Hij knikte, maar deze informatie leek hem koud te laten.

'Wat zit je te doen?' vroeg ik.

'Zie je dat niet?'

Hij pakte vier, vijf amandelen tegelijk, trok de bolster eraf en liet de noten op een andere hoop vallen.

'Ga je die allemaal kraken?'

'Jazeker.'

'Dat is gekkenwerk. Het zijn er duizenden.'

'Je kunt me ook helpen in plaats van met je armen over elkaar te blijven staan.'

'Waar moet ik dan zitten?'

Bern haalde zijn schouders op. Ik ging met gekruiste benen op de grond zitten.

We zaten een tijdje amandelen te ontbolsteren. Het viel me op hoeveel hij er al had gedaan, hij zat daar waarschijnlijk al uren.

'Je bent wel traag, zeg,' zei hij op een gegeven moment.

'Het is de eerste keer dat ik het doe!'

'Maakt niet uit, je bent gewoon traag.'

'Je had gezegd dat we de kikkers gingen begraven.'

'Om zes uur had ik gezegd.'

'Ik dacht dat het al zes uur was,' loog ik.

Bern keek naar de zon, hij rekte zijn hals. Ik stak met tegenzin mijn arm uit om weer een handje te pakken. Als je de bolster zo snel mogelijk open wilde krijgen, moest het je niet erg vinden dat er pulp onder je nagels kwam. Dat was de truc.

'Heb je ze allemaal zelf geplukt?'

'Ja, allemaal.'

'En wat ga je ermee doen?'

Bern zuchtte. 'Zondag komt mijn moeder en die is dol op amandelen, maar ze moeten minstens twee dagen drogen in de zon. En daarna moet ik ze kraken en dat duurt het langst. Dus ik ben al laat. Ik moet morgen klaar zijn.'

Ik hield op, ik was al moe en de berg was geen millimeter geslonken. Ik ging verzitten om Berns aandacht te trekken, maar hij keek niet op of om.

'Vind je het nieuwe nummer van Roxette leuk?' vroeg ik.

'Ja, nou.'

Maar volgens mij meende hij het niet en kende hij het liedje niet eens, en Roxette ook niet.

Even later zei hij: 'Was dat het liedje waar je naar luisterde?'

'Wil je het horen?'

Bern aarzelde voordat hij de amandelen uit zijn handen liet vallen. Ik gaf hem mijn walkman. Hij zette de koptelefoon op en bekeek de taperecorder van alle kanten.

'Je moet op play drukken.'

Hij bekeek het apparaat nog een keer, van boven en van onderen, en gaf het toen met een geagiteerd gebaar terug.

'Laat maar.'

'Waarom? Ik laat je wel zien hoe...'

'Laat maar.'

We werkten weer door, zonder naar elkaar te kijken en zonder iets te zeggen, alleen het geluid van de amandelen, tok-tok-tok, totdat de andere jongens naar ons toe kwamen.

'Wat doet zij hier?' vroeg Tommaso, die van bovenaf op mij neerkeek.

Bern stond op om hem van repliek te dienen. 'Ik heb haar gevraagd om te komen.'

Nicola was vriendelijker, stak zijn hand uit en stelde zich voor. Hij ging er kennelijk van uit dat ik zijn naam niet onthouden had. Ik vroeg me af wie van de drie in het zwembad op zijn rug had gedreven. Het was alsof het feit dat ik dat gezien had me een oneerlijke voorsprong op hen gaf.

Toen zei Tommaso: 'Het is klaar daar, schiet op,' en hij liep zonder ons weg.

Op een open plek tussen de olijfbomen stond een man op ons te wachten. 'Kom maar, meisje,' zei hij tegen me en spreidde zijn armen.

Er hing een stool met twee goud geborduurde kruizen van zijn schouders naar beneden en hij had een boekje met een leren kaft in zijn handen. Hij had een zwarte baard, maar zijn ogen waren lichtblauw, zo licht dat ze bijna doorzichtig leken. 'Ik ben Cesare.'

Voor zijn voeten waren vijf kleine gaten gegraven, waar de kikkers in lagen. Cesare begon mij geduldig uit te leggen wat er ging gebeuren: 'De mens begraaft zijn doden, Teresa, dat heeft hij altijd gedaan. Zo heeft onze beschaving een aanvang genomen en daarmee verzekeren we onze zielen van hun tocht naar een nieuwe verblijfplaats. Of naar Jezus, als hun cyclus is voltooid.'

Toen hij 'Jezus' zei, sloegen ze allemaal een kruis, twee keer achter elkaar, en daarna kusten ze de nagel van hun duim.

Inmiddels was er een vrouw aan komen lopen, ze hield een gitaar bij de hals vast en gaf me een aai over mijn wang, alsof ze me al jaren kende.

'Weet je wat de ziel is?' vroeg Cesare.

'Dat weet ik niet zeker.'

'Heb je wel eens een plant gezien die bijna doodgaat? Door een tekort aan water, bijvoorbeeld?'

De kentia op het balkon van onze buren in Turijn was helemaal verdord, de eigenaars waren met vakantie gegaan zonder zich om de plant te bekommeren. Ik knikte.

'Op een gegeven moment gaan de bladeren omkrullen,' ging hij verder, 'en de takken hangen, en dan wordt de plant een hoopje ellende. Dan is het leven er al uit weg. Hetzelfde gebeurt met ons lichaam, als onze ziel het verlaat.' Hij bracht zijn hoofd wat dichter bij het mijne. 'Maar één ding hebben ze je niet geleerd bij catechisatie. Wij gaan niet dood, Teresa, want zielen verhuizen. Ieder van ons heeft vele levens achter de rug en vele levens vóór zich, als man, vrouw of dier. Ook deze arme kikkers. Daarom willen we ze begraven. Dat is niet te veel moeite, toch?'

Hij keek me tevreden in de ogen en zei toen, zonder zijn blik af te wenden: 'Floriana, ga je gang.'

De vrouw pakte de gitaar nu zo vast dat ze kon gaan spelen. Omdat ze geen riem had, ondersteunde ze hem met haar knie. In dat wankele evenwicht sloeg ze een paar akkoorden aan. Ze zette een lieflijk liedje in, het ging over bladeren en genade, zon en genade, en toen ook nog over dood en genade.

Na een paar maten vielen de mannenstemmen precies tegelijk in.

De diepe, hese stem van Cesare leek de andere te dragen. Bern was de enige die zijn ogen dichthield en zijn kin iets omhoog. Ik had hem graag even alleen horen zingen.

Op een gegeven moment pakten ze elkaars handen vast. Cesare, die links van mij stond, gaf me de zijne. Ik wist niet wat ik met Floriana aan moest, want die speelde gitaar. Ik zag dat Tommaso zijn vingers op haar schouder had gelegd, en om de kring niet te verbreken, deed ik hetzelfde. Ze glimlachte naar me.

Bij het derde refrein kon ik een paar woorden meezingen. Misschien herhaalden ze het daarom wel meerdere keren. Huilde Bern? Of leek het maar zo, door de schaduw van zijn haar op zijn gezicht?

De kikkers waren stijf, morsdood, er kon echt geen ziel meer in die glibberige lijven zitten. Ik vroeg me af of Cesare dacht dat hun ziel nog in de kikkers huisde, of al weggevlogen was. Hoe dan ook, ze werden gezegend, en de jongens bukten om ze in de gaten te leggen. Ze horen bij een soort sekte, had oma gezegd.

Voordat hij wegliep, vroeg Cesare of ik nog eens terugkwam. 'We hebben zoveel om over te praten, Teresa.'

Bern hield mijn fiets voor me vast toen we over het weidepad liepen. 'En, vond je het wat?' vroeg hij.

Ik zei ja, vooral uit beleefdheid. Pas daarna merkte ik dat het waar was.

'"Om uw offers kan Ik u niet laken, offerrook stijgt gestaag tot Mij op."'

'Wat?'

'"Doch Ik wens geen stier uit uw stal, geen bokjes uit uw omheining,"' zei hij Cesare na, die dit gebed daarnet had voorgelezen. '"Mij ontgaat geen vogel daarboven; wat er huist in het veld behoort Mij." Dat is mijn lievelingsvers, als hij zegt "wat er huist in het veld behoort Mij".'

'Ken je het uit je hoofd?'

'Ik heb een paar psalmen uit mijn hoofd geleerd, maar nog niet allemaal,' legde hij uit, alsof hij zich wilde verontschuldigen.

'Waarom?'

'Omdat ik er geen tijd voor had!'

'Nee, ik bedoelde: waarom leer je ze uit je hoofd? Waar is dat voor nodig?'

'De psalmen zijn de enige manier om te bidden, de enige manier die God behaagt.'

'Leer je dit soort dingen van Cesare?'

'We leren alles van hem.'

'Jullie drieën gaan niet naar een normale school, hè?'

Hij reed met het wiel van de fiets over een steen, de ketting sprong er bijna af.

'Pas op!' zei ik. 'Cosimo heeft hem net opgelapt.'

'Cesare weet veel meer dan wat je op een normale school leert, zoals jij dat noemt. Hij is overal geweest, toen hij jong was, hij heeft in Tibet gewoond, in zijn eentje in een grot, op vijfduizend meter hoogte.'

'Waarom in een grot?'

'Op een gegeven moment voelde hij zelfs geen kou meer, hij kon rustig met twintig graden onder nul zonder kleren lopen, kun je nagaan! En hij at bijna niets.'

'Vreemd,' zei ik ongelovig.

Bern haalde zijn schouders op. 'En daar heeft hij de metempsychose ontdekt.'

'De wát?'

'De zielsverhuizing. Er wordt heel veel over verteld in de evangelies, in Mattéüs bijvoorbeeld. Maar vooral in Johannes.'

'En geloof je daar echt in?'

Hij keek me streng aan. 'Ik wil wedden dat je nog geen bladzijde van de Bijbel hebt gelezen.'

We waren bij de slagboom. Hij bleef plotseling staan, gaf me mijn fiets terug en zei: 'Kom nog eens langs, als je wilt. Na het middageten slaapt iedereen, dan ben ik alleen.'

Soms vraag ik me af waarom ik naar de masseria terugging. Was het omdat ik Bern weer wilde zien – de nieuwsgierigheid die nog geen naam had – of gewoon omdat er niets te doen was in Speziale? Maar ik ging er de middag erna weer heen, ik hielp hem met de amandelen en samen kregen we ze allemaal gepeld.

De laatste dag in Puglia had ik een hele ochtend nodig om al mijn spullen bij elkaar te zoeken en in te pakken. Meestal was ik opgewonden bij het idee dat ik weer wegging, maar dat jaar niet. Na het middageten pakte ik mijn fiets en ging naar de masseria.

Maar Bern was er niet. Ik liep twee rondjes om het huis en fluisterde zijn naam. De amandelen lagen er nog, het leek bijna niets meer nu de bolsters en de doppen eraf waren.

Toen ik weer bij de pergola was, ging ik op de schommel zitten en zette zachtjes af. Er lagen twee katten op hun zij te slapen, bevangen door de hitte. Toen hoorde ik mijn naam.

'Waar ben je?' vroeg ik.

Bern maakte een geluid waardoor ik naar een raam op de eerste verdieping keek. Hij fluisterde: 'Kom eens wat dichterbij.'

'Waarom kom je niet naar beneden?'

'Ik kan niet van mijn bed af komen. Het is in mijn rug geschoten.'

Ik dacht aan al die uren dat hij over de amandelen gebogen had gezeten. 'Mag ik naar boven komen?'

'Beter van niet. Dan wordt Cesare wakker.'

Ik vond het stom om met een raam te praten.

'Ik wou je iets geven. Ik vertrek vanavond.'

'Waar ga je heen?'

'Naar huis. Naar Turijn.'

Bern zweeg even. Toen zei hij: 'Nou, goeie reis dan maar.'

Misschien zou iemand hem deze winter wel komen halen, z'n moeder bijvoorbeeld, en dan zou ik hem nooit meer zien. Ze komen en gaan, had oma gezegd. Er kwam een kever naar mijn voet gelopen, ik plette hem onder de zool van mijn sandaal. Zouden ze die ook begraven?

Ik raapte mijn fiets op. Ik zat al op mijn zadel toen Bern me opnieuw riep.

'Wat is er nou weer?'

'Neem maar wat amandelen mee naar Turijn.'

'Waarom? Wilde je moeder ze niet?'

Ik probeerde onaardig te zijn, en dat lukte me waarschijnlijk prima. Hij leek even na te denken.

'Neem ze mee,' zei hij toen, 'zoveel als je wilt. Doe ze maar in je fietsmand.'

Ik kneep een paar keer in mijn handrem, ik twijfelde. Toen stapte ik af en liep naar de amandelen. Ik had geen idee wat ik ermee moest, ik was in elk geval niet van plan om ze op te eten. Maar ik pakte ze toch, handje voor handje, en vulde mijn fietsmand tot de rand. Voordat ik ervandoor ging, verstopte ik de walkman tussen de doppen, met een stukje gekleurd plakband op de play-knop.

Toen mijn moeder het blik amandelen vond was het al februari, maart misschien wel. In de uren dat ik naar school was, had ze haar kans gegrepen om mijn kamer op te ruimen. Ze wilde altijd dingen verplaatsen, weggooien, opruimen. Ze liet het blik op mijn bed staan en toen ik terugkwam, voelde het raar om het daar zo te zien, het voelde alsof ik geen aandacht had besteed aan iets belangrijks. Ik maakte het open, het was leeg. Ik haalde mijn wijsvinger over de bodem, waar een fijn poeder lag, en likte hem af. Het was niet zoet, het smaakte naar niets, en toch zag ik Bern weer voor me, zoals hij noten zat te kraken, en de rest van de dag kon ik me nergens anders op concentreren.

Maar dat was een uitzondering. Die eerste jaren waren Speziale en de masseria aan het begin van het voorjaar helemaal naar de ach-

26

tergrond verdwenen. Ik dacht er niet aan, tot ik er in augustus weer naartoe ging. Ik wist niet of het voor Bern en de anderen net zo was. Als ze me misten, lieten ze het in elk geval niet merken. Wanneer we elkaar weer zagen, raakten we elkaars wangen of handen niet aan, we vroegen elkaar niet hoe het de afgelopen maanden was geweest. Ik maakte voor hen gewoon deel uit van de natuur, ik was een verschijnsel dat kwam en ging met de seizoenen, waar je niet te veel bij stil hoefde te staan.

Toen ik ze beter leerde kennen, begreep ik dat het verstrijken van de tijd voor hen anders was dan voor mij, of liever gezegd, hij verstreek helemaal niet. Elke dag bestond uit 's ochtends drie uur theoretische studie en 's middags drie uur werken, behalve 's zondags. Zelfs 's zomers veranderde dat ritme niet. Daarom kwam ik 's ochtends niet op de masseria, ik raakte liever niet verzeild in de lessen van Cesare, want die konden me makkelijk het gevoel geven dat ik dom was. Hij had het over scheppingsverhalen, het driehoek-enten of spleet-enten van fruitbomen, over de Mahabharata, allemaal dingen waar ik niets van wist.

Zo nu en dan zonderden de jongens zich een voor een met hem af. Dan gingen ze in de schaduw van een grote steeneik zitten praten. Om de waarheid te zeggen was het altijd Cesare die praatte, Bern, Tommaso of Nicola knikte alleen maar. Op een dag zei Cesare dat, als ik zin had om een beetje te praten, ik welkom was. Ik bedankte hem, maar had nooit de moed om bij hem onder de boom te gaan zitten.

Toch werd ik, jaar na jaar, steeds meer in de groep opgenomen. In de zomer van de derde klas middelbare school, en van de vierde. Mijn vader was er niet blij mee, maar hij zei niets, want hij had altijd nog liever dat ik bij de buren was dan dat ik de hele dag met een chagrijnige kop door het huis liep. En mijn oma dacht er net zo over, denk ik.

In ruil voor de gastvrijheid op de masseria, hielp ik zoveel ik kon met het werk op het land. Ik plukte bonen en tomaten, ik wiedde het biggenkruid van het weidepad en leerde dorre takken vlechten om guirlandes van te maken. Ik was niet handig, maar niemand zei er iets van. Als mijn vlechtwerk zo rommelig werd dat ik niet meer verder kon, schoten Bern en Nicola me te hulp. Ze haalden het uit elkaar tot de plek waar het misging en legden me dan voor de zoveelste keer uit hoe het moest: je pakt dat uiteinde, steekt het hier onderdoor, dan naar het midden, en nu aantrekken, zo ja, en zo ga je verder. Zij zouden die takken met hun ogen dicht kunnen vlechten en kilometerslange guirlandes kunnen maken, ook al had dat totaal geen zin: zodra ze klaar waren, werden ze verbrand. Toen ik Bern vroeg waarom ze zoveel tijd besteedden aan het maken van die dingen, antwoordde hij: 'Alleen om nederigheid te oefenen.'

Ik herinner me een avond waarop we met z'n allen onder de pergola zaten, de druiventrossen bungelden boven ons hoofd. Nicola maakte een vuurtje in de vuurkorf, terwijl de andere jongens de vuile borden naar de keuken brachten. Ik had het eten nauwelijks aangeraakt. Ze waren allemaal vegetariër op de masseria, en in die tijd at ik nauwelijks groente. Maar ik nam de honger op de koop toe om maar te kunnen blijven, in die vredige sfeer, ver van alles en iedereen, dicht bij Bern en het vuur.

Cesare vertelde ons het verhaal over toen hij op zijn twintigste een visioen had gehad over zijn vorige leven.

'Ik was een meeuw,' zei hij, 'of een albatros, maar in elk geval een dier dat in de lucht leeft.'

Ik kreeg de indruk dat iedereen het verhaal al kende, maar toch luisterden ze aandachtig. Cesare vertelde dat hij tijdens die lucide droom helemaal naar het Baikalmeer was gevlogen. Hij spoorde ons aan om op het tafelkleed met de wereldkaart op te zoeken waar dat was. De jongens schoven razendsnel alles wat er nog op tafel stond opzij en begonnen de continenten af te speuren.

Nicola begon als eerste te gillen. 'Ik heb het! Hier!'

Cesare beloonde hem met een bodempje likeur. Nicola nam triomfantelijk een slok, terwijl Bern en Tommaso steeds stuurser keken. Vooral Bern. Hij tuurde naar het tafelkleed, naar de blauwe vlek van het Baikalmeer, alsof hij elke naam voor eens en voor altijd in zijn geheugen wilde griffen.

Toen zette Floriana het ijs op tafel en keerde de rust weer terug. Cesare ging door over vorige levens, nu die van de jongens. Wat hij over Nicola zei ben ik vergeten; over Tommaso zei hij dat hij een katachtige was geweest en over Bern dat hij iets onderaards in zijn bloed had. Toen was het mijn beurt.

'En jij, lieve Teresa?'

'Ik?'

'Welk dier ben jij geweest, voor je gevoel?'

'Geen idee.'

'Vooruit, probeer het eens te bedenken.'

Iedereen keek naar me.

'Er komt niets in me op.'

'Doe dan je ogen eens dicht en vertel me het eerste wat je ziet.'

'Ik zie helemaal niks.'

Ze waren teleurgesteld. 'Het spijt me,' mompelde ik.

Cesare keek me van de overkant van de tafel strak aan. 'Ik denk dat ik het weet,' zei hij. 'Teresa heeft heel lang onder water geleefd. Ze heeft geleerd om zonder zuurstof te ademen. Is dat zo?'

'Een vis!' riep Nicola.

Cesare keek me aan alsof hij dwars door mijn lichaam heen keek, en dwars door mijn tijd.

'Nee, geen vis. Misschien een amfibie. Laten we eens kijken of ik gelijk heb.'

De jongens begrepen dat er weer een wedstrijdje aankwam en werden meteen enthousiast.

'Ik tel tot drie en dan houden jullie je adem in. Wie het het langst volhoudt, wint.'

Hij telde langzaam, bij twee zoog ik mijn wangen vol met lucht en bleef roerloos zitten. We loerden naar elkaar zonder dat iemand moest lachen, terwijl Cesare achter onze stoelen langsliep en een vinger onder onze neusgaten hield om te checken of we niet smokkelden.

De eerste die opgaf was Nicola. Hij werd zo boos, dat hij opstond en naar binnen verdween. Daarna Bern. Toen ging Cesare tussen mij en Tommaso in staan en checkte ons om de beurt. Mijn keel begon te schokken, maar Tommaso, wiens hals onrustbarend paars was geworden, hapte net een tel eerder naar lucht.

Cesare gaf me het glaasje likeur dat ik had verdiend. Ik dronk het te snel leeg en de alcohol brandde in mijn maag. Het was allemaal zo serieus, zo plechtig, zoals ze keken hoe ik dronk... Alsof ik daarmee eindelijk tot erelid van de familie was verheven: het eerste zusje van de masseria. Ik verklapte niet dat ik dagenlang in het zwembad had geoefend om mijn adem in te houden, een van de spelletjes die ik deed als ik alleen was. Het was veel spannender om in mijn vorige leven te geloven, toen ik nog leek op de kikkers die twee zomers geleden op het land waren opgedoken. Ik kon gewoon kiezen waarin ik wilde geloven. Dat wist ik nog niet, voordat ik daar kwam.

Toch had ik ook toen al moeten zien hoe alles werd ondermijnd door een knagende ontevredenheid, vooral bij Bern. Ik had moeten aanvoelen hoe moeilijk hij het vond dat er zoveel was wat hij nooit had gedaan, nooit had gezien, nooit had meegemaakt. Misschien was hij wel jaloers op mijn leven, dat zich ver van hier afspeelde en waarin Speziale maar een kort intermezzo was.

Dat jaar wilde hij me een boek lenen. Hij zei dat hij er heel veel in herkende, alsof het over hemzelf ging. Terwijl ik met het boek in mijn handen stond en het om en om draaide, voelde ik dat hij anders naar me keek, alsof hij een ongepolijste steen voor zich had en zich afvroeg of het echt de moeite waard was om er iets mee te gaan doen, of die steen bestand zou zijn tegen de transformatie, of onder zijn handen zou verbrokkelen.

Thuisgekomen legde ik *De baron in de bomen* op mijn nachtkastje. Oma zag het. 'Moet je Calvino lezen in de vakantie?'

'Nee.'

'Dus je hebt het zelf gekozen.'

'Min of meer.'

'Je zult het wel moeilijk vinden.'

De uren daarna nam ik het boek overal mee naartoe, naar de tuin, naar het zwembad, maar om de een of andere reden sloeg ik het steeds niet open. 's Avonds, in bed, deed ik een poging, maar ik kon mijn hoofd er meteen al niet bij houden.

Een paar dagen nadat hij het me had geleend, vroeg Bern of ik het goed vond.

'Ik heb het nog niet uit,' zei ik.

'Maar ben je al bij de roverhoofdman? Dat is mijn lievelingsstuk.'

'Ik geloof het niet. Misschien bijna.'

We liepen over het weidepad. De lucht was vochtig, die avond, uit de verte kwam discomuziek aangewaaid.

'Bij de schommel dan?'

'Ik dacht het niet.'

'Maar dan heb je nog niks gelezen!' sputterde hij. 'Geef het maar meteen terug!'

Hij trilde. Ik soebatte of ik het boek nog een paar dagen mocht houden, maar hij wilde per se dat ik het ging halen. Waarna hij het tegen zich aanklemde en zonder gedag te zeggen wegliep.

Toen hij in het donker verdween, voelde ik een steek van verdriet. Dat had ik vaak tegen het eind. Ik dacht steeds hetzelfde: dit is de laatste keer dat je je bikini aanhebt, dit is de laatste keer dat je de poes naar het zwembad ziet lopen, dit is de laatste keer dat je naar de masseria bent geweest, dit is de laatste keer dat je naar hem kijkt.

De laatste keer dat je naar hem kijkt.

Het zou goed kunnen dat er die avond al een ander gevoel door dat verdriet heen speelde, een soort innige genegenheid. En dat was nou precies de ellende, als ik eraan terugdenk: als het om Bern ging, zou ik nooit leren om het een van het ander te scheiden.

En toen de volgende zomer. Ik was zeventien, Bern was in maart achttien geworden. Er was een rietbos dat was opgeschoten op een plek waar water uit een ondergrondse bron opwelde en een beekje vormde, voordat het weer door het terrein werd geabsorbeerd. Het was vanaf de masseria zo'n tien minuten lopen, door de olijfgaard. Bern nam me er mee naartoe op het heetst van de dag, toen de anderen sliepen, de uren die vanaf het begin onze geheime uurtjes waren gewecst.

We gingen op de grond liggen en ik deed mijn ogen dicht. Plotseling veranderde de kleur aan de binnenkant van mijn oogleden, ik dacht dat het door een wolk kwam, maar toen ik mijn ogen opendeed, zag ik Berns gezicht vlak bij het mijne. Hij hijgde een beetje en keek me ernstig aan. Ik gaf hem een nauwelijks zichtbaar teken dat ik het goedvond, en toen boog hij zijn hoofd en kuste me.

Die dag stond ik hem toe om mijn gezicht en mijn heup te strelen terwijl we kusten. Verder niks. Maar we hadden altijd zo weinig aan in Speziale, en het rietbos was zo ver overal vandaan. We liepen er elke middag naartoe en gingen steeds iets verder.

De grond naast het beekje was week, ik voelde hem aan mijn rug, mijn haar, mijn voetzolen plakken, en ik had het idee dat ook Berns lichaam op het mijne van klei was. Ik hield met mijn ene hand de botten op zijn rug vast, en duwde de andere in de grond, tussen de stenen en de wormen. Af en toe keek ik naar boven: de rietstengels leken hemelhoog.

In die augustusmaand verkende Bern elk plekje van mijn lichaam, eerst met zijn vingers en toen met zijn tong. Soms was ik zo confuus, zo uitgeput van de opwinding, dat ik niet meer wist waar zijn hoofd, zijn mond, zijn handen waren. Ik klemde mijn hand om zijn warme, stijve geslacht en in het begin moest ik hem helpen om het bij mij naar binnen te brengen, hij leek verlamd van angst. Ik had nog nooit met een jongen gevreeën, en in één zomer nam hij alles wat er te nemen viel.

Na afloop wiste hij mijn zweet weg met zijn handen. Hij blies op mijn voorhoofd om me op te frissen en in zijn adem rook ik de geuren van ons allebei. Hij bevochtigde zijn duim met spuug en veegde een voor een de kloddertjes aarde van mijn huid, de blaadjes uit mijn haar. We moesten altijd heel nodig plassen, dat deden we naast elkaar, ik op mijn hurken, hij op zijn knieën. Ik keek hoe de stroompjes urine hun weg over de grond zochten en hoopte dat ze samenkwamen, en soms gebeurde dat. Daarna liepen we terug naar de masseria, zonder elkaars hand vast te houden en zonder te praten.

In het begin was ik bang dat hij alles aan Cesare zou vertellen, als ze samen onder de eik zaten te praten, maar er leek in de loop van dat jaar iets tussen hen te zijn misgegaan. De hele zomer hoorde ik geen gebed meer opzeggen, behalve het korte voor het eten. Er werd niet meer gezongen en lesgegeven. In september zouden Bern en Tommaso naar een school in Brindisi gaan om zich op het eindexamen voor te bereiden, zoals Nicola het jaar daarvoor al had gedaan.

We brachten nu heel veel tijd buiten de masseria door. We wachten tot het buiten wat was afgekoeld, vanwege de huid van Tommaso, en dan stapten we in Floriana's Ford. Er was een nauwe baai in Costa Merlata waar we zonder handdoek op de met beton vlak gemaakte stenen gingen liggen die als strand dienden. Afhankelijk van de wind was het water helder of troebel, maar meestal was de zee glad, knalblauw waar hij diep was en groen vlak bij de kust. Nicola en Bern doken van het hoogste punt van de rotsen. Tommaso en ik gaven hen van beneden af een cijfer. We wisten niet hoe we met elkaar moesten praten. Er waren van die piepkleine grondeltjes die in mijn hielen en enkels beten. Ik schopte ze weg, maar een seconde later waren ze er weer.

Vervolgens zwommen Bern en Nicola weer naar ons toe. Bern hield me stiekem onder water vast, hij schoof zijn vinger onder mijn bikini en bleef ondertussen met de anderen praten.

's Avonds gingen we naar de Scalo. Een coöperatie van jongeren had een vlak stuk rotsgrond tussen het duin en de zee bezet, vlak bij een verlaten wachttoren. Er stonden een paar tafels en banken rondom een roze geschilderde caravan, uit de speakers klonk zachtjes krakerige muziek, en als je wilde dansen kon je beter je slippers aanhouden omdat er overal messcherpe fossielen in de rotsen zaten. Bern en de anderen kenden iedereen daar, ze zeiden voortdurend mensen gedag. Ik belandde bijna altijd ergens in een hoekje en zat dan in mijn eentje of met een of andere onbekende die het allemaal niet meer zo helder zag een biertje te drinken.

Op een avond was ik stomverbaasd toen ik Bern en Tommaso een broodje paardenvlees naar binnen zag werken. Paardenvlees! Ik wist zeker dat Cesare dat een grove overtreding zou vinden. Nicola zat achteloos zijn patatjes naar binnen te werken, alsof hij nooit iets anders deed, maar toen Bern, nadat hij met de rug van zijn hand de ketchup van zijn mond had geveegd, tegen hem zei: 'Op een dag zet ik ook mijn tanden in een van die lekkere kippen van je vader,' sprong hij overeind en ging dreigend voor hem staan. Bern en Tommaso plaagden hem door als twee kippen met hun ellebogen op en neer te klapperen.

Tegen twaalf uur 's nachts liepen we over het pad tussen de mirtestruiken terug naar de auto, ieder met zijn handen op de schouders van degene die voor hem liep.

Als we bij de villa aankwamen, stapten de jongens uit om met me mee te lopen tot de voordeur. Het zwembad zag er op dat uur van de nacht uitnodigend uit. We grapten dat we met kleren en al het water in konden duiken en dat mijn vader dan met stenen naar ons zou gaan gooien, maar we deden het nooit. Door mijn slaapkamerraam hoorde ik de Ford weer starten. Mijn haren waren touwachtig van het zout, mijn vingers stonken naar sigaretten, mijn hoofd was beneveld door het bier, en ik was nog nooit zo gelukkig geweest.

Later hadden we niet meer genoeg aan het rietbos. Bern beet zich helemaal vast in het idee dat hij een bed wilde. Als ik hem vroeg wat daar zo anders aan was, zei hij vaag: 'Dan kun je veel meer uitproberen.'

Maar we wisten niet hoe we het moesten aanpakken: Cesare was altijd in de masseria en in de villa kon je niet om Cosimo en Rosa heen. Keer op keer namen we alle mogelijkheden onder de loep.

Het was inmiddels half augustus en de hitte was anders, de zomer werd wat minder meedogenloos. We voelden aan alles dat de tijd begon te dringen.

'Ik kom 's nachts,' zei Bern ten slotte, terwijl hij met zijn vinger kringetjes om mijn navel tekende.

'Waar?'

'Bij jou.'

'Dat merken ze. Nicola zegt altijd dat hij het lichtst slaapt van iedereen.'

'Dat is niet waar, ik slaap het lichtst. Trouwens, Nicola is geen probleem.'

'En als mijn vader ons hoort?'

Bern draaide zijn hoofd. Zijn ogen waren zo dicht bij de mijne dat ik het bijna niet verdroeg.

'Ik maak geen geluid,' zei hij. 'Maar jij moet wel oppassen.'

Er gingen toch nog een paar dagen voorbij voordat we ons plan ten uitvoer brachten, dagen waarop we niet naar het rietbos gingen, omdat Bern te veel in beslag werd genomen door de details. Ik vond het niet leuk, maar zei niets. Het was weer een van die dingen die ik hem die zomer niet durfde te bekennen, net als bijvoorbeeld het feit dat ik verliefd op hem was geworden. Ik deed mijn uiterste best om hem er niet van te verdenken dat het veroveren van het bed belangrijker was geworden dan er met mij in te liggen, maar toch werd ik, elke middag een beetje meer, verscheurd door twijfel als hij mijn hand pakte en in plaats van langs de oleanders het weidepad opliep.

We bestudeerden mijn oma's huis vanaf een plek waar niemand ons zag. 'Ik kan mijn voet op dat uitsteeksel daar zetten en dan de dakrand vastpakken,' zei Bern. 'Denk je dat hij het houdt? Dan moet ik vandaar op de vensterbank kunnen klimmen, maar dan moet je me wel helpen. Kom naar het raam als je dit geluid hoort.' Hij zoog zijn onderlip naar binnen en maakte een fluitend geluid dat op vogelgezang leek.

Op de afgesproken avond gingen we niet naar de Scalo. Bern zei tegen de anderen dat hij geen zin had, we waren er al elke avond geweest, konden we niet eens wat anders verzinnen?

'Zoals wat?' vroeg Nicola, een beetje geïrriteerd.

'Zoals iets te drinken halen en meenemen naar het plein.'

Bern won altijd, dus gingen we naar Ostuni. Op het Sant'Oronzo-plein waren allemaal kinderen aan het rondrennen. We gingen in het midden zitten, aan de voet van het standbeeld van de heilige. Het duurde nog een dag of tien tot het feest van de patroonheilige, maar er hing al feestverlichting en Bern fantaseerde hoe mooi die in de masseria zou staan.

We hadden een grote fles bier gekocht, omdat dat voordeliger was, maar ook omdat we het leuk vonden om hem door te geven en er allemaal aan te lurken.

'Mijn vader vroeg of er nog meer meisjes bij ons groepje zitten,' zei ik.

'En wat zei je?' vroeg Tommaso.

'Natuurlijk, zei ik.'

Ik zat met mijn rug tegen de knieën van Nicola en mijn benen over die van Tommaso, en Bern leunde met zijn hoofd tegen mijn schouder. Ik voelde de jongens dichterbij dan ooit, ik vond het fijn. En dan hadden we nog dat geheim: wat we die nacht zouden doen.

Toen we tegen een uur 's nachts naar de parkeerplaats liepen, was het centrum helemaal volgelopen met auto's. Ze vormden een ononderbroken lichtsnoer dat om de witte stad heen liep. Er stond een groepje jongens naast de Ford, ze hadden hun flesjes op het dak van de auto gezet. Nicola zei dat ze die weg moesten halen, hij zei het misschien een beetje bruusk, maar niet zo dat het de toon rechtvaardigde waarop een van die lui vroeg of hij het nog eens wilde vragen, maar dan met alsjeblieft erbij.

Bern belette me om verder te lopen. Ik zag dat Nicola de flesjes pakte en ze een voor een op de auto van de jongens zette. Die begonnen hem in koor uit te joelen om zijn kapsones. Bern verroerde geen vin, zijn rechterarm nog steeds beschermend voor mij uitgestrekt om te voorkomen dat ik verder liep.

Toen bood een jongen in een surfpak en met smetteloze Nikes Nicola een biertje aan.

'Relax, man,' zei hij. 'Neem een slok.'

Nicola schudde zijn hoofd, maar die jongen drong aan. 'Om het goed te maken.'

Nicola nam een slok en gaf het flesje aan hem terug. Hij deed het portier van de Ford open. En daar zou het mee geëindigd zijn, hij zou achteruitgereden zijn en wij zouden ingestapt zijn om aan te sluiten in de lange serpentine auto's richting Speziale, als een andere jongen niet naar Tommaso had gewezen en had gezegd: 'Hebben ze die met bleekwater gewassen?'

Nicola haalde uit en gaf hem met zijn vlakke hand een lel in zijn gezicht. Het was de eerste keer dat ik iemand een ander op die manier zag aanvliegen. Ik klampte me vast aan de arm van Bern, die geen stap had verzet, alsof hij alles al vanaf het moment dat we daar arriveerden had zien aankomen.

De jongens waren even van hun stuk gebracht. Ik telde ze, het waren er vijf, waarschijnlijk waren ze jonger dan wij en in elk geval minder sterk dan Nicola. Ze hadden zelf vast ook al gemerkt dat ze ons niet aankonden, want de duw die eentje gaf, stelde niet veel voor, het was meer een verplicht nummer. Nicola wiebelde niet eens. Met dezelfde snelheid als net pakte hij de jongen bij zijn schouders en smeet hem tegen de auto. Hij boog zich naar hem toe en fluisterde iets wat geen van ons kon verstaan.

Er reden auto's stapvoets over de parkeerplaats en die beschenen ons telkens met hun koplampen, maar niemand stopte. We stapten in onze auto, Tommaso en ik achterin, Bern en Nicola voorin.

Toen we weer op de weg waren en vaststonden in de file, begonnen ze alle drie te schreeuwen van opwinding. Bern deed de klap van Nicola na en daarna kneep hij in de spieren van Nicola's schouders en nek, alsof hij een bokser was.

Thuis trof ik oma in de woonkamer aan. Ze was in slaap gevallen terwijl de tv nog aanstond. Ik raakte haar arm aan en ze schrok wakker.

'Waar ben je geweest?' vroeg ze en wreef over haar wangen.

'In Ostuni, op het plein.'

'Het is vreselijk druk in Ostuni. Al die onbeschofte toeristen. Wil je een kopje kruidenthee?'

'Nee, dank je.'

'Wees dan zo lief om er eentje voor mij te maken.'

Toen ik haar het kopje thee bracht, zat ze nog precies zoals toen ik de kamer uitging, haar opengesperde ogen op het beeldscherm gericht.

'Is het die donkere?' vroeg ze zonder haar gezicht naar me toe te wenden.

Het kopje rinkelde op het schoteltje. 'Wat?'

'Ja, het is die donkere. Ook die andere, hun echte zoon, is een knappe jongen. Maar die donkere is absoluut charmanter. Hoe heet hij?'

'Bern.'

'Alleen Bern en verder niks, of Bern van Bernardo?'

'Weet ik niet.'

Ze zweeg even. Toen zei ze: 'Ik probeerde me te herinneren wat wij 's avonds deden toen ik zo oud was als jij. En weet je wat we deden? We gingen naar het plein in Ostuni. Is hij aardig voor je?'

'Ja.'

'Dat maakt alle verschil.'

'Ik zet je kopje thee wel in je slaapkamer,' stelde ik voor. 'Dan kun je lekker gaan liggen.'

Ze liep achter me aan de trap op. Voordat ik wegging, zei ik: 'Niet aan hem vertellen, alsjeblieft.'

Ik nam aan dat haar glimlach betekende dat ze dat niet zou doen. In de gang bleef ik voor de deur van mijn vader staan, ik hoorde zijn zware ademhaling.

Ik nam een douche en daarna ging er nog een hele tijd voorbij, waarin ik mijn boxer uitdeed en weer aan, minstens vier shirtjes uitprobeerde, onder het laken ging liggen en toen weer op de stoel ging zitten, omdat Bern misschien liever niet in een warm bed stapte. De gedachte aan wat in het rietbos heel natuurlijk ging, vloog me aan.

Om drie uur was ik ervan overtuigd dat hij niet meer zou komen. Misschien kon hij niet weg, of was hij het vergeten. Ik concentreerde me op de tweede mogelijkheid. Ja, door de bijna-vechtpartij was hij onze afspraak vergeten.

Maar even later hoorde ik een klap. Ik nam aan dat het zijn voet op de dakrand was. Ik dwong mezelf om niets te doen tot hij zou fluiten. Toen ik dat hoorde, deed ik de luiken open en hielp Bern naar binnen. Hij begon me meteen hartstochtelijk te kussen. Zijn adem rook naar bier. Hij had zijn tanden niet gepoetst, of hij had nog meer gedronken. Met zijn hand zocht hij mijn borst. Eerst door mijn shirtje heen, maar toen trok hij het uit.

'Wat doe je krampachtig,' zei hij, terwijl hij me bleef strelen en mijn kleren uittrok.

'Ik ben bang dat ze ons horen.'

'Ze horen ons niet.'

Hij liet me los en keek naar het bed tegen de wand.

'Wil je op of onder het laken?'

'Weet ik niet.'

'Ik liever erop. En de lamp? Laten we die aan?'

We knielden op het bed, tegenover elkaar. Hij had zich ook uitgekleed. Mijn adem stokte in mijn keel toen ik hem zo zag, naakt midden in de nacht, zijn stijve geslacht tussen het donkere schaamhaar.

Hij wilde even hard van stapel lopen als daarnet, maar nu hield ik hem tegen. Ik zei dat we het anders gingen doen, langzaamaan. We hadden nu een bed, en alle tijd. Hij aarzelde, en keek beteuterd. Toen nam ik het initiatief, ik zei dat hij op zijn rug moest gaan liggen en zette mijn knieën aan weerszijden van zijn middel.

Ik begon van boven naar beneden te bewegen, van zijn buik naar zijn benen, eerst langzaam en toen steeds sneller, totdat ik voelde dat er iets gebeurde op het punt waar we elkaar raakten, een soort warmte die door mijn lichaam omhoogschoot. Zoiets had ik nog nooit eerder gevoeld.

Bern keek me beduusd aan, zijn handen lagen op het laken, alsof hij bang was dat hij me zou storen bij wat ik aan het doen was. Toen ik hem zo zag, voelde ik weer een schok door mijn lijf gaan.

Mijn eerste gedachte, daarna, was dat we te veel lawaai hadden gemaakt, misschien had ik wel geschreeuwd. Of hij. Ik was er helemaal niet meer bij geweest met mijn hoofd.

'Het ging heel anders dan ik dacht,' zei hij. 'Je liet me niet eens bewegen.'

'Sorry.'

'Nee,' haastte hij zich te zeggen, 'het was lekker.'

Ik lag met mijn voorhoofd tegen zijn sleutelbeen, ik wilde slapen, maar ik voelde dat zijn spieren nog gespannen waren.

'Nu moet ik weg,' zei hij.

Vanaf mijn bed keek ik hoe hij zich aankleedde. Ik schaamde me niet om daar zo naakt te liggen, waar ik me voor schaamde was dat ik nog zin in hem had, terwijl hij al bijna onderweg was naar de masseria.

'Je kunt door de deur naar buiten.'

Maar hij klom al door het raam. Ik liep erheen. Hij was een halve meter gezakt toen hij nog een laatste keer omhoogkeek.

'Wat was Nicola geweldig, hè? Hij heeft ons allemaal in bescherming genomen.'

Hij stak een voet tussen de stenen van de gevel en sprong naar beneden. Toen hij ter hoogte van het zwembad was, zwaaide hij naar me en daarna begon hij te rennen.

De volgende dag vroeg mijn vader of ik meeging naar Fasano om een jeugdvriend te bezoeken. Ik had er geen zin in, maar omdat ik me schuldig voelde over wat er die nacht was gebeurd, zei ik ja.

Hij woonde in een geelgeschilderd rijtjeshuis in een buitenwijk. Hij was moddervet, haalde moeilijk adem en kwam niet één keer van zijn stoel af. Er was ook een meisje van mijn leeftijd aanwezig. Ze bracht hem water als hij dorst had, raapte zijn kussen op, dat voortdurend op de grond viel, en op een gegeven moment liet ze de rolluiken een eindje zakken omdat ze had gemerkt dat hij last had van het licht. Ze deed al die dingen met distantie, bijna zonder er met haar hoofd bij te zijn, en daarna ging ze weer beleefd naar het gesprek zitten luisteren, of waarschijnlijker: helemaal niet zitten luisteren. Ik betrapte me erop dat ik mijn ogen niet af kon houden van de gebruinde, slanke benen die uit haar salopette staken.

Mijn vaders vriend zat continu in een verfrommelde zakdoek te hoesten en keek vervolgens of er sporen van wat dan ook in zaten. Ik vroeg of ik naar buiten mocht om wat frisse lucht te happen.

Een paar minuten later was het meisje er ook. Ik stond achter een muur een sigaret te roken.

'Ik heb wiet, als je zin hebt,' zei ze.

Ze haalde een plastic zakje uit het vak op haar borst. Ze vroeg om een sigaret en haalde er met secure bewegingen de tabak uit, die ze vervolgens in haar ene hand hield. Ze had gelakte nagels, die al een beetje afbladderden. 'Kun je een filter maken?' vroeg ze. Terwijl ik een filter maakte, mengde zij de wiet met de tabak en rolde toen zorgvuldig een joint. We namen allebei een paar trekjes.

'Is hij erg ziek?' vroeg ik.

Het meisje haalde haar schouders op terwijl ze op het uiteinde van de joint blies, waardoor hij rood oplichtte. 'Ik denk dat hij doodgaat.'

Ik zei tegen haar hoe ik heette en gaf haar wat stuntelig een hand. 'Ik heet Violalibera,' antwoordde ze.

'Wat een mooie naam.'

Ze grijnsde verlegen, waardoor ze kuiltjes in haar wangen kreeg. 'Ik had een andere naam, maar die wilde ik niet meer.'

'Welke dan?'

Ze keek een hele tijd opzij. Ze aarzelde. 'Het was een Albanese naam,' zei ze ten slotte, alsof dat genoeg was.

Ik wist niet wat ik verder moest zeggen, ik was bang dat ik te opdringerig was, en daarom vroeg ik maar: 'Kom je wel eens bij de Scalo?'

'Wat is dat?'

'Een soort openluchtcafé, aan zee. Ze draaien films. En er is een bar, maar daar kun je alleen bier en broodjes paardenvlees krijgen.'

'Getverderrie.'

'Ze zijn een beetje vet, maar je went eraan.'

We namen een laatste haal, allebei in gedachten verzonken. Tegenover ons stond nog een rij huizen die precies hetzelfde waren als dat van mijn vaders vriend, maar ze waren nog niet af. De buitentrappen eindigden in het niets en er zat nog geen glas in de ramen. Rondom de gebruikelijke, dreigende muren van vijgcactussen.

'Kun je me een beetje wiet meegeven?' vroeg ik. Bern en de andere jongens zouden er blij mee zijn. Ze opperden vaak om het te kopen, maar ze hadden er nooit geld voor. 'Ik betaal ervoor, hoor.'

Violalibera haalde het zakje tevoorschijn. 'Hier. Ik heb nog meer.'

Ze stopte een snoepje in haar mond en bood mij er ook eentje aan. Toen gingen we weer naar binnen en gaf ze iedereen een glas amandelmelk. De heer des huizes moest hoesten en verslikte zich erin. Mijn vader liep naar hem toe, maar wist niet hoe hij kon helpen. Violalibera zei dat het niet erg was en klopte de man op zijn rug tot hij niet meer hoestte. Daarna bracht ze het dienblad met de karaf naar de keuken. De rest van de tijd moest ik mijn kin tegen mijn borst geklemd houden om niet om niks te gaan zitten lachen.

Op de terugweg was mijn vader somber. Hij vroeg of ik zin had om een eindje over de boulevard te lopen, of een ijsje te eten. Ik wilde zo snel mogelijk terug naar de masseria, we hadden nog maar een paar dagen en de tijd glipte me door de vingers, maar ik wilde hem ook nu niet teleurstellen.

Dus waren we even later op het strand van Santa Sabina. Het zand was stevig, de vissersboten lagen vlak voor de kust te wiebelen. Hij stak zijn arm door de mijne.

'Giovanni en ik gingen hier vroeger vissen, toen we jong waren,' zei hij en wees naar een onbepaald punt in zee. 'En dan kwamen we met emmers vol vis thuis. Dat kon toen nog, je had niet al die verboden die er nu zijn. Wat je ving, was van jou.'

Hij draaide het ijshoorntje rond in zijn vingers en likte het tegelijk af.

'Ik zou hier ooit wel weer willen wonen. Wat vind jij?'

'Ik denk dat mama het daar niet mee eens is.'

Hij haalde zijn schouders op. Aan het eind van de pier stond een draaimolen, de stoeltjes waren met een ketting aan elkaar vastgemaakt.

'Giovanni kende de vader van jouw vriend.'

'Cesare?'

'Nee, de vader van die andere jongen. Bern, toch?'

Hij keek me van heel dichtbij aan. Had oma hem over Bern verteld? Ik hoopte dat hij er verder niets over zou zeggen, maar hij ging door. 'Ze noemden hem de Duitser. Niemand weet waar hij gebleven is.'

'De vader van Bern is dood. Dat heeft hij zelf tegen me gezegd.'

Hij knipoogde. 'Hij komt niet over als een erg eerlijke jongen.'

'Zullen we naar huis gaan, pap?'

'Wacht even. Wil je niet weten waarom hij de Duitser werd genoemd? Heb je wel eens van grafdieven gehoord?'

Ik zag een paar regels op een bladzijde van mijn geschiedenisboek voor mijn geestesoog. Ik zweeg.

'De aarde in deze buurt ligt vol archeologische schatten: pijlpunten, voorwerpen van obsidiaan, scherven van vazen. Vaak hebben die niet veel waarde, maar soms wel. Als jongetje heb ik ook wel eens wat meegenomen. Zoals ik al zei: in die tijd was wat je vond van jou. Maar de Duitser en zijn vrienden, dat was een ander verhaal. Ze kwamen hier met vakantie, maar in plaats van dat ze naar het strand gingen, wijdden ze zich aan de archeologie. Om het zo maar te zeggen.'

Hij veegde zijn mond en zijn kleverige vingers af aan het servetje dat bij het ijsje zat, verfrommelde het en gooide het op de grond.

'Ze groeven 's nachts. Als ze zoveel als ze konden uit de grond hadden gehaald, laadde de Duitser zijn busje vol en reed naar Duitsland om de spullen te verkopen. Daar heeft hij een mooi bedrag aan overgehouden. Op een keer kwam hij met de Mercedes naar Speziale. De carabinieri gingen hem meteen een bezoekje brengen. Weet je wat hij toen deed? Hij haalde in één keer een enorme necropolis leeg, vertrok, en kwam nooit meer terug. Dat gaf veel consternatie in Speziale, zoals je je kunt voorstellen. Giovanni zegt dat iedereen het erover had.'

De meeuwen gingen niet voor ons opzij. Ze krijsten en sloegen nerveus met hun vleugels.

'Laten we naar huis gaan,' zei ik prompt.

Ook al wilde ik het niet toegeven, het verhaal liet me niet onberoerd. Het leek of mijn vader, door over de Duitser en zijn graven te beginnen, een wig wilde drijven tussen Bern en mij.

Toen ik weer met hem in het rietbos was, kon ik me niet overgeven. Wortels schramden mijn rug en ik ergerde me aan de viezigheid op mijn ellebogen. Ik voelde duizend ogen op ons gericht.

Een straaljager doorkliefde de lucht boven de toppen van de bamboe. Toen klonk er geritsel, ik tilde geschrokken mijn hoofd op om te kijken en zag rietstengels bewegen. Ik hoorde voetstappen die snel wegstierven. Ik zei het tegen Bern, maar hij besteedde er geen aandacht aan.

'Het zal wel een kat zijn geweest. Of je verbeeldde het je maar.'

We zaten onder de pergola toen de anderen kwamen, en we deden zoals altijd of we op ze zaten te wachten om een potje skaat te spelen. Tommaso zei me amper gedag. We waren inmiddels voortdurend aan het vechten om Berns aandacht.

Een paar minuten later verscheen ook Cesare. Hij glimlachte verstrooid naar me en wendde zich toen tot de jongens: 'Het kippenhok moet schoongemaakt worden. Wie komt me helpen?'

Bern en Tommaso wisselden een chagrijnige blik, ze deden net of ze het niet gehoord hadden. Toen zei Nicola gelaten: 'Ik kom zo.'

Cesare bleef nog heel even wachten. Toen knikte hij nauwelijks zichtbaar en liep weg.

Bern annonceerde Schneider en gooide een winnende combinatie kaarten op tafel. Terwijl hij de kaarten bij elkaar raapte, overdacht ik de manier waarop hij Schneider, en alle andere Duitse woorden van het spel, had uitgesproken. Dat zal hij wel van zijn vader hebben geleerd, zei ik tegen mezelf. Vervolgens deed ik mijn uiterste best om dat uit mijn hoofd te zetten.

Dat jaar viel mijn vertrek samen met de achttiende verjaardag van Tommaso. De laatste avond hadden we veel te vieren, veel om ons voor onder de tafel te drinken en te roken.

We namen een tas met andere kleren mee en ik kleedde me achter een muurtje om. Ik trok een paar touwsandalen, een rokje – dat ik in het voorjaar met mijn moeder had gekocht – en een topje aan. De stof kriebelde een beetje op mijn zoute huid.

Ik kan me de kleren van de anderen ook nog herinneren: het mosterdgele T-shirt van Tommaso, het zwarte met de woorden ZOO SAFARI van Bern – dat hij tien jaar later nog steeds zou hebben – en het felgekleurde shirtje van Nicola. En ik weet nog dat ik elk uur nerveuzer werd bij de gedachte dat ik de volgende ochtend weg zou gaan.

Toen we bij de Scalo aankwamen was de lucht helemaal roze. Ik liet de jongens de wiet van Violalibera zien en hoewel Nicola hem meteen wilde proberen, besloten we om hem voor later te bewaren. Nicola en Bern hadden een verrassing voor Tommaso: ze hadden een fles gin en ananassap voor hem opzij laten zetten. We mixten ze in een karaf. De cocktail was zo sterk dat we binnen een halfuur voor pampus op onze strandstoelen lagen. Daar overviel het donker ons.

Op het scherm dat ze in het midden hadden opgezet, kwamen beelden voorbij van een zwart-witfilm, de acteurs leken te bewegen als marionetten. Ik had meteen begrepen dat Tommaso's verjaardag mijn vertrek zou overschaduwen, en ik besloot ervoor te zorgen dat Bern me die avond in het bijzijn van de anderen zou kussen. Wat had ik anders om mee terug te nemen naar Turijn?

We zonderden ons af om te roken en iedereen sprak een wens uit voor Tommaso's volwassen leven. Ik wenste hem toe dat hij snel een meisje zou vinden. Hij bedankte me, maar lachte spottend. Bern sprak als laatste en zei: 'Dat je moge leren om van elke hoogte te duiken.'

Maar tegenover mij bleef hij afstandelijk, koel. Nicola en hij toostten alleen maar op Tommaso en tilden hem daarna bij zijn oksels omhoog. Het ananassap was op, dus verdunden we de gin maar niet meer. De fles belandde bij Tommaso en kwam niet meer terug. Hij nam slokken die hem de adem benamen.

Toen besloot Bern dat we naar de toren zouden gaan, hij wilde me iets laten zien. Nicola haakte af, hij was er al eens geweest, zei hij, en Tommaso ging tegen zijn zin mee, omdat hij ons niet alleen wilde laten, waarschijnlijk.

We liepen naar het hek met prikkeldraad dat om de ruïne heen stond. In het verre licht konden we nog net het VERBODEN TOE-GANG-bordje lezen. Bern wrikte een paaltje los om een opening te maken. We moesten door een stukje veld met brandnetels. Ik had blote benen, ik zei dat ik overal jeuk zou krijgen, maar hij liep gewoon door.

De trap begon op anderhalve meter hoogte. We klommen naar boven en liepen toen een stuk of tien ontzettend steile traptreden op, tot halverwege de toren. Er zat een schietgat aan de kant van de zee, maar het omlijstte alleen een zwarte rechthoek. Bern deed een zaklamp aan. 'Hierheen,' zei hij.

We gingen nu via een trap naar beneden. De muren waren volgeklad met teksten en tekeningen, en op de grond lagen glasscherven die onder onze slippers knerpten. Het zweet liep langs mijn lijf. Ik vroeg aan Bern of we alsjeblieft terug konden gaan, maar hij zei dat hij me helemaal mee naar beneden wilde nemen.

'Ik wil niet, laten we weggaan,' jammerde ik.

'We zijn er bijna. Rustig nou maar.'

Achter me rook ik de alcoholische adem van Tommaso. Ik klampte me vast aan Berns T-shirt, rukte eraan, maar hij liep gewoon door. Toen hield de trap op. We stonden in een kamer. Hoe groot die was had ik niet kunnen zeggen, tot Bern hem helemaal rondom bescheen.

'We zijn er.'

Hij richtte zijn zaklamp op een matras die in de hoek op de grond was gegooid. Eromheen lege flessen en blikjes, netjes op een rij. Hij bukte om er eentje te pakken en liet me zien wat er op het verkleurde etiket stond.

'Moet je de datum zien: 1971. Dat geloof je toch niet?'

Ook in het donker glinsterden zijn ogen van opwinding. Maar mij kon dat blikje niets schelen, en de rest ook niet. Ik verbeeldde me dat er kakkerlakken in het donker om mijn voeten liepen.

'Laten we nou weggaan,' smeekte ik.

Hij zette het blikje weer terug.

'Je bent af en toe net een verwend kind.'

Hoewel ik hem niet kon zien, had ik de indruk dat Tommaso achter mijn rug grinnikte.

Bern liep razendsnel terug naar boven, zonder op mij te wachten. Ik hield mijn handen gestrekt voor me om niet tegen de wanden op te lopen die plotseling voor me opdoken. Toen we weer buiten stonden, kotste ik mijn avondeten over de brandnetels. Bern zei niets en schoot me ook niet te hulp. Hij klikte met zijn duim de zaklantaarn aan en uit. Hij keek koeltjes naar me, alsof hij me stond te taxeren. Pas toen we onder het prikkeldraad door moesten, stak hij zijn hand uit om me te helpen, maar ik pakte hem niet.

Intussen was het stampvol in de Scalo. We gingen dansen. Ik had steeds meer het gevoel dat ik er niet bij hoorde, maar ik deed er alles aan om die laatste momenten niet door dat rotgevoel te laten verpesten. Er werd muziek van Robert Miles gedraaid, melancholische, dromerige muziek zonder woorden, ik wilde dat er meteen iets anders werd opgezet, of dat het juist eindeloos door zou gaan: zo dubbel voelde ik me over alles.

Het was tijdens het dansen dat Tommaso zich op Bern wierp. Hij drukte zijn voorhoofd tegen Berns buik en barstte in snikken uit. Bern pakte zijn hoofd tussen zijn handen en boog voorover om iets in zijn oor te fluisteren. Tommaso schudde heftig van nee, zonder hem los te laten.

'Kom mee,' zei Nicola tegen mij.

We bestelden twee bier. Ik dacht aan het effect dat de combinatie van wiet met al die alcohol op me zou hebben, hoe ik de volgende dag de lange autorit moest zien vol te houden, en daarna dacht ik: kan mij het schelen. Bern en Tommaso waren nog midden op de geïmproviseerde dansvloer, maar Tommaso stond nu wel rechtop en ze hadden hun armen om elkaar heen geslagen, alsof ze aan het schuifelen waren.

'Wat heeft hij ineens?' vroeg ik Nicola.

Hij antwoordde met neergeslagen ogen: 'Hij heeft gewoon te veel gedronken.'

Een maand later zou Nicola naar de universiteit gaan, in Bari. De hele zomer leek het al of dat plan, dat jaar dat hij op de anderen voorliep, hem enigszins op afstand zette.

'Het is al over drieën,' zei hij. 'We moeten naar huis, Cesare is waarschijnlijk witheet. En je vader ook.'

Tommaso en Bern waren naar de zee gelopen, ik zag dat ze op de rotsen gingen zitten en toen gingen liggen, alsof ze wachtten tot de golven hen zouden meevoeren.

'We wachten op ze,' zei ik. Mijn stem leek niet meer op de mijne. Al die teleurstelling.

'Laat ze stikken.'

Nicola probeerde me aan mijn arm mee te trekken. Ik rukte me los en rende naar Bern. Zijn hoofd lag vlak naast dat van Tommaso, maar ze zeiden niets tegen elkaar, ze keken alleen maar naar de donkere hemel.

Toen Bern me zag, stond hij braaf op, alsof hij verwachtte dat hij er niet onderuit kon. We gingen iets verderop staan, waar het nog donkerder was.

'Ik moet gaan,' zei ik. Ik kon mijn zenuwen niet bedwingen, ik trilde over mijn hele lichaam.

'Goeie reis morgen.'

'Is dat alles wat je te zeggen hebt? Goeie reis morgen?'

Bern wierp een blik op Tommaso, die zich niet had verroerd. Toen haalde hij diep adem. Het drong ineens tot me door dat hij zichzelf volledig onder controle had: ondanks de wiet en de gin was hij broodnuchter.

'Ga terug naar Turijn, Teresa. Naar je huis, je schoolvrienden, je comfortabele leventje. Maak je maar geen zorgen over wat er hier gebeurt. Als je volgend jaar terugkomt, zal er niets veranderd zijn.'

'Waarom kus je me nooit waar anderen bij zijn?'

Bern knikte, twee keer. Hij had zijn handen in zijn zakken. Hij deed een stap naar me toe en pakte mijn heupen vast.

Het was geen haastige kus, en ook geen stuntelige. Integendeel, hij trok me stevig tegen zich aan. Hij streek met zijn hand over mijn rug en pakte mijn haren vast. Maar het was of ik een ander kuste, iemand die ik totaal niet kende. Het was, dacht ik op datzelfde moment, de perfecte simulatie van een kus.

'Ik neem aan dat je dit in gedachten had,' zei hij.

Tommaso hield zijn ogen dicht, maar ook zo was hij heel erg aanwezig. Bern keek me strak aan, niet boos maar eerder teleurgesteld, alsof ik al, onbereikbaar achter een raampje, in een auto zat die voor zijn neus wegstoof. Ik liep, hem nog steeds aankijkend, achteruit, draaide me toen om en rende weg. Daar stond hij, met achter zich de ruïne van de toren, de met schuim bespatte rotsen, de stille zee, en overal om hem heen de meedogenloos heldere nacht van het zuiden.

Ik was er inmiddels aan gewend dat ik Turijn bij terugkomst on-herbergzamer vond dan ik het had achtergelaten: te brede straten, een witte lucht die als een benauwende plastic tent over de stad ge-spannen stond. Op een dag had Cesare gezegd: 'Uiteindelijk zal van alles wat de mens heeft gemaakt slechts een laagje stof van minder dan een centimeter overblijven. We zijn zo onbetekenend. De ge-dachte aan God is het enige wat ons waardigheid verleent.' Toen ik in het centrum liep, met al die enorme gebouwen om me heen, moest ik weer aan die woorden denken, en alles leek me vluchtig, onecht. Ik wist dat mijn toestand ook maar tijdelijk was, en dat het onrustige gevoel in mijn borst, iets tussen honger en misselijkheid in, binnen een tot twee weken zou verdwijnen en dat alles weer normaal zou zijn. Zo was het altijd gegaan. Maar dat jaar duurde mijn somberheid veel langer. Met kerst had ik nog steeds heimwee naar Speziale.

Mijn schoolvrienden leefden in een constante hectiek. Ze wer-den een voor een meerderjarig en het was blijkbaar van levensbe-lang om elke verjaardag te vieren. Umberto Jona was de eerste. Hij huurde de Officiersclub af, plus de enige twee limousines die de stad rijk was. We dronken al prosecco in de auto, voordat we op het feest waren. De jongens waren in smoking, wij meisjes in het lang. Nadat hij een wals met zijn moeder had gedanst, kwam Umberto bij mij op het balkon staan. Hij zei dat ik, zoals ik daar stond, in mijn eentje met een sigaret en een glas in de hand, eruitzag als een depressieve prinses. En dat hij ecstasy bij zich had.

De ochtend daarna was het gevoel van vervreemding bijna on-draaglijk. Als ik de amandelen van Bern nog had gehad, had ik mijn handen er helemaal ingestoken en misschien nog de warmte ge-voeld die ervan afstraalde, maar die waren al een tijd geleden weg-gegooid. Ik had niets meer van hem, alleen een herinnering die elke dag vager werd, en de schaamte over hoe ik hem die laatste avond had gedwongen om me te kussen.

Toen het juni werd, de maand dat ik jarig was, vroeg mijn vader een beetje benauwd hoe ik het wilde vieren. Ik antwoordde dat ik er rustig over na zou denken, en toen kwam ik er niet meer op terug, en hij ook niet. De dag van mijn verjaardag vond ik een envelop met bankbiljetten op mijn kussen en een kaartje waarop met een pen een groot asymmetrisch hart was getekend, met het getal achttien in het midden. Ik stopte het geld tussen de bladzijden van mijn Franse woordenboek en ging toen de hele dag zitten wachten op een telefoontje van Bern, dat niet kwam. Maar ik had hem wel verteld wanneer ik jarig was, ik had het zelfs in een brief geschreven die ik een paar weken daarvoor had gestuurd en waar hij niet op had geantwoord.

Mijn oma belde wel. Ik overviel haar met mijn vraag hoe het met Bern, Tommaso en Nicola ging. Ze herhaalde wat ze al eerder had gezegd, 'ze komen en gaan', en volgens mij deed ze dat met opzet.

De borden met de eindcijfers hadden voor mij geen verrassing in petto, maar ik had ook geen zin om een feestje te geven. In juli vertrokken mijn vrienden met vakantie naar Spanje, wat ze al maandenlang hadden voorbereid, en kon ik me eindelijk overgeven aan het tellen van de dagen tot ik naar Speziale zou gaan.

In één middag gaf ik al het geld uit dat in het woordenboek zat. Ik kocht een bikini van Banana Moon, de rest gaf ik aan een Tunesische jongen in ruil voor hasj. Toen ik thuiskwam, verstopte ik hem tussen twee uitgeholde helften van een zeepje, zoals hij me had aangeraden. Bern had gezworen dat alles hetzelfde zou zijn als het jaar ervoor.

Het laatste stuk autoweg, na Bari, liep langs allemaal kwekerijen. Achter de hekken stonden rijen palmen de lucht in te priemen. Dat was het aloude signaal dat we bijna in Speziale waren. Ik wist niet of de palmen te koop waren, maar kon me bijna niet voorstellen hoe ze naar een andere plek vervoerd moesten worden. Dat jaar zag ik dat de toppen eraf waren, allemaal. De stammen stonden erbij als de tanden van een hark. Ik vroeg mijn vader wat er gebeurd was, hij wierp een ongeïnteresseerde blik op de bomen.

'Geen idee,' zei hij. 'Ze zullen wel gesnoeid zijn.'

Ook de twee palmen bij de ingang van de villa waren dood. Cosimo vertelde dat er een graafmachine aan te pas had moeten komen om de wortels eruit te krijgen.

'Ik zal je een van die krengen laten zien,' zei hij.

Hij vroeg of we meegingen naar zijn huis, maar alleen ik liep achter hem aan. Hij pakte een glazen pot uit de stellingkast met het gereedschap. Op de bodem lag een giftig rode kever met een lange, geknikte steeksnuit.

'De rode palmkever,' zei hij, terwijl hij de pot onder mijn ogen heen en weer schudde, 'boort zich in de schors en legt daar eitjes. Uit één eitje komen duizenden larven. Ze vreten de palm van binnenuit op, en als ze klaar zijn, gaan ze naar de volgende. De Chinezen hebben die rotbeesten op ons dak gestuurd.'

De uren daarna deed ik mijn best om niet meteen naar Bern te rennen. 's Avonds zat ik nog steeds met mijn oma en mijn vader op het terras, ik vertelde honderduit over het afgelopen schooljaar, totdat ik mijn eigen stem niet meer kon aanhoren. Oma luisterde geduldig, dat was ik niet gewend. Ik zat met mijn rug naar de balustrade, maar zodra ik opstond om te helpen afruimen, keek ik in de richting van de masseria en zag, achter de kruinen van de olijfbomen, een lichtpuntje, geel, heel zwak, het leek eindeloos ver weg.

's Ochtends was de lucht melkachtig. Dat vond ik jammer, want in mijn fantasie zou het een stralende dag zijn als ik Bern weer zou zien. Ik zei tegen oma dat ik een eindje ging wandelen en misschien ook bij de jongens langs zou gaan, om ze gedag te zeggen. Onder mijn witte strandjurkje had ik mijn Banana Moon-bikini aan en ik hoopte dat je niet kon zien dat ik trilde, dat ik dronken was van verlangen. In mijn rieten tas zat het zeepje met de hasj. Ik zou het

53

meteen aan Bern geven, om hem te verrassen, maar ook een beetje omdat het te riskant was om het thuis te bewaren, want Rosa kon nooit met haar vingers van onze spullen afblijven.

Maar oma hield me tegen. 'Eerst ontbijten.'

Er stond een croissantje met kersenjam en een beker melk op tafel op me te wachten. Ik aarzelde, maar toen ging ik op het puntje van de stoel zitten, en zij aan de andere kant van de tafel. Ik brak een stukje van de croissant af en stopte het in mijn mond.

'Lekker?' vroeg oma.

'Dit is mijn lievelingscroissant, dat weet je.'

Nu moest ik straks weer naar binnen om mijn tanden te poetsen en zou ik nog meer tijd verliezen.

'Mooi, geniet er maar lekker van. Deze hebben ze niet in Turijn.'

Op tafel lag een van haar boeken. Ik draaide het om de voorkant te bekijken: *Treurspel voor een moordenaar.*

'Is het spannend?' vroeg ik om iets te zeggen.

Ze wapperde met haar hand. 'Ik ben er net in begonnen. Het lijkt me niet slecht.'

'Raad je altijd wie de moordenaar is?'

'Bijna altijd. Maar soms zetten die romans je op het verkeerde been, hoor.'

Er moest een cicade vlak bij ons zitten, want bij elke beweging die ik maakte hield hij plotseling op, om daarna weer door te gaan met dat zenuwslopende geluid.

Verderop was Cosimo met de tuinsproeiers in de weer. Hij ging met zijn armen over elkaar midden in de waternevel staan.

Ik at in stilte mijn croissant op en dronk mijn melk. Oma ging nooit bij me zitten als ik ontbeet. Meestal wierp ze me van een afstandje verwijtende blikken toe omdat ik op de raarste uren at. Maar de avond ervoor was ze vriendelijk tegen me geweest, en dat was ze nu weer. Ze vouwde een puntje van de kaft om.

'Je zult hem niet op de masseria aantreffen,' zei ze ten slotte.

'Wat?'

Ik had vette kruimels aan mijn vingers maar er was geen servetje. Om mijn strandjurk niet vies te maken, veegde ik mijn handen aan mijn benen af.

'Bern. Hij is er niet.'

Ik zette mijn elleboog op tafel. Hoewel de lucht betrokken was, was het licht fel, het deed pijn aan mijn ogen. De vette smaak van de croissant kwam weer naar boven omdat ik moest boeren, maar ik hield het in. Oma legde haar boek neer en strekte haar hand naar me uit, maar ik trok mijn hand terug.

'Weet je nog dat je vroeg hoe het met hem was, op je verjaardag?'

'Ja.'

'Het was echt waar dat ik al een tijdje niemand van de masseria had gezien. Bern en die andere jongen…'

'Tommaso?'

'Nee, niet Tommaso. Yoan.'

'Er is geen Yoan.'

'Misschien was jij al weg toen hij kwam. Dat was eind vorige zomer. Hij en Bern hebben hier in december de olijven geoogst. Bern ziet er niet zo sterk uit, maar je moest eens weten hoeveel uren hij achter elkaar de elektrische olijfhark kon vasthouden. Zelfs Cosimo was onder de indruk. Yoan legde de netten neer en leegde ze. De olie is geweldig. Maar die heb je natuurlijk geproefd, ik heb hem naar jullie…'

'En toen?'

Oma zuchtte diep.

'Na de oogst was er niet veel meer te doen, dus ik heb ze niet meer gevraagd. Maar een paar weken geleden werd ik nieuwsgierig naar hoe het met ze ging. Bern had me verteld dat hij problemen had met wiskunde, ik had aangeboden om hem te helpen en voelde me schuldig dat ik niets meer van me had laten horen. Dus toen ben ik naar de masseria gegaan. Het was al juli, geloof ik. Alleen Floriana was er, en van haar hoorde ik… nou ja… wat er gebeurd is.'

Ik zag mijn vader achter het huis opduiken. Toen hij ons zag zitten, verdween hij weer.

'Wat is er gebeurd, oma?'

'Het schijnt dat Bern iets stoms heeft uitgehaald' – ze keek me strak aan – 'met een meisje.'

Ik schoof de kruimels een voor een bij elkaar met mijn wijsvinger. Achteloos stak ik mijn vinger in mijn mond en zoog eraan.

'Wat voor stoms?'

Oma glimlachte bedroefd. 'Het enige stomme dat je met een meisje kunt uithalen, Teresa. Hij heeft haar zwanger gemaakt.'

Ik schoot overeind. De stoel viel achterover, tegen de stenen vloer. Oma schrok. 'Ik ga erheen,' zei ik.

Het kwam niet in me op om de stoel terug te zetten.

'Je kunt er niet heen.'

'Waar is de fiets? Waar hebben jullie die verdomme neergezet?'

Toen ik aankwam bleek de slagboom afgesloten met een hangslot. Ik gooide de fiets op de grond en kroop eronderdoor. Rechts van me zag ik een boom vol gele peren, er waren er een heleboel op de grond gevallen en het stonk naar rotting.

Er was niemand in de masseria. Ik ging op de gammele schommelbank zitten, zonder te schommelen. Ik wachtte ruim een uur, denk ik.

Dus Bern heeft een meisje zwanger gemaakt.

Ik zag de katten over de muren lopen. Er waren er meer dan vorig jaar. Een heel grote roodharige staarde me een tijdlang aan.

Bern heeft een meisje zwanger gemaakt. Waarom mij niet?

Toen ik een auto dichterbij hoorde komen, bleef ik zitten waar ik zat. Cesare en Floriana hadden nette kleren aan, hij een blauw katoenen pak met das, zij een vrolijk gekleurd jurkje. Er liep een jongen achter hen aan, met gebogen hoofd, die er ook gekleed uitzag, maar zonder das. Cesare had kort haar. Ik wilde naar hem toe rennen, maar ik beheerste me.

'Teresa, meisje!' zei Floriana, en ze pakte mijn armen en spreidde ze uit, alsof ze me helemaal wilde bekijken. 'We waren naar de mis. Zit je hier al lang? Met die hitte? Ik ga meteen een glas ijsthee voor je halen.'

'Dat hoeft niet. Dank je wel.'

Mijn hart ging tekeer. Ik was bang dat ze het aan mijn polsen kon voelen.

'En of dat hoeft! Van ijsthee knap je op. Ik heb hem gisteren gemaakt. Ik heb er agave in gedaan in plaats van suiker, dus je hoeft niet bang te zijn voor je lijn. Je kent onze Yoan nog niet, hè?'

Ze verdween snel het huis in. Yoan maakte een soort buiginkje, maar zei niets. Toen liep hij ook weg. Cesare trok puffend van de hitte zijn stropdas los. Hij pakte een stoel onder de tafel vandaan en zette die tegenover me.

'We hebben een parochie gevonden,' zei hij. 'Een beetje ver weg, in Locorotondo, maar de pastoor is de eerste die ik tegenkom die niet van die vastgeroeste ideeën heeft. Don Valerio. Een open man, en ik geloof dat hij me hoog heeft zitten. Hij maakt goede vorderingen met Yoan. Die is eigenlijk Grieks-orthodox, al weet hij niet precies wat dat betekent. Maar hij gaat in elk geval graag met ons mee. Ik zou hem wel aan je willen voorstellen, don Valerio. Ben je er maar even, of blijf je ook dit jaar een tijdje?'

Iets in de manier waarop hij praatte, maakte het nog pijnlijker voor me. De verbaasde blik van Cesare en Floriana toen ze me zagen zitten, drukte niet veel hartelijkheid uit. Toen ze dichterbij kwamen, dacht ik zelfs even dat ze niet blij waren om me te zien.

'Je hebt geen geluk met het weer,' stond Cesare te oreren, 'tot gisteren was het prachtig, maar nu... te vochtig. En het ziet er niet naar uit dat het gaat veranderen.'

'Ik kwam Bern gedag zeggen.'

Om niet onbeleefd te lijken voegde ik eraan toe: 'En Nicola.'

Cesare sloeg met zijn handen op zijn knieën. 'Ah, Nicola, die dekselse zoon van me! Sinds hij op de universiteit zit, zien we hem nauwelijks meer. Maar hij doet zijn best, dat moet gezegd worden. Hij heeft alle examens gedaan, behalve privaatrecht. Maar privaatrecht is een hondsmoeilijk vak, dat is bekend. Honderden bladzijden uit je hoofd leren.'

'En Bern?'

Het leek of Cesare me niet hoorde. Hij probeerde met spuug op zijn vinger een vlek van zijn overhemd te wrijven. Zijn baard was er ook af, nog iets wat veranderd was. Zijn frisse, ronde gezicht had iets kinderlijks.

'Nicola komt over vier dagen thuis,' zei hij. 'Hij blijft een week. Ik denk dat hij moet studeren, hij zegt altijd dat hij moet studeren, maar ik weet zeker dat hij het leuk vindt om je te zien.'

Floriana kwam terug met een glas ijsthee. De rand was wit van de kalkaanslag. In andere omstandigheden zou ik dat niet erg gevonden hebben, maar op dat moment besloot ik om het niet aan mijn lippen te zetten. Elk detail voelde als weer een nieuwe vorm van verraad: hoe Cesare eruitzag, Floriana die niet bij ons bleef zitten maar meteen de was aan de lijn tussen twee bomen ging ophangen, en die nieuwe jongen, Yoan, die zich intussen had omgekleed en halfnaakt wegglipte, het land op.

Ik had zoveel uren van de masseria en van hen allemaal zitten dromen.

Om niet voor de derde keer naar Bern te vragen, vroeg ik waar Tommaso was.

'Tommie is ook groot geworden. Die leidt inmiddels zijn eigen leven. Hij werkt in Massafra, in een resort voor rijke mensen. Hoe heet het ook alweer, Floriana?' riep hij zo hard dat zij hem kon horen.

'Het Relais dei Saraceni.'

'O ja, het Relais dei Saraceni. Wie dat heeft verzonnen, wist waarschijnlijk niet wat die Saracenen hier allemaal hebben uitgespookt,' grinnikte hij, en van de weeromstuit lachte ik ook.

Ik had alleen maar hoeven vragen: is het waar dat Bern een meisje zwanger heeft gemaakt? Maar dat leek me een klap in Cesares gezicht. Ik zag hoe hij naar achteren leunde en diep ademhaalde.

'Ik denk dat we niet gaan eten, tussen de middag. Te warm. Maar als je wilt blijven, ben je van harte welkom.'

'Ze wachten thuis op me.'

Yoan stond ergens tegen een amandelboom te slaan om de vruchten eruit te laten vallen. Je hoorde de takken knappen, gevolgd door een hagel van noten. Cesare wreef energiek over zijn gezicht. 'In dat geval zal ik tegen Nicola zeggen dat je hier bent.'

Ik zou niet weten hoe ik de dagen erna zou moeten beschrijven, het gat waarin ik viel. Het leek op de angsten die ik als klein meisje 's nachts uitstond als ik net zo lang naar de muggenlamp keek tot ik de kamer zag ademen, zag uitdijen en weer inkrimpen. Behalve de vage, irrationele hoop dat Bern terug zou komen, was er geen reden om nog te blijven, maar ik besloot toch om te wachten tot Nicola kwam.

Ik bracht uren in het zwembad door, liggend op een luchtbed. Terwijl ik mezelf zachte duwtjes gaf, van de ene naar de andere kant van het bad, dacht ik terug aan die nacht dat de jongens er hadden gezwommen. Ze hadden het bad sindsdien al een paar keer leeg laten lopen en weer gevuld, en er was telkens chloor en een anti-algenmiddel in het water gegooid, maar misschien hadden een paar moleculen van Berns huid toch overleefd. Ik maakte mijn handen nat en wreef over mijn buik en mijn schouders.

Oma was nog net zo zorgzaam als op de eerste dag. Om mij gezelschap te houden, was ze zelfs bereid om haar bank te verlaten en op een van de ligbedden aan de rand van het zwembad te gaan lezen.

Ze nestelde zich in het vierkantje schaduw onder de parasol en één keer deed ze zelfs haar badpak aan. Haar benen, die ik al jaren niet bloot had gezien, waren slap en bleek, bespikkeld met bruine vlekken.

Die middag bleef ze een hele tijd met haar boek dichtgeslagen in haar handen voor zich uit zitten staren, alsof ze over iets nadacht, en toen draaide ze zich ineens gedecideerd naar me toe en zei: 'Wist je dat je vader bijna was getrouwd voordat hij je moeder leerde kennen?'

Ik pakte me aan het zwembadtrapje vast zodat ik niet meer ronddraaide.

'Ze was net zo oud als jij nu, toen hij haar leerde kennen. Ze heette Mariangela. Een knap meisje.'

Ik gleed van het luchtbed het ondiepe water in.

'Toen hij zei dat hij met haar wilde trouwen, was dat een klap voor me. Ik was het er niet mee eens, maar je vader is koppig, je kent hem. Dus we spraken af: eerst zou hij de universiteit afmaken en daarna zou hij met Mariangela trouwen.'

Ik probeerde me voor te stellen hoe het meisje eruitzag, maar dat lukte niet. Oma draaide haar hoofd om naar de villa. Het leek of ze zich ergens zorgen om maakte. Was ze soms bang dat mijn vader ons hoorde? Of wist ze niet helemaal zeker of ze me dit wel moest vertellen?

'Dus toen ging hij naar Turijn om aan de Technische Universiteit te studeren. Toen hij thuiskwam voor de vakantie, ging hij meteen naar haar toe, maar zodra hij haar zag, begreep hij dat hij niets meer met haar gemeen had. Diezelfde middag nog gingen ze uit elkaar. Het was voor iedereen een verschrikkelijke zomer.'

Ze strekte haar benen voor zich uit en kromde haar tenen.

'Het jaar daarop leerde hij je moeder kennen,' voegde ze er op neutrale toon aan toe.

'Weet ze het?'

'Je moeder? Misschien, maar ik denk het niet.'

'Denk je dat hij het haar nooit heeft verteld?'

'Teresa toch! Als twee mensen trouwen, vertellen ze elkaar heus niet alles, hoor.'

Ik had de gewelfde teen- en vingernagels van mijn oma geërfd. Ik was er nog niet over uit of ze een teken van schoonheid waren, of een afwijking. Zij klaagde dat ze steeds meer in je vlees groeiden naarmate je ouder werd.

'Ik wil maar zeggen,' zei ze erachteraan, 'dat het niet slim is om te denken dat de verschillen tussen twee mensen verdwijnen, alleen maar omdat iemand dat graag wil. Het enige wat je vader ermee bereikte, is dat hij jaren vergooide die hij veel beter had kunnen gebruiken. Mariangela en hij zouden gelukkig zijn geweest samen, dat staat bijna vast.'

'Hoe bedoel je, gelukkig?'

'Ongelukkig. Ik zei dat ze ongelukkig zouden zijn geweest.'

'Volgens mij zei je gelukkig.'

Oma schudde haar hoofd. Ze wreef met haar handen over haar dijbenen. 'Moet je zien hoe lelijk mijn knieën zijn geworden,' zei ze kritisch, en legde haar handen eromheen, alsof het twee sinaasappels waren.

Ze keek me glimlachend aan. 'Je doet er eindeloos over, Teresa, om iemand te leren kennen. En soms kun je er beter helemaal niet aan beginnen.'

Op een avond kwam Nicola me opzoeken. Ik zag hem door het raam naast Rosa staan. Door hun lengteverschil leek zij piepklein. Het zag eruit of ze hem iets uitlegde, Nicola knikte, maar ik kon niet horen wat ze zeiden, en het kon me trouwens ook niet schelen. Ik liet hem even wachten, om me aan te kunnen kleden en mascara op te doen.

Ik zag meteen dat hij zich anders gedroeg, hij was op een bestudeerde manier kalm en beheerst. Hij was nooit de wildste van het stel geweest, maar zonder de anderen kwam zijn serieuze kant meer naar voren. Hij stelde voor om een eindje te lopen, maar ik wilde echt uit, zei ik bijna smekend tegen hem. De villa van oma was na al die dagen een gevangenis geworden.

Bij de Scalo waren niet veel mensen, we gingen aan een tafeltje ergens in het midden zitten. De zee was woelig door de noordenwind. Nicola ging twee biertjes halen. Hij leek trots op het feit dat hij me eindelijk kon laten zien hoe hoffelijk hij was, blij dat hij me voor zich alleen had, en dat irriteerde me.

Ik had er meteen al spijt van dat ik hem had overgehaald om daarnaartoe te gaan. We wisten niet waar we het over moesten hebben, leek het wel.

'Je vader zegt dat het heel goed gaat op de universiteit,' gooide ik er zonder veel enthousiasme uit.

'Dat zegt hij tegen iedereen. Maar eigenlijk gaat het gewoon normaal. Heb je zin om een keer naar Bari te komen? Ik zou je een dezer dagen mee kunnen nemen.'

'Zou leuk zijn.'

Zijn handen waren nogal opvallend, twee kolenschoppen met een heel gladde rug. Hij had te veel parfum opgedaan.

'Heb je daar een meisje gevonden?' vroeg ik om hem iedere illusie te ontnemen dat er iets tussen ons zou kunnen gebeuren, ook niet op dat uitje naar Bari.

Zijn gezicht betrok. 'Niet echt.'

De feestverlichting schommelde in de wind. Een paar lampjes waren gesprongen. Ik vroeg me af of het dezelfde waren als die van de zomer ervoor.

'En jij?' vroeg Nicola.

'Niks bijzonders.'

Maar ik wilde niet dat hij dacht dat ik zielig was. Al die tijd wachten op iemand die ik niet meer zou zien. 'Alleen wat scharrels,' zei ik erachteraan.

'Scharrels,' herhaalde hij teleurgesteld.

'Waar is hij?'

Nicola nam rustig een slok bier. 'Geen idee. Hij is verdwenen.'

'Verdwenen?'

'Hij is weggegaan. Jij merkte toch ook dat hij vorige zomer al een beetje vreemd deed?'

'Nou nee, eigenlijk niet.'

Ik begreep niet waarom ik zo agressief werd, alsof het allemaal zijn schuld was.

'Wat bedoel je met vreemd?' vroeg ik.

'Hij was... ik weet niet. Nerveus. Onaardig, vooral tegen Cesare.'

Ik vond het altijd weer raar dat Nicola zijn ouders bij hun voornaam noemde als hij over ze sprak.

'Cesare is tolerant,' zei hij. 'Hij vindt dat iedereen zich mag gedragen zoals hij wil, zolang hij anderen maar niet kwetst. Maar Bern... die provoceerde hem. Vooral sinds hij al die boeken begon te lezen en er Cesare mee om de oren sloeg.'

'Wat voor boeken?'

'Van alles, als ze maar tegen God waren. Hij liet er bijna elke dag een voor hem op tafel liggen. Hij gaf met een marker de ergste passages aan, zodat Cesare ze niet zou missen.'

Hij had een takje gepakt dat op zijn bank was gevallen en kerfde er nu verticale lijnen mee op het blanke tafelblad.

'Er was geen enkele reden om hem zo te behandelen.' Hij aarzelde even voordat hij doorging. 'Weet je wat Cesare een keer tegen me zei?'

'Nou?'

'Dat Berns hart door het kwaad is aangeraakt.'

'Het kwaad?'

'De duivel, Teresa. Cesare wist dat die ergens in hem huisde. Hij bad elke dag dat de duivel niet wakker zou worden, maar dat deed hij wel.'

'Geloof je echt in dit soort dingen?' vroeg ik verontwaardigd.

Het takje brak tussen zijn vingers, Nicola keek verstoord en gooide de twee stukken weg. 'Als je hem goed zou kennen, zou jij het ook geloven.'

Ik kende hem goed. We waren samen in het rietbos geweest. Hij had mij op die bepaalde manier gelikt.

'Alleen omdat Cesare het zegt, is het nog niet per se waar.'

'Bern was kwaad op hem omdat Tommaso weg was gegaan. Hij zei dat Cesare hem had weggejaagd. Maar dat was niet waar. Het is normaal dat meerderjarigen de masseria verlaten en op zichzelf gaan wonen. Zo is het geregeld. Als Cesare er niet was geweest, zat Tommaso nu nog in dat weeshuis vlak bij de gevangenis. Maar Bern vergaf het hem toch niet. Die twee waren altijd al een Siamese tweeling. Weet je nog hoe ze op de verjaardag van Tommaso samen zaten te huilen?'

Instinctmatig draaide ik me om en keek naar de plek waar Bern en Tommaso tijdens het feest op de grond waren gaan liggen. Ik zag alleen maar platte rotsen. Verderop het prikkeldraad, het struikgewas, de toren. Misschien liep er een dier tussen de brandnetels.

'En dat meisje?'

Nicola keek me onderzoekend aan, hij probeerde misschien te raden wat ik wist. Als ik er niet over was begonnen, zou hij er niets over hebben gezegd. Hij schudde zijn hoofd, alsof er niets aan toe te voegen viel.

'Wie is het?'

Hij zette zijn glas aan zijn mond, maar merkte dat het leeg was. Hij leek nu een beetje van zijn stuk. Hij had zich de avond misschien anders voorgesteld. Ik schoof het biertje, dat ik bijna niet had aangeraakt, naar hem toe en hij bedankte met een handgebaar.

'Ik heb haar maar een paar keer gezien, want ik was altijd in Bari. Ze had geldproblemen en... misschien ook problemen met drugs. Ik weet het niet. Toen ze zwanger bleek te zijn, vond Cesare het goed dat ze op de masseria kwam wonen. Ze had geen andere plek waar ze naartoe kon.'

Hij wachtte op mijn reactie. Ik deed mijn best om niets te laten merken, terwijl ik dacht aan het zeepje waar ik de hasj in had verstopt, en aan hoe stom die hele onderneming leek nu de gebeurtenissen me links en rechts hadden ingehaald.

Toen zei Nicola: 'Ze had een vreemde naam. Violalibera.'

Ik dacht dat ik achteroverviel, ik greep me vast aan de bank.

'Violalibera,' herhaalde ik. 'Dat is...' Maar ik maakte mijn zin niet af. Ik voelde de grond onder me wegzakken, en was waarschijnlijk lijkbleek.

'Wat?'

Nicola stak een van zijn reusachtige handen naar me uit, hij veegde het haar van mijn voorhoofd en streelde mijn wang met een tederheid die ik niet had verwacht. 'Ik vind het heel rot voor je,' zei hij.

'Ik wil naar huis.'

'Nu meteen?'

'Ja, nu meteen.'

'Wat je wilt.'

Maar het duurde nog een paar minuten voor we in beweging kwamen. De Scalo werd maar niet drukker. Het meisje dat de drankjes rondbracht, hing verveeld tegen de bar. We keken elkaar, over de schouder van Nicola heen, een hele tijd aan, totdat zij haar ogen opensperde alsof ze wilde zeggen: heb ik wat van je aan?

De volgende ochtend liet ik mijn vader weten dat ik terugging naar Turijn. Hij vroeg waarom, alsof hij dat niet allang wist, en ik verzon, alsof ik hem geloofde, dat ik me op het nieuwe schooljaar wilde voorbereiden, samen met Ludovica, die in werkelijkheid met haar vriendje op Formentera zat. Hij zei dat er geen sprake van was dat ik in mijn eentje zo'n lange treinreis zou maken, maar oma haalde hem kennelijk over, want na het middageten gingen we samen naar het station en kochten we een kaartje voor de intercity van de volgende avond.

Ik pakte mijn spullen in. Af en toe was ik zo misselijk dat ik moest gaan zitten om diep adem te halen. Ik werd kwaad op Rosa omdat ze een spijkerbroek in de wasmachine had gedaan. Nog geen uur later lag hij gestreken en opgevouwen op mijn bed, naast mijn koffer.

De volgende ochtend zag ik haar en Cosimo wegrijden. Ik kan me niet herinneren of ik het ter plekke verzon of dat ik dat rare plan al tobbend die nacht had bedacht, maar ik pakte de reservesleutels van Cosimo's huis, ging naar binnen en pakte de pot met de rode palmkever uit de gereedschapskast. Toen stapte ik op de fiets en reed als een speer naar de masseria.

Toen ik aankwam zat Cesare gehurkt op de grond, hij was iets aan het doen bij de septic tank. Hij droeg hoge laarzen en rubberhandschoenen. Yoan stond naast hem tegen een paal geleund. Er kwam een gore stank uit de tank.

Ik hield de pot met het insect onder Cesares neus en zei: 'En deze? Moet deze ook netjes begraven worden?'

Hij keek me verbijsterd aan.

'Nou?' dramde ik door. 'Hij heeft ook een ziel, toch? We moeten hem begraven.'

Hij stond langzaam op en trok zijn handschoenen uit. 'Natuurlijk, Teresa,' zei hij kalm.

Ik stond erop dat iedereen erbij was, ook Floriana en Nicola. Cesare groef met zijn vinger een piepklein gaatje en legde de palmkever erin. Hij las een psalm voor: '"Zo neigen al onze dagen ten einde onder Uw gramschap, wij leven onze jaren – een zucht."' Toen zong Floriana, zonder gitaar. De tranen sprongen me in de ogen, van haar weerloze stem.

Het gaatje werd dichtgemaakt en ik zwoer dat het nu klaar was: ik zou me niet meer laten opvreten door de gedachte aan Bern.

Daarna liep ik met Nicola over het land, we bleven allebei een hele tijd stil.

'Ik ga weg,' zei ik. 'Ik denk niet dat ik nog terugkom naar Speziale.'

Ik overwoog of het te wreed was wat ik wilde zeggen, maar deed het toen toch: 'Ik heb geen enkele reden om terug te komen.'

We liepen langs een half ingestorte stapelmuur. Ik bleef staan bij de bloem van een kappertjesplant die tussen de stenen was opgeschoten, plukte hem, liet hem een paar keer tussen mijn vingers ronddraaien en gooide hem toen op de grond.

Na een heuveltje stonden we plotseling voor het rietbos.

'Waarom zijn we hier?' vroeg ik.

Nicola legde zijn hand tegen de stam van een olijfboom. Hij keek naar de grond, niet precies naar het punt waar Bern en ik altijd gingen liggen, maar iets verder naar rechts.

'Ik vroeg waarom we hier zijn,' zei ik nog een keer. Mijn keel kneep dicht van de zenuwen.

'Bern en Tommaso waren als broers voor me. Zij waren dan misschien een Siamese tweeling, ik was toch hun broer.'

'Dus?'

'Wij drieën deelden alles.' Hij keek me strak aan. 'Maar dan ook alles. Maar Bern heeft jou nooit met ons willen delen. Hij zei dat je van hem was, punt uit.'

Hij haalde zijn hand door zijn haar. Het water van het beekje kabbelde zachtjes voort, Joost weet waar het vandaan kwam en waar het naartoe ging. 'Ik moet mijn trein halen,' zei ik. Toen draaide ik me om en beende in de richting van de masseria. Nicola maakte geen aanstalten om achter me aan te komen.

Toen ik al een heel eind weg was, zag ik hem nog net zo staan, met zijn gezicht naar het rietbos, één arm langs zijn zij en een tegen de boom, turend naar het spookbeeld van Bern en mij in elkaars armen, of misschien van Bern en Violalibera, of van wie er dan ook was gaan liggen op de plek die ik in mijn naïviteit als de mijne beschouwde.

In de trein keek ik naar de straatlantaarns die door het beduimelde raampje voorbijflitsten, de lange zwarte stukken landschap en de borden die de stations aankondigden van plaatsen waar ik nog nooit van had gehoord. We waren in Abruzzo, of misschien al in de Marche, toen het zo hard begon te regenen dat de ramen in een mum van tijd besloegen en de coupé zo vochtig werd dat je het er benauwd van kreeg. Ik moest nodig naar de wc, maar stond niet op. Het leek wel of ik verlamd was. Ik had nog nooit zo'n allesoverheersende pijn gevoeld, alsof me een kolossale hoeveelheid gif was ingespoten. Het beeld van Bern en Violalibera vroeg erom uitvoerig overdacht te worden, en dat deed ik dan ook tot de volgende ochtend, tot er een waterig zonnetje boven het laagland opkwam terwijl ik nog wakker was, nog steeds wakker was.

Het laatste jaar op het lyceum werkte ik als een gek, omdat ik niet wist wat ik anders met mezelf aan moest. Het was de enige manier om te voorkomen dat mijn geest in een flits de duizend kilometer zou afleggen die me van Speziale scheidde. Nicola en ik wisselden een paar brieven, maar ze waren vlak en nietszeggend, zowel de mijne als de zijne. Ik hield op met ze te beantwoorden.

Ook als ik sliep, bleef ik steeds maar dezelfde beelden in mijn hoofd afspelen. De jongens in het zwembad. Wij met z'n vieren tussen al die lichtjes midden op het plein van Ostuni. Het rietbos en de dodelijk vermoeiende terugritten naast mijn vader, als hij voor de tweede keer *Stella stai* wilde horen en ik niet wist hoe ik mijn melancholie moest verbergen. 's Ochtends vroeg trof mijn moeder me met mijn gezicht op het bureau aan, ze maakte me wakker door over mijn voorhoofd te strelen, en dan duurde het nog uren voordat mijn nek geen pijn meer deed.

Om de dag ging ik 's avonds baantjes trekken in het zwembad tot ik volkomen uitgeput was. De eerste sigaret die ik rookte als ik eruit kwam had altijd een rare smaak, van verbrand plastic, het verbaasde me iedere keer weer.

Ik haalde het maximale aantal punten op mijn eindexamen en werd overladen met loftuitingen. Niemand zag wie ik echt was: een ploeteraar die probeerde de jongen te vergeten met wie ze twee jaar daarvoor een zomerliefde had beleefd, de jongen die een ander meisje zwanger had gemaakt en daarna in het niets was opgelost.

In augustus vertrok mijn vader in zijn eentje naar Speziale. De ochtend dat hij wegging stond ik niet op om hem gedag te zeggen. De dagen erna draaide ik om de hete brij heen, en uiteindelijk belde ik hem niet één keer.

Ik was heilig van plan om hem ook bij terugkomst niets te vragen, maar hij kwam zelf naar mijn kamer. In zijn kielzog een spoor van zweetlucht, na al die uren in de auto. Ik keek naar de videoclip van *Secretly* op MTV.

'Het was dit jaar warmer dan anders,' zei hij.

'Dat heb ik gehoord.'

'Zelfs de oude mensen kunnen zich niet herinneren dat het ooit zo droog is geweest. Dat is goed voor de olijven.' Hij ging op het bed zitten. 'Maar ik ben een paar keer naar zee geweest. Het was heerlijk. Kalm, glad en prachtige weerspiegelingen. Het water leek wel warme soep. Op de masseria...'

Ik draaide me om naar de tv. Ik deed net of ik aandachtig keek, maar hij ging niet weg. De drie hoofdrolspelers van de video waren een motelkamer ondersteboven aan het keren.

'Zou je haar even uit willen zetten?' zei hij toen.

Ik zocht naar de afstandsbediening. In plaats van haar uit te doen, zette ik het geluid zacht.

'Ik wou zeggen dat de masseria helemaal verlaten is. Er staat een bordje TE KOOP op.'

Ik vroeg met een klein stemmetje naar Cesare.

'Die is weg. Ik heb ook in het dorp navraag gedaan, maar niemand wist eigenlijk wat. Ze leefden nogal geïsoleerd, die mensen.'

'Die mensen' sprak hij op een vreemde manier uit, alsof hij het over aliens had.

'Het zal niet meevallen om de boel daar te verkopen. Het huis moet eigenlijk worden gesloopt en herbouwd. Ik vraag me eerlijk gezegd zelfs af of het wel herbouwd mag worden. Volgens mij is het grootste deel daar illegaal gebouwd. Trouwens, wie wil zo'n terrein nou hebben? Oma zegt dat ze er jarenlang stenen hebben gestort.'

Eindelijk stond hij op, hij klopte tegen zijn broek om het stof eruit te slaan.

'Ik kan beter even gaan douchen. Ik ben doodop. O ja, oma heeft dit voor je meegegeven.'

Hij gaf me een pakje, dat zo te voelen een boek was.

'Ze vond het heel erg jammer dat je er dit jaar niet was.'

Ik probeerde me voor te stellen hoe de verlaten masseria eruitzag, deuren en ramen dichtgetimmerd, het bordje TE KOOP erop. Ik keek hoe mijn vader de kamer uitliep.

De beelden van *Secretly* liepen door zonder geluid, het was de laatste scène. Ik zette de tv uit en haalde het papier van oma's pakje. Er zat een van haar romans in, *Het heilzame halssnoer* van Martha Grimes. Wat een onzin, dacht ik. Ik zette het zonder het zelfs maar door te bladeren in de boekenkast.

2

Jaren later zouden Tommaso en ik nog de enigen zijn die aan die zomers terugdachten. We waren inmiddels volwassen, boven de dertig, en ik had nog steeds niet kunnen zeggen of we elkaar als vrienden zagen of juist helemaal niet. Maar we hadden een groot deel van ons leven, misschien wel het belangrijkste deel, samen doorgebracht, en door de vele gezamenlijke herinneringen hadden we meer met elkaar gemeen en was onze relatie hechter dan we allebei wilden toegeven.

Ik zag hem al een hele tijd niet meer, behalve die ene avond dat ik onaangekondigd voor zijn deur stond en hij me had weggejaagd, en ik hem, uit wraak, plompverloren had verteld wat er met Bern was gebeurd. Maar op de kerstavond van 2012 was ik opnieuw in zijn appartement in Taranto. Ik zat op een stoel naast zijn bed; hij was zo dronken dat zijn armen ervan trilden. Hij was er te slecht aan toe om voor zijn dochter te kunnen zorgen, en daarom had hij mij gebeld, de laatste aan wie hij hulp zou willen vragen, maar ook de enige van wie hij wist dat ze net als hij die avond alleen zou zijn.

Tegen elven was Ada op de bank in slaap gevallen en was ik weer naar Tommaso's kamer gegaan, waarvan de deur op slot zat. Hij was wakker, alsof hij wist dat ik om een wederdienst zou vragen: ik moest en zou, vijftien jaar na dato, eindelijk de waarheid weten over dat meisje, Violalibera.

Hij keek gelaten naar de omslag van het laken, terwijl hij naar woorden zocht om te beginnen. Medea, zijn hond, lag aan het voeteneind te doezelen. Alleen de lamp op het nachtkastje aan de andere kant van het bed was aan, en dat was het enige licht tot de zon opkwam en ik, met een hoofd dat gonsde van al die dingen die ik daarvoor niet wist, van mijn stoel opstond.

'Het tehuis,' zei Tommaso na lang zwijgen, 'was een ramp.'

Hij siste die woorden, met zijn tanden op elkaar geklemd. Zijn huid was grijzig, door alles wat hij had gedronken.

'Wat voor tehuis?'

'Waar ze me naartoe hadden gestuurd toen mijn vader was gearresteerd.'

'Wat heeft dat er nou mee te maken?'

Ik was daar niet gaan zitten om over het tehuis te horen. Er was iets veel belangrijkers dat onbesproken was gebleven, iets wat Bern en Nicola en Cesare betrof, en onze eerste zomers op de masseria, en Violalibera, die naam die van tijd tot tijd weer opdook in mijn leven.

'Voor mij begint het allemaal daar.'

'Oké,' zei ik, terwijl ik mijn ongeduld probeerde te onderdrukken, 'ga door.'

Voor hij doorging, drukte Tommaso met beide handen tegen zijn spierwitte gezicht, twee keer. De stevigheid van zijn lichaam leek hem te verbazen.

'Het stonk er altijd verschrikkelijk, vooral op de gang. Soep, pies of ontsmettingsmiddel, afhankelijk van het uur van de dag. Daarom snoof ik als ik op het bankje zat te wachten altijd aan mijn huid, aan de binnenkant van mijn elleboog.'

Zijn stem werd bij elke zin wat helderder, alsof ook zijn longen, zijn keel, zijn gehemelte aan het bijkomen waren uit de verdoving.

'Mijn moeder zei dat ik zo gevoelig was voor geuren omdat ik een albino ben. Voor haar was dat een verklaring voor alles: "Tja, je bent een albino." Maar op dat moment kon ze dat niet meer zeggen, want ze was dood.'

Hij keek me vluchtig aan om mijn reactie te peilen, maar ik had geen medelijden met hem. Dat had ik misschien ooit wel gehad, maar dat was lang geleden. Ik wilde alleen maar dat hij doorging.

'Nog voor ik ze zag, rook ik dat ze eraan kwamen. Cesare en Floriana, bedoel ik. Zeep, pepermunt, en het laatste spoor van een wind. Ik trilde een beetje, denk ik. Nu vind ik dat doodnormaal: je bent tien, en je wacht op onbekenden die je komen ophalen. Floriana ging zitten, ze aaide over mijn hand zonder hem vast te pakken. Cesare bleef staan. Ik zat nog steeds met mijn neus in mijn elleboogholte en keek ze niet aan. Ik zag alleen zijn schaduw die vanaf de vloer doorliep op de muur. Hij pakte me bij mijn kin en dwong me omhoog te kijken. Hij had toen nog een snor, en als hij nerveus was, kamde hij die met zijn vingers. Dat deed hij ook nadat hij tegen me had gezegd hoe hij heette. Maar dat wist ik al, de maatschappelijk werksters hadden me over Floriana en Cesare verteld, ze hadden me een foto laten zien waarop ze met de armen om elkaar heen voor een gele muur stonden. Vrome mensen, had een van hen gezegd.

"Moet je kijken," zei Cesare tegen Floriana. "Doet hij je niet aan de aartsengel Michaël denken? Op dat schilderij van Guido Reni?" En daarna zei hij zachtjes tegen mij: "De aartsengel Michaël versloeg een woeste draak. Ik wil je graag zijn hele geschiedenis vertellen, Tommaso. Daar hebben we alle tijd voor in de auto. Ga je spullen maar halen."

Maar in de auto vertelde hij niet verder. Hij zei alleen dat hun huis op de lijn van de aartsengel lag, een lijn die vanaf Jeruzalem naar de Mont Saint-Michel liep. Misschien was dat wel het hele verhaal.

Ik probeerde te onthouden hoe we reden, welke kant ik op moest voor mijn vader, maar door de onafzienbare hoeveelheid precies gelijke bomen en al die stapelmuurtjes, raakte ik elk gevoel voor richting kwijt. Toen we uit de auto stapten, voelde ik me onbereikbaar.

"Ik pak de tassen wel," zei Cesare, "ga jij maar naar je broers."

"Ik heb geen broers, mijnheer."

"Je hebt gelijk. Sorry, ik loop te hard van stapel. Je mag zelf weten hoe je ze noemt. Ga nou maar gauw, ze moeten hier ergens in de buurt zijn. Achter die oleanders."

Ik liep door de bosjes en dwaalde een tijdje door de olijfboomgaard, in het begin zonder uit de buurt van het huis te gaan, en toen steeds verder ervandaan. Ik had nog steeds de onzinnige hoop dat ik kon vluchten, en dat het tehuis daar vlakbij was en dat ik het nog kon vinden. Ik was niet gewend aan het platteland. Ik wilde net teruglopen toen ik een stem hoorde, die mij riep: "Hierboven!"

Ik draaide een rondje maar zag niemand, alleen maar bomen die een eindje uit elkaar stonden.

"Bij de moerbeiboom," zei de stem.

"Ik weet niet welke dat is."

Het was even stil, en toen hoorde ik voetstappen. Bern kwam uit de schaduw tevoorschijn.

"Dit is de moerbeiboom," zei hij. "Zie je?"

Ik liep naar hem toe. Het was donker en koel daaronder. Er stond een ladder om naar een hut die tussen de takken was gebouwd te klimmen. Hij keek me onderzoekend aan, streek langs mijn wang en zei toen die woorden: "Wat ben je wit, je ziet er zo breekbaar uit." Ik zei dat ik helemaal niet breekbaar was. Hij klom naar boven en ik klom achter hem aan.

In de hut zat Nicola, in kleermakerszit.

"Heb je gezien hoe hij eruitziet?" vroeg Bern hem. Maar hij keurde me nauwelijks een blik waardig.

"Hij durft tenminste wel omhoog te klimmen."

Inderdaad had ik niet de indruk dat de hut heel stabiel was. Ik vroeg of zij de hut gebouwd hadden, maar ze negeerden me.

"Speel je skaat?" vroeg Nicola.

"Ik kan pokeren."

"Da's niks, joh! Ga zitten, dan leren we je skaat. We missen nog een derde man."

74

Door elkaar heen pratend legden ze zo goed en zo kwaad als het ging de regels uit. De rest van de middag kwam er geen woord meer uit onze monden dat niet met het spel te maken had. Toen zeiden ze dat het tijd was om te bidden. In het tehuis bad ik ook, daarom vond ik het niet gek. Ik had geen idee hoe anders het zou zijn. We liepen een voor een de ladder af. Voorbij de oleanders doemde het schijnsel van de kale lamp onder de pergola op. Bern sloeg zijn arm om mijn nek. Ik liet hem begaan. Ik had nooit broers gehad, en vóór die dag wist ik niet eens dat ik ze zo graag wilde.'

Tommaso pauzeerde. Het leek wel of zijn lichaam zich ontspande toen hij die herinnering aan de eerste dag op de masseria ophaalde. Ik kende dat gevoel, het gevaarlijk troostrijke gevoel dat gepaard ging met elke herinnering aan die plek, en aan Cesare.

'Er ontglipte niets aan zijn blik,' ging hij verder. 'Alles wat met de masseria en het land eromheen te maken had, maar vooral met ons, jongens. Je hoefde tijdens de les maar een zucht te slaken of Cesare pakte je met die ijzeren greep van hem bij je arm en zei: kom mee, we gaan even praten.

Onder de steeneik kon hij wel een halfuur zitten wachten tot er iets uit je mond kwam, wat dan ook. Als je tien bent is het onverdraaglijk om al die tijd naast een volwassene te zitten zwijgen. Ik dacht dan aan de anderen, die hongerig aan tafel zaten te wachten om te kunnen eten. Ik snapte niet wat Cesare van me wilde. Maar hij wachtte, en wachtte, en wachtte, met half geloken ogen, alsof hij zat te dommelen, hoewel zijn greep op mijn schouder niet verslapte. En dan borrelde er opeens een woord omhoog. Cesare knikte me bemoedigend toe. En aan dat eerste woord hechtte zich nog een woord, en nog een, en ten slotte kwam alles eruit. Daarna was het zijn beurt. Zijn commentaar duurde een eeuw, alsof hij van meet af aan wist wat ik ging opbiechten. We baden samen om genade en wijsheid, en gingen terug naar de anderen. Daarna voelde ik me een paar uur licht en rein. Alleen in de hut in de moerbei-boom waren we veilig. Het gebladerte was zo dicht dat Cesare ons niet kon zien als we daar zaten. Hij ging onder de boom staan en vroeg dan: "Alles oké daar?" Hij probeerde tussen de planken door te gluren, maar wij hadden een doek op de vloer gelegd, die we in de gereedschapsschuur hadden opgeduikeld. Hij verloor dan zijn geduld en liep weg. Soms denk ik wel eens dat ík het bederf heb bin-nengebracht in de boomhut. In ieder geval heb ik Bern en Nicola de schuttingwoorden geleerd die ik in de eetzaal van het instituut had opgepikt. Ze zeiden er om de beurt eentje, om erachter te ko-men hoe dat voelde. Een videogame was door de inspectie van mijn tassen geglipt en ze speelden er verwoed op tot de batterijen leeg waren. Ik weet nog dat er een tijd was dat we elkaar uitdaagden om alle bladeren, wortels, bessen, zaden en bloemen die er op de mas-seria waren te proeven. Het was ontzettend spannend wie als eerste iets giftigs in zijn mond zou stoppen. En daarna propten we ons vol met moerbeien om de bittere smaak kwijt te raken.

Op een middag vond Bern een gewonde haas naast de houtschuur. We droegen hem naar de boomhut. Hij keek ons met glanzende, bange ogen onderzoekend aan. We wilden opeens maar één ding.

"Laten we hem doodmaken!" zei Bern.

"Dan zijn we verdoemd," zei Nicola.

"Nee, niet als het een offer is aan de Heer. Til hem op, Tommie."

Ik pakte de haas bij zijn oren, het kraakbeen voelde vreemd aan. In mijn vingers voelde ik het razendsnelle kloppen van zijn hart, of was het mijn eigen hart? Bern opende een schaar en haalde het blad over de hals van het dier, maar te voorzichtig, het lukte hem niet om een snee te maken. De haas schokte, ik had hem bijna laten glippen.

"Snijden!" schreeuwde Nicola. Zijn ogen schoten nu vuur.

Bern trok de haas aan zijn goede poot omlaag. Zo uitgerekt was hij heel erg lang. Hij sloot de schaar en stootte hem als een dolk in zijn keel. Ik zag de punt vanaf de andere kant tegen zijn vacht drukken, maar niet erdoorheen komen. Toen hij de schaar eruit trok en er donker bloed naar buiten gutste, spartelde de haas nog steeds.

Hij stond daar met de schaar in zijn handen, als verlamd. Het leek of de haas hem nu smeekte om er zo snel mogelijk een eind aan te maken. Nicola duwde Bern met zijn elleboog opzij, stootte de schaar in het gat en trok hem toen met een ruk open. Het bloed spoot in mijn gezicht.

We begroeven de haas zo ver mogelijk van het huis. Bern en ik groeven met onze blote handen een gat, terwijl Nicola op de uitkijk stond. Toen we een paar uur later bij het graf terugkwamen, stond er een kruis in de grond dat gemaakt was van twee houten latten. Cesare zei er niks over, maar die avond las hij, met lange, veelzeggende pauzes, een stuk uit Leviticus voor: "De kameel, want hij herkauwt wel, maar verdeelt den klauw niet, die zal u onrein zijn. En de haas, want hij herkauwt wel, maar verdeelt den klauw niet; die zal u onrein zijn. Ook het zwijn, want dat verdeelt wel den klauw, en klieft de klove der klauwen in tweeën, maar herkauwt het gekauwde niet; dat zal u onrein zijn. Van hun vlees zult gij niet eten, en hun dood aas niet aanroeren, zij zullen u onrein zijn."'

'Zij zullen u onrein zijn,' herhaalde Tommaso. En toen zei hij het nog een keer, fluisterend: 'Onrein.'

Hij vouwde zijn handen en was even in gedachten verzonken.

'Maar Nicola zorgde voor de vieze blaadjes,' ging hij even later verder. 'Floriana stuurde hem wel eens naar het dorp voor een boodschap. Bern kon dat niet uitstaan. Hij wist dat Nicola er vaak misbruik van maakte en met het kleingeld dat hij overhad een ijsje kocht. Maar het waren niet die ijsje die zijn jaloezie opwekten, het was het stilzwijgende verbond met Floriana dat Cesare oogluikend toestond. Floriana trok hem op heel veel manieren voor. Mij deed het niks. Ik was al dik tevreden als ik het gevoel had dat ik niemand tot last was. En ik mocht ook één keer in de maand naar de stad, om bij mijn vader op bezoek te gaan. Bern was de enige die nooit voorbij de ongewisse grenzen van het boerenland kwam. Als Nicola en ik terugkwamen van onze uitstapjes, dan keek hij alsof hij ons wilde vermoorden, al zei hij daarna ook: "Daar buiten? Ik zou wel eens willen weten wat er zo interessant is daar buiten!"

Nicola had de blaadjes in het rek van de krantenkiosk zien staan. Hij had er heel eventjes naar gekeken – tenminste, dat dacht hij zelf – maar de verkoper had meteen gezegd: "Kies er maar twee uit. Je krijgt ze van mij." Hij wilde meteen de benen nemen, maar de verkoper had aangedrongen: "Je hoeft niet bang te zijn, ik zeg niks tegen je vader."

Eenmaal in de hut discussieerden we een hele tijd voor we ze opensloegen. We besloten dat we maar twee bladzijden per dag zouden bekijken, dan zou de zonde minder zwaar zijn. We hadden het vaak met zijn drieën over schuld, over de geboden, de zonden. Dat waren de voornaamste ingrediënten van het geloof dat Cesare ons onderwees. Of misschien was dat het enige wat we begrepen van het geloof dat hij aan ons probeerde door te geven.

Hoe dan ook, we hielden ons niet aan de afspraak. Diezelfde middag nog bladerden we de tijdschriften helemaal door, van voor naar achteren en van achteren naar voor, gretig en beschaamd, en zonder dat er een lachje af kon. Alsof we recht in een helse afgrond keken. Ik wist toen al dat ik me op de verkeerde details richtte. Ik bestudeerde die foto's op een andere manier dan mijn broers, maar dat hadden zij niet in de gaten.

Bern en Nicola lieten hun broek zakken. Het was begin juni, de houten planken, onze ellebogen en knieën waren helemaal paars van de moerbeien.

"Jij ook," zei Bern tegen me.

"Ik wil niet."

"Jij ook," zei hij weer. En ik deed wat hij zei.

We lieten de blaadjes voor wat ze waren. We hadden ze niet meer nodig, en er kwamen ook geen nieuwe meer bij. We hoefden elkaar alleen maar aan te kijken. 's Avonds, bij het eten, schaamden we ons zo erg dat Cesare voor een raadsel stond.

Er woonden nog andere jongens bij ons, hun namen staan me niet meer precies bij. Cesare dwong ons om met hen te spelen, maar wij hielden ze op afstand, en niemand mocht van ons boven in de boom komen. Ze waren er hoe dan ook maar kort, en op een ochtend waren ze zonder enige waarschuwing vooraf verdwenen.

Uiteindelijk werd de hut in de moerbeiboom te klein, en 's winters verweerden eerst de vloerplanken en daarna de touwen die ze bij elkaar hielden. De laatste die naar boven klom, was Nicola. Hij vond er een nest hoornaars tussen de takken. Van schrik deed hij een stap naar achteren, het hout onder zijn voeten begaf het en toen lag hij op de grond, met een gebroken sleutelbeen. We zeiden altijd dat we een nieuwe hut zouden bouwen, een grotere, misschien wel verspreid over meer bomen, met hangbruggen ertussen, maar de tijd haalde ons in. In september 1997...'

Hij telde stilletjes op zijn vingers, heel langzaam, alsof het rekenen een inspanning van zijn door alcohol doordrenkte hersenen vroeg die zijn vermogen te boven ging. Aan de ene kant wilde ik dat hij opschoot met zijn verhaal, maar aan de andere kant wilde ik me helemaal verliezen in die herinneringen aan de eerste jaren op de masseria, en wilde ik ook weer de warmte voelen die ik ook zo goed kende.

'Nee, het was nog 1996,' zei hij, 'september 1996. Nicola ging toen naar het gymnasium in Brindisi, naar de laatste klas. Om op het vereiste niveau te komen had hij privélessen gehad van een leraar uit Pezze di Greco. Hij was van onze gezamenlijke kamer naar de kamer waar Cesare zijn olieverfschilderijen had staan verhuisd om zich beter te kunnen concentreren. Die kamer was altijd op slot. Cesare was onzeker, als het om zijn schilderijen ging. Nicola vertelde dat hij ze vroeger op de markt in Villa Franca verkocht, maar nadat hij het commentaar van een voorbijganger had opgevangen, wilde hij ze aan niemand meer laten zien. Wij waren natuurlijk toch naar binnen gegaan en wisten dat zijn schilderijen altijd maar één onderwerp hadden: een veld met rode bloemen waar olijfbomen op stonden, met op de voorgrond een bloem die veel hoger was dan de andere. Die reusachtige klaproos was hij, Cesare, dat is wel duidelijk, toch? Maar ik weet niet of dat toen al zo duidelijk voor me was. Nicola had nu spiksplinternieuwe schoolboeken, en een Engels en Latijns woordenboek helemaal voor hem alleen, terwijl Bern en ik het nog steeds moesten doen met een woordenboek dat van ouderdom in drie stukken uit elkaar was gevallen, en waarvan de woorden nauwelijks te lezen waren. Nicola verbood ons om zijn boeken ook maar aan te raken. Daar waren ze te duur voor, zei hij.

's Morgens vertrok hij samen met Floriana in de Ford, en na het middageten kwam hij terug met de bus. Hij werd vrijgesteld van het werk op het land, omdat hij 's middags zijn huiswerk moest doen. Zijn werk werd verdeeld tussen Bern en mij, en daardoor konden wij weer minder tijd aan onze lessen besteden. In ieder geval leek Cesare niet zoveel zin meer te hebben om zich met ons bezig te houden. Hij liet ons tijden alleen om opstellen te schrijven, maar vaak vergat hij ze te lezen.

En toen kwam de computer. Twee indrukwekkende dozen op de keukentafel, raadselachtig als totems. De installateur opende ze met een stanleymes en haalde de onderdelen eruit, waar piepschuim omheen zat. Na al die jaren bij Cesare was ik niet meer gewend aan technologie, we hadden niet eens een radio. En nu opeens een computer! Bij ons thuis!

"In míjn kamer," zei Nicola nadrukkelijk tegen de installateur, die naar een stopcontact in de muur wees.

Bern sprong op: "Hoezo?"

Hij versperde de installateur de weg. Hij liet hem bijna struikelen.

Toen hij inzag dat hij hem niet kon tegenhouden, vroeg hij: "Kunnen wij hem dan gebruiken?"

Cesare had zijn leesbril opgezet om de kleine lettertjes op de doos te kunnen lezen, maar hij begreep er niets van, dat zag je aan zijn gefronste wenkbrauwen.

"Kunnen wij hem gebruiken of niet?"

Cesare ademde diep in. Terwijl hij sprak, keek hij Bern recht aan, zonder angst, en toch leek zijn stem, voor het eerst sinds ik hem kende, te haperen van onzekerheid. "De computer is van Nicola. Zijn leraar..." En daar stopte hij. "Even geduld. Jullie tijd komt nog wel."

Floriana leunde tegen het aanrecht. Ze keek met opeengeklemde lippen naar haar man, en ik begreep dat ze die beslissing samen hadden genomen.

De tranen sprongen Bern bijna in de ogen. De computer stond intussen op de enige verboden plaats in het huis, object van een tomeloos verlangen, waarvan hij net daarvoor niet eens wist dat hij het had.

"Om welk beginsel gaat het hier?" vroeg hij.

Niemand reageerde. De installateur rolde de kabels en snoeren uit en sloot ze aan.

"Om welk beginsel, Cesare?" vroeg Bern opnieuw.

Dat was het moment dat er iets kapotging tussen hen: in de pauze tussen de vraag en het antwoord. Cesare zei: "Gij zult de vrouw van uw naaste niet begeren, noch zijn land, noch zijn slaaf, noch..." maar hij werd onderbroken door de voordeur die met een klap dichtsloeg.

Later, op onze kamer, stortte Bern zijn hart bij me uit. "Het is niet eerlijk. Ze hadden hem ook al een eigen kamer gegeven."

"Nicola is wel ouder," zei ik.

"Ja, één jaar!"

Ik vertelde hem niet dat het voor mij zelfs beter was zo. Als ik nu midden in de nacht wakker schrok uit mijn steeds terugkerende nachtmerrie over mij en mijn vader, kon ik naar de slapende Bern kijken zonder bang te hoeven zijn dat iemand anders naar mij lag te loeren. Ik kon naar zijn bed sluipen en op zijn ademhaling weer rustig worden.

"Jou kan het ook niets schelen dat Nicola naar school gaat en wij hier opgesloten zitten," zei hij beschuldigend. "Jij wil niets leren. Niets interesseert je."

Maar dat klopte niet. In het donker met hem liggen praten, of niets zeggen maar luisteren naar de druppels die na het onweer van de daklijst vielen: dat interesseerde me, en het was beter dan alles wat ik ooit had gehad. Waarom was dat ook voor hem niet genoeg?

"Waarvan denk jij dat ze Nicola's privélessen betalen?" ging hij door.

"Geen idee. Van wat Floriana verdient?"

Er vloog iets tegen mijn gezicht: een opgerolde sok. Ik gooide hem terug, maar raakte Bern niet.

"En waarvan denk je dat ze de computer hebben betaald, sukkel?"

"Ook van wat Floriana verdient?"

"Cesare krijgt er geld voor, hoor, om jou hier te laten wonen."

Ik wilde niet dat Bern het erover had. Over de pleegzorgvergoeding, zoals het in de formulieren heette. Die pleegzorgvergoeding zat aan me vastgespeld als een prijskaartje aan een nieuwe trui.

"Nou en?" zei ik.

"Nou, mijn moeder stuurt ook geld naar Cesare, wat dacht je? Ook al is hij haar broer. Hij krijgt elke maand geld van haar. En hij doet er lekker mee wat hij wil."

Ik zag in het donker dat hij op zijn bed ging zitten.

"Vanaf morgen gaan we staken," zei hij vastberaden.

"Wat bedoel je?"

"We doen net als de baron in de bomen, op de dag dat hij de benen neemt en boven in een boom gaat zitten."

"Ja, hoor! Cesare zou ons meteen naar beneden halen."

En toch had ik het gedaan, als hij het me gevraagd had. Voor hem had ik alles gedaan. Ook als dat betekende dat ik nooit meer een voet op de grond zou zetten.

"Ja, we doen net als de baron in de bomen," ging hij door, alsof hij het nu alleen nog tegen zichzelf had. "We moeten zijn voorbeeld volgen. Vanaf morgen geen lessen meer. Geen gebeden. Geen werk."

Ik ging met mijn gezicht naar de muur liggen. Jaren geleden hadden we op een nacht in de boomhut geslapen, met de vallende sterren als excuus. Tegen de ochtend was het zo koud en vochtig dat we dicht tegen elkaar aan waren gekropen, maar dat hielp niet. We waren met blote voeten teruggelopen naar het huis, en ik was met mijn grote teen op een heel grote slijmerige naaktslak gestapt. Cesare had ons gloeiend hete kamillethee gegeven om op te warmen. Hij was goed voor me geweest, beter dan ieder ander. Hij verdiende mijn ongehoorzaamheid niet.

"Nou, doe je mee?" vroeg Bern.

"Staken," zei ik zachtjes om aan de klank te wennen.

De volgende dag kwamen we onder de steeneik bij elkaar voor het lof. We mochten van Cesare alleen 's morgens een tuniek dragen. Bij het wakker worden, zei hij, waren we reiner.

Hij las iets voor uit Ezechiël. Ik luisterde maar half. Het is over, zei ik opgelucht tegen mezelf, de slaap heeft Berns hart vrijgemaakt.

Cesare vroeg hem om in het evangelie van Matteüs de regels op te zoeken over de Hof van Getsemane Floriana gaf hem de Bijbel en Bern sloeg hem open. Hij was sneller dan wij bij het vinden van de verzen, bijna nog sneller dan Cesare intussen. Hij legde het boek open voor zich, ademde in om te gaan lezen, maar er kwam geen geluid over zijn lippen.

"Vooruit," spoorde Cesare hem aan.

Bern wierp een blik op de hemel en toen weer op de Bijbel.

Hij sloeg hem dicht. "Ik ga niet voorlezen," zei hij.

"Lees je niet voor? Waarom niet?"

Zijn wangen werden vuurrood. Ik hoopte dat hij niet uitgerekend nu over de computer zou beginnen. Als hij dat had gedaan, had ik het zelfs belachelijk gevonden. Maar Cesare begreep het zo ook wel. Hij haalde zijn gekruiste benen uit de knoop en boog voorover om de Bijbel van hem af te pakken. Hij gaf hem aan mij.

"Tommaso, wil jij zo goed zijn om vanochtend voor ons te lezen?"

We werden van alle kanten omringd door olijfbomen. We hadden echt de discipelen in de Hof van Getsemane kunnen zijn.

"Lucas?" vroeg ik, terwijl ik langzaam de bladzijden omsloeg.

"Ik zei Matteüs," corrigeerde Cesare me, "26, vers 36."

Ik vond het vers. Bern wachtte op een blijk van solidariteit. Maar hij zou het me vast wel vergeven. Ja, op een gegeven moment zou hij niet meer boos zijn. Mijn kuiten, die geplet werden onder mijn billen, tintelden.

Maar hij riep: "Niet lezen!"

Er zat niets arrogants in de manier waarop hij dat zei. Het was meer een smeekbede.

"Tommaso, we luisteren naar je," zei Cesare nadrukkelijk.

"Toen Jezus met hen aan een landgoed kwam dat Getsemane heette..."

"Niet lezen, Tommie," zei Bern zachter. Hij wist dat hij me nu in zijn macht had.

Ik legde het boek neer. Cesare pakte het en gaf het geduldig aan Nicola. Die begon te lezen, maar haperde voortdurend, zijn zinnen werden van schaamte in mootjes gehakt. Hij was nog niet klaar of Bern sprong op. Met zijn handen gekruist achter zijn hoofd stroopte hij de stof van de tuniek op en trok hem uit. Hij smeet hem als een vod op de grond, en stond alleen nog in zijn onderbroek. Hij ademde gejaagd, dat merkte ik aan het schokken van zijn schouders. Hij zag er zo weerloos, zo boos uit.

Het enige geluid was het geruis van de bladeren in de wind. Ik boog voorover om ook mijn tuniek uit te trekken, maar ik was onhandiger dan hij. Hoe dan ook, Cesare keek al niet meer naar ons. Met gesloten ogen zette hij het *Halleluja* in. Bij de tweede strofe vielen ook Floriana en Nicola in, met neergeslagen ogen, alsof ze weigerden om naar die naakte, ontrouwe versie van ons tweeën te kijken. Bern brak uit de cirkel en liep naar het huis. Ik ging hem achterna, voortgedreven door het verwijtende gezang van Nicola en zijn ouders. Toen ik halverwege was, draaide ik me om en keek naar hen, zoals ze daar onder die boom zaten. Ik bleef een paar tellen staan, heen en weer geslingerd tussen hen en Bern, twee families die plotseling gescheiden waren, en geen van beide, begreep ik in een flits, zou ooit echt van mij zijn.

De staking duurde tot het begin van de zomer. De eerste week liet Cesare de hoop nog niet varen dat het een gril was. Hij zat onder de pergola met de boeken netjes op elkaar gestapeld, en wierp ons daarvandaan blikken toe waar ik misselijk van werd. Maar na een tijdje had hij er genoeg van en wachtte hij niet meer op ons.

Hij kreeg een vreemde kuch. Op een dag moest hij heel lang en hard hoesten. Ik bracht hem een glas water, zonder dat Bern het zag. Hij nam het aan, pakte daarna mijn hand en drukte die tegen zijn borst. "De liefde is niet volmaakt, Tommaso," zei hij, "dat begrijp je toch wel, hè? Elk menselijk wezen is onvolmaakt. Als jij hem toch eens tot rede zou kunnen brengen!"

Ik trok mijn hand los en liet hem alleen. Na die keer riep hij mijn hulp niet meer in, hij bemoeide zich helemaal niet meer met ons. Bern en ik mochten nog wel aan tafel zitten, en hij schonk ook nog water in onze glazen en kleurde het met het bodempje rode wijn waar hij ons aan gewend had, maar het was alsof wij vreemden waren. We praatten niet meer, we zongen niet.

Op een avond verloor Nicola zijn zelfbeheersing. Hij stortte zich op Bern en gaf hem een dreun. Die keerde hem, in plaats van te reageren, rustig zijn andere wang toe. Hij glimlachte spottend. Cesare greep Nicola's arm vast en dwong hem zijn excuses aan te bieden. Floriana liep de keuken uit en liet een halfvol bord staan, ik kon me niet herinneren dat ze dat ooit eerder had gedaan.

"Hoe lang nog?" vroeg ik aan Bern toen we in bed lagen.

"Zolang het nodig is."

We waren nog niet opgehouden om samen te bidden, we deden het in het geheim. Hij zei uit zijn hoofd hele stukken uit de Schrift op, vooral psalmen, en soms ontstak hij in vurige gebeden die recht uit zijn hart kwamen. Maar in de loop van de weken werden er andere verlangens in hem wakker. Meer dan eens deed ik 's nachts mijn ogen open en zag hem voor het raam staan. Hij luisterde naar het feestgedruis in de verte, en keek naar het geluidloze vuurwerk aan de horizon. Hij wilde daarheen, wat daar ook mocht zijn.

"Wees maar niet bang," zei hij zonder zich om te draaien, "ik zorg voor je."'

Tommaso dronk een beetje water. Toen hij slikte, vertrok zijn gezicht van de pijn. Van al dat praten had hij natuurlijk een droge keel gekregen.

'En toen begonnen de palmbomen dood te gaan,' zei hij. 'Onder de boeren ging het gerucht dat de parasiet zich ook zou uitbreiden naar de olijfbomen, en dat de palmen uit voorzorg omgehakt moesten worden. Er stond er een op de masseria. Elk jaar gaf die plakkerige, oneetbare dadels. Dagenlang piekerde Cesare wat hij moest doen. Hij liep rondjes om de boom, bestudeerde hem. Hij heeft nooit gedacht dat planten echt een ziel hadden, maar voor de grootste planten had hij instinctief altijd respect. In juli hadden we een hittegolf. De sirocco joeg de verpulverde aarde op. Ik weet niet of dat voor Cesare het teken was waar hij op wachtte, of dat hij bang was dat de wind de parasieten mee zou voeren uit het zuiden. Maar op een ochtend hoorden we het geluid van een kettingzaag en van onder de pergola zagen we hem boven op een ladder staan die tegen de palm leunde. Een voor een vielen de bladeren naar beneden. Toen hij daarmee klaar was, begon hij aan de stam. Het zaagblad gleed weg op de bast. Ik kneep een paar keer mijn ogen dicht omdat het leek of hij uit zijn handen zou schieten.

Met zijn vuisten op tafel zei Bern: "Dat lukt hem nooit."

Maar het lukte Cesare om een kerf te maken in de stam, en toen was er weinig voor nodig om een snede te maken. De top van de palm bleef nog even rechtop. Toen helde hij naar de kant tegenover de snede en viel om.

Cesare trok een touw onder de stam door en bond het om zijn middel. Zo probeerde hij het kadaver van de palm naar een open plek te slepen waar hij hem kon verbranden. Hij kreeg de stam een paar meter mee, maar toen gaf Cesare een schreeuw en viel uitgeput op zijn knieën.

"We moeten hem helpen," zei ik.

Mijn hart ging als een gek tekeer. Ik was bang dat hij zou bezwijken, terwijl wij van onder de pergola onverschillig zaten toe te kijken. Ik wilde al naar hem toe lopen, maar Bern pakte mijn arm vast.

"Nog niet."

Cesare kwam overeind en schoof het vastgeknoopte touw van zijn heupen naar zijn schouders en begon weer als een stier te sjorren en te trekken. De stam schokte, maar Cesare viel weer en stikte bijna van het hoesten.

"Dit gaat verkeerd!"

Toen leek het of Bern opeens wakker werd. We liepen naar Cesare. Hij gaf hem een hand om hem te helpen opstaan en streek toen zachtjes over zijn bezwete voorhoofd.

"Jij laat ons naar school gaan, net als Nicola," zei hij.

"Wat hoop je daar te vinden, Bern?"

Cesares stem klonk benauwd, en dat was niet alleen van de inspanning en zijn hoestbui.

"Jij laat ons naar school gaan," zei hij nog eens, en hij streek over Cesares bovenlijf, waar het touw een rode striem had achtergelaten. "Ik heb zoveel voor je gebeden. Dag en nacht. Dat de Heer je hart zou verlichten. Herinner je je Prediker, Bern? Hoe groter de kennis, hoe groter de smart."

Bern bleef zijn zweet wegvegen, van zijn nek, van zijn borst, en deed dat met een tederheid waar ik jaloers op was.

"Doe je het?"

Cesare beet op zijn door de wind gebarsten lippen. "Als dat is wat je wilt," fluisterde hij.

Maar Bern was niet klaar. Nog niet. "Je laat ons met Nicola uitgaan," zei hij, "ook 's avonds, zoveel we willen. En je geeft ons een deel van het geld dat je voor ons krijgt."

Cesares ogen kregen een andere uitdrukking. "Gaat het daarom? Om geld?"

"Doe je het?" drong Bern aan, en intussen deed hij het touw al om.

"Ik zal het doen."

"Tommie, ga naar de schuur en haal nog een touw."

Terwijl ik tussen het gereedschap zocht, vroeg ik me af of Bern het wist, of dat ik er me als enige van bewust was: of hij wist hoeveel Cesare, die het tegenover Floriana en misschien ook wel tegenover God niet kon toegeven, van hem hield, meer dan van ieder ander, meer dan van zijn eigen zoon. Want Bern en hij hadden weliswaar voor een heel klein deel hetzelfde bloed, maar hun zielen waren gelijk, de ene een kopie van de andere. Tussen Cesare en Nicola ontbrak zo'n band. Een zware schuld voor een ouder om meer van een ander te houden dan van zijn eigen zoon. En een wrede afwijzing voor de zoon die ontdekt dat hij in zijn vaders hart de tweede plaats inneemt.

Na die dag gold er een wapenstilstand. De situatie werd in zekere zin weer normaal, maar niets was meer zoals het was. Tijdens het gebed pakten we nu elkaars hand vast met een zekere terughoudendheid. Floriana was openlijk chagrijnig. Achteraf weet ik zeker dat ze Cesare heeft voorgesteld om ons allebei weg te sturen, en dat hij dat geweigerd heeft. Op een middag dat we tomaten aan het plukken waren, zag ik dat ze naar een overrijpe keek en die toen driftig fijnkneep.

Bern en ik braken de hut in de moerbeiboom af, of wat er nog van over was. Al onze hoop was nu gevestigd op wat er achter de slagboom was.

De eerste middag dat we ons alleen met z'n drieën in de auto waagden, reden we naar het zuiden, helemaal naar Leuca, om te zien hoe ver we kwamen. We liepen in de buurt van de vuurtoren en Bern dacht dat hij de vage omtrekken van Albanië zag. Toen we terugreden, raakten we door de wirwar van wegen bij Maglie de weg kwijt.

's Avonds gingen we op zoek naar feesten. In Speziale gebeurde er nooit wat, en ze moesten ons daar toch al niet. Op een keer lokte de muziek ons naar Borgo Ajeni, waar een dorpsfeest was. De rook die van de kraampjes opsteeg, stonk naar dierlijk vet. Bern en Nicola knepen hun neus dicht. Ze zouden er meteen vandoor zijn gegaan als de mensen, de drukte en de band die er speelde er niet waren geweest. De geur van geroosterd vlees maakte me hongerig. Als ik mijn vader zag, aten we altijd vlees, en de rest van de tijd had ik er zin in, maar geen van hen wist dat.

Bern zag waarschijnlijk iets in mijn blik. "Ik neem het," zei hij met een gretigheid die zich steeds vaker van hem meester maakte.

"Niet doen!" zei Nicola, in een poging hem ervan af te houden.

Maar Bern boog zich al naar de vrouw die hamburgers op de grillplaat omdraaide.

Ik at een broodje en dat was het, maar hij wilde er nog eentje, en daarna nog eentje, alsof hij verslaafd was. Zijn lippen en zijn kin glommen van het vet.

Nicola werd er chagrijnig van en vond er op een gegeven moment niks meer aan. "Jullie zijn bloedhonden," zei hij toen we naar de auto liepen.'

Tommaso concentreerde zich nu even op zijn vingertoppen, die hij een voor een, pink op pink, ringvinger op ringvinger, op elkaar zette, alsof hij wilde controleren hoe helder hij was. 'En toen leerden we de Scalo kennen,' zei hij neutraal.

Hij knipte met zijn vingers. Medea kwam meteen overeind en strekte zich uit om aan zijn hand te snuffelen en hem daarna te likken. Tommaso droogde hem verstrooid af aan zijn deken.

Ik gunde hem de tijd om op adem te komen, en intussen probeerde ik me voor te stellen hoe hij, Bern en Nicola op die zomernachten van hot naar her zwierven, achter de flarden muziek aan, en hoe ze voor het eerst in de Scalo kwamen.

Maar toen Tommaso weer begon te praten, ging hij niet verder bij die avond.

'De onverwachte vrijheid betekende voor Bern, behalve uitgaan en vlees eten, ook dat hij wanneer hij maar wilde naar de openbare bibliotheek in Ostuni kon gaan en daar alle boeken kon halen die hij maar wilde. Niemand van ons begreep die bezetenheid. Na het middageten trok hij zich terug achter het huis en zat dan met zijn rug tegen de muur, in een bubbel van vijandige concentratie, te lezen. In die uren sloop ik Nicola's kamer binnen. De computer was niet aangeschaft om spelletjes te doen, maar er zaten wel een paar spelletjes op, en dankzij een paar nieuwe contacten bij de Scalo hadden we er nog een paar bij gekregen. We speelden er één per keer, zonder joystick maar stilletjes met de cursors, zodat Cesare en Floriana, die in de kamer ernaast sliepen, niets zouden merken. In de *Prince of Persia* was er een level waar wij maar niet bovenuit konden komen. Een hoopje botten vormde zich steeds opnieuw tot een skelet en belemmerde ons zo om een level hoger te komen. We werden om de beurt in de pan gehakt. Op een dag, toen ik zat te wachten tot

Nicola af was en ik weer kon spelen, werd mijn aandacht getrokken door iets wat aan de andere kant van het raam bewoog. En toen zag ik jullie.'

Tommaso keek me aan.

'Zag je ons?'

Ik snapte waar hij het over had, niet welke dag precies, dat niet, maar ik wist dat hij het had over de middagen van Bern en mij, onze geheime uren.

'Jullie staken de kale, open plek over tussen het huis en de oleanders,' zei hij. 'Ik heb een heel duidelijk beeld: Berns bruine rug en uitstekende schouderbladen, jij ietsje minder bruin, in een oranje strandjurkje. Nicola had niks door, die zat helemaal in het spel. Ik wilde net zeggen: kijk, maar iets hield me tegen. Ik zag jullie achter de struiken verdwijnen. Daar was verder niets, behalve olijfbomen en schuilplaatsen.

"Nu jij!" zei Nicola.

"Wat?"

"Jij bent aan de beurt. Schakel dat kloteskelet uit!"

"Ga jij maar door. Ik heb geen zin meer."

Ik liep terug naar mijn kamer en ging op bed liggen, maar als ik mijn ogen dichtdeed, dan zag ik Bern met jou over de rode aarde lopen. Dus sprong ik eruit, liep de trap af en ging naar buiten. Ik keek naar het raam: Nicola zat er nog steeds. Een hagedis schoot voor me langs en klom toen langs een stam omhoog. Ik kwam bij de moerbeiboom, ik was ervan overtuigd dat jullie daarnaartoe gingen, en om een of andere reden was ik opgelucht dat dat niet zo was. Dan zijn ze vast naar de bramenstruiken gegaan, zei ik tegen mezelf. Ik liep tussen de bomen van de ene schaduwplek naar de andere, ik wilde mijn schouders tegen de zon beschermen. Toen ik bijna zeker wist dat ik jullie kwijt was, zag ik ineens iemand in het rietbos staan. Ik kwam dichterbij. Het was Cesare. Hij keek naar iets tussen de bamboe, en het leek of er een siddering door zijn gedrongen bovenlijf voer. Hij had alleen een onderbroek en sandalen aan. Hij moest zo uit zijn kamer zijn weggelopen. Ik wilde hem net roepen, toen hij zich plotseling omdraaide en dwars door de rietstengels heen in mijn richting rende.

Cesare rende op mij af, en dat was een raar gezicht, want dat deed hij nooit. Toen hij mij daar zag staan, schrok hij zich rot. We stonden heel even tegenover elkaar, net een fractie van een seconde. De zon, die op zijn hoogste punt stond, verried meedogenloos zijn opwinding. Hij sloeg zijn hand ervoor en schoot toen naar rechts, vanuit mij gezien.

En ik had nog niet eens door wat er achter die smaragdgroene muur van rietstengels schuilging. Tot ik jullie uit dat bosje zag komen. Jullie waren nog steeds op je hoede, net als toen ik jullie vanuit Nicola's raam had zien lopen, maar jullie zagen er nu wel anders uit, eerder beduusd, afgemat, samenzweerderig, alsof jullie heel ver de zee in waren gezwommen. Voordat jullie me konden zien, dook ik weg achter een olijfboom.'

Tommaso's stem was zwakker geworden, en toen hij zweeg, leek het wel of de stilte zijn stem had verzwolgen. Het kon toch niet waar zijn dat we ons allebei schaamden voor iets wat gebeurd was toen we nog bijna kinderen waren? Toch was het blijkbaar zo, want ik wilde alleen maar dat hij verderging met zijn verhaal en Bern en mij in het rietbos met rust liet. Hij moest van die herinneringen afblijven.

Hij schraapte zijn keel.

'In de uren erna gingen Cesare en ik elkaar uit de weg, en als we elkaar toch tegenkwamen, keken we de andere kant op. Ik zag overal om me heen verraad: jij en Bern, Cesare verstopt tussen het riet, Nicola en zijn nieuwe leven in Bari.

Bij het avondeten bad Cesare langer dan normaal. Hij hield Floriana's hand vast en kneep zijn ogen zo stijf dicht dat er, toen hij ze weer opendeed, witte adertjes over zijn slapen liepen. Hij zocht iets in zijn broekzak en haalde er een opgevouwen vel papier uit.

"Ik wilde jullie deze homilie voorlezen. Ik moest er vandaag na een hele tijd opeens weer aan denken."

Keek hij mij aan voor hij verderging? Het zou kunnen, ik weet het niet meer zeker.

Hij las voor: "Zelfs de Vader is niet ongevoelig. Als wij tot Hem bidden, is Hij barmhartig en lankmoedig. Hij lijdt aan de liefde. Hij heeft gevoelens die Hij vanwege de grootsheid van Zijn natuur niet zou moeten hebben." Hij bleef nog een paar seconden besluiteloos staan, met ons zittend om zich heen, aan tafel.

"Die tedere gevoelens die wij allemaal hebben, echt allemaal, die kunnen we soms niet beheersen. We zouden Jezus willen navolgen, maar..."

Hij stopte weer. Hij leek steeds meer uit zijn doen.

"Het is al laat. Kom, we gaan eten."

Hij ging zitten en sloeg geen kruis. Het was de eerste keer dat dat gebeurde. En ook de laatste.

Ik wist dat Cesare die homilie voor mij had gekozen. Probeerde hij zich te rechtvaardigen? Vroeg hij me om vergeving? Hij had geen idee hoe trouw ik hem was. Misschien dat de anderen van hem hielden omdat ze dachten dat hij onfeilbaar was, maar ik niet. Ik hield gewoon van hem, punt uit.

Die avond ging ik bij de Scalo ergens achter de caravan zitten en dronk me lam. Van de weg naar huis herinner ik me niets, maar ik weet nog wel dat toen ik op mijn kamer was, Bern naar mijn bed kwam, zijn hand op mijn voorhoofd legde en vroeg of ik citroensap wilde. Ik zei dat hij me met rust moest laten.

De volgende ochtend wenkte Cesare me. Hij zat op het bankje onder de steeneik en keek zoals hij op zijn betere dagen keek. Hij had zijn tuniek aan. Hij tikte op de lege plaats naast hem.

"Ik ben heel vroeg opgestaan," zei hij, "het was nog donker, ik denk dat jullie net weer thuis waren. Ik ben naar Nicola's kamer gegaan en daarna naar die van jullie, dat had ik al heel lang niet meer gedaan. Ik heb een tijdje naar jullie staan kijken, terwijl je lag te slapen. Het is altijd weer een wonder als je die onschuld ziet. En jullie zijn nog steeds de spiegel van die onschuld, al geloven jullie dat zelf niet meer. Jullie zijn dat nog steeds, al begint je baard nu te groeien."

Dat was helemaal niet waar. Mijn donshaartjes waren alleen tegen het licht te zien, net als bij meisjes.

"Ik moest denken aan de keer dat Floriana en ik je op kwamen halen. Ik weet nog dat ik tegen haar zei: deze jongen gaat een bijzondere toekomst tegemoet." Hij streek de onderkant van zijn tuniek glad en klemde de zoom tussen zijn knieën. Onder de eik mochten wij, jongens, niet praten als ons niets gevraagd werd, en daarom zweeg ik. "Het lijkt of het gisteren was, maar hoeveel jaar is het al niet geleden?"

"Acht."

"Lieve help, acht al! En over een paar dagen word je meerderjarig, dan ben je voor de maatschappij in alle opzichten een man. Maar volgens mij hebben we het daar al over gehad."

"Volgens mij ook."

"Dus zoals je weet, Tommaso, is nu het moment gekomen om je eigen weg te gaan."

Ik voelde me helemaal slap worden. "Ik dacht dat ik zou blijven tot ik mijn school af heb. Tot mijn diploma dus."

Cesare sloeg zijn arm om mijn schouders. "O, dat zou zeker tot de mogelijkheden hebben behoord. Zeker als ik jouw, júllie, voogd was gebleven. Maar nu roept het openbaar onderwijs jullie, toch? Wees gerust, ik begrijp die wens. Ook de Heer begrijpt het, misschien heeft Hij dat idee wel doen ontluiken, omdat Hij een heel duidelijk plan met jullie heeft. En wie zijn wij dan om ons ertegen te verzetten? Trouwens, op jouw leeftijd was ik mijn eerste reis al aan het plannen. Ik had geen cent op zak, maar ik liftte helemaal naar de Kaukasus."

Er was geen enkele manier waarop je lekker zat op het bankje. Ik denk dat dat een van de redenen was waarom hij ons altijd daar ontbood. Maar hij zei: het komt door jullie ongeduld dat je nooit stil kunt zitten.

"Nu je volwassen bent en naar een echte school gaat, is er geen reden meer om hier te blijven. Ik heb met een kennis van me gesproken, hij heet Nacci. Hij is de eigenaar van een landgoed in Massafra. Een prachtige plek, naar mijn smaak misschien wat overdadig, maar echt betoverend."

"Massafra is meer dan een uur met de bus!"

"Er is daar natuurlijk ook een school. Wat dacht je dan?" zei Cesare glimlachend. Toen werd hij opeens weer ernstig. Ik dacht dezelfde blik terug te zien als de dag ervoor, in die fractie van een seconde dat hij stokstijf voor me stond.

"Het is al geregeld. Je kunt er volgende week heen. Ze zullen je hartelijk ontvangen, en Nacci heeft gezworen dat het geen zwaar werk is. Overdag verdien je wat en 's avonds kun je naar school in de stad."

"Weet Floriana het?" vroeg ik. Zij zou hem misschien kunnen overhalen om me nog wat langer te laten blijven.

"Ja, ze kwam zelf met het idee van Massafra. Bij mij was het nog niet eens opgekomen."

"En de anderen?" vroeg ik zachtjes.

"Die vertellen we het later. Samen, als je wilt. Geef me je hand."

Ik stak hem mijn krachteloze hand toe. Hij pakte hem stevig vast. Ik vroeg me af of dit echt de laatste keer was dat ik het zweet op zijn vingers voelde. De juiste woorden lagen me op de tong – ik zal niet tegen hen zeggen wat ik heb gezien, ik beloof het! – maar dit was niet het soort zin dat je tegen Cesare mocht zeggen onder die strenge takken van de eik.

"Laten we bidden voor je nieuwe avontuur," zei hij. "Dat de Heer je altijd bij zal staan."

Maar ik luisterde niet naar het gebed. Ik keek in de richting van het huis: Nicola op de schommelbank, Bern die hem plagerig een zet gaf, de trossen tomaten en uien aan de muur. Een schep op de grond. Ik kon niet geloven dat mijn leven zo plotseling eindigde, alwéér.'

'Dus zodoende ben je bij het Relais gaan werken,' zei ik.

Maar Tommaso reageerde niet. Zijn gezicht verstrakte. 'Floriana heeft me weggebracht. Toen ik het tropische zwembad zag, met die bruggetjes en de enorme fontein in het midden, kon ik mijn ogen niet geloven. Het was allemaal zo protserig.'

Hij haalde diep adem.

'De eerste dag wilde Nacci weten wat er in mijn familie was misgegaan waardoor ik als pleegkind bij Cesare terecht was gekomen. Ik vertelde het hem in het kort, en aan het eind zei hij: "Jezus christus! Waarom doet een man zijn eigen vrouw zoiets aan?" Door die manier van praten drong het meteen tot me door hoe ver weg de masseria was. Daar zou niemand hebben gevloekt. Niet dat Nacci me ooit slecht heeft behandeld, maar hij was gewoon anders dan Cesare, dat had ik meteen door. Hij had nooit iets van een vader. Nadat ik me voor de avondschool had ingeschreven, ging ik niet eens naar de eerste les, en hij stimuleerde me ook niet om te gaan. Misschien merkte hij het niet eens. In het begin noemde ik hem "meneer Nacci", en dat bleef ik doen tot...'

Tot de nacht van het incident, zei ik bij mezelf. Ik wist zeker dat Tommaso hier haperde omdat hij er ook aan dacht. Maar misschien noemde hij het in zijn hoofd niet de nacht van het incident. Wie weet welke woorden hij gebruikte als hij eraan terugdacht.

'Ik woonde in het gastenverblijf,' ging hij verder. 'In de zomer omdat er dan veel recepties waren, en in de herfst vanwege de oogst.

We sliepen wel met zeven, acht man in dezelfde kamer, allemaal in stapelbedden. Er zaten geen horren voor de ramen, dus hoorde je de hele nacht gepets. Als ik een klap tegen mijn nek of armen had gegeven, dacht ik aan de masseria, waar het verboden was om ook maar het kleinste beestje dood te maken. Ik was bijna opgelucht als ik opnieuw gezoem hoorde bij mijn oor. Nacci besefte dat ik nergens goed in was, dat ik nog nooit het onderhoud van een zwembad had gedaan, dat ik niet aan tafel kon bedienen, en dat ik maar een heel klein beetje van planten wist. En daarom stelde hij me voor aan Corinne. Ik mocht zolang als nodig was met haar meelopen. "Zolang als nodig," zei hij, maar ik weet niet of hij nou echt zó lang bedoelde.'

Tommaso glimlachte. Toen trok hij het laken wat omhoog om zichzelf beter toe te dekken. Om zich tegen zijn eigen grap in bescherming te nemen, dacht ik.

'Het eerste wat Corinne tegen me zei, was: "Je bent net die gestoorde kloon uit *Blade Runner*." Ze zei dat niet om leuk te doen, ze was heel serieus, ijzig zelfs. Toen ze een stukje van ons vandaan stond, fluisterde Nacci in mijn oor: "Luister maar niet naar alles wat ze zegt. En hou d'r in de gaten. Het is een junk."
Corinne leerde me mijn schouders goed naar achteren te houden als ik tussen de tafels door liep, en me juist voorover te buigen als ik de gasten iets op mijn dienblad aanbood. Als we oefenden, was zij altijd de klant, een lastige klant die alles aangreep om me te vernederen. "Je moet er maar aan wennen, Blade. Alleen al door het feit dat jij hen bedient, vinden ze dat ze beter zijn dan jij."
Ze liet me zien hoe ik wijn moest ontkurken en aan de kurk moest ruiken, hoe je water inschonk, en toen ik alles nog beter bleek te kunnen dan zij, kreeg ze er genoeg van en verklaarde de lessen voor beëindigd.
In oktober droeg ik voor het eerst het tenue. In het Relais werd de bruiloft van een actrice gevierd. Ik kende haar niet, maar ik had

de indruk dat ze zich niet erg op haar gemak voelde in die drukte. Toen ik zag dat ze niets had gegeten, bracht ik haar onopvallend een bordje fruit. "Eet dit dan tenminste, anders voelt u zich straks helemaal niet lekker," zei ik. Ze beloonde me met een glimlach die haar perfecte gebit liet zien.

In de keuken stond Corinne opeens achter me: "Waarom deed je dat?"

"Deed ik wat?"

"Eet dit dan tenminste, anders voelt u zich straks helemaal niet lekker," deed ze me na, op een pesterige toon.

"Mocht dat dan niet?"

Ze rolde met haar ogen. "Jemig, Blade, jij neemt ook alles serieus!" en ze gaf me een stomp in mijn maag, een harde stomp, zoals een jongen doet als hij wil dollen, maar ik vermoedde dat zij het deed om me aan te raken.

Het feest was laat afgelopen. Toen we in het kleedhok stonden, was het diep in de nacht. Corinne had zich al verkleed, maar ze ging op het bankje zitten en bleef naar me zitten staren terwijl ik mijn colbert, overhemd en ten slotte mijn broek uitdeed.

"Zal ik je iets laten zien?" vroeg ze.

Ik keek op de klok aan de muur.

"Wat is er, ben je moe? Dan niet." Ze stond op om weg te gaan. Altijd weer die agressieve toon. Toen kon ik er al niet tegenop.

"Oké," zei ik.

Ik volgde haar door de halfdonkere kamers tot de deur die toegang gaf tot het souterrain. "Ik ben al eens in de kelder geweest. En die zit trouwens op slot."

Corinne graaide in de zak van haar spijkerbroek en haalde een sleutel tevoorschijn.

"Ta-te-re-ta!"

"Hoe kom je daaraan?"

"Van iemand die hier werkte." Ze draaide het slot open en duwde de deur op een kier, zonder ook maar het geringste geluid te maken.

"Als je het tegen Nacci zegt, vermoord ik je, Blade, ik zweer het."

We liepen tussen de machines en stalen vaten door.

"Ga daar zitten," zei ze gebiedend.

"Op de grond?"

"Niet goed genoeg voor je?"

Ik zag dat ze op de tast iets zocht achter een van de vaten. Ze vond een glas en hield het onder het kraantje dat aan de onderkant van het vat zat. Ze leegde het glas in één teug en vulde het toen opnieuw. "Als je aan al die gasten wijn serveert, krijg je dan zelf geen zin?" vroeg ze.

"Wat is het?" vroeg ik terwijl ik het glas van haar aannam. Ik zag nu dat het de afgesneden bodem van een plastic fles was.

"Most."

Ik nam een slokje.

"Drink op!" spoorde Corinne me aan. "Er is meer dan genoeg."

Ik dronk nog wat. Ik voelde dat ze in het donker naar me keek. Toen ik haar de flessenbodem teruggaf, zei ze: "Ik dacht dat dit voor jullie Jehova's getuigen verboden was."

"Hoe kom je erbij dat ik Jehova's getuige ben?"

"Dat zeggen ze."

"Ik ben geen Jehova's getuige."

"Je mag zijn wat je wil, hoor. Mij maakt het niks uit." Ze draaide haar hoofd en keek me strak aan.

"Over jou zeggen ze trouwens ook van alles," gaf ik lik op stuk.

Ze stak haar nek vooruit en kwam met haar gezicht vlak bij het mijne, alsof ze mijn neus eraf wilde bijten. Ik durfde niet terug te deinzen, en ook mijn gezicht niet af te wenden. Ze fluisterde: "Maak ik je bang, Blade?" Ik bleef roerloos zitten tot ze zich grijnzend terugtrok. "Laat ze maar kletsen. Ze zijn gewoon nieuwsgierig. En jaloers. Kom, vraag me eens wat! Wat wil je weten? Of ik naalden gebruikte? Of ik die met anderen deelde?"

"Dat interesseert me niet."

"Dat is wat iedereen wil weten: of ik naalden met anderen deelde en hoe ik aan het geld kwam. Mensen hebben rare fantasieën. Heb jij ook rare fantasieën, Blade?"

"Nee."

Ik durfde haar niet meer aan te kijken, dus werd ik verrast door haar hand tegen mijn hals. Alleen een aai, heel licht.

"Waren ze maar allemaal zoals jij," zei ze.

Toen stond ze op om nog meer most te tappen. We zwegen, het glas ging van de een naar de ander.

"Ben je in Jakarta geweest?" vroeg ik haar uiteindelijk.

Corinne plette haar kin tegen haar sweater. "Nee, die krijg ik van mijn vader. Ik heb ooit tegen hem gezegd dat ik het Hard Rock Café leuk vond, en vanaf dat moment neemt hij er uit elke stad eentje voor me mee. Ik heb ze uit alle vijf de werelddelen.

Hij is diplomaat," ging ze enigszins geïrriteerd verder. "Voor ik dertien was, had ik al... even kijken of ik het nog weet" – en ze begon op haar vingers te tellen – "in Rusland, Kenia, Denemarken en India gewoond. Maar nooit langer dan een paar maanden."

Ik zag elk van die landen voor me in de kleur die ze hadden op het tafelkleed in de masseria. Ik kon het hele tafelkleed precies uittekenen, alsof het voor mijn neus lag.

Corinne wreef over de gele cirkel in reliëf op haar sweater. "Ik heb drie jaar geleden gezegd dat ik ze leuk vond, maar hij neemt ze nog steeds voor me mee. Ik gebruik ze voor de sportschool."

Ze dronk het laatste restje most en stond voor de zoveelste keer op. Maar toen ze het kraantje wilde opendraaien, aarzelde ze. "Ik ga je laten zien hoe je nog sneller van de wereld kunt raken," zei ze. "Kom, sta op! Klim naar boven!"

Ik deed wat ze zei. Ik klom het trapje tegen het vat op. Toen ik boven was, legde Corinne me uit hoe ik het luikje open moest doen. "Hou je hoofd naar achteren. Als de eerste damp in je ogen slaat, ben je blind. Adem langzaam in."

Ik ademde de damp in: die kwam keihard aan. Ik was bijna achterovergeslagen. Het was net zo onverwacht als die keer dat ik samen met Nicola Floriana's voorraad sterkedrank had aangebroken, maar de uitwerking daarvan was niets vergeleken met dit. Ik leunde voorover en ademde weer in. En hoe ik daarna beneden gekomen ben, weet ik niet. Ik weet wel dat ik zo hard begon te lachen dat Corinne haar hand op mijn mond legde. Omdat dat niet genoeg was om me te stoppen, sloeg ze haar armen om mijn nek en drukte mijn hoofd tegen haar boezem. We vielen met de armen om elkaar heen op de grond.

"Hou op! Je maakt iedereen wakker."

Ik ademde door de stof van haar sweater, door het ruwe opschrift HARD ROCK CAFÉ heen. Ik was opgewonden en bang dat ze het merkte, dus glipte ik weg.

"Je bent alle remmen kwijt, Blade," zei ze. "Die planeet waar jij vandaan komt, dat moet iets geweest zijn! Kolere!"

Toen werd het winter. Het regende aan één stuk door. Door al dat water viel het blad van de wijnstokken. Ik wandelde soms in mijn eentje door de wijngaard en als ik ver genoeg weg was, begon ik te zingen. Met mijn kaplaarzen in de modder zong ik midden tussen de druipende wijnranken het *Agnus Dei* en het *Salve Regina*, en dacht aan Bern. Nu en dan kreeg ik een brief van hem, ik vond het moeilijk om terug te schrijven. Ik had hem over de bruiloft van de actrice verteld, over mijn nieuwe werk en hoe snel ik alles geleerd had, en verder niet veel, want vergeleken met de zijne klonken mijn brieven infantiel. Maar Bern bleef gewoon schrijven, alsof hij rook dat ik het moeilijk had. Idioot als je eraan denkt: er bestonden al mobiele telefoons, maar wij, op nog geen vijftig kilometer van elkaar, schreven brieven. Onder aan de zijne stonden steeds dezelfde vragen. Het duurde even voor ik doorhad dat ze niet echt aan mij waren gericht. "Geloof je nog wel, Tommaso? Geloof je zonder jezelf daartoe te moeten dwingen? En bid je 's avonds? Hoe lang?"

Maar plotseling verdween God uit zijn brieven. Geen spoor meer van te bekennen. Ik wilde hem vragen wat er was gebeurd, maar weer durfde ik niet. Ik maakte me zorgen. Ik wist dat er op aarde geen grotere eenzaamheid bestaat dan de eenzaamheid van een ex-gelovige. En ik had nooit iemand gekend die zo absoluut geloofde als Bern. Vergeleken met hem leek zelfs Cesare wankelmoedig.

Het kwam door school. Het kwam door de vreemde mensen. Bern had in september toelatingsexamen voor het laatste jaar van het gymnasium gedaan. Wat hij me vertelde was dat hij de examencommissie versteld had doen staan door uit zijn hoofd een fragment uit Ovidius' *Metamorfosen* op te zeggen. Cesare had ons hard op Ovidius laten studeren, want volgens hem liep die vooruit op de reïncarnatietheorie. We hadden er onder de eik uitentreuren over zitten discussiëren, maar Bern was de enige die hele bladzijden uit zijn hoofd had geleerd, het ene vers na het andere. Hij had een unieke manier om zich dingen eigen te maken. Hij moest ze in hun geheel naar binnen slokken, in dat pezige lijf van hem, dat nooit genoeg eten leek te krijgen.

Maar na Latijn kwam wiskunde. Het was Bern niet gelukt om de formule die zij opgaven op het bord te schrijven. Sinussen en cosinussen? Hij had er nog nooit van gehoord. Dit is gymnasium bèta, meneer Corianò, had de lerares wiskunde gezegd, is u dat niet uitgelegd?

Ze hadden hem uiteindelijk in de vijfde klas gezet. Twee jaar leeftijdsverschil was genoeg om hem als een wilde asperge boven zijn klasgenoten uit te laten steken. Er was een groep jongens die allemaal aan de rand van Brindisi waren opgegroeid en heel andere gedragscodes hadden dan hij. Ik kende dat soort jongens, ik was een kind van diezelfde buitenwijken, maar Bern had geen idee. Hij werd hun doelwit. Ik zag het voor me: Bern die ze met woorden in bedwang probeerde te houden, onbevangen als Jezus tegenover de Schriftgeleerden in de tempel. "Ze zitten vol woede, het spijt me voor hen," schreef hij eens. Hij gebruikte nog uitdrukkingen als "het spijt me voor hen". En dan moest je díe zien.

"Bemoei je niet met ze," smeekte ik hem, maar hij luisterde niet.

Ik heb nooit geweten hoe ze hem te grazen namen en of ze met zijn tweeën waren of met zijn vijven, of zelfs met een hele bende. Bern was ervan overtuigd dat hij zou winnen, als hij maar lang genoeg geduld had. Dat de lol er uiteindelijk af zou gaan. Maar na een paar maanden was hij het die het bijltje erbij neergooide, vanwege die jongens en omdat een aantal leraren hem steeds op zijn huid zat: er was te veel wat hij nooit geleerd had of op een andere manier had geleerd. "School is niks voor mij," schreef hij in januari, "je leert veel beter in je eentje." Daarna deed hij zijn best over heel andere dingen te schrijven, over de nieuwe jongen die Cesare opving op de masseria, Yoan, hoe stil en bang die was. Ze hadden samen olijven geplukt op het land van je oma. "Ze zijn dit jaar sappiger dan ooit," schreef hij. Maar zijn somberte maakte zijn zinnen vleugellam. Aan het eind van die brief liet hij zich gaan. "Ik heb ontzettende heimwee naar je. Ik bid nog wel, maar meestal weet ik niet wat ik bid."

"Praat met Cesare!" schreef ik terug. "Neem hem in vertrouwen, hij zal je vast begrijpen en helpen."

Zijn antwoord arriveerde per kerende post. Eén regel maar: "Cesare heeft jou eruit gegooid. Hij en ik hebben niets meer met elkaar te maken."

Om geen argwaan te wekken ging hij nog steeds elke ochtend weg, maar in plaats van de bus te nemen, liep hij naar Ostuni, dwars door de velden. Hij zat de hele dag in de bibliotheek en had zich voorgenomen om alle boeken te lezen die ze er hadden, in alfabetische volgorde. Dat was echt iets voor hem: net als die keer dat hij een plan maakte om in de bomen te gaan leven, zoals de "baron in de bomen", en die keer dat hij ons overhaalde om de zaden en wortels en bladeren van alle planten die er op de masseria groeiden te eten, en dat hij me zover kreeg om te staken voor die computer.

Drie maanden lang hield hij zich aan dat voornemen, en in die maanden schreef hij me zelden, en dan altijd alleen over boeken. Waarschijnlijk was hij al bij de G, of zelfs nog verder, maar intussen sloot hij vriendschap met de bibliothecaris, door wie hij zich van zijn plan liet afbrengen, maar die hem ook op nieuwe ideeën bracht.

"Hij leert mij schrijvers kennen van wie ik nog nooit had gehoord. Wat wisten wij veel dingen niet, Tommaso! En nu trek ik alles in twijfel, alles! Er blijft niets overeind. Het is alsof ik opnieuw geboren word."

De bibliothecaris was een anarchist, legde hij me uit, hoewel die uitleg me weinig of niets zei. "We zijn Max Stirner aan het lezen. Bij elke pagina gaan mijn ogen verder open. We hebben in het duister geleefd, broertje."

Hij recapituleerde voor zichzelf wat er na het lezen van dat boek door zijn hoofd speelde. Hij noemde het 'De enige', en pas later ontdekte ik dat dat niet de hele titel was, maar Bern realiseerde zich niet meer wat ik wel of niet kon weten, en het interesseerde hem ook weinig. Hij begon te ondertekenen met "De Grote Egoïst". Midden op het blad schreef hij met koeienletters: "ONZE OPDRACHT IS DE BESTORMING VAN DE HEMEL!" Hij schreef: "We moeten de hemel verslinden!" Hij praatte helemaal niet meer met me, en toen ik dat besefte, voelde ik me eenzamer dan ooit. In de laatste brief, voor er een lange stilte viel, stond een zin die het eindresultaat was van al die studie. "Het lag niet aan mij dat ik niet kon bidden, Tommaso. Nu snap ik het. Ík zat niet fout. God is gewoon een verzinsel. Alleen wie leeft, heeft gelijk.""

'Ik heb het nog steeds,' zei Tommaso, terwijl hij opkeek, 'zijn exemplaar.'

Hij wees naar een punt links van mij. 'Daar, op die plank.'

Ik stond te abrupt op en voelde me draaierig. Medea tilde meteen haar kop op. Toen ze me naar de plank zag lopen, ging ze weer liggen. De boeken lagen allemaal op hun kant.

'Het heeft…'

'Ik heb het al.'

De volledige titel was *De enige en zijn eigendom*. Het gaf me hetzelfde warme gevoel als alle andere dingen waarvan ik wist dat ze van Bern waren geweest. Ik gaf het aan Tommaso en hij bladerde het door.

'Kijk wat hij allemaal heeft onderstreept, bijna alle regels.'

Hij raakte het voorzichtig aan, als een relikwie. Daarna sloeg hij het weer dicht en legde het schuin op de hoek van het nachtkastje.

'Ik heb barstende koppijn,' zei hij.

'Moet ik een pijnstiller voor je pakken?'

'Ik ben bang dat ik ze allemaal al opheb. Heb jij niets?'

'Nee.'

'Pech dan.'

Hij masseerde zijn voorhoofd. Toen hij zijn hand weghaalde, bleven er rode strepen achter. Hij begon weer te praten. Hij was helemaal terug in het verleden, alsof ik niet bestond.

'Het werd een gewoonte om met Corinne naar de kelder te gaan. We gingen altijd na afloop van onze dienst. We praatten aan één stuk door, en dronken om de beurt uit dat zogenaamde glas. En daarna klommen we op de vaten. Vanaf dat moment werd het allemaal behoorlijk vaag. Ik wilde altijd nog een keer naar boven en dan trok Corinne aan mijn voeten. "Genoeg, Blade! Wil je dood?" Maar ik trok me niets van haar aan, ik ademde de damp steeds opnieuw in – mijn luchtpijp stond ervan in brand – tot ik heel licht werd, net zo gewichtsloos als die alcoholische dampen. En het eindigde er altijd mee dat ze zei: "Je bent alle remmen kwijt." Dat was voor mij het teken dat het moment gekomen was om te vertrekken, anders hadden we verder moeten gaan, iets moeten doen waarvan ik niet zeker wist dat ik het wilde. Ik liep als eerste de keldertrap weer op, en daarna meden we elkaar een paar dagen.

Op een avond liet Nacci me bij zich roepen. "De andere medewerkers zeggen dat jij kaartspeelt," zei hij. Zijn handen lagen gevouwen op het bureau, de mijne hield ik op mijn rug.

"Dat is niet zo."

"Lieg niet tegen me, Tommaso. Ik begrijp heel goed dat iedereen behoefte heeft aan een verzetje."

Hij haalde een pak kaarten uit de la. "Wat kun je spelen?"

"Skaat, bridge, canasta. En ook *scopa*, maar niet zo goed."

"Het personeel zegt dat jullie pokeren."

"En poker, ja."

"Ik zei net dat je niet moet liegen, Tommaso. Kun je ook blackjack spelen?"

Ik aarzelde.

"Nou, kun je het of niet?"

"Bedoelt u eenentwintigen?"

Dat had ik van mijn vader geleerd. Alle kaartspelletjes had ik van mijn vader. Behalve skaat: dat had ik van Bern geleerd in de hut in de moerbeiboom.

"Ook goed, eenentwintigen, of hoe het ook heet," zei Nacci.

"Dan kan ik het."

Hij schoof de kaarten naar me toe. Nieuwe, glimmende, buigzame kaarten. "Schud ze maar."

Ik deed het op de klassieke manier. Nacci loerde naar mijn handen. "Niet zo!" zei hij. "Op zijn Amerikaans."

Ik deelde het pak in tweeën, legde de kaarten op het bureau en liet ze hem zien.

"Weet je hoe je er een bovenop moet houden?"

"Dat is valsspelen."

"Weet je hoe dat moet of niet?"

Ik liet hem zien dat ik het kon, maar één kaart glipte weg en viel op de vloer. "Sorry," mompelde ik.

"Je bent onhandig," zei hij, "en traag. Maar dat kan beter worden. Vrijdagavond komen er vrienden van me. We vinden het leuk om een potje te kaarten. Ik betaal je een werkdag extra. En je kunt tien procent van de winst van de bank voor jezelf houden. Akkoord?" We waren akkoord. Ik begon diezelfde week nog, en daarna elke vrijdag. Als ze wilden pokeren en er was geen vierde man, dan leende Nacci me geld om mee te spelen. Maar meestal speelden zijn vrienden en hij liever blackjack. Ze zeiden heel weinig, maar roken deden ze als een schoorsteen, en ze dronken Jameson uit waterglazen. Ik hield van dat werk, ik genoot ervan als ze schrokken omdat ik ze tegenhield als ze hun handen naar de kaarten durfden uit te steken. Tegen de ochtend werd er voortdurend heen en weer gelopen naar het toilet. Ze hadden niet eens meer het fatsoen om de deur dicht te doen als ze stonden te plassen. Ik had nooit slaap, misschien omdat ik op die nachten niet dronk, of misschien wel omdat ik, als ik eenmaal met kaarten begon, niet meer op wilde houden.

Als zij doodmoe naar buiten waggelden, ruimde ik de boel op: het groene laken opgevouwen in de la, de fiches in een doos. Ik leegde de asbakken en spoelde de glazen. Voor ik naar de slaapzaal ging, wandelde ik naar de wijngaard. Alleen de wilde dieren waren op dat uur wakker.

Door de kaartavonden, en door wat ik van mijn loon overhield, lukte het me om wat geld opzij te zetten. Op een dag ging ik, met mijn bankbiljetten opgerold in mijn zak, naar het winkelcentrum in Massafra. Ik vond een garage waar ze brommers op de stoep hadden staan. Ze zagen er krakkemikkig uit, maar dat gaf niet. Ik liet de eigenaar zien hoeveel ik had en vroeg wat ik daarvoor kon krijgen.

"Heb je wel een rijbewijs?" vroeg hij sceptisch.

Ik liet hem mijn geld weer zien. Als hij mijn geld niet wilde, ging ik wel naar iemand anders.

"Je hebt gelijk. Het is niet mijn zaak," zei hij toen. Hij pakte de bankbiljetten aan en liet ze door zijn vingers gaan om ze te tellen.

Het waren kleine coupures, van tien tot vijftigduizend lire, alsof ik een sigarettenwinkel had overvallen. Dat was precies wat hij dacht, denk ik. "Ik kan je die geven," zei hij. "Het is een Atala Master. Hij is helemaal in orde."

Ik begon aan mijn nieuwe leven te wennen. Ik had mijn diensten, de kaartavonden, de avonden met Corinne, en nu ook de Atala om in de buurt rond te crossen, als ik daar zin in had. Ik kon zo wel leven. Ik had zo kunnen leven.

Maar toen stond Bern opeens voor mijn neus, met zijn zwarte legerkistjes en zijn broek onder de modder, alsof hij dwars door een moeras was gelopen. Toen ik hem zag, greep ik het hengsel van de mand die ik droeg steviger vast. "Wat doe jij hier?"

Ik zette de mand op de grond. Ik wou mijn broer omhelzen, maar ik wachtte tot hij dat als eerste zou doen. Hij verroerde zich niet. "Ik kom je bevrijden," zei hij, "pak je spullen, we gaan."

"We gaan? Waarnaartoe?"

"Dat zal ik je laten zien. Schiet op."

Op dat moment kwam Nacci eraan. Ik legde hem uit dat Bern een vriend was, en hij keek naar de parkeerplaats. Hij zag geen auto's staan, dus vroeg hij: "Hoe ben je hier gekomen?"

"Lopend."

"Vanwaar?"

"Van het station in Taranto."

Nacci barstte in lachen uit, maar hij hield op toen hij besefte dat Bern het meende. "Nu snap ik wie je bent," zei hij. "Je bent het neefje van Cesare en Floriana. Ze hebben je altijd beschreven als een apart figuur."

Nacci stond erop dat hij bleef eten. Dat was de enige keer dat ik bij hem thuis at, ook al praatte hij aan één stuk door met Bern.

"Neem die jongen mee," zei hij ten slotte tegen me, terwijl hij van tafel opstond. "Hij kan niet meer op zijn benen staan. En jij, doe Cesare en Floriana de groeten van me."

Zodra we in de kamer ernaast het geluid van de televisie hoorden, sprong Bern op. Hij gooide het overgebleven brood in een servet, schoof de restjes van zijn bord erbij, en moedigde me met zijn blik aan hetzelfde te doen. Hij trok de koelkast open, pakte wat blikjes cola en een beker yoghurt en stopte alles onder zijn trui.

"Wat doe je, man?"

"Alleen dit. En dit," zei hij en pakte een doos eieren.

"Dat kan niet, Bern!"

"Niemand merkt het. Er is zoveel."

We glipten Nacci's huis uit en liepen naar het gastenverblijf. Bern bleef op de drempel staan en keek de kamer rond. "Dat is mijn bed," zei ik, maar hij leek niet meer geïnteresseerd.

"Schiet op," zei hij.

"Ik kan niet terug naar de masseria. Cesare was heel duidelijk."

"We gaan niet naar de masseria."

Hij deed een stap en zakte toen bijna door zijn knieën. Hij greep zich vast aan de deurpost.

"Wat is er?"

"O, het schoot gewoon in mijn rug. Ik ga even zitten."

In plaats daarvan ging hij liggen, dwars over twee bedden die tegen elkaar aan stonden. Zwaar ademend keek hij naar het plafond. Zijn trui was een paar centimeter omhooggeschoven, en ik zag hoe mager hij was.

"Wat is er gebeurd, Bern?" vroeg ik.

"Hij heeft al mijn boeken kapotgemaakt."

"Wie?"

"Cesare."

Hij stopte even, maar ik wist dat hij door zou gaan. "Hij ging op een avond naar onze kamer en heeft ze allemaal uit het boekenrek gegooid. Hij schreeuwde: en nu is het afgelopen met die troep in mijn huis. Toen pakte hij er een van de grond en begon de bladzijden eruit te scheuren. Ik hield hem niet onmiddellijk tegen, ik was verdoofd, of misschien wilde ik wel zien hoever hij zou gaan. Hij brak de boeken een voor een doormidden. Maar ze waren niet van mij, ze waren van de bibliotheek. Toen kwam ik bij mijn positieven. Ik probeerde het boek dat hij in zijn handen hield af te pakken, maar hij wilde het niet loslaten. Hij zei: ik doe het voor jou, Bern, laat de Heer je bevrijden! Hij gaf me een klap en bleef me toen, met het half gesloopte boek in zijn handen, verbijsterd aanstaren."

Er welde een traan op in zijn linkerooghoek. Ik ging naast mijn broer liggen, met mijn hoofd heel dicht bij het zijne. Hij draaide zijn gezicht naar me toe. Toen hij weer begon te praten, rook ik zijn zure adem. "Sinds die avond praten we niet meer met elkaar. En ik heb gezworen dat ik dat ook nooit meer zal doen."

We zeiden verder niets. Maar we hielden wel elkaars hand vast.

Op de brommer klemde hij zijn armen om mijn middel, en op een bepaald moment legde hij zijn hoofd tegen mijn schouder. Hij stak zijn arm uit en spreidde zijn vingers, alsof hij de lucht die in ons gezicht sloeg, wilde tegenhouden. De plastic tas waar we de etensresten in hadden gepropt wapperde in de wind.

Ik had nog nooit zo lang gereden. Toen we in de buurt van Speziale kwamen, deden mijn armen pijn. Maar Bern zei: "Rij door naar zee, we gaan naar de Scalo."

"Het is nog vroeg in het jaar, er is vast niemand."

"We gaan toch."

En dus namen we de ring rond de heuvel van Ostuni. Het zicht op de stad verraste me, alsof het volledig uit mijn geheugen verdwenen was. Ik liet de rem los en roetsjte zonder gas te geven de heuvel af, helemaal tot aan de zee. De Atala bracht ons tot de rand van het duin, en daarna gingen we lopend verder. Het pad was amper zichtbaar, maar Bern stapte stevig door. Hij zette koers naar de toren. Hij tilde het paaltje van de omheining op en baande zich een weg door de brandnetels. Hij deed een zaklantaarn aan en richtte hem zwaaiend op de muur van de toren. "Weet je nog hoe het moet?" Hij klom als eerste naar boven. Toen scheen hij met de lamp omlaag zodat ik ook naar boven kon klimmen. Ik schaafde mijn knie aan een uitsteeksel. Het was allemaal precies zoals ik het me herinnerde van die zomer, maar zonder het geruststellende geluid van de muziek buiten. De stilte maakte het spookachtig in de toren. Toen we bijna beneden waren, zagen we een schijnsel.

"We zijn er," zei Bern.

Ik wilde net zeggen dat ik dat wist, maar toen besefte ik dat hij het niet tegen mij had. In de kamer, bij het licht van een elektrische lantaarn, zaten Nicola en een meisje. Ze zaten op een matras, zij in kleermakerszit, hij met gestrekte benen.

"Hallo, Tommaso," zei Nicola, alsof het doodnormaal was om elkaar daarbeneden terug te zien.

"Is hij nummer drie?" vroeg het meisje, maar ze maakte geen aanstalten om op te staan of me een hand te geven. Ze stak wel haar arm uit naar de plastic tas. "Wat hebben jullie bij je?"

Bern gooide de tas op de matras en zij begon er als een gek in te graaien. "Heb je geen Snickers meegenomen?"

"Wat er was," zei Bern cryptisch. En toen tegen mij: "Violalibera is gek op Snickers. Neem er de volgende keer een paar mee, als het kan."

"Dus hij blijft niet hier?" vroeg Nicola.

"Nee, het bevalt hem wel waar hij zit. De olijfbomen zijn daar zo keurig geknipt. Ze kunnen zo op het dressoir."

Violalibera vroeg: "Is het waar dat er actrices van de tv komen?"

Ik knikte, maar was nog steeds niet bekomen van de verbazing.

"Hoe zien ze eruit? Hebben ze enorme tieten?"

Nicola grinnikte.

"O, heel gewoon."

"Hoezo? Heb je niks met actrices?" vroeg Violalibera. Ze had een diadeem in waardoor ze een kroon van krullen op haar hoofd had. Ze had een dikke bos haar. "Zijn ze veel mooier dan ik?"

Bern zei: "Violalibera is een maand geleden gekomen. Als je op zo'n plek komt als deze, verwacht je niet dat er al iemand is, hoogstens een paar ratten, maar niet dus."

"Nou, er was wel een rat, hoor," zei het meisje.

Bern negeerde haar. "Maar ik kom hier dus binnen en ik schrik me bijna dood. Violalibera lag in het pikkedonker te slapen, ik zag haar in het licht van mijn zaklantaarn. Toen ze wakker werd en mij zag, schrok ze niet eens, zelfs niet een beetje."

Intussen was hij ook op de matras gaan liggen, vlak naast haar. Ik was de enige die nog stond.

Violalibera slurpte yoghurt uit een beker. Het was bijna obsceen hoe ze de beker uitlikte. Schimmel: dat was waar het naar rook.

Bern had zijn hand op haar been gelegd, ter hoogte van haar dij. Als hij zijn vingers had gespreid, zou hij haar lies hebben aangeraakt.

Ze maakte de andere beker yoghurt open, nam een paar slokken en gaf hem toen door aan Nicola. "Er is geen plek voor nog iemand erbij," zei ze.

Misschien drukte Bern wat harder tegen haar been.

"Ik zei toch dat hij niet blijft."

Ik werd duizelig. Ik moest gaan zitten, maar op de matras was er te weinig ruimte en ik wilde niet op de grond zitten.

"Slaap jij hier?" vroeg ik aan Bern.

"Als ik zin heb," antwoordde hij. "We kunnen leven zoals we willen."

Nicola glimlachte. Zijn tanden fonkelden in het licht van de lantaarn. Hij was anders dan anders, er had zich een soort opwinding van hem meester gemaakt.

"Ben je overal wit, daarbeneden ook?" vroeg Violalibera.

"Nog witter," zei Nicola.

"Dan is hij dus nummer drie," zei Violalibera nog een keer.

Bern maakte een van de servetten met eten open. Het vet was in het papier gedrongen. *"Neemt en eet allen daarvan,"* zei hij, en de anderen vielen aan.

"Slaap jij hier?" vroeg ik aan Nicola.

"Alleen als ik de volgende ochtend geen les heb."

"We kunnen leven zoals we willen," zei Bern weer. Toen toverde hij uit een berg prullaria een taperecorder tevoorschijn.

"Zet 'm op het begin," zei Violalibera.

Bern spoelde het bandje terug. Er klonk muziek, vervormd, want het bandje was versleten en het boxje was piepklein. Violalibera sprong op, stak een hand uit naar Bern en een naar Nicola. Ze stonden gehoorzaam op en begonnen met haar mee te deinen, heel dicht op elkaar. Nicola duwde zijn neus in haar haar, achter haar oor. Misschien kuste hij haar wel. Ze trok haar schouders naar elkaar toe van de kriebel.

Ze tikte met haar teen op mijn geschaafde knie. "Waar wacht je op?"

Bern hield nu een hand op haar buik en zwaaide met zijn andere hand net boven zijn hoofd. Ik deed een stap naar Violalibera toe en ze trok me tegen zich aan. Nicola en Bern maakten plaats voor ons. Ik snoof de geur van haar haren op en ook nog wat zurige yoghurtlucht die uit haar mond kwam. Toen gingen de andere twee met hun armen om ons heen staan.

"Ik moet..." mompelde ik, maar dat was alles wat ik kon uitbrengen.

Bern fluisterde: "Niemand commandeert ons nog."

Toen begon iemand me uit te kleden. Of ik deed het zelf. We kleedden elkaar uit, terwijl de muziek in de muren kraste. We vielen in een kluwen op de matras.

Ik lag met mijn gezicht vlak bij Violalibera's borst. Naast mij lag Nicola aan haar andere borst te zuigen en ik voelde dat ik hetzelfde moest doen. Bern kroop tussen ons in, en onze lichamen, het mijne en het zijne, raakten elkaar overal. Ik was een paar seconden verlamd, geloof ik.

We namen om de beurt Violalibera's tepels in onze mond, alsof we

113

ons laafden aan een fontein. Iemand – misschien was zij het zelf wel – pakte mijn hand en duwde hem omlaag, en ook daar ontdekte ik dat we alle vier naakt waren, en opgewonden. Ik liet me leiden. Toen verdween de hand die me geleid had en tastte ik blindelings verder, tot ik Bern vond. Ik was doodsbang toen ik dat verboden lichaamsdeel van hem vastpakte. Ik had het me ontelbare keren voorgesteld en dacht zeker te weten dat het nooit zou gebeuren. Maar hij merkte het niet, zozeer waren we met elkaar versmolten. Of hij merkte het wel en liet me begaan. Ik wist dat hij het nooit goed had gevonden als we met zijn tweeën waren geweest, maar daar, in de toren, mocht alles.

Voor hij zich van me losmaakte, glimlachte hij naar me, en ik kwam weer op adem. Van Nicola zag ik nu alleen zijn gladde, brede rug, blauw in het licht van de zaklantaarn. Zijn gezicht verdween nog steeds in Violalibera, die steeds zwaarder hijgde, haar armen gespreid en haar wijd open ogen omhooggericht. Het was alsof ze krachteloos was, alsof ze zich helemaal had overgegeven, en wij met zijn drieën één groot verwrongen dier waren, met vele hoofden en armen en benen, een dier dat zich boven en in haar bewoog en haar in extase bracht.

Ik keek waar zij naar keek, maar het enige wat daar was, was het dreigende, grijze plafond. Ik stelde me voor wat er in de wereld buiten die muren nog bestond: brandnetels, rotsen die glad waren van het schuim, nacht rondom. Maar daarbeneden telde niets van dat alles nog. We waren veilig, alleen en onbereikbaar. En ik wilde dat het nooit meer ophield.'

We kwamen even terug in het heden: wij, twee volwassenen, op kerstavond, zijn dochter slapend aan de andere kant van de muur. Hij keek omhoog. Instinctief keek ik naar hetzelfde punt op het plafond, maar er was daar niets, behalve de lichtkring van de lamp. Dat was niet wat hij zag. Dat wist ik zeker.

Ik ging verzitten op mijn stoel. Ik voelde iets van misselijkheid, misselijkheid en ongeloof. En iets wat minder makkelijk was om toe te geven: was het jaloezie, omdat ik er niet bij was in de toren? Even overwoog ik om tegen Tommaso te zeggen: zo is het genoeg, de rest moest hij maar voor zichzelf houden. Wat had ik eraan om nu nog alles te horen? Maar hij draaide langzaam zijn hoofd weer terug en ik liet hem verder vertellen.

'Het is fout,' zei ik bij mezelf, 'het is fout wat we doen. Het is immoreel. Maar als ik maar even kon, ging ik terug. En toch gebeurde er niet altijd wat, alles bij elkaar vier, vijf keer misschien. Ja, hoogstens vijf keer,' zei hij nog eens, 'misschien zes. Als ik klaar was met mijn werk op het Relais, stapte ik op mijn Atala, nam vanaf Martina Franca de kortste weg, en was in een wip bij zee. Ik wilde zo snel mogelijk bij de toren zijn.

"Er is vast een meisje in het spel," zei Nacci, toen ik voor de zoveelste keer vrij vroeg. Ik reageerde niet. Het klopte ook wel. "Beste tijd van je leven," vervolgde hij, "die komt nooit meer terug." Toen viste hij vijftigduizend lire uit zijn zak: "Neem haar mee uit eten."

Ik gebruikte het geld om pasta en pancetta te kopen, en ook Snickers en een fles primitivo. We kookten op een campinggasstel, vlak bij de trap, zodat de rook tenminste gedeeltelijk naar buiten kon. Buiten de toren werden de dagen langer. Daar kon ik in het begin niet goed tegen. Ik was van het eeuwige donker in de toren gaan houden, en van het koude licht van de lantaarn.

We rookten die avond een waterpijp die Nicola op een vlooienmarkt in Bari had gekocht, met appeltabak. We bliezen de rook in elkaars gezicht. En daarna maakten we Chinese schaduwen op de muur. Nicola was een hond en profil, Bern een muis, ik een vleermuis en Violalibera een pauw. Onze schaduwdieren schampten elkaar, porden elkaar, maar wijzelf waren erger dan die dieren.

Op een dag pakte Corinne me tijdens een receptie bij mijn mouw. Het scheelde weinig of mijn dienblad met hapjes kieperde om.

"Wil je niet meer high worden?" zei ze.

"Nee. Ja. Hoezo?"

"Je komt nooit meer naar de kelder."

"Ik ben gewoon moe."

"Waar ga je trouwens steeds naartoe?"

"Nergens."

De genodigden hadden hun schoenen al uitgedaan en liepen tussen de varenpalmen op het gazon.

"Ik heb gehoord dat je een vriendin hebt in Pezze di Greco," begon ze.

"En jij gelooft dat?"

"Waarom zou ik het niet moeten geloven?"

Ze kon haar wrokkigheid niet bedwingen.

"Omdat het niet zo is," zei ik kleintjes.

"En wat zou het me trouwens kunnen schelen, hè?" siste ze. Toen keek ze me recht in de ogen. "Hè, Blade?"

Ze drukte haar sigaret uit in een spleet tussen twee stenen in de muur. "Je gaat je gang maar." Ze liep langs me heen en botste daarbij tegen mijn schouder.

Nu liet ik mijn dienblad echt vallen. De glaasjes met garnalen in roze saus vlogen over de grond. Wat er nog enigszins fatsoenlijk uitzag, zette ik terug op het blad en vervolgens ging ik ermee rond.

Later pakte ik wat er over was van al dat eten in een servet: gehaktballetjes, carrés van aubergine met mozzarella en tomatensaus en gefrituurde groente. Die zouden er niet beter op worden in een papieren servetje, maar we aten ze vast wel op, hoe zompig en koud ook.

Het was juni. Voor de Scalo begon het seizoen bijna weer. De tafels en banken stonden al opgestapeld rond de caravan met de bar, die felroze afstak tegen de zee.

Inmiddels klom ik de toren op en liep de trappen af zonder mijn zaklantaarn aan te doen. Ik liep op de tast langs de poederige muren.

"Frituur," zei ik terwijl ik mijn rugzak afdeed. Ik zei het nog een keer, want niemand reageerde.

Nicola zag ik het eerst. Hij zat op de matras met zijn hoofd tussen zijn handen. Hij keek niet op. Een nachtvlinder klapperde tegen de lantaarn. Joost mag weten hoe hij daarbeneden terecht was gekomen. Bern lag op zijn rug op de grond, met zijn handen gekruist over zijn borst. Ik haalde het plastic tasje met het eten uit mijn rugzak en zwaaide ermee voor zijn gezicht.

"Laat hem met rust," zei Nicola, "hij heeft rugpijn."

Bern bewoog zich niet, hij had zijn ogen dicht. Als ik niet zeker had geweten dat hij er al een hele poos mee opgehouden was, zou ik gezworen hebben dat hij bad. Maar misschien deed hij dat ook wel, denk ik nu, alleen die keer.

"Waar is Violalibera?" vroeg ik.

Niemand antwoordde. Eigenlijk was ik opgelucht dat ze er niet was. We zouden weer eens met zijn drietjes zijn, net als vroeger. Ik keek naar Bern, die nu met zijn vingers op zijn borst drukte.

"Dat komt door de vochtigheid," zei ik. "Die is in je botten getrokken."

"Hoeveel geld heb je?" vroeg Nicola me.

Ik graaide in de zak van mijn korte broek, opende mijn portemonnee en hield hem tegen het licht. "Vijftienduizend lire. Waar heb je het voor nodig?"

"En hoeveel spaargeld heb je?"

"Ik neem altijd eten voor jullie mee."

Niemand anders droeg iets bij. Nicola gaf de maandelijkse toelage van zijn ouders uit aan zijn levensonderhoud in Bari en aan benzine, Bern en Violalibera hadden geen cent.

"Betaalt die vent je niet om te kaarten?"

"Ik kaart niet. Ik ben de croupier."

Ik zag nu pas dat Nicola vochtige ogen had. Toen ik zei hoeveel ik had, niet het echte bedrag maar ongeveer de helft, greep hij weer met zijn handen naar zijn hoofd.

"Waar heb je dat geld voor nodig?"

Niemand reageerde. De nachtvlinder zat nu op het lichtste punt van de lantaarn en leek te pulseren. Uiteindelijk zei Bern, met zijn gezicht naar het plafond en een vermoeide stem: "Kom op, Nicola, zeg het nou maar."

"Waarom zeg jij het niet?"

"Nou, waar hebben jullie het voor nodig?"

"Het lijkt erop dat we het verkloot hebben," zei Nicola. Hij barstte totaal onverwacht in lachen uit. "Echt verkloot, dus."

Hij hield op met lachen en begon te trillen. De nachtvlinder fladderde weer onrustig rond, hij raakte mijn gezicht.

"Ze is zwanger," zei Bern, vanaf de grond.

Toen Nicola gekalmeerd was, keek hij me strak aan. "Zou hij van jou zijn? Straks komt-ie met witte wimpers ter wereld." En hij begon weer hysterisch te lachen.

Bern kwam langzaam overeind. Hij ging in kleermakerszit zitten en probeerde zijn schouders te bewegen. Die steken, zei hij, begonnen in zijn slapen, kwamen dan als twee takken samen in één punt en liepen vandaar via zijn ruggengraat tot aan zijn lies. Ze konden wel een week duren. Maar dat weet je al.

"Laten we naar buiten gaan," zei hij.

Ik hielp hem overeind en de trap op. Waar er op de buitentrap, bij het afdalen, geen treden waren, liet hij zich glijden. We liepen door het struikgewas en gingen op de trekhaak van de caravan zitten. Bern praatte langzaam en nadrukkelijk.

"Er is een dokter," zei hij, "in Brindisi, die het doet zonder dat iemand er iets over te weten komt. Maar ik heb gehoord dat hij een miljoen lire vraagt." Ik vroeg weer waar Violalibera was. Nicola begon te huilen. Bern keek onverschillig naar hem.

"Tot nu toe hebben we tweehonderdduizend lire," ging hij verder. Hij deed zijn mond nauwelijks open onder het praten. "Volgende week krijgt Nicola nog eens datzelfde bedrag van Floriana. Met jouw geld erbij is dat bijna vijfhonderdduizend."

Nicola was totaal in paniek. "Weten jullie nog wat Cesare zei? Nou? Weten jullie het nog?"

Ik was bang dat iemand ons zou horen als hij zo hard bleef praten, maar behalve de gekko's onder de struiken, en de krabben in de spleten van de rotsen, was er in geen kilometers een levende ziel te bekennen.

Bern greep Nicola's arm vast, maar hij rukte zich los. "Wat gebeurt er met kinderen die voor de geboorte worden gedood? Weten jullie dat nog?"

"Je bent wel heel irrationeel bezig. Er bestaat helemaal geen reïncarnatie, geen straf en ook geen goddelijk wezen. Daar hebben we het al over gehad. Als je *De enige* had gelezen..."

"Hou je kop! Door dat boek zitten we nu in de puree."

"De vissen," mompelde ik.

Er waren stammen, had Cesare verteld, waar ze dode baby's in de rivier gooiden omdat ze nog geen ziel hadden, en zonder een ziel zouden ze niet reïncarneren. Ze voerden ze aan de vissen zodat de ziel ze daarin zou vinden.

"We zijn verdoemd," griende Nicola.

Wie geen gastvrijheid biedt aan een bezoeker, reïncarneert in een schildpad, zei Cesare. Wie een groot dier doodt, wordt krankzinnig. Wie vlees eet, wordt rood, een lieveheersbeestje of een vos. Wie steelt zal over de grond kruipen. Wie een mens doodt wordt herboren als de verschrikkelijkste van alle schepsels, dat zei Cesare. En dan zei hij: bid tot God om Zijn erbarmen, bid onophoudelijk om Zijn vergeving.

"Ik heb tweehonderdduizend lire. Het was niet waar, wat ik net zei. In het Relais heb ik nog tweehonderdduizend lire," zei ik.

"Dan zitten we nu op zeshonderd. Dat is nog vierhonderd te weinig."

"Misschien wel tweehonderdveertig, ik weet het niet. Ik moet het tellen."

Nicola sprong op. "Hebben jullie me niet gehoord? Zijn jullie alles vergeten? God zal ons hierom haten. Hij haat ons nu al."

Weer zei Bern heel rustig tegen hem: "We hebben altijd nog een andere mogelijkheid, als je deze niet wilt."

Nicola keek verloren om zich heen. Hij liep een stukje van ons vandaan en stond toen stil. Al die leegte!

"Zie je nou," zei Bern. "Alleen wij bestaan. De grote egoïsten. Er is helemaal geen God die ons kan haten."

Zijn kalmte maakte me bijna banger dan Nicola's wanhoop, maar misschien was het wel zijn stijve rug waardoor hij zo onverstoorbaar leek. Met enige inspanning ging hij verder. "Het is één grote leugen, wat Cesare ons heeft verteld. Het menselijk leven is alleen…" Maar toen sprong Nicola op hem af en schudde hem woedend door elkaar.

"Cesare is wel mijn vader, hoor, klootzak! De enige leugenaar ben jij, Bern! Kijk maar naar de shit waarin we door jou terecht zijn gekomen!" Ik greep hem bij zijn nek, totdat hij Bern moest loslaten om mij van zich af te schudden. Toen mijn greep verslapte, begon hij te hoesten. "We vinden de rest van het geld vast wel," zei Bern.

Opeens waren we allemaal doodmoe. Ik keek naar de rotsen, en pas toen zag ik heel in de verte een gedaante aan de rand van de zee, een schim die net iets donkerder was dan de omgeving. Violalibera.

Dichterbij was het strand waar we de vorige zomer hadden gedanst. Maar wie dacht daar nu nog aan? De tijd om te dansen was plotseling voorbij, onze jeugd op slag verloren, de betovering verbroken.

De nacht is om te slapen: dat was ook zoiets wat Cesare zei voordat hij het licht in onze kamer uitdeed en ons in het halfduister de laatste zegening toefluisterde. De nacht is om te slapen. Maar voor ons niet, wij wilden niet slapen. En dus luisterden we hoe zijn voetstappen zich door de gang verwijderden, deden een zaklantaarn aan en gingen op Berns bed zitten. En op dat vlot speelden we tot laat onze spelletjes, onze kinderspelletjes, onschuldige spelletjes, maar elke nacht gewaagder, elke nacht gevaarlijker. Plotseling zag ik de gedaante op de rotsen een sprong maken. De plons was amper te horen. Ik zei: "Ze is in het water gesprongen," maar ik bleef als verlamd staan.

Bern en Nicola draaiden zich met een ruk om en renden naar de rotsen, terwijl ze Violalibera's naam riepen. Toen rende ik achter ze aan. We stonden met zijn drieën op de rand van de rotsen te schreeuwen. De golven zwiepten schuin omhoog. Gelukkig was er wat maanlicht. Nicola wees op een punt in het water. "Daar! Daar is ze!"

Maar hij durfde niet te springen. Bern wel, die sprong, zonder te kijken wat er daarbeneden was, in het water.

"Godver!" schreeuwde Nicola.

Ik sprong ook. Het water was zo koud dat mijn adem werd afgesneden. Ik stootte tegen iets op de bodem, kwam weer boven en zwom naar Bern, die Violalibera intussen beethad en haar hoofd boven water hield.

Toen kwam Nicola er ook bij. We hielden haar vast tot ze zei: "Oké, laat me los! Laat me los!"

We zwommen naar de kant en hielpen elkaar om op de rotsen te klimmen. De stroming trok me twee keer weer de zee in voordat het me lukte om me omhoog te trekken.

Ik rilde van de kou. Violalibera zei dat we onze kleren uit moesten trekken, anders zouden we een longontsteking oplopen. We deden wat ze zei en trokken alles uit. Toen zei ze dat we bij haar moesten komen om haar op te warmen en weer deden we wat ze zei. Ze lachte. "Ik heb jullie laten schrikken, hè?" en intussen veegde ze de druppels van onze huid met haar handen, haar lippen en haar haren. Opeens lag ik op de puntige rotsen, eerst op mijn knieën en daarna op mijn rug. Door de angst waren we opgewonden geraakt. Ik keek omhoog, totdat iemand mijn gezicht bedekte. Al scheen de maan, toch zag je heel veel sterren.

De volgende dag wachtte Nicola me op voor de kathedraal in Brindisi. "Laat de brommer maar hier," zei hij, "we lopen verder."

"Waarom ga je niet achterop zitten?"

Hij keek minachtend naar de Atala. "Daar ga ik niet op."

"Als ik hem hier laat, wordt hij gestolen." Maar hij was al weg.

Met de Atala aan de hand, de motor uit, probeerde ik hem bij te houden.

We liepen langs het water. Het was raar om daar zo met z'n tweeen te lopen, midden op de dag. Opeens zei Nicola: "Ik heb erover nagedacht. Bern is langer in de toren geweest dan wij. Veel langer."

"En dus?"

"Niks. Hij is gewoon vaker met Violalibera samen geweest. Dat is een objectief feit. Wat weten wij er nou van wat zij doen als wij er niet bij zijn?"

"Wij waren er ook bij, Nicola."

"Ik weet zeker dat ik het niet geweest ben."

"Dat kun je helemaal niet weten."

Hij wierp me een stuurse blik toe. "Jij neemt het altijd voor hem op. Je ziet niet eens wat voor iemand hij geworden is."

"Wat voor iemand dan?"

"Een fanaticus, dat is-ie geworden! En alleen maar om Cesare te provoceren."

"Ja, maar Cesare…"

Nicola bleef abrupt staan, we gingen bijna op de vuist. "Wat nou Cesare? Jullie geven hem altijd de schuld van alles. Hij heeft jullie in huis genomen en te eten gegeven. Zonder Cesare zouden jullie…"

Maar hij maakte zijn zin niet af.

"Hij heeft al zijn boeken kapotgemaakt."

"Al zijn boeken? Heeft-ie dat gezegd? Twéé boeken. Twee maar."

"Twee," zei ik zachtjes bij mezelf. Ik probeerde me de details te herinneren van mijn gesprek met Bern in de slaapzaal van het Relais. Maakte het wat uit, twee of honderd?

Nicola zei: "Jij weet niet hoe hij hem behandelde. Altijd aan het vloeken recht in zijn gezicht, en altijd maar uitlachen. Bern is met al dit gedoe begonnen. Dus híj zou ervoor moeten boeten."

Intussen waren we aangekomen bij het adres, ergens in het oude centrum van de stad. De takken van een vetplant buitelden over het balkon heen. Ze klemden zich als tentakels vast aan de balustrade. Nicola controleerde het huisnummer op een papiertje in zijn zak.

"Het is hier," zei hij. "Bel jij maar aan."

"Waarom ik?"

"Aanbellen, verdomme."

Een oude vrouw deed open. Ze zei niets. Ze stapte achteruit en liet de deur op een kier staan. Toen wees ze met een vermoeid gebaar op de bank, ging in de leunstoel ernaast zitten en begon weer televisie te kijken, een gevarieerd middagprogramma. Ik had Nacci een smoes verteld, weer over mijn niet-bestaande vriendin. Toen ik de actrices op de televisie zag, dacht ik voor de eerste keer met spijt aan het Relais. En aan Corinne.

"Komen jullie maar," hoorden we een man achter ons zeggen. Hij had een goedverzorgde, volle baard, en droeg een bril met een doorschijnend montuur. Hij duwde ons de keuken in. "Waar is het meisje?"

"Ze is niet meegekomen vandaag."

"Moet ik dan een van jullie onderzoeken?"

"We wisten niet…" stamelde Nicola, maar hield toen van schaamte zijn mond.

"Hoeveel weken is ze?"

"Een paar maar, volgens ons," zei ik onnozel.

"Wie van jullie is de vader?"

Nu zwegen we allebei. De dokter draaide zich om naar de gootsteen, vulde een glas onder de kraan en dronk het in één teug leeg. Daarna zette hij het, zonder het om te spoelen, terug op het afdruiprek. Ons bood hij niets aan. "Ik snap het," mompelde hij. "Ze is minderjarig, hè?"

"Ja, zestien."

"Jullie moeten haar zo snel mogelijk hier brengen. Begrepen?" In zijn stem klonk vermoeidheid en afkeer door. Uit de andere kamer kwam het gedruis van de televisie. Er hing een typische oudemensenlucht in het huis. "De ingreep kost anderhalf miljoen lire," zei hij ook nog.

"Ze zeiden een miljoen," reageerde Nicola plotseling geagiteerd.

De dokter glimlachte schamper. "Jullie weten niet wie de vader is en ook niet in de hoeveelste week ze zit. Maar jullie wisten wel de prijs, hè? Nou, de prijs is dus anders. Als ik het niet kan doen, geef ik jullie één miljoen driehonderdduizend terug. Ik houd alleen de kosten voor het onderzoek in."

"Wat bedoelt u met 'als ik het niet kan doen'?"

"Dokter," zei ik.

"Ja?"

"Hoe gaat het in zijn werk?"

Hij keek me aan, draaide zich toen om, trok een la open en pakte een mes. Hij hield het omhoog om me het goed te laten zien, zette het gekartelde lemmet op het tafelblad en kraste ermee over de tafel, alsof hij iets afschraapte, een laagje. "Snap je het nu beter?"

Nicola was lijkbleek geworden.

"Jullie hebben het gedaan, jongens," zei de dokter, "niet ik."

Eenmaal terug in de toren vergaten we te eten. De muziek buiten klonk gedempt. Violalibera pakte een stuk papier en hield er een aansteker bij. Het papier fikte op terwijl ze het aan een puntje vasthield. Ik had daarbeneden nog nooit zoveel licht gezien als van die vlam die, voordat hij razendsnel weer doofde, heel even de totale verbijstering op onze gezichten liet zien.

We telden nog een keer ons geld: negenhonderdduizend lire. Mijn reserves waren intussen helemaal op.

"We krijgen het nooit bij elkaar," zei Nicola. Ik was bang dat hij weer een zenuwinzinking zou krijgen.

"Je zou het kunnen lenen," zei Bern.

"O ja? Van wie dan?"

"Van je vrienden op de universiteit. Die zullen heus wel geld hebben."

"Doe zelf wat, man! Jij bent alleen maar aan het commanderen en doet zelf geen kloot."

Bern glimlachte. "Ik zie dat de rechtenstudie zeer bevorderlijk is voor je taalgebruik."

Violalibera grinnikte. Ze droeg die avond een hemdje dat haar navel bloot liet. Ze strekte haar naakte voet uit naar Nicola, die midden in de ruimte zat, en wreef ermee over zijn dij en daarna tegen zijn lies. Nicola pakte haar voet beet alsof hij hem ging vermorzelen, en duwde hem weg. "Jij bent knettergek!"

Toen draaide Bern zich naar mij toe. Zijn rug was niet erger en ook niet beter geworden, maar hij klaagde niet meer. Hij had alleen maar aandacht voor Violalibera. Hij lette erop dat ze te drinken had, dat ze rustig aan deed. Om haar niet alleen te laten, was hij niet meer naar de masseria gegaan. Ik weet niet wat Cesare en Floriana daarvan vonden, of ze niet doodongerust waren. Hij zei er niets over. Hij had van de ouwe bende in de toren zijn nieuwe huis gemaakt. En in plaats van dat hij naast Violalibera op de matras sliep, lag hij met die kapotte rug op de vloer, zodat zij meer ruimte had.

"Je moet aan de rest van het geld zien te komen," zei hij.

"Hoe dan?"

"Op het Relais hebben ze vast wel geld."

"Wil je dat ik het steel?"

Hij zat tegenover me, mager, bleek. "De eerste avond dat er veel gasten zijn, haal je het uit de kassa. Niet te veel. Laat er wel genoeg in zitten, anders krijgen ze argwaan. Je moet slim zijn. Als het nodig is, moet het misschien nog een keer."

"Bern," mompelde ik, "alsjeblieft niet!"

Hij schoof op zijn gat naar de matras. Hij ging naast me zitten, drukte mijn hoofd tegen zijn schouder en aaide me tussen mijn oor en mijn hals.

"Arme Tommaso," zei hij. "We zijn je allemaal heel erg dankbaar voor wat je doet."

"Bern..."

Hij tikte zachtjes tegen mijn hals. "Dat weet je toch, hè?"

Ik denk dat ik heel even huilde terwijl ik daar zo zat, maar zonder een traan te laten. Het gebeurde allemaal in het geheim, vanbinnen. Onder de eik, in een tijd die niets met die van nu gemeen leek te hebben, had Cesare ons lesgegeven over de Tien Geboden. *Gij zult geen andere Goden vereren, maar alleen mij.* Dat was het eerste gebod dat de Heer Mozes liet opschrijven, maar waarom, had hij gevraagd. Waarom juist dat gebod vóór andere geboden die ons veel belangrijker lijken, bijvoorbeeld vóór *Gij zult niet doden?* Cesare keek ons een voor een aan. We zwegen. Daarom antwoordde hij in onze plaats, zoals hij altijd deed: "Omdat als de Heer in ons hart vervangen wordt door iets anders, alles bergafwaarts gaat en elk gebod wordt overtreden. Als de Heer in ons hart vervangen wordt, dan komt het onvermijdelijk tot moord en doodslag."

Ik weet nog dat ik in die tijd mijn vader ging opzoeken in de gevangenis. Behalve de bewaker en wij was er niemand in de bezoekzaal. Hij zat aan de andere kant van de lege, glimmende tafel, die identiek was aan alle andere tafels in de zaal. Zelfs als je niet bewoog, zweette je nog. We pakten nooit elkaars hand vast, dat was vóór de gevangenis ook al zo. Soms dacht ik dat mijn vader dat wel zou willen, dat hij zich graag voorover had gebogen om me aan te raken, maar het zichzelf verbood. Toch zou ik hem zijn gang hebben laten gaan. Vroeger misschien niet, maar nu zou ik hem mijn handen laten pakken en ze vast laten houden. "Heb je geleerd om meer borden tegelijk te dragen?" vroeg hij.

"Ja, drie tegelijk. En als iemand me ze aangeeft, wel vier."

"Vier! Ik zou ze allemaal laten vallen."

Hij deed altijd een overhemd aan als ik kwam, altijd hetzelfde, met ruitjes, de bovenste twee knoopjes open. Hij had een dun zilveren kettinkje om zijn hals waaraan een kruis bungelde.

"Je bent verdrietig," zei hij.

"Het gaat goed met me."

"Heeft het met een meisje te maken? Eentje die je in Massafra hebt leren kennen?"

Ik boog mijn hoofd. Hij ontspande zijn vuisten een beetje, het bloed stroomde naar zijn witte vingers, maar toen balde hij ze weer. *Misschien heb ik haar wel zwanger gemaakt, pa. Misschien wel, of misschien niet. Maar ik was er wel bij. Ik verlangde meer naar de anderen dan naar haar, maar ik was daar wel.*

Alsof hij iets doorhad, zei hij: "Je moet je geen zorgen maken, Tommaso. Jij gaat het anders doen dan ik."

Toen kwam de bewaker naar de tafel. Hij zei niet dat de tijd voorbij was, en hij wees ook niet op de klok aan de muur. We waren alle drie gewend aan de procedure. Ik stond als eerste op. Mijn vader was aangedaan, maar om de verkeerde reden.

De volgende dag was de tuin van het Relais versierd, alles was uitbundig roze en wit. Ik hielp de hoveniers om de buxushagen te fatsoeneren en vervolgens deed ik een laatste inspectie van de tafels: onderborden en zilverbestek, tafelkleden die tot op de vloer vielen, en in het midden van elke tafel een bloemstuk. Ik checkte of er voor elk couvert een servet was dat in de vorm van een zwaan was gevouwen. Sommige van Floriana's karweitjes hadden onverwacht hun nut bewezen. Nacci was dik tevreden met die servetten in de vorm van een zwaan.

Om een uur of vier 's middags begon het feest uit de hand te lopen. De kinderen renden over het terras, het volume van de muziek ging omhoog, en de genodigden verspreidden zich over de danstent en de bar. Sterkedrank was niet in de prijs inbegrepen, want daarop had Nacci een grotere marge. Corinne en ik wisselden elkaar af in de bediening. Sinds onze ruzie praatten we nog steeds niet met elkaar. Op een moment dat het heel druk was, opende ik de kassa, pakte een handvol bankbiljetten en propte ze in mijn broekzak.

Het feestvarken, een meisje van acht dat die ochtend communie had gedaan, begon haar cadeaus uit te pakken. Iedereen dromde om haar heen en ik maakte van de gelegenheid gebruik om voor de tweede keer een greep in de kassa te doen. Toen ik om me heen keek, zag ik dat Corinne door het raam naar mij keek. Ze schudde niet met haar hoofd of iets dergelijks, maar ze keek lang genoeg om mij duidelijk te maken dat ze wist wat ik had gedaan. Toen liep ze weg over het terras.

In het gastenverblijf haalde ik het geld tevoorschijn. Het was nat van het zweet. Ik telde het pas toen ik, diezelfde nacht nog, veilig bij mijn broers in de toren was. Ik had het geld lukraak bij elkaar gegraaid en het was minder dan ik had gedacht. Maar Nicola had toch besloten geld te lenen van vrienden. We hadden nu een miljoen tweehonderdduizend lire.

De batterij van de lantaarn was bijna leeg en het licht flakkerde. Bern vroeg: "Wanneer is het volgende feest?"

"Over een week, geloof ik."

"Kon je niet wat meer pakken?" barstte Nicola uit.

"Dan zouden ze het gemerkt hebben."

"Als we nog langer wachten, doet de dokter het niet meer, zei hij."

Violalibera zag er ellendig uit. Ik denk dat ze soms overgaf, al at ze bijna niets van het eten dat ik meenam. Ze had zich al ik weet niet hoe lang niet gewassen.

"Kom hier, allemaal," zei Bern. "Dichterbij."

Gehoorzaam als altijd, ging ik naast hem zitten. Hij zat met zijn pijnlijke rug stijf rechtop tegen de muur. Violalibera klampte zich aan de andere kant aan hem vast. Toen zei hij tegen Nicola: "Jij ook."

"Nee," protesteerde die. "Waar zijn jullie mee bezig?"

"Hier," zei Violalibera dwingend.

Nicola kwam dichterbij en liet zijn hoofd op haar benen vallen, alsof alle weerstand plotseling weg was.

"We zijn te lang van elkaar gescheiden geweest," zei Bern. Het was alsof hij ons in één grote omhelzing omsloten hield.

En op dat moment zei ik: "Ik ga naar Cesare."

"Wat ga je dan tegen hem zeggen?" vroeg hij.

"Ik ga naar Cesare," zei ik nog eens.

Die belofte werd in stilte in ontvangst genomen. Violalibera zocht in de kluwen van lichamen mijn hand. Iedereen was nu in contact met iedereen. Was dat niet ons spel? Ons met alle spieren en vezels met elkaar verknopen? En daarna elke centimeter van haar verkennen, elke centimeter van elk oppervlak, vanbinnen en vanbuiten? Ik voelde het bloed kloppen in haar tengere pols. Ik vroeg me af of dat dezelfde hartslag was als van dat ding in haar.

Ik zeg u in waarheid: al hetgeen u ook maar aan één van mijn jongste broeders hebt gedaan...

Maar er was geen God, en dus zou er ook geen oordeel volgen. Het licht van de lantaarn flakkerde, de batterij was bijna op.

Toen ik wakker werd, lagen we nog steeds in een kluwen. De lantaarn was uit. Violalibera's adem streek langs mijn onderarm, maar het geluid kwam van Nicola's raspende ademhaling. Ik haalde mijn wang van Berns dijbeen. Hij was nat van het zweet, het mijne of het zijne. Ik maakte me voorzichtig los uit de wirwar van armen en benen en kroop naar de trap. Toen ik buitenkwam, was ik weer even verbaasd als altijd: de wereld buiten de toren bestond nog steeds.

De laatste dagen had ik zoveel gereden, van de ene kust naar de andere en terug, dat de striemen van het oververhitte stuur op mijn handen misschien wel niet meer weg zouden trekken. Maar de lucht was die zondagochtend fris, verkwikkend. Het was nog voor achten toen ik bij de masseria aankwam.

Ik was pas tien maanden geleden weggegaan, en nu al kreeg ik het gevoel een vreemdeling te zijn. De rommelige stapels hout, de wilde kruinen van de bomen, in de moestuin komkommerplanten die al het andere overwoekerden. Ik was gewend geraakt aan de keurige moestuin van het Relais. Ik hoopte dat alleen Cesare wakker zou zijn, maar helaas. Hij zat met Floriana en de Bulgaarse jongen onder de pergola te ontbijten.

"Tommaso, goeie god! Wat een verrassing! En nog wel op dit uur van de dag! Kom bij ons zitten. Eet wat mee. Yoan, wil jij even een stoel bijschuiven? Verdraaid, jongen, wat brengt jou hierheen?"

Hij omhelsde me stevig. Dat lichaam van hem, die warmte die anders was dan van ieder ander, de vertrouwde geur van zijn aftershave! Ik ging zitten. Floriana streek over mijn hand en schoof een bord met een paar sneeën brood naar me toe.

"Doe er wat boter op," zei Cesare. "We kopen die bij een landbouwbedrijf net voorbij de boerderij van Apruzzi. Stel je voor, nog geen kilometer verderop en we wisten niet van hun bestaan. Yoan kwam er toevallig langs. Wat weten we toch veel dingen niet, terwijl ze een steenworp van ons vandaan zijn. Ze hebben prachtige dieren, lekker vette witte koeien."

Ik stak het mes in de kluit boter, die steeds zachter werd door de met de minuut toenemende warmte, en smeerde hem op mijn brood. Ik stierf van de honger en had het niet eens gemerkt.

"Smeer er nog wat meer op! En dan suiker. Boter en suiker kunnen helemaal geen kwaad op jouw leeftijd. Ik zou op moeten passen, maar ja, ik ben nu eenmaal gek op eten." Hij keek hoe ik mijn tanden in het brood zette en kauwde. Toen moest hij glimlachen. "Tja, je zult in het Relais wel verwend zijn met allerlei lekkers. Is er nog nieuws van Nacci? Ik heb hem sinds afgelopen zomer niet meer gesproken, denk ik."

"We hebben het altijd heel erg druk," zei ik, "met al die bruiloften en zo."

"Ja, zo doen ze dat tegenwoordig, met van die grote feesten. Floriana en ik hebben destijds alles zelf georganiseerd, gewoon hier. In die tijd ging een bruidegom echt niet zijn nagels laten doen voor zijn trouwerij, als je begrijpt wat ik bedoel." Hij knipoogde naar me.

"Ik moet met je praten," zei ik. Mijn stem klonk strenger dan de bedoeling was.

"Hier ben ik, Tommaso, ik luister. We hebben nog een halfuurtje voor we naar de mis gaan."

Ik keek naar Floriana. Ze hield haar lippen op elkaar geklemd. Rechts van mij zat Yoan de ene na de andere boterham met boter naar binnen te werken.

"Ik moet je onder vier ogen spreken."

Cesare stond op. "'Dat kan. Dan gaan we naar ons eigen plekje, oké?"

We liepen naar de steeneik, ik een paar stappen achter hem.

Ik had gehoopt dat hij niet uitgerekend naar die plek wilde, maar ik concentreerde me op wat Bern altijd zei: er was niets van waar, van wat Cesare ons vertelde. Hij spiegelde ons gewoon wat voor, conditioneerde ons. Wij waren het enige wat bestond in de wereld. Ik ging op de verkleurde planken van de bank zitten alsof het zomaar een bank was.

"Wil je eerst samen bidden?"

Onwillekeurig knikte ik ja. Met half geloken ogen en die meeslepende stem van vroeger begon hij uit zijn hoofd psalm 139 voor te dragen: "Gij kent mij; Gij doorgrondt mijn daân; Gij weet mijn zitten en mijn staan; Gij kent van verre mijn gedachten. Gij, o Heer, kent mijnen weg van stap tot stap."

De woorden van de psalm brachten mij onverwacht in vervoering. Ik was er niet op voorbereid en kon me amper goed houden. Jarenlang had ik me ervoor geschaamd dat ik de enige was op de masseria op wie Gods woord geen vat had. Ik vermoedde dat ik het niet zo diep voelde als mijn broers, en die onzekerheid had ik vaak met Cesare gedeeld, op het bankje onder de eik. Hij had altijd op dezelfde manier gereageerd: niemand kan bidden, Tommaso, je wens is al je gebed.

"Waar zit je mee, dat je zo vroeg in de ochtend hiernaartoe komt?" vroeg hij ten slotte.

Ik haalde diep adem en zei: "Ik heb geld nodig."

Cesare rechtte zijn schouders en trok zijn wenkbrauwen op. "Dit had ik niet verwacht. Echt niet. Ik dacht dat Nacci je betaalde. Is het soms niet genoeg? Ik kan wel met hem gaan praten, als je wilt."

"Ik heb zeshonderdduizend lire nodig," zei ik. Geen idee waarom dat bedrag, want de helft was al genoeg. Maar opeens was dat laatste gesprek met Cesare weer naar boven gekomen, op dezelfde plek, de dag dat hij me had weggestuurd.

Hij blies zijn wangen op en hield even zijn adem in. "Dit had ik echt niet verwacht," zei hij weer. "Heb je je soms in de nesten gewerkt?"

"Dat gaat je niks aan."

In al die jaren had ik nooit zo'n toon tegen hem aan durven slaan, ik zou het niet in mijn hoofd hebben gehaald. Maar Cesare gaf geen krimp.

"Jullie jongens zijn onvoorspelbaar," zei hij. "Jullie zijn echt een raadsel voor me. Heeft onze Bern er soms iets mee te maken? Ik heb hem al dagen niet gezien. Hoe ouder hij wordt, hoe minder ik hem begrijp."

Als ik op dat moment in zijn ogen had gekeken, had hij in de mijne de hele waarheid gelezen. Daarom bleef ik strak naar dezelfde steen en dezelfde graspol kijken. Ik sprak mijn dreigement heel nadrukkelijk uit: "Als je me dat bedrag niet geeft, vertel ik alles aan Floriana." Er viel een stilte die alleen werd verstoord door het gefluit van een vogel, die verscholen zat in het gebladerte boven ons hoofd.

"Wat ga je Floriana vertellen, Tommaso?" vroeg Cesare zachtjes.

"Dat weet je best."

"Nee, dat weet ik niet."

Ik haalde heel diep adem. "Over die keer dat je naar Bern en Teresa gluurde in het rietbos."

Niet naar hem kijken, zei ik steeds tegen mezelf. Houd je ogen op de steen en de graspol.

"Ik maak me zorgen om je, Tommaso."

"Zeshonderdduizend. Ik kom het donderdagavond ophalen."

Ik had besloten dat ik meteen nadat ik het gezegd had, zou opstaan, maar de spieren van mijn benen gehoorzaamden niet. Net als vroeger bleef ik zitten wachten tot ik de absolutie kreeg.

"Je chanteert me dus. Zo iemand ben je geworden."

"Donderdagavond," zei ik weer, en eindelijk kwam ik in beweging. Ik liep zonder me nog om te draaien naar de Atala. Ik kreeg hem met moeite van de standaard, maakte een halve draai om het weidepad op te rijden, en keek toen pas in de achteruitkijkspiegel naar Cesare. Hij zat nog steeds onder de eik, zijn ogen opengesperd van verbazing. Hij zag eruit als een verslagen man, precies zoals Bern zei. En toch... hoe meer gas ik gaf om die plek te ontvluchten, hoe harder de schaamte me in het gezicht sloeg.

Toen ik bij het Relais aankwam, regende het. Het leek wel nacht, hoewel het midden op de dag was. Ik liep de slaapzaal in en zag meteen Corinnes glas, de bodem van de plastic fles, midden op mijn bed. Ik pakte het. Ik snapte er niets van. Op de bodem glinsterde de sleutel van de kelder.

Ik ging snel weer naar buiten. Ik liep dwars door de feestzaal, het kon me niet schelen dat mijn schoenen het marmer vuilmaakten. In de kleedkamer maakte ik het kluisje van Corinne open: leeg. Weg waren haar Reebok-tas, haar werkkleding, haar voorraad snoepjes. Zonder te kloppen liep ik Nacci's kantoor binnen. Hij keek me vragend aan. "Het lijkt erop dat hier iemand zonder paraplu de deur uit is gegaan," zei hij grinnikend.

"Waar is Corinne gebleven?"

Nacci maakte een minachtend gebaar. "Weg."

"Hoe bedoelt u?"

"Ze is een junk, dat had ik toch gezegd? Er is geen hoop voor types zoals zij. Ze veranderen nooit."

Mijn kletsnatte т-shirt zat tegen mijn rug geplakt en bezorgde me een koude rilling. Nacci zuchtte.

"Ze is op het briljante idee gekomen om een deel van de kasopbrengst te pikken. En wie weet hoe vaak ze dat al heeft gedaan, denk ik nu. Behalve dat het kastekort gisteren zo groot was, dat er geen twijfel kon bestaan."

"Heeft ze dat zelf gezegd?"

Nacci keek me weer stomverbaasd aan.

"Heb je ooit van een junk gehoord die zoiets toe zou geven? Maar ze ontkende het niet, toen ik het haar vroeg. Ik heb tegen haar gezegd: je kan het direct teruggeven, of wegwezen. Ze heeft er natuurlijk voor gekozen om weg te gaan."

"Corinne doet dat niet meer," zei ik nauwelijks hoorbaar.

Maar Nacci zat alweer met zijn neus in de papieren die hij zat na te kijken.

"Wat zij wel of niet doet, gaat mij al..." – en hij keek op zijn horloge – "twee uur niet meer aan. Ik heb haar aangenomen bij wijze van persoonlijke gunst aan haar vader. Net zoiets als bij jou." Hij schokte met zijn schouders, alsof hij die gedachte grappig vond. "Ga je snel afdrogen. We kunnen de sneeuwbalstruiken toch niet overplanten, zoals de aarde nu is. Nee, wacht even. Nu je toch al nat bent: er moet gif gestrooid worden op het gazon, tegen de muggen. Met dat water leggen die krengen overal eitjes."

Het onweer hield op, maar in de verte lichtte en donderde het nog. De eerste zonnestralen die door de wolken braken, brandden als een gek. Het hengsel van de jerrycan sneed in mijn schouder en de vloeistof klotste heen en weer, waardoor ik mijn evenwicht verloor. Ik bespoot elke struik, elke bloem, elk sprietje gras met het gif. Ik stond er niet eens bij stil dat ik een klein bloedbad aanrichtte. Ik zag het gezicht van Cesare voor me, die me steeds weer vroeg: is dit wat je geworden bent? 's Avonds in bed wreef ik met de rand van Corinnes afscheidscadeau over mijn lippen. Aan het eind van die dag vol water en vergissingen, dacht ik opeens aan haar met een weemoed die nieuw was.

In de week die erop volgde, lag ik, als ik niet werkte, naar de rode punten van de takken van de abrikozenboom voor het raam te kijken. Ik vroeg me af of Cesare die uren in gebed doorbracht om God te vragen hem de weg te wijzen. En ook of ik echt in staat was om Floriana te vertellen wat ik gedreigd had te vertellen. Welke woorden zou ik gebruiken? Als het plan mislukt, zei ik tegen mezelf, steel ik nog meer van Nacci, en dan kom ik in de gevangenis, net als mijn vader. Ik liet me gretig meevoeren door die heroïsche fantasieën, en werd dan misselijk. Maar de donderdag erna legde ik de weg naar de masseria verbazingwekkend luchthartig af. Ik liet de Atala bij de slagboom staan en ging te voet verder. De vruchten in de perenboom hadden al kleur. Het was het uur van de zonsondergang, het uur van de dag dat me jarenlang had doen geloven dat ik nergens anders kon leven dan op dát rechthoekige stukje aarde.

Ik klopte op de deur en hoorde Cesare zeggen dat ik binnen mocht komen. Ook deze keer vertrouwde ik erop dat ik hem alleen aan zou treffen en weer zat Floriana naast hem aan tafel. Hij nodigde me uit te gaan zitten en bood me wijn aan, die ik afsloeg. Floriana zei me niet eens gedag.

"Dus je bent teruggekomen voor het geld," zei Cesare. En omdat ik niet reageerde ging hij verder. "Dat is toch zo?"

"Waarom gaan we niet naar buiten?"

Maar hij negeerde mijn suggestie. "Ik kan je dat geld niet geven, Tommaso. Het spijt me. Ik heb het er met Floriana over gehad, ik heb haar alles verteld. En weet je? Ik moet je bedanken. Zonder jouw tussenkomst had ik daar niet de moed voor gehad. Dan zou ik die last nog langer hebben moeten dragen. Schaamte brengt het slechtste in ons boven."

"Je bent gewoon een geldbelust rotjong," brandde Floriana los.

Cesare pakte haar arm om haar te kalmeren. Hij sloot zijn ogen en mompelde iets om die woorden direct weer goed te maken. Toen zei hij: "Nu heb jij ook die kans, Tommaso. Vertel ons wat er gebeurd is. Misschien kunnen we je helpen."

Maar ik kon niet langer blijven. Ik rende de kamer uit, de tuin door en het weidepad af. Ik sprong op de brommer en weg was ik.

Bij de Scalo liet ik elke voorzichtigheid varen en liep recht op de toren af. In de schuilplaats trof ik een slapende Bern en Violalibera aan. Ze sliepen bijna de hele tijd. Van al dat gehang daarbeneden werden ze doodmoe. De lantaarn was aan, misschien had Nicola nieuwe batterijen kunnen bemachtigen. Ik trok Bern aan zijn gore T-shirt. Hij deed met moeite zijn ogen open.

"Tommie," zei hij.

"Hij geeft ons geen geld."

Zijn lippen waren uitgedroogd en hij stonk uit zijn mond. Ik voelde aan zijn voorhoofd. "Je hebt koorts, Bern."

"Niks aan de hand. Help me om omhoog te komen. Mijn rug wil helemaal niet vandaag."

Violalibera sliep nog, ze lag op haar zij op de matras.

"Heb je wat geld voor twee biertjes?" vroeg Bern. "Daar zou ik wel zin in hebben. Ik wil even naar buiten."

Maar we bleven nog een hele tijd in de schuilplaats voor we zover waren. We praatten zachtjes, of misschien zwegen we wel.

In ieder geval was het niet kort, want toen ik hem uiteindelijk hielp om op te staan, met dat lichaam dat gloeide van de koorts, stond Cesare opeens, uit het niets, voor ons.

"Bern," zei hij.

Bern probeerde zich van mij los te maken en het scheelde niet veel of hij viel om. Ik hield hem vast. "Waarom heb je hem hier mee naartoe genomen?" vroeg hij op intens droevige toon.

"Dat heb ik niet gedaan."

"Laat je helpen, Bern," zei Cesare, en hij deed een stap naar ons toe. Hij sloeg zijn armen om mijn broers middel, en Bern gaf zich zo totaal over dat ik dacht dat hij was flauwgevallen.

"Vergeef me," fluisterde Cesare in zijn oor.

Yoan moest ergens op de loer hebben gelegen en me hebben gevolgd toen ik ervandoor ging. Eenmaal bij de Scalo had hij Cesare gebeld. En nu was hij daar en lag Bern tegen zijn borst te snikken.

Het was niet nodig om uit te leggen wat Violalibera daar deed. Ze was intussen wakker geworden. Cesare stelde geen vragen, hij zei alleen: "Kom mee. Ik zal jullie helpen." Hij boog zich over haar heen en streelde over haar afgematte gezicht: "Jou ook. Kom maar." En we volgden hem lijdzaam. Over de eerste trap naar boven en over de tweede weer naar beneden. Toen we door de brandnetels liepen, ondersteunde hij Bern aan de ene kant en Violalibera aan de andere. Voor we onze schuilplaats verlieten, had ik snel het geld dat we bij elkaar hadden gescharreld in mijn zak gestopt. We liepen langs de jongens en meisjes van de Scalo. Sommigen zeiden gedag. We stapten in de Ford en Cesare reed naar de masseria, zonder één woord te zeggen. Of nee, hij zei één zin, tegen Violalibera: "Je zult het mooi vinden waar we naartoe gaan."

Toen dacht ik: hij weet het al.

En het plan leek nog uitgebreider dan ik dacht: Nicola stond ons bij de masseria op te wachten, samen met Floriana. Nu pas bedenk ik dat híj misschien wel tegen Cesare heeft gezegd waar hij ons kon vinden. Vreemd dat ik daar niet eerder aan heb gedacht. Als er iemand was bij wie Cesare de waarheid los kon krijgen, dan was het Nicola wel.

Hoe dan ook, hij wierp me van onder de pergola een veelbetekenende blik toe, een blik die ik me nog heel goed herinner.

Floriana belde de dokter in Speziale. Of hij meteen – op dat moment, ja – kon komen om Violalibera te onderzoeken. Bern, Nicola en ik lieten haar aan hun zorgen over en gingen naar buiten. We liepen een eind de olijfgaard in, en daar kreeg ik ineens alle paniek van Nicola over me heen.

"Wat heb je tegen hem gezegd? Hoe haal je het in je hoofd?"

"Hij heeft niks tegen hem gezegd," zei Bern in mijn plaats. "En dat van Violalibera heeft hij blijkbaar uit zichzelf begrepen."

"Jullie moeten mij erbuiten houden, jongens. Alsjeblieft, hou mij erbuiten. Ik geef jullie alles wat je wilt."

Nicola smeekte. Zijn gezicht was vertrokken van angst. Bern zei dat hij zijn mond moest houden, en deed dat op zo'n gedecideerde toon dat Nicola geen woord meer uitbracht.

Toen ging Bern verder. "We moeten beslissen wie van ons de vader is. Als de dokter komt, zal hij dat willen weten. En Cesare en Floriana ook."

"Ik niet," jammerde Nicola.

Bern keek om zich heen, hij zocht iets. "Oké, dit is wat we doen," zei hij. "We pakken alle drie een steentje, een van deze. Dat gooien we naar die bomen. Wie het minst ver gooit, moet zeggen dat hij de vader is."

"Je bent knettergek!" schreeuwde Nicola.

"Als je een beter voorstel hebt... Ik luister. Niet? Dat dacht ik al. Dus laten we nou maar steentjes pakken, ongeveer even grote. Zoiets als deze."

Ik vond er eentje en wreef met mijn duim de aarde eraf. "En als het nou niet waar is? Als de verliezer nou niet de vader is?"

"De waarheid is dood," zei Bern ongenaakbaar, "een letter uit het alfabet, een woord, een materiaal dat ik kan gebruiken."

"En als Violalibera het er niet mee eens is?"

"Die is het er al mee eens. Maar we moeten een eed zweren."

"Welke eed?"

"Als door de wedstrijd is beslist wie de vader is, dan mag niemand van ons ooit nog over dit moment praten, en ook niet over de toren. We praten er niet met anderen over en ook niet onderling. Nooit meer."

"Oké," zei ik.

"Jullie moeten zeggen: tot aan de dood."

"Tot aan de dood," zwoer Nicola.

"Tot aan de dood," zwoer ik ook.

"Jij eerst, Nicola."

Hij blies alle lucht uit zijn longen, vulde ze weer, boog naar achteren en gooide het steentje weg. Heel hoog en heel ver. Het viel voorbij de derde of vierde rij bomen. Ik kon nauwelijks zien waar. Het stuiterde één keer, heel laag, en was toen niet meer te zien.

"Nu jij, Tommaso. Nee, neem dit maar." Hij legde een ander, gladder steentje in mijn hand.

"Het telt niet als jij hem helpt," protesteerde Nicola, maar hij zweeg meteen weer. Hij wist toch wel dat ik die worp van hem niet kon evenaren. Toen ik mijn steentje nauwelijks twintig meter verder op de grond zag vallen, vroeg ik me af of die wedstrijd geen valstrik was. Ik was altijd slecht geweest in dat soort dingen. Maar ik was ook altijd degene geweest die niet in verzet kwam tegen Berns beslissingen. Voor de eerste keer sinds de middag dat ik hem onder de moerbeiboom had leren kennen, hoopte ik dat hij zou verliezen.

Ik weet niet zeker of hij het expres deed. Of dat het zijn rug was, of de koorts. Of dat het gewoon fout ging. Ik weet het niet. En door onze eed zou ik het hem de rest van ons leven ook niet kunnen vragen.

Bern hief zijn arm boven zijn hoofd, er gebeurde iets waardoor hij in die houding leek te verkrampen, en toen glipte het steentje uit zijn hand. Het kwam net voorbij de dichtstbijzijnde olijfboom terecht. Niemand zei iets. We keken naar dat punt zoals we lang geleden naar het houten kruis op het graf van de haas hadden gekeken. Toen zei Bern: "Dan neem ik aan dat ik het ben."

139

Toen we de masseria weer in liepen, ging hij naar Violalibera, die naar het lege bord voor zich zat te staren. Hij legde zijn hand op haar schouder en zij reageerde niet op die aanraking, maar door dat gebaar was het ook aan Cesare en Floriana duidelijk hoe de zaken ervoor stonden, wie van ons de schuldige was.

Cesare zette een stoel naast Violalibera, voor Bern. En daarna deed hij iets wat niemand had kunnen bedenken. Hij ging het huis uit en kwam even later terug met een teiltje, het teiltje waar we vroeger meloenen koel in hielden. Hij vulde het bij de gootsteen en zette het vervolgens op de grond vóór Bern en Violalibera. Hij trok hun gympen en sokken uit en dompelde hun voeten onder in het water. "Wat doet u? Ze stinken, hoor!" grinnikte Violalibera, maar Cesare was bloedserieus en dus was ze meteen weer stil.

Hij boende hun voeten, een voor een, tot ze schoon waren. Hun vier voeten naast elkaar, ze glommen als die van een bruidspaar. Violalibera bewoog haar voeten op en neer in het water, zodat het alle kanten op spatte. Toen glimlachten we allemaal. De spanning verdween, net als het vuil van hun voeten. Er was weer iemand die voor ons besliste.

Daarna droogde Cesare ze met een doek. Hij zat zo lang op zijn knieën dat hij zich, toen hij opstond, moest vastgrijpen aan de tafelrand.

"Ik weet wat jullie in je hoofd hadden," zei hij, "maar die gedachten waren ingegeven door angst. Nu zijn ze verdwenen. Dit kind zal geboren worden. Pak elkaars hand. Zo. Bid met mij."

De dokter kwam een halfuur later. Hij onderzocht Violalibera in onze kamer. Hij vond haar ondervoed. Hij schreef haar absolute bedrust voor en een paar medicijnen. Cesare en Bern moesten haar de volgende dag naar een specialist brengen voor een echo. Nicola en ik waren er nog wel bij in de keuken, maar we waren nu al meer toeschouwers.

Een paar uur later werd ik bij het Relais dei Saraceni verwacht voor het maaien van het gazon, dus nam ik afscheid. In de spiegel van de Atala werd de masseria een steeds kleiner puntje, tot hij verdween.'

Tommaso's stem klonk gekweld. Kwam het door de uitputting of waren het de herinneringen?

In die lange, nachtelijke uren, waarin hij had liggen praten en ik had geluisterd, waarin hij de helft van een tweepersoonsbed had ingenomen en ik op een stoel zat die steeds ongemakkelijker werd, in al die tijd hadden onze blikken elkaar maar een paar keer gekruist. We keken liever beurtelings naar een stukje sprei, de kleren die half buiten de kast hingen, de vochtige snuit van Medea. Maar nu moest ik wel naar hem kijken. Ik vroeg me af hoe hij dit allemaal achter dat witte gezicht verborgen had kunnen houden, en zo lang. En hoe had Bern dat gedaan? Maar de woorden stokten in mijn keel. Ik dronk de laatste slok water uit zijn glas om ze weg te spoelen, samen met het beeld van de voeten van Bern en Violalibera naast elkaar in het teiltje en zijn zwijgende instemming om de vader van het kind te zijn. Hun kind. En ook het beeld van Bern en Violalibera in de toren, Cesare in de boomgaard, die orgieën.

Die orgieën.

'Wat er daarna is gebeurd, heb ik van Nicola gehoord, aan de telefoon,' ging Tommaso verder. 'Een van de serveersters kwam mij roepen toen ik sperziebonen aan het plukken was.'

Hij zuchtte. 'Violalibera had waarschijnlijk tegen zichzelf gezegd dat zo'n tien bladeren genoeg was. Dodelijk voor het kind, maar niet voor haar. Nicola vertelde me dat ze suiker in de oleanderthee had gedaan voor ze hem dronk. Daarna was ze naar buiten gegaan en naar het rietbos gelopen. Pas uren later was ze gevonden, door Yoan. Toen de ambulance kwam, ademde ze nog, ook in het ziekenhuis ademde ze nog, maar die avond was ze dood. Toen hij het hoorde, vluchtte Bern naar de toren, maar Cesare en Floriana gingen hem niet meer achterna.

Jij arriveerde een paar weken later. De avond dat Nicola je meenam naar de Scalo, was ik daar met Bern. We bleven de hele tijd vlak bij de toren, waar het het donkerst was. Je stond met je rug naar ons toe, maar op een gegeven moment draaide je je om. Het leek of je precies in onze richting keek, naar ons. Ik weet nog dat ik dacht: het is net alsof ze iets in de lucht geroken heeft. Op dat moment hadden we alleen onze hand hoeven te bewegen en je had ons gezien. Bern deed inderdaad een stap naar voren, naar het licht, maar ik hield hem tegen. Hadden we al niet genoeg narigheid gehad? En toen dat moment voorbij was, keek je weer naar Nicola.

Die herfst verlieten ook Cesare en Floriana de masseria. Ze vertrokken en lieten alles achter. Ze deden hun bagage in de achterbak van de Ford, en weg waren ze. Ze sloten niet eens de slagboom op het weidepad. Alsof de dood van het meisje voorgoed een vloek had geworpen op dat land, alsof het nooit meer kon worden gezuiverd, hoeveel Cesare ook bad. En Yoan... Ik heb nooit geweten hoe het met hem is afgelopen.'

Tommaso bleef even stil, alsof hij me de tijd wilde geven om ook die informatie te verwerken.

Toen ging hij verder: 'Ze had een touw om haar polsen gebonden. Hetzelfde waarmee Bern en ik de palmboom hadden weggesleept. Zodat ze niet instinctief weg zou rennen om hulp te halen, voordat de abortus achter de rug was. Ik weet niet van wie ze geleerd had om zo'n knoop te maken, dat kan niet iedereen. En toen had ze over zichzelf heen gekotst, vastgebonden en wel. Het schijnt dat de krampen meteen na het drinken van een oleanderextract beginnen, maar het vergif doet er uren over om bij het hart te komen. De hartslag wordt steeds langzamer, tot hij bijna ophoudt, en dan versnelt hij weer als een gek. Yoan zei tegen Nicola, en Nicola vertelde dat weer aan mij, dat Violalibera zo licht was dat hij haar zonder enige moeite had opgetild. Hij was met haar in zijn armen naar het huis gerend en had haar in de schommelbank gezet. Toen Floriana haar oogleden omhoog had getrokken, waren haar ogen helemaal wit. Bern was erbij, hij keek toe, maar hij was alleen met zijn egoïsme.'

Tommaso pakte het boek van Stirner van het nachtkastje. Hij sloeg het open.

'Ik heb het pas kortgeleden gelezen. Het is een oersaai boek. Saai en warrig. Of misschien ben ik niet slim genoeg om het te begrijpen. Maar ik heb wel de zin gevonden die Bern uit zijn hoofd had opgezegd voor we de steentjes in de olijfboomgaard gooiden.'

Hij sloeg de bladzijden om tot hij de zin die hij zocht had gevonden.

'"De waarheid is dood, een letter uit het alfabet, een woord, een materiaal dat ik kan gebruiken."

Dat is wat Bern zei. Maar luister hoe het verdergaat. "Waarheden zijn een materiaal, net als goede en slechte kruiden: of ze goed zijn of slecht, daarover beslis ik." Goede en slechte kruiden. Lijkt dat geen voorteken? Mij trof het enorm.'

'Ach, het is een zin als zovele.' Maar ik kreeg het met moeite over mijn lippen. Ik kon nauwelijks praten.

'Ja, je hebt natuurlijk gelijk.'

Hij legde het boek terug op het nachtkastje en bleef er nog even naar kijken.

'We hebben ons alle drie aan onze eed gehouden. We hebben het nooit meer over Violalibera gehad, niet met anderen, en ook niet onderling. Althans, tot deze nacht.'

DEEL TWEE

Het actiekamp

3

Toen mijn oma stierf was ik drieëntwintig. Na de zomer van de zes-de klas middelbare school had ik haar nog één keer gezien: ze was naar Turijn gekomen om haar keel, of misschien was het haar oor, te laten onderzoeken, en ze had twee nachten in een hotel geslapen. Maar één avond was ze bij ons komen eten, mama en zij hadden al-lerhartelijkst zitten babbelen over helemaal niks. Toen ze wegging, had ze me gevraagd of ik het boek dat ze aan mijn vader had meege-geven goed vond. Ik kon het me nauwelijks herinneren, maar om haar niet te kwetsen zei ik ja.

'Dan zal ik je er nog een paar sturen,' had ze beloofd, ook al was ze dat later kennelijk weer vergeten.

Niemand wist wanneer ze de gewoonte had aangenomen om 's ochtends naar de zee te gaan. Ook mijn vader wist het niet.

'In Februari! Zwemmen in februari!' riep hij, over zijn toeren. 'Hebben jullie enig idee hoe koud het water in februari is?'

Mijn moeder streelde over de mouw van zijn jasje, terwijl hij stond te trillen als een riet.

Een visser had het lichaam tegen de rotsen bij de Cala dei Ginepri zien slaan. Ik kende die baai, en de rest van de middag zag ik voor me hoe oma's lichaam tegen de rotsen kapotsloeg. Toen ze haar uit het water haalden, had ze al uren rondgedreven, de huid van haar gezicht en vingers was helemaal rimpelig, de knieën waar ze zich zo voor schaamde waren door de grondels aangeknaagd.

Mijn vader besloot om nog diezelfde dag af te reizen. Niemand zei een woord in de auto, dus zat ik maar een beetje te dommelen achterin. Toen we in Speziale aankwamen, was het net licht en lag er een deken van mist over het land.

Ik dwaalde versuft rond in de tuin van de villa, met een vieze smaak in mijn mond. Ik liep naar het afgedekte zwembad, in het midden van het zeil blikkerde een kring van kalkaanslag. Ik trapte op een van de doorweekte kussens die om het bad heen lagen. Alles riekte naar verlatenheid.

Tot het avondeten was het een komen en gaan van mensen. Ik herkende een paar leerlingen van oma: het waren al tieners, maar ze werden toch door hun moeders begeleid. Ze spraken over oma als 'de juf', ze gingen om de beurt op de bank zitten die haar reddings- vlot was geweest en fluisterden condoleances tegen mijn vader.

De ramen stonden wijd open en een koude wind vlaagde door de kamer. Ik kwam niet in de buurt van de open kist, die in het mid- den stond, ik had genoeg aan de voeten die er net bovenuit staken. Rosa gaf de bezoekers glaasjes likeur en amandelkoekjes, Cosimo zat met gevouwen handen verslagen tegen een muur. Mijn moeder praatte tegen hem, met haar hoofd vlak bij het zijne.

Op een gegeven moment liep ze bij hem weg en kwam recht op mij af. 'Kom mee,' zei ze en pakte me bij mijn arm.

Ze nam me mee naar mijn kamer, waar sinds de laatste zomer niets, maar dan ook niets, was veranderd.

'Wist je dat er een testament was?'

'Wat voor testament?'

'Niet liegen, Teresa. Haal het niet in je hoofd. Ik weet dat jullie een heel speciale band hadden, jullie tweeën.'

'Ik belde haar anders nooit.'

'Ze heeft het aan jou nagelaten. Het huis. En de meubels en de grond. Ook het huisje waar Cosimo en die vreselijke vrouw van hem wonen.'

Ik begreep niet meteen de draagwijdte van wat ze tegen me zei.

Testament, Cosimo, meubels. Ik was zo geraakt toen ik mijn opgemaakte bed zag, dat ik helemaal van mijn stuk was.

'Luister goed, Teresa. Je moet dit huis meteen verkopen en je niets aantrekken van wat je vader zegt. Het is gewoon een totaal vervallen villa, het lekt overal, Cosimo staat te trappelen om hem te kopen. Laat mij het maar regelen.'

De dag erna was de begrafenis. De kerk van Speziale was te klein om iedereen binnen te laten, veel mensen stonden bij de ingang en verhinderden dat het licht binnenviel. Toen de mis afgelopen was, kwam de pastoor naar onze bank, hij gaf me een hand.

'Jij bent zeker Teresa. Je oma had het vaak over je.'

'Echt?'

'Verbaast je dat?' vroeg hij en glimlachte naar me. Daarna gaf hij me een aai.

We liepen achter de kist naar het kerkhof. Er was een nisgraf geopend naast dat van mijn opa en nog een paar voorouders van wie ik niets wist. Toen de doodgraver de troffel ter hand nam en de kist door de lift werd opgetild, begon mijn vader weer te snotteren. Ik keek de andere kant op, en toen zag ik hem.

Hij stond aan de zijkant, verstopt achter een pilaar. Aan zijn kleren zag ik nog het duidelijkst hoeveel ouder we waren geworden. Hij droeg een donkere jas en daaronder zag ik de knoop van een stropdas. Bern. Toen zijn blik de mijne kruiste, streek hij met zijn wijsvinger over zijn wenkbrauw. Ik begreep niet of dat uit verlegenheid was, of dat hij een geheim teken gaf dat ik niet meer kon ontraadselen. Daarna liep hij snel naar een van de familiekapelletjes en ging naar binnen. Toen ik weer naar de kist keek, die nu al knarsend en piepend in de nis werd geschoven, was ik zo van mijn à propos dat ik niet eens meer een laatste gedachte aan oma wijdde.

De mensen gingen uiteen, ik fluisterde tegen mijn moeder dat ik haar later thuis zou zien, ik wilde nog een paar mensen gedag zeggen. Ik liep langzaam een rondje over het kerkhof. Toen ik weer bij het toegangshek kwam, was iedereen al weg. Ik ging het kerkhof weer op. De doodgraver sloot, in zijn eentje, de nis met een marmeren plaat. Ik keek in het kapelletje, maar Bern was er niet. Toen had ik mezelf niet meer in de hand.

Ik rende bijna naar het dorp. In plaats van naar oma's villa, liep ik door naar de masseria. De slagboom stond open. Toen ik over het weidepad naar het huis liep, was het alsof ik van top tot teen werd ondergedompeld in mijn jeugdherinneringen, herinneringen die daar ongeschonden op me wachtten. Ik herkende alles, elke boom, elke barst in elke steen.

Ik zag Bern met een paar anderen onder de pergola zitten. Ik aarzelde nog even, want ook op dat moment moedigde hij me, toen hij me zag, niet aan om naar hem toe te komen. Maar even later stond ik bij hen. Bern, Tommaso, Corinne, Danco, Giuliana: de mensen met wie ik de jaren daarna mijn leven zou delen, veruit mijn beste jaren, en de opmaat tot mijn slechtste, maar dat wist ik toen nog niet.

Bern stelde me op neutrale toon voor. Hij zei dat ik de kleindochter van de lerares was, dat ik in Turijn woonde en hier vroeger met vakantie kwam. Verder niets. Niets wat erop wees hoe close we waren geweest, hij en ik. Maar hij stond wel op en pakte een stoel. Tommaso condoleerde me zachtjes met mijn oma, zonder me aan te kijken. Zijn spierwitte haar zat onder een wollen pet, zijn wangen waren rood van de kou en toen ik zag hoe hij nerveus met zijn been wipte, kreeg ik net als vroeger het gevoel dat hij niet wilde dat ik er was.

Er kwamen biertjes op tafel en Giuliana keerde een plastic zakje pistachenoten om. Iedereen pakte een handje.

'Ik wist dat de masseria te koop stond,' zei ik om de stilte te verbreken, 'maar niet dat jullie hem gekocht hadden.'

'Gekocht? Heb jij haar dat verteld, Bern?' vroeg Danco.

'Ik heb haar helemaal niets verteld.'

'Ik moet je helaas teleurstellen, Teresa. Wij hebben hem niet gekocht, daar hebben we geen van allen het geld voor.'

'Corinne wel,' protesteerde Giuliana. 'Die hoeft alleen maar even papa te bellen, toch?'

Corinne stak haar middelvinger op.

'Dus jullie huren?'

Nu begonnen ze hartelijk te lachen. Alleen Tommaso bleef ernstig.

'Ik merk dat je een nogal traditioneel idee van privé-eigendom hebt,' zei Danco.

Bern wierp me een steelse blik toe. Hij zat onderuitgezakt in zijn stoel, met zijn handen in zijn jaszakken.

'Je zou ons, denk ik, krakers kunnen noemen,' legde hij bijna met tegenzin uit, 'ook al weet Cesare waarschijnlijk wel dat we hier zijn. Maar hij kijkt niet meer naar dit huis om. Hij woont nu in Monopoli.'

'We zitten hier illegaal en we hebben dus geen elektriciteit,' zei Corinne. 'Echt strontvervelend.'

'We hebben een generator,' corrigeerde Danco haar.

'Die zetten we één uur per dag aan!'

'Thoreau woonde naast een bevroren meer zonder elektriciteit,' ging hij verder. 'Hier wordt het nooit kouder dan tien graden.'

'Jammer dat Thoreau geen haar tot op zijn kont had, zoals ondergetekende.'

Corinne stond op en liep naar Tommaso. Hij schoof zijn stoel naar achteren en liet haar op zijn schoot zitten. 'Ik heb het nu ook ijskoud. Wrijf me eens even stevig op,' zei ze en kroop tegen hem aan. 'Hé, ik ben niet van suikergoed, stevig, zei ik!'

Giuliana pulkte iets van haar trui en zei: 'We hoeven alleen maar een lange kabel te hebben, dan kunnen we van de Enel-paal aftappen.'

'Daar hebben we het al over gehad,' antwoordde Danco, 'en volgens mij hebben we erover gestemd. Als ze erachter komen dat we stroom jatten, worden we eruit gezet. En ze komen er zeker achter.'

Corinne keek hem koeltjes aan. 'Gooi die doppen niet op de grond!'

'Ze zijn bio-lo-gisch af-breek-baar.' En Danco gooide met een demonstratief lachje weer een pistachedop over zijn schouder.

Ik voelde dat Giuliana me aanstaarde, maar ik durfde niet haar kant op te kijken. Langzaam zette ik, vechtend tegen mijn verlegenheid, het bierflesje aan mijn lippen.

'Wat doe je zoal in Turijn?' vroeg ze.

'Ik studeer. Aan de universiteit.'

'Wat studeer je?'

'Natuurwetenschappen. Ik wil zeebioloog worden.'

Danco begon te grinniken. Corinne gaf hem een ram tegen zijn borst, met haar hand die in de mouw van haar sweater verstopt zat.

'Teresa die ooit onder water leefde,' zei Tommaso er nauwelijks hoorbaar achteraan.

Corinne rolde met haar ogen. 'Nee, hè? Hou op met dat idiote gedoe over vorige levens.'

'Ben je ook geïnteresseerd in paarden?' vroeg Danco. Hij was nu weer serieus.

'Ik ben geïnteresseerd in alle dieren.'

Ik zag dat ze elkaar blikken toewierpen, maar niemand zei iets. Toen zei Danco: 'Goed zo,' alsof ik zojuist geslaagd was voor een test.

Nadat we een paar minuten in stilte hadden zitten drinken, terwijl Corinne Tommaso zat te jennen door hem achter zijn oor te kietelen, vroeg ik: 'En Nicola?'

Bern dronk in één teug zijn bier op en zette het flesje met een klap op tafel. 'Die neemt het er lekker van in Bari.'

'Hij zal nu wel afgestudeerd zijn.'

'Hij is gestopt met zijn studie,' zei hij steeds nukkiger. 'Hij werd liever diender. Blijkbaar voelt hij zich daar meer thuis, qua persoonlijkheid.'

'Wat voor soort diender?'

'Gewoon, de politie,' zei Giuliana. 'Hoe noemen jullie ze dan in Turijn?'

Tommaso zei: 'Hij zit er alweer twee jaar.'

'Links! Rechts! Links!' zei Danco en zwaaide stijf met zijn armen. 'Wapenstok omhoog! En rammen maar!'

'Volgens mij marcheren politieagenten niet,' zei Corinne.

'Maar wapenstokken hebben ze wel.'

Giuliana stak een sigaret op en gooide het pakje op tafel.

'Weer een?' zei Danco afkeurend.

'Het is pas de tweede.'

'Mooi. Dat zijn dan maar tien jaar chemisch afval erbij,' ging hij door.

Giuliana inhaleerde diep en blies pesterig een dikke rookwolk in zijn richting. Danco trotseerde haar blik stoïcijns.

Toen wendde hij zich tot mij. 'Weet je hoe lang het duurt voordat een sigaret is afgebroken? Een jaartje of tien. Het probleem is de filter. Ook al verkruimel je hem helemaal, zoals Giuliana doet, het maakt niets uit.'

Ik vroeg haar of ik er ook een mocht.

'Regel nummer één van de masseria,' zei ze, terwijl ze het pakje naar het midden van de tafel schoof, 'is dat je nooit vraagt of je iets mag.'

'Vergeet je idee over eigendom,' zei Danco erachteraan.

'Als je dat voor elkaar krijgt,' maakte zij het af.

Corinne zei: 'Ik heb honger. En ik waarschuw jullie alvast dat ik geen zin heb om weer alleen pistachenoten te eten. Vandaag ben jij aan de beurt, Danco. Vooruit, aan de slag.'

Maar ze gingen met elkaar zitten kletsen, alsof ze waren vergeten dat ik erbij zat. Ik boog me naar Bern over en vroeg zachtjes of hij zin had om mee te lopen naar huis. Hij dacht even na voordat hij opstond. De anderen letten niet op ons toen we wegliepen.

En daar liepen we dan, dezelfde weg als toen we kinderen waren. Het landschap was 's winters anders, melancholieker, ik was er niet aan gewend. De aarde, die in augustus stoffig en rood was, lag nu onder een stralend groene grasmantel. Bern zweeg, dus zei ik: 'Die kleren staan je goed.'

'Die zijn van Danco. Ze zijn wel iets te groot. Kijk.'

Hij sloeg de manchet om, hij was vanbinnen vastgezet met een veiligheidsspeld, zodat de mouw korter leek. Ik glimlachte.

'Waarom heb je na de begrafenis niet op me gewacht?'

'Het was beter dat ze me niet zagen.'

'Wie?'

Hij gaf geen antwoord. Hij bleef stug naar de grond kijken.

'Er waren zoveel mensen,' zei ik. 'Dat had ik nooit gedacht. Oma was altijd alleen.'

'Ze was ontzettend behulpzaam.'

'Wat weet jij daar nou van?'

Bern zette zijn kraag op en deed hem daarna weer naar beneden. Het dragen van zo'n jas kostte hem schijnbaar veel energie.

'Ze heeft me een tijdje bijles gegeven.'

'Oma?'

Hij knikte, nog steeds met zijn blik op het pad.

'Ik snap het niet.'

'Ik wilde examen doen om in de zesde te komen, maar uiteindelijk heb ik het laten schieten.'

Hij was sneller gaan lopen. Hij zuchtte. 'In ruil voor haar lessen hielp ik Cosimo op het land.'

'En waar woonde je dan?'

'Hier.'

'Hier?'

Ik voelde me duizelig worden, maar Bern merkte het niet.

'Toen ik hoorde dat Cesare en Floriana weg waren, besloot ik om terug te komen. Ik heb een tijdje in de toren bij de Scalo gezeten. Waar ik je een keer mee naartoe heb genomen.'

Hij had daar dus gewoond, in de masseria, precies wat ik de hele tijd had gedacht, samen met Violalibera en hun kind. Ja, zoiets moet ik gedacht hebben, maar zeker is dat ik me afvroeg waar zij tweeën dan op dat moment waren – 'Het schijnt dat Bern iets stoms heeft uitgehaald' – maar ik kreeg de vraag niet over mijn lippen.

'Dat wist ik niet,' fluisterde ik in plaats daarvan. 'Dat heeft oma niet verteld.'

Bern keek me even aan. 'Echt niet?'

Ik schudde mijn hoofd. Ik voelde me slap.

'Vreemd. Ik dacht dat je het wist en dat je geen zin meer had om hier te komen.'

Na een korte stilte zei hij: 'Misschien was het beter zo. Beter voor jou.'

'Waarom heeft ze me niks verteld, verdomme?'

'Rustig maar.'

Maar ik was niet rustig, ik raakte compleet over mijn toeren, ik riep almaar waarom waarom waarom, totdat Bern zijn arm om me heen sloeg.

'Rustig nou, Teresa. Ga even zitten.'

Ik leunde tegen een stapelmuurtje, ik kreeg nauwelijks lucht. Hij bleef geduldig naast me staan wachten. Toen boog hij voorover, plukte een blad, wreef het fijn tussen zijn handen en hield het onder mijn neus. 'Ruik eens.'

Ik snoof diep, maar de geur die ik herkende, was niet die van de plant maar van zijn huid.

'Malve,' zei hij en snoof nu zelf. 'Dat helpt om te ontspannen.'

We zaten een tijdje op het muurtje naar het stille groene landschap te kijken. Ik was wat gekalmeerd, maar tegelijk met de kalmte had zich een ongekende vermoeidheid van me meester gemaakt, en ook wel iets als spijt.

'Ging ze toen al zwemmen?' vroeg ik.

'Ik ben een paar keer met haar mee geweest. Dan ging ik op het zand zitten. Ze zwom op haar rug een eind de zee in, ik zag alleen het roze puntje van haar badmuts. Als ze weer terugkwam stond ik al met een handdoek klaar, en dan zei zij: je weet niet wat je mist. Dat zei ze altijd.

Plotseling móest ik gewoon naar hem kijken, hem aanraken, ik schrok van de hevigheid van mijn verlangen. Ik stak mijn arm door de zijne en liet me tegen hem aan vallen.

'Je vermorzelt me,' zei hij.

Ik stopte mijn handen meteen weer in mijn zakken. Welk recht had ik om me op die manier aan hem vast te grijpen?

'Ik zei niet dat je me los moest laten, alleen dat je niet zo hard moest knijpen.'

Maar ik hield mijn handen in mijn zakken. Ik stond op en begon weer te lopen, maar sneller dan eerst, alsof ik op de vlucht was voor die aanval van zwakte. Het landschap vóór ons veranderde plotseling. We stonden aan de rand van een terrein met bomen die lager waren dan olijfbomen, zonder blad. Op de takken waren witte bloemetjes uitgelopen.

'Kijk,' zei Bern, alsof hij van meet af aan van plan was geweest om me daarheen mee te nemen.

'Wat zijn dat?'

'Amandelbomen. Ik dacht al dat je ze zo nog nooit had gezien. Dit jaar bloeien ze vroeg. Door de kou kan de hele oogst nu verloren gaan.'

We liepen de boomgaard in, de hakken van mijn schoenen zakten weg waar de aardkluiten zachter waren.

'Ik pluk er een voor je, als je wilt.'

'Laat maar. Zo zijn ze mooier.'

'Weet je nog toen je die walkman voor me tussen de amandeldoppen had verstopt? Soms voelde ik me eenzaam in de toren, en dan luisterde ik naar jouw bandje, altijd van begin tot eind, tot het bandje helemaal op was.'

'Dat was vreselijke muziek.'

Bern keek me niet-begrijpend aan. 'Het was prachtige muziek.'

Een paar minuten later stonden we tot mijn verrassing voor het hek van de villa. Ik was mijn oriëntatie kwijt, door de opwinding van net misschien, of door al die nieuwe ontdekkingen, of gewoon omdat de plek zoveel bij me losmaakte.

'Wanneer ga je weer weg?'

'Vandaag. Zo meteen.'

Hij knikte. Ik dacht dat duizend kilometer snelweg wel genoeg afstand zou creëren. Er was zoveel dat op me wachtte in Turijn: colleges, examens, nog meer colleges, en de keuze voor een scriptieonderwerp. Alles zou wel weer normaal worden. Maar precies op dat moment keek Bern op. Zijn loensende blik had hetzelfde effect op me als toen ik een jong meisje was, de eerste keer dat ik hem in de ogen had gekeken, ieder aan een kant van de deuropening. Ik was degene, dat weet ik bijna zeker, die het initiatief nam om hem op zijn mond te kussen.

'Waarom?' vroeg hij me recht op de man af, nadat hij zich had laten kussen. Hij glimlachte weemoedig, en daardoor raakte ik nog meer van streek. Ja, waarom eigenlijk? Want sinds de dag dat ik hem in de masseria was gaan opzoeken en hij er niet was, wilde ik niets liever. Het was alsof alles vanaf toen in de lucht was blijven hangen. Dat ik mijn verlangen naar hem op een gegeven moment vergeten was, betekende niet dat het er niet meer was, onaangetast, springlevend.

Maar in plaats van dat aan hem op te biechten, zei ik: 'Heb je een kind, Bern?'

Hij deinsde terug. Hij keek even opzij.

'Nee. Ik heb geen kind.'

'En dat meisje?'

Ik kon haar naam niet over mijn lippen krijgen.

'Er is geen meisje, Teresa.'

Ik geloofde hem. Elke vezel in mijn lichaam wilde hem geloven. We zouden het er nooit meer over hebben.

'Waar was jij nou gebleven?' vroeg mijn moeder toen ik binnenkwam. 'Papa wil nu meteen vertrekken. Hij heeft geen oog dichtgedaan, de arme stakker. Ik moet dus rijden. Rosa heeft broodjes voor ons gemaakt, we eten in de auto.'

Er waren een paar voorwerpen uit de zitkamer verdwenen: zilveren lijstjes met foto's erin, een vaas, de klok die door twee olifantslurven werd gedragen. Ik zag een stukje koper van de klok tevoorschijn piepen uit de open tas die naast de deur stond. Mijn moeder ving mijn blik op.

'Kijk even of je nog meer mee wilt nemen.'

In mijn slaapkamer stopte ik de paar kleren die ik bij me had in mijn rolkoffertje. Ik keek door het raam naar mijn ouders die met Cosimo en Rosa in de tuin stonden, met de portieren van de auto al open. Mijn vader keek in mijn richting, maar zag me waarschijnlijk niet. Ik kreeg bijna geen lucht. Ik ging naast mijn ingepakte koffer op het bed zitten en bleef daar een paar minuten, in gedachten verzonken. En in die korte tijd nam ik een besluit, zonder echt iets te beslissen. Toen ik naar beneden liep, had ik het gevoel dat ik niets woog, dat mijn voeten de treden amper raakten.

'En je spullen?' vroeg mijn moeder.

'Die staan boven.'

'Heb je ze niet meegenomen? Hé, wakker worden!'

'Ik blijf hier.'

Mijn vader draaide zich met een ruk om, maar zij nam weer het woord. 'Pardon? Vooruit, opschieten!'

'Ik blijf. Een paar nachten. Rosa en Cosimo kunnen me wel even hier hebben, toch?'

De beheerders knikten, enigszins ongelovig.

'En wat was je van plan hier te doen, als ik vragen mag?' bitste mijn moeder. 'Cosimo heeft de verwarming al uitgezet.'

'Je hebt hem gezien,' zei mijn vader toen.

Er klonk geen spoor van irritatie in zijn stem, alleen een immense vermoeidheid. Oma was dood, en hij had al die tijd niet geslapen.

'Over wie hebben jullie het?' zei mijn moeder geërgerd. 'Je haalt het bloed onder mijn nagels vandaan, Teresa. Ik waarschuw je.'

Maar ik luisterde al niet meer. Ze wist niets van deze plek, ze begreep het niet en zou het nooit begrijpen. Mijn vader wel. Want wij waren allebei even verslingerd aan Speziale.

'Heb je hem gezien?'

Ik durfde hem niet aan te kijken.

'Vooruit, instappen, Teresa.'

'Een paar nachtjes maar. Ik kom met de trein terug naar Turijn.'

'We gaan nu weg!'

De beheerders stonden naar ons te kijken. Mijn vader leunde met een hand op het portier. Zijn oogleden waren paars.

'Jij wist het,' zei ik bijna onhoorbaar.

Hij draaide zich naar me toe, met opengesperde ogen.

'Je wist dat hij hier was en je hebt niets tegen me gezegd.'

'Ik wist niets,' antwoordde hij, maar zijn stem klonk wat onvast.

'Hoe kón je?'

'Kom, we gaan, Mavi,' zei hij toen tegen mijn moeder.

'Wil je haar hier laten? Ben je gek geworden?'

'Instappen, zei ik.'

Hij gaf Rosa en Cosimo haastig een hand, drukte ze nog wat op het hart en ging toen toch achter het stuur zitten.

'Ik verwacht je over maximaal twee dagen thuis.'

Hij startte. Toen leek hij zich te bedenken. Hij wrong zijn portemonnee uit zijn achterzak, haalde er een paar bankbiljetten uit en gaf die, zonder ze te tellen, aan mij.

Een paar tellen later waren ze vertrokken en daar stond ik, voor het huis, met de beheerders, omringd door de stilte van het land.

Het is beter om tot morgen te wachten, zei ik bij mezelf, en niet meteen naar hem terug te gaan, anders denkt hij dat ik mijn vertrek heb uitgesteld voor hem. Maar ik had niets meer te zoeken in het huis van oma. Ik was ongeduldig, dus twee uur later was ik weer op de masseria.

Ze zaten allemaal buiten, rondom een vreemd voorwerp, een soort omgekeerde paraplu met aluminium aan de binnenkant.

'Eens kijken of zij misschien raadt wat het is,' zei Danco, zonder zich ook maar in het minst verbaasd te tonen dat ik weer terug was.

'Een schotelantenne?' gokte ik.

'Zie je wel!' riep Corinne. 'Kansloos!'

'Doe nog eens een poging,' drong Danco aan.

'Een gigantische koekenpan?'

Giuliana maakte een misprijzend gebaar.

'Je bent lauw,' zei Tommaso.

'Dit is de vooruitgang, Teresa. Innovatie gecombineerd met respect voor het milieu. Het is een zonne-oventje. Als je een ei in het midden legt, kun je het op zonlicht koken. In de zomer, welteverstaan.'

'Jammer dat het februari is,' was Corinnes commentaar.

En misbruik makend van mijn niet al te enthousiaste reactie, wreef ze het hem nog eens in: 'Zie je wel? Ze vindt het een onding. Danco heeft het uit de gemeenschappelijke pot betaald, zonder ons iets te vragen.'

'Ik vind het geen onding,' zei ik bedremmeld.

'Misschien kunnen we het nog terugsturen,' stelde Tommaso voor.

'Dat moet je eens proberen!' dreigde Danco.

Bern keek naar me, maar anders dan die ochtend, alsof hij zich ineens iets had herinnerd.

'Je bent dus gebleven,' zei hij zachtjes.

Danco liet weten dat het tijd was om weer aan het werk te gaan. Hij zwaaide met zijn armen om ons weg te sturen.

'Kom je me helpen in het *food forest*?' vroeg Bern, en ik zei ja, al wist ik niet waar hij het over had.

'Stonden hier geen oleanders?' vroeg ik terwijl we wegliepen.

'Die hebben we twee jaar geleden laten verdorren,' zei hij. 'Ze hadden te veel water nodig. Cesare nam dit soort dingen veel te licht op. Hij dacht dat we, om onszelf te redden, alleen maar niet hoefden te doden.'

'Te redden van wat?'

Bern wierp me een hooghartige blik toe. 'We hebben inmiddels een watercrisis. Weet je wat er gebeurt als je uit alle artesische putten in dit gebied water oppompt?' Dat wist ik natuurlijk niet. 'Dat de waterader uitgeput raakt en met zeewater wordt aangevuld. Als we zo doorgaan, wordt onze grond een woestijn. Wat we moeten doen, is regenereren.' Hij scandeerde het woord 'regenereren'.

Ik bedacht dat ze de put sowieso niet konden gebruiken zonder elektriciteit. Elke keer dat bij oma de stoppen doorsloegen, kwam er geen water uit de kraan. Ik vroeg hoe zij dat deden en hij draaide zich, onder het lopen, met zijn hele lichaam naar me toe.

'Als je het water niet aan de aarde kunt onttrekken, waar haal je het dan vandaan?' zei hij en wees naar boven.

'Bedoel je dat jullie alles met regenwater doen?'

Hij knikte.

'Drinken jullie het ook? Zit het niet vol ziektekiemen?'

'We filteren het door hennepdoek. Ik zal het je straks laten zien, als je wilt.'

Intussen waren we bij de moerbeiboom aangekomen. Ik herkende hem bijna niet, zo kaal was hij. Eromheen was van alles opgeschoten, op het eerste gezicht leek het totaal verwilderd: boompjes, allerlei soorten onkruid, artisjokken, courgettes, bloemkolen.

'We kunnen het beste met onze handen werken,' zei Bern en boog voorover. 'We moeten dit allemaal weghalen.'

Hij pakte een kluit rotte bladeren en legde die achter zich neer. 'Hier maken we een hoop. Daarna ga ik de kruiwagen halen.'

'Waarom hebben jullie het zo laten verloederen?' vroeg ik terwijl ik naast hem knielde, met enige tegenzin, want mijn spijkerbroek was de enige die ik bij me had.

'Hoe bedoel je, verloederen?'

'De moestuin is helemaal overwoekerd.'

'Dat zie je verkeerd, alles is precies waar het wezen moet. Danco heeft er maanden over gedaan om het food forest vorm te geven.'

'Bedoel je dat jullie ervoor gekozen hebben om de bomen en zo op deze manier te planten?'

'Je moet onder het praten wel doorgaan met dood blad oprapen,' zei Bern en keek naar mijn handen. Hij slaakte een diepe zucht. 'De moerbeiboom zorgt 's zomers voor schaduw. We hebben hem zo gesnoeid dat hij zo breed mogelijk wordt. Eromheen staan de fruitbomen en eronder de peuldragers, die dienen om stikstof vast te houden.'

'Je praat als een expert.'

Hij haalde zijn schouders op. 'Dat komt allemaal door Danco.'

De grond onder het blad was lauwwarm. Ik kon nu makkelijk gaan zitten, want er zaten toch al vlekken op de knieën van mijn spijkerbroek. Ik pakte steeds meer blad tegelijk op en gooide het op de hoop.

'We zijn bijna zelfvoorzienend,' zei Bern, 'en binnenkort kunnen we een deel van de oogst verkopen. Je ziet het nu alles kaal is, maar 's zomers produceren we overvloedig.'

'Overvloedig,' herhaalde ik langzaam.

'Overvloedig, ja. Hoezo?'

'Niks. Ik was het gewoon vergeten.'

'Wat was je vergeten?'

'Dat je zulke woorden gebruikte.'

Hij knikte, maar het leek of hij het maar deels begreep.

'En waarom halen we nu al dit blad weg?' vroeg ik. Ik moest lachen, geen idee waarom.

'Het is beter om alles wat de bodem bedekt vóór het voorjaar weg te halen. Zo kan de warmte de grond goed bereiken.'

'Zegt Danco, neem ik aan.'

Ik zat hem een beetje te stangen, maar hij antwoordde bloedserieus: 'Ja, dat zegt Danco.'

Er ging weer een halfuur bijna woordeloos voorbij. Ik begon te vermoeden dat Bern niets zou vragen over mijn leven in de jaren dat we elkaar niet hadden gezien, precies zoals toen hij jong was. Alsof alles wat te ver van hem, van die moerbeiboom, vandaan gebeurde, niet bestond, of in elk geval niet van belang was. Maar ik vond het prima zo. Ik was al blij om bij hem in de buurt te zijn, in de aarde te wroeten en samen die vochtige lucht in te ademen.

Ik bleef op de masseria tot de zon onderging, en toen tot het avondeten, en zei steeds tegen mezelf dat ik zo meteen weg zou gaan. We aten een door Corinne klaargemaakte schotel van courgettes met ei waar geen korrel zout in zat, maar dat durfde ik niet te zeggen, want iedereen leek het lekker te vinden zo. Ik had nog steeds honger, maar er was niets anders, dus bleef ik aan het brood plukken. Ik had de indruk dat Giuliana telde hoeveel happen ik nam.

Toen we klaar waren met eten, was het ene uur stroom per dag ook om. We gingen voor de open haard zitten. Behalve het haardvuur waren er alleen kaarsen die de kamer verlichtten. Sommige waren half op de grond gedropen. Hoewel we zo dicht mogelijk op elkaar waren gaan zitten en dekens om ons heen hadden geslagen, was het toch koud. Maar ook toen overwoog ik niet serieus om weg te gaan en afscheid te nemen van Bern, de anderen, het vuur dat in ieders ogen weerspiegelde.

Tegen achten schudde Danco de deken van zich af en zei dat het tijd was om te gaan. Iedereen sprong overeind en heel even was ik de enige die nog op de grond zat. Danco keek van bovenaf op me neer en zei: 'Ga je mee?'

Voordat ik de tijd had om te vragen waarheen, sputterde Giuliana al dat er niet genoeg plaats was in de jeep. Maar hij negeerde haar.

'Je bent op een bijzonder moment gekomen, Teresa,' ging hij verder. 'We hadden voor vanavond een actie gepland.'

'Wat voor actie?'

'Dat leggen we wel uit als we in de auto zitten. Je hebt zwarte kleren nodig.'

Een ogenblik daarvoor waren ze nog sloom, ze vielen bijna in slaap, maar nu stuiterden ze van de energie.

'Ik heb alleen de jurk die ik op de begrafenis droeg,' zei ik steeds beduusder, 'maar die ligt in de villa.'

'Dat ontbreekt er nog maar aan, dat ze in die jurk komt!' riep Giuliana. 'Blijf nou maar hier, Teresa. Dat is beter, geloof me.'

Ze aaide over mijn wang, maar Danco snoerde haar definitief de mond. 'Hou op, Giuli. We hebben het hier al over gehad.'

Corinne pakte me bij mijn arm. 'Kom maar. We hebben boven een kast vol kleren.'

We gingen naar boven, de drie meisjes, en Corinne begon te graaien in een berg kleren die als vodden door elkaar lagen, terwijl Giuliana zich uitkleedde.

'Van wie zijn die kleren?' vroeg ik.

'Van ons. Van alle meisjes dus. Dit is de vrouwenafdeling.'

'Bewaren jullie je kleren door elkaar?'

Giuliana lachte venijnig. 'Jazeker, door elkaar. Maar maak je geen zorgen, ze zijn schoon.'

Intussen had Corinne een zwarte legging opgevist. 'Probeer deze maar,' zei ze en gooide hem naar me toe. 'En deze.' En ze pakte een sweater die op de hare leek.

Terwijl ik mijn trui uittrok bleef ze naar me kijken.

'Je hebt waanzinnige tieten. Zie je dat, Giuli? Aan een kwart van de hare zou je genoeg hebben om er niet als een kerel uit te zien.'

Ik durfde niet te zeggen dat de legging me belabberd stond, dat ik volgens mijn moeder niet het figuur had om iets straks te dragen, en dat ik waarschijnlijk dood zou gaan van de kou.

'Hou op met dat geloer in de spiegel,' zei Giuliana. 'We gaan niet naar een modeshow.'

We zaten met zijn vieren op de achterbank van de jeep gepropt: wij meisjes en Tommaso, die verbeten naar de zwarte velden naast de autoweg zat te staren.

'Waar gaan we naartoe?' vroeg ik.

'Foggia,' antwoordde Danco.

'Dat is minstens drie uur rijden.'

'Zoiets,' zei hij onbewogen. 'Je kunt beter even gaan slapen.'

Maar ik wilde niet slapen. Ik bleef doorvragen, en uiteindelijk besloot Danco me uit te leggen wat die zogenaamde actie inhield. Hij praatte zachtjes en dwong me zodoende om heel goed te luisteren. Hij zei dat er een paardenslachterij in San Severo was en dat daar paarden uit heel Europa naartoe werden gebracht, nadat ze eerst duizenden kilometers zonder eten en drinken in een vrachtwagen hadden gestaan. En dat de manier waarop ze werden geslacht ontzettend wreed was.

'Een pistoolschot in hun nek, voordat ze worden opengesneden,' preciseerde hij. 'Een snelle dood, zou je zeggen, maar de paarden die op hun beurt wachten, zien alles gebeuren en worden ongedurig, en die slaan ze dan met knuppels om ze koest te krijgen. Daar gaan we naartoe, Teresa. Het is een nachtmerrie.'

'En wat gaan we dan doen, als we daar zijn?'

Danco glimlachte naar me via het achteruitkijkspiegeltje. 'Die paarden vrijlaten, natuurlijk.'

We kwamen laat in de nacht bij het slachthuis aan. Ik was zo gespannen dat ik wakker was gebleven en naar de eentonige jazz op de autoradio had geluisterd. Ik was er niet meer zo zeker van dat het een goed idee was geweest om met ze mee te gaan.

We lieten de jeep ergens staan waar hij door bomen aan het oog werd onttrokken en gingen te voet verder langs de rand van een veld. Er was een beetje maanlicht, net genoeg om niet te struikelen.

'En als ze ons zien?' fluisterde ik tegen Bern.

'Dat is nog nooit gebeurd.'

'Maar als het wel gebeurt?'

'Het gebeurt niet.'

In de verte zagen we de loods staan, de ruimte ervoor werd door een grote lamp verlicht.

'Daar zitten ze in,' wees Danco.

Tot mijn verrassing legde Bern een hand in mijn nek. 'Je trilt helemaal,' zei hij.

Het hangslot aan het hek kregen we makkelijk open. We liepen dicht langs de muur die om het terrein stond. Ik voelde de vochtigheid van de nacht door de dunne stof van de legging heen. Heel even zag ik mezelf door de ogen van de mensen die me kenden in Turijn. Waar was ik in hemelsnaam mee bezig? Maar mijn twijfel sloeg om in een uitzinnige vreugde.

Giuliana en ik kregen de opdracht het huis van de eigenaars in de gaten te houden. Er brandde nergens licht achter de ramen.

'Dus jij en Bern hadden iets samen?' vroeg ze zodra we alleen waren.

'Ja,' antwoordde ik, ook al wist ik niet zeker of het waar was.

'En sinds wanneer is het uit?'

'Al heel lang.'

We hoorden de anderen achter ons met de draadtang in de weer, ze vloekten omdat dit hangslot veel sterker was dan dat van het hek.

'Ben jij met Danco?'

Giuliana trok haar wenkbrauwen op. 'Soms.'

Toen hoorden we een droge klik, gevolgd door het geluid van een ketting die op de betonnen vloer viel. We draaiden ons om precies op het moment dat de deur openging en het alarm begon te loeien.

Onmiddellijk floepten de lichten in het huis aan, een-twee-drie. Bern en de anderen waren verdwenen.

'Kom mee, verdomme!' gilde Giuliana en trok aan mijn arm.

Toen stond ik ineens in de loods, in het halfduister. Danco, Bern, Tommaso en Corinne openden de deuren van de boxen en schreeuwden tegen de paarden: rennen. Ze sloegen hen op de flanken. Ik kwam weer een beetje bij mijn positieven en deed met ze mee, maar de paarden kwamen niet in beweging, ze stampten alleen met hun hoeven, zenuwachtig van de gillende sirene.

'Ze komen eraan!' brulde Corinne.

Toen deed Tommaso iets. Ik heb een paard met de draadtang geknepen, zou hij later in de auto uitleggen, toen we als een dolle over de snelweg terugreden en stuiterend van de adrenaline allemaal door elkaar heen praatten.

Het paard dat hij geknepen had, galoppeerde naar de uitgang en toen brak er chaos uit. De andere paarden renden achter hem aan en liepen tegen elkaar op. Ik drukte me tegen een paal om niet platgewalst te worden, en toen opeens dook Bern ergens uit die golvende massa manen en benen op en stond naast me.

We stormden achter de laatste paarden aan naar buiten. Voor de loods stonden mannen, maar die wisten niet of ze eerst de dieren moesten pakken of ons, dus kregen we een voorsprong. We vluchtten over het veld. Ik zag Danco, die ver voor ons uit rende, en Corinne.

Er werd geschoten. De paarden werden nog zenuwachtiger. Ze renden rondjes voor de loods, want we hadden niet genoeg tijd gehad om ze buiten de omheining te drijven. Er waren er maar een paar die zelf doorhadden waar ze heen moesten.

De mannen hadden het opgegeven om ons te achtervolgen, een van hen sloot het hek af, een ander rende achter de vluchtende dieren aan. We stonden een paar seconden van dat vrijheidsfeest te genieten.

'Het is ons verdomme gelukt!' gilde Tommaso. Zo had ik hem nog nooit gezien.

Op de terugweg, toen ons enthousiasme een beetje begon weg te ebben, deden een paar van ons hun ogen dicht en lieten hun bezwete hoofd op de schouder van degene die naast hen zat zakken; ik deed dat bij Bern, die geen vin meer verroerde, om mij niet wakker te maken.

Ik droomde dat de vrijgelaten paarden een hele kudde waren, ze renden over een kale vlakte en wierpen zo'n dichte stofwolk op dat het leek of ze door de lucht zweefden. Ze waren allemaal zwart en ik liet het niet bij kijken alleen, ik was ook niet een van die paarden, ik was meer dan dat: ik was die hele kudde.

's Ochtends werd ik wakker van een hand die mijn gezicht streelde. Er hing nog een restje spanning van die nacht in de lucht. Ik kon me nog vaag herinneren hoe we met z'n allen een tijdje in de keuken wijn hadden zitten drinken, hoe Tommaso en Corinne het eerst weggingen, en daarna Danco en Giuliana, of misschien andersom; hoe Bern en ik in elk geval alleen achterbleven en de roes ons de trap had opgedreven, naar zijn kamer, zijn ijskoude bed.

Maar ik wist wel precies wat er daarna was gebeurd, wat hij met mij had gedaan en ik met hem, de hartstocht waarmee hij me had genomen, en de opwinding, die zo hevig was dat ik overal pijn had, en hoe hij toen voor de tweede keer, maar nu rustig, bijna methodisch, met me had gevreeën. We hadden elk heimelijk gebaar uit het rietbos opnieuw beleefd. Het was verbluffend wat onze lichamen zich herinnerden.

Nu streek hij het haar van mijn voorhoofd, hij trok in het midden een scheiding, alsof hij wilde dat ik weer hetzelfde kapsel had als in onze laatste zomer samen.

'De anderen zijn al beneden,' zei hij.

Ik was zo slaperig dat ik nauwelijks kon praten. En ik geneerde me voor de rare smaak die ik in mijn mond had en die hij misschien ook kon ruiken.

'Hoe laat is het dan?'

'Zeven uur. We beginnen hier zodra het licht is.' Hij duwde een haarlok achter mijn oor en glimlachte, alsof hij eindelijk had gevonden wat hij zocht. 'Het water waarmee je je kunt wassen is koud, sorry. Ik kan wat voor je warm maken in een pan.'

Ik keek aandachtig naar hem. Het ontroerde me om hem zo dichtbij te hebben.

'Ik moet weer weg,' zei ik.

Bern gleed onder de dekens vandaan en ging, naakt en wel, voor het raam staan, met zijn rug naar me toe. Hij was nog steeds onrustbarend mager.

'Waar wacht je dan nog op? Kleed je aan.'

'Zo word je ziek. Kom onder de dekens.'

'Ik hoop dat het een aangenaam verzetje was.'

Hij raapte zijn kleren van de grond, nam ze onder zijn arm en liep de kamer uit.

Een paar minuten later hoorde ik zijn stem, afgewisseld door die van Giuliana. Ik zocht op de tast naar mijn telefoon op het nachtkastje. Ik had hem de middag ervoor uitgezet om de batterij te sparen. Het signaal was zwak, maar sterk genoeg om het schermpje te laten vollopen met berichten, wel een stuk of tien, allemaal van mijn vader. In de eerste berichten vroeg hij alleen waar ik was, daarna werd hij steeds bezorgder en ten slotte razend. In het laatste sms'je schreef hij alleen nog dat ik verdomd ondankbaar was.

In paniek sms'te ik terug: 'Sorry batterij leeg blijf tot morgen daarna kom ik thuis echt.' Ik stuurde het en meteen daarna ging de telefoon uit.

Ook nu was het voor de anderen geen enkele verrassing dat ik er nog was, alsof ik er al woonde. Het huis was nog kouder dan de avond ervoor, hoewel het vuur brandde. Corinne gaf me een kop koffie. Ik herkende het servies van Floriana.

'Mooi, eindelijk is Teresa er, misschien kan zij voor scheidsrechter spelen,' stak Danco van wal.

'Dat betwijfel ik,' gromde Tommaso.

'Tommie beweert dat het vandaag geen goede dag is om cichorei te zaaien omdat het, zegt hij, wassende maan is. Ik heb geprobeerd uit te leggen dat er geen enkele wetenschappelijke reden bestaat waarom de maan iets met landbouw te maken zou hebben.'

'De boeren wachten al duizenden jaren op afnemende maan om cichorei te zaaien,' viel Tommaso hem in de rede, 'duizenden jaren. En jij denkt dat je het beter weet?'

'Ha, daar hebben we 'm! Ik wist het! Ik wist dat je er vroeg of laat mee aan zou komen zetten. De traditie.' Danco wond zich op, hij ging erbij staan. 'In naam van de traditie goten ze hier tot een paar decennia geleden olie over hun hoofd om het boze oog af te wenden. In naam van de traditie doen mensen niet anders dan elkaar afslachten.'

Hij keek beurtelings naar mij en naar Tommaso.

'Ik ben blij dat je erom moet lachen,' zei hij tegen me. 'Ik zou er ook om moeten lachen, als het niet minstens de tiende keer was dat we deze discussie hebben.'

'Noem het dan ervaring, als je dat liever hebt,' kaatste Tommaso terug.

'Nou moet je eens goed luisteren: ten eerste is geen van die goedwillende boeren over wie jij het hebt afgestudeerd in natuurkunde, zoals ondergetekende.'

'Je bent niet afgestudeerd,' kwam Corinne ertussen.

'Ik moet alleen nog een scriptie schrijven.'

'Ja, zo ken ik er nog wel een paar, die alleen nog een scriptie hoeven te schrijven.'

'Ten tweede,' ging Danco verder, maar nu luider, 'wacht ik nog steeds op een snipper wetenschappelijk bewijs. Maar nu hebben we gelukkig Teresa, hè? Misschien hebben ze haar bij natuurwetenschap iets over de maan geleerd wat ze mij vergeten zijn uit te leggen.'

Ik haalde mijn schouders op. Ik nam aan dat hij niet serieus een antwoord verwachtte, het leek gewoon een spelletje waar ze me bij wilden betrekken. Ik hield mijn kin boven de dampende koffie.

'Nou?' drong hij aan.

Tommaso staarde naar me, alsof hij zich iets herinnerde.

'Als ik me niet vergis, zeggen ze dat maanlicht een groter penetratievermogen heeft dan zonlicht,' zei ik. En dat bevordert het ontkiemen. Maar ik weet het niet zeker.'

'Juist!' Tommaso sprong overeind en wees met zijn vinger naar zijn tegenstander.

Danco begon op zijn stoel te draaien alsof hij kramp had.

'Een groter penetratievermogen? En wat the fuck is penetratievermogen? Het lijkt verdomme wel of ik in een tovenaarshol ben beland! Als we zo doorgaan, zijn we straks regendansen aan het doen. Ik had alle vertrouwen in je, Teresa. Eindelijk een bondgenoot, dacht ik. En nu ga je de maanfases verdedigen. Penetratievermogen!'

'Dat vindt ze volgens mij heel boeiend,' zei Giuliana, waarna er plotseling een stilte viel.

Ik dacht dat ik flauwviel van gêne, ik durfde niet naar Bern te kijken en ook niet naar iemand anders. Toen zei ze zelf: 'Wat is er? Mogen er geen grappen meer worden gemaakt?'

Na het ontbijt hielpen we Tommaso om cichorei in de kas te zaaien. De manier waarop we dat deden, vond ik nogal raar en inefficient: we rolden met onze vingers bolletjes klei die we dan voor zijn mallemoerskont in potten lieten vallen.

'Om de wind na te doen,' zei Bern in volle ernst. Ik geloof dat hij niet meer boos was, alleen verdrietig.

Toen we klaar waren, sloeg Tommaso zijn handen aan zijn broek af en zei: 'Die gaat niet groeien, dus de volgende keer zullen jullie wel naar me luisteren.'

Hij had het mis. De cichorei groeide en ik was nog steeds op de masseria toen hij groot genoeg was om in het food forest te worden overgeplant. En ik was er ook nog steeds toen hij aan het begin van de zomer prachtige, volle kroppen vormde. In ons laatste telefoontje had mijn vader gezworen dat hij niet meer tegen me zou praten totdat ik weer thuis was.

Afgezien van mijn vader, miste ik niets van mijn oude leven, van Turijn, maar ik deed geen poging dat aan mijn moeder uit te leggen, en ook niet aan anderen die mij vroegen waarom ik ineens verdwenen was: ze zouden het niet begrepen hebben. Het belangrijkste was dat ik 's avonds met Bern in bed kroop, en hem 's ochtends dicht tegen me aan zag liggen, dat ik naar zijn oogleden kon kijken die nog zwaar waren van de slaap, in een kamer die alleen van hem en mij was en vanwaaruit je alleen bomen en de hemel zag. En de seks, vooral de seks, blind, overweldigend: de eerste maanden was het een soort verslaving.

Maar ik was ook dolblij dat ik nu eindelijk echte vrienden had, meer dan dat, broers en zussen. Het kostte natuurlijk tijd voordat ik gewend raakte aan het composttoilet buiten, het gebrek aan privacy dat daarmee gepaard ging, en aan het feit dat de elektriciteit op rantsoen was, het water naar rotting smaakte, en de corvees, voor het schoonmaken, koken, afval verbranden. Maar ik kan die moeilijkheden niet in mijn herinnering terughalen. Wat ik me wel herinner, zijn de lange rustpauzes, als we onder de pergola bier zaten te drinken en te kaarten.

Overigens was onze vorm van landbouw die van het 'niet doen': niet iets doen wat de natuur uit zichzelf kon regelen. We wilden de intelligentie van de natuur zelf doorgronden en haar maximaal in ons voordeel laten werken. En we wilden regenereren, alles regenereren dat het land met geweld was ontnomen.

Danco had de leiding en in de tussentijd bestudeerde hij ons stuk voor stuk. Op een keer gaf hij een uiterst ingewikkelde analyse ten beste van Tommaso's persoonlijkheid, te beginnen met zijn onhebbelijkheid om altijd een nieuwe pot jam aan te breken voordat de oude op was. Ik begreep er weinig tot niets van, maar ik merkte dat het Tommaso niet onberoerd liet. Corinne nam het voor hem op: zit je nou ook al op te letten wat we met de jampotten doen? Je bent echt ziek in je hoofd.

Door alle flarden van verhalen met elkaar te verbinden, kon ik reconstrueren hoe Danco samen met Giuliana op de masseria terecht was gekomen.

Bern had er ongeveer een jaar alleen gewoond, in de tijd dat hij af en toe voor oma werkte in ruil voor privéles. Toen had Tommaso besloten om bij hem te komen wonen. Hij was toen al met Corinne.

We werkten ons uit de naad, zeiden ze over die maanden, gelukkig kwamen Danco en Giuliana erbij.

Die hadden ze leren kennen in een winkelcentrum in Brindisi, waar Bern en de anderen hun boodschappen deden omdat discounts goedkoper waren. Er deden verschillende verhalen over die middag de ronde, ieder had zijn eigen versie, en de eerste maanden in de masseria kreeg ik ze allemaal te horen. De ontmoeting op de parkeerplaats van de supermarkt was legendarisch geworden, en dat werd ze voor mij ook een beetje.

'Liefde op het eerste gezicht.' Zo beschreef Giuliana het.

173

Zij, Danco en nog een paar gasten die verder niet met name werden genoemd, stonden te posten voor de ingang van de supermarkt. Ze hadden Bern aangesproken toen hij naar buiten kwam. Mag ik zien wat je daar hebt? had Danco gevraagd.

Tommaso en Corinne wilden meteen weg, maar Bern stond al stil en liet gehoorzaam zijn plastic tasje zien. Danco had er wat in rondgewoeld en toen gevraagd: 'Waarom koop je dat spul? Je lijkt me iemand die best oké is. Mag ik vragen wat je doet?'

'Mezelf zijn,' had Bern geantwoord.

'En verder?'

'Mezelf zijn, verder niks.'

Daar keek Danco van op. Hij was Bern gaan uitleggen waarom de kaas die hij in zijn plastic tasje had vergif was, waarom het tasje zelf een gruwel was, en hoe die in Marokko geteelde tomaten, duizenden kilometers verderop dus, de hele planeet in de vernieling zouden helpen.

'Het waren gewoon tomaten, verdomme!' kwam Corinne er weer tussen, een tikje geagiteerd.

'Ik heb een voorstel,' had Danco tegen Bern gezegd. 'Als ik je nieuwsgierig heb gemaakt, kom dan morgen terug, al is het maar om me te vertellen dat ik uit mijn nek klets en dat je liever jezelf wilt zijn. Als je komt, heb ik iets voor je.'

Die avond, op de masseria, had Bern zijn eten met geen vinger aangeraakt. Toen hij terugkwam in Brindisi, stond alleen Danco op de parkeerplaats op hem te wachten. Hij had *The One-Straw Revolution* voor Bern meegenomen, niet zijn eigen exemplaar, maar een dat hij speciaal die ochtend had gekocht.

Daarna hadden ze elkaar nog een keer gezien en had Bern Danco uitgenodigd op de masseria. Danco had nog geen uitgewerkt plan in gedachten, maar hij was wel naar iets op zoek. Hij had contact met mensen die zich met nieuwe vormen van landbouw bezighielden, voor het grootste deel mensen die net als hij waren gestopt met hun studie. Hij had het moestuintje van Tommaso gezien en een visioen gehad. Zo was het begonnen.

Een hele tijd later was ik erbij gekomen.

En nu las Danco, bijna elke avond, voor uit datzelfde boek: '"Dit strootje lijkt klein en licht... maar het kan zo krachtig worden dat het het land en de wereld verandert."'

Als het boek uit was, smeekten we hem om weer van voren af aan te beginnen. Vooral de eerste hoofdstukken vonden we goed, Fukuoka die zijn missie ontdekt nadat hij op een nacht een verlichtingservaring had gehad, maar het stomvervelende stuk over de rijstbouw mocht Danco wat ons betreft overslaan, want wie ging er nou rijst verbouwen in Puglia? Maar nee, hoor, hij moest en zou alles voorlezen, anders zouden we belangrijke inzichten missen. Eigenlijk wilde hij gewoon testen hoe trouw we waren aan de zaak.

Als we bij de Vier Pijlers kwamen, zeiden we die in koor op, en dan maakten we grappen over onze toewijding, of gingen juist met volle overgave los: Geen bewerking van de grond! Geen kunstmest! Geen onkruidbestrijding! Geen afhankelijkheid van chemicaliën!

We voelden dat we aan het begin van iets stonden, het begin van een verandering. Elk ogenblik had de helderheid van een ontwaken.

We deden nog twee acties. De eerste was dat we bij een van de vele illegale vuilstortplaatsen, 's nachts, met donkere lakens om ons heen, gingen staan posten en iedereen die vuilnis kwam brengen de stuipen op het lijf joegen. Maar wat we echt niet konden aanzien, waren de gazons voor de vakantiehuizen, van die keurige Engelse, veel te perfecte gazons, die daar helemaal niet hoorden. In de masseria bespaarden we op elke centiliter water. Ook op die bloedhete dagen in juni moesten onze groenten het doen met het vocht dat in de grond zat, we lieten ze aan hun lot over, en soms gingen ze ook gewoon dood, want zo hoorde het, terwijl dat decoratieve gras overvloedig werd bevloeid met water uit de waterader.

We hadden het terrein met timesharinghuizen van Carovigno al dagen geobserveerd en we wisten dat er nog geen huurders waren; er kwam alleen een paar keer per week een boer controleren of alles in orde was. De technische ruimte zat niet eens op slot. De bevloeiingsinstallatie vernielen vonden we te heftig, ook al wilde Giuliana dat juist wel, en daarom begon Danco haar met een schroevendraaier nauwgezet te demonteren. We haalden het moederbord eruit en sloegen het kapot, en daarna deden we het deksel er weer op. Het apparaat zag er nu weer precies zo uit als toen we kwamen.

Twee dagen later kwamen we weer kijken. Het gazon was geel geworden, nog achtenveertig uur en het zou volledig verdord zijn. Maar de boer had het kennelijk gezien en op tijd ingegrepen, want de keer daarop kwamen we precies op het moment dat de sproeiers volop stonden te spuiten. Het gras was alweer groen.

Naarmate de weken verstreken, deden we steeds minder acties. Misschien omdat we geen grote successen hadden behaald, of misschien omdat het project op de masseria ons steeds meer bezighield, en wat erbuiten gebeurde steeds minder. Buiten mochten we dan machteloos staan, dáár konden we tenminste de wereld verbeteren.

Giuliana scoorde superskunk-zaad en Tommaso zette de plantjes tegen het huis aan, met citronellastruiken eromheen. Ze deden het fantastisch, ze zaten vol plakkerige toppen die we in de schaduw lieten drogen en daarna mengden met tabak. We verdienden er ook nog wat geld mee, door de wiet aan iemand in Brindisi te verkopen. Maar niet overdreven veel, ons doel was niet om geld te verdienen.

We hebben niet meer geld nodig, maar een groter netwerk, zei Danco altijd.

Toch was geld een eeuwig probleem. We keken er verschrikkelijk op neer, maar we besteedden enorm veel tijd aan het praten erover. Als we snoeiden op onze levensbehoeften door over te stappen op een minder goed merk bier, dan begaf de accu van de jeep het weer, voor de tweede keer in een paar maanden tijd.

Corinne: 'Omdat het een oud barrel is!'

Danco: 'Let op je woorden! Deze Willys heeft de Tweede Wereld-oorlog nog meegemaakt.'

En toen, precies een week nadat we de accu hadden vervangen, kwam er een barst in de kroon van een van Giuliana's voorste kiezen en moesten we een tandarts zien te vinden die we in termijnen mochten betalen.

De enige die vast werk had, was Tommaso. Iedere ochtend ging hij op de brommer naar het Relais dei Saraceni en kwam vaak pas laat in de avond weer thuis. Er waren perioden dat hij zo uitgeput was, dat hij liever daar bleef slapen. Hij droeg zijn hele loon aan ons af; op de dag van uitbetaling gaf hij het altijd meteen aan Danco. Ik hoorde hem nooit klagen.

Augustus. Er lagen bergen droge algen op het strand van Torre Guaceto, piepkleine krabbetjes kwamen uit het zand omhoog en verdwenen er dan weer onder.

We hadden ons stiekem in een van de baaitjes geïnstalleerd die voor toeristen verboden waren, want wij waren natuurlijk geen toeristen, en bovendien moest je ons niet vertellen wat we wel en niet mochten.

Danco stelde voor om een oefening te doen. 'We kleden ons om de beurt voor elkaar uit. Niet allemaal tegelijk, dat zou te makkelijk zijn. Een tegelijk.'

'Mooi dat ik me niet voor jou uitkleed!' zei Corinne.

Danco reageerde geduldig. 'Wat denk je dat er onder je bikini verstopt zit? Een mysterie? We kunnen het ons allemaal prima voorstellen: pure anatomie, en verder niks.'

'Goed zo, blijf jij je dan maar lekker voorstellen hoe dat eruitziet.'

'Het gaat alleen maar om de perceptie die je hebt van je lichaam, Corinne. Je hebt geleerd om te denken dat er onder die paar vierkante centimeter kunststof iets zit wat absoluut privé is. Het symbool van je mentale beperktheid. Maar er bestaat niets wat absoluut privé is.'

'Even dimmen, Danco! Je wil alleen maar mijn tieten zien.'

'Nee. Wat ik wil is dat jij vrij van vooroordelen bent. Dat jullie dat allemaal zijn.' En terwijl hij dat zei, liet hij zijn zwembroek op zijn enkels zakken. Hij bleef naakt voor ons staan, tegen het licht, lang genoeg om ons uitgebreid kennis te laten maken met het rossige schaamhaar rondom zijn geslacht.

'Kijk maar, Corinne,' bezwoer hij, 'toe maar, kijk allemaal goed. Ik heb niets voor jullie te verbergen. Als ik mijn buik open kon maken om jullie mijn ingewanden te laten zien, zou ik het doen.'

Toen deden we hem allemaal, een voor een, na. Eerst de jongens, toen wij meisjes. Mijn vingers trilden toen ik het bandje op mijn rug zocht, Bern schoot me te hulp. Uiteindelijk lagen onze bikini's en zwembroeken op de algen, als flarden oude huid.

Onze gêne verdween alleen niet in de minuten erna, maar werd juist groter. Ten slotte doken we in het turkooizen water.

'Laten we in ons nakie over het grote strand gaan rennen!' riep Giuliana opgewonden.

'Dan bellen ze de politie.'

'Als we hard rennen, gebeurt er niets,' zei Danco. 'Maar dan wel samen, er mag niemand achterblijven.'

We pakten onze zwemspullen, klommen omhoog over de rotsen en lieten ons als een roedel wildemannen weer naar beneden zakken, op het langgerekte, met parasols bezaaide strand. Ik bedacht dat ik niet genoeg conditie had om helemaal naar het andere eind te rennen.

De badgasten kwamen een eindje omhoog om ons beter te kunnen zien, de kinderen giechelden gechoqueerd en er werd zelfs goedkeurend gefloten. Ze liepen allemaal ontzettend hard, Corinne en Giuliana voorop, gracieus als struisvogels. Toen ik een eindje op de anderen achterbleef, hoorde ik in het voorbijgaan het commentaar van een man wiens gezicht ik niet zag. Hij zei iets wat me vele maanden later, toen de boel al begon te desintegreren, weer te binnen zou schieten. 'Stakkers,' zei hij. 'Wat zouden die nou zo nodig moeten bewijzen?'

In september meldde Cosimo zich ineens bij de masseria. Hij laadde twee jerrycans met een heldere vloeistof van zijn landbouwmachine. Bern bood hem een stoel aan en een glas wijn. Ze hadden een hartelijke, maar koele relatie, alsof de wederzijdse sympathie niet volstond om de herinnering aan hun eerste ontmoeting, de achtervolging over het terrein, de in het wilde weg geworpen steen van mijn vader, uit te wissen.

Cosimo weigerde de wijn met een handgebaar. 'Ik heb dimethoaat voor jullie meegenomen,' zei hij. 'In een zomer als deze krijg je ontzettend veel vliegen. Jullie bomen bij het hek hebben nu al aangevreten olijven.'

'Dat is heel vriendelijk van u,' zei Danco terwijl hij opstond, 'maar u mag de jerrycans weer meenemen. We hebben ze niet nodig.'

Cosimo keek stomverbaasd. 'Hebben jullie al gespoten?'

Danco sloeg zijn armen over elkaar. 'Nee, meneer. We hebben onze olijven niet met dimethoaat bespoten. We werken hier liever niet met insecticiden. Sowieso niet met onkruidverdelgers en gewasbeschermingsmiddelen.'

'Maar als jullie geen dimethoaat gebruiken, zullen die vliegen alle olijven aantasten. En daarna komen ze bij mij. Je proeft het niet in de olie.'

Hij probeerde, zonder veel succes, zijn onzekerheid te verbloemen en zei: 'Iedereen gebruikt het.'

Bern voelde waarschijnlijk dezelfde gêne als ik, want hij liep snel naar Cosimo toe, pakte de jerrycans op en zei: 'Heel attent van je. Dank je wel.'

Maar Danco's bevel trof hem als een pijl in de rug. 'Laat staan, Bern. Ik wil die troep hier niet.'

Bern zocht de ogen van zijn vriend, alsof hij zeggen wilde: we doen het gewoon uit beleefdheid, het kost ons niets, we zetten ze binnen en gebruiken ze niet, maar Danco gaf geen sjoege. Toen deed hij mompelend een stap achteruit. 'Toch bedankt.'

We hadden hem gekwetst. Cosimo, een boer met grijze haren en een verweerde huid, vernederd door een stel hooghartige jochies. Corinne was druk bezig iets onder haar nagels vandaan te pulken. Giuliana zat te klieren met het vuursteentje van haar aansteker, er vlogen kleine vonkjes uit haar gesloten vuist.

'Wacht, ik help je,' zei Bern en boog zich weer over de jerrycans, maar nu was het Cosimo die hem met een bruusk gebaar tegenhield. 'Ik kan het zelf wel af.'

Toen hij de jerrycans weer op zijn machine had geladen, reed hij achteruit en draaide het weidepad op, maar niet voordat hij me een verwijtende blik had toegeworpen. Er spatte modder onder zijn wielen vandaan.

'Het was nergens voor nodig om hem zo te behandelen,' zei ik, toen hij al een eind weg was. Je kon het hortende en stotende geluid van de landbouwmachine nog horen.

'Wou je nou echt je sla aanmaken met die troep?' zei Danco. 'De beste organoleptische kwaliteit die dat spul bezit is dat het kankerverwekkend is. Hij kiepert het maar mooi in zijn eigen put, die dimethoaat! En hij drinkt het maar lekker zelf op, met zijn vrouw!'

'Hij wilde ons alleen maar helpen.'

'Nou, Cosimo, probeer het dan nog maar een keer, dan gaat het vast beter,' zei Danco vrolijk.

Hij verwachtte dat de anderen ook moesten lachen, maar alleen Giuliana glimlachte zuinig. Hij werd weer serieus. 'Ze zijn in staat om DDT te gebruiken, als dat nog in de supermarkt te krijgen was. Ze strooien die chemische troep gewoon overal rond. En ze weten niet eens wat erin zit. Hebben jullie zijn gezicht gezien toen ik gewasbeschermingsmiddelen zei? Hij kende het woord niet eens!'

'En wat doen we met die vlieg?' vroeg Tommaso. Hij was naar de dichtstbijzijnde olijfboom gelopen, had een trosje nog niet volgroeide olijven geplukt en die op tafel gegooid. 'Er zitten larven in.'

Danco voelde aan de olijven. 'Een oplossing van honing en azijn, verhouding een op tien. Dat doen ze al jaren in de biologische landbouw. De vliegen komen op de honing af en de azijn doodt ze. Met andere woorden: vliegenvallen.'

Diezelfde middag nog gingen we aan de slag. We vulden een vijftigtal plastic flessen en hingen ze op verschillende hoogtes aan de uiteinden van de takken. Toen we klaar waren, was het terrein versierd alsof we een feest gingen geven. Het schuine licht van de zonsondergang viel op de flessen, waardoor ze oplichtten: het leken wel lantaarns.

Na het eten wilde Danco dat we snel de tafel afruimden. Hij legde er een rechthoekig stuk karton op en zette er een blik verf naast die over was van een vorige klus.

'Schrijf jij maar,' zei hij en gaf me een kwast – DE MASSERIA. HIER WORDT GEEN GIF GEBRUIKT.

Het kartonnen bord werd met een ijzerdraadje in het midden van de slagboom opgehangen, in plaats van het bordje TE KOOP. En daar zou het heel lang blijven hangen, jarenlang, langzaam vervagend door de zon en de regen, en bij elke wisseling van de seizoenen een beetje minder leesbaar, een beetje misplaatster, een beetje minder waar.

De vallen vulden zich met vliegen. We leegden en hervulden ze dat najaar meerdere keren. De olijfoogst was overvloedig. Toen we klaar waren met ons eigen terrein, gingen we voor anderen olijven oogsten. We boden onze diensten aan tegen betaling en versloegen de concurrentie van professionele coöperaties met bodemprijzen, de helft van wat zij vroegen. We kwamen helemaal tot in Monopoli in het noorden en Mesagne in het zuiden. Danco regelde bij oude vrienden van hem een aanhangwagen en Tommaso kreeg de mechanische ontbladeraar van Cesare weer aan de praat. We zagen er waarschijnlijk uit als een stelletje vreemde snoeshanen, als we om zeven uur 's ochtends voor iemands hek stonden. Je las altijd hetzelfde in de ogen van de eigenaren: waar komen die types vandaan? Maar we waren jong, werkten goed samen en blaakten van de energie: aan het eind van de dag gaven ze ons vaak een dikke fooi.

Als het niet regende, gingen we onder een van de bomen de broodjes zitten eten die we thuis hadden klaargemaakt. En als de eigenaar niet in de buurt was, haalde Giuliana een joint tevoorschijn en als we dan weer aan het werk gingen, voelden we ons licht en een beetje raar, we lagen slap van het lachen. Danco berekende dat we aan het eind van het seizoen minstens honderd ton olijven zouden hebben geplukt.

Met het geld dat we verdiend hadden (niet zoveel als we hadden gehoopt, al met al) kochten we tweedehands bijenkasten en een bijenvolk. Na eindeloze discussies besloten we om ze bij het rietbos te zetten, omdat dat ver genoeg van het huis verwijderd was en beschut tegen de noordenwind, en omdat we dan het daar opwellende water konden gebruiken voor de bloemen. Maar de eerste generatie bijen ging binnen een week dood. Gewoontegetrouw groeven Tommaso en Bern een gat en kiepten er, onder de ijskoude blik van Danco, de gestreepte kadavertjes in. Maar er werden geen gebeden opgezegd, er werden alleen nog meer, en nog verhittere, discussies gevoerd over wat we fout hadden gedaan.

Uiteindelijk haalde Bern een handboek over duurzame bijenteelt uit de bibliotheek in Ostuni en kreeg ik de opdracht om het te bestuderen en vervolgens de anderen te leren hoe je dat moest doen, bijen houden. Het werkte. Danco kon niet nalaten om dat elke ochtend weer te benadrukken, als hij glunderend zijn lepel in de pot bruine honing doopte. Giuliana noemde me een tijdje plagerig de 'bijenfee'.

In februari vierden we dat ik er een jaar was. De dag dat ik met mijn rolkoffertje achter me aan over het weidepad aan was komen lopen en bij ze was ingetrokken, was aangewezen als de dag van onze officiële start. Terwijl Danco een bloedserieus verhaal afstak, verbaasde ik me erover dat er alweer een jaar voorbij was.

Die avond dronken we veel en op een gegeven moment deed Bern ineens een bekentenis. Hij vertelde over toen hij alleen in de toren bij de Scalo sliep, en dat de zee soms zo tekeerging dat hij er niet van kon slapen. En dat hij dan de koptelefoon opzette van de walkman die ik hem had gegeven, het volume op vol, en zich weer veilig voelde.

Niet vertellen, smeekte ik in stilte, terwijl hij doorpraatte, hou dit geheim nou tenminste voor ons tweeën. Maar hij ging maar door, want ook het privé-eigendom van herinneringen moest in de masseria worden afgeschaft.

'Ik heb die tape gedraaid tot-ie helemaal op was,' zei hij met een dikke tong en lippen die zwart waren van de wijn.

'Welke tape?' vroeg Danco sceptisch. Hij hield er niet van als iemand anders zo lang de aandacht opeiste.

'Een bandje met allemaal verschillende zangers. Ik heb nooit geweten hoe het heette. Hoe heette het, Teresa?'

'Geen idee,' loog ik. 'Het was gewoon een compilatie.'

Bern wist van geen ophouden, hij werd overspoeld door emoties. 'Eentje vond ik het allermooist. Ik luisterde, spoelde de tape terug en luisterde dan nog een keer. Uiteindelijk wist ik precies hoeveel seconden ik het knopje ingedrukt moest houden om de tape terug te spoelen.'

Hij zette het liedje in, zijn ogen halfgesloten en een gelukzalige uitdrukking op zijn gezicht. Ik had hem sinds de eerste zomers op de masseria niet meer horen zingen en wilde dolgraag dat hij door zou gaan, maar Corinne sprong op. 'Dat ken ik! Van dingetje... Hoe heet ze ook alweer? Help eens, Teresa!'

'Ik weet het niet meer.'

Danco begon weer op die luidruchtige manier van hem te lachen. 'O ja, die rode met die piano!'

Ik voelde dat Tommaso naar me keek, terwijl ik naar Bern keek en hem, weer in stilte, smeekte om nu wel iets te zeggen en ervoor te zorgen dat ze hun mond hielden voordat ze alles verpestten.

Hij zei niets, hij was zelfs niet bij machte mijn blik te beantwoorden. En toen Danco zei: 'Wat een sentimenteel verhaal!' zag ik hem slikken en toen ongemakkelijk, een en al onderdanigheid, glimlachen naar zijn nieuwe broer, zijn nieuwe opperste leidsman.

In het voorjaar ging ik terug naar Turijn. Dat was de enige keer. Bern wilde niet dat ik ging, maar het moest gewoon, ik had mijn ouders al te lang niet gezien. Toen hij doorkreeg dat hij me er niet van kon afhouden, waarschuwde hij: 'Laat je niet overhalen om daar te blijven. Ik tel de uren en de minuten.'

In de trein werd ik steeds banger. Toen ik in Turijn uitstapte, wist ik zeker dat mijn vader geweld zou gebruiken, dat hij me zou slaan en daarna, als een junk, in huis zou opsluiten, op dezelfde rücksichtslose manier waarop de ouders van Corinne haar behandeld hadden. Terwijl ik – nu al niet meer gewend aan zoveel mensen – langs het perron en toen door de galmende ruimtes van het station Porta Nuova liep, werden mijn benen helemaal slap bij de gedachte dat ik hem zou zien.

Maar niks, hij was gewoon niet thuis. Mijn moeder zei dat hij dat beter vond.

'Wat had je dan verwacht, Teresa? Een welkomstfeestje?'

We aten samen, zij en ik, en dat was heel vreemd. Ik keek naar de trommel met ontbijtkoekjes achter haar, de trommel die al sinds mensenheugenis in de kast stond en waarin vast en zeker nog steeds die koekjes met een gat zaten: mijn vader schoof ze altijd op zijn pinken, drie links en drie rechts, en ging er dan aan knabbelen, waarbij hij een raar gezicht trok, wat ik als kind grappig vond.

Ik probeerde een paar keer het gesprek op de masseria te brengen. Ik had mijn moeder graag willen vertellen dat we kippen hadden gekocht en dat er nu elke ochtend verse eieren waren. De volgende keer zou ik er misschien een paar voor haar meenemen, en ook zelfgemaakte moerbeienjam. Ik wilde dat ze wist dat we genoeg gespaard hadden om zonnepanelen te kopen: vanaf volgende week zouden we op elk uur van de dag elektriciteit hebben, gratis schone energie, zoveel we maar wilden. Dat had ik haar echt graag verteld, en ook had ik haar graag in vertrouwen genomen over hoe moedeloos ik soms werd van Danco's uiteenzettingen, en hoe saai en onbenullig ik me dan voelde.

En het liefst wilde ik haar over Bern vertellen. Als ze nou eens één keer echt naar me luisterde, zou ze verliefd op hem worden, en daarna zou ze mijn vader overhalen om niet meer, bij wijze van straf, zo idioot te blijven zwijgen. Ze zouden de hele situatie die ze nu zo excentriek vonden, juist heel natuurlijk gaan vinden, net als ik. Maar ik kreeg het er allemaal niet uit. Ik at snel mijn eten op en verschanste me daarna in mijn kamer.

Mijn kamer: gezellig, en o zo kinderlijk. Aan de muur foto's die me niets meer zeiden, mijn studieboeken in nette stapeltjes op mijn bureau. Zou ik ze zo hebben neergelegd? Of was dit gewoon weer een van die impliciete boodschappen van mijn ouders? Het hele huis lag vol emotionele voetangels en klemmen: honing om de vliegen te lokken, azijn om ze te doden.

Ik trakteerde mezelf op een lang bad, ook al hoorde ik de hinderlijke stem van Danco, die me verweet dat ik water verspilde. Die stem hoorde ik steeds vaker in mijn hoofd, alsof ik een nieuw geweten had, streng en genadeloos. Maar het water was lekker warm en geurde naar lavendel, mijn lichaam werd langzaam week, ik gaf me over.

Op blote voeten en met een handdoek om mijn natte haar gewikkeld, haalde ik het boek van Martha Grimes uit de kast dat oma me jaren geleden via mijn vader had gegeven. Ik ging met mijn rug tegen de klerenkast op de grond zitten en bladerde het door, van voor naar achter en terug. In het midden zag ik een post-it. Ik herkende het handschrift van oma, hetzelfde waarmee ze het werk van haar leerlingen in de kantlijn verbeterde.

Lieve Teresa, ik heb er heel lang over nagedacht. Je had gelijk, die dag dat we bij het zwembad zaten te praten. Ik verwarde het woord 'ongelukkig' met het tegenovergestelde.

Het briefje ging op de achterkant verder.

Ik heb in mijn leven heel wat mensen dezelfde fout zien maken. En ik wil niet dat het jou ook overkomt, niet door mijn toedoen, tenminste. Ik heb jouw Bern op de masseria gezien. Ik vond dat je dat moet weten. Maar denk eraan: mondje dicht. Veel liefs, oma.

Ik moest huilen toen ik het gelezen had, vooral van boosheid. Waarom had ze niet een simpeler manier gekozen om me dit te laten weten? Had ze zoveel detectives gelezen dat ze dacht dat ze een van die personages was? Maar meer nog huilde ik van opluchting, omdat oma me niet verraden had, en omdat haar woorden, die ik pas zo laat las, betekenden dat ze haar zegen gaf aan het leven dat ik had gekozen.

Meteen daarna vond ik het absurd dat ik daar zat. Wat deed ik in die kamer die droop van mijn oude egoïsme? Ik was niet meer de persoon die daar was opgegroeid, ik moest zo snel mogelijk terug naar de masseria.

Ik vroeg mijn moeder om de grootste koffer die ze had en beloofde dat ik hem terug zou geven. 'Per post,' zei ik erbij, zodat ze niet de valse hoop zou koesteren dat ik terugkwam.

De kleren waarvoor ik me niet hoefde te schamen tegenover Corinne en de anderen stopte ik erin, en mijn merkkleding liet ik achter. Een dag later zat ik weer monter in de trein. Ik hoorde nu in Speziale. Niet ikzelf, maar een schaduwbeeld van mij had de masseria verlaten om terug te gaan naar het noorden. En dat ik mijn vader niet had gezien, was niet belangrijk. Hij had het zelf zo gewild. Ik zocht afleiding in een boek van oma, maar het was te druk in mijn hoofd. Uiteindelijk gaf ik het op en keek door het raampje naar buiten, tot het donker was.

Eindelijk hadden we elektriciteit. We hadden een *chicken tractor* om de kippen naar een plek te verplaatsen waar ze de grond moesten bemesten. We hadden het hele jaar door groenten en waren wat water betreft bijna zelfvoorzienend. We hadden een koekenpan op zonne-energie om roerei in te bakken en nu ook piepkleine keramische buisjes om het regenwater beter mee te zuiveren. Een Japanse uitvinding die Danco had ontdekt.

Maar ik had moeten merken dat er onder de oppervlakte, geruisloos, allerlei vetes werden uitgevochten. Giuliana en ik spraken bijna niet meer met elkaar. De instinctieve afkeer die ze van meet af aan van mij had gehad, was niet minder geworden, integendeel. Hij was alleen maar groter geworden: na ruim een jaar behandelde ze me nog altijd als een indringster. Danco vervulde zijn rol als leider van de groep met steeds meer verve, en we werden allemaal, behalve Bern, heen en weer geslingerd tussen bewondering en irritatie over zijn autoritaire gedrag.

Maar de verontrustendste signalen kwamen van Corinne en Tommaso. Die waren óf woedend op elkaar, óf op een morbide manier aanhankelijk. Het kwam steeds vaker voor dat Tommaso in het Relais dei Saraceni bleef slapen en dat Corinne 's avonds niet samen met ons wilde eten. Ze sloot zich tot de volgende ochtend zonder eten, in haar eentje, in haar kamer op.

Op een dag, het was al eind augustus – we waren de ontbijtkopjes aan het afwassen – overviel ze me met de vraag: 'Hoe vaak doen jij en Bern het?'

Ik had het wel begrepen, maar won even tijd.

'Wat?'

'Vaker dan één keer per week, of minder?'

Ze keek stuurs naar beneden, naar de opgestapelde kopjes.

'Zoiets, ongeveer,' zei ik.

'Wat ongeveer? Eén keer per week?'

Veel vaker, wilde ik eigenlijk antwoorden, maar ik voelde wel aan dat ze dat niet leuk zou vinden.

'Ja.'

Corinne draaide zich met een ruk om, pakte alle theelepeltjes in één keer van de tafel en keilde ze op de kopjes.

Toen zei ik voorzichtig: 'Tommaso werkt heel hard.'

'Wat krijgen we nou? Ga je me troosten? Wie denk je verdomme wel dat je bent?'

Ze greep zich met allebei haar handen aan het aanrecht vast.

'Trouwens, jullie tweeën kunnen wel wat minder herrie maken. Het is gewoon walgelijk.'

Ze draaide de kraan helemaal open en meteen weer dicht.

'Die trut van een Giuliana! Laat ze zelf haar kopje afwassen! Ik heb nou al honderd keer gezegd dat ze haar sigaret er niet in uit moet drukken. Het zijn hier allemaal gore viezeriken!'

Een andere keer zaten we met z'n allen onder de pergola te ontbijten. Alleen Tommaso was er niet bij. We hoorden gegil, drie keer achter elkaar.

De eerste die overeind sprong was Bern. Hij rende als een gek om het huis heen naar de olijfgaard. Hij had duidelijk een doel voor ogen, alsof hij precies wist wat er gebeurd was, alsof hij het had gezien. Danco rende achter hem aan, en daarna ik. Corinnes ogen gingen nog wijder open dan normaal, haar gezicht was uitdrukkingsloos, ze was een ogenblik totaal verlamd voordat zij ook opstond en achter ons en Bern aan rende.

Giuliana bleef zitten waar ze zat, totdat wij weer tevoorschijn kwamen, met het toegetakelde lichaam van Tommaso tussen ons in. Corinne huilde hysterisch, Bern had zijn papieren imkerpak nog aan, hij was van top tot teen in het wit.

Tommaso zat op zijn hurken toen we hem zagen, zwermen bijen cirkelden en zoemden om zijn hoofd. Hij zwaaide met zijn armen om ze weg te jagen en toen viel hij bewusteloos op de grond. Hij droeg een blauw-rood geruit overhemd met korte mouwen dat tot zijn navel openstond. De bijen lieten hem niet met rust, ze waren gedesoriënteerd, ze konden niet geloven dat ze zo'n groot dier tegen de grond hadden gewerkt.

Bern had ons verboden om dichterbij te komen. Hij was naar de gereedschapsschuur gerend en kwam er weer uit in een wit imkerpak. Hij had met zijn hand de bijen weggemept die op Tommaso's haar, kleren en de rest van zijn lichaam losgingen. Achter hen zagen we de gekleurde bijenkasten en het ritselende gordijn van rietstengels: het leek wel een decor. Corinne krijste zo hard dat ik mijn hand op haar mond had willen drukken.

Bern had Tommaso onder zijn oksels gepakt en naar ons toe gesleept. Zijn huid zwol zienderogen op, alsof de bijen eronder waren gekropen en zich nu naar buiten vochten. Zijn neus was dubbel zo groot, hij had tien oogleden, zijn lippen waren misvormd en een van zijn tepels was niet meer terug te vinden tussen de bulten. Toen Giuliana, die niet van haar plek gekomen was, hem zag, lazen we op haar gezicht het afgrijzen dat wij nog niet volledig tot ons hadden laten doordringen.

Ik was het die naar het ziekenhuis van Ostuni reed. Ik had lak aan stoplichten en voorrangsregels. Naast me zat Corinne strak voor zich uit te kijken, haar ogen steeds wijder opengesperd. Ze huilde niet meer, maar er kwam geen woord uit. Bern en Danco hadden Tommaso tussen hen in op de achterbank gezet. Giuliana had staan kijken hoe de auto wegspoot, maar eerst had ze de jongens nog razendsnel het mes gegeven dat we hadden gebruikt om brood mee te snijden. Knoflook! Haal knoflook! had Bern geroepen, en zij had zich snel omgedraaid en ook nog ergens knoflook gevonden. Bern schraapte met de gladde kant van het mes nu over Tommaso's huid om de angels te verwijderen. Danco had een teen knoflook gepeld en zei: 'Weet je het zeker? Het lijkt me typisch iets voor domme boeren.'

'Kop dicht en wrijven!'

Hoe vaak was hij gestoken? Twintig keer? Dertig keer? Achtenvijftig keer, zeiden ze in het ziekenhuis. Ook tussen zijn haren en in zijn oor. Er zaten bijen vast in zijn onderbroek. Toen hij op de onderzoekstafel werd uitgekleed, vlogen ze weg. Maar dat zou Bern ons pas later vertellen, want hij was de enige die achter de brancard door de zwaaideuren van de eerstehulppost mee naar binnen liep. Hij had zijn witte pak nog aan.

Intussen stonden wij buiten te liegen over wat er gebeurd was. Nee, we hielden geen bijen, daar had je een vergunning voor nodig, natuurlijk wisten we dat... Tommaso was op een nest gestuit toen hij de dakgoot schoonmaakte... Een heel groot nest, ja, we hadden zelf ook nog nooit zo'n groot nest gezien...

Er ging een paar uur voorbij voordat ze tegen ons zeiden dat hij buiten levensgevaar was, maar wel gesedeerd, en dat ze hem daar zouden houden ter observatie. De rest van de dag en een groot deel van de nacht zaten we onder de neonlampen in de wachtkamer, op plastic stoeltjes die in de vloer waren vastgeklonken.

Toen alles achter de rug was en we weer met zijn allen onder de pergola zaten, voer Danco tegen Tommaso uit: 'En kun je nu even vertellen waar je in godsnaam mee bezig was?'

'Ze kwamen ineens tevoorschijn.'

'Mijn reet! Ze komen niet ineens tevoorschijn! Zit niet te lullen, Tom. Heb je je handen in de bijenkasten gestoken? Wat was je precies van plan?'

'Ik heb mijn handen niet in de bijenkasten gestoken.'

'Je overhemd stond open!'

'En nou dimmen, Danco. Laat hem met rust,' kwam Bern tussenbeide. Zijn stem klonk weer net zo onverbiddelijk als vroeger, het was de stem waarmee hij, als kind nog, mijn vader voor de deur van zijn huis had uitgedaagd. Danco gehoorzaamde.

En toen moesten er weer olijven worden geoogst, tonnen en tonnen olijven. Het regende non-stop, de netten zaten onder de modder, onze laarzen zaten onder de modder, en mijn haren ook. Binnen in huis stonk het naar rotte eieren, en niemand begreep waarom. We werden onverdraagzaam en onaardig door dat noodgedwongen binnen zitten, en we waren vermoeid, steeds vermoeider.

Bern had het in zijn rug en bleef tien dagen lang in bed. In die tijd liet hij ook zijn baard staan. 'Wil je er net zo uitzien als Danco?' vroeg ik benauwd.

'Nee, ik wil die geur van jou daaronder vasthouden.'

Ik begreep niet of hij het meende of een grapje maakte.

De valstrikken van Danco werkten dat jaar niet. Misschien hadden de vliegen elkaar gewaarschuwd. Na een hevige ruzie stemden we voor het kopen van dimethoaat, maar daar was het ook al te laat voor. De oogst was schraal, de kwaliteit van de olie belabberd. We verkochten maar dertig liter en zelfs wij gebruikten hem liever niet.

De vliegenplaag mocht dan domme pech zijn, voor de zonnepanelen gold dat niet. Op een ochtend werden we wakker en hadden we geen stroom. Toen Danco de installatie ging checken, zag hij dat de panelen waren beklad met een mengsel van lijm en aarde. Urenlang zaten we te gissen wie het nodig had gevonden om ons te saboteren. We hadden overal vijanden gemaakt door werk van anderen in te pikken en onze producten her en der te verkopen.

Onze oude generator werkte niet meer en we deden niet al te veel moeite om hem weer aan de praat te krijgen. Voor het eerst vielen we ten prooi aan een verlammende moedeloosheid.

Corinne flipte. Tommaso was bijna een uur bezig om haar tot bedaren te brengen, maar zij bleef maar roepen: 'Wil jij dit op je geweten hebben? Wou je me uitgerekend nu met nat haar in de kou laten zitten?'

Die avond nam Bern me mee naar onze kamer en zei: 'We moeten Cosimo om hulp vragen. Ga naar hem toe en vraag of we ons op zijn elektriciteit mogen aansluiten totdat we dit probleem hebben opgelost. Dan betalen we hem wat hij meer verbruikt.'

'Dat doet hij nooit. Weet je nog hoe we hem behandeld hebben?'

'Hij vindt het vast niet prettig om jou een gunst te weigeren. Hij was dol op je oma.'

Ik smeekte: 'Alsjeblieft niet, Bern. Doe het me niet aan.'

'Tommaso gaat wel met je mee,' zei hij, terwijl hij nogal ruw mijn hals streelde, alsof ik een dier was. 'Maar Danco kunnen we beter bij hem uit de buurt houden.'

Ik besloot om alleen te gaan. Ze hadden kennelijk ergens een vuur gemaakt, het rook of er ergens iets brandde. Ik riep de namen van Cosimo en Rosa. Hun huisje was van daaruit bijna niet te zien, maar ze zouden me moeten kunnen horen. Op dat soort stille nachten kon je zelfs de padden door het gras horen springen. Niemand gaf antwoord.

De muur om de achtertuin was te hoog om eroverheen te klimmen. Ik liep langs de erfscheiding terug naar het terrein van de masseria, precies tot het punt waar de jongens vele jaren daarvoor door het hek waren gekropen. Ik zette mijn voeten in het gaas van het hek, het hele ding wiebelde onder mijn gewicht. Met de zaklantaarn in mijn achterzak, die nutteloos de hemel bescheen, klom ik eroverheen.

Ik klopte op de deur van het huisje en Rosa deed open. Ze sloeg haar ochtendjas dicht en keek over mijn schouder naar buiten, toen liet ze me binnen. Cosimo zat in zijn luie stoel televisie te kijken. Toen hij me zag, probeerde hij zijn haar, dat door de rugleuning rechtovereind stond, te fatsoeneren.

Ik vertelde wat er met de zonnepanelen was gebeurd, zonder erbij te zeggen dat ze expres waren vernield. Zou hij het goedvinden als we even van zijn elektriciteit gebruikmaakten? Totdat we een oplossing hadden gevonden?

'Het is hier van jou,' zei hij ernstig. 'Maar je hebt wel honderden meters verlengsnoer nodig.'

'De kabels van de zonnepanelen zijn vast wel lang genoeg, en anders verlengen we ze met andere kabels.'

Hij keek naar me op met een welwillendheid die ik niet had verwacht.

'Je bent een slimme meid geworden,' zei hij. 'Er ligt nog wel een paar meter kabel in de kelder.'

'Dank je. We betalen er natuurlijk voor.'

Ik stond op het punt om weg te gaan, maar Cosimo pakte mijn hand.

'Het is tijd om een beslissing te nemen over de villa, Teresa. Rosa en ik houden de boel op orde, maar als er niemand in woont, gaat hij hard achteruit. En we kunnen het niet meer gratis doen.'

'Goed,' zei ik, maar alleen omdat ik terug wilde naar de anderen.

Intussen had Rosa potten met ingemaakte groenten in een mand gedaan. 'Op mijn manier gemaakt,' zei ze. 'Ik hoop dat jullie ze lekker vinden.'

Cosimo liep met me mee tot aan het hek.

'Die jongens...' zei hij toen we bij de erfscheiding waren, 'vooral die met die krullen...'

'Danco.'

'Het is mijn zaak natuurlijk niet, maar jij bent een welopgevoed meisje, Teresa. Zij zijn anders. Ze hebben te korte wortels. Vroeg of laat rukt een windvlaag ze uit de grond en dan waaien ze weg.'

Maar Cosimo wist niet wat wij wisten: dat planten die veilig in potten groot waren geworden, met lange wortels die helemaal in het rond groeiden, zich niet aanpassen aan de koude grond. Alleen planten met vrije wortels, die in de winter jong uit de pot zijn gehaald, redden het. Zoals wij.

'Morgenochtend komen we met de kabel,' zei ik. 'Jij hoeft niets te doen.'

Hij knikte. Hij leek ouder, in het halfduister.

'Slaap lekker, Teresa.'

Een paar dagen later bekende ik aan de anderen dat ik de eigenares van de villa was. Ze ontstaken niet in woede, zoals ik had verwacht, maar werden door een vreemd soort ongeloof overvallen. Het bleef even stil, en toen vroeg Danco: 'Hoeveel biedt Cosimo?'

'Honderdvijftigduizend euro.'

'Dat huis is veel meer waard.'

'Ik geloof dat hij niet meer heeft.'

'Dat is zijn probleem.'

'Hoe bedoel je?'

Giuliana negeerde mijn vraag. 'Hoeveel dan, Danco?'

'Ruwweg het dubbele.'

'Heb je nu ook al verstand van onroerend goed?' zei Corinne provocerend.

Danco reageerde niet. 'Het is vervallen, maar in originele staat. En hoeveel grond zit erbij? Drie, vier hectare?'

Ik schudde mijn hoofd. Ik had geen idee.

'We mogen zijn elektriciteit gebruiken,' zei ik. Ik had inmiddels door waar hij heen wilde.

'We hebben die elektriciteit al betaald.'

'Maar ik heb het beloofd.'

'Vind je dit dan een situatie waarin beloftes nog enige waarde hebben?'

Ik zocht Berns blik om steun te zoeken, maar hij zei: 'Als je oma het huis aan hem had willen nalaten, had ze dat wel gedaan.'

'En al die verhalen over het afschaffen van eigendom dan?'

Danco keek me vol medelijden aan. 'Misschien haal je een paar dingen door elkaar, Teresa. Er is een radicaal verschil tussen rechtvaardig leven en je dom gedragen. We zijn geen onnozele halzen waar je misbruik van kunt maken.'

Er maakte zich een zekere opwinding van de groep meester. Ik voelde het.

'Teresa hield haar fortuin helemaal voor zichzelf,' zei Giuliana zachtjes.

Ik zou nu niet meer precies kunnen zeggen hoe ze me zover kregen. Ik moet wel erg weerloos, erg in de war zijn geweest. Maar we benaderden een makelaarskantoor in Ostuni en er kwam iemand naar de villa kijken. Terwijl hij foto's maakte en me vragen stelde waar ik geen antwoord op wist, stond Rosa aan de grond genageld bij de deur, alsof haar plotseling de toegang werd ontzegd tot een huis waarvoor ze veertig jaar had gezorgd. Cosimo liet zich niet zien. De makelaar vroeg wat ik van plan was met de meubels: ze waren niet in al te beste staat, maar je zou kunnen overwegen om ze en bloc te verkopen. Daarna wilde hij nog even in het huisje van de beheerders kijken.

Het makelaarskantoor kreeg een bod van Cosimo: honderdzestigduizend euro. Terwijl we in de masseria discussieerden of het een goed idee was om dat bod te accepteren, kwam er een voorstel van een architect uit Milaan: honderdnegentigduizend.

'Zullen we erover stemmen?' vroeg Bern.

Iedereen keek naar mij, dus zei ik: 'Tuurlijk, we stemmen.'

Een paar weken later ontmoette ik de architect op het kantoor van de notaris. Hij overhandigde me het koopcontract om het te ondertekenen en zei: 'De villa van uw oma is echt prachtig, het zal wel niet makkelijk zijn om er afstand van te doen. Ik beloof dat ik hem zal opknappen met respect voor de authentieke sfeer.'

'Dank u,' mompelde ik.

Bern had me naar de notaris gebracht, maar wilde niet mee naar binnen. Hij wachtte in een café.

'Deze grond is door de genade aangeraakt' zei de architect. Toen keek hij op van het koopcontract en zei: 'Hoe bevallen de twee beheerders? Zijn ze betrouwbaar? Ik dacht eraan om ze te houden.'

Maar een paar dagen later vertrokken Cosimo en Rosa. En een week later stond de politie bij de masseria voor de deur. Ik was niet echt verbaasd toen de agent, een meisje dat net iets ouder was dan wijzelf, met een paardenstaat die onder haar pet vandaan piepte, zei dat er een melding was dat wij daar illegaal verbleven. Wat hadden we dan verwacht?

Tommaso en ik keken hoe ze een aantekenboekje uit haar binnenzak haalde en doorbladerde.

'Ik zie hier dat jullie met zijn zessen zijn, klopt dat? Het zou fijn zijn als jullie de anderen er ook bij halen.'

Toen we allemaal onder de pergola stonden, vroeg ze naar onze identiteitspapieren.

'En als we dat weigeren?' zei Giuliana uitdagend.

'Dan moeten jullie mee naar het bureau, om het een en ander uit te zoeken.'

Dus ging elk stel naar zijn eigen kamer om tussen alle spullen naar de papieren te zoeken die zouden bewijzen dat we, ondanks alles, gewone burgers waren.

'Gaan ze ons arresteren?' vroeg ik aan Bern, toen we even alleen waren.

Hij kuste me op mijn voorhoofd. 'Doe niet zo mal.'

De agente schreef van ieder van ons de personalia op. Terwijl ze dat deed, liep haar collega, ouder en zwijgzamer, naar buiten. Giuliana volgde hem op de hielen en verzon van alles om hem uit de buurt te houden van het hoekje met de superskunk. Ze stelde hem zelfs, puur om hem af te leiden, voor om een radijsje te eten dat ze uit de grond trok, en dat ze ten slotte maar zelf opat. Misschien om te laten zien dat haar aanbod echt helemaal niet raar was.

Nog erger dan het wachten, vond ik dat de twee buitenstaanders totaal niet opkeken van deze plek, een plek die voor ons zo ontzettend bijzonder was.

De agent vroeg of er iemand was die recht kon laten gelden op het gebruik van dit terrein. Bern nam het woord. 'De eigenaar heeft ons toestemming gegeven om hier te blijven,' zei hij.

Ze bladerde weer door haar notitieboekje. 'Bedoelt u de heer Belpanno?'

'Hij is mijn oom.'

Dat was de eerste keer, sinds ik er was, dat ik hem zijn bloedband met Cesare hoorde bevestigen.

'Ik heb de heer Belpanno vanochtend nog aan de telefoon gehad. Hij wist niet dat hier iemand woonde. Het huis staat te koop en zou leeg moeten zijn, verklaarde hij. Hebben jullie het bord vervangen?'

'Er was helemaal geen bord,' loog Danco.

De politieagente noteerde die bewering in haar notitieboekje. Voor het verbaal dat ze straks tegen ons zou opmaken, zei ik bij mezelf. Plotseling voelde ik mijn ouders' afkeuring met volle kracht helemaal vanuit Turijn over me heen komen.

'Hebben jullie eigenlijk wel een huiszoekingsbevel?' vroeg Giuliana bits.

'We doen geen huiszoeking, mevrouw,' antwoordde de agente rustig. 'Hoe dan ook, als we wel een huiszoekingsbevel hadden gehad, zouden we dat niet aan u hoeven laten zien, zoals de zaken er nu lijken voor te staan.'

'Er is een misverstand in het spel,' kwam Bern met zijn heldere stem tussenbeide. 'Laat me met mijn oom praten, dan wordt het duidelijk.'

'De heer Belpanno heeft verzocht het pand binnen een week te ontruimen. Anders doet hij aangifte.'

Ze legde haar boekje op de tafel. Haar stem klonk nu vriendelijker, alsof ze, als dat had gekund, liever aan onze kant had gestaan. 'Luister, we hebben foto's. Er zijn bewijzen van het illegaal aftappen van stroom van de hoogspanningskabels, van een eveneens illegale installatie van zonnepanelen, die ik hoogstwaarschijnlijk persoonlijk zal aantreffen als ik die kant op loop – ze wees naar de goede kant –, van een niet-geregistreerde bijenhouderij, en van een wietplantage.'

'Nou, plantage is wel wat overdreven,' corrigeerde Tommaso haar onbesuisd. We draaiden ons allemaal om en keken hem aan.

Ze deed net of ze de schuldbekentenis niet had gehoord.

'Mijn advies is: als wij over een week terugkomen, dan zijn jullie allemaal weg.'

Ze keek Bern vluchtig aan en het leek of ze door iets getroffen werd. Intussen was Giuliana het huis in geglipt. Ze kwam weer naar buiten met twee potten honing en zette die voor de twee politieagenten op tafel.

'Jullie zijn er nu toch achter. Dit is een door onszelf geproduceerde bloemenhoning.'

'Probeer je ze nu om te kopen met honing?' vroeg Danco verontwaardigd. 'Stomme trut dat je bent.'

De agente zei: 'Hij is vast ontzettend lekker, maar we kunnen de honing niet aannemen.'

Toen keek ze weer naar Bern. 'U komt me bekend voor,' zei ze. 'We hebben elkaar gesproken over dat meisje. Dat was hier, toch?'

Ze zei het wel, maar ik was doof, Oost-Indisch doof. Ik weigerde het te horen.

'U vergist zich,' antwoordde hij en keek haar strak aan, 'we hebben elkaar nog nooit ontmoet.'

Een paar minuten later waren we weer alleen, wij zessen, onder onze pergola, tegen de muur van ons huis, omringd door ons land, door alles wat van ons was en ons plotseling niet meer toebehoorde.

Bern zette zes biertjes op tafel, maar niemand pakte er eentje.

'Doe niet zo raar allemaal.'

'Jij hebt blijkbaar nergens last van,' viel Danco uit.

'We hebben het geld dat Teresa met de verkoop van de villa heeft binnengehaald. We kunnen de masseria van Cesare kopen. Hij staat toch te koop? Dan hoeven we niet meer moeilijk te doen.'

'En hoeveel zou die Cesare ervoor willen hebben?' vroeg Danco sceptisch.

'Hij gaat vast akkoord met wat we bieden. Vooral als wij het bieden.'

'Volgens mij is oompje helemaal niet zo dol op je.'

Nadat ik het koopcontract had getekend, had ik aangekondigd dat het geld van iedereen was. Ik kreeg een warm applaus en Bern had later, met zijn gezicht in mijn hals gedrukt, gezegd: ik ben trots op je. Maar sinds die dag werd er nog zuiniger met geld omgesprongen, alsof het feit dat we nu een bepaald bedrag bezaten het heilig maakte, alsof we allemaal stiekem bang waren voor wat er tussen ons zou kunnen veranderen door dat onverdiende fortuin.

Bern stelde voor om over de aankoop van de masseria te stemmen. 'Steek je hand op als je ervoor bent dat dit land echt van ons wordt. Voor altijd.'

Ik stak mijn hand op, maar ik was de enige, afgezien van Bern.

'Nou?' drong hij aan. 'Wat betekent dit?'

Op dat moment besloot Corinne om een biertje te pakken, ze wipte met de onderkant van haar aansteker nerveus de dop eraf en nam een slok. Daarna hield ze het tussen haar handen geklemd.

'We moeten jullie iets vertellen,' begon ze. 'We wilden het op een ander moment doen, maar gezien de omstandigheden moet het nu maar. Tom en ik gaan weg. Ik ben zwanger.'

Ze hield het flesje omhoog, alsof ze een droevige toost wilde uitbrengen. Tommaso was asgrauw.

'Hoe bedoel je, zwanger?' vroeg Bern verdwaasd.

'Moet ik uitleggen wat dat is?'

Bern had geen tijd om haar sarcasme op te pikken, want hij werd overspoeld door een golf van tederheid.

'Zwanger! Wat een fantastisch nieuws! Snappen jullie het niet? Er begint een nieuw tijdperk. We krijgen kinderen. Teresa, Danco, Giuliana... snappen jullie dat? Wij moeten ook opschieten. Dan kunnen ze hier allemaal samen groot worden.'

De idylle die hij zo plotseling voor zich zag, bracht zijn hele lichaam in rep en roer. Hij ging achter Tommaso en Corinne staan en omhelsde ze, en daarna kuste hij ons allemaal op onze wangen.

'Zwanger!' riep hij weer, zonder te zien dat het huilen Tommaso nader stond dan het lachen.

'Hoe ver ben je?' vroeg Danco.

'Vijf maanden,' antwoordde Corinne en keek ons een voor een aan.

Bern wist van geen ophouden. 'Waarom hebben jullie dat niet eerder verteld? We hoeven niet meer te stemmen. We kopen het terrein en maken er een perfecte plek van voor onze kinderen. Ze krijgen lekker veel ooms, tantes, broertjes en zusjes.'

En toen schudde Corinne hem van zich af.

'Heb je me niet gehoord? Ik zei dat we weggaan, Bern. Weg. Dacht je soms dat ik mijn kind hier kan grootbrengen? Moet het soms tuberculose oplopen?'

Het duurde een paar seconden voordat hij de informatie in zich opnam die ons al van begin af aan duidelijk was, en die al die tijd was bevestigd door de neerhangende schouders van Tommaso.

'Jullie gaan weg,' zei hij.

Corinne begon aan een oorbel te frummelen. 'Mijn ouders hebben een appartement voor ons gevonden in Taranto. Dan wonen we dicht bij elkaar en kunnen ze ons helpen. Het is niet zo groot, maar wel in het centrum.'

'En wij dan?' vroeg Bern.

Corinne verloor haar geduld. 'Jezus christus, Bern! Je spoort echt niet, hè?'

Maar hij had al geen aandacht meer voor haar, hij staarde zijn broer aan en hoopte dat die zijn blik zou beantwoorden. Toen hij zachtjes zijn naam fluisterde, en daarna iets luider, verroerde Tommaso zich niet.

Toen ging hij weer naast mij zitten. Hij dronk zwijgend zijn biertje op en richtte toen het woord tot Danco. 'Dan moeten we het met z'n vieren doen, kennelijk.'

Danco blies een stoot lucht uit zijn wangen. 'Het slaat nergens op om de boel hier te kopen. Zie je niet hoe slecht alles erbij staat? De grond is niet goed. We moeten ons kapotwerken.'

'Waar heb je het over? Het lijkt wel of jullie vandaag allemaal gek zijn geworden. We hebben hier een food forest. We hebben kippen, bijen, de hele rataplan.'

Danco schudde zijn hoofd, alsof hij vanbinnen iets aan het uitvechten was.

'De politie, Bern. Daar wil ik dus niets mee te maken hebben. Trouwens, heb je gezien hoe het met de zonnepanelen is afgelopen? En met die klootzak van een Cosimo? We zijn hier niet welkom.'

'We hebben nooit gedacht dat we dat wél waren.'

Ik pakte zijn hand vast. Hij was koud en zijn vingers trilden een beetje. Ik kneep erin.

Danco streek met zijn handpalmen over zijn spijkerbroek. 'Wat vind jij, Giuli?' vroeg hij. 'Misschien moeten wij ook maar eens afnokken.'

Ze klakte met haar tong, en dat antwoord maakte maar al te duidelijk dat ze het roerend met hem eens was. Bern onderging de muiterij zonder een spier te vertrekken.

Maar Danco was nog niet uitgesproken. 'Volgens mij is het niet eerlijk om het geld van de villa gelijk onder ons te verdelen. Het was tenslotte van Teresa. Maar we moeten wel allemaal iets krijgen, toch? Een soort afkoopsom. We hebben hier allemaal gewerkt, we hebben allemaal geïnvesteerd. Wat vind jij, Teresa? Je hebt zelf voorgesteld om het geld in de gemeenschappelijke kas te storten. Nu de zaken er anders voor staan, kun je daar natuurlijk op terugkomen, maar... nou ja, we hebben allemaal een bijdrage geleverd.'

Hoe hij ook zijn best deed, het lukte hem niet zijn gebruikelijke helderheid, de onpartijdigheid die ze hem op de universiteit hadden bijgebracht, te behouden.

'Ik stel voor dat wie vertrekt twintigduizend euro meekrijgt en verder overal van afziet. Twintigduizend per persoon,' haastte hij zich te verduidelijken. 'Bern en Teresa houden de rest. Ongeveer honderdduizend. Dat zou genoeg moeten zijn om de masseria te kopen.'

'Heb je dat nu net bedacht?' vroeg Bern, met een ongenaakbaarheid waarmee hij Danco nog nooit eerder had bejegend.

'Doet dat ertoe?'

'Heb je het nu net bedacht, of heb je al eerder een sommetje gemaakt, Danco?'

Hij zuchtte. 'Bern, mensen zijn ook geen eigendom.'

'Heb niet het lef me moreel de les te lezen.'

Danco pufte. 'Wat jij wil. Teresa, ben je het ermee eens of niet?'

'Teresa is het ermee eens,' antwoordde Bern in mijn plaats. Ik hield nog steeds zijn hand vast.

'Mooi. Nou, zullen we dan maar het glas heffen op de toename van de wereldbevolking? Maar wel met een fatsoenlijk glas wijn, graag.'

De rest van de tijd hield Bern zich in. Hij klonk met zijn glas tegen dat van alle anderen, ook dat van Danco. We deden net alsof we een nieuw begin vierden, de conceptie, en Joost weet wat nog meer, maar toch wist ieder van ons in zijn hart dat die toost vooral het einde beklonk: het einde van de avonden samen onder de pergola, misschien wel het einde van onze vriendschap; het einde van een vage droom waarvan niemand, behalve Bern, ooit had gedacht dat hij gerealiseerd kon worden en kon blijven bestaan.

Die dagen... Bern was bevangen door een moordende onrust. Hij bracht veel tijd door met Tommaso: ze leden even erg onder de komende scheiding als op die avond bij de Scalo, vele jaren geleden. Maar dit keer gedroegen ze zich anders. Ze gingen samen wandelen. Ik betrapte ze maar één keer op een omhelzing, tussen de gigantische bloemknoppen van de kolen in het food forest, maar ik was niet jaloers, zoals vroeger. Ik had alleen ontzettend met ze te doen.

Wij meisjes verdeelden de kleren zonder ruzie te maken. Wat je had ingebracht werd weer van jou, alsof we al die tijd ons speelgoed met elkaar hadden gedeeld, drie meisjes op een feestje. We gaven elkaar een kledingstuk cadeau en maakten grapjes over wat Corinne niet meer aankon.

De eersten die vertrokken waren Danco en Giuliana. Ze gingen naar het zuiden, waarheen wisten ze niet precies. Naast de volgeladen jeep stelde Danco Bern nog één keer voor om met hem mee te gaan. Ik hield mijn adem in voordat hij antwoord gaf, bang dat de pijn van het afscheid hem zou overhalen om ja te zeggen. Maar hij schudde zijn vriend de hand en zei: 'Als ik hier wegga, ga ik dood. Zoveel weet ik nu.'

Toen er nog twee dagen waren voordat het ultimatum van de politie verliep, waren wij alleen over. We gingen op het bankje onder de eik zitten. Het werd al tijden niet meer gebruikt, omdat er maar twee mensen tegelijk op konden zitten. Bern trok me tegen zich aan. Het landschap was zo stil en roerloos, dat we het gevoel kregen dat we de laatste mensen op aarde waren, of de eerste. Hij moet iets soortgelijks hebben gedacht, want hij zei: 'Adam en Eva.'

'Maar dan zonder appelboom.'

'Cesare beweerde dat het eigenlijk een granaatappelboom was.'

'Aha, die hebben we wel.'

Zijn borst ging op en neer. Toen wandelden zijn vingers zachtjes over de mijne, ze probeerden zich een weg te banen onder mijn mouw, totdat de stof ze tegenhield.

'Morgen gaan we naar hem toe,' zei hij. 'Dan doen we een bod op de masseria.'

'En daarna is het geld op.'

'Wat maakt 't uit?'

Ik keek naar het terrein. De gedachte dat al het werk voortaan alleen door ons tweeën moest worden gedaan, ontmoedigde me. Als ik nog ergens, in een hoekje van mijn brein, dacht dat ik mijn studie weer kon oppakken, dat ik mijn vorige leven met mijn huidige leven zou kunnen verbinden zoals je twee takken op elkaar ent, dan was dat het moment waarop ik besefte dat het niet zou gebeuren. Bern en ik, de masseria, verder was er niets. Ik was vijfentwintig en wist niet of dat te oud of te jong was om zo te leven, en het kon me ook niet schelen. Ik hield op dat moment meer van Bern dan ooit, alsof het feit dat we onverwacht alleen waren onze liefde nu alle ruimte gaf om eindelijk alles te omspannen.

Dus toen hij zei: 'We moeten een kind nemen, net als Tommaso en Corinne' – niet 'ik zou een kind willen' of 'we zouden een kind kunnen nemen', maar 'we moeten' – alsof er geen andere weg bestond; toen hij dat zei, wist ik zeker dat hij gelijk had. Ik antwoordde: 'Dat doen we.'

'Vannacht?'

'Nu.'

Maar het duurde nog een paar minuten voordat we besloten om in beweging te komen, om naar het huis te lopen en naar boven te gaan. En in die korte, woordeloze tijdspanne onder de eik doemde het beeld van een kindje voor ons op, ons meisje – waarom een meisje, wisten we niet – dat een paar passen van ons vandaan danste, een paardenbloem plukte in het kortstondige gras en die aan ons gaf. Het was een fantasie, en ook later zouden we het elkaar nooit opbiechten, maar ik was er zeker van, zoals ik er ook nu nog zeker van ben, dat we haar voor ons zagen, allebei hetzelfde kindje. Want zo ging het in die jaren tussen Bern en mij. We gebruikten steeds minder woorden, maar we waren nog steeds in staat om samen te zien wat zichtbaar was, en ons wat onzichtbaar was in woordeloze eendracht voor te stellen.

4

Ik verraste Bern terwijl hij op een buitenmuur van de masseria, die op het noorden, een schildering aan het maken was. Donkere streken met glanzend bruine verf die over was van het opknappen van de deuren: ze staken scherp af tegen de ruwe witte kalk. 's Ochtends was het al koud, en alles was bedauwd. Ik had de col van mijn trui over mijn kin getrokken.

'Ja, het is een fallus,' zei hij, zonder zich om te draaien.

'Dat dacht ik al.' Ik probeerde niet verbaasd te klinken. 'Een enorme fallus op de muur van het huis. Zullen de buren leuk vinden.'

'In Tibet is het een gelukssymbool.'

Toen pas zag ik het fotoboek dat op de grond lag en vast en zeker uit de bibliotheek in Ostuni kwam, waar Bern soms hele middagen doorbracht. Hij schilderde de figuur na uit dat boek.

Ik liep ernaartoe om de foto te vergelijken met het resultaat op de muur. Berns tekening was te gestileerd. Ze leek eerder op graffiti van een twaalfjarige dan op het origineel.

'We zijn dus terug bij het magisch denken?' zei ik, terwijl ik mijn hand op zijn schouder legde.

Met een flauwe glimlach zei hij: 'Het kan geen kwaad om het te proberen, dacht ik. Laten we wat goede geesten aantrekken om onze zaak te steunen.'

Onze zaak: onze denkbeeldige dochter, die langzamerhand al onze gesprekken, al onze gedachten en wensen beheerste. Er was al bijna twee jaar verstreken sinds die middag dat we haar voor het eerst voor ons hadden gezien en haar, alsof we hallucineerden, de trap op waren gevolgd naar ons bed, om haar werkelijkheid te laten worden.

Op de bovenverdieping was al een kamer voor haar klaar, de slaapkamer die eerder van Tommaso en Corinne was geweest, en daarvoor van Cesare en Floriana. Bern had in de stam van een olijfboom een wieg uitgesneden, maar de wieg was leeg en stond midden in een kamer die al even leeg was.

'Misschien kun je me helpen,' zei hij, 'jij kunt beter tekenen dan ik.'

Ik pakte de blik verf en de kwast en probeerde de omtrek te corrigeren. Bern stond achter me en keek aandachtig toe.

'Veel beter zo,' zei hij ten slotte.

'Wat zullen de mensen wel denken?'

'Het doet er niet toe wat de mensen denken. En wie trouwens? Er komt hier nooit iemand.'

Dat klopte. Ook Tommaso en Corinne kwamen niet meer. Sinds ze Ada hadden, kwamen ze niet meer van de etage die haar vader voor hen had gekocht, uitgeput van de slapeloze nachten, maar zo tevreden als maar kon. We gingen hen redelijk vaak opzoeken, maar sinds onze mislukte pogingen een soort chronische ziekte waren geworden, deden we dat steeds minder graag. Maar ook als we besloten ons die steek van jaloezie te besparen en niet naar Taranto te rijden, dan bereikten Ada's heldendaden ons wel per telefoon. Ada die zich had opgetrokken aan de spijlen van haar bedje. Ada die zwaaide. Ada die met haar vingertjes aan haar melktandjes zat.

Ook Danco en Giuliana lieten zich steeds minder vaak zien. Dus daar stonden we dan, Bern en ik: twee landeigenaren, jong nog maar al ontzettend ontmoedigd, die een heidense totem vereerden.

Ik zei: 'Wie weet werkt het.'

'Laten we het hopen.'

'Of misschien wordt het tijd om naar een arts te gaan, Bern.'

Hij draaide zich met een ruk om. 'Wat voor arts?'

'Het kan toch dat er iets mis is. Met mij.'

'Er is helemaal niets mis. We moeten gewoon blijven proberen.'
Hij pakte mijn hand, we liepen het huis in en ik maakte het ontbijt
klaar. In november waren er spreeuwen. Die vraten de olijfbomen
leeg. We hoorden in de verte een schot van een jager. Door het raam
zag ik een zwarte zwerm vogels van de schrik uitwaaieren en zich
meteen weer hergroeperen, alsof er niets gebeurd was.

De muurschildering hielp niet. Ik werd elke keer akelig stipt op tijd
ongesteld en elke keer was Bern teleurgestelder en nerveuzer. Ik
begon zelfs mijn maandverband te verstoppen, maar hij kwam er
toch wel achter. Als hij 's avonds zijn borstkas tegen mijn rug drukte om weer tot de aanval over te gaan, dan zei ik zonder me om te
draaien: het kan nu niet, en dan rolde hij terug en begon uit te rekenen over hoeveel dagen we het weer konden proberen.

Wat er vooral veranderde was de seks zelf. Vroeger waren we
onstuimig, terwijl Bern nu met militaire precisie stootte, alsof hij
een exact punt binnen in mij zocht. Ging hij eerst, ook als hij al was
klaargekomen, met zijn vingers verder tot mijn buik ongecontro-
leerd begon te schokken, nu trok hij zich meteen terug, alsof hij het
biologische proces dat aan de gang was niet wilde verstoren. Lagen
we eerst nog heel lang stil en uitgeput naast elkaar, nu moest ik van
hem nog tien minuten met mijn bekken omhoog blijven liggen. Op
zijn horloge hield hij de minuten bij. Niet te hoog, corrigeerde hij
me, zo ja: van mijn knieën tot mijn nek moest je een rechte lijn kunnen trekken. Met mijn blote buik in die kille kamer rilde ik van de
kou, ik had graag gewild dat hij een laken over me heen zou leggen,
maar ik vroeg het niet, uit angst dat hij me een zeurpiet zou vinden.

We kenden geen specialist die ons zou kunnen helpen. We kenden helemaal geen artsen, van wat voor specialisme dan ook, en
daarom reden we naar het café in Speziale om in het telefoonboek

te kijken. We schreven vier, vijf nummers op van gynaecologen in Brindisi of daar in de buurt, en terwijl we dat deden keken we om ons heen, alsof iedereen wist wat we aan het doen waren.

Om te bellen gingen we terug naar de masseria. Bern liet het aan mij over om een naam uit te kiezen. Al rondjes lopend tussen de eik en het huis, legde ik de arts onze situatie uit, de maanden van mislukte pogingen. Toen ik onze angsten, die altijd vaag waren gebleven, uitsprak, werden die ineens heel concreet. De arts stelde me vragen, vragen die in de maanden erop voor de hand liggend zouden worden, maar in dat eerste gesprek klonken ze stuk voor stuk als een beschuldiging: onze leeftijd (zevenentwintig en achtentwintig), eerdere aandoeningen (geen), hoe was mijn cyclus (regelmatig, overvloedig), onregelmatige bloedingen (nee), wanneer waren we gestopt met anticonceptie (ongeveer twee jaar geleden), en waarom hadden we in vredesnaam zo lang gewacht met bellen. Hoe dan ook, zei hij uiteindelijk, hij hield zich niet bezig met vruchtbaarheidsproblemen. Hij gaf me het nummer van een collega, dokter Sanfelice, die niet in Brindisi zat, maar in Francavilla Fontana, we moesten maar zeggen dat hij ons had doorgestuurd.

En dus draaide ik, minder gespannen maar moedelozer, het hele verhaal nog een keer af. Dezelfde vragen en dezelfde antwoorden, bijna in dezelfde volgorde, en nog steeds rondjes lopend tussen de eik en het huis, terwijl Bern als spil fungeerde, elk woord opving en me stilzwijgend aanmoedigde.

De volgende dag zaten we bij dokter Sanfelice in de wachtkamer, netjes aangekleed, alsof het succes van de onderneming afhing van de indruk die we op hem maakten. Aan de muur hing een plaat van de vrouwelijke geslachtsorganen. Er liep een zwart lijntje naar de namen: eileiders, baarmoederhals, kleine en grote schaamlippen. Er zaten nog twee andere stelletjes. Eentje maar met een dikke buik. Beide vrouwen glimlachten me bemoedigend toe. Misschien zagen ze wel dat ik er voor het eerst was.

Sanfelice liet me plaatsnemen op de onderzoekstafel, deed een latex handschoen aan, zei dat ik me moest ontspannen en gaf me een tikje op mijn bil.

'Hoe lang bent u al niet meer bij een gynaecoloog geweest, mevrouw?'

'Een paar jaar. Ik zou het niet meer weten.'

Terwijl hij met de sonde in de weer was, praatte hij aan één stuk door. De enige informatie over ons die hij had opgeslagen, of misschien de enige die zijn nieuwsgierigheid wekte, was dat we buiten woonden. Hij had zelf ook een huis buiten, zei hij, maar in het chiquere deel van de Valle d'Itria, negen hectare alles bij elkaar. Vanwege de hoogte was het een helse klus geweest om een artesische put te graven, pas bij de derde poging had hij helder water naar boven gehaald. Die grap had hem bij elkaar bijna vijftienduizend euro gekost, een aderlating. Ik hoopte van ganser harte dat Bern niet zou gaan preken over putten en grondwaterlagen. Ik zag dat hij zich amper kon inhouden. Gelukkig ging Sanfelice over op het persen van olijfolie, en hij moest ook nog kwijt dat hij daar zelf toezicht op hield. Hij vroeg wat de zuurtegraad van onze olie was en maakte duidelijk dat die van hem lager was.

'De frequentie van jullie gemeenschap?' vroeg hij, toen we weer voor zijn bureau zaten. 'Jullie hebben geen idee hoeveel stellen hier komen en zeggen: we proberen het al een jaar, dokter. En dan vraag ik: hoe vaak, in dat jaar? En dan zeggen ze: minstens vijf of zes keer!'

Hij lachte alsof het een geweldige mop was, maar trok zijn gezicht meteen weer in de plooi, misschien omdat wij niet reageerden.

'Ik vraag het ook omdat op het eerste gezicht alles in orde lijkt te zijn met mevrouw.'

'Elke dag,' zei Bern.

'Elke dag?' vroeg de dokter met ogen op steeltjes. 'Al meer dan een jaar elke dag?'

'Ja.'

Sanfelice trok een grimas. Hij speelde met een vergrootglas, dat hij vervolgens teruglegde. Hij zei tegen mij: 'Dan moeten we het verder uitzoeken.'

'Wat kan het zijn?' vroeg Bern.

'Trage of te weinig zaadcellen, of trage én te weinig. De eierstokken van mevrouw, ook al zijn er geen fibromen. In het slechtste geval endometriose. Maar het heeft geen zin daarover te speculeren voordat we een hele reeks onderzoeken hebben laten doen.'

Hij begon verwijzingen te schrijven. Dat duurde een hele tijd. Bern tuurde naar zijn handen.

'Komen jullie terug als je alles hebt,' zei hij, terwijl hij me de formulieren aanreikte. 'Ik heb geen semenanalyse aangevraagd, want dat kunnen we hier doen. Op dinsdag wordt het ingenomen, hier zijn de instructies.' En er kwam nog een formulier bij. 'De kosten zijn honderdtwintig euro. Jullie kunnen het nakijken, maar anderen doen het niet voor minder.'

'Komt het goed, dokter?' vroeg Bern toen we al stonden.

'Natuurlijk komt het goed. We zitten in het derde millennium. Er is bijna niets meer wat de medische wetenschap niet kan!'

In de verlichte straten in het centrum van Francavilla liepen de mensen winkel in winkel uit, of ze zaten in het café met een drankje. Bij een stalletje verkochten ze gekonfijte sinaasappelschilletjes. Ik vroeg Bern om een zakje te kopen, maar hij zei: 'Laten we in een restaurant gaan eten.'

Dat hadden we nog nooit gedaan met zijn tweeën. Er kwam een eigenaardige onrust over me, alsof ik er niet klaar voor was.

'We moeten al die onderzoeken betalen.'

'Heb je dan niet gehoord wat Sanfelice zei? Er is niets wat we niet kunnen. Binnenkort hebben we ons kindje. Dat moeten we vieren! Ik had naar je moeten luisteren en eerder naar hem toe moeten gaan. Kies jij maar waar we gaan eten.'

Ik stond midden op het plein en keek in het rond, verwonderd als een klein meisje dat de stad met de brandende straatlantaarns en de barokke gebouwen voor het eerst zag.

'Daar,' wees ik.

Ik pakte zijn arm, verrukt als op onze eerste afspraak, die we nooit hadden gehad. Ik liet me meetronen naar het restaurant. We waren een verliefd stelletje, zoals alle andere. Die avond tenminste.

De uitkomst van al die peperdure onderzoeken, die soms ook gênant waren – zoals toen ik zag hoe Bern de badkamer inging om in zijn eentje aan zijn gerief te komen en een paar minuten later weer tevoorschijn kwam met een melkachtig zaadmonster – was nul komma nul. Er was niks mis met de hoeveelheid zaadcellen, het waren er veel en ze waren beweeglijk. En er was ook niks mis met het progesteron, de prolactine en het oestradiol in mijn LH, TSH en FSH, al die afkortingen waarvan ik de betekenis toen nog niet kende. Maar ik werd niet zwanger. Alsof er, en dat was wat dokter Sanfelice dacht maar niet durfde te suggereren, iets niet werkte tussen Bern en mij.

'Laten we er niet moeilijk over doen,' zei de dokter met de stapel onderzoeksresultaten voor zijn neus. 'Eén cyclus insemineren en het probleem is opgelost.'

Maar eerst moesten de eierstokken gestimuleerd worden. Een lijst met welke middelen ik op precies welk tijdstip moest slikken: ook daarvoor had Sanfelice een voorgedrukt formulier dat hij me met een bemoedigende glimlach overhandigde.

In diezelfde periode besloot Bern om weer een hut in de moerbeiboom te bouwen, op dezelfde plek als eerst. Volgens hem zou ons dochtertje dat heel leuk vinden. Hij praatte over het plan alsof het absolute prioriteit had. Het was zinloos om te proberen hem op andere gedachten te brengen, en hem eraan te herinneren dat onze dochter op zijn allervroegst met vier, vijf jaar in die boom zou klimmen. Bern kwam met een enorme vracht houten planken op de masseria aanzetten en verdween toen urenlang om ergens op het land buigzame takjes te zoeken waarmee hij een dak kon maken.

In werkelijkheid kon hij er niet tegen om te niksen terwijl ik mijn eierstokken pushte om meer te produceren, en nog meer, bijna tot barstens toe. En terwijl hij daarboven balanceerde en helemaal opging in zijn vaderschapsdroom, werd ik verpletterd door mijn steeds zwaardere buik, mijn harde borsten, en de cellulitis die van de ene op de andere dag op mijn dijen verscheen.

'Niet kijken,' zei ik als ik me 's avonds uitkleedde.

'Waarom niet? Ik kijk altijd naar je.'

En toch, ik wist het, kon hij het niet laten om me van top tot teen te bestuderen, om al dat verval te registreren.

'Niet kijken, zeg ik!'

Hij gaf me de injecties, en daar was hij zo handig in omdat hij dat vroeger allemaal van Floriana had geleerd. En híj kwam ook altijd aanzetten met de pillen in zijn ene hand en een glas water om ze weg te spoelen in de andere. Dat zorgzame maakte me minstens even nerveus als dat het me troostte. Ik voelde me er nog rotter door, nog minder aantrekkelijk.

'Ik wou dat ik de behandeling moest ondergaan,' zei hij, omdat hij wel doorhad hoe ik emotioneel in de knoop zat.

'Tja, maar dat is niet zo.' En uit wroeging zei ik erachteraan: 'Neem jij nou maar je vitamines.'

Sanfelice had ze hem voorgeschreven om de kwaliteit van zijn sperma te verbeteren. Ik betwijfelde of ze iets deden, maar Bern nam ze keurig in, alsof de hele onderneming ervan afhing.

Op een dag verscheen opeens Nicola op de masseria. We hadden al een hele tijd geen contact meer gehad. Het laatste wat ik over hem had gehoord was van Floriana, toen we de koopakte van de masseria tekenden, een paar jaar eerder. Ze was kort en bondig geweest: het gaat goed met hem, had ze gezegd, en ik had niet verder durven vragen.

Hij kwam toen we midden in de eierstokstimulatie zaten, op een prachtige zondagochtend in mei. Hij stapte uit een blinkend gepoetste sportwagen, en hijzelf was ook opgedoft: hij had leren schoenen aan en een vlekkeloos wit overhemd dat ietsje openstond, zodat zijn door de zon gebruinde borst zichtbaar was. Hij was forser geworden sinds de laatste keer dat ik hem gezien had, forser in de goede zin van het woord, vond ik. En hij had niet meer dat slungelige en dat ontevredene dat hij vroeger altijd had. Hij leek nu meer op Cesare, datzelfde imponerende, gespierde voorkomen, en zelfs iets van zijn uitstraling.

Ik ging in mijn hoofd een heel lijstje af met dingen waardoor ik er in zijn ogen uit moest zien als een slons: vettig haar met een elastiekje erom, de shorts van Bern, die ik droeg als ik in de moestuin werkte, een zweterig voorhoofd en duidelijk zichtbare kringen onder mijn oksels. De gonadotrofine kwam uit al mijn poriën.

'Ik hoop dat ik niet stoor,' zei hij. 'Ik was toevallig in de buurt.'

'Ik ben alleen,' zei ik. Ik ging ervan uit dat hij voor Bern kwam.

Nicola keek om zich heen, met zijn handen in zijn zij en een voldane uitdrukking op zijn gezicht. 'Cesare zei dat het hier nogal veranderd was. Maar volgens mij is het niet zo anders. Zelfs de schommelbank is er nog.'

'Ga er niet op zitten, je zakt er zo doorheen. Binnen hebben we wat dingen veranderd. En de moestuin. Dat deel is helemaal nieuw. Heb je zin in citroenlimonade? Dan haal ik die even.'

Toen ik weer buitenkwam, zat Nicola aan de tafel te sms'en. Hij stopte zijn telefoon weg en dronk in één teug zijn glas leeg. Ik vulde het opnieuw.

Hij wees geamuseerd naar iets aan de zijkant van het huis. Het vruchtbaarheidssymbool stond al zo lang op de muur dat ik het niet meer zag. We hadden er met witte verf overheen geschilderd, maar de donkere omtrek was er, zodra de verf was opgedroogd, weer doorheen gekomen.

'Een weddenschap,' legde ik uit, en werd ongetwijfeld knalrood.

'Een verloren weddenschap, neem ik aan,' zei Nicola.

Het was me nog nooit overkomen dat ik me niet met hem op mijn gemak voelde. Híj was altijd degene geweest die niet op zijn gemak was. Maar bij het volwassen worden waren er ongemerkt inhaalmanoeuvres uitgevoerd, waren de zaken zelfs omgekeerd. Hoe ouder ik werd, hoe meer ik het een kwelling vond om mensen na een hele tijd terug te zien.

'Zit je nog steeds bij de politie?' vroeg ik, om die gedachtestroom te stoppen.

'Agent Belpanno, tot uw orders.' En hij liet me een piepklein gouden speldje zien dat op zijn overhemd zat.

Als Danco erbij was geweest, dan had die hem met sarcasme overladen.

'En, bevalt het?'

Nicola liet zijn glas een halve draai maken, een gebaar dat me eraan herinnerde hoe hij als jongen was.

'Ik denk dat ik altijd al iets had met orde en gezag. Ik ben zonder meer de meest aangepaste van ons drieën. Misschien wel omdat ik de oudste ben.'

Hij praatte alsof hij nog steeds een drie-eenheid vormde met Bern en Tommaso. Wist hij wel dat zij nooit zijn naam noemden? Dit was nou iets wat ik met Nicola gemeen had: we bleven allebei trouw, ook als het al te laat was.

'Cesare zag het in het begin niet zitten. Vanwege de wapens. Maar later begreep hij dat die wapens helemaal niet zo belangrijk zijn. Het gaat veel meer om een bepaald ideaal.' Hij wachtte even, alsof hij nadacht over wat hij net had gezegd. Toen schudde hij zijn hoofd. 'Ik ben niet geschikt voor het soort vrijheid dat hem voor ogen staat. En jij? Hou je van het leven hier?'

Ik sloeg mijn armen over elkaar.

'Het is zwaar, het land bewerken en alles verkopen, en dat met zijn tweeën. Maar ik kan me geen ander leven voorstellen. Soms heb ik de vreemde sensatie dat ik deel uitmaak van het landschap. Net als de planten en de dieren. Zoiets als wat je vader altijd zei.'

Waarom vertelde ik hem dit allemaal?

'Jullie moeten eens naar de stad komen. Ik heb een logeerkamer. Ik zou je ook graag willen voorstellen aan Stella.'

'Is dat je vriendin?'

'Al twee jaar. Maar we wonen niet samen.'

Hij wachtte op een reactie. Dat ik de uitnodiging zou aannemen, of niet, maar in ieder geval iets. Bern en ik bij hem op bezoek, in Bari.

'Vind je het vervelend?'

'Wat?'

'Van Stella. Dat ze mijn vriendin is.'

Ik schoof mijn stoel recht. 'Waarom zou ik?'

'Zo gek zou dat niet zijn. Ik vond het vervelend toen ik hoorde over Bern en jou.'

'Ik ben blij voor je,' zei ik. 'Heb je zin in een koekje? Ik ben aan het experimenteren met amandelmeel. Ze zijn niet echt lekker, maar ze kunnen ermee door.'

Nicola wachtte geduldig tot ik terugkwam met de koekjes. Hij pakte er eentje van het bord. Toen hij erin beet, verkruimelde het.

'Ze zijn te bros, ik weet het.'

Hij glimlachte. 'Kwestie van techniek.'

We hadden elkaar eeuwen niet gezien en waren nu al uitgepraat. Nee, dat klopte niet. We konden het over vroeger hebben, over de kaartspelletjes die we aan diezelfde tafel hadden gespeeld, en over al die ingewikkelde gevoelens die we als tieners voor elkaar koesterden, en over die keer dat hij me een armbandje van koraal had gegeven dat ik nooit had omgedaan maar wel nog steeds had, over de reden waarom ik was opgehouden zijn brieven te beantwoorden. Maar dat was te gevaarlijk. Dat voelden we allebei.

'Bern en ik willen een kind,' zei ik.

Hij floepte er zomaar uit, die zin, zonder bijbedoelingen, gevolgd door een staartje gêne.

'Ik ben onder behandeling. Ik slik hormonen.'

'Wat vervelend voor je,' zei Nicola zacht.

Plotseling kwamen alle emoties los. De tranen stonden in mijn ogen. 'Volgens de onderzoeken is alles oké, maar het gebeurt gewoon niet.'

Ik had hem in verlegenheid gebracht. En hem een treurig gevoel bezorgd. En geërgerd, waarschijnlijk.

'Een collega van me had een spatader in zijn balzak, en daardoor...'

'Daar heb je Bern,' viel ik hem in de rede.

Nicola draaide zich om op zijn stoel. Hij stak zijn hand op naar Bern, die de groet niet beantwoordde. We zagen hem over het weidepad aankomen. De tranen bleven opwellen, ik kon ze niet tegenhouden, en om een of andere reden wilde ik dat ook niet. Ik veegde ze alleen weg met mijn pols.

'Wat doe je hier? Heb jij hem uitgenodigd, Teresa? Wat kom je doen?'

Ik stond op en pakte Berns hand. 'Hij kwam ons gedag zeggen. We hebben hem al zo lang niet gezien. Ik heb hem citroenlimonade aangeboden.'

Nicola zat ons met een ondoorgrondelijke blik te observeren.

Bern was buitengewoon nerveus. 'Waarom huil je? Waarover hadden jullie het?'

Zijn ogen schoten opeens naar Nicola. 'Nou, waar ging het over?'

'Nergens over,' antwoordde die, en hij bleef hem recht aankijken.

Bern zou het me nooit vergeven hebben als hij geweten had dat ik hem over de behandeling had verteld.

'Wegwezen,' zei hij dreigend. 'Dit is niet meer jouw huis. We hebben ervoor betaald, ja? Wegwezen!'

Nicola stond langzaam op. Hij zette de stoel netjes onder de tafel en keek toen nog eens om zich heen, alsof hij voor de laatste keer de schoonheid van de masseria in zich wilde opnemen.

'Het was leuk om je te zien,' zei hij ten slotte.

Hij pakte Bern bij zijn schouders, in een soort omhelzing, en bracht zijn wang dicht bij de zijne. Hij streek zachtjes langs zijn baard, die waarschijnlijk langer was dan hij ooit had gezien. Bern verroerde zich niet, hij liet hem begaan. Toen stapte Nicola in de auto. Bij het draaien toeterde hij twee keer.

Ik pakte de limonadekan, maar wist niet wat ik ermee moest, dus zette ik hem terug.

'Waarom deed je zo tegen hem?'

'Hij heeft niet het recht om hier te komen,' zei Bern, die was gaan zitten. Hij staarde naar het lege midden van de tafel.

'Jullie waren als broers voor elkaar. En nu doen Tommaso en jij alsof hij nooit heeft bestaan.'

Hij kraste met zijn duimnagel in het plastic tafelkleed.

'Dienders als hij moeten uit de buurt blijven!'

'Je hebt hem weggejaagd alsof hij een crimineel is. Je leek zelf wel een diender.'

Bern boog zijn hoofd. 'Wees niet vertoornd, ik smeek 't je!'

Zijn toon was zo ontwapenend, zo lief, en dan dat 'vertoornd'. Mijn boosheid verdween als sneeuw voor de zon, en ervoor in de plaats kwam druppel voor druppel die zee van liefde en toewijding terug.

Ik ging zitten. Ik legde mijn arm op tafel en mijn hoofd op mijn arm. En meteen woelden Berns vingers door mijn haar.

'We zijn heel moe,' zei hij, 'maar nog even en alles komt goed.'

Zijn vingers drukten ritmisch op mijn hoofdhuid. Mijn ogen dicht, de late meizon op mijn oogleden, de stilte van het land: ik liet me door dit alles koesteren alsof het een nieuwe belofte inhield.

In de tweede klas van de middelbare school had de huisarts een wrat onder mijn grote teen weggebrand. Voor hij begon had hij gezegd: nu gaan we even wat wegbranden bij dit meisje. Mijn vader kneep in mijn hand en zei steeds weer dat ik niet naar beneden moest kijken, maar met hem moest blijven praten. Dat was de enige medische behandeling die ik ooit had ondergaan. Dus toen ik me op de dag dat mijn eicellen werden geoogst langzaam uitkleedde achter het kamerscherm en het onflatteuze, ruwe papieren hemd aantrok, met op de achtergrond afwisselend Berns stem en die van Sanfelice, rilde ik over mijn hele lichaam, alsof het in de behandelkamer opeens ijskoud was.

Maar dat duurde maar kort. Terwijl de dokter in mijn verdoofde holtes aan het vissen was, legde hij stap voor stap uit wat hij deed. De bedoeling was waarschijnlijk om mij gerust te stellen, maar ik had liever gehad dat hij niets zei. Ik zag zijn assistente van achter haar mondkapje vriendelijk naar me lachen, een jonge vrouw van mijn leeftijd, die hoogstwaarschijnlijk nooit zo'n behandeling zou hoeven ondergaan. Ik merkte dat ik sinds een tijdje vrouwen in twee categorieën indeelde: degenen die makkelijk zwanger werden en de anderen, die net zo waren als ik.

'Negen!' riep Sanfelice uit, en gaf haar de sonde.

'Negen wat?' vroeg Bern, die gefascineerd toekeek hoe behendig Sanfelice zijn handschoenen uitdeed, met zijn vingers wapperde en vervolgens iets in mijn dossier krabbelde.

'Negen follikels. Zo hebben we genoeg eicellen voor een heel nest. Goed gedaan, Teresa.'

Hij gaf me, nu met het laken ertussen, net zo'n tikje op mijn bil als de eerste keer. Vóór het oogsten van de eicellen was hij begonnen me bij mijn voornaam te noemen, want we waren nu bondgenoten, hij en ik: we vochten samen aan het front.

De volgende stap zou in het laboratorium plaatsvinden, onder de lens van een microscoop. Daar zou, ver buiten ons gezichtsveld, in een volkomen steriele ruimte, een stille coïtus plaatsvinden tussen Berns vloeistof en die van mij. De natuur zou de rest doen, al gebruikte ik dat woord 'natuur' niet meer, tenminste, niet in het bijzijn van Sanfelice, sinds hij me de les had gelezen terwijl hij intussen bezig was mijn baarmoederhals te verwijden. 'Natuurlijk?' was hij losgebarsten, 'wat is er volgens jou nou nog natuurlijk, Teresa? De kleren die je aanhebt, zijn die natuurlijk? Het eten dat je eet, is dat natuurlijk? Ik weet heus wel dat jullie je eigen groente verbouwen. De groente die jullie de laatste keer voor me meenamen, was heerlijk. En waarschijnlijk gebruiken jullie geen pesticides en dergelijke, maar als je denkt dat jullie tomaten natuurlijk zijn, dan ben je, sorry dat ik het zeg, echt naïef. Er is al honderden jaren niets meer natuurlijk op deze aarde. Alles is het product van manipulatie. Alles. En zal ik je nog eens wat zeggen? God zij geloofd en geprezen hiervoor, ook al bestaat Hij niet. Want anders gingen we nog steeds dood aan de pokken, de malaria, de builenpest en bij een bevalling.'

Bern had er niets tegen ingebracht, ook later niet. Ik vroeg me af of hij nog wist wat Fukuoka over de medische wetenschap en over medici zei. Vast niet. Zelfs Fukuoka bestond niet meer voor hem, weggevaagd door zijn verlangen, en door zijn onvoorwaardelijke vertrouwen in Sanfelice en zijn technieken.

Toen we na de punctie buiten stonden, zakte ik bijna in elkaar. Ik had sinds de avond ervoor niets gegeten, zelfs de kop thee met suiker die de dokter me had aangeraden, had ik niet genomen. Voor ik omviel, pakte Bern me vast.

'Het komt door al die medicijnen,' jammerde ik.

Midden op het trottoir, met alle mensen die langs ons heen liepen en niets van ons wisten, gaf hij me een kus.

'Dat is nu voorbij,' beloofde hij.

En inderdaad voelde ik me die avond lichter. De plaatselijke verdoving begon uit te werken en mijn benen werden langzaam weer van mij, de vermoeidheid van de dagen ervoor verdween, hoewel ik nog steeds hormonen slikte. De gedachte aan ons kindje vrolijkte me weer op. Misschien bestond ze al onder de microscoop, en binnenkort zou ze in mij zitten.

De volgende dag belde de assistente van Sanfelice dat we bij de dokter langs moesten komen. Ze wilde niet zeggen waarom. We zetten de abrikozenjam af, de half tot moes gekookte vruchten staken boven de vloeistof uit. Op weg naar Francavilla waren we zo uit ons doen door dat onheilspellende telefoontje, dat we geen woord wisselden.

Sanfelice was in een opperbeste bui, ook toen hij ons vertelde dat de negen follikels, waar hij minder dan vierentwintig uur eerder nog over jubelde dat ze er zo veelbelovend uitzagen, leeg waren. Er zat geen enkele eicel in.

Zoals altijd kon ik zijn woorden niet direct vatten. Ik vroeg: 'Hoe is dat nou mogelijk?' en tegelijk voelde ik de leegte waarover Sanfelice had gesproken bezit nemen van mijn buik, mijn borst, mijn keel.

'Alles is mogelijk.'

Hij had een zenuwtic: hij kneep zijn ogen dicht en sperde ze dan met een stomverbaasde blik weer open. Hij deed het twee keer achter elkaar voor hij verderging. 'Ik bedoel dat statistisch gezien, Teresa. Maar ik denk aan een andere therapie. Nu wil ik Gonal-f proberen, samen met Luveris. Had ik je al Luveris gegeven? Nee, precies. En we verhogen de dosering ook een beetje.'

'Weer een follikelstimulatie?' vroeg ik, terwijl de tranen me opnieuw in de ogen sprongen. Het was om je dood te schamen, zo snel als ik in die weken huilde. In de bijsluiter stond dat dat kon gebeuren, ik had het duizend keer gelezen.

'Kop op, Teresa,' zei de dokter bemoedigend. Zijn stem klonk een tikkeltje gespannen. 'Je moet er soms iets voor overhebben om een geweldig resultaat te bereiken. Vind je niet?'

Hij zei het nog een keer: 'Vind je niet?'

Bern knikte in mijn plaats.

En toen stonden we weer op straat, in dat stukje Francavilla dat het decor zou gaan vormen voor alle herinneringen die met die periode verbonden zijn. Er zat een groentewinkel tegenover de ingang van de praktijk. De groenteman stond altijd buiten. Tegen de deurpost geleund, hield hij iedereen die naar binnen ging of naar buiten kwam in de gaten. Ik vroeg me af of hij wist wat daarbinnen gebeurde.

'Ik weet niet of ik het nog een keer kan,' zei ik tegen Bern.

'Natuurlijk kun je het.'

Hij stuurde me al in de richting van de apotheek, want we hadden nieuwe medicijnen nodig, nieuwe manieren om de natuur, wat dat ook mocht zijn, te dwingen om te doen wat ze helemaal niet van plan leek te doen.

De tweede stimulatiecyclus was een hel. Mijn buik, bekken, rug, kuiten, alles deed pijn. Ik kwam mijn bed bijna niet meer uit, ik kwam niet verder dan onze kamer, die veranderd was in een veldhospitaal: dozen van oude en nieuwe medicijnen, open verpakkingen van wegwerpnaalden, overal glazen met onderin restjes van het oplospoeder dat Sanfelice me telefonisch had voorgeschreven tegen de hoofdpijn.

Bern was niet in staat om die chaos te bestrijden. Overdag deed hij in zijn eentje het werk op het land. Ik was bang dat hij weer door zijn rug zou gaan, want dan zaten we echt in de puree. Tussen de ene en de andere klus door stak hij zijn hoofd om de deur om te vragen of het al beter ging. Hij vroeg nooit hoe het ging, alleen of het al beter ging, en dan verdween hij weer, geschrokken van het antwoord. 's Avonds viel hij uitgeput in slaap, op het uiterste randje van het bed, om mij zo veel mogelijk ruimte te geven.

Op een nacht waren de krampen zo hevig dat ik hem wakker

maakte. Hij wist niet wat hij moest doen. Hij ging naar beneden en kwam terug met een pan kokendheet water, alsof ik ging bevallen. Ik schreeuwde iets naar hem, en hij verdween opnieuw en kwam terug met een teiltje koud water. Hij maakte een punt van zijn T-shirt nat en wreef ermee over mijn voorhoofd.

'Knars alsjeblieft niet zo met je tanden!' smeekte hij.

Ik zei dat ik misschien wel doodging, en hij begon in paniek zijn hoofd heen en weer te schudden.

'Nee, jij niet,' zei hij steeds weer, 'jij niet!'

Hij wilde een ambulance laten komen, maar dan zou hij het hele weidepad moeten aflopen en nog verder, helemaal tot de kruising met de asfaltweg – en mij al die tijd alleen moeten laten – want anders zou de ambulance ons nooit kunnen vinden.

Hij sloeg met zijn vuist tegen zijn bovenbeen, alsof hij zo de pijn kon overnemen. Ik zei dat hij daarmee moest ophouden. Van het ene moment op het andere kwam er een grote kalmte over me heen, en iets wat leek op medelijden, niet met mezelf, maar alleen met hem: zijn gezicht was vertrokken van angst.

Uiteindelijk viel ik in slaap. Toen ik mijn ogen weer opendeed, stroomde het zonlicht de kamer binnen. Bern lag nog steeds naast me. Hij had kervelbloemen geplukt en ze met een takje laurier in een pot op het nachtkastje gezet. Hij streelde mijn hoofd en ik schoof dichter naar hem toe.

'Ik heb Sanfelice gesproken,' zei hij. 'Je moet meteen stoppen met de medicijnen.'

Hij kon me niet aankijken.

'Ik hoef nog maar zes dagen.'

'Je moet ermee stoppen,' zei hij nog een keer.

'Ik stelde me aan vannacht. Sorry. Het gaat nu vast beter, ik weet het zeker.'

Bern schudde zijn hoofd. Hij had de last van de hele wereld op zijn schouders. Ik keek naar zijn oogleden die rood waren van slaapgebrek, naar zijn baard die zo lang was dat hij krulde. Zijn hele lichaam ademde verslagenheid.

Aan de lijdensweg van die nacht had ik alleen die vreemde helderheid van geest overgehouden. En misschien had ik ook wel iets gedroomd, al herinnerde ik me dat maar vaag. 'Jij bent niet het probleem,' zei ik.

Hij keek me niet aan, maar zijn schouders trokken heel even samen.

'Jij hoeft geen...'

'Er is nog een andere oplossing,' viel hij me in de rede. 'Sanfelice wil het persoonlijk uitleggen. Kleed je aan, we gaan naar hem toe.'

'Ik werk al jaren met die kliniek samen,' zei de dokter tegen ons. 'Ze is in Kiev. Zijn jullie daar wel eens geweest? Een prachtige stad, en het kost er allemaal niks.'

Hij wachtte tot we ons hoofd schudden.

Kiev.

'Mijn collega in Kiev, dokter Fedečko, een grootheid in de wereld van de fertiliteit, en ik behandelen – hoe zal ik het zeggen – de gevallen die met de traditionele IVF niet op te lossen zijn. En ik denk dat jullie, hoe jong jullie ook zijn, daartoe behoren. Het zou kunnen dat je het legefollikelsyndroom hebt. Dat komt eerlijk gezegd niet zo heel vaak voor, maar nou ook weer niet heel zelden. En we kunnen het ook niet controleren, want het lijkt erop dat je niet tegen eicelstimulatie kunt. Dat klopt toch?'

Hij keek me doordringend aan, alsof hij verwachtte dat ik dat zou ontkennen en zou toegeven dat het erg meeviel met de pijn die nacht, dat ik me ontzettend had aangesteld.

'Juist,' ging hij verder. 'We kunnen ons niet het risico van hyperstimulatie veroorloven. Dus blijft alleen eiceldonatie over.'

'Dan is het kind dus niet van mij,' zei ik zachtjes.

Bern begreep het niet. Hij keek naar mij, en toen naar Sanfelice, en toen weer naar mij. Hij had niet gelezen wat ik de laatste weken gelezen had. Hij had nog steeds de illusie dat dat hele proces alleen maar een manier was om iets te versnellen wat hoe dan ook ging gebeuren. Iets onschuldigs, net als de vitamines die hij slikte.

'Wat een onzin, Teresa,' zei Sanfelice, en hij sloeg zijn handen tegen elkaar. 'Dat denkt nou iedereen, in het begin. Je moest eens weten hoeveel kinderen op die manier op de wereld zijn gekomen. En vraag de moeders van die kinderen maar eens of die kinderen niet van hen zijn.'

Hij boog zich naar me over.

'Kinderen zijn van degene die ze in de baarmoeder heeft gedragen. Van degene die ze baart en bij wie ze opgroeien. Weet je wat de laatste onderzoeken zeggen? En dan heb ik het over Amerikaans onderzoek dat in *The Lancet* is gepubliceerd. Die zeggen dat een foetus een onvoorstelbare hoeveelheid kenmerken overneemt van de vrouw die het kind draagt, ook al hebben ze niet dezelfde genen. Een onvoorstelbare hoeveelheid.'

'Waarom zouden ze niet dezelfde genen hebben?' vroeg Bern, die zich steeds ongemakkelijker voelde.

Maar Sanfelice noch ik reageerde. Ik was blijven steken bij 'vrouw die het kind draagt'.

'Ik zal je eens wat vertellen. Na jaren komen die vrouwen hier terug en zeggen: dokter, mijn kind lijkt op mij. Meer op mij dan op de vader. En ik zeg dan: maar dat verbaast u toch niet? Dat had ik toch gezegd? Bij de selectie van de eiceldonoren nemen we alle belangrijke criteria in acht: lichaamslengte, kleur van de ogen, haarkleur. Waarschijnlijk is de vrouw een soort dubbelgangster van je, ook al zullen jullie elkaar nooit zien. Maar als jullie liever een kind met rood haar willen, of een kind dat heel lang wordt, dan kan dat ook, dan zoeken we een donor met die eigenschappen. Een van mijn patiëntes wilde per se een kindje met een kleurtje, en daar hebben we voor gezorgd. Je zou haar moeten zien, dat kindje, met haar cappuccinokleurige velletje. Ze gaat al naar school.'

Een cataloguskindje dus, dacht ik. Het was onvoorstelbaar allemaal.

Sanfelice wendde zich nu weer tot Bern. 'En die Oekraïense vrouwen: je kijkt je ogen uit! Iedereen denkt meteen aan Russinnen, maar ze zijn heel anders. Ze hebben niet die Slavische trekken, ze lijken veel meer op ons.'

In afwachting van onze vragen leunde hij achterover in zijn stoel. Maar we waren te veel van de wijs om te praten, dus was hij het weer die de stilte verbrak. 'Jullie hebben toch geen religieuze bezwaren, mag ik hopen? Want als dat zo is, dan heb ik nog wel een paar argumenten. Er komen bijvoorbeeld orthodoxe joden uit Israël naar Fedečko's kliniek. En ook heel veel moslims. Jullie hebben geen idee hoeveel vruchtbaarheidsproblemen ze daar hebben.'

'Is het illegaal?' vroeg ik.

Sanfelice fronste.

'Tja, wat zal ik zeggen? Er is tijd voor nodig om mensen anders te laten denken, vooral hier. Als je me vraagt wat er zou kunnen gebeuren als het embryo goed en wel in je baarmoeder is geïmplanteerd, of iemand het dan nog kan opeisen, dan is het antwoord nee. Wat er in je buik groeit, is van jou. En als het zover is, ben je je bezoek aan Kiev allang vergeten. Behalve als je naar mij terug wil om er nog een te krijgen.'

Hij draaide met zijn draaistoel heen en weer en spreidde zijn armen.

'Maar denken jullie er wel eens aan dat dit vroeger allemaal niet kon? We leven in een tijd van onbeperkte mogelijkheden!'

En toen begon hij de hele procedure uit te leggen en de tijd die ermee gemoeid zou zijn, de nieuwe hormoonkuur, die veel milder was dan de vorige, een fluitje van een cent. Het grote voordeel was dat ik me er nu alleen maar op hoefde voor te bereiden om een 'omhulsel' te zijn.

Een omhulsel.

Ik raakte alweer de draad van het verhaal kwijt. Wat wist ik over Oekraïne? Alleen de ramp bij Tsjernobyl, de verhalen van mijn moeder die geen verse melk meer had gekocht, omdat er gezegd werd dat het vee radioactief was. Ik stelde me grauwe, verlaten dorpen voor, onafzienbare korenvelden onder een loodgrijze hemel.

Bern zat op het randje van zijn stoel, helemaal voorovergebogen naar Sanfelice, als een magneet aangetrokken door zijn kennis. Hij zoog de woorden op alsof het toverformules waren.

'We doen ons best om de prijzen zo laag mogelijk te houden,' zei de dokter tot slot. 'Achtduizend euro voor de hele procedure. Plus de reiskosten en het hotel, natuurlijk.'

Maar achtduizend euro was veel meer dan we hadden. Ons laatste spaargeld was opgegaan aan de mislukte poging. We hadden nog geen duizend euro over.

Voor het eerst sinds we bij de dokter waren, keken Bern en ik elkaar aan. En vanaf dat moment maakten we ons druk om iets anders: alweer ging het erom hoe we aan geld moesten komen, bijna alsof de beslissing zelf, namelijk of we wel of niet eiceldonatie wilden doen, of het goed was om het zo te doen, of juist verwerpelijk en immoreel, niet echt relevant was. Waarom zouden we erover na moeten denken? We hadden toch geen keus?

Achtduizend euro. Als je daar de kosten voor de vliegtickets, het hotel en het eten in Kiev bij optelde (een verblijf van bijna een week, om de biologie en de techniek de tijd te geven voor het opvangen en invriezen van het sperma en wat er verder nog aan duisters gebeurde in het laboratorium, en daarna de rijping van het embryo en de plaatsing ervan in mijn buik), dan kwam je op bijna tienduizend euro uit. Het was onmogelijk om in korte tijd zo'n bedrag bij elkaar te krijgen. Met de uiterst kleine winstmarges op onze producten zouden we er twee, misschien wel drie jaar over doen, en dan waren er ook nog onvoorziene kosten, alles wat er voortdurend op de masseria kapotging, en de oogsten die door de hagel, de vorst of de mollen in één nacht verloren gingen.

De dokter zei dat we nu in het derde millennium leefden, het tijdperk van de onbeperkte mogelijkheden, waarin vrouwen en mannen met witte jassen en steriele handschoenen in stille kamers, in Kiev, konden doen wat wij zelf niet konden. Maar Bern en ik leefden nog in het vorige millennium, een heel eind terug in de tijd, wij waren afhankelijk van de zon en de regen en de seizoenen.

We wisten dat er iemand in Pezze di Greco was die geld leende, maar hij had de naam een woekeraar te zijn. Dus lieten we dat idee varen.

Zonder iets tegen Bern te zeggen, belde ik mijn vader. Ik was altijd degene die belde, al was dat zelden. We praatten weer met elkaar, maar hij deed nog steeds alsof ik aan het andere eind van de wereld woonde. Heel even klonk hij verbaasd, maar meteen erna was hij weer net zo laconiek als altijd.

'Zou je me iets kunnen lenen,' kwam ik meteen ter zake. 'Na de olijvenpluk betaal ik alles terug.'

'Hoeveel had je in gedachten?'

'Tienduizend euro. We moeten het dak repareren.'

Ik was verbaasd hoe weinig moeite het me kostte om tegen hem te liegen. Hij zuchtte diep.

'Je collegegeld moet nog worden betaald,' zei hij. 'We hebben een acceptgirokaart binnengekregen.'

'Je hoeft geen collegegeld te betalen.'

Ik kreeg het lichtelijk benauwd. Mijn lichaam was nog niet helemaal hersteld van de hormoonkuren.

'We hebben nu geld nodig voor het dak, pap.'

'Je oma's huis had een mooi stevig dak.'

'Het spijt me, dat heb ik je al gezegd.'

'Je krijgt geen cent van me. En heb niet het lef om het aan je moeder te vragen. Ik kom het toch te weten.'

Hij hing op. Ik bleef een tijdje doodstil zitten, met de telefoon vergeefs tegen mijn oor. Ik had het bizarre gevoel dat de aarde rond de masseria plotseling veel groter was geworden, honderden kilometers, naar alle kanten, en dat Bern en ik nu als enigen midden in een onbevolkte vlakte woonden.

Ik was zo teleurgesteld dat ik Bern opbiechtte wat ik gedaan had. We lagen in bed. Hij werd niet kwaad, zoals ik had gevreesd, hij zei geen vervelende dingen over mijn vader, zoals ik wel had verwacht. Hij zei niets en kneep zijn ogen tot spleetjes, alsof hij inzoomde op een idee. Toen glimlachte hij met opeengeklemde lippen. In zekere zin had ik hem op dat idee gebracht.

'Je ouders zijn keurige mensen,' zei hij. Er was geen spoor van kwaadaardigheid of hoon in zijn stem. 'Ze hangen erg aan conventies. Dus moeten we iets zien te vinden waar ze zich met goed fatsoen niet aan kunnen onttrekken.'

'Bestaat er zoiets?'

'Jazeker. Komt er niks in je op?'

'Nee.'

'Trouw met me, Teresa.'

En ondanks de absurde context waarin het gebeurde, ondanks de achteloosheid waarmee Bern die cruciale woorden uitsprak, alsof hij helemaal niet aan de betekenis dacht maar aan iets belangrijkers dat daarna zou komen, begonnen mijn wangen te tintelen, en die intense tinteling breidde zich al snel over mijn hele lichaam uit.

'We hebben altijd gezegd dat het huwelijk je door de maatschappij wordt opgedrongen, Bern. We hebben het er vaak over gehad met Danco.'

Ik vreesde dat je het nette meisje dat ik was dwars door mijn onverstoorbaarheid heen zag, alsof Danco fysiek in de kamer aanwezig was en kritisch toekeek hoe die idiote emotie zich op mijn gezicht aftekende.

Bern schoof onder de lakens vandaan en ging op zijn knieën op het bed zitten, halfnaakt, zijn haar alle kanten op.

'Als we trouwen, móeten ze ons wel een cadeau geven.'

'Wil je van ons huwelijk een inzamelingsactie maken?'

'We maken er een feest van, Teresa! Hier. Met allemaal witte linten in de bomen. En dan kunnen we daarna naar Kiev. Kom! Vlug!'

Ik sloeg het laken terug en ging op de matras staan. Bern zat geknield voor me. Van bovenaf gezien, maakten zijn dicht bij elkaar staande ogen nog meer indruk. Ik bedacht dat ze ervoor gemaakt waren om die formule uit te spreken, om hem nog eens te herhalen, maar dan met bezieling, met alle angst en hoop die voorbehouden zijn aan jonge mensen, en dat waren we in feite nog steeds: 'Teresa Gasparro, wil je mijn vrouw worden?'

Ik pakte zijn hoofd en trok hem naar me toe, met zijn oor tegen mijn navel, zodat hij het antwoord zou horen dat daar al jaren klaarlag, zodat hij het zou horen opborrelen uit de lichaamsholte waar het al die tijd had liggen wachten: ja, niets liever dan dat.

Dat het maar een truc was, een toneelstukje, bedrog, was niet belangrijk. Ik geloofde met volle overgave in dat huwelijk. De belofte die we elkaar hadden gedaan was zelfs genoeg om de gedachte aan de beangstigende reis naar Kiev te verjagen. Ik dacht er gewoon niet aan, ik deed alles om het te verdringen. Voor het eerst in maanden was ik weer gelukkig.

De eerste lijst met genodigden kwam niet boven de vijftig uit. Niet genoeg, hoe gul ze ook mochten zijn. We begonnen de lijst uit te breiden, eerst met mensen met wie de relatie verwaterd was, en daarna met mensen die we al bijna vergeten waren. En nog steeds was het niet genoeg. De lijst werd vooral van mijn kant aangevuld. Ik diepte een naam op uit mijn geheugen en legde die dan voor aan Bern: 'De Varetto's.'

'En dat zijn?'

'Vrienden van mijn ouders. Ze aten wel eens bij ons. En ik ben een keer op zomerkamp geweest met een dochter van hen. Ginevra. Of was het Benedetta?'

'Laten we die er dan ook op zetten. Heeft ze een vriend?'

'We zetten erbij "met aanhang".'

Ik betwijfelde of het zou werken, maar Bern leek zeker van zijn zaak. 'Mensen zijn gek op feesten. En vooral op bruiloften.'

En precies zoals hij had voorspeld waren de reacties opmerkelijk positief. Van de bijna tweehonderd genodigden lieten er bijna honderdvijftig weten dat ze zouden komen, ook al was de bruiloft heel ver weg en hadden ze de uitnodiging heel laat gekregen. In september al? Ja, we hadden ons laten meeslepen door ons enthousiasme. Sommigen uitten openlijk hun verbazing, we waren elkaar al zo lang uit het oog verloren... Maar ik heb vaak aan je gedacht de laatste jaren, en ik geloofde het bijna zelf. Ze waren geroerd. Trouwen jullie voor de kerk? Nee, we hebben voor het burgerlijk huwelijk gekozen. Bern en ik hebben niet zoveel met religie.

En dan sneed ik het gevoeligste onderwerp aan: Bern en ik hebben bedacht dat we geen cadeaus willen, we hebben echt niets nodig, maar we zouden wel heel graag op reis willen, ver weg, we hebben nog niet besloten waarheen precies. We zetten een kruik neer waar je het bedrag dat je wilt geven in kunt stoppen.

En dan begonnen we de schoonheid van Puglia te bezingen, hoe prachtig het licht en de zee waren in september. Dat was tenminste geen leugen.

Bern ging er zonder protest mee akkoord om Cesare, Floriana en Nicola ook uit te nodigen, alsof de wrok opeens vergeten was.

'We hebben ook onze buurman nog,' zei hij toen we niemand meer konden verzinnen, 'die man die de villa heeft gekocht.'

'De architect? Die heb ik nooit meer gezien.'

'Ga een keer bij hem langs dan.'

Dus haalde ik groenten uit de moestuin en liep met een volle mand naar de ingang van de villa. Het betegelde deel van de tuin was groter geworden, en om elke boom die er stond was een perkje aangelegd. Het huisje van de beheerders was onherkenbaar. Eén hele gevel was nu een verblindende glaswand waar de middagzon op stond te branden. Weg alle vochtvlekken, weg alle afbladderende verf. Ik vroeg me af wat oma ervan gevonden zou hebben. Rond de tuin was een muur van een paar meter hoog opgetrokken, het was een soort vesting geworden, met het zwembad binnen en het land buiten de muren.

'Dat is omdat ik het eng vind in het donker,' zei de architect toen we samen in de tuin stonden. 'Ik ben snel bang.'

'Ik stoor toch niet?'

'Integendeel. Ik hoopte al dat je een keer zou komen kijken naar wat ik hier allemaal heb gedaan. Je heet toch Teresa, hè? Ik ben Riccardo.'

'Ja, dat wist ik nog.'

Ik gaf hem de mand met groenten. Ieder ander die daar woonde zou dit een onnozel en ongepast cadeau hebben gevonden, maar Riccardo was een en al bewondering. Hij zette de mand op een precies gekozen plek op de grond, in de schaduw, en fotografeerde hem, na eerst de beste hoek te hebben gekozen, met zijn telefoon.

'Het is een perfecte kleurencombinatie,' zei hij. 'Ik ga hem gebruiken voor mijn blog.'

'U kunt ze daarna ook eten, hoor.'

'Je hebt gelijk. Natuurlijk.'

Hij bood aan me een rondleiding te geven in het huis. Het aanvankelijke ongemak nam langzaam af. De kamers waren nog dezelfde als eerst, maar terwijl er vroeger een heleboel oude meubelen en andere spullen in stonden, was de ruimte nu voornamelijk leeg. Wat vooral indruk op me maakte, was dat de gebloemde bank er niet meer stond, vanwaar mijn oma haar immobiliteit oplegde aan de rest van het huis.

'Ik was gekomen om je uit te nodigen voor mijn bruiloft,' zei ik aan het eind van onze ronde. Ik was hem ongemerkt gaan tutoyeren.

'Voor je bruiloft? Echt?'

'Je bent tenslotte onze buurman.'

Hij zei dat hij erover na zou denken, en toen corrigeerde hij zichzelf, hij voelde zich gevleid en zou zijn uiterste best doen. Ik liep naar buiten. Ik had niks gezegd over het cadeau, de reis waarvan de bestemming nog onduidelijk was, en ook niet over de kruik. Mijn missie was dus in zekere zin mislukt. Maar Riccardo leek zo eerlijk, en zo dankbaar voor mijn bezoek, dat ik het niet kon opbrengen om hem in de maling te nemen.

Buiten het hek plukte ik grasstengels, waar ik op weg naar de masseria een kroontje van probeerde te vlechten, precies zoals ik het van Floriana en de jongens had geleerd. Maar ik had er al snel genoeg van.

Ook wat de reactie van mijn ouders betreft, kreeg Bern gelijk. Aan de telefoon lieten ze niet meteen blijken hoe blij ze waren, maar meteen erna beseften ze waarschijnlijk dat ze er, voor de zoveelste keer, niets tegen konden doen. Mijn moeder belde me een halfuur na het eerste gesprek terug en was zelfs een beetje aangedaan.

'We gaan samen je jurk uitzoeken,' zei ze. 'Ik wil geen nee horen. En we kopen hem niet daar bij jullie. Papa is al een vliegticket voor je aan het regelen.'

Uit die woorden sprak voor de zoveelste keer haar minachting voor het leven waarvoor ik had gekozen, en voor de plek waaraan ze al lang voordat ik er ging wonen een grondige hekel had, maar op dat moment voelde ik me gesteund door haar stem en die vastberaden toon. Ik zei niets, want ik wilde niet dat ze iets van mijn kwetsbaarheid zou merken.

Ze zei: 'Hij mag ook komen, als hij wil. Maar hij mag de jurk natuurlijk niet zien. Dat brengt ongeluk.'

Je moest eens weten, mama, wat een ongeluk we al hebben! En dat we door dat ongeluk nu juist gedwongen zijn om dit te doen! Mijn hart klopte in mijn keel, zo graag wilde ik haar alles vertellen. Maar een van de eerste dingen die Bern en ik over de reis naar Kiev hadden besloten, was absolute geheimhouding. Als behalve wij tweeën en Sanfelice ook maar één ander de waarheid had geweten, dan zou onze dochter voor altijd half van ons zijn geweest en half niet.

Ik vroeg niet aan Bern of hij mee wilde naar Turijn. Ik wist zeker dat hij nee had gezegd, en ik was bang dat als hij wel was meegekomen, zijn aanwezigheid in combinatie met die van mijn ouders te veel voor me zou zijn geweest.

De stof van de jurk was zo dun en teer dat ik er tijdens het passen niet met mijn vingers aan durfde te zitten, uit angst dat ik er vlekken op zou maken. Aan de voorkant had hij elegant kruisende stroken die aan de achterkant bij elkaar kwamen en in een strik waren geknoopt. Zonder sjaal zou mijn rug grotendeels bloot blijven. Jij bent nog jong, je kunt het je veroorloven, had mijn moeder gezegd. De verkoopster had eraan toegevoegd dat ik perfecte schouderbladen had.

De middag met mijn moeder was in een vloek en een zucht voorbij, net als het eten thuis en de nacht in mijn bed van vroeger.

De jurk zou binnen een week of drie in Speziale worden bezorgd. Ik besloot om weer niets tegen Bern te zeggen en te liegen als hij naar de prijs zou vragen. De prijs van de jurk en de schoenen zou ons minstens duizend kilometer op weg naar Kiev hebben geholpen.

Een paar weken later ging ik mee om zijn pak uit te zoeken. Ik had hem ervan moeten overtuigen dat hij er een nodig had, want hij beweerde dat hij best iets kon aantrekken wat hij al had, het pak van Danco dat hij had gedragen op de begrafenis van mijn oma, of anders kon hij een pak te leen vragen aan Tommaso. Deze keer had ik voet bij stuk gehouden en gezworen dat ik niet met hem zou trouwen als hij een oberstenue of een pak dat gebruikt was voor een begrafenis zou dragen. In de kledingzaak, in een winkelcentrum op een bedrijventerrein buiten Mesagne, stribbelde hij tegen als een kind. Hij pakte een colbert aan van de winkelbediende, keek met een grimmig gezicht op het prijskaartje, schudde zijn hoofd en gaf het zonder te passen terug. Dat ging zo door tot de jongen niet meer wist wat hij nog moest laten zien.

'Voor minder krijg je geen trouwpak,' zei ik bijna smekend.

'Tweehonderd euro!' protesteerde hij, en hij kon zijn verontwaardiging nauwelijks in toom houden.

'Je zult toch echt iets aan moeten trekken, Bern!'

'Je wilt me niet aankleden, je wilt een modepop van me maken.'

Ik was opeens doodmoe. Ik zeeg neer in een stoel. Zelfs met de airco was het bloedheet. De winkelbediende haalde een glas water voor me.

Blijkbaar bracht mijn aanblik – ik was bleek, ontmoedigd, afwezig – een reactie bij Bern teweeg, want zonder een woord te zeggen pakte hij het donkerblauwe pak van tweehonderd euro van de toonbank, ging de paskamer in, en kwam na een paar minuten weer naar buiten: de broek sleepte over de grond en het colbert hing open over zijn blote borst. Toen hij zijn armen spreidde en om zijn as draaide, zag ik een glimp van zijn donkere tepels.

Ik keek toe hoe de winkelbediende een wit overhemd, een paar instappers en een stropdas voor hem pakte. De stropdas was erg opzichtig, maar ik zei niets, om de betovering niet te verbreken. Bern betaalde en we liepen de winkel en daarna het winkelcentrum uit, de onafzienbare parkeerplaats op, die in de julizon lag te blakeren.

Samen met Danco bemachtigde Bern feestverlichting zoals op dorpsfeesten wordt gebruikt, drie indrukwekkende witte bogen met bladervormige versieringen, snoeren met honderden ronde lampjes die, als ze allemaal aan waren, de nacht op de masseria deden flonkeren. Ze zetten de bogen naast elkaar op, als de luiken van een altaarstuk. Er waren touwen voor nodig om ze op te hijsen en stutten om ze overeind te houden.

Ik vroeg niet waar ze vandaan kwamen, en ik stelde ook geen vragen over de herkomst van de houten tafels, banken, tafelkleden en de tientallen kaarsen, die eveneens wit waren en in glazen potjes aan de takken van de bomen hingen. Veel was ongetwijfeld aan Danco te danken. Hij had in heel Puglia contacten, mensen die hij om een gunst kon vragen.

Door alle voorbereidingen kwam de grote dag bijna ongemerkt naderbij. Opeens stond ik op het bordes van het gemeentehuis van Ostuni, aan Berns arm, getrouwd en al, terwijl de rijstkorrels ons om de oren vlogen. De korrels bleven in onze haren steken, er bleef een fijn poeder achter op het bruidskapsel dat mijn moeder die ochtend bij me had gemaakt.

Daarna liepen we over het weidepad naar de masseria, terwijl de zon aan de ene kant onderging en aan de andere kant zulke lange, met elkaar versmolten schaduwen van Bern en mij wierp, dat ze die van de eerste fruitbomen net raakten. Het land en wij tweeën, eindelijk één.

De gasten liepen in groepjes achter ons aan. Af en toe haalde iemand ons in om een foto te maken. Tommaso was als enige op de masseria gebleven om leiding te geven aan de jongelui van een landbouwcoöperatie, die voor de gelegenheid als koks en kelners optraden.

Toen slokte het donker de laatste restjes licht op en stonden we met z'n allen onder de honderden brandende lampjes.

'Er zijn hier nog nooit zoveel mensen geweest,' zei Cesare, terwijl hij zijn hand tegen mijn wang legde.

'Ik hoop dat je het niet erg vindt.'

'Waarom zou ik het erg vinden?'

'Omdat jij je de masseria altijd voorstelde als een plaats waar rust heerste.'

Zijn hand gleed van mijn gezicht naar mijn hals, een contact dat zo intiem was dat ik, als het iemand anders was geweest, was teruggedeinsd. Maar niet bij hem. Zijn aanwezigheid op die dag gaf me vertrouwen.

'Ik heb me de masseria altijd voorgesteld als een heilige plek,' corrigeerde hij me, 'en ik kan me geen betere manier voorstellen om deze plek te eren.'

Hij glimlachte naar me. Hij keek naar de uitdrukking op mijn gezicht, of er iets in verborgen lag.

'Ik heb ooit tegen je gezegd dat je in een vorig leven een amfibie bent geweest. Weet je dat nog?'

En of ik dat nog wist, maar ik was stomverbaasd dat hij dat nog wist.

'Nou, nu weet ik het zeker. Jij kunt je aan vele werelden aanpassen, Teresa. Je kunt onder water en op land ademhalen.'

Er had maar iets hoeven gebeuren of ik had hem, zelfs te midden van al die herrie en chaos, toevertrouwd wat er zo zwaar op mijn maag lag.

We willen een kindje stelen, we willen ons dochtertje stelen.

Ik realiseerde me dat hij aanvoelde dat ik een geheim had. Hij keek me bemoedigend aan, maar ik draaide mijn hoofd weg.

'Bedankt dat je gekomen bent,' zei ik.

'Niet weglopen. Ik wil je aan iemand voorstellen.'

Ik volgde hem tot onder de pergola. Cesare tikte op de schouder van een vrouw met loshangend zwart haar en een hemelsblauwe jurk waar haar slanke benen onderuit staken.

'Dit is mijn zus Marina. Berns moeder. Ik geloof dat jullie elkaar nog nooit hebben ontmoet.'

Maar ik snapte het al voordat hij het gezegd had. Ik had het gezien aan de dicht bij elkaar staande ogen waarmee ze me bevreemd aanstaarde. Die ogen waren identiek aan die van mijn man. Als ik niet beter geweten had, zou ik gedacht hebben dat ze zijn oudere zus was. Een jongetje greep zich vast aan haar been. Marina bloosde.

'Bern had gezegd dat ik hem niet mee mocht nemen, maar wat moest ik?'

'Het is prima zo,' zei ik, al lukte het me niet meer om naar het kind te kijken, want in een fractie van een seconde had ik weer een deel van Berns leven ontdekt dat hij voor me verborgen had gehouden: het nieuwe gezin van deze moeder-zuster, over wie hij het nooit had, die op de genodigdenlijst was gezet en daarna weer was geschrapt, en die uiteindelijk was blijven staan met een half doorgestreepte naam, aanwezig en afwezig tegelijk. En een halfbroertje, dat een paar jaar ouder zou zijn geweest dan onze dochter, als het lot ons meteen goedgezind was geweest.

'Marina is heel blij dat ze je nu leert kennen,' zei Cesare.

Maar zij had zich al naar het kind voorovergebogen en fluisterde tegen hem dat hij zich moest gedragen tegenover die onbekende vrouw.

'Bent u hier wel eens geweest?' vroeg ik, om maar iets te zeggen. Ik herinnerde me de bergen amandelen, Bern die voor niets op haar wachtte, de pijn in zijn rug van de inspanning.

Marina knikte. 'Mooi, die bloemen in je haar,' zei ze.

Ik wilde dat ze me nog een compliment maakte. Tot een paar minuten geleden kende ik haar niet, en nu was ze opeens de belangrijkste gast op het feest.

Maar ze was duidelijk met de situatie verlegen. Ze zei: 'Wanneer gaan we, Cesare?'

'Na de taart,' zei hij vriendelijk.

Toen schoot het kind weg en rende door het woud van benen. Het leek of het gesprek hem op de vlucht had gejaagd. Marina verontschuldigde zich snel en ging hem achterna. Cesare zag me kijken en reageerde met een zweem van een glimlach. Vervolgens liep hij ook weg.

Ik nam deel aan flarden van gesprekken, ik lachte ook als ik de grap niet begreep, ik liep rond om er zeker van te zijn dat iedereen het naar zijn zin had, dat iedereen genoeg te eten had. Van tijd tot tijd zocht ik Bern met mijn blik, en zag hem dan, veel te ver weg, omringd door andere gasten. Maar ik liet me door die afstand niet van slag brengen. Ik was vastbesloten om van elke seconde van het feest te genieten.

Corinne haalde me weg bij een groep vrienden van het lyceum, die me tendentieuze vragen stelden over mijn leven op de masseria.

'Je vader is een scène aan het trappen,' zei ze met haar gezicht op onweer. 'Hij klaagt dat de wijn niet te drinken is, en oké, zo goed is-ie niet, maar daarom hoeft hij Tommaso nog niet aan te vallen. Hij beschuldigt hem ervan dat hij de wijn koud serveert om de smaak te verdoezelen.'

We liepen naar de tafel met de drank, waar mijn vader tegen Tommaso tekeerging. Hij pakte me bij mijn schouders.

'Gelukkig dat je er bent. Er moet andere wijn komen, Teresa. Dit is puur gif. Tamponi heeft hem uitgespuugd tussen de struiken.'

Tamponi was zijn chef. Al vanaf het gemeentehuis lette mijn vader voornamelijk op hem.

'Hebben we geen andere?' vroeg ik aan Tommaso.

Hij schudde zijn hoofd.

'Hoe halen jullie het in je hoofd om zulk bocht te schenken?'

'Misschien is het die ene fles, pap.'

'Ik heb er al drie geprobeerd. Drie! En hij blijft me maar aankijken met die stomme grijns!'

'Zie je nou?' viel Corinne uit, alsof het mijn schuld was.

Tommaso zei: 'Wat wilt u dat ik doe, meneer Gasparro? O, ik heb een idee: geef me die kruik maar,' en hij wees naar de kruik voor de reis. 'Misschien lukt het me om water in goede wijn te veranderen. En als het niet lukt, moet u me maar stenigen, zoals ze vroeger deden.'

Ik zag mijn vader over de tafel springen om hem bij zijn lurven te grijpen, in mijn verbeelding zag ik al het ergste gebeuren, maar gelukkig was de band net gearriveerd. Dat waren ook weer vrienden van Danco, die hij Joost mag weten waar en in ruil voor wat had weten te strikken. Het was zijn cadeau voor ons (al hoopten Bern en ik dat hij ook nog wat geld door de nauwe hals van de kruik zou proppen). Alle genodigden bewogen ineens hun kant op. Ik werd door iemand meegetrokken en naar het midden van de kring geduwd, die zich inmiddels had gevormd.

De jongen met de tamboerijn maakte een buiging voor me, en meteen erna stond Bern tegenover me, al even ongemakkelijk als ik. Hij reageerde als eerste op de aansporingen die van alle kanten naar ons geroepen werden, hij bewoog armen en benen en liet mij in de rondte draaien. Hij kon veel beter de *pizzica* dansen dan ik, maar wat gaf het? Ik keek naar hem: mijn man. Ik gaf me aan hem over.

'Schoenen uit!' riep iemand, en Bern knielde om de bandjes van mijn schoenen los te maken. Ik stond met blote voeten op de aarde. Dat was waarschijnlijk het teken waar de gasten op wachtten, want de kring om ons heen loste op en iedereen begon te dansen.

Bern fluisterde in mijn oor dat hij de gelukkigste man van de wereld was. En alsof het niet genoeg was om dat alleen aan mij te vertellen, riep hij het ook nog hardop: 'Ik ben de gelukkigste man van de wereld!'

Mensen drongen zich tussen ons in, ik verloor hem uit het oog en opeens stond ik met anderen te dansen, op een bepaald moment zelfs met mijn vader, die door iemand de dansende menigte in was geduwd. Ik danste een hele tijd, als verdoofd. Uiteindelijk werd ik duizelig, ik struikelde bijna, dus pakte ik mijn schoenen, waar iedereen keurig omheen had gedanst, en liep dwars door de menigte naar de pergola.

In de keuken stonden stapels ovenblikken, schalen met etensresten, bergen vaatwerk. De jongelui van de coöperatie waren druk in
de weer in die chaos, maar toch glimlachten ze naar me, de een na de
ander, vol ontzag.

Ik ging de badkamer in. In de spiegel zag ik mijn uitgezakte kapsel. De bloemen die Marina zo mooi vond staan, waren naar één
kant gezakt, mijn wangen waren paars. Ik vond het wel een beetje
jammer dat ik er niet meer zo elegant uitzag als in het begin, en dat
ik van onder mijn make-up weer de lompe boerin zag opdoemen
die ik was geworden. Ik maakte een handdoek vochtig en wreef ermee over mijn gezicht.

Op dat moment vloog de deur open. In de spiegel zag ik het grote lijf van Nicola verschijnen. Ook zijn haar was in de war, en zijn
stropdas hing op halfzeven. In plaats van rechtsomkeert te maken,
deed hij de deur achter zich dicht.

'Je kunt er zo in,' zei ik, maar hij verroerde zich niet.

Hij ademde zwaar. Hij deed nog een stap naar voren, pakte me
bij mijn ellebogen en legde zijn hoofd in mijn nek, alsof hij erin
wilde bijten. Voordat ik me kon loswringen, kuste hij hartstochtelijk mijn hals, van onder naar boven, tot aan mijn oor. Toen ik
hem van me afduwde, stootte ik mijn pols tegen de rand van de
wasbak.

'Eruit!' zei ik, maar Nicola ging nog steeds niet weg. Zijn ogen
waren nu opengesperd, en niet op mijzelf gericht, maar op mijn
spiegelbeeld.

'Ga weg, Nicola!'

Hij ging op de rand van het bad zitten en keek om zich heen, alsof hij opnieuw contact maakte met de ruimte, met elk afzonderlijk
voorwerp. Toen sloeg hij zijn handen voor zijn gezicht. Zijn schouders schokten, maar ik wist niet zeker of hij huilde, het leken meer
stuiptrekkingen.

Ik voelde me een tikje schuldig dat ik hem aan zijn lot overliet, maar ik was bang voor wat hij ging doen als ik te dicht bij hem kwam.

'Wat is er?'

Hij reageerde niet.

'Je hebt te veel gedronken. Waarom ben je niet met Stella gekomen? Je had haar toch mee kunnen nemen?'

Hij schudde zijn hoofd. Hij stond op, draaide de kraan open en bleef wezenloos naar de waterstraal staan kijken.

'Jouw gevoelens zijn altijd zo lekker simpel, hè?' mompelde hij. 'Zo duidelijk. Maar je begrijpt nog helemaal niks, Teresa. Van mij niet en ook niet van deze plek. En ook niet van de man met wie je getrouwd bent.'

Ik legde de vochtige handdoek over de rand van de wasbak, zodat hij die kon gebruiken.

'We zien elkaar buiten, Nicola,' zei ik.

Ik deed de deur open. Ik keek de gang in, naar beide kanten, om er zeker van te zijn dat niemand ons had gezien, dat er geen getuigen waren van dit verraad, waar ik part noch deel aan had gehad.

Toen kwam het moment van de taart. Ik was nog steeds uit mijn doen toen ik het feestelijke bouwwerk voorbij zag komen, gedragen door twee jongens. Het was rond en versierd met fruit in allerlei kleuren, dat glom onder de laag gelatine. Ze droegen hem naar de steeneik, waar een tafel klaarstond. Ik wist niet dat Bern had geregeld dat hij daar werd opgediend. Opnieuw werd ik ongewild meegevoerd, en opnieuw vormde zich een kring om me heen.

Bern klom op de bank, hij stak me zijn hand toe, zodat ik naast hem zou komen staan. Er werd gefloten en geklapt, nog het hardst door Danco. Hij riep om een speech, en anderen begonnen mee te roepen. Ik zou geen woord hebben kunnen uitbrengen, en Bern dook met zijn hoofd achter mijn rug. De gasten werden stiller, ze verwachtten echt dat een van ons iets ging zeggen.

Toen kwam Cesare naar voren. 'Als het bruidspaar overmand is door emoties, dan wil ik wel wat zeggen. Als ze het goedvinden, natuurlijk.'

De stam van de eik, Bern en ik, de taart met de cirkelvormige versiering van fruit, daarnaast Cesare en iets verder al die wachtende mensen: ik herinner me dat moment nog heel goed, misschien wel beter dan alle andere.

'Dank je, Cesare. Red ons maar,' zei ik, voordat Bern het in zijn hoofd zou halen om hem tegen te houden.

Hij nam nog wat tijd om zijn gedachten te ordenen.

'Teresa en Bern hebben ervoor gekozen om zich niet in de echt te verbinden met de Heer aan hun zijde,' zei hij uiteindelijk. 'Maar dat betekent niet dat God op dit moment niet aanwezig is, daar boven hen, boven ons allemaal. Ook al is Hij niet uitgenodigd, Hij houdt ons in Zijn warme, sterke armen. Voelen jullie dat?'

Hij keek de genodigden aan, met zijn vinger omhoog, alsof hij iets aanwees in de hemel.

'Voelen jullie die zachte, compacte lucht? Ik voel het wel. Dat is de aanraking van Zijn armen.'

Ik keek bezorgd naar de gezichten van de genodigden, maar alleen Danco had uitdagend zijn armen over elkaar geslagen en glimlachte spottend. De anderen leken al in de ban van Cesare, van zijn plechtstatige pauzes. Ik zocht Berns hand. Hij was kalm.

'Ik wil jullie een verhaal vertellen,' ging Cesare verder, 'een verhaal dat jullie misschien niet kennen. De geschiedenis van de Wachters.'

En hij vertelde over de engelbewaarders, over hun opstand, hoe ze aangetrokken door de schoonheid van vrouwen neerdaalden op aarde, hoe ze met hen gemeenschap hadden en hoe uit die verbintenis monsterlijke reuzen voortkwamen. En over dat die reuzen vervolgens in opstand kwamen tegen de mensen, en bloedvergieten en lijden zich over de aarde verspreidde. En hoe de Wachters de mensen leerden hoe ze zich konden verweren tegen dat wat ze zelf hadden voortgebracht. Ze leerden hun toverspreuken, en de eigenschappen van planten, en hoe ze wapens konden maken. En dat alles vertelde Cesare aan onze gasten, die gekomen waren om feest te vieren en misschien om iets te zien van ons bizarre leven, en ze luisterden ook nog, uit nieuwsgierigheid of uit beleefdheid.

Toen zei hij: 'Ik zie sommigen van jullie bedrukt kijken. Waarom vertelt die man zo'n macaber verhaal, zul je je afvragen. Wil hij ons feest verpesten? Wat wil hij verdorie zeggen?'

Er grinnikte iemand en ook Cesare glimlachte. Hij was nu helemaal op dreef.

'Wat ik jullie wilde vertellen, is dat elke glorieuze onderneming van de mens voortkomt uit overtreding en zonde. Dat elke verbintenis tussen mensen een verbintenis van licht en van duisternis is, ook dit huwelijk. Word niet boos, alsjeblieft. Ik ken ons bruidspaar al vanaf dat ze nog heel jong waren, ze zijn als kinderen voor me. Ik weet hoe zuiver hun harten zijn. Maar de profeet Henoch wil hen waarschuwen voor de schaduwzijde die ze ook in zich hebben, wat ze zelf misschien nog niet weten. Teresa, Bern, vergeet dit nooit: we huwen de deugd samen met de zonde. Als jullie dat nu niet zien, omdat je verblind bent door hartstocht, dan zullen jullie het later wel begrijpen. Er komt altijd een moment dat dat gebeurt. En dan moeten jullie terugdenken aan jullie gelofte van vandaag.'

Hij zocht met zijn blik Floriana en keek haar even strak aan, alsof hij het ook over hen tweeën had en iets belangrijks wilde benadrukken. Toen draaide hij zijn rug naar de genodigden en wendde zich alleen tot ons, Bern en mij. We hadden de hele tijd op de bank gestaan en voelden ons zo langzamerhand nogal belachelijk op dat podium.

'Toen jullie elkaar leerden kennen, waren jullie nog bijna kinderen, maar misschien waren jullie toen al verliefd. Floriana en ik hadden het er wel eens over. Ja, toch? Die twee, zeiden we tegen elkaar, verbergen iets. Vandaag hebben jullie beloofd om over elkaar te waken. Welnu, blijf dat altijd doen!'

Hij deed een paar stappen achteruit en ging aan de kant staan. Iemand klapte in zijn handen, maar niet overtuigd. Het applaus stierf meteen weg.

Terwijl iedereen er onthutst bij stond, stapte Bern van de bank, liep langs het tafeltje, recht op Cesare af, en legde zijn hoofd tegen zijn borst. Cesare gebaarde boven Berns zwarte haar dat ik erbij moest komen. Ik stapte voorzichtig van de bank af, en voor ik het wist had hij zijn armen om ons beiden heen geslagen, we voelden zijn zegen die we zo gemist hadden, al wisten we dat vlak daarvoor nog niet.

Corinne en Tommaso gingen als een van de laatsten weg. Hij was zo dronken en doorgedraaid dat ze hem naar de auto moesten brengen en hem daar in bedwang moesten houden omdat hij per se wilde rijden. Toen Bern en ik alleen waren, gingen we op de schommelbank zitten, zonder ons zorgen te maken dat hij onder ons gewicht zou bezwijken. Man en vrouw. Sommige van de linten die we in de bomen hadden gehangen, waren op de grond gevallen en vies geworden.

Op tafel lagen nog bruidssuikers. Ik stond op om er een te pakken en ging weer op de schommelbank zitten. Ik beet een suikerboon doormidden en gaf de andere helft aan Bern, maar die barstte in snikken uit. Ik vroeg wat er was, maar hij huilde zo hartverscheurend dat hij geen antwoord kon geven. Ik pakte zijn hoofd tussen mijn handen.

'Hou alsjeblieft op, je maakt me bang.'

Zijn gezicht was vertrokken, onder zijn ogen zaten rode vlekken, hij kreeg geen lucht.

Hij stamelde: 'Het was zo mooi... de mooiste dag van mijn leven... iedereen was er... heb je dat gezien? Iedereen.'

Hij zei het alsof hij toen al voelde dat hij nooit meer zoiets zou meemaken. En op dat moment begreep ik voor het eerst wat een heimwee hij had, hoe erg hij iedereen miste: zijn moeder en zijn vader, Cesare en Floriana, Tommaso en Danco, misschien zelfs Nicola.

Ik stond op.

'Waar ga je naartoe?' vroeg hij paniekerig, alsof ik ook nog zou kunnen verdwijnen.

'Ik ga een kop thee voor je maken.'

'Ik hoef geen thee.'

'Het zal je goeddoen.'

Binnen leunde ik met mijn handen op de tafel. Er zaten vlekken op mijn jurk en hij knelde. Ik liep naar de slaapkamer en deed hem uit. Ik trok een spijkerbroek en t-shirt aan. Bijna had ik hem op de grond laten liggen, maar toen legde ik hem toch maar netjes op het bed.

Bern was gekalmeerd. Hij schommelde zachtjes heen en weer en keek strak voor zich uit. Hij pakte de kop thee aan en blies. Ik ging weer naast hem zitten.

Zo zaten we een tijdje. Geen woord over de jurk die ik had uitgetrokken. Misschien had hij het niet eens gemerkt. Hij leek ook zijn minutenlange huilbui te zijn vergeten, en de mensen die op de masseria waren geweest en van wie hij net nog dacht dat hij niet zonder hen kon. Uiteindelijk stond hij op, pakte de kruik met het geld en smeet hem zo hard op de betonvloer van het terras dat door de klap zelfs de vliegjes even waren verdwenen.

Op onze knieën scheidden we de bankbiljetten van de brieven, de cheques van de scherven, en daarna openden we de enveloppen om het geld te scheiden van de felicitatiekaarten, die we niet eens lazen. Aan het eind lag de halve tafel vol bankbiljetten. Een zuchtje noordenwind maakte dat ze ritselden, en sommige vielen op de grond.

We begonnen te tellen. Cesare wilde niet dat er op de masseria geld werd aangeraakt, en nu zaten Bern en ik er hebberig in te graaien. Onze gasten hadden eens moeten weten hoe anders onze huwelijksnacht eruitzag dan zij zich voorstelden! Onder het katoenen kleed lag nog steeds het plastic tafelkleed van Floriana, de wereldkaart met allemaal ingebrande kringen van de hete pannen.

'Negenduizend driehonderdvijftig,' zei Bern nadat ik hem de laatste biljetten had gegeven. Hij boog zich naar me over en gaf me eindelijk een zoen. 'Het is gelukt!'

We werden helemaal gek van blijdschap. Al dat geld, van ons.

We liepen het huis in en gingen om de beurt naar de badkamer. Nog vochtig van de douche klom Bern op me en drong bij me binnen. Hij baande zich zonder plichtplegingen, en zonder zijn mond van de mijne te halen, een weg. De seks was betekenisloos geworden, verpest door de angst om te falen en door de tonnen geïnjecteerde hormonen, maar niet tijdens die septembernacht. Hoewel we beter wisten wat we deden dan toen we op ons zeventiende op de kletsnatte grond van het rietbos lagen, en hoewel het geen verrassing meer was hoe Bern op mijn tong zoog, hoe onverwacht ik klaarkwam, en hoe hij zijn kaken op elkaar klemde als hij zich overgaf aan zijn orgasme, de plotselinge lichamelijke vervoering was volkomen nieuw voor ons, en heel even dachten we niet aan de toekomst. Op dat moment, in die nacht bestonden alleen wij. Maar dat was de laatste keer.

Een paar dagen later brachten we bruidssuikers mee voor Sanfelice. Hij werkte ze achter elkaar naar binnen. Met vingers die plakkerig waren van de suiker bladerde hij door het afsprakenboek en deelde mee dat we tot januari moesten wachten voor de reis. Oktober kon niet vanwege mijn menstruatiecyclus, november zat al vol en in december ging hij met zijn vrouw en kinderen een week skiën.

Hij zag de ontgoocheling op onze gezichten, en om die te verdrijven ging hij nog enthousiaster praten. Januari was juist perfect! Dan lag er sneeuw in Kiev, bergen sneeuw! Sneeuw bracht geluk, het slagingspercentage ging dan enorm omhoog. Wij zaten daar te zwijgen terwijl hij op zijn computer de grafieken opzocht en vervolgens het scherm naar ons toe draaide.

'Hier, februari 2008. Honderd procent zwangerschappen.'

Bern noch ik durfde hem te vragen of sneeuw in het algemeen gesproken geluk bracht, of dat het alleen voor hem zo was. Was er een reden voor, wetenschappelijk bewijs? We waren te beduusd, en dat kwam evenzeer door de angst als door de hoop. Honderd procent, niet meer en niet minder, beloofde de dokter. De sneeuw bracht hem geluk, zei hij, en wij geloofden hem. Op dat moment hadden we alles geloofd.

'Hebben jullie met de secretaresse al iets afgesproken over het hotel? We hebben uitstekende deals. Ik ga naar het Premier Palace, maar sommigen vinden dat te duur. Ze hebben er ook een spa. Het is goed om je te laten masseren voor de embryotransfer, het werkt ontspannend voor het weefsel. 'Dat geldt niet voor jou,' zei hij tegen Bern. 'Jij moet alleen wat handwerk verrichten. Dus, zet hem op! En laten we hopen dat het heel hard sneeuwt!'

Van de maanden daarna weet ik bijna niets meer, behalve dat ik nog een hormoonkuur deed, een andere, die minder slopend was. De doktersassistente belde over de vliegtickets. Zij zou alles regelen. Waarom kozen we voor het ándere hotel? Wisten we het zeker? Het prijsverschil was helemaal niet groot en de dokter zat ook in het Premier Palace, wat geruststellend kon zijn. En wilden we ook een stadstour doen met een gids? Van dinsdag (de dag van het opvangen van het zaad) tot zaterdagochtend (de dag van het inbrengen van het embryo) was er niet veel te doen. De dokter raadde iedereen de stadstour aan. Kiev had veel meer te bieden dan zijn patiënten meestal verwachtten.

Met oud en nieuw gingen we naar Corinne en Tommaso, maar ze deden raar en waren afgeleid door hun dochtertje dat vlak daarvoor opgenomen was geweest vanwege een ongelukje in huis. Ze waren de hele tijd gespitst op de geluiden uit de babyfoon en om de beurt sprongen ze op om bij haar te gaan kijken.

Danco was voortdurend aan het woord en toen hij eindelijk zijn mond hield, was niemand in staat om de leegte op te vullen. Al vóór twaalf uur zat Giuliana ongegeneerd te gapen en we lieten ons er allemaal door aansteken.

Bern en ik stapten meteen nadat we op het nieuwe jaar geklonken hadden in de auto, uit ons humeur en jaloers. 'Ze hebben een machine om ijs fijn te hakken,' zei hij. 'Moet je je voorstellen wat dat ding een elektriciteit slorpt!'

En toen kwam het moment om onze koffers te pakken, en daarna de dag van vertrek. Op het vliegveld liep Bern met open mond rond. Alles was nieuw voor hem. Ik moest hem bijna aan de hand meenemen naar de incheckinbalie, en daarna naar de rijen voor de controle.

Hij volgde onze koffers op de bagageband totdat ze waren verzwolgen. Toen we bij de gate kwamen, wees hij me op een Boeing die door het raam te zien was. Hij zag hem vaart maken op de startbaan en soepel loskomen van de grond. Hij glimlachte als een kind. Wie zit er op zijn negenentwintigste voor het eerst in een vliegtuig? vroeg ik me af.

Ik liet hem bij het raampje zitten. Bijna de hele tijd keek hij naar het op schuim lijkende wolkendek. Hij wees ernaar en zei: 'Als je daar toch eens overheen zou kunnen lopen!'

Om geld te besparen hadden we een heel onhandige aansluiting gekozen, bijna negen uur wachten in Frankfurt. Bern weigerde om naar een fastfoodrestaurant te gaan, omdat het vlees daar zeker uit de bio-industrie kwam. De rest was gewoon te duur. We aten eerst wat chocola en daarna een broodje met alleen komkommer en mosterd erop. Toen we eindelijk in het tweede vliegtuig stapten, was ik zo uitgehongerd dat ik de sandwich die de stewardess uitdeelde meteen opat, en die van Bern, die ze op zijn uitklaptafeltje had gelegd omdat hij sliep, direct erachteraan.

Ik zag erg op tegen de canule. Een paar dagen eerder had Sanfelice geprobeerd om hem in te brengen. Een proefritje, had hij het genoemd. Terwijl hij over heel andere dingen praatte, volgde hij de voortgang van de canule op het scherm van het echoapparaat. Hij had me aangespoord om ook te kijken, maar ik had mijn ogen dichtgedaan. Het deed geen pijn. Maar ik had wel de neiging om met mijn nagels in het papier te klauwen waarop ik lag. 'Het is wel een hindernisparcours, met die baarmoederhals van jou,' had hij gezegd. En daarna had hij uitgeroepen: 'Gelukt! Hier gaan we hem plaatsen, de rakker.'

Zou het de volgende keer net zo makkelijk gaan? We hadden ervoor gekozen om het maximale aantal embryo's te laten terugplaatsen: drie in één keer. Als er een tweeling geboren zou worden, des te beter.

Nog voor de landing schrok ik wakker. Mijn darmen waren in opstand gekomen tegen het eten en ik had oprispingen van de mosterd.

'Ben je er klaar voor?' vroeg Bern. Hij klonk ernstig, alsof hij, nadat hij wakker was geworden, een paar minuten diep had nagedacht.

Ik deed alsof de steken in mijn buik geen pijn deden.

'Helemaal.'

Buiten Boryspil Airport wervelde poedersneeuw in de wind, snijdende kristallen die aan je gezicht plakten. Mijn vingers waren zo verstijfd dat ik nauwelijks mijn handschoenen aan kon krijgen. Onze begeleidster Nastja liep een paar stappen voor ons uit, maar ze liep niet, zoals wij, met gebogen hoofd om zich tegen de sneeuwstorm te beschermen.

'Dit zijn de warmste uren van de dag,' zei ze met een wat militaristische uitspraak van het Italiaans. Ze had heel kort, onnatuurlijk roodgeverfd haar, met één lange lok aan de zijkant. Ze schaterde. 'Gisteren min twintig. Eerste keer in Oekraïne, zeker?'

Als in trance liep Bern naar een rotonde midden op de parkeer-plaats, waar een laag sneeuw van ongeveer tien centimeter lag. De bergen sneeuw die Sanfelice had beloofd, waren er niet, alleen maar een hard geworden laag. Bern legde er zijn blote hand op.

'Ik herinnerde me dit niet meer,' zei hij.

Maar ik had geen zin om mee te gaan in zijn verwondering over de sneeuw, niet terwijl mijn gezicht en mijn benen bevroren, niet terwijl die vrouw naast de auto op ons wachtte en mijn darmen door een tang leken te worden fijngeknepen.

In de auto ging Nastja schuin op haar stoel zitten om met ons te praten: 'Weten jullie wie de huzaren waren? Dat waren officieren van de cavalerie, en enorme zuipschuiten. Nou, moet je horen. De kolo-nel van de huzaren nodigt de mannen van zijn regiment uit voor de verjaardag van zijn dochter. Voor het feest instrueert hij ze: jullie mo-gen niet zuipen als een dragonder, niet vreten als een varken en jullie mogen niet vloeken. Dus zitten die huzaren stokstijf aan tafel, waar het diner wordt opgediend, en zijn kwaad dat ze niet mogen eten, niet mogen drinken en nergens commentaar op mogen geven.'

Ze zocht bijval bij Bern, die haar instemmend toeknikte.

'Op een gegeven moment komt de vrouw van de kolonel aan ta-fel, die een heel klein stemmetje heeft. Ze groet de huzaren, die al-maar kwaaier worden, en zegt: ik heb deze schitterende kaarsen van Belgische was, en deze mooie kandelaars uit Venetië, maar ik heb een probleem, beste gasten. Want er zijn negentien kaarsen, maar er passen er maar achttien in de kandelaars. Dus zeggen jullie maar wat ik met die ene kaars moet. Op dat moment staat de kolonel op en schreeuwt: heren officieren, koppen dicht!'

Bern glimlachte. Hij leek gefascineerd door die vrouw, door haar onaangename manier van praten.

'Jullie zijn bezorgd,' zei Nastja, nu met een heel andere uitdrukking op haar gezicht.

'Nee.'

'Jawel. Jullie hebben angstige gezichtjes. Kijk maar hier.' Ze graaide in haar tas en haalde haar telefoon tevoorschijn. Ze liet ons een foto van twee kinderen zien. 'Alle twee met dokter Fedečko. Het sperma van mijn man Taras is dronken.'

Ze blies haar wangen op om te laten zien hoe de zaadcel van haar man eruitzag. De kinderen op de foto hielden stralend een dienblad vol bankbiljetten vast.

'Dertienhonderd dollar. Gewonnen in het casino,' jubelde Nastja. 'Taras wil steeds maar jongens, jongens wil-ie. Alleen maar jongens. Hebben jullie *sex selection* gedaan?'

Buiten trok de lange rij gigantische woonkazernes van de buitenwijken aan ons voorbij. Woonden de vrouwen die hun eitjes voor geld aanboden in deze betonnen monolieten?

Bern raakte helemaal opgewonden toen hij de bevroren Dnjepr zag.

'Kijk! Kijk daar!' zei hij, terwijl hij mijn pols vastpakte. Op de heuvel stond een stel vergulde spitsen.

'Petsjersk Lavra,' kwam Nastja ertussen. 'We gaan er morgen naartoe. En daarboven staat de vrouw van staal. Het laatste Sovjetbeeld, in opdracht van Nikita Chroesjtsjov. Zie je wat een tieten? Echte Russische tieten.' En ze maakte een vulgair gebaar met haar handen.

De pijn had zich uitgebreid naar mijn hele onderrug. Als ik niet heel snel een wc vond, zou er een ramp gebeuren.

'Wat is er met jou?' vroeg Bern.

'Hoe ver is het nog naar het hotel?'

Nastja wees ergens voor ons. 'Na de brug begint het centrum. Nog een mop over de huzaren?'

'Nu liever niet,' antwoordde Bern beleefd. Hij keek me bezorgd aan.

Nastja mompelde voor zich uit: 'Ja, ja, heel erg bezorgde gezichtjes, ja.'

De zuilen in de hal van het hotel waren bekleed met plastic dat geaderd marmer moest voorstellen. Er lag overal rood tapijt. Het mannelijk personeel zat in livrei in de hoeken van de hal slaperig toe te kijken. Ze volgden ons met hun ogen terwijl we onze paspoorten overhandigden, ons registreerden met voornaam en achternaam en de laatste instructies kregen van Nastja.

'Om vijf uur hier beneden, met potje sperma. Raad van Nastja: een glaasje wodka vooraf, eentje maar, en een plak *salo*, vetspek. Daar krijg je sterker sperma van. Geheim van Taras.'

We duwden de koffers naar de lift. Ik had het gevoel dat iedereen wist waarom we daar waren.

De kamer op de tweede etage had maar één raam, dat uitzag op een parkeerplaats vol met puin. Aan de andere kant stond een gebouw dat half ingestort was, of nooit afgemaakt.

Ik sloot me op in de badkamer, terwijl Bern zich achterover liet vallen op de chenille sprei. Ik liet het bad vollopen en bleef er eindeloos in liggen weken, al leek het water dat uit de kraan kwam net zo smerig als de rest. Maar het was tenminste kokendheet en het hielp tegen het rillen.

Bern volgde Nastja's advies naar de letter. Ik wilde op de kamer blijven, onder de dekens kruipen en wachten, maar hij dwong me om me weer aan te kleden. We moesten op zoek naar spekvet.

Buiten, op de Chresjtsjatyk, werden we belaagd door harde vlagen ijskoude Siberische wind. We liepen meer dan een halfuur, eerst langs een park en daarna heuvelaf langs de weg die naar het treinstation leidde. Het plein ervoor was een enorme, verraderlijke ijsvlakte, en toen ik zag wat voor mensen er stonden, alleen maar mannen met mutsen tot op hun ogen, smeekte ik Bern om meteen weer weg te gaan.

We namen dezelfde weg terug en gingen bij een café naar binnen dat in de vorige eeuw was blijven steken: kanten gordijntjes voor de ramen, schrootjes aan de wanden, knipperende kerstlichtjes. Het lukte Bern om, met handen en voeten, het spek te bestellen. De vrouw bracht het hem in dikke repen gesneden, met ingemaakte komkommer erbij.

'Dat ziet er goor uit,' zei ik.

'Het is voor de goede zaak,' zei hij geamuseerd. Toen pakte hij een reep vet tussen duim en wijsvinger en liet hem in zijn mond zakken. Mijn darmen begonnen weer te protesteren. Bern at al het spek dat er op het bord lag.

Er was nog tijd over, hij wilde lopen. Hij was een en al enthousiasme over zijn eerste reis naar het buitenland, zo ver van Speziale. Afgezien dan van dat raadselachtige jaar dat hij met zijn vader in Duitsland had gewoond. Maar hij was toen nog te jong om het zich te herinneren, behalve dan een paar vage flarden. En praten deed hij er sowieso niet over. Zelfs de damp uit onze mond was voor hem een wonder. Ik liet me bewust aansteken door zijn uitbundige plezier. Per slot van rekening was het onze huwelijksreis, een heel merkwaardige en ook enge, maar wel onze huwelijksreis. Voor Danco en de anderen waren we nu in Boedapest de toerist aan het uithangen. Ik kon op zijn minst doen alsof het echt zo was.

Toen we terugkwamen in het hotel, stonden alle echtparen om Nastja heen in de kleine salon die aan de hal grensde. De vrouw spreidde haar armen en riep keihard: 'Daar heb je ze. Potje, snel!'

Ze vroeg aan Bern of hij blaadjes of foto's nodig had, ze had er een heel stel in haar tas. Hij weigerde, al was hij gefascineerd door haar lompe gedrag. Hij vroeg of ik daar op hem wilde wachten.

Nastja nam me mee naar de fauteuils en dwong me bijna om in de enige vrije te gaan zitten. De vrouw naast me draaide zich naar me toe en zei: 'Gisteren was mijn baarmoederslijmvlies veertien millimeter dik. Sanfelice zegt dat dat perfect is.'

Ze stelde zich niet voor, gaf me geen hand, zei niets om het gesprek op gang te brengen, ze vertelde me gewoon hoe dik haar baarmoederslijmvlies was, en daarna zei ze: 'Dit is de zevende keer dat wij hier zijn. Maar het werd steeds dunner. Hebt u trouwens gezien wat een sneeuw buiten?'

Toen draaide ze zich weer van me af om naar Nastja te luisteren, die in het midden stond en dezelfde mop over de huzaren vertelde waar ik een paar uur eerder ook al niet om had kunnen lachen. Ik bleef strak naar de deuren van de lift aan het eind van de hal kijken, tot Bern verscheen. Hij liep door de lege ruimte en gaf ten overstaan van iedereen zonder enige gêne het potje aan Nastja.

'De laatkomer,' zei ze, en inspecteerde het potje toen tegen het licht. 'Heel goed, er zit veel in. Weten jullie wat ze in Kiev zeggen? Dat je altijd een voorraadje moet hebben voor de donkere dagen. Want vroeg of laat komen die. Altijd. *Čornij deń*, de donkere dagen.'

De dag erop ging een deel van de echtparen terug naar Italië: degenen die geld genoeg hadden om op en neer te gaan met het vliegtuig. De andere stellen hingen rond in het hotel, net als wij, en net zo lusteloos en hoopvol als wij. Maar we praatten niet veel met elkaar. Het leek wel of er een stilzwijgende competitie aan de gang was.

Door een sneeuwstorm zaten we twee dagen in onze kamer opgesloten. De windstoten waren zo hard dat de ruiten ervan kraakten. De wind heette *buran*, de wervelende sneeuw *purga*. Bern vond dat grappig en bleef maar zeggen: *buran, purga, buran, purga*.

Ik was tot niets in staat. Ik bleef aan bed gekluisterd naar de vochtplekken op het behang staren en probeerde de oorspronkelijke kleur te raden. Naast mij lag hij de gids van de stad te bestuderen, met dezelfde concentratie als waarmee hij alle boeken las. Soms las hij me hardop iets voor, en daarna zocht hij een potlood om de regels die hem interesseerden te onderstrepen.

Maar de derde dag, de dag vóór de embryotransfer, scheen de zon, die geen warmte gaf maar door de sneeuw wel oogverblindend was. Nastja wachtte ons op in de hal, voor de toeristische rondleiding. Ik wilde niet mee, maar Bern begreep niet waarom niet: we waren er toch, de hele stad was voor ons, en het was een schitterende dag.

'Zo, dappere kinders,' zei Nastja toen ze ons zag. 'We gaan meteen.'

De stad maakte, net als in het begin, een vijandige, angstaanjagende indruk op me: de voetgangerstunnels met de treurige winkels, de laveloze zwervers, en dan naar beneden, de metro in, met roltrappen die zo lang en steil waren dat ze naar het middelpunt van de aarde leken te gaan, en de namen van de haltes in dat onbegrijpelijke schrift. Bern en Nastja liepen de hele tijd een paar stappen voor me uit, in een gesprek verwikkeld dat ik niet kon en niet wilde volgen. Een verstikkende hitte binnen in de gebouwen, een verlammende kou buiten. Ik probeerde om ook mijn mond en neus te bedekken met mijn sjaal.

Toen we over de Andriivskyj naar boven liepen, gleed ik twee keer bijna uit. Bern keek met een vreemd soort onverschilligheid naar me om, alsof hij geïrriteerd was. Hij wilde naar de kraampjes en moest en zou een gasmasker kopen uit de tijd van de Koude Oorlog. Nastja hielp het op te zetten.

'Danco zou dit leuk vinden,' zei hij, maar we hadden niet genoeg geld en we wisten niet zeker of ze deze ook in Boedapest hadden, dus liet hij het zitten.

Ik keek naar de meisjes. Ze waren inderdaad zo mooi als Sanfelice had gezegd, rank, mager, donker haar en een heel lichte huid. Misschien is zij het wel, dacht ik bij mezelf, toen ik de heldere blik van een passante kruiste. Hoe zou ze heten? Natalija? Solomija? Ljudmyla? En zou ze nog meer kinderen hebben? Ik kon die gedachten niet stilzetten, en ik durfde ze ook niet met Bern te delen. Hij zou gezegd hebben dat ik niet van die rare dingen moest denken, en hij zou Sanfelices woorden citeren, zoals hij dat vroeger met de psalmen deed.

Ik haalde hem over om terug naar het hotel een taxi te nemen. Nastja steunde me daarin, ik moest de volgende dag uitgerust zijn.

Terwijl we over de brede weg met bomen erlangs terugreden, kwam er uit de autoradio een liedje dat ik kende. Ik zong zachtjes een stukje mee.

'Wat is dat?' vroeg Bern.

'Roxette. *Joyride*. Ik luisterde er vroeger altijd naar.'

De chauffeur had iets opgevangen, want hij zei: '*Roxette, yeah! You like music nineties?*'

Ik zei dat ik er inderdaad van hield, maar vooral om zijn enthousiasme niet te temperen.

'*I also*,' zei hij, en hij keek me via de achteruitkijkspiegel met zijn heldere ogen aan. '*Listen*.'

De rest van de weg, tot we weer op de Chresjtsjatyk waren, koos hij het ene na het andere nummer voor me uit, en vroeg dan elke keer met een gebaar of ik het mooi vond: *Don't Speak*, daarna *Killing Me Softly*, en toen *Wonderwall*. Ik keek uit het raampje, de zon was allang onder, het deel van het trottoir dat het verst van de lantaarnpalen af lag, bleef donker.

Voor de ingang van het hotel zei Nastja: 'Morgen geld, denk eraan. In contanten euro.'

Boven de schuifdeuren van de kliniek was een ooievaar neergestreken. Een van steen, maar zo goed nagemaakt dat ik de eerste keer dacht dat hij echt was. Sanfelice had besloten dat hij in alfabetische volgorde zou werken, uitgaande van de achternamen van de vrouwen. Wij waren het derde stel.

Toen we door de deuren heen waren, kwamen we in een moderne ruimte, een brokje toekomst in een buurt waar al het andere er oud en versleten uitzag. Nastja hield me bij mijn arm vast, alsof ik ervandoor zou gaan. Voordat ik de mat over was, gaf ze me twee plastic hoesjes.

'Voor over je schoenen. Ook voor jou,' zei ze tegen Bern, die stilletjes achter ons aan kwam. Ze deed kortaffer tegen hem dan de dag ervoor, alsof hij op dat moment alleen maar in de weg liep.

Ik trok het blauwe plastic over mijn schoenen. Die aandacht voor hygiëne had me gerust moeten stellen, maar toen ik de glimmend geboende trappen opliep en Bern een andere gang in werd gestuurd, zonder dat we de kans kregen om elkaar gedag te zeggen, en toen ik de in het Engels gestelde formulieren vol grammaticafouten invulde, waarin ik toestemming gaf om de embryo's in te vriezen en ze na tien jaar te vernietigen, werd ik juist steeds nerveuzer.

De verpleegsters spraken Oekraïens onder elkaar, of misschien was het Russisch. Als ze toevallig mijn verwarde blik zagen, glimlachten ze zo hartelijk, zo onpersoonlijk, dat ik me afvroeg of ik soms tot een andere soort behoorde.

Daarna lag ik in een operatiezaal vol apparaten en lampen, met overal tegels, ook op het plafond. Aan de ene kant dokter Fedečko, die boomlang was en een blonde snor had, aan de andere kant Sanfelice, die als altijd vrolijk was, maar zich wel wat meer inhield dan anders, alsof hij ondergeschikt was aan zijn collega.

'We hebben top-blastocysten,' zei hij, 'allemaal 3AA. Die van de mevrouw hiervoor, bijvoorbeeld, waren maar B.'

Intussen bracht Fedečko, veel voorzichtiger dan Sanfelice bij de proef, de canule in en probeerde daarvoor de minst bochtige weg te vinden. Hij was zo klaar. De dokters feliciteerden me, waarom wist ik niet. Ik was stil blijven liggen, dat was alles, en wat er gebeurd was, leek niets met mij te maken te hebben, of alleen maar zijdelings.

Ik werd naar een andere kamer overgebracht, een kleinere met een groot raam. Ik moest hier eindeloos wachten, leek het. Je zag de besneeuwde heuvel liggen, en midden in al dat wit de spitsen van de Petsjersk Lavra. We hadden het klooster de dag ervoor bezocht, maar het was veel fascinerender om het vanuit de verte te zien liggen, als een fata morgana.

Ik had het koud. En waar was Bern? Opeens maakte ik mezelf wijs dat hij niet meer in het gebouw was, misschien niet eens meer in de stad, en alles werd ver, onbereikbaar, net als de miniatuur-Lavra op de heuvel.

Toen zwaaide de deur open. Sanfelice, Fedečko en twee verpleegsters kwamen binnen, en achter hen, – hij leek wel gekrompen – Bern. Hij durfde pas naar mijn bed te komen toen we alleen waren. Hij hielp me op te staan en de kleren aan te doen die op bovennatuurlijke wijze van het kleedhokje waar ik ze had uitgetrokken in de kast van die kamer terecht waren gekomen.

Zonder begeleiding liepen we nu door andere gangen. In mijn afwezigheid had Bern de weg geleerd, alsof hij zijn tijd had doorgebracht met het verkennen van het doolhof van de kliniek met de ooievaar. We liepen nog meer trappen af en ineens stonden we in de centrale hal. Nastja bukte om de plastic schoenbeschermers van mijn schoenen af te halen. Ze wees naar de auto die buiten op ons wachtte.

Op de masseria was alle vegetatie in winterslaap. Het sap in de planten stroomde traag. Net als de natuur om ons heen waren Bern en ik in afwachting. Hij observeerde me in stilte, op zoek naar een verandering in mijn lichaam, in mijn metabolisme, in mijn slaap. Ik maakte ruzie over kleinigheden, bijvoorbeeld omdat hij de betonvloer van het terras niet had geveegd en de bladeren de afvoer hadden verstopt. Eigenlijk had ik tegen hem willen schreeuwen: hou op met achter me aan lopen, hou op met dat gevraag hoe ik me voel, hou op met dat eeuwige geloer! Leven ontstaat hoe dan ook in het verborgene, diep in de buik, dus je kunt het toch niet zien. Maar ook ik was ervan overtuigd dat mijn zenuwen zo gespannen waren, mijn waarneming zo scherp, dat zelfs de kleinste verandering niet aan mijn aandacht zou ontsnappen. In werkelijkheid voelde ik me precies zoals eerst, behalve dat ik lustelozer en prikkelbaarder was. Daarom was ik ook niet verbaasd toen Sanfelice, nadat hij de uterussonde had rondgedraaid en het beeldscherm, waarop allemaal vage schaduwen te zien waren, had bestudeerd, aankondigde dat er niets zat, niets wat bewoog.

'Jammer. Al die prachtige blastocysten. Enfin, de volgende reis is in maart.'

Bern was niet meegegaan voor dit onderzoek. Laten we doen alsof het een gewone dag is, net als alle andere, had hij gezegd.

Ik belde hem. Hij was op de markt in Martina Franca. Hij liet me wachten, omdat hij een klant aan het helpen was. Ik hoorde ze heen en weer praten, en ik stelde me voor hoe hij daarna op zijn knieën onder de tafel ging zitten om wat privacy te hebben. Samenzweren was voor ons allebei een gewoonte geworden.

'En?' vroeg hij zachtjes.

Ik vertelde hem zonder omwegen, bijna bot, wat de uitslag was. Maar ik had direct spijt en zei erachteraan: 'Ik vind het heel erg voor je.'

'Het is oké,' antwoordde hij, maar zijn ademhaling klonk gejaagd.

'Ik vind het erg voor je,' zei ik nog een keer.

'Waarom zeg je dat? Waarom vind je het erg voor mij?'

'Het is dat je het zegt, maar toch is het zo: ik vind het erger voor jou dan voor mij.'

'Dat meen je niet, Teresa. Je bent gewoon van slag. Je meent het echt niet.'

'Je moet misschien een andere vrouw zoeken, Bern. Een bij wie het allemaal beter werkt.'

Dat ik gelijk had, begreep ik tijdens de stilte die viel voordat Bern antwoordde dat er allemaal niks van klopte, dat ik dat niet moest zeggen, dat het onzin was wat ik zei; een heel kort moment, niet meer dan een aarzeling, zo lang als nodig is om iets dieper in te ademen. Hij overwoog de mogelijkheid die ik hem had geboden. Heel even woog hij twee dingen tegen elkaar af die niet tegen elkaar af te wegen zijn: zijn verlangen naar mij en het hartverscheurende verlangen naar een kind. Dat kon natuurlijk gebeuren. In het leven van een mens kan het gebeuren dat er verlangens ontstaan die onverzoenbaar zijn. Dat was niet eerlijk, maar je kon het niet voorkomen, en het gebeurde nu met ons.

Door zijn aarzeling besefte ik welke van de twee verlangens sterker was, al ontkende hij het nu zo hard als in een telefoongesprek vanaf een markt maar mogelijk was. Maar ik was niet boos op hem. Integendeel, ik voelde me rustig en net zo helder als die nacht dat ik krampen had. Eigenlijk voelde ik niets meer.

Ik zei: 'Misschien besef je het nu niet. Maar over vijf, tien of twintig jaar, of wanneer ook maar, zul je je hoe dan ook realiseren wat ik van je heb afgepakt, en dan zul je me erom haten. Omdat ik je leven heb verpest.'

'Je weet niet wat je zegt, Teresa. Dit zeg je omdat je teleurgesteld bent. Ga naar huis. Ga wat rusten. We maken gewoon nog een reis, we proberen het nog een keer.'

'Nee, Bern. Er komt niet nog een reis. We zijn al te ver gegaan. En het zou ook zinloos zijn. Vraag me niet hoe ik dat weet, maar het is gewoon zo.'

Het rumoer van de markt. Ik zag hem zo voor me, Bern die steeds dieper weggedoken zat onder de tafel.

'We zijn getrouwd, Teresa.'

Hij zei het streng, alsof dat feit genoeg was om een einde te maken aan het gesprek. Het zou niet werken. Niet zo. Bern zou aandringen, desnoods smeken, en dan zouden we elkaar thuis zien en zou hij met zijn doordachte zinnen, woord voor woord, de breuk herstellen. En dan zouden zijn schitterende zwarte ogen mij weer buitenspel zetten, en zouden we weer van voor af aan beginnen.

Weer als gekken achter geld aan, weer een behandeling, nog een reis voor niks naar de naargeestigste plek ter wereld, en dan weer de teleurstelling enzovoort, tot in het oneindige, tot we elkaar kapot zouden hebben gemaakt.

Ik zag weer het uitdrukkingsloze gezicht voor me van de vrouw die in het hotel in Kiev naast me had gezeten, de obsessie die in de loop der jaren een heel ander iemand van haar had gemaakt. Ik wilde niet zo eindigen. We waren nog jong.

Ik zei: 'We hebben een fout gemaakt.'

'Hou op!'

Vreemd, die omkering van rollen tussen ons. Ik had dit niet voorzien. Ik had niets van dit alles voorzien. Vanaf het begin was ik altijd degene geweest die erop voorbereid was om verlaten te worden. Ik had duizend kilometer bij hem vandaan waanzinnig van hem gehouden, terwijl hij zich met een ander meisje in de nesten had gewerkt. En het was misschien door de verdrongen, verzwegen herinnering aan die zomer, dat ik nu wist wat me te doen stond, hoe ik de neerwaartse spiraal waarin we terecht waren gekomen kon doorbreken, een spiraal die was ontstaan op het moment dat Corinne en Tommaso ons over hun kindje vertelden en wij aan het fantaseren waren geslagen over ons eigen dochtertje. Ja, er was maar één manier om Bern zijn vrijheid terug te geven en de mijne terug te krijgen.

'Er is iemand anders,' zei ik.

'Iemand anders?' zei hij bijna fluisterend.

Ik kende hem goed genoeg om te weten dat dit de enige manier was. Ik was volkomen helder en wist precies wat ik deed. Ik was uitgeput en woedend en mijn hart was gebroken. Ik ging niet stoppen.

'Ja, ik heb iemand anders.'

'Je liegt.'

Ik reageerde niet, want als ik dat gedaan had, zou hij begrepen hebben dat ik loog.

Toen veranderde zijn stem. Bern werd iets heel anders, iets wat ik nog nooit had gezien, één brok woede.

'Hij is het, hè? Is hij het, Teresa? Zeg op! Is hij het?' schreeuwde hij.

'Het doet er niet toe wie het is.'

Lange tijd waren dit de laatste woorden die we tegen elkaar zeiden. 'Het doet er niet toe wie het is.' Het waren zelfs bijna de laatste woorden van ons korte, onfortuinlijke, absurde, en ondanks alles volmaakte huwelijk.

Ik ging niet terug naar de masseria. Ik reed uren rond in de auto, tot na zonsondergang. Later kon ik niet meer terughalen hoe ik door de buitenwijken van Francavilla had gereden, en daarna over onverharde landweggetjes, weggetjes die soms onverwacht ophielden bij een hek, waakhonden die woest blaffend naar de omheining kwamen gerend.

Ik reed terug naar Speziale, maar ik kon niet naar huis. Ik had een voorgevoel dat Bern daar was, en op mij wachtte om met eigen ogen te zien of het waar was wat ik aan de telefoon had gezegd, omdat hij me dan in levenden lijve voor zich had en niet alleen op mijn stem hoefde af te gaan. Alleen door een nacht weg te blijven zou het niet-bestaande verraad dat ik had bekend, geloofwaardig worden.

Hij is het, hè?

Is hij het?

Vóór het weidepad van de masseria sloeg ik af naar oma's villa. Ik belde aan en wachtte tot het elektrische hek zou openzwaaien. Door het knipperlicht dat boven aan het hek zat, kon je steeds heel even het land zien.

Riccardo kwam naar me toegelopen, hij had een trainingspak aan. Ik vroeg of ik daar kon blijven die nacht, of ik in het kleine huisje kon slapen. Het was een brutale, bijna belachelijke vraag, maar waarschijnlijk zag ik er zo overstuur uit dat hij zei: 'Natuurlijk kan dat, maar het is er steenkoud.'

'Dat maakt me niet uit.'

'De logeerkamer is vrij. Kom binnen. Ik ga even wat lakens halen.'
De logeerkamer was mijn kamer. Nadat hij me lakens en handdoeken had gegeven, en ik elk aanbod om iets te eten had afgeslagen, deed Riccardo de deur dicht en wenste me goedenacht. Hij had wel door dat ik zijn aanwezigheid geen minuut langer kon verdragen.

En dus was ik weer terug bij af, in mijn kinderkamer, de villa al uren donker en ik nog wakker, klaarwakker, maar doodmoe, zo moe dat het onmogelijk was om in slaap te vallen. Liggend in hetzelfde bed waar alles begonnen was.

Er filterde licht door de luiken. De maan die opkomt, dacht ik. Maar het kon de maan niet zijn, want het licht bewoog. Ik stapte uit bed, gooide het raam open, en de kou sloeg me in het gezicht. En toen zag ik het vuur, de veelkleurige gloed van de vlammen, en de rookkolom die, omdat er geen wind stond, recht omhoogsteeg en opging in de zwarte nacht. Het was bij de masseria! Het geluid en de geur van de brand kwamen niet tot bij de villa, alleen dat felle licht kwam door de bladeren van de bomen.

Mijn eerste impuls was om erheen te rennen, maar een ogenblik later begreep ik dat het slechts een signaal was, Bern die een laatste schreeuw de nacht in zond zodat ik naar hem toe zou komen rennen en alles wat ik aan de telefoon had gezegd zou herroepen. Een vuurzee om te zeggen: zolang het vuur brandt, wacht ik hier, bereid om alles wat je zegt te geloven, bereid om alles te vergeten. Maar als de vlammen gedoofd zijn en de verkoolde resten niet meer smeulen, zal ik er niet meer zijn, en zal alles wat je gezegd hebt voor altijd waar zijn.

Ik vroeg me af wat hij in brand had gezet, de gereedschapsschuur, de kas of het huis zelf, met alles wat van mij en van hem was erin. De dag erna zou ik ontdekken dat het de houtstapel was geweest, de hele voorraad. Maar in mijn kamer in de villa wist ik dat nog niet. Op dat moment kon ik alleen maar blijven kijken, met mijn voeten op de ijskoude stenen vloer, zonder mijn hand uit te strekken naar het bed om de deken te pakken en die om mijn schouders te slaan, alleen maar kijken, tot de vlammen afnamen en pas tegen de ochtend helemaal doofden.

Twee dagen na die onverwachte, choquerende scheiding vertrok ik naar Turijn. Ik had het gevoel dat mijn tijd in Speziale ten einde was. Ik zou, nu ik te oud was, doorgaan met wat ik had opgegeven toen ik nog te jong was.

Maar ik hield het nog geen maand uit. De efficiënte, kille manier waarop een stad functioneert, de regen en de heldere, hartverscheurende dagen van maart, maar vooral de omzichtige verdraagzaamheid van mijn ouders, hun onuitgesproken vreugde dat mijn onderneming mislukt was: mijn zenuwen waren tot het uiterste gespannen. Puglia was voor mij het heden geworden, en dus ging ik terug. Niet gespannen, zoals toen ik een meisje was, en ook niet opgelucht, zoals de laatste jaren, maar enigszins gelaten, alsof er intussen geen alternatief meer was. Ik wist zeker dat ik Bern er niet zou aantreffen, en zo was het ook.

Soms kon ik niet slapen van angst. Mijn hoofd zat vol enge verhalen die ik in de loop van de tijd over het land daar had gehoord: een man was in zijn huis overvallen, met handen en voeten vastgebonden, en uren gemarteld met een gloeiend heet stuk ijzer. Het waren vast maar verhalen, maar in het donker en de stilte joegen ze me toch de stuipen op het lijf. Op een nacht hoorde ik buiten, heel dicht bij het huis, iets metaalachtigs klepperen. Bibberend opende ik de deur. Een hond wroette met zijn snuit in de vuilnisbak die op zijn kant lag. Hij keek me heel even strak aan en ging er toen vandoor.

Maar uiteindelijk wende ik eraan. Na het vertrek van Danco en de anderen was alles in zekere zin een geleidelijke training geweest voor de eenzaamheid waarin ik nu leefde. Ik aanvaardde de rauwe troost die de natuur me kon bieden. Om me iets minder geïsoleerd te voelen, kocht ik een geit die ik vrij over het terrein liet lopen. Ik begon vaker naar het dorp te gaan, ik schreef me in bij de vrijetijdsvereniging, ging bij een volleybalclub en het kerkkoor. Ik liet in de masseria vaste telefoon en een internetverbinding aanleggen. De technicus van het bedrijf, een jongen met lang haar in een staart, liep als een wichelroedeloper met een metalen paal over het terrein te zeulen om verbinding te maken met de beste mast. Hij installeerde de antenne en stond perplex over mijn totale onwetendheid op het gebied van computers. Hij gaf me de nodige aanwijzingen en voor alle zekerheid ook zijn visitekaartje.

Een ex-leerlinge van mijn oma, die nu lesgaf op de basisschool, kwam op het idee om rondleidingen op de masseria te organiseren. Het project dat we daar hadden opgezet was heel waardevol, zei ze, ik kon kinderen daarmee respect voor het land en de traditie bijbrengen. Aanvankelijk was ik sceptisch, ik had geen ervaring met schoolklassen en ik voelde me niet bevoegd om over de principes die we op de masseria in praktijk brachten te praten, want Bern en Danco hadden die geïnitieerd en ik deed hen alleen maar na. Maar het bleek makkelijker dan ik dacht. Ik leerde de kinderen dat je met bodembedekking tot negentig procent water kon besparen, en dat het cruciaal was om dat te doen. Ik legde ze uit waarom een spiraalvormige moestuin efficiënter was dan de rechthoekige waar ze aan gewend waren. Ik bedacht wedstrijdjes waarbij ze geblinddoekt, op de tast en afgaand op de geur kruiden moesten herkennen. Ik liet ze zaaien en sproeien, en als ik ze wilde provoceren, liet ik ze zien hoe het ecologische toilet werkte, hoe het als mest voor de grond kon dienen. Alleen de dappersten bogen zich over de stinkende compostkuil.

Over Bern wist ik dat hij een tijdje gezworven had, maar nu op een verdieping in Taranto woonde, met Tommaso, sinds ook hij en Corinne uit elkaar waren. Ik had met niemand meer contact en hoorde het van Danco toen die, op verzoek van Bern, op een dag op de masseria verscheen om een hele lijst spullen op te halen.

'Hij kon zelf toch wel komen,' zei ik voor ik er erg in had.

'Na wat je hem geflikt hebt?'

Misschien realiseerde hij zich hoe tactloos dat was, want hij zei erachteraan: 'Maar dat is niet mijn zaak.'

Hij liep volkomen op zijn gemak door de kamers, alsof hij er nog thuis was. Hij keek op het briefje met Berns handschrift.

'Hoe gaat het met hem?' vroeg ik.

'Goed.'

Dat hij safe was, had me gerust moeten stellen, maar die ruimhartigheid kon ik niet opbrengen. Ik ging, opeens moe, aan de keukentafel zitten kijken hoe Danco de laden overhoophaalde.

'Bern is gemaakt voor grote ambities,' zei hij op een bepaald moment. 'Niemand van ons heeft het recht om hem af te remmen.'

'Is dat volgens jou wat ik gedaan heb? Hem afremmen?'

Danco haalde zijn schouders op. 'Ik zeg alleen dat we, voordat jij op de masseria kwam wonen, plannen hadden. En die kunnen we nu weer oppakken.'

'Over welke plannen heb je het? Dat wil ik wel eens weten. Koeien bevrijden? Schapen?'

Hij draaide zich om en keek me aan. 'Er zijn belangrijker dingen dan wijzelf, Teresa. Jij bent altijd slaaf geweest van jouw idee van geluk.'

Maar ik was niet bereid om zijn georeer aan te horen, niet meer.

'En gaan jullie die plannen financieren met het geld van het huis van mijn oma? Laat dat koffiezetapparaat staan, zet neer dat ding! Dat heb ik gekocht, het is van mij. Als Bern het op zijn lijstje heeft gezet, dan is dat een vergissing.'

Hij zette het terug. 'Zoals je wilt.'

Ik wachtte tot hij zijn lijst had afgewerkt. Ik bleef al die tijd zitten waar ik zat, in een soort cocon van wrok, die ik zelf stom vond.

Voor hij wegging, groette Danco me met een handgebaar. Op de tafel onder de pergola vond ik het lijstje, met op de achterkant het nieuwe adres van Tommaso.

Een jaar lang hoorde ik verder niets over Bern. Tot de ochtend waarop ik wakker werd van het geluid van banden op het weidepad. Het was net licht.

Een fractie van een seconde nadat er iemand vastberaden begon aan te kloppen, was ik al bij de deur. Voordat ik opendeed, vroeg ik niet wie er was. Ik pakte mijn jas van de kapstok en trok hem aan over mijn nachthemd.

Een van de agenten stelde zich voor, maar ik vergat zijn naam meteen, misschien had ik hem niet eens gehoord. Hij zei: 'Bent u mevrouw Corianò?'

'Ja.'

'De vrouw van Bernardo Corianò?'

Ik knikte weer, hoewel het vreemd was om op die koude ochtend aan hem herinnerd te worden.

'Is uw man thuis?'

'Hij woont hier niet meer.'

'Is hij in de afgelopen uren niet hier geweest?'

'Ik zei toch dat hij hier niet meer woont.'

'Heeft u enig idee waar hij nu zou kunnen zijn?'

Iets bracht me ertoe om nee te zeggen, een vage beschermings-drang. Het briefje met het adres dat Danco had achtergelaten, moest nog ergens liggen, en doordat ik er vaak naar had gekeken wist ik het ook uit mijn hoofd. Maar ik zei nee.

Jullie hebben beloofd om over elkaar te waken... Blijf dat altijd doen.

'Heeft u liever dat we binnenkomen en erbij gaan zitten, me-vrouw?'

'Nee. Ik blijf liever staan. Hier, op deze plek.'

'Zoals u wilt. Ik neem aan dat u niet weet wat er vannacht ge-beurd is.' De agent streek over zijn kin, alsof hij zich geneerde. 'Het schijnt dat uw man betrokken is bij een moord.'

De naad van mijn jas schuurde tegen mijn hals. Zonder een coltrui of sjaal eronder zat hij niet lekker.

'Jullie vergissen je,' zei ik. Ik lachte nerveus.

'Er is een confrontatie geweest vanwege het omkappen van een paar olijfbomen. Hij was een van de betogers.'

De absurditeit van het moment. Het licht over het land was wittig, mat.

'Wat voor moord?' vroeg ik.

'Op een politieagent. Hij heette Nicola Belpanno.'

5

Tommaso's handen lagen nog steeds op de sprei. Hij keek ernaar zonder zijn kin naar zijn borst te brengen, hij bewoog alleen zijn ogen, alsof hij het geometrische dessin van de stof, de rode en blauwe ruiten, in gedachten kon laten doorlopen. Zijn vingers waren gespreid, alsof hij zeggen wilde: dit is alles, verder valt er niets te vertellen, ik heb dit keer niets weggelaten.

Er was dus het verhaal dat ik kende, en nog een ander, geheim verhaal. In dat geheime verhaal stierven een meisje en haar kind. Maar Bern had er nooit met me over gesproken, hij had zich tot het laatst aan zijn belofte aan de anderen gehouden. Niet één verhaal, maar twee, zei ik almaar tegen mezelf. Allebei waar, net zo waar als Tommaso en ik nu in levenden lijve in deze kamer zaten, waar de verwarming al uren uit was. Twee versies, als de tegenover elkaar liggende hoeken van een doos: je kon ze niet tegelijk zien, behalve in je verbeelding. De verbeelding die ik koppig had geweigerd te gebruiken als het om Bern, Violalibera, hun kind en de anderen ging. Blind en doof was ik, en erger: koppig. Onverzettelijk.

Toch zei ik niets. Ik zei niet eens: aha, dus zo is het gegaan. Ik zweeg, vanaf het moment dat Tommaso had beschreven hoe Violalibera zichzelf aan de olijfboom had vastgebonden. En nu zweeg hij ook. Zo waren er vijf minuten voorbijgegaan, misschien wel meer.

Toen zei hij: 'Kun je even naar Ada kijken?' Bijna opgelucht stond ik op.

Ik liep naar de bank en zag het trage, ritmische op- en neergaan van de deken, die met Ada's borst meebewoog. Alle kalmte van de wereld lag in die ademhaling. Ik nam de tijd om me erdoor te laten aansteken en liep toen terug naar Tommaso, aarzelend of ik weer op de martelstoel zou gaan zitten of zou blijven staan.

'Ze is rustig,' zei ik.

Hij had zijn handen, die bloedeloze handen van hem die altijd kinderlijk zouden blijven, gevouwen op de omslag van het laken gelegd.

'En dan is er nog iets,' zei hij. 'Medea moet uitgelaten worden.'

Ik keek naar de hond die opgerold op het voeteneinde van het bed lag, misschien wel boven op de voeten van Tommaso.

'Volgens mij slaapt ze als een roos.'

'Dan ga ík, het lukt wel.'

Hij gooide de deken van zich af en zette een voet op de vloer. Hij droeg alleen een witte boxer onder zijn t-shirt. De onverwachte aanblik van zijn blote benen bracht me even van mijn stuk. Hij stond op, maar viel bijna meteen terug.

'Misschien beter van niet,' zei hij en ging weer liggen. 'Zodra ik van houding verander, begint alles te draaien.'

Ik pakte met tegenzin de riem die aan het kastje hing. Toen Medea de musketonhaak hoorde klikken, kwam ze direct overeind. Ze sprong van het bed en blafte twee keer, voordat Tommaso koest zei.

'Als je andere honden ziet, hou haar dan zo strak mogelijk. Ook als ze achter een hek staan. Ze kan enorm hoog springen.'

Ik liep naar de haven. Medea snuffelde aan de rand van de stoep: onzichtbare sporen van andere honden die haar waren voorgegaan, of de geur van de vis die er elke dag werd uitgeladen. Het was de vreemdste kerst die ik ooit had meegemaakt.

Ze rukte aan de riem en ik trok veel te hard terug, zodat de halsband even haar keel afsnoerde. Ze keek me beledigd aan. En als

Violalibera het kind nu eens wél had willen houden? Als ze die ochtend niet alleen was gebleven, als de eerste slok van dat oleanderaftreksel nou eens zo vies was geweest dat ze de rest in de gootsteen had gegooid? Het was vreemd om te beseffen dat je lot afhing van andermans keuze, van een moment van zwakte van een ander. Net zo teleurstellend als list en bedrog. 'In gedachten woorden handelingen en omissies,' zei het gebed, maar niemand maakte zich ooit druk over die omissies. Bern en ik hadden ons er ook niet druk over gemaakt.

Toch was ik, toen ik met Medea naar de haven wandelde, zonder een mens in de buurt, voor het eerst in maanden niet eenzaam. Nu ik de feiten kende, leek het of mijn leven naar achteren en opzij, naar alle kanten uitdijde en overliep in dat van Violalibera en Bern, en van de andere jongens. Alsof ik eindelijk samen met hen in het zwembad was gedoken waarin zij de eerste nacht stiekem hadden gezwommen. Bern zou deze gedachten beter hebben kunnen verwoorden dan ik.

Ik keek naar het donkere hoopje dat Medea midden op de stoep had achtergelaten en besloot om te bukken en een van de zakjes te gebruiken die aan de riem waren vastgeknoopt.

Tommaso zat te dommelen. Dat was de enige houding, had hij me aan het begin van die bizarre nacht uitgelegd, waarin niet alle meubels in de kamer op hem afkwamen zodra hij zijn ogen dichtdeed. Ik raakte zijn arm aan, maar hij werd niet wakker. Toen schudde ik wat harder.

'Wat is er?'

'Dus jullie wisten het niet zeker?'

'Hé, hallo, zelfs in Guantánamo zouden ze iemand in mijn toestand niet dwingen om wakker te blijven.'

'Jullie wisten niet zeker van wie het was.'

'Ieder van ons wist zeker dat het van hem was en dat het niet van

273

hem was. Beter kan ik het niet uitleggen, denk ik.'

'En jullie besloten dat jullie steentjes zouden gooien om te beslissen wie de vader was.'

Tommaso verroerde geen vin. Het was allemaal al gezegd, ik zei het alleen nog een keer om zout in de wonden te strooien.

'Maar Bern koos ervoor om expres te verliezen,' ging ik verder. 'Hij wilde het kind houden.'

Of haar. Maar geen van ons tweeën zei dat.

Medea had zich weer opgerold op het voeteneinde, alsof ze nooit weg was geweest.

'En Violalibera zei niets? Had ze niet het recht om te zeggen wat zíj wilde?'

'Bern had eerst met haar gepraat. Denk ik. Dat moet haast wel.'

'Misschien vond ze jullie alle drie wel best. En als jij het was geweest?'

Tommaso draaide zijn gezicht naar me toe. Hij had me tijdens het praten nog nooit zo doelbewust aangekeken. Het overviel me. Toen richtte hij zijn blik weer op de sprei, maar heel langzaam: misschien had hij door de snelle beweging wel een enorme steek in zijn hoofd gekregen.

'Ik neem aan dat hij Violalibera had uitgelegd wat hij van plan was, dat hij haar had beloofd om het steentje het minst ver te gooien. Ze waren samen begonnen en zouden het samen afmaken. Een pact tussen hen tweeën, zoiets. Ik weet het niet, ik heb er niet echt over nagedacht, toen. Nu denk ik dat Violalibera er te laat achter is gekomen dat ze eigenlijk geen van ons allen wilde. Het was een heel vreemd meisje. Je kon alles verwachten van iemand zoals zij.'

Tommaso wreef over zijn gezicht en drukte toen zijn handen tegen zijn ogen.

'Ik wil meer horen over het actiekamp, over die nacht,' zei ik.

'Ik was er niet bij.'

'Maar Bern woonde toch hier, hè? Hier bij jou. Ze kwamen hem op de masseria zoeken, maar hij was hier, voordat hij daarheen ging.'

'Het is twee uur in de nacht.'

Maar ik bleef zitten waar ik zat en Tommaso kreeg in de gaten dat ik niet losliet. Dus gaf hij zich, na een iets langere stilte, gewonnen. 'Goed dan, maar haal eerst even wat wijn. Er moet nog een aangebroken fles onder de gootsteen staan. Als ik tenminste niet vergeten ben dat ik die al opheb.'

'Meen je dat nou?'

'Het is goed voor me. Ik ben een professional, zoals ik al zei. Trouwens, is het kerstavond of niet?'

Ik vond de wijn, schonk een glas voor hem in en liep terug naar zijn kamer. De deur op een kier. Dezelfde lamp op het nachtkastje. Zijn onderlip, droog, eerst bleek en nu rood van de wijn.

'Weet je nog die dag van de bijen?'

'Wat hebben die bijen ermee te maken?'

'Corinne had het me de avond ervoor verteld. Dat ze zwanger was. Van Ada, dus. Dat heeft ze altijd gedaan, mij pas van iets op de hoogte stellen als het te laat was. Ook die keer dat ze besloten had om de verantwoordelijkheid voor de diefstal uit de kas van Nacci op zich te nemen, waardoor ik automatisch bij haar in het krijt kwam te staan. Want anders was ik niet meer op komen dagen. Dat durf ik nu wel toe te geven. Ik zou haar niet zijn gaan opzoeken in de jeugdherberg waar ze tijdelijk onderdak had gezocht, en ik zou haar niet hebben meegenomen naar de masseria en haar aan Bern hebben voorgesteld als mijn vriendin. Al deed zij dat eigenlijk zelf, om precies te zijn. De eerste dag dat we er waren, pakte Corinne mijn hoofd, draaide het naar zich toe en drukte haar lippen op de mijne. Nu ben ik je vriendin, wilde ze daarmee zeggen. Denk eraan, je bent me iets schuldig.'

'Ik dacht dat je verliefd was op Corinne.'

Tommaso zuchtte nu nog dieper.

'Ik denk dat voor sommigen bepaalde dingen wat ingewikkelder liggen. Hoe dan ook, Corinne besloot om met de pil te stoppen. Met diezelfde nietsontziende, egocentrische vastberadenheid, zonder te vragen of ik het ermee eens was. Maar het kind, Ada, was niet waar ze op uit was. Ook dat is typisch voor Corinne. Het kost ontzettend veel tijd voordat je ook maar iets van iemand begrijpt. Te veel tijd.'

'"We huwen het licht en de duisternis."'

'Ja, ik denk dat Cesare daarin gelijk had. Hij had vaak gelijk. Hoe dan ook, Corinne had nooit eerder over kinderen gefantaseerd, die interesseerden haar niet. Een zwangerschap was gewoon de snelste manier om mij voor eens en voor altijd van de masseria weg te krijgen. Dat klinkt oneerlijk, ik weet het. Ze zal je de laatste tijd wel de vreselijkste dingen over me hebben verteld.'

'Ik heb haar al heel lang niet gezien.'

'Maar ze deed het niet bewust. Ze had gewoon een bloedhekel aan de masseria. Zolang ze er haar vader nog mee kon stangen, vond ze het prima, maar toen die fase voorbij was, zag ze hoe het er echt was: oncomfortabel, armoedig, unheimisch. Ik wil je niet beledigen. Hij is gaandeweg wel veranderd, Bern en jij hebben er heel veel aan gedaan, maar toen wij er kwamen, had hij een hele tijd leeggestaan en was het echt zo: oncomfortabel, armoedig, unheimisch.'

Toen hij net weer begon te praten, was hij nogal op zijn hoede, maar nu was hij niet meer te houden.

'Bovendien kreeg Corinne het heen-en-weer van Danco, van zijn arrogantie, zijn gefoeter. Maar ze wist dat ik niet weg zou gaan alleen omdat zij dat wilde, ook al beschouwde ik haar inmiddels als mijn vaste vriendin en dacht ik nooit, of hooguit af en toe, terug aan hoe het begonnen was. Vooral sinds jij er was.'

'Hoe bedoel je?'

Tommaso volgde met de nagel van zijn duim de omtrek van een ruit op de sprei.

'Toen waren we allemaal met z'n tweeën, toch? Maar Corinne wist dat ik niet overstag zou gaan, als ze me gevraagd had om te vertrekken. Dus ze probeerde het niet eens. In plaats daarvan stopte ze met de pil: een week, twee weken, maandenlang, ik heb geen idee. Lang genoeg. Ook toen ze al vijf, zes dagen over tijd was, biechtte ze het niet op, realiseerde ik me pas later. Van het ene op het andere moment was ze niet meer chagrijnig, liet ze niet meer in elk gebaar doorschemeren dat ze ontevreden was, dus toen had ik het ook meer naar mijn zin dan eerst.

Ze zei ook niets toen de uitslag van de zwangerschapstest positief was. Ze vertelde het eerst aan haar vader en moeder en liet zich meenemen naar de gynaecoloog. Gezellig met z'n drieën, het gezin was weer herenigd. Ze kozen ook het appartement uit waar we zouden gaan wonen. En toen vertelde ze me dat ze zwanger was. Ze zag er alleen heel in de verte een pietsje schuldig uit, en verder dolblij en triomfantelijk. Ze zei dat we zo snel mogelijk weg zouden gaan, dat het huis, een zolderetage, over een paar weken klaar zou zijn, en dat er alleen nog een paar meubels moesten worden gekocht, die ze samen met mij wilde uitzoeken. Toen zei ze: "Maak je geen zorgen, mijn vader heeft alles geregeld," en met die summiere verklaring moest ik dan maar alle vreselijke dingen die ze over hem had verteld vergeten. Die avond was ik me heel erg bewust van jullie aanwezigheid in de andere kamers. Ik zei almaar tegen mezelf: je moet alles nu goed in je herinnering vastleggen, want dit is de eerste van je laatste nachten hier. Het leek of ik de ademhaling van het kind in Corinnes buik al hoorde, dat wezen dat nog niet meer was dan een mededeling.'

Tommaso ging steeds meer in zijn verhaal op, terwijl ik dacht: dus zo kiest het leven. Het kiest zonder te kiezen, het ontluikt op een bepaalde plek en niet op een andere, zomaar. Met Corinne en Tommaso en hun gebrekkige liefde ging het goed, met Bern en mij niet.

'De volgende dag was een zondag,' ging hij verder. 'Als ik in alle vroegte naar mijn werk had gemoeten, had ik mijn wanhoop misschien de baas gekund, dan had ik niet nog een tijd met Corinne en alle naargeestige gedachten van die nacht in bed hoeven blijven liggen. Ik moest er niet aan denken om met jullie allemaal onder de pergola te gaan zitten in de wetenschap dat ik al bijna weg was. Dus sprong ik mijn bed uit, pakte mijn kleren en ging naar buiten. Ik dwaalde een tijdje rond, totdat ik ineens in het rietbos stond. De zon viel door de bladeren. Ik zag de bijenkasten. Ik had er serieus niet eerder aan gedacht. En ik dacht er ook niet echt aan toen ik een van de deksels optilde, gehypnotiseerd door het rumoer daarbinnen, door al het kleverige gekrioel. De bijen schrokken niet, ze werden alleen een beetje nerveus, alsof er plotseling een donkere wolk overdreef. Voorzichtig stak ik eerst mijn ene en toen mijn andere hand in de kast. Ze stortten zich op mijn vingers en polsen, ze zochten naar iets. Ik kneep ineens mijn handen dicht. Van de rest herinner ik me niets, alleen dat Bern naast mijn bed zat, in het ziekenhuis, zoals jij nu naast me zit, maar dan aan de andere kant, want ik moest naar rechts kijken om hem te zien. Mijn hele lichaam klopte, maar het deed geen pijn, en ik zag Bern niet scherp want ook mijn jukbeenderen en oogleden waren opgezwollen. Ik probeerde iets tegen hem te zeggen, maar mijn tong werkte niet mee, en hij zei dat ik me rustig moest houden en mijn ogen weer dicht moest doen. Hij beloofde dat hij niet weg zou gaan als ik sliep. Ik wilde niemand anders zien, alleen hem. Ik hoop dat je het niet erg vindt dat ik dit zeg.'

Vond ik het erg? Was ik jaloers toen ik dat hoorde? Misschien niet, voor het eerst niet. Wat een idioot gedoe, die wedijver tussen ons. Alsof er in je hart maar plek is voor één ander, en verder voor niemand. Alsof Berns hart niet één grote kronkelige bijenkorf was, vol hoeken en gaten waar plaats was voor ons allemaal.

'Ga door,' zei ik.

'Er waren zoveel kasten in het zolderappartement dat ze nog niet eens voor de helft gevuld waren met de kleren van Corinne en mij. Een maand lang deden we niets anders dan kopen. Ze wachtte tot ik thuiskwam van het Relais en dan liepen we door het centrum en stroopten alle winkels af. We kochten vooral babyspullen, maar ook kleren voor haar en mij, en huishoudelijke apparaten, want de keuken was ook halfleeg: een mixer, een broodrooster, een yoghurtmachine en een om popcorn mee te maken. Corinne betaalde alles met een splinternieuwe creditcard. We waren zo anders dan eerst, onherkenbaar gewoon. En we hadden het nooit over de masseria, en ook niet over jullie. Niet dat ik ongelukkig was, dat niet. De situatie had ook iets bevrijdends, we hadden ons ontdaan van alles wat Danco ons voorschreef. En ik ging, na al die jaren, de stad weer waarderen, de chaos die er heerste. Ik vond het leuk om te zien hoe stralend Corinne was, hoe uitgelaten en ondeugend, zoals ze zich op de masseria nooit had gevoeld.

We kozen een naam voor ons kind en noemden haar voortaan zo. Ze werd met de dag concreter… Hoewel, nee, dat is niet helemaal waar,' corrigeerde Tommaso zichzelf. 'Verscheurd, zo voelde ik me. Verscheurd.'

Ik ergerde me eraan dat hij zich steeds meer in abstracties verloor. Het was de vermoeidheid, de vermoeidheid en al die drank.

'Want ik hoorde bij Corinne én bij Bern,' zei hij toen, en barstte in lachen uit.

'Zo maak je Ada wakker.'

'Of nee,' corrigeerde hij zichzelf opnieuw, nog nahikkend van de lach. 'Ik hoorde bij Bern en bij niemand anders. Dat is wat ik eigenlijk wil zeggen. Maar ik was in die tijd nogal in de war. Vind je het vervelend dat ik dit zeg? Daar heb je het volste recht toe.'

Hij wreef over zijn voorhoofd, alsof hij ruimte wilde maken voor andere gedachten.

''s Ochtends werd ik altijd gewekt door krijsende meeuwen.

Naast me lag Corinne en ik zei steeds tegen mezelf: hou op met denken, geef je over aan de routine van alledag die zo meteen begint, en dan zul je zien dat het beter gaat. En dat ga je ook de rest van je leven doen, elke dag, vanaf nu. Want... nou ja, ik telde de weken, terwijl ik met wijd open ogen naast de zwangere Corinne lag. Ik telde de weken tot de bevalling, en toen het er vijf waren, zei ik: nog vijf, en dan moet ik er iets anders op verzinnen. Begrijp je niet waar ik het over heb? Over seks, daar heb ik het over. Het zou allemaal best goed zijn gegaan, als dat detail er niet was geweest: seks. Maar zo'n onbelangrijk detail is het nou ook weer niet, toch? Nee, dat is het niet. En zal ik je nog eens wat vertellen? Ik stelde me ontzettend vaak voor hoe het tussen jou en Bern was. Vreselijk, ik weet het. Maar het is niet anders. De hele waarheid en niets dan de waarheid, Teresa. Ik stelde me voor hoe het tussen jou en Bern was, zonder morbide details, daar ging het niet om, ook al heb ik af en toe de verleiding niet kunnen weerstaan om daaraan te denken. Het was meer het gevoel dat ik miste, hoe het was als je je zou overgeven aan iemand tot wie je je zo aangetrokken voelde, met wie je zo volmaakt gelukkig was.

Daarom telde ik de weken voordat die tijdelijke rust afgelopen zou zijn. Want ik kon enorm veel van Corinne houden, maar alleen *zonder de seks*. Als dat tenminste kan. Dat wist zij volgens mij ook wel toen we op de masseria woonden, maar ze was ervan overtuigd dat ze me kon veranderen, me kon bijsturen. En als het haar niet zou lukken, zou ik op den duur misschien wel zijn bijgetrokken door de gewenning. Meestal was ze heel kordaat, ze ging geen onderwerp uit de weg, maar daarover, over seks, zei ze nooit een woord.

Nog vijf weken, zei ik tegen mezelf, en dan vier, drie, en op een gegeven moment zou het gedaan zijn met mijn rust en zouden we weer, net als eerst, in die slaapkamer liggen en zou Corinne me weer voorzichtig proberen te verleiden en tegen me zeggen: "Wat vind je, zullen we weer eens?"'

Tommaso keek me aan. 'Dit is gênant voor je.'

'Nee, hoor,' loog ik.

Hij schonk zijn glas weer vol, zette het aan zijn lippen, maar dronk niet. Hij hield het even vast, alsof hij naar adem hapte om de rest van zijn verhaal te doen.

'Op een avond vroegen we de ouders van Corinne te eten. "Ze hebben ons dit huis en de hele mikmak cadeau gedaan," wreef ze me onder de neus, "en we hebben ze nog nooit officieel te eten gevraagd." Ik moest wel lachen om die precisering, "officieel". Echt iets voor haar familie. Haar ouders zijn van die mensen die onderscheid maken tussen een officiële en een officieuze uitnodiging. Ze vroeg wel tien keer wat ik van plan was te koken. Ze had de zenuwen. Ik kreeg het idee dat ze mijn kooktalenten nogal had overdreven tegenover haar vader. Ik nam het haar niet kwalijk. Ze was nu in de laatste maand van haar zwangerschap en had veel last van kramp in haar benen. Ze zag eruit alsof ze elk moment kon instorten. Haar ouders stonden voor de deur met een bos roze en witte rozen. Haar vader gaf me een fles rode wijn en zei dat ik hem meteen open moest maken. Ik protesteerde dat we vis zouden eten. "Ik drink liever deze," zei hij. "Alsjeblieft, Tommaso." Het eten was redelijk, maar Corinne bleef maar hengelen naar complimentjes, meer dan ik nodig vond. En zij deelden die uit, een en al toegeeflijkheid. Op een gegeven moment kruiste mijn blik die van haar vader. Hij glimlachte, maar het was een glimlach met driedubbele bodem, alsof hij wilde zeggen: wat hebben we veel voor haar over, hè? Hij zei dat ze een paar avonden daarvoor naar een nieuw sterrenrestaurant in het centrum waren geweest. Daar zou ik mijn cv wel naartoe kunnen sturen, misschien. "Dit was vast de eerste keer dat een diplomaat zo vol is van de talenten van een kelner," zei ik tegen Corinne, toen ze weg waren. Ze veegde met haar vingers de kruimels bij elkaar. "Je hebt een te lage dunk van jezelf, dat zeg ik altijd," reageerde ze met een wat sombere ondertoon, alsof ze toen pas doorhad dat er iets aan de avond had ontbroken.

"Als hij iets minder uitbundig had gedaan, had ik het misschien nog geloofd ook."

Ze keek me verontwaardigd aan, stond moeizaam van tafel op en liep naar de slaapkamer.

En toen kwam Ada, twee nachten voor het einde van het aftellen. We sprongen om vier uur 's nachts in de auto en nog geen uur later lag ze in Corinnes armen, terwijl ik een verdieping lager allerlei formulieren invulde.

Haar komst bracht een blijdschap teweeg die ik niet had verwacht, maar het duurde niet lang, een paar weken, een paar maanden misschien. Ik zeg niet dat ik daarna niet meer blij met haar was, zo is het niet, maar de opwinding over de geboorte van Ada taande al snel, elke dag een onsje minder verbazing en meer onvrede. Mijn aard kreeg weer de overhand. Ik herhaalde in gedachten wat Cesare zo vaak onder de eik had gezegd, om ons te troosten: de hele mensheid heeft dit doorgemaakt, heeft dezelfde weg afgelegd, en ze bestaat nog steeds, dus ook jij zult deze moeilijke nacht doorkomen.

Het was gedaan met de wapenstilstand tussen mij en Corinne. We voelden ons weer continu aangevallen, alsof er na die avond met haar ouders – ik voor de gootsteen en zij die kruimels van de tafel veegde – niets was gebeurd. Ik vroeg me voortdurend af of ik nu wel of niet van haar hield, en hoeveel. Die vraag, of je van iemand houdt of niet, kan je helemaal gek maken.'

Hij bleef even stil. Hij wachtte tot de laatste toespeling de lucht, die al zo verzadigd was van onthullingen, vulde.

'Binnen één uur kon het gebeuren dat ik als een gek naar haar verlangde, wel twee of drie keer achter elkaar, en dat ik net zo vaak hoopte dat ik haar nooit meer zou zien, dat ze voor mijn ogen zou verdampen, of beter nog, dat ík in het niets verdween. Ik keek naar haar als ze Ada de borst gaf, ik zag haar ontblote sleutelbeen, de manier waarop ze woordjes fluisterde als ze zich onbespied waande, en op zo'n moment zou ik voor haar, voor hen, op de knieën zijn gegaan om vergeving te vragen. Maar Corinne hoefde mijn aanwezigheid maar te voelen, niet omdat ik geluid maakte, maar door dat lichte drukverschil dat iemands blik teweeg kan brengen, ze hoefde maar iets sneller dan nodig op te kijken, of mijn adoratie sloeg om in afwijzing. Alleen in het Relais, ver van huis en ver van die twee, voelde ik me goed.'

'Wat erg,' zei ik.

Maar Tommaso hoorde me niet. Hij verdween nu helemaal in de duisternis van zijn herinnering.

''s Avonds nam ik Ada in mijn armen. Ik wiegde haar in slaap en voelde dat haar gewicht nauwelijks merkbaar was toegenomen. Ik keek naar de kleur van haar wangen en kon het bijna niet geloven: ik kon haar niet hebben voortgebracht. Ze was zo normaal. Zo perfect. Ik bestudeerde haar tot in detail, ik keek naar haar ogen, die toen nog grijs waren, tot ik schrok van wat ik aan het doen was. Dan legde ik haar weer terug in haar wiegje. Als ze huilde, liet ik het aan Corinne over om haar te troosten. En dan begon ik háár ook te bespieden. Alsof ze de vijand was. Nou, daar heeft ze later wraak voor genomen! Ze heeft me op alle mogelijke manieren vernederd. Maar als je het vergelijkt met de vele vijandige gedachten die ik in het eerste levensjaar van onze dochter heb gekoesterd, valt het nog mee. Ze had na haar zwangerschap donkerpaarse wallen onder haar ogen, doodnormaal met al die slapeloze nachten, maar mijn blik was genadeloos. De onelegante manier waarop ze zat, haar haren, die ze niet vaak genoeg waste, het gegaap, haar mond wijd open als een krokodil, de vork die ze te laag vasthield, het volume van haar stem. Er was maar één manier om daarmee op te houden. Als ik net genoeg dronk, werd mijn leven thuis dragelijk. In het begin hield ik het bij een glaasje voordat ik thuiskwam, in een café onderweg, waar ze ook altijd een bakje pinda's voor me neerzetten, dat ik niet aanraakte. Ik sloeg drie rosé achterover, alsof het een medicijn was, en dan stapte ik weer in de auto.'

'Het lijkt alsof je een excuus zoekt.'

'Misschien wel. Misschien heb je gelijk, ik zoek een excuus. Maar ik vertel je ook wat er met me gebeurde, precies zoals ik het op een avond aan Bern heb verteld. Hij was ontzettend streng. Hij zei dat het schandalig was, dat ik mijn geluk te grabbel gooide. Nee, hij zei niet "schandalig", hij gebruikte een van die bijvoeglijke naamwoorden van hem die hij speciaal lijkt te kiezen op hun vermogen om zich in je vlees te boren. "Deplorabel", dat zei hij. En toen zei hij dat ik geen dochter verdiende, als ik niet blij kon zijn dat ik er een had. Het had... het had zeker met jullie probleem te maken, daar wist ik al van, maar ik zweer dat ik jullie situatie niet met de mijne in verband had gebracht, voordat hij dit zei.'

'Welk probleem van ons?' vroeg ik.

Tommaso bleef, zijn hoofd licht gebogen, zo lang zwijgen dat het duidelijk werd dat hij geen antwoord ging geven.

'Welk probleem?' vroeg ik weer.

'Ik had het niet moeten zeggen.'

'Wát had je niet moeten zeggen?'

Ik wilde zijn handen, die bleke, zachte handen, vastpakken en fijnknijpen.

'De inseminatie. Kiev. En zo.'

Ik stond op. Medea's kop schoot omhoog.

Tommaso draaide zich naar me toe en keek me aan, zonder compassie of spijt. Toen zei hij: 'Ga alsjeblieft zitten.'

En omdat er eigenlijk geen andere plek was waar ik naartoe kon, deed ik wat hij zei. Ook Medea werd weer rustig en legde haar kop weer op haar poten.

Ik zei: 'Kennelijk zijn niet alle geheimen evenveel waard.'

'Bern en ik vertelden elkaar...'

'Alles, ja. Dat weet ik.'

Tommaso hoestte en schraapte toen zijn keel.

'Ik had een voorraadje in huis om de weekends door te komen. Vooral wodka. Daarin was ik anders dan mijn vader: die raakte de sterkedrank niet aan, alleen wijn en verder niks. Zo werd hij langzamer dronken en daarna was hij total loss. In zekere zin was het vooruitgang, wat ik deed.'

Hij grijnsde ironisch, maar ik gaf geen sjoege.

'Soms dacht ik terug aan wat Bern had gezegd, en ik verzon een toost: op de gave Gods en de deplorabele mensen! Dat werd zo'n vaste gewoonte, dat ik het nu nog steeds zeg. Ik zeg het heel vaak, in gedachten.

Ik weet niet in hoeverre Corinne dit alles in de gaten had. Waarschijnlijk beter dan ik mezelf wilde toegeven. Maar ze zei niets. Ik ving haar steelse, angstige blik nog wel eens op. Die kant van Corinne was helemaal nieuw voor me. Als ik iets niet van haar had gedacht, dan was het dat ze zich liet intimideren. Ik zei tegen mezelf: ze heeft gelijk dat ze bang voor me is.

Na die nacht dat ik Bern gesproken had, zag ik hem een hele tijd niet. Vroeger zou ik daarmee gezeten hebben, maar nu kon het me voor het eerst niet zoveel schelen. Onze vriendschap was gewoon een van de onderdelen die losraakten bij de algehele onttakeling. En verder hoefde ik alleen maar de dosis alcohol aan te passen om ook die narigheid weg te slikken.

Totdat hij op een dag onaangekondigd voor mijn neus stond. Het was aan het begin van de zomer. Corinne was met haar ouders en het kind naar zee.

"Ik pak twee biertjes," zei ik.

"Ik blijf maar even."

"Heb je iets dringends te doen?"

Plotseling vonden we het allebei belachelijk, die afstand tussen ons, dat wederzijdse wantrouwen. Ik wilde hem omhelzen, hij merkte het en glimlachte, liet zich toen op de bank vallen en zei dat hij graag een biertje wilde, mits het ijskoud was. We zaten een poosje aan onze flesjes te lurken, zwijgend, alsof we aan de vertrouwelijkheid moesten wennen. Ik voelde me goed. Rustig.

"De moerbeien zijn rijp," zei hij op een gegeven moment, en ik zag de grote boom op de masseria voor me, en hoe wij jongens erin klommen om bij het hoog hangende fruit te komen. Ik was hem dankbaar voor dat beeld.

"Gaan jullie er iets mee doen?"

Maar hij wilde het niet meer over de moerbei hebben. "Teresa en ik gaan trouwen," zei hij. "In september. Ik wilde je vragen of je iets voor ons wilt doen, die dag."

Nu vraagt hij me om zijn getuige te zijn, zei ik bij mezelf, en dan zeg ik ja, natuurlijk zeg ik ja. Ik sta op en omhels hem broederlijk, zoals het hoort tussen twee volwassenen, in dit soort omstandigheden.

Maar Bern zei: "Ik wilde je vragen of jij de receptie wilt organiseren. We hebben niet veel geld. We zullen alles zo goedkoop mogelijk moeten doen, en daar ben jij hartstikke goed in."

"Tuurlijk," antwoordde ik automatisch, precies zoals ik me voorgenomen had, maar dan op een andere vraag.

"Teresa heeft al een paar ideeën. Misschien is het beter als jullie een afspraak maken om het erover te hebben. Ik regel de rest met Danco."

Toen hij wegging, sneed het zeeoppervlak de zon doormidden: een vochtige bal die het appartement in een oranje licht zette. Ik bleef staan tot het donker was, en toen kwam ik in beweging, met een vastberadenheid die nergens op sloeg. Ik deed alle lichten in het appartement aan, in alle kamers, en toen zette ik alle huishoudelijke apparaten aan. Wasmachine, vaatwasmachine, airco, stofzuiger, afzuigkap, zelfs de mixer, op de hoogste stand. Ik pakte een fles witte wijn uit de koelkast en liet de deur openstaan, zodat ook die van ellende begon te zoemen. Daarna ging ik weer op de bank zitten, met de fles in mijn hand en in mijn oren het getril en gezoem van alles wat mijn leven beter en beschaafder had gemaakt, van alles wat erin was binnengedrongen en het te gronde had gericht.

Nou, het was me de trouwerij wel, hoor! Een en al vrolijke ontreddering. Ik hoop dat ik je niet beledig als ik het zeg, maar zo herinner ik het me en niet anders. Dat kan natuurlijk komen door de manier waarop ik ernaar keek. Ik had me achter de tafel met drankjes verschanst, een beetje erbij en een beetje erbuiten, ik keek meer dan dat ik aan het feest deelnam. En ik kwam met een goedgevulde maag. Ik moest een smoes verzinnen om Corinne te vragen van Taranto naar Speziale te rijden. Ik had al iets mierzoets achter de kiezen, Baileys geloof ik, en daar was ik misselijk van. Gelukkig was Corinne razend op Bern. "Dat hij Danco als getuige heeft gekozen, en niet jou," zei ze steeds weer, "echt iets voor hem, de lul." En nog kwaaier was ze over het feit dat hij me gevraagd had om die avond te werken. Eindelijk vond ik het eens fijn dat ze tegen de masseria en tegen jullie allemaal tekeerging, en dat ze aan mijn kant stond. Ik legde mijn hand op de hare en liet hem daar liggen, ook toen ze ophield met praten.

Toen jullie, blij en een beetje verfomfaaid, terugkwamen van de huwelijksvoltrekking, precies als op die dag dat ik jullie uit het rietbos had zien komen, was de alcohol nog niet uit mijn bloed. De gasten kwamen een voor een vragen waar ze moesten gaan zitten aan tafel, en ik begreep nauwelijks waar ze het over hadden. Toen alles leek te lopen, stond ik mezelf toe om m'n plek te verlaten en even te gaan dansen. Ook wij dansten samen, jij en ik. Corinne danste op blote voeten, ze pakte me bij mijn stropdas. Ik gaf haar een kus, een enthousiastere kus dan ik haar ooit had gegeven. Heel even bleven we roerloos staan, te midden van al die mensen. Ik weet nog dat ik dacht: het kan best werken, ik dacht van niet, maar het kan best. Vanaf morgen ga je veranderen, vanaf morgen. Ja. Bern had gelijk toen hij me op mijn donder gaf. Toen liet ik haar daar achter en nam mijn taak bij het buffet weer op me.

Op dat moment kwam Nicola aangelopen. Als ik me niet even zo licht had gevoeld, had hij me misschien niet zo overvallen. Dan had ik de dingen misschien anders aangepakt. Hij zocht iets onder de tafel.

"Wat zoek je?" vroeg ik.

"Ha, daar ben je," zei hij en kwam overeind. Hij zag er een beetje verwilderd uit. "Waar staat de sterkedrank?"

Ik gaf hem de flacon die ik in de binnenzak van mijn jasje had en hij zei dat ik een smiecht was, en dat hij wel wist dat hij bij mij moest zijn. Hij zei het bijna liefkozend, en toen sloeg hij de hele fles achterover en liet een boer.

"Alstublieft, ober," zei hij en bleef me strak aankijken. "Hoewel, nee, het is niet beleefd om obers te bedanken, toch? Ze doen gewoon hun werk."

Dat verzon hij ter plekke, om me te provoceren. Dat weet ik zeker. Er was iets aan mij wat hem zenuwachtig maakte. Er stonden twee geopende flessen wijn tussen ons in op tafel. Hij bekeek ze eens goed en duwde ze toen om, eerst de ene, toen de andere, met zijn wijsvinger, alsof het vaten waren. De wijn stroomde over de tafel, mijn broek en mijn schoenen.

"Oeps," zei hij.

"Je bent een hufter."

"Ah, joh, je hebt nu iemand die nieuwe kleren voor je koopt."

Ik wist niet waar hij dit idee, over hoe ik leefde, opeens vandaan haalde. We zagen elkaar al eeuwen niet. Pas later ontdekte ik dat hij ons altijd in de gaten had gehouden, allemaal, toen we nog samen op de masseria woonden, maar ook daarna.

Hij zei dat het geen gezicht was om een ober wijn over zijn kleren te zien morsen, en dat het maar goed was dat Bern niet mij maar iemand anders had gevraagd om getuige te zijn. Hij kende me goed, hij wist precies hoe hij me kon raken. Ik gaf niet eens antwoord, ik gooide alleen het servet waarmee ik me aan het schoonvegen was naar hem toe, verder niets, maar hij sprong als een wild beest op me af. Hij pakte een van de flessen en hield die in de lucht, alsof hij hem op mijn hoofd kapot ging slaan. Hij bleef even zo staan en begon toen te lachen, alsof het allemaal één grote grap was.

Bern kwam aangelopen. Hij had alleen het laatste moment meegekregen, waarop Nicola stond te lachen, want hij zag er niet uit alsof hij ongerust of gealarmeerd was. Wij drie broers samen, na al die jaren. In andere omstandigheden zou het voor mij een gewijd moment zijn geweest.

Nicola viel hem om de nek. "Daar hebben we de bruidegom. Leve de bruidegom!" gilde hij. "Ober, drie glazen, snel. Laten we toosten op de bruidegom!"

We brachten echt een toost uit, Bern was er niet helemaal bij met zijn hoofd, Nicola werd steeds geëxalteerder. Ineens zei hij: "Jullie pakken flink uit, zeg. En dan je oudste broer niet eens uitnodigen voor het diner."

Bern boog zijn hoofd en gaf geen antwoord. Toen keek Nicola om zich heen, alsof hij iets zocht.

"Daar hebben we die steentjes gegooid, toch? Precies op die plek, geloof ik. De jouwe kwam tot die olijfboom, Tommie. Klopt dat? Heb ik het goed, Bern?"

"Niet nu, Nicola," smeekte ik hem. Bern zei nog steeds niets.

"En waarom niet? Waarom niet nu? We hebben nooit de gelegenheid om eens wat mooie herinneringen op te halen! Nou, dan nog maar een toost op de bruidegom! Vooruit, schenk eens in."

We dronken nog een glas, een beetje minder enthousiast nu.

"En, bruidegom, vertel eens!" Hij hield hem een denkbeeldige microfoon voor. "Hoe voelt dat, om trouw te beloven op zo'n verdoemde plek als deze?"

Bern haalde heel diep adem. Hij zette zijn glas op tafel en wilde teruglopen naar de dansvloer. Maar Nicola was nog niet klaar. Hij werd plotseling ernstig, en vroeg: "U weet toch wel waar u trouwt, hè?"

"We hebben een eed gezworen," zei Bern zachtjes.

Nicola kwam een stap dichterbij. "Want als u het niet weet, wil ik het wel even uitleggen."

Toen deed Bern een stap in zijn richting. Hij nam hem van top tot teen op, zonder een spoor van angst of onderdanigheid. Hij sprak luid en duidelijk. "Als jij ook maar één woord tegen haar zegt, vermoord ik je."

Zo zei hij het, zonder de aarzeling die meestal met een dreigement gepaard gaat, maar op die typische, koele manier van hem: elk woord dat hij koos, betekende exact wat het betekende.

Nicola lachte nerveus. "Ik herinner je eraan dat ik een overheidsfunctionaris ben."

Ze stonden nog een paar ogenblikken tegenover elkaar, in een omlijsting van lichtslingers. Toen draaide Bern zich om, weer met de bedoeling om weg te lopen. Maar Nicola was nog steeds niet klaar. Hij riep hem wat achterna.'

Tommaso viel stil. Misschien zocht hij naar een manier om terug te krabbelen, om die laatste zinnen in te slikken.

'Wat riep hij?'

'Dat doet er nu niet meer toe.'

'Zeg op, Tommaso.'

'Hij zei: "Ik heb gehoord dat jij en je vrouw een probleem hebben." Bern draaide zich niet om. Maar hij was wel blijven staan, zijn armen iets van zijn lichaam af. "Misschien hadden we het die keer toch mis. Als je hulp nodig hebt, hoef je maar een gil te geven. Dan doen we weer net als vroeger." Zelfs toen draaide Bern zich niet om, alsof hij die laatste klap in zijn gezicht liever negeerde. Er gingen een paar tellen voorbij, toen begon hij weer te lopen, uiterst langzaam, en verdween tussen de gasten. Later was er taart en die toespraak van Cesare. Al die onzin over het boek Henoch. Wie begreep daar nou wat van? Alleen wij: Bern, Nicola en ik. Want wie waren die Wachters anders dan wij drieën? Uit de hemel, uit dat door Cesare gecreëerde paradijs gevallen en zich verliezend in zedeloosheid. Verdoemd tot in der eeuwigheid. Hij nam de gelegenheid te baat om ons te vertellen dat hij niets vergeten was. Dat hij veel meer wist dan wij wilden geloven, en dat zolang we het geheim tegen elke prijs bewaarden er voor ons geen enkele kans op verlossing zou zijn. Zijn Bergrede, zijn laatste preek. Ja, het was een mooi feest. Ik at taart, luisterde naar Cesare, keek hoe het vuurwerk de lucht in knalde en hoe de uitgedoofde pijlen in de duisternis van de olijfgaard vielen. Maar ik kon nergens meer van genieten. Mijn goede voornemens voor de volgende dag waren meteen al verdampt.'

'Wat betekent dat eigenlijk, dat Nicola ons al die tijd in de gaten heeft gehouden?'

Daar was ik blijven hangen. Ik had de rest wel gehoord, maar zonder het echt tot me door te laten dringen.

'Hij hield ons in de gaten, toen we met Danco de masseria kraakten. En daarna ook, denk ik, toen Bern en jij alleen achterbleven.'

'En daarna nog steeds,' zei ik, meer tegen mezelf dan tegen Tommaso.

Toen Bern, nadat hij in één nacht de hele voorraad brandhout in de fik had gestoken, was vertrokken en ik in mijn eentje in het huis sliep, omringd door de geluiden van het land en een nog angstaanjagender stilte, had ik vaak het gevoel dat er iemand was, daarbuiten, dat er iemand het huis bespiedde. Ik wist het zeker, ik hoefde niet naar buiten om hem te zoeken en ik hoefde ook niet beter te luisteren dan ik toch al deed. Ik dacht alleen dat het Bern was. Uit gekrenkte trots, maar toch nog trouw aan het gebod dat Cesare ons op de dag van ons trouwen op het hart had gedrukt.

Een deel van die gedachten sprak ik waarschijnlijk hardop uit, want Tommaso zei: 'Nee, hij was het niet. Voor zover ik weet is Bern maar één keer teruggegaan. Hij woonde toen al hier. En hij zag Nicola's auto langs de kant van de weg staan. Nicola zelf was er niet. Toen wist hij zeker dat jullie...'

'Dat wij wat?'

'Het zijn mijn zaken niet,' kapte hij af. 'En in ieder geval heb ik ook geprobeerd om hem aan zijn verstand te peuteren dat het niet zo was.'

In de andere kamer was Ada anders gaan ademen. Zwaarder, meer als een volwassene.

'Ik begrijp er niks meer van,' zei ik.

'Als je me nou eens rustig liet uitpraten.' Tommaso's stem klonk nu barser. Hij bracht zijn rechterhand naar zijn mond en tikte een paar keer tegen zijn bloedeloze lippen, alsof hij de zinnen die volgden moest helpen om eruit te komen.

'Weet je nog toen we ontdekten dat die zonnepanelen kapot waren? We dachten toen dat een of andere boer, een rivaal, ons dwars wilde zitten. Maar het was Nicola. Samen met een paar collega's van hem.'

'Dat zeg je alleen maar omdat je een hekel aan hem had. Net als Bern.'

Tommaso schudde kalmpjes zijn hoofd.

'Hoe ben je er dan achter gekomen?'

'Hij heeft het me zelf verteld. Nicola. Een paar weken na de trouwerij stond hij ineens, onaangekondigd, voor mijn neus in het Relais. Ik liep naar een tafeltje om de bestelling op te nemen en daar zat hij, breed lachend, in een casual lichtbruin jack. Hij stelde me met veel bombarie voor aan de drie mannen die bij hem zaten, alsof ze speciaal voor mij uit Bari waren gekomen. Het was bijna winter, want de tafels waren binnen gedekt. November, misschien. Maakt niet uit. Hij trok me aan mijn arm naar zich toe en zei tegen zijn collega's: "Dit is nou mijn broer." Daarna legde hij uit dat we niet dezelfde vader en niet dezelfde moeder hadden, geen enkele bloedverwantschap, maar dat dat niet belangrijk was, want we

292

waren closer dan twee broers met hetzelfde bloed. Hij zei: "We zaten ons samen af te trekken," en dat vonden zijn vrienden een goeie grap. Een van hen voegde eraan toe dat ik het vast nog heel vaak deed, aan de kleur van mijn huid te zien kwam ik niet veel buiten, en toen lachten ze nog harder, Nicola ook. Maar uiteindelijk priemde hij met zijn wijsvinger in de richting van die vent die de grap had gemaakt en zei dat niemand het lef moest hebben om aan zijn broer te komen. Ik begreep het niet. De laatste keer, op de trouwerij, had hij me aan één stuk door gepest, Bern en hij waren elkaar bijna aangevlogen, en nu zat hij in de eetzaal van het Relais tegenover een paar andere politiemannen in burger de grote broer uit te hangen.

Ze bestelden twee flessen Veuve Clicquot. Niemand bestelde champagne in het Relais, die was veel te duur. Ik voelde me de hele avond enigszins opgelaten, ik had het idee dat Nicola me geen moment uit het oog verloor. Maar misschien was het omgekeerd en kon ik zijn aanwezigheid niet negeren. Ik begluurde hem van een afstandje en probeerde het beeld van de vrolijke man die daar aan tafel zat te combineren met dat van die woedende kerel op de trouwerij, en van de jonge Nicola.

De eetzaal liep leeg en ze bleven alleen over. Het was heel laat. Ik had twee flessen grappa op tafel gezet en ze leken van plan om die helemaal op te drinken. Nacci wenkte me dat ik bij hem moest komen. "Je vrienden willen kaarten. Heb je het er met ze over gehad?" Kennelijk herinnerde Nicola zich wat ik daar in de tijd van de Scalo over had verteld. Nacci keek even in hun richting.

"Geen idee waar jij zat, met je hoofd. Het zijn politieagenten, verdorie. Maar enfin, ik vind het prima. Breng ze maar naar het kleine zaaltje."

"Ik moet eigenlijk naar huis," zei ik.

Hij kwam dichter bij me staan. "Nou moet je eens goed luisteren. Jij hebt ons in deze situatie gebracht. Nu willen je vrienden kaarten, met al die champagne in hun mik. Dan gaan wij ze toch zeker niet teleurstellen, of wel soms?"

Dus toen stond ik ineens voor croupier te spelen, voor Nicola en zijn collega's. Blackjack, tot vijf uur 's ochtends. Ze verloren minstens tweehonderd euro de man, maar ze waren ontzettend uitgelaten toen ze weggingen. Ik liep met ze mee naar hun auto. Er hing mist boven de velden. Nicola pakte mijn hoofd vast en kuste me op mijn mond. Hij zei ook iets aardigs, iets liefs zelfs. Hij was op dat moment echt straalbezopen.

Na die keer kwamen ze elke zaterdag. Ze aten en daarna gingen ze kaarten. Nacci begon ze als eregasten te behandelen, hij schoof vaak even bij ze aan. Hij betaalde mijn overuren, plus een percentage van de pot, net als vroeger.

Corinne vond die avonden natuurlijk maar niks. Ze wist van het kaarten, maar ik vertelde haar niets over Nicola. Het leek wel of het bedenkelijkste aspect niet het gokken of de drank was, en ook niet het feit dat ik tot zo laat werkte en daarna bijna de hele dag sliep – op de enige dag van de week die ik aan haar en ons kind had kunnen besteden – nee, het bedenkelijkst was dat de spil van die avonden een van mijn broers was.

Na een paar weken trok ze het niet meer en besloot ze me de waarheid te zeggen. Het was zondagmiddag en ik lag nog in bed. Corinne kwam de slaapkamer binnen, maar bleef op afstand.

"Waar is het voor nodig dat je dit doet?" vroeg ze.

"Het is extra geld. Dat kunnen we goed gebruiken."

"We hebben niet nog meer geld nodig. We hebben meer dan we uitgeven."

"Nee, jíj hebt meer dan we uitgeven. Bij mij staat nog steeds hetzelfde bedrag op de rekening."

Ik deed uitgesproken ijzig. En dat deed ik expres. Zij stond midden in de kamer en ik bleef liggen, alsof het niet de moeite waard was me een beetje te gedragen. Het licht wilde door de dichtgetrokken gordijnen naar binnen, en aan de randen lukte het. Ik geloof dat Corinne begon te huilen, ik zag het niet precies in het halfduister, maar hoe dan ook, ik bleef liggen tot ze de kamer uit liep.'

Tommaso bewoog zijn voet onder de sprei, waardoor Medea opschrok, maar niet wakker werd. Hij glimlachte zwakjes naar haar.

'Ze wisten hoe ze een feestje moesten bouwen, Nicola en zijn vrienden. Op een avond betrapte ik er twee in de toiletten, ze snoven om de beurt een lijntje coke. Ze wenkten met hun hoofd dat ik er ook eentje mocht nemen, maar in plaats daarvan ging ik naar Nacci. Ik vertelde wat ik net had gezien. Ik geloof dat een deel van mij ze nog weg wilde hebben.

"Ga je nou de moraalridder uithangen?" antwoordde hij. "Gun ze hun pleziertjes. Of wou je politieagenten bij de politie aangeven?" Hij vond het een leuke woordspeling en liep lachend weg. Voor mij betekende zijn antwoord dat ik alles mocht doen wat God verboden heeft. Na die avond gooide ik alle remmen los. Ik speelde vaak poker, met mijn eigen geld, zodat mijn extra verdiensten en mijn verliezen tegen elkaar wegvielen. Ik dronk als er wat te drinken viel en sloot in de rij aan bij de bedevaarten naar het privétoilet van Nacci. En in dat toilet vertelde Nicola het me. Niet omdat hij spijt had of om te provoceren. We waren op een punt gekomen dat we meedogenloos eerlijk tegen elkaar waren, alsof we geen openstaande rekeningen meer hadden te vereffenen, en onze broederschap, die Bern altijd in de weg had gestaan, nu de kans kreeg volledig tot wasdom te komen.

"Weet je nog van die zonnepanelen? Dat hebben Fabrizio en ik gedaan. Het kostte ons bijna twee uur."

"Waarom?"

"Jullie hebben me niet één keer gebeld. In al die tijd niet één keer. Ik zag jullie. Ik zag wat jullie deden, als jullie 's avonds met z'n allen onder de pergola zaten. Die plek was ook van mij."

Een paar dagen voor kerst huurden ze het hele Relais af voor een groots feest. Ik hielp Nicola met de voorbereidingen, ik was intussen gespecialiseerd in het organiseren van feesten voor anderen. We stelden een vismenu samen, zochten een dj, en op een ochtend ging ik met hem mee naar een groothandel buiten Gallipoli, waar we drank insloegen en een heleboel feestartikelen: staafjes die lichtgevend werden als je ze doorbrak, diademen met pluchen oren, rotjes en zilver- en goudkleurige maskers met een elastiekje. We hadden ze op toen we bij de kassa kwamen, als twee kleine jongetjes. Ik vond het leuk.

Op de terugweg had Nicola het over het meisje met wie hij was, Stella. Hij vertelde heel intieme details, misschien om indruk op me te maken. Hij zei dat ze een afspraak hadden samen: een van hen had steeds een maand lang de volledige macht over de ander. Als het Nicola's beurt was, kon hij Stella bevelen om op elk gewenst moment te doen wat hij wilde, en andersom. Bijna alle opdrachten hadden natuurlijk met seks te maken. Ze haalden er vaak andere stellen bij, of losse meisjes en jongens, tegen betaling. Hij deed er niet triomfantelijk over, en ook niet gekscherend. Het was een serieuze zaak, in zijn hoofd. Hij nam me in vertrouwen om zich van een last te bevrijden.

"Vind je het leuk, dat spelletje?" vroeg ik hem op een gegeven moment. Nicola kneep zijn ogen een beetje dicht en keek nog strakker naar de weg die tussen de wijngaarden door kronkelde. Hij zei: "Ik voel niks als ik het niet doe. Nada. Niks." Hij sprak de woorden een voor een uit, met een diepe treurnis in zijn stem. Toen zei hij: "Is dat voor jou dan niet zo?"

Ik deed net of ik zijn vraag niet hoorde. "Heb je haar al voorgesteld aan Cesare en Floriana?"

Hij barstte in lachen uit. "Of ik haar voorgesteld heb? Natuurlijk niet, man! Het idee alleen al…"

"Denk je nog vaak aan haar?"

Ik kon er nog steeds niet bij dat Nicola en ik zo close met elkaar durfden te zijn. Ik was er zelfs altijd van uitgegaan dat hij helemaal niet wist wat close was. Maar ik had hem jarenlang verkeerd begrepen. Ik had nooit mijn best gedaan om hem te begrijpen. Toen ik vroeg of hij nog vaak aan haar dacht, bedoelde ik Violalibera. Maar Nicola antwoordde: "Hij is nu met haar getrouwd. Niks aan te doen."'

Ik schoot overeind. 'Mag ik het raam even openzetten? Het is hier stikbenauwd.'

'Ga je gang,' zei Tommaso.

De koude lucht sloeg me in het gezicht, hij rook vaag naar zee, hoewel je de zee van daaraf niet kon zien, alleen andere gebouwen, allemaal donker. Ik ademde de lucht een paar seconden in, deed toen het raam weer dicht en ging zitten. Tommaso wachtte geduldig, in gedachten verzonken.

'Gaat het een beetje?'

'Ja.'

'Ik kan ook ophouden, als je dat liever hebt.'

'Ga maar door.'

'Jij zou ook wat wijn moeten drinken.'

'Ga door, zei ik.'

'Er waren een man of tachtig op dat feest, allemaal politiemensen en hun vriendinnen. Tijdens het diner gedroegen ze zich behoorlijk netjes, ze voelden zich wat ongemakkelijk, vooral de jongeren. Maar daarna voerde de dj het volume op, werden de lichten gedempt, en werden de lichtstaafjes en de pluchen oren uitgedeeld. Iedereen ging naar de dansvloer. Nacci stond in de deuropening te tellen hoeveel koelers met Veuve Clicquot voorbijkwamen. Nicola en zijn vriendenclubje klommen op een tafel en dansten op hun geïmproviseerde podium. Stella was er ook. Als je haar zo zag, zou je niet zeggen dat ze het type was dat deed wat Nicola zei dat ze deed. Ik zou niet weten op welk moment ik er die nacht ingetrokken werd, en ook niet hoe. Ik was aan het eind van mijn Latijn, ik had me tegoed gedaan aan de voorraad coke die in de toiletten klaarlag, en ik had ontelbaar veel glazen achterovergeslagen die nog halfvol waren voordat ik ze in de vaatwasser zette. Ik weet nog dat ik dacht: Corinnes vader zou me nu eens moeten zien, dan zou hij met open mond staan kijken: ik kan de punt van mijn neus niet meer aanraken met mijn ogen dicht, maar ik kan nog wel een dienblad met dertig wijnglazen dragen. Ineens stond ik boven op de tafel, alsof iemand me er met geweld op gehesen had. En misschien was het ook wel zo gegaan. Een geheel nieuw perspectief op de zaal die ik al duizenden keren in elke mogelijke richting had doorkruist.

Nicola danste achter me, hij pakte mijn handen en bewoog ze op en neer alsof ik een marionet was. Ik kwam klem te zitten tussen hem en Stella, die haar diadeem met de oren afdeed en op mijn hoofd zette. Toen klommen er nog meer mensen op de tafel, kleerkasten van jongens met strakgespannen overhemden. Het waren niet meer mijn spieren die mijn bewegingen aanstuurden, maar al die lichamen die tegen me aan plakten. Daarna is er een soort gat van een paar uur in mijn herinnering. Ik weet nog dat ik een appartement inging, zo lang en smal als een gang, waar een zwartgeschilderde muur was waarop je met kleurkrijt iets kon schrijven, en dat ik iets schreef wat de anderen grappig vonden. Het was al licht buiten, maar de zon was nog niet opgekomen. We waren met zijn vijven, de volgende ochtend tenminste.

Ik werd wakker op het vloerkleed. Hetzelfde onwerkelijke gevoel dat ik soms had in de Scalo, maar dit keer kwam er ook angst bij.

Ik liep naar beneden, naar buiten. Het leek een gewone zondagochtend, helder en lekker zacht voor december. Ik realiseerde me dat ik maar een paar blokken van mijn huis verwijderd was. Ik liep een café in en probeerde me in de wc te fatsoeneren, alles was wazig voor mijn ogen. Toen Corinne me zag, kon ze minutenlang niets zeggen. Ze liep rusteloos van de ene naar de andere kamer.

"Het is elf uur," zei ze ten slotte, alsof ze de voorbije uren een voor een had afgeteld.

"Het feest was laat afgelopen. Ik heb in het Relais geslapen, om je niet wakker te maken."

"O ja? Om me niet wakker te maken? Ik heb om acht uur naar het Relais gebeld. Ze zeiden dat je al een hele tijd weg was." Ik liep op haar af, legde mijn handen op haar arm, maar ze verstijfde alsof ze doodsbang voor me was.

Ze zei: "Ik moet weg. En jij moet Ada verschonen. Je moet op haar passen."

Toen pakte ze haar spullen en vertrok, nog steeds in een soort trance.

Ik was helemaal uit het lood geslagen. En moe. Mijn handen trilden. Ik wist als geen ander hoe een kater voelde, en als het alleen dat was... Maar er was ook nog al die cocaïne, ik wist niet eens hoeveel. En de flarden herinneringen aan die nacht. Ik ging op de bank zitten en ging waarschijnlijk meteen out. Ik werd wakker van Ada, die in haar kamertje huilde – krijste, beter gezegd – hoe lang al weet ik niet. Ik tilde haar uit haar bedje en hield haar in mijn armen. Ik had honger, al vanaf vóór het feest had ik niets meer gegeten, maar toen ik haar probeerde neer te zetten, begon ze meteen weer te huilen, dus pakte ik haar weer op. Ik zette een pan water op het vuur, zocht naar een restje saus in de koelkast, pakte de pasta. Ik droeg Ada op mijn linkerarm, dat had ik al honderden keren gedaan. Misschien maakte ze een onverwachte beweging. Ze sloeg achterover. Ik had het deurtje van het keukenkastje nog niet dichtgedaan.

Er kwam een heleboel bloed uit, ik zag de wond niet eens. De artsen van de eerste hulp zeiden dat ze een paar seconden geen zuurstof had gehad, niet vanwege de klap maar omdat ze zo hard had gegild. Ze was zo geschrokken dat ze er bijna in was gebleven. Corinne was er al, en haar ouders ook, en nog andere mensen van wie ik niet wist waarom ze er waren. Iemand gaf me een beker thee uit de automaat, hij smaakte naar citroenconcentraat. Ik nam een slok en liet hem toen koud worden. Ik bleef me maar afvragen waarom Corinne niet tegen me tekeerging. De arts praatte met haar en ging toen weg, zonder iets te zeggen over vertrouwen hebben en hoop. Ik weet nog dat me dat teleurstelde. Ik dacht aan Cesare en voelde een schrijnend heimwee. Hij zou op zo'n moment woorden hebben gesproken waar je wat aan had.

's Avonds was Ada's hoofdje niet meer opgezwollen. Corinne ging naar huis om te rusten. De verpleegsters vroegen of ik de kamer even wilde verlaten. Haar vader zat in de gang. Hij had schone kleren aan en was gladgeschoren. Hij legde zijn hand op mijn schouder. Dat was misschien wel de eerste keer dat hij me zo bewust aanraakte. Hij klonk vriendelijk, bijna geruststellend. Dit is nou een echte diplomaat, dacht ik, dit is nou iemand die een gesprek kan voeren zoals het hoort. Hij zei dat er die ochtend bijna iets onherstelbaars was gebeurd en recapituleerde kort wat er precies was gebeurd, alsof ik dat vergeten kon zijn. Ik voelde me niet op mijn gemak, vooral vanwege het feit dat ik er naast hem zo onverzorgd uitzag, en stonk. Hij zei dat hij zijn dochter nog nooit zo ongelukkig had gezien als de laatste tijd, zelfs niet in de moeilijkste jaren, toen ze een puber was. Hij noemde nooit haar naam, maar had het steeds over "mijn dochter". Het was tijd dat ik me liet behandelen, mijn probleem was zo ernstig dat ze zich zorgen maakten. Mijn probleem. "Nu heb je spijt, je weet zeker dat je jezelf weer op de rails wil krijgen, en dat de schrik van de laatste uren je de kracht zal geven om dat te doen. Maar dat is niet zo. Je kunt naar haar teruggaan en beloven dat het voortaan anders gaat, maar jij en ik weten dat dat niet waar is." Toen legde hij me de oplossing voor die hij de laatste uren had bedacht, of waarschijnlijker, die al een hele tijd klaarlag en alleen op de juiste gelegenheid wachtte. Hij vertelde dat er een appartement was vrijgekomen, het appartement waar we nu zijn. Hij had al een paar maanden huur vooruitbetaald, zodat het hem niet kon ontglippen, en die zou hij me niet terugvragen. Ik kon het beschouwen als hulp om opnieuw te beginnen. Ik zou Ada natuurlijk blijven zien, het zou allemaal via de rechter in pais en vree worden geregeld. Misschien zou ik moeten accepteren dat zijn vrouw erbij was, de eerste tijd althans, zolang ik nog niet was hersteld. Trouwens, als ze me echt hadden willen dwarsbomen, zou het maar al te makkelijk zijn geweest, als je keek naar wat er was gebeurd, toch? Maar je straft een man niet omdat er iets misgaat. Je zet een vader niet buitenspel omdat hij bepaalde zwakheden heeft. Wie heeft die niet?

In ruil voor zijn clementie vroeg hij alleen of ik zo goed wilde zijn niets van dit gesprek aan Corinne te vertellen en de volledige verantwoordelijkheid voor het plan op me te nemen. Ze zou er in het begin wel verdriet van hebben, maar uiteindelijk zou ze het een goed idee vinden. Want vrouwen weten het op waarde te schatten als mannen de moed hebben om een beslissing te nemen, zei hij. Als hij mij was, zou hij een paar weken wachten, tot de schrik uit de benen was. Als hij mij was, zou hij wachten tot na oudejaarsavond, maar niet langer, want dan zou het voor iedereen nog ingewikkelder worden. Als hij mij was... Ik liet hem mij zijn.'

Tommaso viel weer stil. Ik geloof dat hij ergens over nadacht. Ten slotte vroeg hij of ik een sigaret voor hem wilde pakken.

'Word je daar niet nog beroerder van?'

'Nee, daar word ik niet nog beroerder van.'

Ik ging naar de andere kamer, vond het pakje en liep terug naar zijn slaapkamer. Ik stak Tommaso's sigaret aan, en toen de mijne. We gebruikten zijn glas als asbak.

'Per slot van rekening was het precies wat ik wilde: wegwezen. Ik wilde van Corinne en al haar onvervulde verwachtingen af. Mijn schuld was allang afbetaald. Maar toch waren de eerste weken verschrikkelijk. Als ik niet in het Relais was, zat ik in het café bij de haven. Daar zag ik Ada, samen met Corinnes moeder.

"Waarom gaan we niet naar jouw huis?" zei ze na een paar keer bemoedigend. "Het is belangrijk dat je kind ziet waar je nu woont. Zodat ze niet denkt dat haar vader geen huis heeft."

"Haar vader heeft geen huis," antwoordde ik en toen drong ze niet langer aan.

Die ontmoetingen waren een ramp. Misschien was Ada de enige die het niet zo voelde. Ze liep tussen de tafeltjes van het café rond en de klanten lachten naar haar. Corinnes moeder nam altijd speelgoed mee, speelgoed dat ik zelf voor haar had gekocht, voordat ik wegging. Maar dat wist ze niet. Joost mag weten wat Corinne haar had verteld. Ze legde me uit hoe ik ermee moest spelen, maar ik keek liever. Zodra ze weg waren, bestelde ik een drankje. Zo ging het een paar maanden door, maar als ik er nu aan terugdenk, lijkt het eindeloos lang. Ik zat maar in dat café naar de virtuele kaarten te koekeloeren die op de slotmachines voorbijschoven. En toen kwam Bern ineens aanzetten. Uit het niets, zoals altijd. In het café, de minst geschikte plek op aarde voor hem. Voordat hij op me afstapte, nam hij het café in zich op.

"Laten we hier weggaan," zei hij.

"Waarom?"

"Daarom. Laten we weggaan."

Ik stond gewoon op, alsof je alleen maar tegen me hoefde te zeggen hoe je het hebben wilde. Of omdat hij het was die het zei.

"Hoe wist je het?" vroeg ik, toen we buiten stonden.

"Van Corinne. Ze maakt zich zorgen om je."

"Dat lijkt me sterk."

"Waar is je huis? Mijn tas ligt in de auto, maar die moet ik voor de avond terugbrengen naar Danco."

Hij hield zich dus aan de belofte die hij vele jaren eerder, 's nachts voor het raam in de masseria, had gedaan: dat hij voor me zou zorgen.

De volgende dag trokken we het smerige behang van de muren. We brachten de meest afgeleefde meubels naar de vuilstort en kochten nieuwe in een meubelhal. Bern praatte veel, bijna aan één stuk door. De laatste dagen had hij met Danco in een soort kamp gezeten. "Het actiekamp", zo noemde hij het. Sinds de Xylella-pandemie waren Danco en een paar anderen in het geweer gekomen om te verhinderen dat de zieke olijfbomen werden gekapt. Ze hadden een soort actiegroep gevormd. Ze sliepen in iglotenten bij het huisje van een boer. Hij, die boer, had ze ervan overtuigd dat kappen niet nodig was, dat er vast en zeker een of ander economisch belang achter stak. Hij behandelde zieke olijfbomen met kopersulfaat en kalk. Bern vertelde het allemaal met veel verve. Het was zijn stem, maar het waren Danco's woorden. Intussen trok hij repen behang van de muren en schilderde hij ze in een belachelijke kleur roze, die mijn dochter prachtig bleek te vinden. Waarom kijk je zo?'

'Ik kijk heel gewoon.'

Tommaso drukte zijn sigaret op de bodem van het glas uit en liet de geïmproviseerde asbak op zijn buik staan.

'Nietes. Je kijkt zo omdat ik niets over jou en Bern heb verteld. Ik heb niets gezegd over wat hij me vertelde. Maar hij zei er niet veel over, eerlijk gezegd. Alleen één avond, toen we op de grond Chinees zaten te eten, zei hij: "Het najagen van een egoïstisch verlangen heeft ons kapotgemaakt." En toen gaf hij de schuld aan jullie dokter. Hij was een paar dagen daarvoor bij hem langs geweest. Ik geloof dat hij daar een scène had getrapt, en hem op een nogal buitensporige manier had bedreigd. Dat hij overal zou rondbazuinen wat die man deed, dat hij er met de kranten over zou praten.'

'Heeft Bern dat tegen je gezegd? Dat hij naar Sanfelice is gegaan en hem heeft bedreigd?'

'Hij schaamde zich er een beetje voor, geloof ik. Of niet. Maar hij moet buiten zichzelf zijn geweest toen hij dat deed, want hij was niet erg scheutig met de details. Hij vertelde alleen dat hij naar de praktijk was gegaan en midden in een consult naar binnen was gestormd, terwijl de assistente hem nog probeerde tegen te houden, en dat hij de dokter even flink de waarheid had gezegd. We zaten op de grond, helemaal onder de roze verf. We gaven elkaar het piepschuimen bakje met aan elkaar gekleefde Chinese bami door. Toen zei Bern: "Teresa heeft het met Nicola gedaan. Ik zag zijn auto bij ' de masseria staan. Een paar avonden geleden."'

'Wat zei jij toen?'

Tommaso had zich naar het raam toe gedraaid.

'Zei jij toen niks? Je had Nicola op dat moment al gesproken. Je wist dat hij de masseria in de gaten hield. Waarom heb je niks gezegd?'

Hij verroerde geen vin, alsof mijn stem dan langs hem heen zou schieten zonder hem te raken. Ik pakte hem bij zijn arm, maar hij rukte zich los.

'Kijk me aan, Tommaso!'

Zijn ogen stonden ineens anders, wijd open, vol woede. Of was het angst?

'Waarom heb je hem niet de waarheid verteld?'

'Omdat ik het niet honderd procent zeker wist,' antwoordde hij nauwelijks hoorbaar.

Ik haalde diep adem voordat ik hem mijn beschuldiging in het gezicht slingerde: 'Nee. Je hebt hem niet verteld wat je over Nicola wist, omdat je wilde dat hij bij je bleef. Je hield je mond en liet hem in de waan.'

Tommaso's ogen waren nog steeds opengesperd. Hij keek niet weg. 'Is dat waar?'

'Ik geloof het wel.'

Ik stond op, ging naar de keuken en pakte twee schone glazen. Ik schonk voor ons allebei wijn in. Het liefst zou ik mijn jas aantrekken en weggaan, niets meer horen. Maar nee, dit keer wilde ik het hele verhaal, tot het eind. Ik liep terug naar de slaapkamer en gaf Tommaso zijn wijn. Hij nipte eraan.

'En toen?'

'Niks. Tenminste, een tijdje. Binnen een paar weken was het appartement klaar om Ada te ontvangen. Corinnes moeder kwam het checken. Ze hield zich afzijdig en keek toe hoe Bern, "oom Bern", Ada door de lucht slingerde. Ze zei dat haar aanwezigheid nu niet meer nodig was. Bern was dol op het kind, en zij op hem. Op ieder ander zou ik jaloers zijn geworden, maar niet op hem. Het waren fijne maanden. Misschien wel de beste.'

'Het lijkt wel een droom die werkelijkheid wordt,' zei ik vals.

En toen begon Tommaso te huilen. Hij kon geen kant op, daar in zijn bed, hij legde snikkend zijn hand op zijn ogen. Ik zat een tijdje naar hem te kijken.

'Sorry, dat had ik niet moeten zeggen.'

Hij huilde bijna geluidloos. Ik wachtte tot hij zijn hand van zijn gezicht haalde.

'Iedereen heeft het recht om...' maar ik maakte mijn zin niet af.

Hij dronk nog wat wijn en veegde met de rug van zijn hand over zijn mond.

'Bern nam me mee naar het actiekamp. De zieke bomen waren halverwege de stam met een rood kruis gemerkt, in afwachting van de kap. Danco en de zijnen zworen dat ze niemand in de buurt zouden laten komen.

Die avond grilden we buiten hamburgers op een BBQ die zwart was van het vet. Er was niet veel te doen, eerlijk gezegd. Geen enkele directe bedreiging om het hoofd te bieden, geen enkel plan. Veel van de jongeren daar waren studenten en lagen met hun boek opengeslagen op hun buik op de grond. Toen het donker werd, maakten ze een vuur. Danco stak zijn gebruikelijke verhaal af. Een verhaal zonder kop of staart, eigenlijk. Maar ze waren allemaal jonger dan hij en vielen voor zijn citaten. Ik wilde naar huis, maar Bern drong erop aan dat we daar zouden slapen. Hij ging in de tent van Danco en Giuliana liggen. En ik belandde bij twee wildvreemde gasten, in een slaapzak die naar zweet stonk.

De volgende dag vertrokken Bern en ik voor dag en dauw. Iedereen sliep nog. We dronken koude koffie uit een thermosfles.

"Hoe vond je het?" vroeg hij in de auto.

"Ik vind het zonde van die olijfbomen."

"Het is niet zonde, het is een misdaad," zei hij, met zijn ogen op de weg.

Nu had ik dus nachten thuis, met Bern en mijn dochter, nachten in het actiekamp, en wilde nachten met Nicola en zijn vrienden. Gescheiden levens, die niets van elkaar wisten: mijn specialiteit.

De Xylella-besmetting breidde zich snel uit naar het noorden. Er kwamen een paar verslaggevers van het journaal naar het actiekamp om Danco te interviewen. Ik was er ook, die dag. De regeling behelsde dat elke olijfboom binnen een straal van honderd meter van een zieke boom werd gekapt. De plaag was nu zo wijdverbreid, dat het zou betekenen dat er in de hele regio geen boom meer over zou blijven. Danco was razend, hij schreeuwde tegen de verslaggevers dat het allemaal leugens waren, hij had het over multinationals en lobby's. Wij vonden hem allemaal heel overtuigend.

Die avond zaten we met zijn allen in het huis van de boer. Het nieuwsitem kwam helemaal aan het eind. Danco's bijdrage was ingekort tot een paar seconden, waarin hij zei dat Xylella een verzinsel van de media was. Hij zag er in het filmpje verhit uit, hij was knalrood. Na hem werd een ambtenaar van het ministerie aan de tand gevoeld, die exacte cijfers over de omvang van de ramp verschafte.

We voelden ons verslagen en gefrustreerd toen we naar onze tenten terugliepen. Bern ging onder een van de olijfbomen zitten. Daar bleef hij tot diep in de nacht met wijd open ogen zitten staren.

In juni werd Ada drie. Dat vierde ze met Corinne en haar grootouders en daarna met Bern en mij. We bakten een taart en trokken onze mooie kleren aan. Nogal overdreven allemaal. Toen we het eten ophadden, deed ik de lichten uit, pakte de taart en toen zongen we mee met de metalen klanken van de zingende verjaardagskaars. We zongen uit volle borst en Ada straalde. Bern had houten blokken voor haar gekocht met letters en getallen erop. Ada keek er nauwelijks naar, hij was teleurgesteld. Hij werd nog chagrijniger toen hij zag hoe ze op mijn cadeau reageerde: een pop. "Die is helemaal van plastic," zei hij kwaad.

Toen verliet hij het appartement en wij bleven achter. Een paar dagen later kwam hij terug. We hadden het met geen woord over de verjaardag.

Zo ging het de hele zomer en de hele herfst. Bern bracht steeds meer tijd in het actiekamp door, maar af en toe kwam hij langs. Hij praatte niet meer over wat er daar gebeurde, en mij interesseerde het niet zo. Ook toen hij met zijn schouder in een brace kwam aanzetten, deed hij vaag, maar die keer bleef hij wel langer. Achteraf gezien was het allemaal vrij duidelijk, ik had moeten merken waar ze mee bezig waren.

In december trof de besmetting ook het Relais dei Saraceni. Hoewel... Nacci liet de bomen nooit onderzoeken, hij bekeek ze alleen grondig en wees me op de verdorde takken. Dat kon door de zon komen, of door de droogte, maar hij besloot dat een deel van de olijfbomen op het terrein het veld moest ruimen. Hij had er al afspraken voor gemaakt.

"De speciale Xylella-wetgeving staat toe dat hij dat doet," zei ik op een avond tegen Bern en Danco.

"Maar waarom hij?" riep Danco opgewonden. "Het slaat nergens op, hij schiet er niets mee op." Hij zat uit zijn hoofd berekeningen te maken en zag niet wat Nacci er voor voordeel bij kon hebben. Toen zei ik: "Hij kapt de olijfbomen omdat hij een golfbaan wil aanleggen."

Er viel een stilte. Danco en Bern keken elkaar aan. Dit was waar ze op wachtten. Ze waren het zat om rode kruisen van boomstammen te verwijderen, om slecht bier te drinken met een analfabete boer, in afwachting van wat eigenlijk? Dit kon een grote, serieuze, concrete actie worden.

Na die avond liet Bern zich niet meer zien. Er gingen een paar maanden voorbij waarin ik niets van hem hoorde. Een paar maanden, ja, want toen ik hem weer, zoals altijd volkomen onverwacht, bij mij thuis aantrof, was het al februari. Het eerste wat ik zag, was de grote doos naast de bank. Ik vroeg wat erin zat.

"Spullen," zei hij ontwijkend. "Niet aankomen, alsjeblieft. Ik zal hem weer snel weghalen."

Natuurlijk ging ik er meteen in kijken zodra ik alleen was. Ik trok het plakband voorzichtig los, zodat ik het daarna weer netjes terug kon plakken. Er zaten zakjes ammoniumnitraat in, ik herkende ze omdat wij dat in het Relais als kunstmest gebruikten.

Toen Bern een paar weken later terugkwam, was ik thuis, met Ada. Hij trok bij binnenkomst niet eens zijn jack uit, maar liep regelrecht naar de doos. De dag erna zouden de bulldozers op het Relais arriveren.

"Doe je dan mee?" vroeg hij.

"Je weet dat ik dat niet kan doen. Ik werk daar."

Op dat moment begreep ik dat ik alles weg moest gooien, als hij weg was.

"Laat maar hier staan," zei ik.

"Sta je aan onze kant of niet?"

"Laat die doos hier, Bern. Het is een domme actie."

Hij boog zijn hoofd. "Vanaf nu is het niet meer jouw zaak, Tommie."

Ik ging op de doos zitten, zoals een kind zou doen.

"Ga eraf," zei Bern.

Hij klonk meteen alweer anders. Hij had zijn strenge stem ingeruild voor een geëmotioneerde, droevige stem, dezelfde waarmee hij me had gesmeekt om niet meer het evangelie van Matteüs onder de eik voor te lezen, dezelfde waarmee hij me had gevraagd geld van het Relais te stelen.

Hij pakte mijn handen en trok me overeind. Daarna boog hij zich over de doos. "Je kunt met me meegaan, we kunnen dit ook samen doen. Het is onze belangrijkste opgave."

Voor mij niet. Voor mij was het niet mijn belangrijkste opgave. Ada zat op de bank, ze ging helemaal op in de tekenfilmpjes.

"Nee," zei ik.

Bern knikte, de doos wiebelend op zijn armen, de deur al open.

"Wil je de lift even laten komen, alsjeblieft?"

Ik liep langs hem heen en drukte op de knop. Gedurende de tijd die de lift erover deed om boven te komen, zeiden we niets meer tegen elkaar. De deuren gingen open. Bern stapte in, de lift ging weer dicht. Ik heb hem niet meer gezien.'

Plotseling sloeg Tommaso het laken terug en kwamen zijn witte benen tevoorschijn. Hij stond op.

'Voorzichtig,' zei ik.

Hij leek ineens weer controle over zichzelf te hebben. Hij liep op zijn blote voeten de kamer uit, naar de badkamer. Ik hoorde het geklater in de wc, toen het doorspoelen en toen de kraan, een hele tijd. Hij hoefde verder niets te vertellen. De rest wist ik al door zijn verklaring tijdens het proces tegen Bern en Danco. Ik wist het door de verklaringen van alle andere getuigen en door de reconstructies in de kranten.

Die nacht had Tommaso Nicola gebeld. Hij was in paniek geraakt en wist niet wie hij anders kon bellen. Misschien was híj in staat Bern en de anderen tot rede te brengen, zonder ze te hoeven arresteren. Als vriend. Als de broer die hij toch eigenlijk was.

Nicola ging met zijn collega Fabrizio naar het Relais. Ze hadden allebei geen dienst en waren allebei gewapend. De bulldozers stonden al klaar om in actie te komen, en de activisten hielden elkaars handen vast en vormden zo een kordon, hun mutsen diep over hun ogen en hun sjaals voor hun mond. Ze hadden het koud.

Ze kwamen precies op het moment dat Nacci Danco vastgreep – hem als eerste, ja – en zijn sjaal voor zijn mond wilde wegtrekken. Danco gaf Nacci een duw en Nicola haalde ze uit elkaar. Hij zei dat hij van de politie was en pakte Danco's armen beet om hem te boeien. Toen stortte Bern zich op zijn broer om zijn vriend te bevrijden, en stortte Nicola's collega Fabrizio zich op hem. Nacci rende terug naar het Relais.

Intussen was de keten van activisten op een aantal punten gebroken. De twee mannen op de bulldozers, die slaap hadden en zich ergerden dat het zo lang duurde, startten de machines en reden door de bres in de keten. Eén jongen raakte in paniek, al werd het tijdens het proces nooit duidelijk wie dat was geweest. Hij bracht een van de bommen tot ontploffing die ze kort daarvoor in alle haast in elkaar hadden geknutseld en op strategische punten hadden neergelegd. De explosie was niet sterk genoeg om de bulldozers omver te blazen, maar wel om ze tot staan te brengen en de activisten tussen de olijfbomen te jagen. Twee van hen raakten lichtgewond.

Nicola en zijn collega trokken hun pistool, dat ze helemaal niet bij zich mochten hebben. Fabrizio rende achter de groep aan en Nicola bleef met Bern en Danco achter, met z'n drieën, terwijl de rest zich uit de voeten maakte.

Alleen de man op de bulldozer zag iets van wat er in de seconden daarna gebeurde, maar vaag, door een wolk van aarde en stof en rook die nog niet was neergedaald.

Hij zag Bern op de grond liggen en Nicola geknield boven op hem, met zijn pistool op hem gericht. En toen hoorde hij een knal, geen pistoolschot, maar een doffe klap. Nicola lag op de grond, naast hem stond Danco, met de schop in zijn hand, hij hield hem nog een paar tellen vast voordat hij hem van zich af gooide.

Toen stapte de man van de bulldozer af om Nicola te hulp te schieten. Toen hij bijna bij hem was, was Danco al op de vlucht geslagen en stond Bern als versteend, vol ongeloof, naar het lichaam van zijn broer op de grond te staren. De man probeerde in elk geval hem nog te pakken, maar ook Bern zette het op een rennen, dwars door het aflopende olijfbomenbos, dat kort daarna niet meer zou bestaan, want getransformeerd in een golfbaan met zacht gras dat glinsterde onder de zon.

Tommaso kwam de badkamer uit, maar treuzelde even in de woonkamer. Om naar Ada te kijken, die sliep, dacht ik. Toen hij terugkwam, rook hij vaag naar tandpasta.

'We kunnen even gaan slapen,' zei hij.

'Ik ga nu weg.'

'Het is te laat. Blijf maar hier. Die kant van het bed is niet zo vies als hij eruitziet. Vooruit, Medea, ga eraf.'

Ik was moe. Als ik in de auto was gaan zitten, had ik tot thuis moeten vechten om mijn ogen open te houden. En misschien had ik er ook wel geen zin in om over een paar uur, op eerste kerstdag, weer alleen wakker te worden, na alles wat ik had gehoord.

Intussen kroop Tommaso over de matras om de haren van Medea van de lakens te vegen.

'Zo, klaar,' zei hij. 'En ik heb al minstens een week geen vlo gezien.'

'Wat?'

'Geintje. Relax.'

Hij pakte het kussen dat bijna de hele nacht, platgedrukt onder zijn zilveren hoofd, op het andere kussen had gelegen. Hij probeerde het tevergeefs weer enigszins in model te krijgen.

'Het is wel goed zo,' zei ik. 'Doe geen moeite.'

Hij ging op zijn helft liggen, helemaal op het randje, om mij zo veel mogelijk ruimte te geven. Ik trok mijn schoenen uit, maar hield mijn t-shirt en spijkerbroek aan. Ik gleed onder de deken.

Bern, Danco en Giuliana hadden elkaar al rennend tussen de olijfbomen weer gevonden, hoe mag Joost weten. Misschien hadden ze een plek afgesproken waar ze elkaar weer zouden treffen, misschien zat het plan veel beter in elkaar dan de officier van justitie het had voorgesteld. Er waren een paar kledingstukken van hen in de toren bij de Scalo gevonden.

Tommaso lag met zijn rug naar me toe. Hij verroerde zich niet, alsof hij al sliep, maar hij sliep niet. Mijn rivaal van het eerste uur. Ik legde een hand op zijn schouder; dat was helemaal niet vanzelfsprekend en het was niet iets wat ik ooit gedacht had te zullen doen, maar ik heb het gedaan. Hij liet mijn hand even liggen en legde toen de zijne op de mijne. Daarna hebben we even kunnen slapen, een paar uur maar, maar zo diep als ik in jaren niet had geslapen. De lamp naast me stond nog aan. Buiten werd het langzaam licht, maar ik zag het niet.

DEEL DRIE

Lofthellir

6

Van die ochtend dat de politieagenten kwamen, herinner ik me vooral de stilte. Een stilte die anders was dan anders, alsof ook de vogels verstomd waren en de hagedissen onbeweeglijk in het gras zaten, zodat ik de woorden zou horen die alles anders maakten: 'Het schijnt dat uw man betrokken is bij een moord... Hij heette Nicola Belpanno.'

De politieagent vroeg of hij binnen mocht komen. Ik zag geen reden om dat te weigeren, maar toch deed ik niet meteen een stap opzij om hem door te laten. Hij moest het nog een keer vragen en zich toen zijwaarts door de spleet tussen mijn schouder en de deurpost wringen. Na hem kwam zijn collega binnen, zijn hoofd gebogen van ongemak.

Ik probeerde door hun ogen te zien hoe het er binnen uitzag: een tafel met troep van de vorige avond, voor één persoon gedekt, laarzen met aangekoekte modder op het vloerkleed, een deken in een prop op de bank. De typische slordigheid van iemand die geen bezoek verwacht.

'Mogen we even boven rondkijken?'

'Ik heb mijn bed nog niet opgemaakt,' zei ik onnozel.

Ik leunde tegen de schoorsteenmantel. Ik had willen zeggen dat daar niets geheims te vinden was, niets van wat ze zochten. Bern was al heel lang niet meer daarboven geweest, ook al zag ik hem bijna elke avond voor me, voordat ik alleen in slaap viel. Ik zag hem met enorme stappen door de ruimte benen, en praatte met hem, hardop, ja. Maar ik zei niks en bleef naar de agenten staren, die zwijgend rondkeken en toen de trap opliepen.

'Het schijnt dat uw man... Hij heette Nicola Belpanno.'

Los van elkaar begreep ik de zinnetjes min of meer, maar het verband ertussen bleef me ontgaan. Zoiets als de helften van twee gebroken vazen, twee verschillende vazen, en ik maar proberen om de helft van de ene vaas aan de helft van de andere te lijmen, maar de hoeken en randen pasten niet.

Ik bood de politieagenten geen koffie aan en ook geen glas water. Het kwam gewoon niet in me op.

Toen we weer bij de voordeur stonden, zei de enige van de twee die spreekrecht leek te hebben: 'Ik denk dat we terugkomen voor een grondiger inspectie. Misschien vandaag nog. Ik zou het fijn vinden als u de komende uren in de buurt blijft.'

Toen gingen ze weg.

Ik ging op de schommelbank zitten. Ik kon niet nadenken, maar er schoten wel gedachten door mijn hoofd, dat weet ik zeker, alleen ontging me de betekenis. De verbijstering die bezit van me nam, en die voor mij helemaal nieuw was, werd met de minuut groter. De gammele schommelbank piepte en kraakte, al dacht ik dat ik stilzat.

Ik wist dat het snel gedaan zou zijn met de rust, maar op dat moment gebeurde er nog niets: ik was er en de masseria was er, en er waren woorden uitgesproken, lucht die in andere lucht was geblazen.

Rond negen uur begon de telefoon te rinkelen. Oké, zei ik tegen mezelf, daar zul je het hebben, maar ik kwam nog niet in beweging. Opeens was ik me bewust van alle bewegingen die ik tot de vorige avond zou hebben gemaakt zonder me ervan bewust te zijn: opstaan, lopen, de hoorn van de haak pakken, praten.

Het was een medewerkster van een callcenter. Ik liet haar helemaal uitpraten en nam alles wat ze zei in me op, elke overbodige

informatie over korting die ze gaven op sportzenders en een deco-
der die je kon huren. Daarna pas zei ik dat ik geen televisie had. Iets
in mijn stem moet haar aan het schrikken hebben gemaakt, want ze
beëindigde het gesprek meteen.

Ik keek nog even naar de zwijgende telefoon, voor als de politie
zou bellen, en ging toen weer onder de pergola zitten. De politieagent had me op het hart gedrukt in de buurt te blijven en dat zou ik
doen ook. Ik zou op deze plek blijven zitten totdat de belachelijke
versie van de feiten die ik die ochtend had gehoord onwaar was ge-
bleken.

Hij heette Nicola Belpanno.

Ze kwamen vroeg in de middag terug, drie auto's waarmee ze – volkomen overbodig – met piepende banden aan kwamen scheuren.
Ze hadden een huiszoekingsbevel en gedroegen zich anders dan die
ochtend, ze waren doortastender nu, bijna agressief. Ik bleef liever
buiten, terwijl elk voorwerp werd aangeraakt, omgedraaid, open-
gemaakt, leeggehaald. Ik ging onder de steeneik zitten. Vanaf het
bankje zag ik dat sommige bladeren gele puntjes hadden. Ik brak er
een af en bestudeerde het tegen het licht.

Toen kwam dezelfde agent als die ochtend naar me toe en ging
naast me zitten. 'We beginnen van voor af aan, oké?' zei hij.

'Zoals u wilt.'

'Vanochtend heeft u verklaard dat uw man hier al heel lang niet
meer is geweest.'

'Al driehonderdvijfennegentig dagen.'

Hij keek verbaasd. Natuurlijk was hij verbaasd.

De avond van ons huwelijk, dacht ik, stond Bern waar de politieagent nu zat.

'Moet ik daaruit afleiden dat uw man en u niet meer samen zijn?'

'Dat kunt u eruit afleiden, neem ik aan.'

'Maar bij het bevolkingsregister staat hij nog steeds op dit adres ingeschreven. U heeft nog geen echtscheidingsprocedure in gang gezet.'

Nu had ik hem moeten uitleggen dat de scheiding van Bern wel degelijk in gang was gezet, en wel met een stapel hout die midden in de nacht was aangestoken, een torenhoog vuur. Als hij goed had gekeken, zou hij de donkere plek in de aarde nog hebben gezien. En ik had hem moeten uitleggen dat Bern zich nergens anders op aarde kon inschrijven, omdat hij met hart en ziel verbonden was met deze plek, de planten, de stenen. Maar ik zweeg. De agent tikte met zijn pen op zijn opschrijfboekje.

'Kunt u me zeggen waar uw man het laatste jaar heeft gewoond?'

Ik loog, net als ik enkele uren eerder had gedaan toen ik dezelfde vraag had beantwoord. Maar terwijl ik die ochtend puur instinctief op mijn hoede was en het gevoel had dat ik beter kon liegen, loog ik nu opzettelijk, om Bern te beschermen. Wat hij ook gedaan mocht hebben.

'Geen idee.'

Vanaf dat moment werd het verhoor dwingender. De agent had zijn uiterste best gedaan om aardig te zijn, maar het was duidelijk dat we niet aan dezelfde kant stonden. Was ik op de hoogte van de contacten van mijn man met de extremistische vleugel van de milieubeweging? Had ik zelf ook contact gehad met dat soort groepen? Waren er plekken waar mijn man regelmatig kwam, plekken waar hij het vaak over had? Personen die hij noemde? Had ik hem ooit wapens zien maken? Had hij toen al interesse voor het in elkaar zetten van bommen?

Nee, nee, nee. Ik antwoordde niets anders dan nee. De politieagent en ik moeten er uit de verte niet heel anders hebben uitgezien dan Cesare en de jongens, die om de beurt naast hem kwamen zitten: hij was aan het woord en ik zweeg, mijn blik recht vooruit of op mijn voeten gericht, zo nu en dan een eenlettergrepig antwoord. Het opschrijfboekje was nog even leeg als eerst, alleen dat magische getal, 395, boven aan de pagina.

'Mevrouw Corianò, ik raad u aan om mee te werken. Dat is in uw eigen belang.'

'Ik werk mee.'

'Dus Bernardo Corianò heeft geen banden met extremistische groepen?'

'Nee.'

'En Danco Viglione? Wat kunt u over hem vertellen?'

'Danco is een pacifist.'

'Zo te horen kent u hem goed.'

'We hebben in hetzelfde huis gewoond. Hier, twee jaar lang.'

'Oké. U, Corianò, Danco Viglione en wie nog meer?'

'Danco's vriendin, en nog een stelletje.'

'Giuliana Mancini, Tommaso Foglia en Corinne Argentieri.'

'Als u het toch al wist, waarom vraagt u het dan?'

De agent negeerde die vraag.

'Weet u, ik vind het heel erg vreemd dat u Viglione zo omschrijft. Een pacifist nog wel, en dat voor iemand met een strafblad.'

De adem stokte in mijn keel. 'Een strafblad?'

'Ah, wist u dat niet?'

De politieagent bladerde een paar pagina's terug in zijn opschrijfboekje. Hij las voor: 'Zaakbeschadiging onder verzwarende omstandigheden in 2001. Verzet tegen ambtenaar in functie in 2002, in Rome. Hij en anderen hebben tijdens een internationale topconferentie al hun kleren uitgetrokken. Merkwaardig, niet? Uw medehuurder heeft enkele nachten in de cel doorgebracht. Dat wist u niet, neem ik aan.'

Iemand was in mijn slaapkamer aan het snuffelen. Ik zag hem van de ene naar de andere kant van het raam lopen. Maar het enige wat hij er zou vinden, was heimwee.

'En wat Giuliana Mancini betreft,' ging hij verder, 'die is een paar keer samen met Viglione aangehouden, maar ze is ook beschuldigd van internetfraude. Zij lijkt op het moment ook onvindbaar.'

Hij rechtte zijn rug. Hij legde zijn opschrijfboekje ondersteboven op zijn schoot, alsof hij een wapen neerlegde.

'Vertelt u eens, wat deden jullie hier precies met zijn allen?'

'We plukten olijven. We verkochten onze producten op de markt.'

We verwezenlijkten een utopie. Maar dat zei ik niet.

'Jullie waren dus boeren. En uw man, Corianò, is hij ook pacifist?'

'Bern heeft zijn eigen opvattingen.'

'Kunt u dat toelichten? Waar gelooft hij precies in?'

Waar geloofde hij precies in? Hij had overal in geloofd en hij was opgehouden met in alles te geloven. Hoe het op dat moment zat, wist ik niet.

Ik zei: 'Hij heeft groot vertrouwen in Danco.'

De agent keek me aan, in zijn ogen verscheen een glimp van triomf. Als Bern een volgeling was van Danco, en Danco had een strafblad, dan moest Bern ook wel een gevaarlijk individu zijn. Ik had dat niet moeten zeggen, maar nu was het te laat. De agent zweeg, hij wachtte misschien of er nog meer kwam, of ik nog meer interessants te vertellen had, maar ik hield mijn mond. Het rook onder de eik naar hars.

'Hoe is hij doodgegaan?' vroeg ik ten slotte.

'Zijn schedel is ingeslagen. Met een spade.'

Hij zei het expres zo cru, denk ik, om wraak te nemen voor mijn onwilligheid. Het werkte, want dat beeld stond meteen op mijn netvlies: Nicola's hoofd, dat met een spade was ingeslagen. Het zou nooit meer verdwijnen.

'Hebben jullie al met zijn vader gesproken?'

'Met de vader van Belpanno? Er is nu iemand bij zijn ouders. Waarom vraagt u dat?'

Ik keek hem in de ogen.

'Kent u hem toevallig?' vroeg hij.

Hij keek hulpeloos, alsof hij opeens besefte dat hij al die tijd met de verkeerde had gepraat.

'Nicola en Bern zijn min of meer broers. Ze zijn samen opgegroeid. Jullie denken dat Bern Nicola wat ergs heeft aangedaan, maar jullie vergissen je. Zijn vader, Cesare, zal dat bevestigen.'

De agent vroeg me om daar te blijven zitten. Ik zag hem weglopen en toen aan de telefoon praten. Met zijn wijsvinger hield hij zijn vrije oor dicht. Hij kwam niet terug om nog meer vragen te stellen.

Vervolgens waren ze vertrokken. Dezelfde oorverdovende stilte als die ochtend. Ik opende het hek voor de geit, ik keek hoe ze naar buiten kwam en op haar gemak het wintergras begon te grazen. Ze zocht naar de campanula die verborgen zat tussen de grassprietjes.

Ik ging naar binnen met het idee dat het helemaal overhoopgehaald zou zijn, maar het was keurig netjes, het soort netjes dat kil aandoet en waar ik niets mee had. Het leek wel of de agenten mij mijn slordigheid onder de neus wilden wrijven door alles zo keurig op te ruimen. Ik ging achter de computer zitten. Het bericht verscheen het eerst op de site van de *Corriere del Mezzogiorno*. 'Politieagent dodelijk gewond bij demonstratie tegen boomkap. Verdachten op de vlucht.'

Je kon op de kop van het artikel klikken of op een van de achtergrondartikelen: 'De plaats van de confrontatie – Interactieve kaart van de Xylella – Een leven in dienst van de staat'.

Geen enkele verwijzing naar de familieband tussen Nicola en Bern. Ik begon aan het hoofdartikel, maar trilde zo hevig dat ik moest stoppen: ik stond op, ging naar buiten en liep minutenlang te ijsberen.

Toen de telefoon weer ging, rende ik naar binnen om op te nemen. Het was raar om de stem van mijn moeder te horen. Sinds Bern er niet meer was en geen obstakel meer vormde, belden we elkaar minstens twee keer per week. Maar dit was niet een van de vaste dagen, en ook niet onze vaste tijd.

'Wat verschrikkelijk, Teresa! Wat verschrikkelijk!'

Ze huilde. Ik vroeg of ze alsjeblieft wilde ophouden. Er dreigde een uiterst wankel evenwicht verstoord te worden. Elk moment kon er iets groots en onherstelbaars in mij tot uitbarsting komen en ik wist dat dat zou gebeuren als ik haar nog één seconde zou horen snikken.

'Op de radio hebben ze het er ook over,' zei ze.

'Ja,' zei ik, maar wat ik dacht was dat mijn ouders nooit naar de radio luisterden. In mijn afwezigheid konden de dingen natuurlijk veranderd zijn. Misschien dat ze dat nu wel deden.

'Kom hiernaartoe, Teresa! Kom naar huis. Ik ga wel naar het reisbureau en regel een ticket.'

'Ik kan hier niet weg. De politie heeft gezegd dat ik in de buurt moet blijven.'

Het woord 'politie' bezorgde haar een hysterische huilbui. Maar deze keer deed het me niets.

'Is papa er niet?'

'Die is gaan slapen. Ik heb hem overgehaald om een Tavor te nemen. Hij was totaal over zijn toeren.'

'Ik moet gaan, mama.'

'Wacht! Wacht, ik moest van je vader tegen je zeggen dat wij er niks van geloven. Zeg tegen Teresa dat wij er niks van geloven, zei hij. Wij geloven er niks van, hoor. Wij kennen Bern. Hij zou niemand kwaad doen.'

De volgende ochtend had de wind de wolken verdreven. Ik verwachtte weer zo'n kleurloze dag, wat gespetter, een landschap dat paste bij mijn verslagenheid, maar nee, de hemel was strakblauw en de zonnestralen, die het landschap kliefden, brachten nieuwe warmte. De eerste lentedag, een week te vroeg.

Voor de krantenwinkel in het dorp stond een bord met in koeienletters: FAMILIETRAGEDIE IN SPEZIALE. Het ontbrekende nieuws was nu dus ook gearriveerd.

'In welke kranten staat het?' vroeg ik aan Maurizio, de winkelier.

'In allemaal, maar vooral in de plaatselijke.'

Ik keek vluchtig naar de koppen in de *Quotidiano di Puglia* en de *Gazzetta del Mezzogiorno*. Beide hadden op de voorpagina dezelfde foto van Nicola die ik de dag ervoor online had gevonden. Ik zocht onder in mijn tas naar kleingeld.

'Laat maar zitten,' zei Maurizio, en hij vouwde de kranten weer op.

'Ik zou niet weten waarom.' En ik gaf hem een vijftigeurobiljet.

'Ik heb alleen dit.'

'Betaal maar een andere keer.'

'Ik zei nee!'

Hij pakte het wisselgeld uit de kassa. Er waren intussen nog meer klanten binnengekomen. Ik kende ze, en zij kenden mij. Ik zag hun blikken. Hun ogen gingen van de krantenkop naar mijn gezicht, en dan weer naar de krantenkop. Maurizio telde de bankbiljetten tergend langzaam. Toen hij opkeek, had hij een andere uitdrukking op zijn gezicht dan eerst. Hij zei: 'Ze kwamen als kinderen al in de winkel en hun ogen vielen uit hun kassen van alles wat ze hier zagen. Dat vertelde mijn vader altijd.'

In de auto las ik vluchtig het artikel in de *Gazzetta*. Er stond niets in wat ik nog niet wist, behalve dat het opsporingsonderzoek naar de voortvluchtigen uitgebreid was tot heel Puglia. Ik werd getroffen door dat woord 'voortvluchtigen'. Er stonden foto's van Bern, Danco en Giuliana bij. Ze werden opgeroepen om mee te werken.

Ik zag dat Nicola's leeftijd niet klopte, eenendertig in plaats van tweeëndertig. Dat was hij een maand eerder geworden, op 16 februari, ik had hem een sms gestuurd om hem te feliciteren en hij had dank je geantwoord met een heleboel uitroeptekens. Al jaren deden we niet meer dan dat, gelukwensen sturen zonder enige betekenis.

Ik zocht de pagina met de overlijdensberichten. Dat van hem stond bovenaan. Van zijn ouders en eronder van zijn collega's van de politie. Er stond niets in over de begrafenis. Ik pakte de *Quotidiano di Puglia* en las dezelfde berichten, dezelfde foute leeftijd van Nicola, maar hier stond wel dat de begrafenis was uitgesteld vanwege de autopsie. Toen ik mijn ogen opsloeg van de krant zag ik een bejaarde man, een van de vaste bezoekers van het plein. Hij zat op zijn fiets, een paar passen van mijn auto vandaan. Hij staarde naar me.

Toen ik thuiskwam, zag ik de schoolbus voor de masseria staan. De leerlingen stonden eromheen, allemaal met een rugzakje met een lunchpakket erin. Ik was het bezoek dat voor die ochtend was afgesproken totaal vergeten. Juffrouw Elvira en haar collega stonden onder de pergola handenwringend op me te wachten. Ik verontschuldigde me dat ik te laat was. Ik brabbelde wat over een onvoorziene gebeurtenis. Het klonk belachelijk.

'We wisten niet zeker of je er wel voor in de stemming zou zijn,' zei Elvira.

'Het gaat prima.'

'Ik weet zeker dat alles opgehelderd zal worden, Teresa.'

Ze raakte zachtjes mijn arm aan. Ik schrok op van dat onverwachte contact. Ik wendde me tot de kinderen. 'Hebben jullie het geitje gevonden? Ik heb het hek gisteren open laten staan. Gaan jullie haar maar gauw zoeken, hup! Meestal gaat ze die kant op.' Ik stuurde ze met een handgebaar weg, en ze renden in de richting die ik had aangewezen.

Later keek ik hoe ze figuren uit de pompoenen sneden en het oranje vruchtvlees op de grond kieperden. Daarna deelde ik wortelzaad uit, een zaadje per kind, en keek hoe ze met hun vingers een gaatje groeven, het zaadje erin legden en het verwachtingsvol toedekten. Ik beloofde dat ik voor de plantjes zou zorgen, terwijl ik wist dat ik de zaadjes niet één keer water zou geven, dat ik ze allemaal dood zou laten gaan van de dorst.

'Gaan jullie nu maar doen wat je zelf wilt,' zei ik. 'Rennen, klimmen, bladeren plukken...'

Ik liep naar binnen, zonder de moeite te nemen om de juffen gedag te zeggen. Ik deed de deur dicht en liet me op de bank vallen. En daar lag ik nog steeds, klaarwakker, toen de schoolbus wegreed over het weidepad.

In tegenstelling tot wat er aanvankelijk werd verondersteld, was Nicola niet gestorven ten gevolge van een klap met een spade tegen zijn achterhoofd. Volgens de autopsie had die klap een vrij lichte schedelblessure veroorzaakt. Maar doordat hij met zijn hoofd tegen een punt van een steen was geslagen, was er een interne bloeding opgetreden die veel ernstiger was en die niet alleen door zijn val kon worden verklaard. 'Er moet nog iets anders zijn geweest dat het hoofd van Belpanno met kracht tegen de steen heeft gedrukt,' stond er in het perscommuniqué. Nog iets anders. Op zijn slaap, aan de andere kant, zaten blauwe plekken die overeenkwamen met de profielzool van een zware schoen, een laars, misschien een soldatenkistje. Iemand had met zijn voet zijn hoofd tegen de steen geplet.

Precies op de dag dat de datum van de begrafenis bekend werd gemaakt, werd Danco's jeep gevonden, langs de kust, waar hij geparkeerd stond op een veldje. In de winter kwamen er weinig mensen in die buurt, stond er in het artikel op internet, maar in de zomer was het er heel erg druk omdat er vlakbij een uitgaansgelegenheid voor jongeren lag, de Scalo. Het duizelde me toen ik dat las. Ik zag weer voor me hoe Nicola en ik daar jaren geleden stonden: ik was niet blij om daar met hem alleen te zijn en hij zocht een voorwendsel om me er te houden.

Volgens het onderzoeksteam waren Bern, Danco en Giuliana er over zee vandoor gegaan met de hulp van een handlanger. Uit niets bleek dat een van hen ervaring had met boten. In de bouwvallige toren, op een paar honderd meter van de jeep, hadden de carabinieri een tas met kleren en wat etensresten gevonden. Volgens de verslaggever gaven ze met hun vlucht impliciet het misdrijf toe. En de schuilplaats, zoals hij de plek steevast noemde, wees erop dat het feit met voorbedachten rade was gepleegd.

De gedachte aan Cesare bleef me achtervolgen. Moest ik hem een telegram sturen? Of was het daar al te laat voor? Op internet waren er hele lijsten van voorbeeldzinnen te vinden. Ik las ze steeds opnieuw, maar er zat niets bij wat me ook maar enigszins op zijn plaats leek.

'We leven met jullie mee.'

'Voor eeuwig in onze gedachten.'

Mijn moeder, die me in die dagen veel vaker belde dan normaal, vroeg me elke keer of ik dat telegram al had gestuurd, maar ik vermoedde dat zij ook niet overtuigd was van het idee. We waren door de gebeurtenissen in een situatie beland waarvoor geen etiquette bestond. Ik gaf het idee op en zij had het er ook niet meer over.

Ook over de begrafenis bleef ik tot het laatste moment aarzelen. Een uur voor de dienst was ik nog op de masseria, in mijn werkkleren. Ik rende als een kip zonder kop rond en hoopte dat het opeens drie uur later zou zijn of, beter nog, tien jaar later. Daarna moest ik racen als een gek, over de snelweg, terwijl de regen met bakken uit de hemel kwam. Intussen probeerde ik met één hand mijn haar te fatsoeneren en de ontreddering, die al dagen van mijn gezicht te lezen was, weg te wrijven.

Vanuit de bestuurlijke top van de provincie werd erop aangedrongen dat Nicola een staatsbegrafenis zou krijgen: een duidelijk signaal van solidariteit met het politieapparaat. De kathedraal van Ostuni was van de eerste tot de laatste plaats bezet, ook achterin en in de zijbeuken stond het vol mensen: politieagenten met hun gezinnen, carabinieri in ceremonieel uniform, gewone burgers die uit verontwaardiging waren gekomen. Ik bleef bij iedereen uit de buurt die me had kunnen herkennen, vooral bij Cesare en Floriana. Die waren hoe dan ook vrijwel onbenaderbaar, omdat ze tussen de lege ruimte met de onder bloemen bedolven kist van Nicola en de muur van mensen achter hen in zaten.

Tegen een zuil aan de andere kant van de kerk zag ik Tommaso staan, die ook niet gezien wilde worden, dacht ik, maar die door zijn onnatuurlijk bleke huid en zijn spierwitte haar veel meer opviel. Ik zag Tommaso en hij zag mij, maar het bleef bij die blik, eerder vijandig dan aangedaan, want ons wederzijds wantrouwen bestond nog steeds, en misschien was dat door onze verbijstering zelfs nog sterker geworden.

De dienst verliep in diepe stilte en uiterst ingetogen, alsof we van bovenaf in de gaten werden gehouden. De bisschop riep een jongere pastoor, don Valerio, op de kansel. Pas nadat ik hem een poosje had horen praten en hij zei: 'Ik ben verschillende keren bij Nicola en zijn ouders thuis geweest, ik heb dat huis jaar in jaar uit gezegend,' herinnerde ik me die drukkende dag in augustus, toen Cesare me had verteld over zijn vriend die priester was in Locorotondo.

En daar was hij dan, don Valerio. Zijn smalle voorhoofd kwam net boven de lessenaar uit, zijn ogen waren donker, vlammend. Hij beschreef de masseria als een stukje wereld waar alles volmaakt was, waar het kwaad niet kon binnendringen. Maar het kwaad, zei hij, was in de vorm van een slang zelfs de Hof van Eden binnengedrongen.

De bisschop was gaan zitten. Hij luisterde met zijn ogen dicht naar de pastoor. Don Valerio ging door. 'Er is iets wat we niet kunnen accepteren. Heeft de Heer ons immers niet het eeuwige leven beloofd in onze kinderen? En nu lijkt Hij die belofte niet gestand te doen. Cesare en Floriana zouden alle recht hebben om aan God te twijfelen, maar ik weet dat ze dat niet zullen doen. Want ik weet dat zij het geloof tot basis hebben gemaakt van al hun handelingen. Luister goed naar wat zij ons kunnen leren op deze dag van rouw, waarop ook de hemel met ons meehuilt: elk moment van ons verblijf op deze aarde heeft zin zolang we in Jezus en in het eeuwige leven geloven. Als we dat niet meer doen, kunnen we net zo goed ergens in een hoekje gaan zitten en onszelf dood laten gaan.'

Hij pauzeerde lang. De bisschop achter hem zat met zijn kin op zijn borst. Ik zocht Tommaso, maar die was er niet meer. Don Valerio boog de zwanenhals van de microfoon naar zijn mond, maar toen hij weer begon te spreken, klonk hij veel zachter, alsof alle kracht uit hem wegvloeide.

'Ik hoor in deze dagen heel wat geruchten en mensen die beschuldigingen uiten. Zoals vaker gebeurt, praten mensen zonder te weten wat ze zeggen. We zijn allemaal gek op roddels, toch? En wat leent zich beter tot roddels dan een gewelddadige dood? Maar ik heb Nicola samen gezien met degene die hij als een broer beschouwde. Met Bernardo.'

Die naam bracht een schok teweeg. Er voer een siddering door de op elkaar gepakte lijven in de kathedraal, de houten banken kraakten, mensen hoestten.

'Toen ik ze leerde kennen, waren het twee jongens die geen mens kwaad zouden doen, laat staan elkaar. Ze groeiden op met zoveel liefde dat boosaardigheid geen vat op hen kon krijgen. Ik kan me vergissen, natuurlijk. Ik zei het al, de slang heeft zelfs Adam en Eva tot het kwaad gedreven. Maar laten we voorzichtig zijn. Laten we het moment van de waarheid afwachten. Zover is het nog niet. Dit is een tijd van rouw, en van gebed.'

Na hem was er nog een toespraak, van een van Nicola's collega's, die met trillende handen een blaadje openvouwde en dat struikelend over elk woord voorlas. Hij beschreef Nicola zo anders dan hij in werkelijkheid was dat ik de draad kwijtraakte en in mijn herinnering terugging naar de dag dat de echte Nicola ons op de masseria was komen opzoeken. Hij was die dag zo positief en straalde zoveel gezag uit, dat ik me tot mijn schande tot hem aangetrokken voelde, hoewel hij ook toen dat melancholieke had dat hem altijd vergezelde, alsof geluk een voorwerp was dat hij ooit ergens had laten liggen. Op ons huwelijk had hij zijn mond in mijn nek gezet om het gif eruit te zuigen dat me volgens hem ziek had gemaakt, alsof ik, als dat eruit was, eindelijk zou merken dat ik van hem was. Maar ik was nooit van hem geweest. Hij was altijd aanwezig geweest, in mijn leven, maar op de achtergrond. Nu hij daar voor het altaar in zijn kist lag, was hij reëler en aanweziger dan alle jaren ervoor.

De politieagent liep de treden af en ging terug naar zijn plaats. Terwijl de bisschop de kist zegende, was er even alleen het geluid van de regen die op het dak kletterde. Onder het hoge kerkgewelf had zich een gevoel van onrecht samengebald.

Op dat moment klonk de schreeuw. Een dierlijke schreeuw die uit de diepste diepte kwam, een schreeuw die diezelfde avond op alle lokale nieuwszenders werd uitgezonden, en ook de dag erna en de dag daarna. Cesare hield Floriana bij haar armen vast, terwijl ze naar voren wilde stormen, niet echt op de kist af, maar op iets wat alleen zij kon zien.

Ik baande me een weg door de verstijfde menigte, die geërgerd reageerde op mijn gebrek aan tact. Niet om naar Floriana te gaan, maar naar de andere kant, naar de uitgang die door het grote aantal aanwezigen geblokkeerd was.

Buiten stonden ook mensen. Ik liep al duwend onder de paraplu's door. De bisschop had weer het woord genomen, je hoorde zijn stem door de luidsprekers. 'Schenk hem eeuwige rust, o Heer…'

Iemand greep me bij mijn schouder. Ik probeerde me los te maken, maar de greep werd steviger. Ik draaide me om. Cosimo keek me verwilderd aan.

'Wat hebben jullie met hem gedaan? Wat hebben jullie die arme jongen aangedaan?'

Zijn roodgevlekte gezicht was vlak bij het mijne, zijn witte haar drijfnat. De schoudervullingen van zijn jasje hadden zich als een spons volgezogen met regen.

'Ik heb er niets mee te maken.'

Hij had nog steeds mijn schouder vast. Een vrouw observeerde ons van heel dichtbij, maar kwam niet tussenbeide.

'Jullie soort gaat naar de hel! Allemaal!'

Het lukte me om me te bevrijden, of misschien verslapte zijn greep. Maar door het gekletter van de regen heen hoorde ik nog steeds zijn stem achter me. 'Stelletje ellendelingen! Jij en die schoften! Ellendelingen!'

Ik maakte me los uit de menigte. Ik was nu ook doorweekt. Ik had mijn paraplu in de kerk laten liggen, maar ik piekerde er niet over om terug te gaan. Door de regen was de bestrating in een glijbaan veranderd. Ik viel één keer en verstuikte meteen mijn enkel. Er kwam iemand naar me toe om me te helpen, maar ik stond al op en rende verder, met nog meer risico om te vallen.

Op weg terug naar de masseria probeerde ik de gedachten die tijdens de begrafenis bij me waren opgekomen te verjagen. En ook Floriana's dierlijke schreeuw, de woorden van don Valerio en Cosimo, de nat geworden bloemenkrans op de kist. De ruitenwissers zwiepten over de voorruit, op de hoogste stand, maar dat was niet genoeg, er kwam te veel water naar beneden, te veel, je zag de weg niet eens.

Van de weken erna weet ik weinig meer. Het bleef regenen, eerst aan één stuk door, toen werden het buien, daarna stonden er alleen nog plassen her en der op het terrein, en uiteindelijk droogden die ook op. En toen begon het ontroostbare gekwaak van de kikkers, de hele nacht door. Ik dacht aan de eerste zomer met Bern.

April. Op een muur in de hoofdstraat van Speziale verscheen een tekst: NICOLA VOOR ALTIJD. Een paar dagen later was dat geworden: VOOR ALTIJD EEN LAFFE JUUT. En om de A stond nu een rode cirkel, het symbool van de anarchisten.

Mei. Mijn leven stond stil. Weken achtereen waaide de sirocco, en er werd al gepraat over de droogte die de komende maanden een verwoestende uitwerking zou hebben op het land. Die abnormale, benauwde, droge lente versterkte alleen maar mijn gevoel dat alles stillag.

Door de huiszoeking van de politie waren er sporen van het verleden naar boven gekomen. Ik vond een bijbel die van Bern en de anderen was geweest. Ik zat er heel vaak in te bladeren. In de kantlijn was in drie verschillende handschriften met priegellettertjes de betekenis van de moeilijkste woorden opgeschreven.

vreemdeling (man uit een ander land)

diadeem (soort ketting voor je hoofd)

onzindelijk (heel erg vies)

spelonk (grot)

druipen (druppelen)

vergankelijk (wat maar kort leeft)

halster (touw voor paarden)

pervers (iemand die verboden en slechte gedachten heeft)

gezel (zware ramp, vaak door God gestuurd vanwege een zonde die is gepleegd)

dolende (iemand die geen plek meer heeft om te wonen en daarom door de wereld zwerft, terneergeslagen en alleen, als een banneling)

Dolende. Ik herhaalde dat woord zachtjes. Ik vroeg me voortdurend af waar Bern was. Alleen zijn terugkomst kon ervoor zorgen dat de tijd weer normaal ging verstrijken, en de seizoenen ook.

Mijn enige gezelschap waren de verborgen microfoons. Eerlijk gezegd had ik er geen enkele gevonden, ik had ze niet eens gezocht, maar ik wist dat ze er waren, dat de politieagenten ze overal in huis hadden verstopt. Ik wist ook dat de telefoon werd afgeluisterd en dat er van tijd tot tijd agenten in burger met de auto tot de slagboom reden, daar een poosje bleven staan en dan weer wegreden. Er zat logica in. Die gedrevenheid van hun kant had een zekere logica. Mijn man werd gezocht omdat hij een collega van hen had gedood, er was een internationaal arrestatiebevel tegen hem uitgevaardigd. En toch was wat de afluisterapparatuur opving van geen enkel belang. Niet alleen omdat Bern niet zou komen en ook niet zou bellen, maar vooral omdat de apparatuur niets kon registreren van wat de masseria echt was, was geweest. Ze zochten naar gecodeerde aanwijzingen in mijn gesprekken, de geluiden werden geïnterpreteerd, maar de afluisterapparatuur kon niet de talloze geluksmomenten vastleggen, de jaren dat Bern en ik er samen hadden gewoond, de ochtenden in bed en de uren die we aan tafel zaten omdat we betoverd werden door het ruisende blad van de peperboom voor het raam. Ze vingen ook niet het enthousiasme op van de jaren dat we er, in een glorieuze chaos, met zijn zessen hadden gewoond, en ook niet de intensiteit van de gevoelens die we voor elkaar koesterden, in het begin tenminste. En ze registreerden ook niet de hoop waarvan de masseria, sinds de tijd van Cesare, vervuld was. Het enige wat de verborgen microfoons konden vastleggen, was een geluidsportret van mijn eenzaamheid. Het gekletter van borden en bestek. Het water uit de kraan. Het getik van het toetsenbord van de computer, en daartussendoor uren van stilte.

De eerste die op de televisie kwam, was de vader van Giuliana. Hij zei wat ik al wist, namelijk dat hij zijn dochter al tien jaar niet meer zag. Maar Danco en Giuliana waren niet zo interessant voor het publiek. Veel spannender was de bloedband tussen de neven, die ooit onafscheidelijk waren en uiteindelijk zulke grote vijanden werden dat ze elkaar afmaakten. Bernardo en Nicola. Nicola en Bernardo. Je hoefde die namen maar samen te noemen of iedereen in heel Italië wist over wie het ging. De naam Speziale had hetzelfde effect. De masseria werd het mikpunt van roddels. Nu ze de bakermat van het schandaal hadden ontdekt, liepen de reporters en cameramensen zelfs tot aan de voordeur van het huis. Nadat ik ze daar had weggestuurd, zag ik ze rond het terrein lopen, op zoek naar de beste hoek om een shot van het huis te maken. Ze wilden mij ook fotograferen, en soms lukte dat.

Ik werd gebeld, en er werd ook gemaild naar mijn website van de leerboerderij, vooral door tv-zenders, maar soms werd ik alleen maar uitgemaakt voor alles wat vies en voos was. Mijn ouders probeerden me voor de zoveelste keer over te halen om naar Turijn terug te keren, zodat ik tot rust kon komen tot de situatie gekalmeerd was.

Bij de krantenwinkel in Speziale bleven ze de covers van de weekbladen die over Bern en Nicola gingen met perverse trots buiten uitstallen. Ik liep er niet meer langs, ik ging helemaal niet meer naar het dorp. Ik deed mijn boodschappen kilometers verderop, in supermarkten waar de uitbaters buitenlanders waren, en altijd op een tijd dat er geen hond was.

Juist toen de aandacht voor Bern en Nicola eindelijk afnam en de media om nieuws verlegen zaten, verscheen Floriana in een tv-programma. Het werd vroeg op de woensdagavond uitgezonden en het werd door meer dan een miljoen mensen bekeken. Onderdeel van het format was een interview van ongeveer een uur, de reclameblokken niet meegerekend.

Omdat ik op de masseria geen televisie had, reed ik die avond naar San Vito dei Normanni, waar niemand me kende. Het verkeer in de eenrichtingsstraten stond helemaal vast. Ik reed langs een café en zag door de ruit een televisiescherm aan de muur. Ik parkeerde. Er zaten alleen mannen, de enige vrouw was de barvrouw, een dik mens in een nauwsluitend geel hemdje en met een tatoeage op haar arm. Terwijl ik tussen de tafeltjes door liep, namen ze me zwijgend op.

Ik ging zo dicht mogelijk bij het scherm zitten, met mijn rug naar iedereen toe, maar me bewust van de priemende blikken.

Ik vroeg een kop koffie aan de barvrouw, maar toen ze de koffie op mijn tafeltje zette, merkte ik het niet eens want Floriana was al op het scherm verschenen, in close-up, tot net onder haar schouders. Op de achtergrond de deurtjes van een keukenblok dat ik nog nooit had gezien.

Ze beantwoordde de begroeting van de presentatrice met een knikje. Die begon zo: 'Veel kijkers herinneren zich Floriana misschien niet, maar ik wel. Voor de vrouwen van mijn generatie, vrouwen dus die aan het eind van de jaren zeventig net boven de twintig waren, is zij een symbool. Floriana Ligorio was een van de eerste vrouwen die zich verzetten tegen de gehate koppelbazenpraktijken in de regio waar ze vandaan komt, Puglia. Zou je ons geheugen willen opfrissen, Floriana?'

'Er waren dus vrouwen...' begon zij meteen, alsof ze het antwoord al klaar had, maar ze hield abrupt op.

De presentatrice schoot haar te hulp. 'Wat voor vrouwen?'

'Vrouwen die op het land werkten,' zei ze nu rustiger. 'Vooral op de tomatenvelden. Ze werkten wel twaalf uur achter elkaar. Soms werden ze geslagen door de bazen, en soms ook verkracht. Op de heen- of de terugweg naar hun werk gingen veel vrouwen dood, van de hitte, of doordat ze doodgedrukt werden. Ze werden met zijn twintigen vervoerd in bestelbusjes voor negen personen. Volgens de officiële lezing stierven ze allemaal bij verkeersongelukken. Dus daarom zette ik die groep op.'

Floriana en de presentatrice kwamen om de beurt in beeld.

'Wat deden jullie?'

'We gingen midden op de weg staan om de busjes tegen te houden en probeerden de vrouwen over te halen om uit te stappen.'

'En stapten ze ook uit?'

'Een paar maar. Ze waren arm. Ze waren bang om hun werk kwijt te raken. Om ook thuis nog geslagen te worden.'

'Maar desondanks gingen jullie door. En één keer haalden de

koppelbazen de politie erbij en werd Floriana gearresteerd.'

Ze knikte zonder te reageren, want dat laatste was geen vraag. De presentatrice praatte door, ze richtte zich nu direct tot het publiek: 'Er is een foto die destijds beroemd werd. We hebben hem teruggevonden. Hier is-ie: het meisje dat door de politieagent bij haar arm wordt vastgepakt is Floriana Ligorio.'

De foto besloeg enkele seconden het hele beeld. Meteen erna lag hij in kleiner formaat op het tafeltje tussen de twee vrouwen. Floriana keek ernaar zonder hem aan te raken, alsof ze twijfelde of zij het wel was.

'Wat denk je als je die foto weer ziet?'

'Ik denk dat we er goed aan hebben gedaan. We hebben levens gered.'

'Vind je dat het soms nodig is, Floriana, om voor een rechtvaardige zaak te vechten? Ook met een politieagent?'

'Hij had mijn arm heel hard beet en ik probeerde me alleen maar los te trekken, dat was alles.'

'In een interview uit die tijd noemde je de politieagent een smeerlap.'

'We voerden een rechtvaardige strijd.'

'Wat vind je ervan dat je zoon Nicola ook de politieman had kunnen zijn die het meisje bij haar arm vastpakte, als die foto nu gemaakt was?'

Floriana's hoofd schoot omhoog. 'Dat zou hij nooit gedaan hebben.'

'Kun je je relatie met hem beschrijven?'

'Hij kwam 's zondags bij ons eten. Als hij geen dienst had.'

'En botste het nooit? Het lijkt me duidelijk dat jullie niet hetzelfde dachten. Jij was een symbool van het protest, en Nicola is bij de politie gegaan.'

'Een moeder accepteert de keuzes van haar zoon.'

De presentatrice pakte het eerste blaadje van het stapeltje dat voor haar lag. Ze legde het naast de andere en wierp een blik op haar aantekeningen.

'Volgens sommigen van Nicola's collega's hadden jullie nauwelijks nog contact met elkaar sinds hij bij de politie zat. Een van hen heeft verklaard, en ik citeer hem letterlijk: "Zijn ouders hebben hem nooit vergeven dat hij die stap heeft gezet. Nicola had het er vaak over, het liet hem niet los."'

'Wat heeft dat er nou mee te maken?' zei Floriana, nauwelijks hoorbaar.

'Kwam Nicola nou wel of niet bij jullie eten op zondag?'

'Soms wel.'

'Wanneer was de laatste keer?'

'Dat weet ik niet meer. Met kerst, geloof ik.'

De barvrouw met het gele hemdje kwam naar mijn tafeltje en vroeg of er iets mis was met de koffie. Ik zei dat alles in orde was.

'Je hebt er niets van gedronken,' zei ze, en ze pakte het kopje.

Op de tv had de presentatrice Floriana's nervositeit opgemerkt. Ze had er zelf alles aan gedaan om haar nerveus te maken, en nu stelde ze haar gerust door te zeggen dat iedereen, zijzelf inbegrepen, aan haar kant stond en met haar meeleefde om het verlies van haar zoon, een onmenselijk verlies.

'Maar we zijn nu hier, en dit is een unieke gelegenheid om elk aspect van deze gebeurtenis op te helderen. We moeten moedig zijn, Floriana. Er is een groot aantal getuigenverklaringen van betogers die op de plek waren waar je zoon is gedood. Ze waren erbij toen Nicola en zijn collega arriveerden. Ze hebben het over agressief, uitdagend gedrag van zijn kant. Iemand verklaart dat hij verbaal is aangevallen en een ander dat Nicola de hele tijd provocerend zijn pistoolriem aanraakte.'

Nu kon Floriana zich niet meer inhouden. 'Mijn zoon is wel degene die vermoord is. Mijn zoon Nicola is vermoord door een groep terroristen. Hij is dood! Daarover zouden we het moeten hebben.'

'Zo denk je dus over hen? Voor jou zijn het terroristen?'

'Wat zijn ze anders?'

'Goed. Dan gaan we het daarover hebben, Floriana. Na de onderbreking gaan we verder.'

Het geluidsvolume van het reclameblok was een pietsje hoger. Het café was intussen helemaal volgelopen. Een reus van een kerel met opgedroogde verfvlekken op zijn gezicht en broek vertelde een mop in dialect. De barvrouw brulde van het lachen.

Ik schoof mijn stoel nog dichter bij het scherm, maar dat was niet genoeg. Ik stond op om met mijn oor vlakbij te gaan staan. Het programma begon weer. De presentatrice vatte samen wat er tot dan toe was gezegd en herinnerde het publiek er vervolgens aan dat de belangrijkste verdachten van de gewelddadige dood van Nicola Belpanno Danco Viglione en Bernardo Corianò waren, die laatste de neef van het slachtoffer. Hun foto's verschenen in beeld. De presentatrice vroeg Floriana of er iets geweest was in Berns jeugd, of er iets was voorgevallen misschien, waaruit je kon opmaken hoe gewelddadig hij later zou worden.

'Hij had zijn eigenaardigheden, zoals alle kinderen,' zei ze. 'Hij is zonder zijn ouders opgegroeid.'

'Bedoel je dat Bernardo wees was?'

'Nee, niet echt.'

'Wil je dan uitleggen wat je bedoelt?'

'De zus van Cesare, Marina...'

'Cesare is je man, hè?'

'Ja.'

'Dus we hebben het over je schoonzus. We proberen het alleen maar duidelijk te maken voor onze kijkers. Ga verder, Floriana.'

'Marina was erg jong toen ze zwanger werd, ze was pas vijftien.'

'Vijftien?'

'Ze kwam naar ons toe omdat ze niet wist waar ze anders heen moest. Als ze het thuis had verteld... Mijn schoonouders waren heel streng. Nicola was net geboren en wij hadden dat kleine huisje op het platteland gekocht en opgeknapt. Er was niet eens een put. We moesten elke dag naar het fonteintje in het dorp om onze jerrycans te vullen.'

'Waren jullie hippies?'

'Nee. Tenminste, we beschouwden onszelf niet als hippies. Hippies geloven niet in God.'

'Terwijl je man en jij heel gelovig zijn.'

'Ja.'

'Je man heeft zelfs een sekte opgericht.'

'Zelf zou hij het niet zo noemen.'

'Laten we teruggaan naar Marina, je schoonzus. Ze kwam bij jou om hulp vragen omdat ze zwanger was. Zo jong, en dan in Zuid-Italië, in die tijd, dat moet niet makkelijk zijn geweest'.

'Ze wilde een oplossing vinden.'

'Wat voor oplossing?'

'Ze was pas vijftien. Ze was bang.'

'Bedoel je dat ze een abortus wilde?'

'Cesare was erg bezorgd om haar, hij is de oudste, hij is tien jaar ouder dan zij, en bij hen thuis... Hij is altijd een vader geweest voor Marina. Maar hij was ook nog heel jong. We waren allemaal nog erg jong en we hadden geen geld. Op een avond liep Cesare naar buiten. Hij bleef de hele nacht weg, en toen hij terugkwam, zei hij dat wij voor Marina's kind zouden zorgen, hoe dan ook.'

'Wat had hij die nacht daarbuiten gedaan?'

'Gebeden.'

'Deed je man dat dan? De hele nacht buiten blijven om te bidden?'

'Soms wel, ja.'

'Heeft hij dat ook gedaan na de dood van jullie zoon?'

'Ja.'

'Dus Cesare besloot dat het kind van zijn zus geboren moest worden. Hij vroeg niet wat jij en zijn zus erover dachten. Hij zei wat jullie moesten doen, en klaar.'

'Hij had die opdracht gekregen.'

'Die opdracht gekregen? Van God bedoel je?'

'Ja.'

'Dus we kunnen zeggen dat Bernardo geboren is uit een gebed van je man.'

'Van Cesare, ja.'

'Kunnen we dan zeggen dat je man met dat gebed het kind heeft gered dat dertig jaar later zijn eigen zoon zou doden?'

Floriana raakte het doorzichtige montuur van haar bril aan, alsof ze er zeker van wilde zijn dat die er nog was. Het was even stil. De presentatrice verschoof een paar blaadjes.

'Ik wil terug naar de vraag die nog niet beantwoord is. Was er iets bijzonders in Bernardo's kindertijd? Iets wat de alarmbellen had kunnen doen rinkelen? Bepaald gedrag, een voorval?'

'Hij was erg druk.'

'Er zijn zoveel kinderen druk. Kun je een voorbeeld geven?'

'Op een keer ving hij een haas. Hij keelde hem met een schaar, alleen om uit te proberen hoe dat was. Nicola kwam huilend naar me toe, hij was helemaal overstuur. Hij smeekte me om niet tegen Bern te zeggen dat hij het aan mij had verteld. Hij was bang dat hij hetzelfde met hém zou doen.'

'Was het om dit soort gedrag dat jullie besloten om hem naar Duitsland te sturen, naar zijn vader?'

'Dat was al daarvoor. We hadden Berns vader gevraagd om hem een tijdje bij hem te laten wonen. Hij zat in Freiberg. Misschien dat verandering hem goed zou doen.'

'Was Bernardo's moeder het daarmee eens?'

'Zij vertrouwde op Cesare.'

'Deed ze alles wat Cesare zei?'

'Cesare is haar grote broer.'

'Dus jullie besloten om Bernardo naar Duitsland te sturen, naar zijn vader. Wat voor man was dat?'

'We kenden hem niet zo goed.'

'En toch besloten jullie om het kind bij hem onder te brengen?'

'Hij was uiteindelijk zijn vader.'

'En hoe verliep dat in Freiberg?'

'Bern was van het begin af aan ontzettend koppig. Hij wilde er niet aarden. Na een paar maanden stuurde de Duitser ons een brief waarin hij...'

'De Duitser?'

'Berns vader.'

'Die stuurde jullie een brief? Waarom belde hij niet?'

'We hadden geen telefoon op de masseria.'

'Dat moet je me uitleggen, Floriana. Over welk jaar hebben we het dan? 1987?'

'Ja, zoiets, denk ik.'

'En jullie hadden geen telefoon in 1987?'

'We wilden alle soorten besmetting buiten de masseria houden.'

'Besmetting? Door een telefoongesprek?'

'Alle besmettingen die van buiten kwamen. Ook door de telefoon.'

'Bernardo kon dus nooit met jullie praten toen hij in Duitsland zat, omdat jullie geen telefoon hadden.'

'Hij kon ons schrijven.'

'Kon hij wel met zijn moeder praten?'

'Hij kon haar ook schrijven.'

'Een kind van acht dat brieven schrijft?'

'Bern schrijft heel goed. Dat heeft hij al vroeg geleerd.'

'Nog even terug naar Duitsland. Bernardo is daar bij zijn vader...'

'Bern. Wij hebben hem altijd Bern genoemd, allemaal. Niemand noemt hem Bernardo.'

'Bern, natuurlijk. Sorry. Dus Bern woont bij zijn vader die hij niet echt kent, in een stad die hij helemaal niet kent, en hij is dwars.'

'Op een dag hield hij op met eten. Dat schreef zijn vader ons.

Voor hij 's ochtends naar zijn werk ging, zette hij muesli met melk voor hem klaar en als hij weer thuiskwam, stond alles er nog. Op een avond trof hij hem bewusteloos aan. Toen heeft hij besloten om hem terug te sturen. De brief kwam een paar dagen vóór Bern aan.'

'Toen hij terugkwam, was hij al negen.'

'Ja.'

'En Marina, zijn moeder, was gaan werken. Dat klopt toch?'

'Ja.'

'Kon die Bern dan niet bij zich nemen?'

'Het was beter dat Cesare voor hem bleef zorgen, Cesare en ik. Marina is een aardig mens, maar ze is niet... Wij hadden meer ervaring.'

Er was weer een reclameblok. Toen het programma verderging, was dat niet met het interview met Floriana. In plaats daarvan volgden er beelden van het centrum van Speziale: de weg die het dorp in tweeën deelde, het café, de levensmiddelenwinkel en het kerkje waar ik lang geleden was geweest voor de uitvaartdienst van mijn oma.

Toen reden ze met de auto over de landweggetjes die ik maar al te goed kende, met aan beide kanten stapelmuurtjes. Na de langste route die je kon nemen, kwam de auto aan bij de slagboom van de masseria. De verslaggever dook plompverloren onder de slagboom door en liep, gevolgd door de camera, over de onverharde weg op mijn land helemaal tot aan mijn huis. De deuren en ramen waren dicht.

De presentatrice zei: 'Je man vond het beter om Nicola en Bernardo zelf les te geven. Waarom?'

'Cesare is een erudiet man.'

'Er zijn heel veel erudiete mensen die toch hun kinderen naar school sturen.'

'Wij hadden onze eigen ideeën, die hebben we nog steeds.'

'Dus je zou alles weer net zo doen?'

'Ja. Nou ja, misschien niet alles. Niet alles.'

'Denk je niet, in het licht van wat er gebeurd is, dat dat isolement Bernardo's persoonlijkheid geen goed heeft gedaan?'

'Bern.'

'Sorry, Berns persoonlijkheid.'

'Cesare heeft hun allemaal een algemene ontwikkeling meegegeven waar de meeste jongeren van hun leeftijd een puntje aan kunnen zuigen.'

'Klopt het dat hij hen dwong om hele pagina's uit de Bijbel uit hun hoofd te leren?'

'Welnee.'

'Toen we elkaar de eerste keer spraken, zei je...'

'Ik heb gezegd dat Bern delen uit de Bijbel uit zijn hoofd leerde. Dat wilde hij zelf. Cesare heeft hem nooit gedwongen. Voor Cesare was het genoeg als zij korte fragmenten leerden, het strikt noodzakelijke.'

'Strikt noodzakelijk waarvoor?'

'Om het te begrijpen.'

'Om wat te begrijpen, Floriana?'

De camera was even op de interviewster gericht. Ze keek fronsend nu.

'Ik denk dat het belangrijk is dat je dit uitlegt, Floriana. Wat moesten de jongens in ieder geval leren?'

'De geloofsbeginselen, de gedragsbeginselen.'

'En werd er ook gestraft als iemand weigerde te leren wat Cesare noodzakelijk vond?'

Floriana schudde nauwelijks zichtbaar haar hoofd. Het leek meer op een huivering.

'Tijdens ons eerste gesprek heb je gezegd dat er ernstige gevolgen waren als iemand hem niet gehoorzaamde.'

Floriana zweeg. De presentatrice praatte nu nog zachter.

'Hebben je zoon Nicola en Bernardo ooit lijfstraffen gehad van Cesare?'

Floriana keek een andere kant uit, alsof ze iemand zocht. Hierna zat er een sprong in de montage. Op het volgende beeld stond er een glas water naast haar, dat halfvol was. Haar bovenlip was een beetje vochtig. De presentatrice was minder ontspannen dan eerst.

'Na Nicola's dood heb je besloten om van je man te scheiden. Vind je dat hij medeschuldig is aan wat er is gebeurd?'

Floriana nam een slok water. Ze bleef uitgeblust naar haar glas staren. Toen knikte ze.

'Waarom heb je nu besloten om je verhaal te vertellen?'

'Omdat ik wil dat mensen de waarheid weten.'

'Maakt de waarheid ons vrij, Floriana?'

Ze aarzelde, alsof ze zich door de vraag opeens iets herinnerde. Haar ogen sperden zich verder open en werden daarna weer normaal. Ze zei heel gedecideerd: 'Ja, dat denk ik wel.'

'Wat zou je tegen Bernardo zeggen, als je wist dat hij nu kijkt?'

'Ik zou tegen hem zeggen dat hij zijn verantwoordelijkheid moet nemen. Zoals hem dat geleerd is.'

'En wat zou je tegen Nicola zeggen als dat kon? Wat zou je tegen je zoon zeggen, Floriana?'

'Ik...'

'Kunnen jullie Floriana een zakdoekje brengen? Rustig maar. Neem de tijd. Neem nog een slokje water. Kunnen we doorgaan? We hadden het over Nicola. Toen ik bij je was, heb je me verteld dat Cesare een heel eigen idee heeft van het katholieke geloof. Hij is ervan overtuigd dat de ziel na de dood reïncarneert. Dus als je je ogen dicht zou doen en... Doe je ogen maar even dicht, Floriana. Probeer je voor te stellen in welk wezen je zoon veranderd zou kunnen zijn.'

Net op het moment dat Floriana haar mond opendeed, veranderde het beeld. Er stond nu een muziekprogramma op.

Ik liep naar de bar, maar de barvrouw zag me niet staan. Ze had het te druk met luisteren naar het zoveelste verhaal van de vent met verfspatten op zijn gezicht. Toen ik het verhaal onderbrak, keken ze me allebei aan.

'Wilt u alstublieft de zender met het interview weer aanzetten?'

'Dat interesseert niemand.'

'Mij wel. Ik zat te kijken.'

De afstandsbediening lag op de bar. Ik had haar bijna gepakt.

'Voor een kop koffie kun je ook thuis kijken,' zei de barvrouw, en ze draaide zich weer naar de man toe.

Hij zei niets. Hij bracht het bierflesje naar zijn lippen en nam een slok, terwijl hij me bleef aanstaren.

'Geeft u mij ook maar een biertje,' zei ik.

'Je hoeft niet aan liefdadigheid te doen, hoor.'

'Het is belangrijk, alstublieft.'

Ze pakte de afstandsbediening, maar in plaats van naar de zender te gaan, legde ze haar op de plank achter haar, vóór de flessen.

'De koffie is van het huis,' zei ze. 'En nu wegwezen. We hebben heus wel door dat je een vriendin bent van die gasten.'

Ik ging naar buiten. Ik liep verdwaasd door de straten van San Vito, waar het nu uitgestorven was. Ik vond geen ander café, alleen een stal waar ze watermeloenen verkochten en waar een klein televisietje hing, maar toen ik zag wie er zaten, durfde ik niet dichterbij te komen. Ik dacht eraan om zomaar ergens aan te bellen, maar ik had me al belachelijk genoeg gemaakt, was moe en voelde me leeg. Hoe het interview afliep, heb ik niet gezien. Pas maanden later kwam ik te weten wat Floriana had geantwoord: ze zei dat zij zelf nooit echt geloofd had in reïncarnatie, ze had zich jarenlang door haar man in de luren laten leggen, maar nu niet meer. Ze zei dat de Heer ons maar één leven had gegeven, hier op aarde, en dat er daarna geen ander leven was.

Op een middag in augustus stond ik door de luiken in mijn slaapkamer naar een van de indringers te kijken. Hij had geen televisie-

344

camera bij zich en ook geen fototoestel. Nadat hij had aangeklopt, had hij een rondje door de tuin gelopen. Toen hij om het huis liep, was ik hem uit het oog verloren. Daarna dook hij weer op en keek vastberaden naar mijn raam, alsof hij rook dat ik daar stond. Toen was hij aan de tafel onder de pergola gaan zitten, half verscholen achter het dichte gebladerte van de wingerd, en was daar gebleven.

Er ging een halfuur voorbij, misschien nog wel meer, en hij maakte nog steeds geen aanstalten om weg te gaan. Ik werd opeens vreselijk boos, stormde naar beneden en gooide woedend de voordeur open.

'Ga weg! Nu!' schreeuwde ik. 'Wat moet u hier?'

De indringer sprong op. Even dacht ik dat hij me zou gehoorzamen, maar hij bleef staan waar hij stond.

'Ben jij Teresa?'

Hij was jonger dan ik, te dik, en hij zag er onschuldig uit. Hij droeg kapotte Birkenstock-sandalen en een t-shirt met zweetplekken erop.

'U moet nu weggaan,' zei ik nog een keer, 'anders bel ik de beveiliging.'

Maar in plaats van weg te gaan, leek hij juist moed te vatten. Hij deed een stap in mijn richting en boog zijn hoofd, alsof hij een buiging maakte.

'Ik ben een vriend van hem.'

'Een vriend van wie?'

'Van Bern. Hij heeft me...'

Ik legde mijn hand op zijn mond en gebaarde dat hij me naar de olijfgaard moest volgen.

Toen we op een redelijke afstand van het huis waren, bestookte ik hem met vragen, ik was helemaal ondersteboven. Daniele gaf geduldig antwoord, alsof hij die uitbarsting van mij verwachtte. Hij zei dat hij Bern meer dan een jaar daarvoor, in het actiekamp in Oria, had leren kennen, en vanaf toen waren ze altijd samen geweest. Hij was ook bij hem op de avond van het Relais dei Saraceni, maar hij had niet gezien wat er was gebeurd. Tijdens het praten vermeed hij me aan te kijken. Hij praatte tegen iets wat zich rechts van mij bevond, en af en toe wreef hij met zijn hand het zweet van zijn voorhoofd.

'Kunnen we uit de zon gaan?' vroeg hij op een bepaald moment. Toen besefte ik pas dat ik hem had meegenomen naar een open plek die pal in de zon lag, waar de aarde gloeide. Alsof ook de bomen volhingen met afluisterapparatuur!

We gingen onder een olijfboom staan. Hij hijgde een beetje. Ik vroeg waarom hij zo lang gewacht had voor hij naar me toe kwam.

'Ik had huisarrest,' zei hij. 'Dat heb ik vier maanden gehad. De politie verdacht mij ervan dat ik verantwoordelijk was voor het wapenarsenaal, alleen maar omdat ik scheikunde studeer aan de universiteit. Maar ze hadden geen enkel bewijs. En scheikunde studeren is nog steeds niet strafbaar.'

'Was het waar?'

'Wat?'

'Was je verantwoordelijk voor het arsenaal?'

Dat ik dat woord, 'arsenaal', gebruikte, voelde een beetje raar. Daniele haalde zijn schouders op.

'Iedereen zou die explosieven kunnen maken. Er staan duizenden instructiefilmpjes op internet.'

Hij tuurde om zich heen en kneep zijn ogen tot spleetjes terwijl hij in de richting van het huis keek, alsof hij het zocht, achter de muur van bomen. Toen draaide hij zich plotseling om.

'Het food forest is daar ergens, hè?'

'Wat weet jij daarvan?'

'Hij had het altijd over deze plek. De masseria. Hij beschreef hem tot in de details. En daarachter hielden jullie bijen. Daar bij het rietbos.'

Ik werd duizelig toen hij het rietbos noemde.

Hij zag het niet en ging verder. 'Ik ben aan het sparen. Als ik ge-

346

noeg geld heb, koop ik een stuk land. Eerlijk gezegd heb ik het al gevonden. Er staat nu alleen nog maar een bouwval, maar die kun je opknappen. Het wordt net als de masseria.'

'Wil je het food forest zien?' vroeg ik.

Zijn ogen lichtten op. 'Mag dat?'

Maar toen we tussen de door de hitte verwelkte planten door liepen, had ik de indruk dat Daniele daar al was geweest. Waarschijnlijk had hij al op eigen houtje geprobeerd om het food forest te vinden, terwijl hij wachtte tot ik het huis uit zou komen.

'Geef je ze echt nooit water? Geen druppel?'

'Op het moment wel. Een paar keer per week.'

Hij ging op zijn knieën zitten om de takkenwal te bestuderen waarop de tuinkruiden groeiden. Hij streek er met zijn hand overheen.

'Het is precies zoals hij het heeft beschreven.'

Ik vroeg hoe oud hij was. 'Eenentwintig,' zei hij.

Hij kwam omhoog. 'Ik had nog nooit zo iemand ontmoet. Hij heeft me heel erg geïnspireerd.'

'Breng me erheen,' zei ik.

Ik was niet van plan om hem dat te vragen. Ik had niet eens bedacht dat ik het wilde. Daniele keek me aan: 'Waarheen?'

'Waar het gebeurd is.'

Hij schudde zijn hoofd. 'Het is beter dat ik me daar niet laat zien.'

Het was even stil. Toen zei hij: 'We kunnen naar het actiekamp gaan, als je wilt. In Oria.'

'Het actiekamp is toch ontruimd?'

Hij keek om zich heen. 'Heb je iets beters te doen dan?'

'En trouwens, het actiekamp kan niet ontruimd worden,' zei hij toen we in de auto zaten. 'Ze kunnen ons wegjagen, maar wij blijven bestaan. Dat hebben we van Bern geleerd. We hebben al een plek bij Tricase, een oude tufsteengroeve. Maar we wachten even tot de storm is gaan liggen.'

Er liepen strepen aarde over de voorruit, waardoor de weg nauwelijks zichtbaar was. Daniele omklemde nerveus het stuur, zijn neus bijna tegen het glas. Met zijn rechterhand rukte hij aan de versnellingspook.

'Er worden nog veel mensen van ons in de gaten gehouden. Iemand ontdekte zelfs een agent in burger op de universiteit. De prof organische scheikunde vroeg hem of hij nieuw was. Ze schreef een verbinding op het bord en vroeg of hij die begreep. De agent werd pimpelpaars van schaamte en vluchtte zowat de zaal uit. Hij had zelfs een schrift bij zich om aantekeningen te maken.'

De auto schokte toen Daniele schakelde. Hij schraapte zijn keel.

'Maar we zijn in het zuiden, en als iets echt goed werkt, duurt dat altijd maar heel even. Moet je je voorstellen wat een moeite ze doen om ons allemaal in de gaten te houden! Binnenkort zullen de agenten in burger wel verdwijnen. Bern zou de groeve mooi vinden. Hij zou vast weer een geniaal idee hebben gehad, terwijl ik niks kan bedenken.'

Uit de radio kwam heavy metal. Nu en dan zat Daniele met zijn hoofd op de maat mee te schudden, terwijl hij de tekst mimede. Toen vroeg hij: 'Wat weet je over Oria?'

Ik keek lichtelijk gegeneerd naar buiten. Niets, ik wist niets.

'We waren met een man of veertig,' legde hij uit. 'We deden dag en nacht rondes, in groepjes, het was doodvermoeiend. Maar het terrein was sowieso te groot om alles te bewaken. Honderden olijfbomen met een rode x erop: kun je nagaan! Danco maakte ontzettend ingewikkelde ploegenroosters, met tijden en routes. Als een groepje tegen een van de coöperaties aanliep die de bomen gingen kappen, dan moest er iemand snel hulp gaan halen en bleven ze met te weinig over om de olijfbomen te kunnen beschermen. En dan begonnen die lui ook nog vaak op verschillende plekken tegelijk. Kortom, het was een uitputtingsslag.'

'Je praat erover alsof je het over een oorlog hebt.'

Daniele draaide zich om. 'Dat is het toch ook?'

De berm lag vol afval. Voorbij de parallelweg lagen uitgestrekte tomatenvelden en olijfgaarden, aan de horizon dreef een paarsige strook nevel.

'Danco's strategie kon niet slagen. De oplossingen die hij voorstelde, werden steeds gekker, hij stuurde de jongsten erop uit om de afstand tussen de olijfbomen te meten. Hij zei dat hij de boel, als alles precies in kaart was gebracht, onder controle zou hebben. En intussen bleef de Xylella-epidemie zich uitbreiden. We zaten op een dood punt.'

Toen we Oria al in de verte zagen liggen, sloegen we een onverhard weggetje in. Automatisch checkte ik mijn telefoon: er was geen ontvangst. Daniele trapte als een gek op de pedalen, terwijl hij de woorden van het liedje playbackte. Ik was bij een onbekende in de auto gestapt, ik was meegereden naar een afgelegen plek vanwaar ik geen hulp kon inroepen, en dat alleen maar omdat hij beweerde een vriend van Bern te zijn. Ik vroeg of we er bijna waren. Hij knikte, maar bleef strak voor zich uit kijken.

'Bern bleef nogal op de achtergrond,' begon hij na een tijdje weer te vertellen. 'Hij volgde Danco als een soort schildknaap. Ik had nauwelijks gemerkt dat hij er was. Dat lijkt onmogelijk, maar het is echt zo.'

We stapten ergens in the middle of nowhere uit de auto. We staken een akker over waar het graan gemaaid was, en toen stonden we aan de rand van wat een olijfgaard moest zijn geweest. Maar van de olijfbomen was niets anders over dan de recht afgezaagde stronken, en verder bergen takken en droge bladeren. Van het actiekamp was geen spoor meer te bekennen.

Daniele vertelde verder. 'Op een dag zaten we allemaal erg in de put. Er hing een ijzige stilte, we zaten in kleermakerszit, iemand had een takje gepakt en maakte daar stomme tekeningetjes mee in de aarde. Toen stond Bern op. Hij begon te lopen. Van de ene olijfboom naar de andere, alsof hij naar een innerlijke stem luisterde die tegen hem zei: hiernaartoe, omdraaien, nog tien stappen. Toen zag ik dat hij de dragende tak van een oude, majestueuze olijfboom vastpakte, al was het lang niet de oudste en majestueuste.'

Daniele draaide zich naar me toe. Hij glimlachte. Hij wees naar een stronk op een meter of twintig bij ons vandaan: 'Die daar.'

We liepen ernaartoe. Hij raakte de platte kant van de stronk aan, en volgde met zijn vinger een van de jaarringen. Ik had dat ook willen doen, maar het voelde ongemakkelijk om mijn gevoelens over Bern met hem te delen.

'Kun je het je voorstellen?' zei hij. 'Het was een heel hoge boom. Bern klom erin en ging zo hoog dat we hem op een gegeven moment niet meer zagen. Daar is hij de rest van de dag blijven zitten. Een heleboel mensen hebben geprobeerd hem over te halen om naar beneden te komen, maar hij luisterde naar niemand. Hij reageerde alleen met ja of nee, of hij reageerde helemaal niet. Tenminste, dat vertelden ze me later, want ik ging pas de volgende ochtend naar de boom toe, en toen was er inderdaad nog niet veel veranderd. Bern zat er nog steeds in, alleen ergens anders, waar het comfortabeler leek voor de nacht. Iedereen was nu onder de boom komen staan. En misschien was dat wel de eerste les die Bern ons wilde leren: dat één symbolisch gebaar sterker is dan duizend voor de hand liggende, eindeloos herhaalde acties. Maar dat zeg ik nu. Veel dingen begrijp ik pas achteraf.'

Daniele viel stil, alsof er op dat moment precies hetzelfde gebeurde: dat hij iets begreep wat hem daarvoor was ontgaan.

'Een paar dagen later werd er over niets anders meer gepraat. Bern kwam niet uit de boom, en dus moest er een katrol geïmproviseerd worden om zijn eten en drinken en zijn tandenborstel en tandpasta naar boven te hijsen. Op een avond kelderde de temperatuur, de volgende ochtend waren de tenten drijfnat van de dauw. Bern vroeg om zijn slaapzak, en iemand antwoordde dat hij die best zelf kon pakken. De situatie begon veel mensen op de zenuwen te werken. Hij leek de hele onderneming belachelijk te maken met zijn gedrag. Danco bleef ook uit de buurt van de olijfboom. Het grootste deel van de tijd zat hij in zijn tent steeds ingewikkelder roosters te maken, en strategieën te bedenken voor het surveilleren in de olijfgaarden en de communicatie op afstand. Maar ik niet. Ik had door hoe sterk Berns actie was, ik voelde het diep vanbinnen. Dus ging ik hem zijn slaapzak brengen. Ik rolde hem op, propte hem in de hoes en klom naar boven. "Niet op deze tak," zei hij. Ik herinner me dat nog precies: "Niet op deze tak. Hij houdt ons niet allebei", alsof de olijfboom een grandioos verlengstuk was van zijn eigen lichaam en hij wist wat dat kon hebben, net zoals je weet wat je armen en je vingers kunnen hebben. Ik heb de slaapzak neergelegd waar hij hem wilde. En toen hebben we een tijdje samen zitten kijken naar de zee van olijfbomen onder ons, zonder een woord te zeggen. Bern leek zich nauwelijks bewust te zijn van mijn aanwezigheid. Die had voor hem niet meer betekenis dan die van de af en aan vliegende vogels. Ik zag iets in zijn ogen, vastberadenheid, een vlam. De anderen maakten zich klaar voor het avondeten. Vanaf die hoogte leken hun inspanningen volkomen nutteloos. Toen zei Bern: "Morgen wil ik een emmer en zeep." Geen "alsjeblieft", en geen "denk je dat je daaraan kunt komen?" En om duidelijk te maken dat hij niet wilde dat ik nog een keer naar boven kwam, zei hij erbij: "Je kunt de katrol gebruiken."'

Daniele was op de stronk gaan zitten. Hij draaide zich weer naar me toe en glimlachte. Ik zag dat hij aangedaan was, dus ging ik naast hem zitten. Het hout leek een vreemde warmte af te geven.

'Zo ben ik zijn assistent op de grond geworden. Zijn assistent, ja. De anderen erkennen nu ook dat ik de eerste was die vertrouwen in hem had. Zonder mijn toewijding zou Bern het niet gered hebben. Ze zouden hem uitgehongerd hebben om hem te dwingen naar beneden te komen, of hij zou zichzelf hebben doodgehongerd, wie zal het zeggen. In ieder geval zouden we niet dezelfde zijn die we nu zijn. Maar ik weet niet zeker of dat helemaal aan mij te danken is. Je zult het wel bespottelijk vinden, maar ik ben ervan overtuigd dat Bern mij heeft uitgekozen. Elke ochtend hees ik alles wat hij nodig had naar boven. Als er twee keer aan het touw werd gerukt, liet ik de mand weer zakken. Er zat dan een lijst voor de volgende dag in. Hij waste zelf zijn kleren, in de emmer, en hij hing ze over de dunnere takken te drogen. Overdag zat hij urenlang roerloos te zitten, 's nachts kroop hij in zijn slaapzak. Zelfs door de regen liet hij zich niet ontmoedigen. In het begin liet hij die gewoon op zijn hoofd vallen, maar later vroeg hij me om een rol touw en een schaar. Dat was de enige keer dat hij er "alsjeblieft" bij had geschreven. Ik kon nergens touw vinden. Ik werd er doodnerveus van. Het kwam niet eens meer bij me op dat Bern uit de boom kon komen om ergens te schuilen. Dat zou een gigantisch verraad zijn geweest. Het regende steeds harder. Uiteindelijk haalde ik de scheerlijnen van mijn tent en liet hem gewoon als een natte dweil in elkaar zakken. Ik takelde de scheerlijnen omhoog naar Bern. Verborgen tussen de druipende takken bleef ik naar hem staan kijken. Dikke druppels vielen recht in mijn ogen. Ik zag dat hij heel precies een paar takken uitkoos, ze afbrak en daarna met een ontzettend ingewikkelde techniek met elkaar vervlocht. Binnen een uur had hij een dak gefabriceerd dat de slaapzak voor een deel overdekte, een dak dat waterbestendig genoeg was om het water naar één kant af te laten lopen zodat het in een dikke straal naar beneden viel. Hij ging er in zijn slaapzak onder liggen en stuurde geen andere verzoeken meer.'

We stonden op en begonnen weer te lopen, op goed geluk slalommend tussen de stompen van de olijfbomen. Daniele raakte steeds meer bezweet, en ik intussen ook.

'Ze kwamen in het holst van de nacht,' ging hij verder. 'Zo hadden ze de grootste kans om ons te verrassen. Ze kwamen van verschillende kanten tegelijk. Het was meteen duidelijk dat het niet alleen de bedoeling was om zo veel mogelijk bomen tegelijk om te hakken, maar ook om voorgoed een eind te maken aan het actiekamp. De carabinieri waren meegekomen, het was een regelrechte overval. We schoten onze tenten uit. We wisten wat we moesten doen, dat had Danco ons geleerd. En dus hebben we ons in groepjes verspreid, één groepje per boom, op strategische posities. Een zo groot mogelijke dekking, zei Danco altijd. Het was vreselijk koud, de aarde was zacht van de condens en wij waren op blote voeten, sommigen alleen in onderbroek en t-shirt, en toch hebben we ons opgesteld zoals van tevoren was gepland, elk groepje bij zijn eigen boom, met de rug tegen de stam gedrukt, hand in hand. Vanuit onze stellingen scholden we hen uit en moedigden elkaar aan. We probeerden boven de sirenes en het lawaai van de motoren uit te komen, en even later ook boven de kettingzagen die werden aangezet, alsof de bomenkappers klaarstonden om elk obstakel dat ze op hun weg vonden doormidden te zagen, ons desnoods ook. Het lukte de carabinieri om de eerste groepjes weg te krijgen. Er deden heel jonge mensen mee, minderjarig nog. Voor hen was het dreigement dat hun ouders gebeld zouden worden al genoeg. Ik vormde een koppel met Emma, een van de eersten die meededen aan het actiekamp. Ze had ijskoude handen en blauwe lippen, maar ze was zo woedend dat ze het niet merkte. Ik was bang dat als ik de greep op haar bevroren vingers ook maar iets zou laten vieren, ze op een van de tractoren af zou rennen en zou proberen om die al trappend en slaand tegen te houden. Maar eerlijk gezegd konden we niets uitrichten, dus hield ik haar handen vast en spartelde zij tegen, want alles wat we konden doen was die ene olijfboom beschermen. Heb je ooit de klap gehoord waarmee een duizend jaar oude boom ter aarde stort? Het is geen klap, het is een explosie. De aarde beefde. En opeens dacht ik aan Bern, Bern boven in de olijfboom, die ik bij het licht van de blauwe zwaailichten bij vlagen kon zien. Ik wist zeker dat hij niet van zijn plek was gekomen. Danco en Giuliana moesten de stam van zijn boom beschermen. Ik wilde naar hen toe rennen om hun verdediging te versterken, maar ik mocht mijn eigen stelling niet verlaten, dat was niet voorzien in het plan. Toen zetten de bomenkappers hun kettingzagen uit en verplaatsten zich enkele tientallen meters naar achteren. De carabinieri zetten hun gasmaskers op en gooiden traangasgranaten. Zo wisten ze ons allemaal bij de bomen weg te krijgen. De orders die ze hadden gekregen waren kennelijk heel duidelijk geweest: deze keer korten metten ermee. Ze lieten ons onze dekens en kleren uit de tenten halen. We zochten ze op de tast, met brandende ogen van het traangas. De grootste amokmakers kregen handboeien om, Emma ook. Voor mij en ook voor Danco was dat niet nodig, wij begrepen zo wel dat het geen zin had om je te verzetten. We keken hoe de bomenkappers met hun veiligheidshelmen en reflecterende overalls de olijfbomen een voor een afwerkten, in alle kalmte nu, en met een zekere voldoening.'

Daniele spreidde zijn armen.

'Stel je een woud voor,' zei hij. 'Hier. Overal. En kijk nu naar deze kaalgeslagen plek. Een paar dagen later vertelde Bern me hoe het geweest was om alles van bovenaf mee te maken, om te zien hoe die kruinen een voor een overhelden. Hij zei dat hij eerst had gehuild, maar op een bepaald moment was hij daarmee opgehouden, zijn droefheid had plaatsgemaakt voor woede. Die was niet gericht tegen de mannen die de bomen velden en ook niet tegen de carabinieri die met traangas gooiden, maar tegen iets groters en abstracters, waar zij ook het slachtoffer van waren. Hij zei dat je van daarboven niet de mannen zag die de bomen omzaagden. Je zag alleen maar bladerkronen verdwijnen, alsof ze door iets onzichtbaars werden verzwolgen. Het duurde uren, de hele nacht. Op het laatst stond er nog één boom overeind. De carabinieri hadden Bern tussen de bladeren ontdekt, met zijn wasgoed en het dak tegen de regen en het systeem van katrollen en emmers. Ze wilden hem voor de grote finale bewaren. Het was bijna twaalf uur 's middags toen ze bij hem terugkwamen. Ze bevalen hem om naar beneden te komen, anders kwamen zij naar boven en zou hij worden aangehouden. Hij reageerde niet. Hij zei geen woord, alsof hij hun taal niet sprak. De carabinieri overlegden wie er naar boven moest en uiteindelijk gingen ze met z'n tweeën, voorafgegaan door een uiterst lenige bomenkapper, die de weg baande. Toen ze redelijk dicht bij Bern waren, kwam hij in beweging. Zo licht als een spin klom hij nog verder omhoog. En toen de drie bijna bij de tak waren waar hij op ze wachtte, schoof hij naar het uiterste puntje, zich met handen en benen vastklampend aan de steeds dunner wordende tak. De tak boog een beetje door. Het uiteinde was zo dun dat het zelfs een kind niet gehouden had. Bern keek zijn achtervolgers aan en zei nog steeds niets, maar het was duidelijk dat hij bedoelde: nog één beweging en de tak breekt af. We stonden allemaal te kijken. Sommigen begonnen te klappen en we riepen zijn naam: Bern, Bern, Bern. De carabinieri waren nerveus geworden. Degenen die beneden stonden bevalen hun collega's in de boom om hem terug te laten komen, anders zou hij doodvallen. Zij herhaalden het bevel tegen hem, maar zonder veel overtuiging, ze waren bang geworden. Ze trokken zich voorzichtig terug en probeerden te voorkomen dat er ook maar een blad bewoog. Bern kwam niet van het uiterst breekbare uiteinde van de tak af voordat ook de tweede carabiniere weer vaste grond onder de voeten had. Hij had gewonnen. Wij hadden gewonnen. Bijna iedereen omhelsde elkaar en keek niet meer, maar ik wel, en zo zag ik hoe hij de tak losliet om hem een eindje verderop weer te pakken, en dat de tak het opeens begaf, alsof de hele boom het een tijdlang met hem had uitgehouden en nu aan het eind van zijn krachten was. Voordat hij naar beneden zou storten, wist hij zich vast te grijpen aan een andere tak, maar hij klapte daarbij met zijn schouder tegen de stam. Het had misschien allemaal weer van voren af aan kunnen beginnen, de carabinieri zouden weer naar boven zijn geklommen en hij zou een heenkomen hebben gezocht op een andere tak, en dan was hij misschien de derde of vierde keer echt naar beneden gestort. Maar zijn schouder deed pijn en hij kon toch ook niet eeuwig doorgaan. Dat was nog zoiets wat hij ons later uit zou leggen, toen we samen zaten te wachten op de uitslag van de röntgenfoto op de eerste hulp in Manduria. Maar toen ik hem naar beneden zag klauteren, was ik teleurgesteld.'

Achter ons verdween de zon nu helemaal. De wind ging opeens liggen. Het leek of de hele natuur stilviel om naar het einde van Danieles verhaal te luisteren.

'De boom werd omgehakt. Het was stil. Danco liep naar Bern en sloeg een arm om zijn middel. Ze aanschouwden getweeën dat wat misschien een nederlaag was, of misschien wel een overwinning. We gingen naar het ziekenhuis in Manduria en daarna weer terug. Bern met een verband en een voorraad pijnstillers. Hij behandelde me alsof hij me nauwelijks kende. Wel hartelijk, maar net alsof ik niet degene was die de hele tijd dat hij in de boom zat voor hem gezorgd had. Ik baalde er wel een beetje van. Hij besloot om een paar dagen weg te gaan, naar het huis van een vriend, in Taranto. Toen hij terugkwam naar het kamp, dat we nog steeds niet hadden durven verplaatsen, wist hij te vertellen dat ze de olijfbomen bij het Relais dei Saraceni gingen omkappen. Hij beschreef een park vol schitterende olijfbomen. Hij wist dat ze niet écht ziek waren. En toen zei hij dat het deze keer anders zou gaan.'

'Hoezo anders?' vroeg ik. Om een reden die ik maar heel in de verte begreep, had die laatste zin me een wee gevoel in mijn maag gegeven. Iets als een voorgevoel, een voorgevoel dat al werkelijkheid was geworden.

'Hij zei dat hij inzag dat verzet niet meer genoeg was. "Van nu af hebben we het over strijd," zei hij, "en voor elke strijd heb je wapens nodig, ook al vinden jullie dat verwerpelijk, en ook al is het niet wat jullie je hadden voorgesteld. Maar kijk om je heen. Kijk wat ze gedaan hebben!" En terwijl wij probeerden die ideeën – op dat moment alleen nog ideeën, weliswaar stuitend, maar niet meer dan ideeën – op ons in te laten werken, begon Bern te zingen. Daar boven op die stronk, ten overstaan van iedereen. Het was het moedigste wat ik ooit had gezien.'

Aan het begin van het schooljaar werden de schoolbezoeken aan de masseria niet hervat. Ik belde juf Elvira, maar ze nam niet op. Ik probeerde het een paar uur later weer, en toen een dag later, en nog een keer. Toen ze eindelijk opnam, kon ik mijn ergernis niet bedwingen. 'Ik wilde het herfstrooster graag weten,' zei ik.

'Het spijt me, Teresa, we hebben geen bezoeken op het programma staan.'

'Ik ben van plan om een volière te bouwen, en daar alle soorten uit de streek te gaan houden. Roodstaarten, monnikstapuiten, lijsters.'

Dat van de volière had ik een uur eerder bedacht. Ik had geen idee hoe ik zoiets moest aanpakken. Konden verschillende soorten vogels trouwens wel in dezelfde kooi leven?

'Ik weet zeker dat de kinderen het leuk zullen vinden,' drong ik aan.

'De docentenraad heeft besloten om de masseria dit jaar niet op te nemen in het programma voor buitenlesactiviteiten. Het spijt me.'

'Het laatste bezoek was geen succes, ik weet het,' zei ik. 'De hele masseria lag overhoop.'

Moest ik haar smeken? En had dat iets aan de zaak veranderd? Maar Elvira gaf me niet eens de kans, haar toon veranderde abrupt. 'Hoe denk je dat ik aan de ouders moet verkopen dat we naar het huis gaan van een...' Maar ze stopte, ze kreeg het woord niet over haar lippen.

En alsof ze er de hele zomer op had zitten broeden, zei ze daarna nog: 'Je had het me moeten vertellen, Teresa.'

'Wat vertellen?'

'Mijn hemel, ik heb kinderen meegenomen naar je huis! Kinderen! Waar ik verantwoordelijk voor was!'

Na dat gesprek zag ik de masseria met andere ogen. Maanden eerder was tijdens een onweer de regenpijp losgeraakt, de sneeuwbalstruiken waren doodgegaan van de dorst en het food forest was een ravage. En ikzelf leek hoogstens verre familie van de vrouw met schort die op de foto van de website glimlachend met een bloemenkrans in haar handen stond.

Ik telde het geld dat nog in de theebus zat: tweeënveertig euro. Ik barstte in lachen uit.

Ook de tuinman had er genoeg van dat hij niet betaald werd. Hij kwam voor de laatste keer. Hij bevestigde dat de steeneik ziek was en wees me op de strepen hars die als bloedende wonden over de stam liepen. Hij zou langzaam doodgaan, en dat zou misschien wel jaren duren. Moest hij komen om hem om te hakken? Ik zei dat het oké was zo. Ik wilde liever dat de eik bleef waar hij was, dat hij langzaam doodging, elke dag een beetje meer, net als ik.

Ik verkocht eerst de kippen. Toen de bijenkasten. Ik verkocht wat gereedschap, en uiteindelijk verkocht ik de geit aan een coöperatie in Latiano. Ze zouden haar niet slachten, want ze was te oud, maar ze kon wel bezwangerd worden. En dan zouden de geitjes op tijd geboren worden voor Pasen. Ze vroegen of ik er dan ook eentje wilde, ze konden het apart houden voor me. Liever niet, zei ik.

Door de droogte van de laatste maanden waren er massa's vijgen rijp geworden. Ik plukte alle bomen bij de masseria leeg, en daarna deed ik hetzelfde op het terrein van mijn oma. Riccardo was een paar weken eerder vertrokken, hij zou er nooit iets van weten. Het mooiste fruit deed ik keurig netjes in kistjes, met eronder en langs de randen vijgenbladeren om het er chic uit te laten zien. Van de rest maakte ik jam. 's Avonds waren mijn vingers zo kleverig dat ik nagellakremover moest gebruiken om ze schoon te krijgen.

De volgende ochtend laadde ik de auto in en reed naar de rotonde tussen Ostuni en Ceglie. Ik parkeerde in de parkeerhaven, zette de koopwaar in de open kofferbak en ging op het muurtje zitten, in de schaduw.

En zo was ik een ambulante verkoopster geworden, zo iemand als de oude mannen die met ontbloot bovenlijf watermeloenen verkochten langs de provinciale weg. Als kind vroeg ik me altijd af hoe ze daarvan konden leven, en vaak dwong ik mijn vader om te stoppen en wat te kopen. Hij probeerde me altijd uit te leggen dat het boeren waren, geen arme mensen, maar hij kon me niet op andere gedachten brengen.

Er waren heel wat passanten die afremden om een blik op de kistjes te werpen, maar er stopte zelden iemand. Het was overal vergeven van de vijgen, en de toeristen – de enigen op wie ze indruk konden maken – waren al weg. Eén vent draaide zijn raampje omlaag en deed me van achter zijn zonnebril op allerhartelijkste toon een oneerbaar voorstel. Ik herkende een boer uit Speziale die samen met zijn vrouw in een Ape 50 zat, en zij herkenden mij ook. Ze hadden land in de buurt van de masseria. Ze reden zonder te groeten door.

Maar voor het donker had ik alle kistjes en een groot deel van de jam verkocht. Ik zou snel iets anders moeten bedenken, maar intussen kon ik het – dankzij mijn tot het minimum gereduceerde behoeften – een paar weken uithouden.

Op een avond zag ik uit de verte de Ape 50 van mijn buurman bij de slagboom van de masseria stoppen. Hij stapte uit, zette iets op de grond en vertrok weer. Ik liep over het weidepad, waar het onkruid alweer hoog opgeschoten was. Ik keek in de mand: verse groente, twee pakken pasta, een fles olie en een fles wijn. Liefdadigheid. Ik zou die plek nooit echt begrijpen, ik zou de regels van Speziale en zijn inwoners, hun continue heen en weer geslinger tussen haat en mededogen, hun ruwe manieren en dan die al even bruuske zorgzaamheid, nooit begrijpen. Ik maakte de groente klaar en dekte de tafel onder de pergola. Het was de eerste keer in maanden dat ik zittend at.

Door de veranderingen die ik het jaar daarvoor op de masseria had doorgevoerd, had ik in ieder geval een internetverbinding. Ze deed het soms wel en soms niet, maar de snelheid was redelijk. Ik wilde niet eens dat ze sneller was: de seconden dat ik moest wachten tot een nieuwe pagina verscheen, dat witte scherm, waren momenten van pure afwezigheid, momenten zonder pijn.

Ik keek vooral naar YouTube-filmpjes. Ik begon zomaar ergens en belandde dan van de ene in de andere, zonder te kiezen, ik liet me simpelweg meevoeren door dat vluchtige landschap. Buiten ging de zon onder, het was plotseling donker in huis, het enige licht kwam van het scherm, waar ik mijn ogen op kapotstaarde. Tot diep in de nacht ging ik door, en als ik ophield, was ik zo daas dat ik me naar de bank sleepte en in slaap viel.

Op een ochtend werd ik wakker van het geluid van wielen op de onverharde weg. Ik had de luiken nog niet open, al moest het laat in de ochtend zijn. Ik bleef liggen kijken naar het lichtpatroon op het plafond. Ik hoorde kloppen, en een paar tellen later weer.

'Post!' riep een mannenstem.

Ik liep naar het raam. Ik opende de luiken net genoeg om eronderdoor te kijken, mijn ogen tot spleetjes geknepen tegen de zon. De bezorger zwaaide met een pakketje in mijn richting. 'Bent u mevrouw Gasparro? U moet tekenen.'

Ik deed een oud т-shirt van Bern aan en liep naar beneden.

'Het spijt me dat ik u wakker heb gemaakt.'

'Ik was al een poosje wakker, ik ben wat grieperig,' loog ik.

'Het heeft hier geen naam, hè? Ik had moeite om het te vinden.'

Op het pakje stond het logo van Amazon.

'Wat is het?'

'Dat zou u toch moeten weten, u heeft het besteld,' zei de postbode lachend.

'Ik heb niets besteld. Ik heb niet eens een account bij Amazon.'

Hij haalde zijn schouders op en wees naar een schermpje waarop ik moest tekenen.

'Doe maar met uw vinger. Het geeft niets als de handtekening niet perfect is.' Hij stopte het apparaatje terug in zijn broekzak. 'Dan zal het wel een cadeau zijn. Meestal zit er een kaartje bij.'

Toen ik weer alleen was, opende ik het pakje. Er zat een flacon in met op het etiket een tekening van een plant en van een soort luis die onder de microscoop was uitvergroot. Het was duidelijk een tuinproduct, maar de gebruiksaanwijzing was in het Duits, en in andere talen, ik wist niet eens welke.

Het moest een vergissing zijn. Ik had toch niets te doen, dus ging ik achter de computer zitten en tikte de zinnen geduldig in het Duits in Google Translate. Het resultaat was amper te begrijpen, maar ik kon er nog net uit opmaken dat het inderdaad een natuurlijk bestrijdingsmiddel was. Je moest één dop van het product in tien liter water oplossen en dat om de avond op de zieke plant gieten. De tuinman had op het laatst medelijden gekregen, met mij of met de eik. Weer die liefdadigheid. Ik gaf de boom de eerste dosis van het medicijn, en dat was meteen genoeg om me beter te voelen.

Op een dag kwam Daniele terug naar de masseria. We zaten een hele tijd onder de pergola van een johannesbroodlikeur te nippen die hij had meegenomen. Toen we opstonden was de fles leeg.

Dronken als ik was, nam ik hem mee naar binnen, de trap op, naar de kamer van Bern en mij. Hij liet zich meenemen. Ik keek hoe hij zich voor het bed uitkleedde, hoe hij met moeite eerst op zijn ene been en toen op zijn andere balanceerde om zijn sokken uit te trekken. Zijn buik was een beetje pafferig, ik schoot in de lach.

Ik weet niet wat er daarna met me gebeurde. Ik likte zijn gezicht, ik beet in zijn schouders, tot hij me smeekte om op te houden omdat ik hem pijn deed. Toen voelde ik alle kracht uit me wegvloeien en werd ik overspoeld door verdriet. Ik viel achterover op het bed en in een seconde was ik heel ver weg. Ik liet hem tot het eind zijn gang gaan. De voorwerpen in de kamer werden groter en weer kleiner, net als toen ik een klein meisje was.

Pas later dacht ik aan de afluisterapparatuur. Ik vroeg me af wat de agenten die dit allemaal zouden horen zouden denken, wat ze zouden vinden van de vrouw van de terrorist die, nadat ze een jongere man had verleid, meer dan een uur tegen hem had aangepraat over haar verdwenen man, en had bekend dat zij zijn lichaam miste, dat ze het ook daarnet nog miste. En wat zouden ze wel niet van hem vinden? Hij had die bekentenis aangehoord zonder haar in de rede te vallen en had de hele tijd haar haar gestreeld.

's Morgens werd ik alleen wakker. Daniele was in de keuken, hij had ontbijt gemaakt. De glazen die we de vorige avond hadden gebruikt, waren schoon en stonden omgekeerd naast de spoelbak. We ontbeten zwijgend, en toen zei ik dat hij weg moest en niet meer terug moest komen. Hij vroeg niet waarom.

Op het moment dat zijn auto uit het zicht verdween, had ik al spijt dat ik hem had weggestuurd.

Het tweede pakket werd een paar weken later bezorgd, in oktober. Zelfde bestelbus, schuin naast de kale moestuin geparkeerd, zelfde bezorger.

'Dus u heeft toch maar een account aangemaakt?' vroeg hij, terwijl hij me het pakket aanreikte.

'Een account aangemaakt?'

'Bij Amazon. U wilt toch niet zeggen dat het weer een vergissing is, dat geloof ik niet, hoor.'

'Toch ben ik bang dat het weer een vergissing is.'

'Amazon maakt geen fouten. Weet u zeker dat u niets heeft besteld?'

Ik tekende met mijn vinger op het schermpje.

'Als ik u was, zou ik mijn creditcard even nakijken,' zei de bezorger, 'voor alle zekerheid.'

Deze keer wachtte ik niet tot hij weg was, voordat ik het pakje uit het papier haalde.

'Zit er een briefje bij?' vroeg hij, terwijl ik verbijsterd naar het omslag van het boek keek.

Toen ging hij weg, natuurlijk ging hij op een bepaald moment weg, hoewel ik niet kan zeggen wanneer precies, want ik weet niets meer van die minuten, behalve dat ik weer alleen was, nog steeds onder de pergola, nog steeds met het boek in mijn trillende handen. Ik kon niet ophouden met ernaar te kijken, maar was ook niet in staat om erin te bladeren.

Het was een andere uitgave dan die ik kende, kleuriger, gladder, en toch hetzelfde boek dat ik twintig jaar eerder tevergeefs had proberen te lezen, zelfde schrijver, zelfde titel: Italo Calvino, *De baron in de bomen*.

Ik ging achter de computer zitten en opende de site van Amazon. Ik tikte mijn e-mailadres in. Mijn vingers trilden zo erg dat ik steeds het verkeerde adres intypte. Ik volgde de aanwijzingen voor het herstel van mijn wachtwoord, dat ik nooit gekozen had. Er werd een code gestuurd naar mijn mailbox, die ik al weken niet had geopend en die vol zat met ongelezen berichten, reclame, aanbiedingen en idiote seksuele avances.

Ik tikte de code in en moest nu een nieuw wachtwoord kiezen. Ik tuurde naar het scherm, mijn hoofd was helemaal leeg. Ik kon geen enkele willekeurige reeks letters en cijfers verzinnen. Toen het eindelijk gelukt was, kwam ik in mijn Amazon-account, dat ik nooit had aangemaakt.

Ik klikte op 'mijn bestellingen' en er verschenen er twee: het natuurlijke bestrijdingsmiddel en *De baron in de bomen*. Ik klikte op het boek en op het nieuwe scherm las ik dat ik dat op 16 oktober 2010 had gekocht.

Je moest toch ergens bij de betalingen kunnen komen, maar het duurde even voor ik ze vond. De creditcard die stond vermeld, was de mijne. Ik herkende de laatste cijfers.

Steeds verbouwereerder liep ik het huis uit en reed naar de enige pinautomaat in Speziale. In de zomer was hij met een trekhaak uit de muur gerukt, maar nu hadden ze een nieuwe geplaatst. Het saldo van mijn betaalrekening was weer positief, hoewel ik er niets op had gestort. Ik printte mijn bankafschrift. Ik zag dat er een maand eerder duizend euro naar was overgemaakt, en wat eraf was gegaan, waren de uitgaven voor Amazon en servicekosten van de bank. De duizend euro waren gestort door mijn vader.

Ik reed terug naar de masseria. Er moest nog ergens op de boekenplank een visitekaartje liggen. Sinds ik alles had laten verslonzen, had de rotzooi zich alleen maar opgestapeld: kassabonnen, reclamefolders, lege verpakkingen van levensmiddelen, in elkaar gepropte plastic tasjes. Ik graaide eerst in het wilde weg in de berg troep en daarna gooide ik alles op de grond wat me niet interesseerde. Uiteindelijk kwam het kaartje tevoorschijn: ALESSANDRO BREGLIO – INTERNET SERVICE. Ik toetste zijn nummer in, maar bedacht me bij het laatste cijfer. Er kon iemand meeluisteren.

Een uur later liep ik zijn winkel in Brindisi binnen. Het stond er vol monitors en toetsenborden die gerepareerd moesten worden. De jongen keek me doordringend aan, hij groef in zijn geheugen, maar ik gaf hem de tijd er niet voor.

'Kan het dat iemand in mijn computer is binnengedrongen en daarop dingen heeft gedaan onder mijn naam, zoals iets kopen?'

Zijn ogen begonnen te glinsteren. 'Hebben ze u gehackt? En of dat mogelijk is!'

'Waarvandaan kunnen ze dat allemaal doen?'

Hij glimlachte onwillekeurig. 'Zelfs van de maan. Ik kan komen kijken, als u wilt. We hebben een heel voordelig veiligheidspakket.'

'Ik moet achterhalen wie degene is die die aankopen op mijn naam heeft gedaan.'

'Dat zal heel moeilijk gaan, denk ik. U kunt het via de politie proberen, maar uit ervaring kan ik u vertellen dat u daar niet veel van kunt verwachten. Gaat u even zitten, dan leg ik uit hoe ons pakket werkt.'

'Ik wil geen pakket!'

Misschien schreeuwde ik dat wel, want de jongen deinsde geschrokken terug.

Een ogenblik later zei hij: 'Ik zou er maar goed over nadenken, als ik u was. Die hackers zijn ontzettend gewiekst. Als ze willen, kunnen ze u ook bespioneren. U weet wat een webcam is? Dat kleine lensje dat boven het scherm zit? Daarmee dus. In theorie kunnen ze daarmee naar u kijken, als u de computer aan heeft staan.'

Ik probeerde me te herinneren of de computer aan had gestaan, die avond dat ik Daniele had meegenomen naar de slaapkamer.

'Wilt u nou dat ik naar de computer kom kijken of niet?'

Maar ik had me al omgedraaid en liep de winkel uit.

Op de terugweg reed ik heel langzaam. Een hele tijd zat er een vrachtwagen met hooi voor me. Sprietjes maakten zich los en zweefden in de lucht. Achter mij vormde zich een lange rij auto's, maar ik probeerde de vrachtwagen niet in te halen. Ik wilde zo lang mogelijk de nostalgie vasthouden die dat beeld bij me opwekte.

Eenmaal thuis belde ik naar Turijn. Mijn vader nam op.

'Ik wilde alleen maar weten hoe het met je gaat,' zei ik.

'Wacht even.'

Ik hoorde hem naar een andere kamer lopen en een deur dichtdoen.

'En je bedanken voor het geld,' voegde ik eraan toe.

Misschien beging ik een grote fout. Dat simpele zinnetje kon een fatale kettingreactie uitlokken. Als die overboeking nou eens niet van mijn vader was? Ik tastte rond binnen een mij onbekend plan. Ik kon alleen maar afgaan op mijn instinct, mijn instinct en mijn blinde vertrouwen in Bern.

Mijn vader schraapte zijn keel. 'Ik moet steeds denken aan wat je schreef,' zei hij.

Wat hij daarna zei, haastig, verlegen, verraste me zo dat ik niet eens meer weet of ik nog reageerde voordat ik de telefoon neerlegde. Hij zei wat voor een vader en dochter het vanzelfsprekendste was, maar voor ons het minst vanzelfsprekende: 'Je weet toch dat ik ook van je hou?'

Ik bleef daarna nog minutenlang naar de papiertroep op de vloer staren, alsof er ook in die chaos een geheime boodschap besloten lag die ontcijferd moest worden.

Ik maakte een fles primitivo open en nam die mee naar buiten. De lucht was zoel en geurig, ik rook zelfs de peperkorrels die droogden aan de takken. De hibiscusstruik die ik het jaar ervoor had geplant, reikte al tot bijna halverwege de muur. Al deze dingen wekten bij mij hevige, bijna pijnlijke emoties op.

Ik las het boek dat Bern me had gestuurd. Ik liet de zinnen een voor een onder mijn ogen voorbijglijden, tot de allerlaatste toe. Het boek was niet door Berns handen gegaan, ik wist het, het was vanaf een plank in een magazijn op de masseria beland, maar toch bracht ik het naar mijn neus en snoof de geur op.

Toen ik opstond, was het donker. De puzzelscreensaver viel in het halfduister in en uit elkaar, alsof hij ademde. Ik klikte op de muis en het scherm ging terug naar waar ik het een paar uur eerder op had laten staan. Het doorschijnende oog van de webcam leek uit te staan. Bern was daar ergens, hij kon het niet zeggen, maar hij had een manier gevonden om het me duidelijk te maken, de enige manier die de afluisterapparatuur niet registreerde. Misschien keek hij op dit moment wel naar me.

Ik liet mijn jasje op de grond vallen en deed mijn sweater uit. Ik keerde mijn rug naar de webcam om mijn T-shirt uit te trekken. Dat deed ik met sensuele bewegingen, bijna ironisch, alsof ik voor de spiegel stond te draaien. Toen begon ik te deinen, heel zachtjes, het was niet echt dansen, hoewel ik er in mijn hoofd wel een liedje bij zong.

Terwijl ik mijn jeans losknoopte, keek ik recht in het kille oog van de computer, en ook toen ik in mijn ondergoed stond, mijn bh losmaakte en mijn slip uitdeed. Ik wist zeker dat Bern me nu zag, zijn zwarte ogen over elkaar geschoven tot één computeroog. Ik begon weer te bewegen, ik probeerde het te doen zoals hij het gewild had, op de manier waarop ik het alleen voor hem een paar keer had gedaan. Even voelde ik zijn handen.

Elke dag verwachtte ik een nieuwe bestelling. En omdat die niet kwam, ging ik elke dag naar mijn Amazon-account om te kijken of er iets veranderd was. Er gebeurde niets meer.

Toen, op een ochtend tegen het eind van november, verscheen Daniele op de masseria, samen met een andere jongen. Ik liep naar hem toe terwijl hij uit de auto stapte.

'Ik had gezegd dat je niet terug moest komen.'

'Je moet met ons mee.'

'Luister je wel? Je bent op mijn land.'

'We hebben geen tijd. Stap in!'

Zijn stem klonk zo dwingend dat ik gehoorzaamde. Hij klapte de stoel al naar voren om mij erin te laten.

'Je hebt niets nodig, gewoon instappen,' zei hij, toen hij zag dat ik weifelend in de richting van het huis keek, waar mijn tas, portemonnee en sleutels lagen.

Hij keerde abrupt, de banden wierpen een enorme stofwolk op. De andere jongen tikte vliegensvlug op zijn telefoon. Hij keurde me geen blik waardig.

'Heb je het gehoord?' vroeg Daniele.

'Wat?'

'Danco is opgepakt.'

De jongen die op zijn telefoon zat te tikken zei: 'Ze komen eraan.'

'Kut!'

Daniele maakte vlak voor een bocht een krankzinnige inhaalmanoeuvre. De auto die een fractie later vanuit de andere richting langs ons schoot, trok met zijn claxon een spoor van verontwaardiging door de lucht.

Ik leunde naar voren tussen de twee stoelen door. Ik was opeens heel zenuwachtig. Het was druk, maar wij schoten zigzaggend over de weg om iedereen in te halen.

'En Bern?' vroeg ik met droge mond.

Daniele schudde zijn hoofd. 'Ik weet het niet.'

De andere jongen veegde met zijn duim over het scherm van zijn telefoon. Hij vergrootte een foto en liet die aan Daniele zien. Die knikte. Toen slaakte hij een diepe zucht en keek via de achteruitkijkspiegel naar mij. 'We moeten in Brindisi zijn voordat ze hem in de cel stoppen.'

Gedurende de rest van de rit deden ze of ik er niet bij was. Ze praatten aan de telefoon met andere activisten, of anders met elkaar, in een jargon dat ik nauwelijks begreep en dat me ook niet echt interesseerde. Ik leunde tegen de rugleuning. Ik bad, zachtjes, vurig, dat hem niets ergs was overkomen. Dat Bern in veiligheid was.

In Brindisi bleef die andere jongen bij de auto, en Daniele en ik renden naar het hoofdbureau. Direct na ons arriveerden twee politieauto's.

Er stond een drom mensen op het bordes voor het bureau. Ik dacht dat het journalisten waren, maar toen de agenten, gevolgd door een geboeide man, uit de auto's stapten en hem ieder bij een arm vastpakten, en die man, Danco, schaamteloos naar de kleine menigte glimlachte, sloten ze zich aaneen en vormden met hun armen ingehaakt een menselijke keten.

Daniele duwde me naar voren, maar ik verzette me. Ik keek naar Danco, naar zijn voldane glimlach terwijl hij op zijn kameraden afliep, die ik zag bewegen als een koord in de wind. Ze stapten iets naar achteren, maar niet ver genoeg om hen erdoor te laten. De agenten gebaarden dat ze opzij moesten gaan.

Daniele gaf me weer een duw. 'Kom op!'

'Nee.'

Toen hij doorhad dat ik geen stap zou verzetten, rende hij alleen naar de demonstranten. Beide partijen namen elkaar zwijgend op. Danco stond erbij alsof hij niks te maken had met wat er om hem heen gebeurde.

Op dat moment draaide hij zijn hoofd mijn kant op, alsof hij precies wist waar ik stond. Hij keek me even aan, toen plooiden zijn lippen zich tot een glimlach die er heel droevig uitzag.

Er arriveerden twee geblindeerde busjes waar een groep agenten in oproertenue uit rolden, die moeiteloos door de menselijke keten heen braken en een doorgang maakten waar ze Danco doorheen lieten lopen. Hij verdween in het politiebureau.

Vanaf die avond berichtten de journaals dagelijks over Danco's stilzwijgen. Hij zei niets: niets over waar hij al die tijd geweest was, niets over zijn medeplichtigen en of die misschien bij hem hadden gezeten, niets over de reden waarom hij plotseling besloten had om terug te komen en zichzelf aan te geven. Iedereen stond versteld van zijn halsstarrigheid, maar ik niet.

Later werd duidelijk dat hij alleen maar zijn grote moment voorbereidde. Het nieuwe jaar was al begonnen toen hij besloot om zijn versie van het verhaal te vertellen. Hij las de rechter en de journalisten een geschreven verklaring voor en verlangde dat er zonder onderbreking van het begin tot het eind naar hem werd geluisterd.

Hij zag er veel verzorgder uit dan toen ik hem voor het politiebureau had gezien. Zijn haar en baard waren korter. Hij had een grijs pak aan, en in plaats van een pochet stak er een olijftakje uit zijn borstzak, wat in de pers nogal wat sarcastisch commentaar opleverde.

Hij las met vaste stem en op bijtende toon. Zijn ogen gingen van het blad naar de rechter, hij toonde geen enkele schroom. Hij richtte zich tot de aanwezigen in de rechtszaal maar ook tot ons, die hem later zouden horen, zich bewust van ons grote aantal. Hij las zijn brief uit de gevangenis voor, maar niet als een bekentenis of als een overgave, maar als een boodschap die op meerdere zenders tegelijk werd uitgezonden.

Hij beschreef een complot achter het omhakken van de olijfbomen. Hij had het over een Europarlementariër, een zekere De Bartolomeo, die het eerste bevel om de bomen te kappen had ondertekend en meteen erna een nieuwe soort had aangewezen om de bestaande te vervangen. Genetisch gemodificeerde olijfbomen, die resistent waren tegen de Xylella, met een octrooi dat geregistreerd was door een bedrijf op Cyprus. Een bedrijf waar de vrouw van De Bartolomeo heel toevallig aandelen in had. Het ging om miljoenen. Hij legde uit dat de eigenaar van het Relais dei Saraceni, Nacci, aan De Bartolomeo geld had toegeschoven om zijn olijfbomen opgenomen te krijgen in de plannen voor de kap. Kerngezonde bomen. Dit alles ter wille van een steeds blinder, hebzuchtiger en meedogenlozer kapitalisme.

Zo nu en dan nam hij een slok water uit een glas. Het leek wel of die korte pauzes ook ingestudeerd waren. Zijn advocaat zat naast hem, met zijn armen over elkaar en een uitdagende blik. Danco benadrukte dat hij altijd een afkeer had gehad van het gebruik van geweld en dat hij daarom afstand nam van enkele 'betreurenswaardige' gebeurtenissen die er die nacht bij het Relais dei Saraceni waren voorgevallen.

'Wat de dood van Nicola Belpanno betreft,' besloot Danco nog even emotieloos, 'kan ik alleen maar zeggen dat ik niet degene ben die zijn hoofd heeft verbrijzeld. Ik was erbij, ik heb gezien wat er is gebeurd, maar ik was het niet. En dit is alles wat ik erover te zeggen heb.'

In de winter groeide er mos in de scheuren in het beton, een zacht, glimmend kussentje dat aan het begin van de zomer verkruimelde, waarna het weer terugkwam.

Ik verfde de buitenkant van het huis, omdat hij door de regen bruin uitgeslagen was. De schunnige afbeelding die Bern en ik ooit op een van de muren hadden geschilderd, was verdwenen onder vele lagen kalk. Wat ik ook krabde, er was geen spoor meer van te vinden.

De laatste woorden die officieel werden uitgesproken over Nicola's dood, waren die van Danco in de rechtszaal. De officier van justitie had naar voren gebracht dat het patroon van blauwe plekken op Nicola's wang overeenkwam met een schoen die Danco droeg, maar de verdediging had aangevoerd dat die bloeduitstortingen zo'n onduidelijk patroon hadden dat ze van elke schoen afkomstig konden zijn. Wat dus overbleef, was zijn verklaring, zijn versie van het verhaal, waarmee hij, zij het indirect, de schuld bij Bern legde. Maar Danco loog. Ik wist het. Berns onschuld stond in mijn vlees gegrift, en was voor mij even zeker als onze jaren samen.

Ik diende een verzoek in bij de gevangenis van Brindisi om Danco te mogen bezoeken. Hoewel het niet van harte ging, werd mijn verzoek toch ingewilligd. Maar toen ik in de bezoekersruimte zat te wachten, kwam Danco niet opdagen. Ik probeerde het nog een keer, maar weer kwam hij niet opdagen. Toen ik mijn derde verzoek deed, liet de gevangenis me weten dat de gevangene geen bezoek wenste te ontvangen.

Mijn moeder zei elke keer hetzelfde aan de telefoon: 'Je bent nog jong.' In het begin was dat een troost: 'Je bent nog jong, je kunt opnieuw beginnen.' Maar naarmate de maanden verstreken, kreeg de boodschap een dreigender klank: 'Je bent nog jong, maar niet lang meer, eenendertig, bijna tweeëndertig, en je moet helemaal opnieuw beginnen.' Maar wat opnieuw beginnen?

Ik had de indruk dat de tijd tot stilstand was gekomen. Dat was nog vóór Nicola's dood gebeurd, nog voordat Bern wegging, misschien wel toen ik besefte dat er in mijn baarmoeder iets niet werkte. De klokken gaven voor eeuwig dat moment aan.

Met het geld ging het in ieder geval beter. Een jong stelletje uit Noci, twee dromers, vroeg me om als hun adviseur op te treden. Ze wilden een permacultuurproject opzetten. Ik wist niet of ze op de hoogte waren van mijn link met de gewelddadige dood van de politieagent, waarschijnlijk wel, maar aan de andere kant, er werd al een hele tijd niet meer over gepraat.

En een eigenaar van een paar terreinen in de buurt wilde mijn kas huren. Hij betaalde niet veel, maar wel op tijd. En dan was er nog het geld dat mijn vader nu elke maand naar me overmaakte. Ik kwam erachter dat hij mij tegenover anderen een 'gespecialiseerd bio-ingenieur' noemde. Ik had jarenlang gedacht dat mijn vader het enige puzzelstukje in mijn leven was dat niet op zijn plaats lag. In al die tijd dat hij niet met me wilde praten, zei ik steeds weer tegen mezelf dat als het tussen ons weer beter zou gaan, mijn leven perfect zou zijn. Wat ik nu een heel kinderlijke gedachte vond.

Bijna twee jaar: van de dag dat Danco zich aangaf bij de politie, tot de dag dat Mediterranea Travel, een reisbureau in Francavilla Fontana, me belde en zei dat mijn vliegticket klaarlag en mijn vlucht voor de volgende dag bevestigd was.

'U heeft een verkeerd nummer gebeld,' zei ik.

De vrouw aan de andere kant van de lijn nam de tijd om iets na te kijken en zei toen: 'Spreek ik met mevrouw Gasparro? Teresa Gasparro, geboren op 6 juni 1980 in Turijn?'

'Ja, dat ben ik.'

'Dan hebben we elkaar gisteren gesproken. Weet u dat echt niet meer? U heeft me gevraagd om met spoed een vlucht voor u te reserveren.'

Er ging een stoot adrenaline door mijn armen en benen.

'Ach, natuurlijk. Ik was er niet bij met mijn gedachten. Neem me niet kwalijk. Zou u alstublieft de tijden nog eens kunnen zeggen?'

'Vertrek uit Brindisi om 20.10 uur. U heeft een tussenstop van twee uur op Malpensa. De vlucht van Icelandair is om 23.40 uur. Om 01.55 uur komt u aan in Reykjavik.'

Toen de telefoon overging, was ik potten waar aardbeienplantjes in stonden aan het bijvullen. Ik had vette, donkere aarde onder mijn nagels zitten.

'Ik ben best wel jaloers,' zei de vrouw aan de telefoon. 'Ik ben er twee jaar geleden geweest en het was de mooiste reis van mijn leven. U mag de gletsjer die in zee uitloopt beslist niet missen. Je kunt met de boot langs de ijsbergen varen. Drie dagen is kort, maar dat mag u niet missen.'

Ik vroeg of ik het ticket bij het reisbureau kon ophalen. Ze zei dat het een e-ticket was, ze had de reservering al naar mijn e-mailadres gestuurd. Als ik dat wilde, kon ze ook de instapkaarten regelen. Ze vroeg of het klopte dat ik alleen handbagage meenam.

Ik weet niet meer hoe we afscheid namen. Misschien brak ik het gesprek wel gewoon af. Even later bekeek ik de instapkaart op mijn computerscherm. Ik las alle vervoersvoorwaarden, in piepkleine lettertjes, alsof ook daarin een cruciale aanwijzing verborgen zat. Maar ik vond niets, alleen een stoelnummer, en een advertentie van een hotel waarin stond dat ze korting gaven op de toegang tot de Blue Lagoon. Er stond een foto naast van een man en een vrouw met een handdoek om, die te midden van de zwaveldampen naar de horizon tuurden.

Ik moest mijn trolley opmeten, pakken, de minimum- en maximumtemperaturen in Reykjavik checken, en misschien mijn haar fatsoeneren, want de laatste maanden knipte ik het zelf, met de keukenschaar. Maar in plaats daarvan liep ik naar buiten en ging onder de pergola zitten. De zomer liep al ten einde, de avonden vielen plotseling in, maar de zonsondergang wierp wel een halfuur lang bundels licht op het land die je ziel beroerden.

Door de zon was het tafelkleed met de wereldkaart zo verweerd dat de bovenste plastic laag afbladderde. Ik raakte de bleekroze, kartelige vlek van IJsland aan. Een stuk continent dat op drift was.

7

Ik werd wakker toen de wielen de landingsbaan raakten. Het duurde even voordat ik mijn nek weer kon draaien. Ik had me voorgenomen om de hele reis wakker te blijven, om elk detail dat voorafging aan het moment dat ik Bern weer zou zien in me op te nemen, maar het tijdstip en het lichte gebrek aan zuurstof in de drukcabine hadden me eronder gekregen. Op de vliegtuigtrap werd ik door de koude, droge wind overvallen. Het was diep in de nacht, maar de hemel was nog licht, een fonkelende streep geel aan de horizon. Ik had het moeten weten, maar toch had ik me voorgesteld dat ik in het donker zou aankomen in Reykjavik.

Ik liep door de hal met de incheckbalies, de winkels in de luchthaven waren afgesloten met metalen rolluiken. Toen ik de schuifdeuren door was, werd mijn tred ineens onzeker, wat ook altijd gebeurde als ik naar Turijn ging, naar mijn ouders: ik was doodsbang dat er iets veranderd zou zijn.

Achter het dranghek in de aankomsthal stonden rijen mensen de passagiers op te wachten. Ze droegen bergkleding, wollen petten die ik totaal niet kon rijmen met de zomer die ik net achter me had gelaten, de zomer waaruit ik naar die plek was gekatapulteerd. Ik zocht naar Bern, hem of het zwart van zijn kleren, ergens tussen al die bonte kleuren, maar intussen liep ik wel door. Eerst keek ik of hij in de voorste rij stond, toen in de rijen erachter, een paar mensen keken me afwachtend aan, voor het geval ik de persoon was wiens naam op hun bord stond. Ik zocht naar Bern in die piepkleine luchthaven, maar ik vond Giuliana, in haar eentje naast het raam. Ze stak haar hand op, niet echt als groet, maar meer om te zeggen 'hier ben ik'. Toen liep ze naar de uitgang.

Eenmaal buiten haalde ik haar in. De lichtbakken van de luchthaven deden bijna pijn aan je ogen, alles was spic en span, alsof er geen stofje in de lucht zweefde.

'Is dat alles wat je bij je hebt?' vroeg ze en keek naar mijn jack.

'Dat is best warm.'

Ik had de weersverwachting voor Reykjavik gecheckt en gedubbelcheckt, maar ik kon niet bedenken dat het verschil tussen minimum- en maximumtemperatuur op één dag veel groter was dan in Speziale. Ik schaamde me. Dat ik me zo voelde, kwam doordat Giuliana in mijn buurt was. Ze zei resoluut: 'Ik heb wel wat voor je in de auto liggen.'

Terwijl we schuin over de parkeerplaats liepen, ik vlak achter haar aan hobbelend, hingen er ontzettend veel vragen tussen ons in, allemaal vragen die ik haar had willen stellen. De belangrijkste: waar is hij? Maar we zeiden geen woord tegen elkaar, ook niet toen we bij de auto kwamen, en ook niet toen Giuliana mijn tas pakte om hem in de achterbak te leggen – waarbij ze voor het eerst mijn vingers aanraakte, zonder dat ze dat wilde, geloof ik – en daarna nog steeds niet, toen ze uit een andere tas een windjack tevoorschijn haalde en dat zo ongeveer in mijn gezicht smeet.

We reden eerst een paar kilometer over een surrealistische vlakte, in de koplampen zagen we fluorescerende korstmossen en kleine plassen van iets wat op melk leek. Giuliana zei dat we de rest van de nacht in een dorp daar in de buurt, Grindavik, zouden doorbrengen. We zouden dan wel iets langer onderweg zijn, maar niet veel. Het was de enige overnachtingsplek die ze gevonden had.

'Waar we heen moeten, is te ver om nu nog naartoe te rijden. We gaan morgenochtend vroeg weer verder.'

Toen vroeg ze of ik geld had gewisseld op het vliegveld.

'Daar had ik geen tijd voor.'

'Guesthouses nemen meestal wel euro's aan,' reageerde ze kribbig, 'maar hun wisselkoers is waardeloos.'

Misschien kwam het gewoon door haar kapsel, opgeschoren jongenshaar met een mohawk, waardoor je de hoekige vorm van haar schedel nog beter zag, maar toen ik haar vanaf de bijrijdersstoel bespiedde, kwam ik erachter dat er ook iets aan haar lichaam was veranderd. Ze was verkrampt. Ik vermoedde dat ze onder haar rode sneeuwjack griezelig mager was, net als de nerveuze vingers waarmee ze het stuur omklemde.

We reden een dorp binnen met haaks op elkaar staande rijtjes huizen, allemaal hetzelfde en zó perfect, met hun gekleurde plaatstalen gevels, dat ze eruitzagen als de huisjes van een maquette. Grindavik. Het leek wel in één nacht gebouwd. Verderop, voorbij een al even keurige haven, zag je het compacte glazuur van de zee.

Bij de receptie werden we ontvangen door een stroblonde jongen. Beter gezegd, hij ontving ons helemaal niet, want hij bleef gewoon naar een film op zijn iPad kijken, ook toen hij onze paspoorten kopieerde, mijn geld aanpakte en ons maar één sleutel voor onze kamer gaf. Giuliana zei moeiteloos iets in een taal die geen Engels was. Toen we naar boven liepen, vroeg ik of ze IJslands had geleerd.

'Het hoogstnoodzakelijke,' antwoordde ze.

'Hoe lang ben je hier al?'

Ze hanneste met het magnetische deurslot dat de sleutelkaart eerst niet herkende. 'We zijn hier anderhalf jaar.'

De kamer was piepklein, met schrootjes tegen de muren. Er hing een vreemde geur, misschien van de vloerbedekking. Het tweepersoonsbed was smaller dan normaal. De badkamer was op de gang. Giuliana ging eerst en was zo klaar.

Ik waste mijn gezicht, poetste mijn tanden en overwoog of ik onder de douche zou gaan, maar er zaten zwarte vlekken op het douchegordijn, dat over de drijfnatte vloer slierde. Ik trok mijn pyjama aan, die net zo verkeerd gekozen was als de rest van de spullen die ik had meegenomen, en ging terug naar de kamer.

Giuliana had alleen haar jack en haar schoenen uitgetrokken, ze had alles op de grond gegooid en lag nu in foetushouding op het bed, aan de kant van het raam, met haar rug naar me toe. Roerloos, alsof ze al sliep.

Ik aarzelde even, omdat ik bang was dat ik haar wakker zou maken, maar vroeg toen toch: 'Waar gaan we morgen naartoe?'

'Naar Lofthellir,' antwoordde ze.

'Wat is dat?'

'Een plaats in het noorden.'

'Is hij daar?'

'Ja.'

Zoals ze daar lag, met haar opgeschoren hoofd en haar rug naar me toe, leek ze nog meer op een man. Ze draaide zich niet om en het was me nu duidelijk dat ze dat ook niet ging doen. Ik zette eerst één knie op het bed, me afvragend of ik die gedwongen intimiteit wel wilde, en toen ook de tweede.

'Waarom is hij niet meegekomen?'

'Dat kon hij niet. Morgen zie je wel waarom.'

Ik weet niet wat me bezielde, waarom ik Giuliana opeens zo door elkaar rammelde en maar bleef vragen: waarom is hij niet meegekomen, ik wil weten waarom, ik wil het nú weten! Waarom ik haar net zo lang door elkaar rammelde tot ze mijn arm vastpakte en die met evenveel geweld wegduwde.

'Heb niet het lef om me ooit nog aan te raken,' zei ze.

Nadat ze haar kussen beter onder haar hoofd had gepropt, zei ze: 'Ga slapen. Of blijf wakker, kan me niet schelen. Als je je kop maar houdt.'

Ze viel in slaap. Ik bleef tegen de lichtgekleurde schrootjes zitten. Ik bedacht dat ik de hele weg van het vliegveld tot daar geen boom had gezien. Het groene lampje van de rookmelder aan het plafond knipperde met regelmatige tussenpozen. Het raam was maar tot halverwege verduisterd door een plastic rolgordijn, dus er viel wat licht binnen. Het was geen dag en ook geen nacht, en in die eindeloze schemering zat ik maar te wachten en wist niet waarop.

Toen ik mijn ogen opendeed, zat Giuliana haar wandelschoenen aan te trekken.

'Het is zes uur,' zei ze. 'We moeten weg.'

Ze maakte haar veters vast, stond op en deed de deur open. 'We zien elkaar beneden.'

Ik hoorde haar door de gang stampen, het schuren van de mouwen van haar nylonjack. Ik bleef nog even zitten, verlamd en niet in staat om iets te doen, en toen raapte ik mijn spullen, die overal verspreid lagen, bij elkaar en keek voordat ik naar buiten liep nog een laatste keer de kamer rond: het bed was maar aan één kant zichtbaar beslapen. Op een gegeven moment had ik het waarschijnlijk koud gekregen en was ik onder de dekens gekropen, maar dat kon ik me niet herinneren. Giuliana's helft was nog netjes opgemaakt, de rand van het laken maar een klein beetje gekreukt.

Ik ging nog een keer naar de badkamer en nu herkende ik duidelijk de zwavellucht, die ik een paar uur geleden nog niet kon benoemen. Hij steeg uit de leidingen op, of het was het water zelf dat zo rook.

De hal beneden was verlaten. Er was een koffiemachine, maar die stond uit. Voor de ingang zag ik de jeep van Giuliana staan, met haar ongeduldig achter het stuur.

'Hier heb je wat voor je ontbijt,' zei ze en smeet een supermarkttasje op mijn schoot.

Ik keek wat erin zat: een pakje sandwiches en een paar snacks, sommige kende ik, andere hadden onbekende namen.

'Wat is er? Niet goed?'

'Ja, hoor.'

Ik maakte het pakje met sandwiches open, er zaten er twee in, ik pakte er eentje uit en gaf die aan haar. Daar leek ze een beetje van te ontspannen. Toen ze een hap achter haar kiezen had, zei ze: 'Je kunt hier alleen maar troep krijgen. Op het laatst valt het je niet meer op. Maar straks kunnen we stoppen voor koffie, als je wilt.'

Ik weet niet zeker of ik het gesprek tijdens de uren daarna betrouwbaar kan weergeven. De woorden vormen één compacte brok herinnering, ik weet niet meer wat er in welke volgorde werd gezegd, niet alleen door Giuliana's manier van praten, die vaak opgewonden en fragmentarisch was, maar ook omdat ik in die korte nacht in het guesthouse maar een paar uurtjes slaap had gehad en ik nu plotseling mijn ogen niet meer open kon houden. Ik sliep telkens een paar minuten en als ik wakker werd, ging Giuliana verder met haar verhaal, of ik stelde een vraag, want ik weet zeker dat ik haar vaker onderbrak dan ik me herinner. Maar mijn stem is uitgewist, hij viel in het niet vergeleken met haar verslag van de tijd dat zij, Danco en Bern voortvluchtig waren geweest, vergeleken met de wirwar van gebeurtenissen die hen ten slotte, met z'n tweeën overgebleven, naar dit eiland had gevoerd. Ja, mijn hersenen moeten die informatie opnieuw hebben geordend op een manier die ze goed uitkwam, maar het is niet van belang, het is nu echt niet meer van belang.

Het landschap zag er steeds onherkenbaarder uit. Uitgestrekte weiden die allemaal op elkaar leken, boerderijen in the middle of nowhere, steenvlakten met kuilen en gaten, steile fjorden en vulkanische stranden, en dan die ene vlakke, licht glooiende weg zonder vangrails, die eindeloos voor ons uit slingerde, de weg waar Giuliana liever naar keek dan naar mij. Misschien zei ze op een gegeven moment inderdaad wel: 'Nou, je zult het wel willen weten.' Ze zei het op die onaardige manier die ik van haar kende. En misschien antwoordde ik echt: 'Ja, ik wil het weten.'

Waar ik in ieder geval zeker van ben, is dat haar armen uitschoten, ze kwamen los van het stuur en zwaaiden door de lucht, haar wangen trilden alsof ze haar kaken op elkaar klemde. 'En wat geeft jou het recht om het te weten?'

Toen keek ik naar mijn trouwring en draaide hem rond mijn ringvinger. Aan de binnenkant stond onze trouwdatum gegraveerd: 13 september 2008.

Dit, dacht ik, dit geeft me het recht.

'We hebben ons een hele tijd schuilgehouden,' zei Giuliana, nog steeds vechtend tegen haar onwil om te praten. 'Het is een wonder dat we elkaar in die periode niet hebben doodgeslagen. Met z'n drieën dag en nacht opgesloten in een garage. Maandenlang.'

'In Griekenland,' zei ik zachtjes.

'Griekenland? Hoe kom je daarbij?'

'Dat zeiden ze. Dat jullie met een rubberboot naar Corfu waren gevaren. Of dat jullie via Durrës waren gegaan.'

Ze schudde haar hoofd. Haar lach klonk schril. 'Dat heb ik dan gemist. Nou ja, blijkbaar heeft Danco's idee het juiste effect gehad.'

'Welk idee?'

'Dat we de jeep aan de kust moesten laten staan. Ik wist zeker dat niemand erin zou stinken. Zwemvesten op de rotsen, jezus! Zo theatraal allemaal. Het enige wat er nog aan ontbrak, was een briefje met "die kant op".'

Ik zag de tv-beelden weer voor me, de troep in de straten van Athene. Ik wachtte tot dat beeld oploste, en zei toen: 'Dus jullie hebben niet in de toren geslapen.'

'Nee, we hebben nooit in de toren geslapen. En we zijn nooit in Griekenland geweest, we zijn zelfs nooit op het idee gekomen. We waren van het begin af aan van plan om naar het noorden te gaan.'

Ik zei niets. Het was een onuitgesproken aanmoediging om verder te vertellen: waar in het noorden? En hoe ver in het noorden? Met wie en hoe lang, en wat zochten ze daar?

'We hadden via een van onze mensen contact opgenomen met een vrachtwagenchauffeur, een Pool die op en neer reed langs de Adriatische kust. Je hoefde alleen maar naar hem te kijken om te zien dat hij niets met onze zaak te maken had, hij leek in de verste verte niet op een milieuactivist, bedoel ik. Hij reed op een meerlader.'

'Wat is een meerlader?'

Giuliana draaide zich ook nu niet naar me toe. 'Weet je dat echt niet?'

Ze wachtte even voordat ze het uitlegde, zodat deze minieme lacune in mijn kennis zich tussen ons in kon nestelen en nog meer afstand kon creëren.

'Dat is een vrachtwagen om auto's mee te transporteren. Die dingen met twee verdiepingen, weet je het nu? Dat leek ons wel een veilige oplossing. Iemand heeft ons met de auto naar de parkeerplaats gebracht waar hij zou vertrekken.'

'Wie heeft jullie daarnaartoe gebracht?'

'Daniele.'

Geen idee waarom het niet meteen tot me doordrong dat het raar was dat ze over Daniele begon, alsof ze ervan uitging dat ik hem kende.

Ik was een beetje misselijk, ik had nog steeds de smaak van die sandwich in mijn mond. Tegelijkertijd was ik ontzettend slaperig en had ik het gevoel dat ik op ontploffen stond.

Giuliana zei: 'Ik wist niet wat er was gebeurd. Alleen dat Bern en Danco uit de olijfgaard kwamen gerend en "wegwezen! wegwezen!" hadden geroepen. En verder dat we in Danieles auto zaten en Danco zich de hele tijd omdraaide en door de achterruit keek, terwijl Bern, die voorin zat, geen enkele keer achteromkeek. Zijn handen lagen op zijn knieën, op een vreemde manier, alsof ze niet van hem waren. En ook later, op de parkeerplaats waar we op Bazyli wachtten, was er iets vreemds in zijn houding, een merkwaardig soort stijfheid. Hij vroeg of ik een sigaret voor hem had en ik gaf hem er een, en toen pas begreep ik waarom hij zijn handen de hele weg plat op zijn knieën had gehouden: ze waren gewond, er zat op twee plaatsen geronnen bloed op. Ik wreef erover met een zakdoek, maar zonder water lukte het niet om het bloed weg te krijgen. Bern spuugde erop. Hij gaf me zijn handen met een meegaandheid die niet bij hem paste, ze waren... slap. Ik vroeg of ik hem pijn deed, hij antwoordde dat ik me geen zorgen hoefde te maken. Ik veegde het bloed eerst van de ene en toen van de andere hand, er zat geen wond onder. Ik keek hem aan, maar hij vertrok geen spier, hij wachtte zonder iets te zeggen tot de informatie van zijn ogen naar de mijne zou filteren. Dus dat was er gebeurd. Dat hadden ze dus gedaan. Ik stak ook een sigaret op en daar stonden we, midden op de parkeerplaats, zonder dat er nog iets te zeggen viel. Danco lag languit op de grond. Hij was het die uitlegde dat het een ongeluk was geweest: "Ze vielen ons aan."'

Meteen nadat Giuliana het over de sigaret had gehad die ze die cruciale nacht op de parkeerplaats had opgestoken, ging haar hand naar de zak van haar windjack en haalde ze er een pakje sigaretten uit. Daarna pakte ze de sigarettenaansteker van de auto en bracht het gloeiende puntje met een trefzeker gebaar naar de punt van haar sigaret. Pas nadat ze de eerste rook uit haar neusgaten had geblazen, vroeg ze of ik er last van had op dat uur van de dag.

'Nee, hoor,' zei ik. Ze draaide haar raampje een handbreed omlaag en blies de rook vanaf dat moment door de kier naar buiten.

'Bazyli was niet verbaasd om ons te zien,' ging ze verder, 'en vroeg niks. Hij noemde alleen de plaats waar hij ons zou afzetten. Er was een bedrag afgesproken, tweehonderd euro per persoon, en hij wilde dat we hem het geld meteen gaven. We hadden allemaal geld in onze zak gestoken voordat we naar het Relais gingen, omdat we niet konden weten hoe het zou lopen. We gaven het dus aan Bazyli, hij stopte het opgerold in de zak van zijn spijkerbroek en wees toen in welke auto's we de reis zouden maken, één persoon per auto, want we moesten blijven liggen en mochten onder geen beding ons hoofd optillen. Dit alles werd ons uitgelegd in een Italiaans dat alleen uit zelfstandig naamwoorden en hele werkwoorden bestond, ook hoe we op de rijplaten op de bovenste verdieping van de meerlader moesten klimmen, want bovenop was het veiliger. Het waren allemaal Citroëns, ik kreeg een witte toegewezen. Ik zag dat Danco en Bern in die van hen stapten, we zeiden elkaar niet gedag en wensten elkaar niet goede reis, we wisselden zelfs geen blik. De stoelen waren afgedekt met plastic, ik ging erop liggen, en nog voordat de meerlader piepend in beweging kwam, was ik al in slaap.

Ik werd wakker van de kou, het was een uur of twee, drie later, de lucht was in elk geval licht, compact wit. Het was ijskoud in de auto. Ik trok mijn knieën op en probeerde het plastic om me heen te wikkelen, maar dat hielp niks. Bazyli had gemompeld dat de reis ongeveer zestien uur zou duren, en dat zou ik nooit redden met die kou. Bovendien moest ik plassen. Door de kou en door de spanning werd de hoge nood nog erger, denk ik. Ik hield het bijna een uur vol, maar op het laatst redde ik het niet meer. Bazyli had het niet over stoppen gehad, hij had ons niet zijn telefoonnummer gegeven, en trouwens, Danco had onze simkaarten in beslag genomen, zodat we niet in de verleiding konden komen om ons mobieltje te gebruiken. Het enige wat ik kon doen was me tussen de twee voorstoelen wringen en toeteren, minutenlang toeteren; mijn benen trilden nu van de inspanning om mijn plas in te houden. Eindelijk merkte ik dat we naar de kant gingen en stopten, maar het duurde nog behoorlijk lang voordat Bazyli het portier opende. "Wat doe jij nou, verdomme?" snauwde hij. Ik legde uit dat ik heel nodig naar de wc moest, en toen hielp hij me naar beneden. Hij zei dat ik op moest schieten.

Buiten de wc kwam ik Danco tegen, maar we deden net alsof we elkaar niet kenden. Raar, dat hadden we niet van tevoren bedacht, we hadden er niets over afgesproken, maar het leek wel of we het instinctief wisten. Ik maakte hem duidelijk dat ik het koud had en toen ging hij in het benzinestation op zoek naar iets waar ik me warm mee kon houden, maar er waren alleen idiote kinderregenjasjes met superhelden erop. Hij pakte er twee van het schap. Ik had geen geld meer. Vlak bij de uitgang pakte ik een pak koekjes en legde het weer terug. Danco begreep opnieuw wat ik bedoelde en kocht de koekjes en een pak crackers. We gingen een voor een naar buiten.

Toen we de hoek om liepen om naar de vrachtwagenparkeerplaats terug te gaan, zagen we Bazyli met twee politieagenten praten. Hij stond met handen en voeten iets uit te leggen. Ik werd zo bang dat ik bevroor, totdat ik voelde dat Danco mijn arm vastpakte en me naar achteren trok. Zo bleven we, bijna zonder adem te halen, staan met onze rug tegen de muur van waarachter de politieagenten elk moment tevoorschijn konden komen. Bern was niet uit zijn schuilplaats gekomen. Misschien hadden ze hem al gevonden. Ik zei tegen Danco dat we hem moesten smeren, de vangrail over en daarna de velden in. Hij antwoordde dat er geen sprake van was dat we Bern achterlieten. Toen we om de hoek van de muur keken, was er geen spoor meer van de politiemannen te bekennen. Bazyli stond naast de truck te wachten. "Wat wilden die lui?" vroeg ik, maar hij gebaarde dat we zo snel mogelijk naar onze plek terug moesten. Hij gaf me een lege plastic fles en zei: "Volgende keer hierin." Toen wees hij naar de pakjes eten die ik in mijn hand had en maakte met een niet mis te verstaan gebaar duidelijk dat hij me zou wurgen als ik kruimels zou morsen in de auto. Volgens mij meende hij het. We hadden geen betere hulp kunnen vinden: niemand leek zich minder in het lot van bomen, van ons of van wat dan ook op deze aarde te interesseren dan hij. Maar geld interesseerde hem wel.'

Giuliana drukte haar peuk uit in de asbak tussen ons in. Er lagen er meer, er kwam een penetrante geur vanaf. Waarschijnlijk zag ze mijn blik, want ze zei: 'Tien jaar voordat die afgebroken zijn, ik weet het. En op dit eiland kosten sigaretten een godsvermogen. Maar het is nu niet het moment om te stoppen.'

Ze deed het klepje van de asbak dicht.

'Heb je een kauwgompje?'

'Nee.'

Ze kneep voortdurend haar ogen dicht, een tic die ze, voor zover ik me herinnerde, eerst niet had. Om een vrachtwagen te ontwijken die van de andere kant kwam, ging ze te ver naar rechts, de wielen kwamen op de onverharde rand van de weg, er schoot een kiezel tegen de voorruit.

'Weet je hoe lang het duurt voordat kauwgom afbreekt?'

'Nee.'

'Vijf jaar. En alkalische batterijen?'

'Geen idee.'

'Gok eens wat.'

'Zullen we even ophouden met die raadsels?'

Giuliana haalde haar schouders op. 'Dat spelletje speelden we in Freiberg. Een van de vele manieren om de tijd te doden.'

'In Freiberg?'

'Bij de vader van Bern. Daar zaten we. Hij stuurde een vriend van hem om ons op te halen van de plek waar Bazyli ons had afgezet, en ons naar een garage van hem te brengen.'

'Bern heeft zijn vader niet meer gezien sinds hij klein was,' zei ik.

Giuliana draaide haar hoofd heel even naar me toe.

'Nou, misschien niet gezien, maar in ieder geval wel gesproken. Anders had hij zijn telefoonnummer niet uit zijn hoofd gekend. Misschien had hij het er liever niet over. Bern kan erg gereserveerd zijn over sommige dingen, of... gereserveerd, zeg maar liever potdicht. Ik kan me voorstellen dat zijn vader in die categorie valt, en daar kan ik hem geen ongelijk in geven.'

Ze schiep er duidelijk genoegen in om zo over Bern te praten en te suggereren dat zij hem inmiddels veel beter kende dan ik, maar toch kon ik niet nalaten te vragen waarom.

'Hij is niet bepaald de ideale buurman, laten we het zo maar zeggen. Hij houdt zich vooral bezig met de verkoop van kunstwerken van nogal twijfelachtige herkomst.'

'Gestolen?'

Giuliana bracht haar duim naar haar mond en beet in het vel naast haar nagel.

'Ik weet zeker dat hij ze namens iemand anders verpatst, anders zou hij veel rijker zijn. Maar hij heeft een magazijn vol, vooral beeldjes, Afrikaanse en precolumbiaanse kunst. Maskers, vazen, beeldjes en zo. Allemaal in die garage gestouwd, waar om een of andere reden ook een badkamer is en een klein ijskastje, zo eentje als in een hotel. En een internetverbinding. Hij moet er langere periodes gebivakkeerd hebben. Hoe dan ook, daar heeft hij ons ondergebracht. Acht maanden lang.'

Toen ik Bern, voordat we trouwden, had gevraagd of hij niet wilde uitzoeken waar zijn vader zat om hem voor de bruiloft uit te nodigen – een suggestie die me ontzettend veel moeite kostte vanwege de barrières die hij opwierp als het over dat deel van zijn verleden ging – had hij me ongelovig aangekeken en zijn hoofd geschud, alsof het een absurd idee was.

Maar zijn vader was dus al die tijd in dezelfde stad gebleven, in Freiberg, en hij belde met hem. Wanneer deed hij dat dan? Als we niet samen waren? Als hij in zijn eentje de olijfgaard in liep, alsof de natuur hem riep en hij geen weerstand kon bieden?

'Onze Duitse periode,' grinnikte Giuliana. 'Freiberg. Hoewel we niet veel hebben gezien van de stad. Soms gingen we om de beurt naar buiten, maar we moesten erg voorzichtig zijn. De Duitser wilde het niet.'

De Duitser. De grafrover. Ik werd overvallen door een diepe droefenis. Giuliana merkte het niet.

'Danco voelde zich daar niet op zijn gemak. Hij zat met die kunstwerken in zijn maag. Die spullen hoorden in een museum. Door daar te blijven zitten, werden we medeplichtig, zei hij. Alsof dat ons echte probleem was. Maar ja, hij was niet helemaal helder in zijn hoofd. Hij werd midden in de nacht stikbenauwd wakker, gooide de lakens van zich af zodat we alle drie bloot kwamen te liggen, en ging dan happend naar adem door de garage lopen. Op de universiteit gebeurde hem ook wel eens zoiets, paniekaanvallen voor de examens, maar dat was niets vergeleken met dit.'

'Sliepen jullie met z'n drieën?' Dat onbetekenende detail was bij mij blijven hangen.

'Er was maar één bed,' zei Giuliana koeltjes.

'Danco zei dat hij hem niet heeft doodgemaakt.'

Nadat ik die woorden had uitgesproken begonnen mijn wangen te tintelen, en toen veranderde het tintelen in gloeien en breidde zich uit naar mijn hals en armen.

'Heb je zijn advocaat gezien?' zei Giuliana. 'Die heeft pappie ingehuurd. Viglione senior kon niet wachten tot hij zich nuttig kon maken. Danco heeft altijd geweten dat hij rugdekking had. Maar ik neem aan dat het voor iedereen zo werkt: uiteindelijk kom je uit waar je begonnen bent. Wat voor mij nogal een probleem is.'

Ze lachte sarcastisch. Ik herinnerde me wat ze allemaal vertelde als Corinne en zij een wedstrijdje deden wie van hen tweeën de slechtste jeugd had gehad. Dat liet me nu allemaal siberisch, sterker nog, ik kon het niet uitstaan dat ik zo meegaand was geweest, altijd de wijze toehoorder van hun zelfbeklag.

'Hij loog, toch?' zei ik.

Giuliana strekte haar vingers en legde ze toen weer om het stuur.

'Wie zal het zeggen...'

'Jij! Jij was erbij. En daarna was je ook nog een hele tijd met hen samen.'

'Sorry, ik kan je niet helpen op dit punt. Ik snap dat je het belangrijk vindt, maar voor mij is dat niet zo.'

Ik zag nu iets van spanning in haar lichaam, alsof ze verwachtte dat het knokken zou worden. Of verwachtte ik dat?

'Niet belangrijk? Bedoel je dat je hem nooit hebt gevraagd wat er echt is gebeurd?'

Giuliana schudde haar hoofd. Haar blik bleef op de weg gericht. Misschien helde ik iets naar haar over.

'Jullie hebben acht maanden in een garage gewoond, jullie hebben al die tijd met z'n drieën in één bed geslapen en jullie hebben het nooit over die nacht gehad?'

'Het was toch al gebeurd. Wat konden we eraan veranderen? Moesten we dan eerlijk de schuld tussen ons drieën gaan zitten verdelen? We waren met z'n allen bij het Relais. Wij en nog dertig anderen. Het had iedereen kunnen overkomen.'

'Dat kun je niet menen!'

'Wind je niet zo op, Teresa.'

'Er is iemand dood! Iemand die ik kende!'

'Ja, dat vertelde Bern. Jij en die politieman hadden iets met elkaar.'

'Heb je nou wel of niet aan Danco gevraagd hoe het is gegaan bij het Relais? Heb je het nou aan Bern gevraagd of niet?'

Giuliana streek verstrooid over haar haar, of wat er nog van over was. Ze leek zich erover te verbazen dat het niet meer lang was, zoals vroeger.

'Hier gaan we stoppen,' zei ze en nam de afslag. 'We moeten tanken. Ik hoop dat je nog contant geld hebt.'

Binnen in het benzinestation gingen we ieder een andere kant op. Er was geen echte bar, alleen een hoek waarin grote thermoskannen koffie stonden met een toren kartonnen bekertjes ernaast. Op een bord stond wat je aan de kassa moest betalen. Als iemand koffie had gedronken en zonder betalen was weggelopen, zou niemand het gemerkt hebben, maar zo werkte het waarschijnlijk niet op het eiland.

Ik liep een poosje rond tussen de schappen, dezelfde souvenirs die ik de dagen erna overal tegenkwam, maar die op dat moment nieuw voor me waren: knuffels in de vorm van een zeehond, dikke wollen truien met de bekende patronen, mutsen met Vikinghorens en miniatuurtrollen.

Aan een van de wanden hing een grote, enigszins vergeelde kaart van IJsland. Op kleine plaatjes werden de toeristische attracties uitgelicht: geisers, vulkanen, watervallen, allemaal namen waar je je tong over brak. Op een van de foto's meende ik de ijsbergen in zee te herkennen waarover het meisje van het reisbureau het aan de telefoon had gehad. Ik vond het om de een of andere reden jammer dat ik ze niet zou zien.

'We zijn bijna in Blönduós,' zei Giuliana. Ze had twee bekertjes koffie in haar handen en gaf me er eentje. Ze zette haar vinger op de kaart. 'We rijden op deze weg. Die ligt als een ring rondom het eiland. En we moeten hiernaartoe.'

Een meer in het noorden, bijna in het midden.

'Mývatn,' las ik.

Giuliana verbeterde mijn uitspraak en legde toen uit hoe woorden in het IJslands werden gevormd. Plotseling besefte ik hoe absurd het was dat ik daar in die winkel stond, op die godverlaten plek op aarde, met iemand die inmiddels een volkomen vreemde voor me was, tussen de koelkastmagneten die een aandenken waren aan de vulkaanuitbarsting die een paar jaar daarvoor half Europa onder een laag as had bedekt. En toch, dat ik daar met Giuliana op weg was naar een bestemming die ik niet eens correct kon uitspreken, betekende wel dat ik voor het eerst in lange tijd weer eens wat meemaakte.

'Waarom juist daar?' vroeg ik.

'We zochten een plek die nog niet door de mens was aangetast. Die nog ongerept was.'

'En hebben jullie die gevonden?'

Giuliana draaide zich met een ruk om, met haar rug naar de kaart en naar mij.

'Die heeft hij gevonden, ja. Kom, we gaan.'

We reden een tijdje in stilte door. Ik staarde naar een wolkenpartij rechts van me, hoog en bol als een kernexplosie, roerloos aan de hemel. Ook de wolken hadden iets vreemds. Hoe we ook doorreden, de wolkenpartij verplaatste zich niet ten opzichte van ons, we konden er niet dichterbij komen, we konden er niet omheen rijden, we konden haar niet vermijden. Toen zei Giuliana: 'Het was een wankel evenwicht. Probeer dat te begrijpen. Geen van ons had ooit zo'n situatie meegemaakt of zelfs maar kunnen bedenken.'

Ze slaakte een diepe zucht. Ze raakte per ongeluk de ruitenwissers aan, die piepend over de droge voorruit veegden. Ze leek even van haar à propos.

'Een week na onze aankomst kwam de Duitser ons opzoeken. Ook als hij geen mond open had gedaan, zou ik geweten hebben dat hij het was. Hij stond tegenover Bern en de gelijkenis was verbazingwekkend, behalve dan qua kleur, want het haar van de Duitser was bijna helemaal grijs en hij had lichte ogen. Hij spreidde zijn armen en Bern liep op hem af, hij werd als door een magneet naar hem toegezogen en liet zich helemaal gaan. Ik weet niet waarom ik dat gebaar zo ontroerend vond, we waren van slag, we waren de hele week nog niet buiten geweest, we waren afgesneden van de buitenwereld, zaten in het luchtledige, er was alleen iemand die ons eten bracht en die geen woord tegen ons zei. En nu stond daar ineens Berns vader en liet hij zich als een kind in de armen nemen.

De Duitser gaf Danco en mij een hand. Hij vroeg of we ons verveelden. Het was niet eens in ons opgekomen dat we ons konden vervelen. Toen vroeg hij of we de computer hadden gebruikt, maar dat was ook niet in ons opgekomen. Daarna ging hij aan het bureau zitten en legde ons uit dat we rustig het internet op konden. Hij had een firewall als die van het Pentagon, en bovendien een niet te traceren ip-adres. Wat hij niet uitlegde, was dat al die maatregelen te maken hadden met zijn illegale kunsthandel, maar dat hadden we uit onszelf al begrepen, tenminste, dat had ik begrepen en Danco geloof ik ook, maar Bern was waarschijnlijk nog steeds gewoon in de war. De Duitser ging achter de computer zitten, ik stond achter hem, Bern achter mij en daarachter Danco, die nog afstand wilde houden maar wel nieuwsgierig was. Na dagenlang nietsdoen was dat ons eerste verzetje.

De Duitser vroeg of een van ons tor kende. Ik wel, want op de universiteit werd het door aardig wat mensen gebruikt, vooral om wiet te kopen. Het waren de jaren dat je heel populair kon worden met hacken.

"Ga dan maar op mijn stoel zitten," zei hij. "Ik vrees dat jullie iets moeten veranderen, als jullie tenminste niet tot in lengte van dagen hier opgesloten willen blijven zitten. We kunnen jullie niet verbouwen, maar we kunnen wel een nieuwe identiteit voor jullie regelen." Hij stond op en ik ging achter de computer zitten. Het was een vrij simpele procedure. We hoefden alleen maar een foto te maken en te uploaden, en dan zouden we binnen een paar weken drie splinternieuwe paspoorten opgestuurd krijgen, we konden kiezen welke nationaliteit we wilden, maar de Duitser had een advies voor ons: als we niet vloeiend een andere taal spraken, was het beter om Italiaan te blijven. Hij had een camera meegenomen. De documenten zouden naar een postbus worden gestuurd waar hij al zijn post ontving. Hij straalde een ongelooflijke kalmte uit terwijl hij dit allemaal zei, hij leek er bijna lol in te hebben. Hij bleef nog een tijdje hangen. Hij vertelde op welke manier hij een echtheids-

392

verklaring voor de beelden regelde en ze daarna online verkocht. Een ingewikkelde procedure waar hij blijkbaar trots op was. Toen beloofde hij dat hij zo snel mogelijk terug zou komen. Voordat hij wegging, woelde hij door Berns haar, zoals iedere vader bij zijn zoon zou doen.

Bern stelde voor om dezelfde achternaam te kiezen, alsof we alle drie dezelfde ouders hadden. We bespraken die mogelijkheid, maar het leek me geen goed idee, het zou meer risico met zich meebrengen. Daarna hadden we het over waar we heen zouden gaan zodra we de paspoorten hadden. Buiten Europa, dat was duidelijk. Bern en ik stelden allerlei bestemmingen voor, die we op Google Earth verkenden, en elke avond waren we ervan overtuigd dat we de ideale plek gevonden hadden: Cuba, Ecuador, Laos, Singapore, maar de volgende ochtend begon de discussie van voren af aan. Danco was al afgehaakt. Hij bleef maar zeuren dat die valse paspoorten een stomme zet waren. Welke criminele organisaties vroegen we daarmee impliciet om hulp? Hij bleef koppig vasthouden aan zijn strikte morele principes. Hij wilde niet inzien wat Bern en ik allang wisten: dat we dat stadium waren gepasseerd. En vanuit dat standpunt was de moraal die Danco hoog wilde houden gewoon bekrompen.'

Giuliana reikte met haar arm naar de achterbank, waar haar tas stond. Ze rommelde erin maar vond niet wat ze zocht, dus pakte ze hem en zette hem op haar schoot.

'Kijk,' zei ze en gaf me een paspoort.

Het was haar gezicht, onder het glimmende plastic, ze had al stekeltjes. Ernaast stond haar nieuwe naam: Caterina Barresi.

'Als we er zijn, noem me dan alsjeblieft zo,' zei ze, met een serieuze ondertoon.

'Welke naam heeft hij gekozen?'

'Tomat, een naam die je meteen herkent als Friulaans, en je kunt alles van Berns accent zeggen, behalve dat het Friulaans klinkt.

Maar hij wilde per se zijn doopnaam houden, dus moest hij de enige Bernardo kiezen die beschikbaar was. Voor Danco was het nog ingewikkelder. We moesten stiekem een foto van hem nemen, het duurde dagen voordat we er een hadden die ermee door kon. Zijn relatie met Bern was steeds slechter geworden, inmiddels praatte hij niet meer tegen hem. Het valt niet mee om met zijn drieën in een garage te wonen als er twee niet met elkaar praten. In zijn hart hield Danco hem verantwoordelijk voor alles wat er was gebeurd.'

We waren aan het uiteinde van een fjord. Voor de rotskust stonden twee precies dezelfde huizen met een schuin dak, op grote afstand van de rest.

'Al vóór het Relais lagen ze met elkaar overhoop. Danco wilde niet dat we wapens gingen gebruiken. Dat was tegen alles waar hij ooit in had geloofd, zei hij, en dat was ook zo, ik wist dat het zo was. Maar het was ook tegen alles waar ik in had geloofd, net als Bern trouwens, en alle anderen van het actiekamp. Wat konden wij eraan doen dat we ze nu toch moesten gebruiken? Om een hoger doel te bereiken moet je verder gaan dan je goedvindt. De nieuwe orde ontstaat na een fase van wanorde, bracht Bern ons aan het verstand, maar Danco moest er niets van hebben.'

Ik moest weer denken aan de dag dat hij zich bij de masseria had gemeld met een lijst spullen die hij mee wilde nemen, de vastberadenheid in zijn blik, een onaangenaam soort vastberadenheid die ik niet thuis kon brengen.

'Maar op een dag, in het actiekamp in Oria, nam Bern hem mee naar de gevelde olijfbomen en praatte hem om.'

Giuliana draaide het raampje omlaag, stak een arm naar buiten zodat de koude wind ertegenaan sloeg, en boog toen opzij om de wind ook op haar gezicht te voelen.

'Tenminste, dat leek zo,' schamperde ze toen. 'Kun jij even rijden?'

Daar had ik absoluut geen zin in. Ik was nog steeds slaperig, en de zurige sandwich en smerige koffie die we net hadden gedronken kwamen daar nog eens bij. Ik wist dat ik niet zo hard op die weg zou durven rijden als Giuliana, bij elke bocht leek het of je eruit vloog.

'Een halfuur is genoeg. Even mijn ogen dichtdoen,' drong ze aan.

We ruilden van plaats. Voordat ze weer instapte, boog Giuliana voorover, pakte haar enkels vast en bleef ongeveer twintig seconden zo staan, haar spieren gespannen onder haar spijkerbroek. Ze was zo lenig als een balletdanseres. Toen deed ze nog een reeks oefeningen, het leken wel vechtsportbewegingen.

De eerste kilometers hield ze haar ogen gesloten en haar hoofd rechtop, als een standbeeld, maar ze sliep niet, dat wist ik. Toen ze haar ogen weer opendeed, zei ze: 'Ik mis de olijfbomen. Ik mis bijna alles. Vooral de warmte. De zomer heeft hier amper een maand geduurd. Dat komt door de opwarming van de aarde. Het water van de Golfstroom is afgekoeld door het smeltijs van Groenland. Terwijl de rest van de wereld wegsmelt in de zon, zitten wij ook in augustus in de vrieskou.'

'Ik ben in het actiekamp geweest,' zei ik, misschien om haar te troosten, of juist het tegenovergestelde, om haar nog meer heimwee te bezorgen.

'Dat weet ik.'

'Weet je dat al?'

'Daniele vertelde het.'

'Heb je Daniele gesproken?'

Giuliana wierp me een blik toe. 'Ik spreek hem bijna elke dag. Hoe zou hij anders bij jou terecht zijn gekomen?'

En toen sloeg haar stemming voor de zoveelste keer om. Ze zei ineens veel vriendelijker: 'We hebben de communicatie een paar maanden na aankomst in Freiberg weer opgepakt. Dat was helemaal niet zo makkelijk. Mijn digitale vaardigheden waren misschien een tikje vastgeroest, die van Daniele waren belabberd. Het probleem was dat ik mijn eerste bericht aan hem moest sturen zonder dat ik traceerbaar was. Toen dacht ik opeens aan Amazon. Daniele had huisarrest, dus het was heel aannemelijk dat hij spullen bestelde via internet. Toen heb ik hem een elektrische tandenborstel laten bestellen, daar hadden we een tijdje ervoor grappen over gemaakt. Hij had me verteld dat zijn moeder erop stond dat hij altijd zo'n ding bij zich had, ook in het actiekamp, hij liep in the middle of nowhere met zo'n zoemend ding rond. Het heeft me heel wat tijd gekost om zijn computer en zijn creditcard te hacken. Maar toen hij die elektrische tandenborstel ontving, snapte hij het. Ik heb hem een heleboel mailtjes met instructies gestuurd die iedereen voor spam zou aanzien. Binnen een paar dagen hadden we een veilig netwerk om elkaar rechtstreeks te mailen.'

Ze zette een voet op het dashboard en zakte onderuit op haar stoel.

'Ik weet niet eens waarom ik je dit vertel. Je zou terug naar Italië kunnen gaan en ermee naar de politie kunnen stappen.'

'Bern heeft het met mij ook zo aangepakt,' zei ik. 'Hij heeft me iets voor de bomen gestuurd en een boek.'

'Dat hebben Bern en ik samen gedaan,' nuanceerde Giuliana, met een ironische blik. 'Sterker nog, die kunstmest hebben Bern, Danco en ik met z'n drieën gestuurd. Bern kan de computer zonder hulp niet eens aanzetten.'

'Waarom hebben jullie Daniele dan niet tegen mij laten zeggen waar jullie zaten, als je al contact met hem had?'

'Hè, verdorie, dat ik daar nou niet aan heb gedacht!'

Ze begon te lachen.

'Nou? Waarom niet?'

'Dat wilde hij niet. Daniele. Hij heeft je een tijdje geobserveerd en toen besloten dat je niet betrouwbaar was.'

Hij had me geobserveerd. Hij was met me naar bed geweest.

'Konden jullie me zien?' vroeg ik steeds nerveuzer.

'Als je beeldscherm aanstond wel. Volgens mij heb je een slipje van mij.'

Toen barstte ze weer in lachen uit, het klonk een beetje geforceerd en gemeen. Ik minderde vaart en stopte de jeep op een inham met kiezels.

'Wat doe je nou?'

Ik stapte uit en liep de hei op. Het eiland was verder kaal, vóór me was niets te zien, absolute leegte, ik had eindeloos ver kunnen lopen zonder ook maar iets tegen te komen. Ik hoorde het portier dichtslaan.

Giuliana schreeuwde: 'Hé, kom terug! Sorry, ik wilde je niet kwetsen. Kom terug!'

Maar ik liep door. De aarde tussen de struikjes was donker, bijna zwart. Giuliana had het kennelijk op een rennen gezet, ze dook ineens naast me op, en toen voor me, om me de pas af te snijden.

'We moeten nog een heel eind rijden. Als we nu tijd verliezen, moeten we tot morgen wachten. En morgen kan het te laat zijn.'

'Te laat waarvoor?'

Ik liep gewoon door, zodat zij wel achteruit moest lopen.

'Dat zie je nog wel. Kom, ga nu mee.'

'Waar is Bern? Ik stap niet in voordat je me vertelt waar hij is.'

'Dat zie je nog wel, zei ik.'

Ik gilde: 'Waar is hij, verdomme?!'

'In een grot.'

'Een grot?'

'Hij kan er niet meer uit. En hij houdt het waarschijnlijk niet zo lang meer vol.'

Toen bleef ik staan. Ook Giuliana bleef staan. De wind kwam van opzij, niet in vlagen zoals de noordenwind in Speziale, nee, deze was gelijkmatig.

Ik was eigenlijk niet zo verbaasd. Bern in een grot, dat kon heel goed. Ik had door de jaren heen al zoveel vreemde dingen met hem meegemaakt. Hij had in een ingestorte toren gewoond, in een huis zonder elektriciteit, in een boom. Ik vroeg alleen: 'Hoe lang al?'

'Bijna een week.'

'En hij kan er niet uit?'

'Nee, hij kan er niet uit.'

Die hardnekkige, onstuimige wind, de heidestruikjes die vastgeklampt aan de stenen stonden te sidderen. Giuliana pakte de rand van mijn jack vast.

Ik liet me meetrekken, terug naar de jeep. Zij ging weer achter het stuur zitten en ik protesteerde niet. Ik kroop helemaal naar het uiterste randje van de stoel, zo ver mogelijk van haar vandaan, maar we reden niet lang. Ze parkeerde voor een gebouw dat iets groter was dan de andere, boven op een heuvel.

'Hier kunnen we iets behoorlijks eten,' zei ze. 'Volgens mij kunnen we dat wel gebruiken.'

Binnen brandde een open haard. Aan de wanden hingen dierenkoppen van stof, alsof dat hele berghutteninterieur een parodie was, niemand zou het immers in zijn hoofd halen om echte dieren op te zetten. We gingen in een hoek zitten, ik met mijn rug naar het raam. De vermoeidheid had van al mijn ledematen bezit genomen. Toen ze ons de menukaarten brachten, kon ik het niet opbrengen om de mijne door te kijken. Dat leek een veel te doelbewuste, normale handeling. Ik werd verlamd door een vraag die ik niet stelde, die niet gesteld kon worden: als hij er niet uit kan, wat gaat er dan met hem gebeuren?

Giuliana bestelde voor mij. Het leek of ze haar kenden. Maar waarschijnlijk kenden ze Caterina, niet haar. Het meisje dat ons bediende, met haar serene gezichtje en serene gebaren, bracht ons twee borden witte, romige soep. Er dreven donkere stukjes aan de oppervlakte.

'Champignonsoep,' zei Giuliana, 'ik hoop dat je hem lekker vindt.'

Ik moet wel erg bleek zijn geweest, of misschien leek het of er echt iets ergs met me was, iets om je zorgen over te maken, want zoveel aandacht had ze me nog nooit gegeven. Of zij mijn handen naar het bestek geleidde of dat ik het uit mezelf pakte, ik kan het me niet meer herinneren, maar ik at mijn soep op, lepel voor lepel, de harde stukjes paddenstoel knarsten tussen mijn tanden, smakeloos als piepschuim.

Daarna voelde ik me iets beter, maar van de zalm die werd opgediend nam ik geen hap. Alleen al bij het zien ervan werd ik kotsmisselijk. Ik rende naar de wc en gooide alles eruit.

Ik bleef een hele tijd voor de spiegel staan kijken naar een gezicht dat ik niet herkende, mijn wangen rood van de warmte in het restaurant, of van de kou buiten, of van ontreddering. Toen ik terugging naar Giuliana was de tafel al afgeruimd. Ze vroeg of ik me beter voelde, ik antwoordde niet.

Ze gebaarde naar het meisje, dat een paar minuten later met de rekening kwam. Zoals elke keer wachtte ze tot ik mijn portemonnee pakte en de lunch voor ons allebei betaalde. Toen ik het wisselgeld in IJslandse kronen van het schoteltje wilde pakken, hield ze mijn hand tegen.

'Laat liggen, dat is fooi.'

Het was gaan regenen. Fijne, lichte druppels. Toen ik naar mijn mouw keek, zag ik dat het geen regen was maar natte sneeuw. Eind augustus. Ik herinnerde me hoe Bern, in Kiev, naar de rotonde op de parkeerplaats was gelopen waar een bevroren hoop sneeuw lag en er zijn hand op had gelegd, de verbazing in zijn blik.

'Waarom hebben jullie me die spullen gestuurd?' vroeg ik. 'Dat bestrijdingsmiddel, dat boek. Waarom? Jullie vertrouwden me toch niet?'

'Dat wilde Bern per se. Je zag er zo zielig uit, hij maakte zich zorgen om je. En om die boom. Je kreeg alleen maar onzin te horen op die forums waar je vroeg hoe je hem moest behandelen. Danco heeft dat bestrijdingsmiddel uiteraard gevonden. Het was een van de weinige keren dat hij achter het toetsenbord kroop en met ons meedeed. Hij zei bijna geen woord meer tegen ons. 's Nachts had hij vreselijke nachtmerries, of hij sliep helemaal niet. Ik had de Duitser gevraagd of hij slaappillen mee wilde nemen en die verkruimelde ik dan soms in zijn eten. Ik schaam me een beetje als ik eraan terugdenk, maar ik deed het voor hem. Ik was echt bang dat hij gek werd.'

'Dus Daniele wist waar jullie zaten.' Ik kon die gedachte niet uit mijn hoofd zetten.

'We snakten ernaar om iets te doen. We hadden inmiddels onze paspoorten, onze nieuwe, onbesmette identiteit. Daniele stuurde ons foto's van het park van het Relais dei Saraceni, althans, wat eerst een park was. Kraters in plaats van olijfbomen. De eerste weken hadden ze het nog wel eens over ons, we werden gezocht, we voelden dat er van alles om ons heen gebeurde, maar toen het eenmaal herfst werd, verdroegen we ons monotone bestaan niet langer. Wij zitten hier te vervetten terwijl ze daar alles kapotmaken.'

Ze slaakte een zucht, alsof ze het verhaal al duizend keer had verteld en geen zin had om het nog een keer te vertellen.

'Op een dag heb ik de computer van Nacci gehackt. Precies zoals ik met Daniele en jou had gedaan. Ik was er goed in geworden, en zijn wachtwoord was zo kinderlijk eenvoudig dat ik het bij de vijfde of zesde poging raadde. Wat ik daar aan smeerlapperij aantrof! En het belangrijkste: ik stuitte op zijn correspondentie met De Bartolomeo, die Europarlementariër. Het bewijs dat we van het begin af aan gelijk hadden, over de golfbaan en de rest. Als er nou eens iemand naar ons had geluisterd, dan zou alles wat er gebeurd is niet zijn gebeurd.'

Ineens maakte haar bereidheid om het hele verhaal te vertellen me razend.

'Waarom vind je het nou echt erg? Vind je het erg voor Nicola, dat hij vermoord is? Vind je het erg voor die olijfbomen? Of vind je het alleen erg voor jezelf?'

Voor het eerst keek Giuliana een beetje onzeker.

'De olijfbomen waren het belangrijkst,' mompelde ze.

'De olijfbomen? Denk je echt dat die olijfbomen belangrijker zijn dan iemand die vermoord is?'

'Op dat moment dacht ik dat. Dat dachten we allemaal, geloof ik. Misschien zagen we het verkeerd.'

Ja, jullie zagen het verkeerd, reken maar dat jullie het verkeerd zagen!

Maar dat zei ik niet. Wat ik wel zei, op dezelfde beschuldigende toon, was: 'Jullie hadden explosieven.'

Ze haalde haar schouders op, alsof het er niet meer toe deed. Ze zweeg een paar minuten voordat ze doorging. 'Het leek wel of Danco opleefde door dat gesnuffel in Nacci's zaken. Plotseling had hij weer het hoogste woord, hij fantaseerde over hoe we eindelijk de waarheid aan het licht zouden brengen. In werkelijkheid had hij al besloten om zich aan te geven, maar daar hadden we geen flauw idee van. Ik heb nog nooit iemand ontmoet die zich zo goed op de vlakte kan houden als Danco.'

Giuliana grabbelde in de zak van haar jack. Ze maakte een pakje kauwgom open en stopte er eentje in haar mond. Ze hield haar linkerarm gebogen tegen het raampje en haar hoofd tegen haar hand.

'Op een ochtend werden Bern en ik wakker en was hij er niet. Het was niet de bedoeling dat iemand zonder overleg met de anderen wegging, dat had de Duitser ons ook op het hart gedrukt, en bovendien was het op een verkeerd tijdstip, het was druk op straat omdat de mensen naar hun werk gingen. We bleven een paar uur op hem wachten en werden steeds nerveuzer. Toen hield Bern het niet meer en ging naar buiten om hem te zoeken. Toen hij terugkwam, zag hij er verschrikkelijk moe en hulpeloos uit. Hij wist wat er aan de hand was.

Daarna is er iets in hem veranderd. Ik weet niet precies waarom, maar ik denk omdat hij op de televisie zag hoe Danco zich geboeid naar het politiebureau liet afvoeren. Hij zei: "Ziet hij er niet vrij uit?" "Vrij?" zei ik, alsof ik niet begreep wat hij bedoelde. Maar het was waar. Danco leek vrij, met handboeien en al, vrijer dan wij die daar in die garage vastzaten.

Maar we hadden geen tijd om ons af te vragen hoe we ons voelden. We moesten zo snel mogelijk weg. Misschien had Danco de politie al verteld waar we ons schuilhielden. We pakten onze tassen in. Bern wilde de Duitser liever niet inlichten. Na die eerste keer dat ze elkaar omhelsden, hadden ze elkaar niet meer aangeraakt, je kon nergens aan zien dat ze vader en zoon waren. Hij schreef hem een afscheidsbriefje, bleef er een tijdje naar kijken en verfrommelde het toen. Hij kon zijn vader niet eens fatsoenlijk gedag zeggen, zo kapot was hij.'

Giuliana had zich laten gaan, ze was ineens heel zacht. De tranen stonden in haar ogen. En toen ik zag hoe aangedaan ze was, hoe ze werd meegesleept door die herinnering aan Bern en zijn vader, toen begreep ik het. Niet dat ik plotseling iets doorhad wat voordien totaal onzichtbaar of ondenkbaar was, maar meer zoals je een pluisje uit de lucht plukt nadat je het een tijdlang met je blik hebt gevolgd. Ik begreep iets wat ik al wist, maar nooit had willen toegeven. Ik wist het op het moment dat ik mijn man zocht tussen al die mensen die op het vliegveld stonden te wachten, en dat ik haar toen zag, niet hem.

Ik zei: 'Waarom heb je je haren zo kort geknipt?'

Ze maakte weer dat gebaar dat ze sinds de avond ervoor al vaker had gemaakt: ze greep naar haar haren die er niet meer waren.

'Weet ik niet.'

'Om minder herkenbaar te zijn?'

'Nee.' Maar ze corrigeerde zichzelf meteen: 'Misschien. Ik dacht... Ik wilde het liever zo.'

'Bern wilde het liever zo, toch?'

Ja, ik wist het lang voordat ik op dat verre, koude eiland landde. De vijandigheid waarmee Giuliana me op de masseria ontvangen had en die nooit echt minder was geworden, haar gestaar naar Bern, die vervelende gewoonte om aan het eind van de dag haar handen op zijn schouders te leggen en zijn sleutelbeenderen en hals te masseren, en dat hij dan zijn ogen dichtdeed; gewoon een aardig gebaar, niks meer, zei ik tegen mezelf, maar elke keer moest ik een klusje verzinnen om hen niet te hoeven zien, om niet die overgave op zijn gezicht te hoeven zien.

'Jullie hebben het met elkaar gedaan.'

En aangezien Giuliana weer niets zei, maar alleen woordeloos bevestigde wat ik zei, ging ik zelf verder. 'Ook eerder al, voordat ik op de masseria kwam wonen.'

'Wat doet het er nog toe?'

Ze pakte haar pakje sigaretten, trok er eentje uit, stak hem op. Haar handen trilden.

'En toen ik er was?'

'Hou op met dat paranoïde gedoe.'

Ik greep haar bij haar arm. Ik kneep zo hard ik kon. Ik was niet van plan haar pijn te doen, ik wilde alleen niet dat ze ontsnapte, alsof haar lichaam verbonden was met de waarheid die ze niet wilde vertellen. Giuliana's spieren spanden zich aan, maar ze probeerde niet los te komen.

'Ik heb er recht op om het te weten,' zei ik kalm.

'Twee keer maar. In het begin.'

Ik liet haar arm los en ging achteroverzitten.

'En Danco dan?'

Giuliana haalde haar schouders op. Dat kon betekenen dat Danco haar koud liet, of dat Danco het wist. Dat de hele toestand, zijn onverhoedse verwijdering van Bern en misschien ook zijn arrestatie, met die wetenschap te maken had. Het was misgelopen tussen hen door toedoen van Giuliana. De olijfbomen, de explosieven, zelfs Nicola's dood: het had er allemaal mee te maken, maar ook weer niet.

Plotseling werd ik weer overvallen door dat vervreemdende gevoel van vroeger, dat voorwerpen van me af bewogen en steeds kleiner werden, behalve dan dat zij zich dit keer niet van mij af bewogen, maar dat ik in een razend tempo achteruitschoot, steeds verder een tunnel in die zich in mijn hoofd had geopend.

'Stoppen!' schreeuwde ik tegen Giuliana, maar ze reed door en ik had niet de tijd om het nog eens te zeggen: de eerste golf zuur kwam al uit mijn maag omhoog, ik hield hem tegen met mijn handen. Giuliana maakte een noodstop. Ik gooide het portier open en kotste de rest van de soep, al die giftige paddenstoelen, uit.

Ze gaf me een zakdoek, maar omdat ik hem niet aanpakte, legde ze hem op mijn knie. Ik gebruikte hem om mijn mond af te vegen. Toen liet ik me weer tegen de rugleuning zakken, met mijn ogen dicht, en langzaam werd mijn hartslag weer normaal. Ik knikte dat ze verder kon rijden.

Ik voelde de jeep de weg opgaan en snelheid maken, maar ik deed mijn ogen niet open, ik wilde niet zien dat alles zich nu voorgoed van mij had losgemaakt.

Een paar uur later kwamen we bij het meer aan. De hemel was opengebroken, je voelde nu de zomer. Er kwam dichte stoom uit een spleet in een kale berg. Ook daar rook het naar zwavel, nog sterker dan in het guesthouse.

We reden een poosje langs de oever, het meer glinsterde, hier en daar staken met gras begroeide eilandjes boven het water uit. Eindelijk een plek die herkenbaarder was, geruststellender dan al die verlaten, buitenaardse natuur waar we de uren daarvoor doorheen gereden waren.

Giuliana draaide een parkeerplaats op die schuin naar beneden liep. Ze zette de motor af.

'Daarbinnen zijn wc's.'

Ik voelde me slap, verdwaasd. Ik vroeg of we daar zouden blijven.

'We moeten van jeep wisselen. Met deze kunnen we niet bij de grot komen.'

De nieuwe jeep had idioot grote wielen, totaal uit verhouding, alsof iemand een grap had uitgehaald. Hij was van een bureau dat georganiseerde reizen aanbood, iets met *adventure* in de naam, of *outdoor*, dat weet ik niet meer. Maar ik weet nog wel dat er op één kant van de jeep een afbeelding stond van een groep mensen die aan het raften waren, lachende gezichten en opspattend schuim.

Giuliana stelde me voor aan onze gids, Jónas. Hij was hooguit vijfentwintig en liep ondanks de temperatuur rond in korte mouwen, zijn regenjack om zijn middel geknoopt. Ze praatten met elkaar in een snel, afgemeten Engels dat ik niet kon volgen. Toen vroeg Jónas me allerhartelijkst of ik handschoenen had en of de schoenen die ik droeg de enige waren die ik bij me had. Giuliana beantwoordde beide vragen: ik zou haar uitrusting gebruiken. Jónas hielp me de hoge treeplank van de jeep op, terwijl zij toekeek, en een ogenblik later waren we vertrokken.

We namen weer de weg langs het meer, maar nu in tegenovergestelde richting. We reden nog ongeveer een halfuur voorbij het punt waar we de weg waren opgegaan en toen sloeg Jónas rechts af een onverharde weg op, waar geen enkel bord stond. Giuliana en ik zaten achter elkaar. Er waren ongeveer twaalf zitplaatsen in de jeep, allemaal onbezet, op de onze na.

Ik keek naar het landschap, de weidsheid begon al te wennen. Ik stelde me voor hoe Bern zich voelde toen hij dat land voor het eerst zag, de verbazing die hem vast en zeker had overvallen, want hij had een uitzonderlijk vermogen zich te verbazen.

We zochten een plek die nog niet door de mens was aangetast. Die nog ongerept was.

Ik wilde Giuliana vragen om me daar meer over te vertellen, maar ik kon het niet aan om haar weer over Bern te horen praten, niet nu.

Na een paar kilometer werd de weg hobbeliger. Wat in het begin een muilezelpad was, was nu een amper zichtbaar bandenspoor geworden, dat waarschijnlijk afkomstig was van de abnormaal grote wielen van de jeep waar we nu in reden. In het midden groeide gras. Het deed me denken aan het weidepad van de masseria, maar dan verwaarloosder en gevaarlijker, zoals het er na een overstroming uit zou zien. Het zat vol kuilen en gaten en uitstekende stenen, de jeep veerde op en neer alsof hij op het punt stond om te kieperen.

Via het achteruitkijkspiegeltje gebaarde Jónas dat ik me moest vasthouden aan de rubberen lus die aan het plafond hing, en die pakte ik net voordat ik door een dieper gat uit mijn stoel omhoogschoot.

Een eindje verderop stopte hij, stapte uit en boog voorover om een van de banden te checken. Ik zag dat hij om de auto heen liep en de achterklep opende. Met de gereedschapskist liep hij weer terug naar het wiel.

'Hebben we een lekke band?' vroeg ik Giuliana. Gedachteloos draaide ik me naar haar om en keek haar aan, en daar had ik meteen spijt van, want door die simpele beweging leek het alsof ik de strijdbijl wilde begraven.

Maar ze keek me amper aan. 'Hij moet de bandenspanning verlagen om de grip te vergroten. Vanaf hier wordt de weg nog slechter.'

Toen Jónas alle banden had gehad, vertrokken we weer. Ik kon me niet voorstellen dat het pad nog slechter kon worden, maar ik had het mis. Het uur daarna moest ik me met één hand aan de lus vasthouden en met de andere aan de zitting van mijn stoel.

Het gehots kon maar gedeeltelijk het trillen maskeren dat van binnenuit kwam, de angst voor de plek waar we heen gingen. Nee, dat klopte niet: het was geen angst voor een plek, maar voor het feit dat ik Bern na al die tijd terug zou zien. Dat getril van mij – het leken wel stuiptrekkingen – ging, al was het vanbuiten vast niet te zien, gewoon door toen de hobbelige weg plotseling ophield en we over een zacht tapijt van donker zand reden, onder aan de helling die naar de krater van een vulkaan leidde. De hemel was nog vreemder dan elders, van een fletsblauw met allemaal witte strepen erdoorheen die elkaar in alle richtingen kruisten.

Jónas doorliep weer de hele procedure met de banden, maar nu omgekeerd. Ik zat naar de lage bomen te staren die aan de voet van de vulkaan groeiden en op rododendrons leken. Toen zag ik in de verte ineens een aanhangwagen, het enige spoor van menselijke aanwezigheid in die leegte.

In de wagen stonden, op houten schappen, allemaal laarzen, op maat gerangschikt. Aan de andere kant een kist vol veiligheidshelmen met modderspatten erop.

'We gaan onze schoenen ruilen,' zei Giuliana.

'Ik kan deze wel aanhouden.'

Ik kon, gezien de situatie, onmogelijk een gunst van haar aannemen. Maar door de bitsheid waarmee ze antwoordde, bukte ik en maakte de veters van mijn Adidas-schoenen los. Ik trok haar wandelschoenen aan.

'Kruis de veters van boven. Nog strakker,' beval ze, even stellig als daarnet.

Waarna Jónas me een paar laarzen gaf, een helm en wollen sokken die naar zweet stonken. Hij legde me uit dat ik dat allemaal aan moest trekken voordat ik de grot inging; het was een halfuur lopen om er te komen. Hij wees in de richting die we op zouden gaan.

'Lava camp,' zei hij met zijn gezicht naar de vlakte van grote rotsplaten die zich voor ons uitstrekte. Er liepen kleine canyons als aders door het terrein. De grot bevond zich daar ergens middenin. Bern bevond zich daar ergens middenin.

De tocht duurde langer dan gedacht. Misschien liep ik langzamer dan Jónas had verwacht, of we volgden een kronkelig traject, want zij leken ook alleen maar op hun intuïtie af te gaan: ze wisten precies waar ze heen wilden, maar hadden niet uitgestippeld hoe ze tussen de rotsen door zouden lopen.

Ik was moe, uitgeput zelfs, maar de spanning hield me overeind. Ik zette mijn voet verkeerd op een steen. Giuliana had de tegenwoordigheid van geest om me van achteren vast te pakken zodat ik niet struikelde, maar ik moest wel een paar minuten rust houden. Jónas hurkte voor me neer, zei dat ik mijn been op zijn knie moest leggen, maakte mijn schoen los en draaide mijn voet voorzichtig heen en weer. Hij vroeg of ik verder kon, om de grot in te gaan moest ik me goed kunnen bewegen. Mijn enkel deed pijn, maar ik zei ja, en daarna deed ik mijn best om niet te laten zien dat ik mank liep.

Bij de ingang van de grot stonden twee jongens. Ze hadden een tent opgezet en zaten aan een kampeertafeltje met twee thermosflessen erop. We werden vluchtig aan elkaar voorgesteld. Ze overlegden even met Giuliana over de vertraging, misschien moesten we niet gaan, zeiden ze, morgen was beter. Giuliana hield voet bij stuk. Ze werden het erover eens dat we binnen een uur weer buiten moesten staan.

Terwijl zij stonden te overleggen, liep ik naar de rand van de krater, die tientallen meters breed was, maar die je niet zag tot je bij de rand stond. Op de bodem doemde een glinsterend mostapijt op dat een hoop stenen bedekte, waarschijnlijk de resten van de verzakking waardoor de opening was ontstaan. Er hing een ijzeren trap aan een wand, er was alleen een touw om je aan vast te houden. Ik deed een stap naar voren om beter te kunnen kijken, maar ik werd duizelig en stapte weer naar achteren.

Van Jónas' raadgevingen kreeg ik bijna niets mee. Ik wilde even graag in die grot afdalen als me zo snel mogelijk uit de voeten maken, terug naar huis. Ik kreeg te horen dat de grot bedekt was met ijs en dat er spikes onder de laarzen zaten om grip te houden, maar dat ik evengoed voorzichtig moest zijn. Jónas vroeg of ik last had van claustrofobie. Hij moest die term twee keer herhalen in het Engels.

Toen gingen we naar beneden, hij voorop. Giuliana ging niet mee, die was bij de jongens boven bij de ingang gebleven. Ik klom weer een paar treden naar boven. 'Kom jij niet?'

Ze had haar armen over elkaar geslagen, ze had kringen onder haar ogen, maar misschien kwam dat door de lichtval.

'Hij wil met jou praten,' zei ze. 'Dat heeft hij gevraagd, dus ga nou maar.'

Toen draaide ze zich om, en ik begreep hoeveel moeite het haar had gekost om die woorden uit te spreken, en hoeveel moeite het haar had gekost om me van het vliegveld in Reykjavik op te halen en een bed met me te delen en daarna tien uur lang met me in de auto te zitten, en dat allemaal om me naar de man te brengen om wie we jarenlang in stilte hadden gevochten. Ik had met haar te doen.

Onder aan de trap was weinig licht, maar je kon het metalen hek voor de ingang van de grot zien. Vlak voor het ijs bleven we staan. Jónas gaf me opdracht om de wollen sokken en de laarzen met spikes aan te trekken en de helm op te zetten met een lampje op de voorkant, dat hij voor me aanknipte. Hij had ook nog een dikke trui bij zich. Ik had het al warm genoeg, maar hij dwong me om hem aan te doen, de temperatuur binnen was bijna nul graden, ik zou er snel achter komen wat dat betekende.

Naar binnen gaan was het moeilijkste van alles, maar dat wist ik toen nog niet. Je moest op een glibberig stuk rots klimmen en je op je buik door een spleet van ongeveer een halve meter hoog wringen. Jónas ging me voor, hij liet zien hoe het moest, maar het lukte me pas bij de vijfde poging. Daarna moest ik gebukt door een gang lopen. Ik kreeg het benauwd, mijn hart bonsde als een gek. Misschien was het niet waar wat ik had gezegd, misschien had ik wel last van claustrofobie. Ik dacht weer aan die avond dat Bern me had meegenomen naar de toren, de donkere treden, en de paniek, die maakte dat ik hem smeekte om daar zo snel mogelijk weg te gaan.

Het ijs was compact en het licht van mijn helmlamp viel op de vormen die erin opgesloten zaten, gekleurde kiezelstenen die door de laag ijskristallen heen flonkerden.

Toen de gang een knik naar beneden maakte, zei Jónas dat ik me moest laten glijden en me aan het touw moest vasthouden. Hij zou me helpen landen. Mijn armen weigerden eerst om de greep op het touw te laten verslappen, maar ik hoorde zijn bemoedigende stem, heel erg ver weg, en liet me gaan.

Eindelijk kwamen we in een kamer, een soort grote spelonk met een bodem van ijs en donkere rotsen boven ons hoofd. Jónas waarschuwde om niet tegen de stalagmieten aan te lopen die overal stonden, sommige een paar centimeter hoog, andere die tot mijn voorhoofd kwamen. Hij zei dat ze er honderden jaren over hadden gedaan om zich daar te vormen, maar dat ze zomaar afbraken als je ze met je voet aanraakte. Ik moest precies lopen waar hij liep.

In het begin maakte ik piepkleine stapjes, totdat ik aan de spek-gladde ondergrond begon te wennen. We liepen door de kamer en gingen door een opening in de rots een andere binnen. Ik keek om me heen om te zien hoe groot hij was. Hij was kleiner dan de eerste en er waren dit keer geen uitgangen te zien. Het leek het eind van de grot.

Jónas stak zijn arm op en wees naar iets vóór ons, in de hoogte, en toen pas zag ik dat er een heel nauwe horizontale spleet zat.

'*He's in there.*'

Hij zette zijn handen voor zijn mond en riep Bern. De echo leek nooit op te houden.

De stilte was nog niet helemaal teruggekeerd toen Bern antwoordde: '*Yes.*'

Toen hield ik het niet meer, ik voelde een brok in mijn keel en de tranen stroomden naar buiten. Later, veel later, zou ik, als ik aan dat moment terugdacht, bedenken dat mijn tranen die op de grond vielen de eeuwige laag ijs nog dikker hadden gemaakt, maar op dat moment niet. Op dat moment was er alleen Bern, achter een rotswand waarvan ik niet kon bevroeden hoe dik die was.

Jónas hielp me een paar meter omhoog naar de spleet. Hij wees naar een steen waar ik op kon zitten, hoger kon ik niet komen, maar vandaar kon Bern me horen, als ik maar hard genoeg sprak. Hij zou achter in de kamer blijven, hij kon niet het risico nemen om me alleen te laten.

'Bern,' zei ik.

Geen antwoord. Jónas zei dat ik harder moest praten. Ik herhaalde zijn naam, bijna schreeuwend.

'Daar ben je dan,' antwoordde hij toen.

Ik kreeg de indruk dat hij iets lager zat dan ik, want het geluid kwam van heel ver weg, het klonk gedempt, maar misschien vergiste ik me. Wat moest ik nu tegen hem zeggen?

Maar hij ging verder. 'Je bent precies op tijd. Ik wist dat je het zou halen. Het kon gewoon niet dat ik je stem niet meer zou horen.'

'Waarom kom je niet terug, Bern? Kom terug, alsjeblieft.'

De kou sneed me de adem af. De lucht in de grot was zwaar, ademen ging moeilijk.

'Dat zou ik maar al te graag willen, Teresa. Maar ik vrees dat het daar te laat voor is. Ik kan het niet meer. Ik heb waarschijnlijk iets gebroken toen ik hier gevallen ben. Mijn scheenbeen, denk ik. En misschien ook een rib, al is die pijn in mijn zij niet constant. Ik voel hem al een paar uur niet meer.'

'Dan komt iemand je halen. Iemand kan naar binnen kruipen en je eruit halen.'

Jónas was daar ergens in het donker. Hij had zijn helmlampje uitgedaan, misschien om ons het idee te geven dat we alleen waren.

Het leek of Bern me niet had gehoord.

'Er is aan deze kant een hoge, gladde wand. Net een plaat zilver, er loopt een heel dun laagje water overheen. Het is bijna een spiegel, als ik het lampje in een bepaalde richting draai, kan ik de vorm van mijn hoofd onderscheiden. Maar de batterij zal niet lang meer meegaan. Wat zou ik graag willen dat jij kon zien hoe mooi het hier is, Teresa. Weet je wat ik doe? Ik doe net alsof het gezicht dat ik zie dat van jou is, en niet dat van mij. Wil je iets voor me doen?'

'Natuurlijk,' mompelde ik, maar zo kon hij me niet horen, dus schreeuwde ik het.

Het vreemdste afscheid in de wereldgeschiedenis: we moesten schreeuwen wat we anders hadden gefluisterd.

'Kijk om je heen. Kies een vorm, een rots die op een gezicht lijkt, die op mij lijkt.'

Wanhopig liet ik de lichtstraal van mijn lampje over de wand van de grot dwalen, maar ik zag niets anders in die enge ruimte dan richels en uitsteeksels en bulten.

Bern zweeg, hij gaf me de tijd, en toen zei hij: 'Heb je er een gevonden?'

'Ja,' loog ik.

'Mooi, dan kun je me nu zien. Hoor je het geluid van de waterdruppels? Je hoort het wel als we even niets zeggen. Het lijken net tonen, de tonen van een xylofoon waar heel licht op wordt gespeeld. Maar je moet wel even je lamp uitzetten, zodat je brein niet wordt afgeleid door je blik. Onze blik vraagt altijd al onze aandacht, Teresa. Sst, nu luisteren.'

Ik deed wat hij zei. Ik frummelde net zo lang met het knopje van mijn lamp tot hij uitging. De grot werd aardedonker, zo donker als ik nog nooit had meegemaakt.

Een paar ogenblikken later hoorde ik het getik van de druppels. Sommige maakten een kort hamerend geluid, als stokjes, maar andere produceerden tonen met regelmatige intervallen. Er kwamen steeds nieuwe bij, alsof mijn hersenen er langzaam aan wenden om ze te horen, alsof mijn oren ze aan de stilte ontrukten. Uiteindelijk werd het een klankspel, een concert van honderden minuscule instrumenten, en leek het of ik weer kon zien, maar met een zintuig dat ik nooit eerder had gebruikt en dat de ruimte om mij heen opnieuw creëerde.

'Hoorde je dat?' vroeg Bern, en vergeleken met het gedruppel klonk zijn stem als gebulder. 'Zoiets moet wel door God geschapen zijn.'

'Geloof je weer in God, Bern?'

'Met alles wat in me is. Ik ben eigenlijk nooit opgehouden met geloven. Ook al is het nu iets anders. Ik voel het in mijn hele lichaam, vanbinnen en vanbuiten. Het kost me geen enkele moeite meer. Ken je die uitspraak, Teresa? Ik ben uit jouw hand naar jouw hand gevlucht. Ken je die?'

'Nee, die ken ik niet, Bern,' zei ik met een gebroken hart.

'Het was een van Cesares lievelingsuitspraken, als we iets deden wat hij vervelend vond. Soms deden we dat expres. Hij reageerde er nooit op, hij wist dat we vanzelf weer naar hem terug zouden komen. En als dat dan gebeurde, fluisterde hij die woorden in ons oor: "Ik ben uit jouw hand naar jouw hand gevlucht."'

Hij liet lange stiltes tussen zijn zinnen vallen, alsof hij niet genoeg lucht kreeg.

'Vertel eens wat over de masseria, Teresa. Alsjeblieft. Ik mis hem meer dan je je kunt voorstellen. Er is niet veel dat ik mis in deze grot, behalve dan jou zien. En de masseria. Vertel, hoe stond hij erbij toen je wegging?'

'De vijgen waren rijp.'

'De vijgen. En heb je ze geplukt?'

'Die waar ik bij kon.'

'En de steeneik? Heb je die weer gezond gekregen?'

'Ja.'

'Dat is goed nieuws. Ik maakte me grote zorgen. En verder? Vertel nog eens wat.'

Maar mijn tranen verstikten me, mijn keel zat potdicht.

'De granaatappelboom hangt ook helemaal vol,' schreeuwde ik naar de spleet.

'De granaatappelboom,' herhaalde hij. 'Maar je moet nog wachten, hoor, minstens tot november. Je weet wat dat voor boom is. Hij ziet er altijd uit alsof hij fantastische vruchten gaat produceren en die springen dan een week voordat ze rijp zijn open. Dat zei Cesare altijd. Die zei dat er iets mis was met de wortels. Misschien komt het doordat de peperboom er zo dichtbij staat, maar ik weet niet zeker of het dat is. Je moet hem afdekken als de eerste kou komt.'

'Zal ik doen.'

'Weet je wat ik het mooiste moment van de dag vond? Tegen zonsondergang, als al het werk gedaan was en we gingen wandelen. Jij treuzelde altijd even als ik al op het bankje zat te wachten. En dan liepen we samen over het weidepad. Na de slagboom gingen we meestal naar rechts, maar niet altijd, soms gingen we naar links. Maar we aarzelden nooit. We wisten altijd waar we heen gingen, alsof we dat van tevoren hadden besloten. De lage zon verwarmde ons van top tot teen. Ik kan het nog steeds voelen, weet je dat? Het gevoel is afgezwakt, maar toch... Als de vijgen rijp waren, plukten we ze ook van bomen die niet van ons waren. Want eigenlijk was alles van ons. Dat is toch zo, Teresa?'

'Ja, Bern.'

'Alles was van ons. De bomen en de stapelmuurtjes. De hemel. De hemel was ook van ons, Teresa.'

'Ja, Bern.'

Dat was het enige wat ik kon uitbrengen – 'ja, Bern' – want mijn gedachten waren op hol geslagen, naar het moment dat ik niet meer naar hem zou kunnen luisteren.

Vanuit het duister, waar Jónas me in de gaten hield, klonk dat het tijd was om te gaan. Ik deed net of ik hem niet hoorde. Hoe kon je nou beslissen dat het tijd was, in die omstandigheden? Hoe kon je het gesprek afbreken en Bern alleen laten? Maar ik wist dat ik het niet meer zo lang zou volhouden, mijn voeten waren verstijfd van de kou. Ik kon mijn tenen niet meer bewegen.

'Ik moet je iets vragen, Bern. Over Nicola.'

Hij zweeg een poosje, en toen zei hij heel rustig: 'Je moet harder praten. Zo kan ik je niet verstaan.'

Had hij het echt niet verstaan of wilde hij me alleen dwingen om het nog een keer te zeggen? Misschien wist hij dat de moed me in de schoenen begon te zinken, hij kende me nog steeds beter dan wie ook.

Maar ik kreeg het voor elkaar om het nog een keer te zeggen, ik schreeuwde, zodat hij niet kon doen of hij het niet hoorde, en de echo in de grot slingerde mijn twijfel tegen elke steen en smeet hem in veelvoud terug in mijn gezicht. 'Ik moet het weten, van Nicola. Heb jij het gedaan, Bern?'

Ik verbeeldde me zijn dicht bij elkaar staande ogen die het donker in keken, zijn gezichtsuitdrukking. Ik hoefde geen rots te zoeken die op hem leek, ik had zijn gezicht op mijn netvlies staan.

'Ik zou je het liefst een leugen vertellen en zweren dat ik het niet heb gedaan, maar ik ga niet meer liegen, dat heb ik beloofd.'

'Maar waarom, Bern, waarom heb je het gedaan?'

'Iets bewoog mijn voet. Een enorme kracht. Nicola's hoofd lag op een steen en door die kracht ging mijn voet omhoog en daarna omlaag. De Heer heeft Abrahams hand gestopt, maar niet mij, daar in de olijfgaard. God was er op dat moment niet, Zijn tegenbeeld was daar bij mij, en dat trapte met zijn voet op Nicola's hoofd. Ik wou dat ik kon zeggen dat het allemaal niet waar is, Teresa. Dat zou ik het liefst van alles willen.'

'Hij was je broer. Ik snap het niet.'

'Hij... Jullie tweeën...'

'Daar is niets van waar, Bern! Er is niets van waar! Alleen jij bestond voor mij.'

'Hij had dat zinnetje gezegd.'

'Welk zinnetje?'

Nu zweeg hij weer.

'Welk zinnetje, Bern?'

'Hij had haar die bladeren gegeven. Hij had die bladeren van de oleander geplukt en ze in haar handen gestopt. Dat deed hij om buiten schot te blijven.'

'Welke bladeren? Waar heb je het over, Bern?'

'Soms raken we onszelf kwijt, Teresa.'

Het lampje van Jónas scheen achter in de grot, hij kwam naar me toegelopen. '*We have to leave now*,' zei hij.

'*No*.'

'*We have to leave!*'

Hij sleepte me daar op de een of andere manier weg. Naar beneden lopen bleek nog zwaarder te zijn. Ik was uitgeput, van de kou en het verdriet. Ik probeerde mijn voet in de gleuf te zetten die Jónas me aanwees, maar mijn laars gleed weg, ik voelde helemaal niets meer. Ik gleed tot hij me vastpakte. Hij zei dat we moesten opschieten, dat ik het risico liep om onderkoeld te raken.

Nog een keer schalde de stem van Bern door de kamer: 'Kom je terug?'

Ik beloofde dat ik terug zou komen. Toen legden we, tussen de broze stalagmieten door, de omgekeerde weg af door de grot, op onze buik naar boven schuivend, kruipend op onze knieën door de gang, en dit keer liet Jónas de mouw van mijn jack geen seconde los, alsof hij bang was me te verliezen.

Daarna is er een gat in mijn herinnering, tot het moment dat ik liggend onder twee dekens op een van de grote rotsplaten in het lavaveld bijkwam, met de hemel, die veel te heldere nacht, weer boven mijn hoofd. Giuliana keek me van bovenaf onderzoekend aan. Ze zei dat ik flauwgevallen was, toen ik op de metalen trap naar boven klom. Ik was bijna naar beneden geduikeld.

Toen ik met veel moeite was gaan zitten, lieten ze me kleine slokjes koffie drinken. Er was een halfuur voorbijgegaan, misschien iets minder.

'Hij gaat dood,' zei ik.

Giuliana keek de andere kant op. Ze schonk nog een beetje koffie in de dop van de thermoskan. 'Drink nog wat.'

'Hoe heeft hij al die dagen kunnen overleven?'

'Hij heeft een goede uitrusting. Eten. Water. Hij had alles om een week daar te blijven. En hij heeft een ongelooflijk uithoudingsvermogen.'

'Waarom halen ze hem er niet uit?'

'Niemand kan zich daar naar binnen wurmen. En zelfs als het iemand zou lukken, zou die niet weten hoe hij hem moest helpen.'

'Ze kunnen de rots openbreken. Er een gat in slaan.'

Haar ogen begonnen te fonkelen. 'De grot is beschermd gebied.'

'Maar Bern zit erin!'

Giuliana legde haar hand tegen mijn wang, een koude, droge hand. 'Je zult het nooit begrijpen, hè?'

We reden door de trage schemering terug naar het meer, de twee jongens gingen met ons mee. De terugweg leek korter dan de heenweg.

In het appartement waar de gidsen woonden was een kamer voor me. Hij was zo kaal als een ziekenhuiskamer, het dekbed lag opgevouwen op het bed. Het was na etenstijd, Giuliana zei dat er nergens meer iets open zou zijn, maar beneden stonden automaten waar ik een snack uit kon halen, als ik honger had.

Ik bleef een hele tijd onder de douche staan om de kou te verdrijven die tot diep in mijn botten was doorgedrongen. Toen ik eronder vandaan kwam, hing mijn hele kamer vol witte damp. Ik had niet eens meer de kracht om schoon ondergoed uit mijn koffer te pakken: ik sloeg, naakt en wel, het dekbed om me heen en viel in slaap.

Die nacht droomde ik van de masseria. Ik kon er niet in want de deur was vergrendeld, maar ik wist dat Bern in onze kamer op bed lag, ik riep hem vanuit de tuin maar hij gaf geen antwoord. Op een gegeven moment werd er een steentje uit het geopende raam gegooid. Ik raapte het op en gooide het terug. Misschien had Bern die manier gekozen om met me te communiceren. Toen kwam er een regen van steentjes uit het raam, handenvol tegelijk. Ten slotte regenden ze ook uit de lucht, een spervuur van donkere hagelstenen die in een oogwenk het hele huis begroeven en het land bedekten. En daar stond ik, midden in een onmetelijke woestenij.

's Ochtends reden we terug naar Lofthellir. Er kwam maar een van de jongens die de vorige dag de grot vanbinnen bewaakten met ons mee. Hij ging voorin zitten en praatte de hele weg met Jónas, ik hoorde flarden van een gesprek in die gutturale, primitieve, lelijke taal. Af en toe lachten ze, maar dan leken ze zich meteen weer in te houden, alsof ze doorhadden dat het niet zo tactvol was tegenover mij.

Tijdens het ontbijt was Giuliana naar mijn tafel toe gekomen. Voordat ze het bord neerzette met het karige ontbijt dat ze voor zichzelf had klaargemaakt, had ze me gevraagd of ik liever alleen at. Ik had gezegd dat ze kon gaan zitten, al was het niet van harte. We hadden moeizaam wat gebabbeld over niks, over dat het voor ons Italianen volstrekt ondenkbaar was om op dat uur van de dag gerookte haring te eten, ook als je daar al maanden woonde.

Maar in de jeep raakten we toch weer in gesprek. Ik vroeg haar waarom IJsland, waarom die grot, waarom die spleet binnen in de grot waar je nauwelijks doorheen kon.

'Het komt door iets wat Carlos heeft gezegd.'

'Wie is Carlos?'

Giuliana trok haar mouwen zo ver naar beneden dat haar vingers erin verdwenen.

'Iemand uit Barcelona. Daar zijn we na Freiberg heen gegaan. We waren met een groep in contact gekomen.'

'Wat voor groep?'

'Van alles wat. Separatisten, en black blocs, die elke gelegenheid aangrepen om helemaal los te gaan. We gingen met een huurauto, we dachten dat we gevolgd werden, dus we reden in één keer door. Het was een wonder dat we geen politiecontroles langs de weg tegenkwamen. Maar we bleven er niet lang, ik vond het daar niet prettig en ik maakte me vooral zorgen om Bern. Hij was één brok onrust.'

Ze strekte haar benen. Ze bleef er even naar kijken.

'Hij weigerde het appartement te verlaten. "Het is allemaal zo ziek daarbuiten," zei hij. "Zie je dat dan niet? Zie je niet dat we alles verwoest hebben?" We hadden het al miljoenen keren over dat soort dingen gehad, maar dit keer bedoelde hij iets anders, iets wat ik niet helemaal kon vatten. Op een dag begon hij te vertellen hoe hij met zijn broers in een boom had geslapen. Hij had ze overgehaald om buiten te blijven en naar de vallende sterren te kijken. En kijkend naar de donkere hemel, had hij gevoeld dat hij deel uitmaakte van iets wat groter was dan hijzelf. Het was een heel gedetailleerd verhaal, maar ik had de indruk dat hij niet helemaal helder was toen hij het vertelde. Op dat moment drong het tot me door hoe onvoorstelbaar groot de liefde was die hij in zich had. Niet alleen voor bomen, maar voor alles en iedereen, en die liefde benam hem de adem, verstikte hem. Vind je dit vreemd?'

Ik vond het helemaal niet vreemd. Het was de accuraatste beschrijving van Bern die ik ooit had gehoord. Giuliana hield dus oprecht van hem. Maar die gedachte vond ik niet langer onaangenaam. Ik accepteerde haar gewoon.

'Hoe dan ook, een van de leiders van die Catalaanse groep kwam ons opzoeken en dat was het breekpunt. Die man, Carlos, had op schepen van Greenpeace in het noordpoolgebied gewerkt. Ze hadden een lang gesprek. Bern hing aan zijn lippen. Het was Carlos die voor het eerst over het antropoceen begon.'

'Het antropoceen?'

'Het geologische tijdperk waarin we leven, waarin alles op deze aarde, elke plek, elk ecosysteem, is aangetast door menselijk handelen. Een concept dat ik al eens eerder had gehoord, maar Bern niet, en voor hem was het bijna een openbaring. De dagen erna had hij het nergens anders over. Hij begon ernaar te verlangen om minstens één uitzondering te vinden. Iets wat nog niet was gezien, nog niet verwoest. Iets ongerepts.'

'Zijn jullie daarom hierheen gegaan?'

Giuliana wierp me een hooghartige blik toe.

'IJsland is het absolute tegendeel van ongereptheid. De Vikingen hebben eeuwen geleden alle bomen op het eiland omgekapt. In zekere zin is IJsland juist bij uitstek een product van het antropoceen, ook al komen mensen hier voor de ongerepte natuur. Daarom begon Carlos erover. Hij noemde IJsland, maar hij had net zo goed het Amazonegebied kunnen noemen, en Bern heeft dat opgevat als een soort marsorder. We zijn hier gekomen om een uitzondering te vinden. Ons geld was al snel op, we waren binnen twee weken blut. We hebben een paar maanden op een boerderij, bij de fjorden, gewerkt. Een vreselijk afgelegen gebied.'

Weer stak mijn jaloezie de kop op: Bern en Giuliana in zo'n kleurig golfplaten huisje, verscholen in de mist, binnen warm, buiten ijskoud. De seks die ze hadden. Ik duwde dat beeld zo ver mogelijk weg.

'Na de winter zijn we naar het meer verhuisd. Daar hebben we Jónas en de anderen leren kennen. Ze hadden voor het hoogseizoen extra personeel nodig, iemand die bereid was van alles te doen. Soms zijn de tochten die ze organiseren gevaarlijk. Maar Bern had nog steeds dat project in zijn hoofd. Samen met Jónas hebben we de afgelegenste plekken van het eiland bezocht, maar ze waren nooit

goed genoeg: je kon ze immers bereiken. Totdat we die grot ontdekten.'

'Maar die grot daar kun je ook in, er zit zelfs een metalen hek
voor.'

'Ja, tot waar jij bent gekomen. Er is nog nooit iemand in de kamer
daarachter geweest. Ze wisten dat hij bestond, maar het was te gevaarlijk en te moeilijk om er naar binnen te gaan.'

'En toen besloot Bern dat hij de eerste wilde zijn.'

'En waarschijnlijk ook de laatste, gezien het vervolg.'

'Waarom heeft niemand hem tegengehouden?'

Giuliana keek even naar me, en toen weer naar buiten.

'Al die jongens wilden eigenlijk doen wat hij heeft gedaan. Ze wilden zien wat er daarachter was, en zo zou het tenminste ook een
beetje hun ontdekking zijn. Omdat ze de luchtstromen binnen in
Lofthellir hebben bestudeerd, zijn ze ervan overtuigd dat er een
uitgang is. Ergens in het lavaveld.'

'Dus Bern zou een manier kunnen vinden om terug te komen?'

'Als hij zijn been niet had gebroken misschien wel, maar zo is het
uitgesloten.'

We zwegen een poosje. We reden op het slechtste stuk van de
weg, de schokbrekers van de jeep hadden het zwaar te verduren,
maar dit keer kwam het gehots niet als een verrassing voor me.

Misschien om het angstige voorgevoel dat we nu allebei hadden te verdrijven, zei Giuliana: 'Toeristen vinden deze weg te gek.
Sommigen beginnen te joelen alsof ze op de kermis zijn. Bern
vond het ook leuk. Alles wat hij op dit eiland zag, vond hij geweldig. Toen hij de laatste keer de grot inging, had hij een lach op zijn
gezicht. Ook al wist hij dat het verkeerd kon aflopen, ook al was hij
intussen niet veel meer dan één bundel pezen en vastberadenheid.
Ik heb hem nog nooit zo gelukkig gezien. Misschien alleen op jullie trouwdag.'

Ik weet nog steeds niet of Giuliana dat zei om mij een plezier te doen, maar op dat moment koos ik ervoor om haar te geloven. 'Eén bundel pezen?'

'Hij is bijna twintig kilo afgevallen. Een kind kon er nog niet naar binnen, laat staan een volwassen man als hij. Maar hij wist zeker dat het hem zou lukken, en hij kreeg gelijk. Hij heeft maandenláng gestudeerd op de bewegingen en draaiingen die hij moest maken. We hebben alles opgemeten, de opening, elk uitsteeksel, elke hobbel, zover we met de zaklantaarn konden schijnen, en toen heeft hij een gipsmodel gemaakt dat er precies hetzelfde uitzag. Het stond in de tuin achter het huis, en daar staat het nog steeds. Het weegt een ton. Ik kon hem vanuit de kamer zien oefenen.'

'Uit jullie kamer?' onderbrak ik haar. Ik kon me niet inhouden.

'Ja, uit onze kamer,' zei ze mat. 'Het zag eruit alsof hij een choreografie aan het instuderen was. Hij schreef alles op in een aantekenboekje. En als hij niet aan het oefenen was, bleef hij doodstil met gekruiste benen op het gras zitten, alsof hij aan het bidden of mediteren was, wachtend tot ook de laatste vetmoleculen in zijn lijf waren afgebroken. Hij vond het helemaal niet moeilijk om niet te eten. Hij vertelde een keer dat zijn oom toen hij jong was een maand lang had gevast, dus kon hij zonder probleem op een kopje bouillon en een beetje fruit per dag leven. Je kreeg er met geen mogelijkheid nog iets anders bij hem in.'

'Waarom niet?'

'Elk voedingsmiddel was gemanipuleerd, zei hij. 's Avonds weidde hij uit over alle manieren waarop de mens zijn omgeving, ook het voedsel, had gemodificeerd.'

'Dat was altijd al een obsessie van hem,' zei ik. 'Tenminste, sinds hij Danco kent.'

En jou, wilde ik erbij zeggen, maar dat deed ik niet. Dat was overbodig.

'Niet op die manier,' reageerde Giuliana. 'Nu weigerde hij tomaten te eten omdat die niet bestonden in IJsland voordat de mensen ze daar hadden gebracht. Wel jammer dat er helemaal niets eetbaars was op IJsland voordat de mensen het daar brachten. Daarom dronk hij bouillon van een inheems kruid. Wanneer ík die voor hem klaarmaakte, deed ik er stiekem wat vlees bij. Dat moet hij gemerkt hebben, maar hij deed alsof zijn neus bloedde. Hij was opvallend meegaand. Je voelde dat je hem met één verkeerde zin kon krenken, vermorzelen. En dat kwam niet alleen omdat hij zo mager was. Maar toen hij er – na al die training, nadat hij samen met Jónas zijn kleren zo had aangepast dat ze zo strak mogelijk om zijn lichaam zaten en hem toch warm hielden, en nadat we hem met visvet hadden ingesmeerd, zodat hij makkelijker tussen de rotsen door zou glijden – klaar voor was om daar naar binnen te gaan, toen was hij gelukkig. En glimlachte hij.'

Ook die dag bleef Giuliana buiten staan wachten. Misschien had ze al afscheid genomen van Bern voordat ik kwam, ik zou het haar niet vragen, ook later niet. En weer ging Jónas met me mee naar binnen. Ik was minder gespannen, het kostte ons de helft van de tijd om onder in de grot te komen. Ik ging weer op de platte steen zitten, in die bizarre, echoënde biechtstoel, en riep Bern.

Hij reageerde pas de derde of vierde keer, toen mijn hart al wild tekeerging van angst. Zijn stem was zwakker, verder weg, alsof hij die nacht een paar meter verder omlaag was gegleden over de ijshelling waarop hij in mijn verbeelding lag, omringd door duisternis.

Hij zei niet mijn naam, niet meteen. Het eerste wat hij zei, was: 'Het is heel erg koud.'

Ik vroeg of hij geprobeerd had zijn been te bewegen, op te staan, maar hij gaf geen antwoord, alsof hij veel grotere zorgen had. Hij zei: 'Dit was niet het avontuur dat ik zocht, Teresa. Het avontuur dat ik zocht was met jou.'

Maar hij was het niet zelf die sprak. Bern was er niet meer. Het was een schim die in zijn plaats sprak, een echo van zijn stem, gevangen in dat hol van steen en ijs.

Een paar seconden lang was er alleen het zilverige pliek-plok van de waterdruppels. Toen schreeuwde hij: 'Vergeef me!' en dat was het laatste wat hij zei, de laatste klanken die langs de rotswand omhoogklommen, door de spleet kropen en op mij neerdaalden. Alsof hij de hele nacht en ochtend had volgehouden om die paar klanken uit te kunnen stoten.

En daarna riep ik en riep ik, hoe lang weet ik niet meer, totdat er een licht naast me opdook dat recht in mijn ogen scheen en er twee armen om mijn schouders heen geslagen werden en Jónas me op de een of andere manier de grot uit bracht, of sleepte.

Giuliana had gedaan gekregen dat de toeristische rondleidingen die ochtend niet doorgingen, maar het was midden in het zomerseizoen, 's middags moest alles weer normaal zijn. Tegen drieën kwam er een groep van een man of tien. Ik zag ze in een rij achter elkaar over het lavaveld aan komen lopen, allemaal met een helm en laarzen in hun armen. Wisten ze dat er daarbeneden iemand zat? Iemand die in doodsstrijd verkeerde?

Giuliana bleef naast me staan toen een van de gidsen uitlegde aan welke regels je je in de grot moest houden, dezelfde uitleg die ik de dag ervoor had gekregen. Ik had de indruk dat ze bij me in de buurt bleef voor het geval ik raar ging doen. Maar alles wat ik deed, was naar de gids toe lopen toen hij klaar was, en vragen of ik met de groep mee naar binnen mocht. Jónas bemoeide zich ermee, hij hield me vriendelijk maar beslist tegen. Zijn medewerker, die andere jongen, zou Bern nog een keer roepen. Als hij antwoord zou geven, dan zou hij nog een keer met mij naar binnen gaan.

Er ging een uur voorbij, het leek veel langer. Ik pookte met de punt van een tak in een geultje, maakte het gat weer dicht en groef opnieuw, nu dieper. Toen de gids boven aan de metalen trap ver scheen, wendde hij zich niet tot mij, maar weer tot Jónas. Hij schudde zijn hoofd en ik begreep dat Bern geen antwoord had gegeven.

We gingen terug naar de jeep. Ik ging achterin zitten. De hele tocht terug verbeet ik zwijgend mijn woede op de toeristen, hun vrolijkheid en de onnadenkendheid waarmee ze op een bepaald moment een reep chocola doorgaven en ook aan mij aanboden. Alles was zinloos. Zij waren zinloos en mijn woede was zinloos. Giuliana zat naast me, maar haar aanwezigheid bood me geen troost.

Er was nu geen enkele reden meer om in IJsland te blijven, maar toch verzette ik de terugreis, en daarna nog een keer. Ik bleef uiteindelijk twee weken zitten in het appartement dat uitkeek op de vredige watervlakte van het Mývatn-meer. Ik belde mijn vader om hem te vragen of hij naar de masseria wilde gaan om voor de moestuin en de rest te zorgen. Ik kon hem niet vertellen waar ik was of wat er was gebeurd, maar door de manier waarop ik aan de telefoon onbedaarlijk begon te huilen, begreep hij dat het met Bern te maken had. Hij zou dezelfde dag nog vertrekken, beloofde hij. Ik zei dat ik hem zou uitleggen wat hij moest doen zodra hij aangekomen was.

Ik ging niet meer naar de grot. Elke dag kleedde ik me aan alsof ik erheen moest, ik ging naar de plek waar de jeep vertrok, maar als de toeristen toestroomden – jonge stellen die van een streng klimaat hielden, amateurspeleologen, dikke vrouwen die waarschijnlijk niet eens de grot in kwamen – zakte de moed me in de schoenen. Ik voelde me een indringster. En dan ging ik naar Jónas of de gids van dienst en herinnerde hem eraan Bern een keer te roepen, als hij binnen was. Uiteindelijk hoefde ik het helemaal niet meer te zeggen maar stelden ze me, geduldig, met een handgebaar gerust. Ik vermoed dat ze er al vrij snel mee opgehouden zijn, maar ik klampte me vast aan het idee dat dat niet zo was: mijn vasthoudendheid was zo ongeveer het enige wat ik nog had.

Het was me nog niet duidelijk wat Jónas wist van de reden dat Bern en Giuliana daar terechtgekomen waren, maar hij drong er, toen het zover was, niet op aan om Berns verdwijning aan de autoriteiten te melden, alsof hij aanvoelde dat de man die zich in dat verboden deel van de grot had gewaagd wel en niet bestond voor de rest van de wereld. Alsof hij aanvoelde dat niemand, behalve ik, zijn lichaam zou komen opeisen.

Om te overleven, maakte ik lange wandelingen om het meer, 's ochtends de ene kant op en 's middags de andere kant. Meestal ging ik alleen, maar soms ging Giuliana met me mee. Ze had de gereserveerdheid van onze eerste uren samen deels laten varen. Ik boog steeds over het water om te kijken of er vissen waren, maar ik zag nooit iets, alleen algen die onder het oppervlak bij de oever dreven, en de bodem, die snel afliep en in het duister verdween.

De nacht voor mijn vertrek werd ik gewekt door iemand die op mijn kamerdeur klopte. Ik bleef liggen en vroeg me af of het misschien een droom was, maar toen werd er voor de tweede keer geklopt. Ik stond op en draaide de deur van het slot. Giuliana was helemaal aangekleed, met windjack en wandelschoenen en al.

'Trek iets aan. Kom mee naar buiten, vlug.'

Voordat ik kon vragen waarom, liep ze al de met vloerbedekking beklede trap af. Ik deed een spijkerbroek en een fleecejack aan, dat ik had gekocht om het daar uit te kunnen houden.

De jongens stonden op het gras. Jónas wees naar boven. In de lucht hingen felgroene draperieën.

'Dat zie je nooit in deze tijd van het jaar. Dit is wel een soort wonder.'

Ze stonden allemaal met hun telefoon in de hand en zochten de beste hoek vanwaaruit ze konden fotograferen, ze waren opgewonden, al was ik zonder twijfel de enige die het verschijnsel voor het eerst zag. De groene stralen leken uit een precies punt aan de horizon te ontspringen en zich van daaruit als rook in de lucht te verspreiden.

'Het lijkt wel of dit speciaal voor jou is gedaan,' zei Giuliana. En toen ze dat zei, wist ik dat het inderdaad zo was.

Ik vroeg niet aan haar of aan Jónas of het licht uit de richting van de grot kwam, want dat wist ik zeker: die energie kwam uit de ronde krater midden in het lavaveld.

Ze kregen een voor een genoeg van het getuur en gingen naar binnen. Ten slotte gingen ook Jónas en Giuliana naar binnen. Het licht bleef. Als het al veranderde, dan was de beweging zo traag dat het niet te zien was. Toen ik terugkwam in mijn kamer, trok ik het rolgordijn voor het raam omhoog om nog langer te kunnen kijken. Toen ik 's ochtends wakker werd, was het licht verdwenen.

Voor de luchthaven deelden Giuliana en ik een sigaret; ik had er geen zin in, maar wilde het moment zo lang mogelijk rekken.

'Blijf jij hier?' vroeg ik.

Ze keek naar het landschap om zich heen, alsof ze ter plekke moest beslissen.

'Ik kan op dit moment geen andere plaats verzinnen. En jij? Ga je terug naar de masseria?'

'Ik kan op dit moment geen andere plaats verzinnen.'

Ze glimlachte. Ze drukte het brandende deel van de sigaret uit en stopte de peuk, die filter die er jaren over zou doen om af te breken, in haar zak. Aan alles komt een keer een eind, vroeg of laat zou het afgelopen zijn, zelfs de pijn die wij deelden.

'Misschien zie je me wel een keer verschijnen, daar bij jou,' zei ze.

We kusten elkaar schuchter op de wang en daarna liep ik de luchthaven binnen. Toen ik me omdraaide, zag ik haar al niet meer.

Ik had nog een paar kronen in mijn zak. Ik liep langs de souvenirs, dezelfde als die ik vanaf de eerste dag overal had gezien. Ik kocht een beeldje van een trol, een rimpelig oud mannetje dat op een stok leunde en spottend opzijkeek.

In het vliegtuig zag ik een oog dat me tussen de stoelen door begluurde, een jongetje van drie, vier jaar oud. Ik keek terug en zijn gezicht verdween, om een paar seconden later weer tevoorschijn te komen. We gingen een poosje door met kiekeboe spelen: zijn oog kwam tevoorschijn, ik deed of ik niets zag en keek hem dan plotseling aan, hij trok zich terug, geschrokken en lachend tegelijk. Toen ik er genoeg van had, gaf hij het niet meteen op. Hij ging op zijn stoel staan, met zijn gezicht naar mij toe. Zijn hoofd kwam net boven de rugleuning uit, hij boog naar voren. Zijn moeder probeerde hem tegen te houden, maar hij duwde haar van zich af. We keken elkaar onderzoekend aan, totdat ik mijn hand naar hem uitstak en hij mijn wijsvinger vastpakte. Daar moest hij om lachen. Eindelijk was hij tevreden, ging weer zitten en draaide zich niet meer om. Toen we het vliegtuig uit liepen, zwaaide hij naar me van achter zijn moeders schouder.

8

Elke ochtend dat hij op de masseria was, zei mijn vader: 'Ik ben hier niet meer nodig, ik kan beter weer naar mama gaan.' Maar dan ging er weer een dag voorbij en was hij er nog steeds: hij moest me helpen met de tomatenoogst, de scharnieren van de deur moesten worden gerepareerd, of hij wilde een artistieke stoel fabriceren van restmateriaal dat hij overal en nergens vandaan haalde. Ik had hem een warrig relaas gedaan van wat er in IJsland was gebeurd. Het vreemde verhaal dat ik vertelde, verwonderde mijzelf ook, ik begon zelfs aan mijn eigen woorden te twijfelen. Maar hij had alles aangehoord, en daarna had hij me een hele tijd stevig vastgehouden, en ik had in zijn armen gehuild, wat ik zover ik me herinnerde nog nooit had gedaan.

Een jaar daarvoor was hij met vervroegd pensioen gegaan, omdat zijn bedrijf door de crisis veel minder orders binnenkreeg. Aan de telefoon had mijn moeder het nu openlijk over zijn depressie. Ik nam aan dat hij vooral daarom op de masseria bleef hangen, maar ergens wilde ik blijven geloven dat hij het louter en alleen voor mij deed. Na de zomers in oma's huis was dit de eerste keer dat wij alleen met zijn tweetjes ergens bivakkeerden.

De dagen werden korter, het was al vroeg te donker om te werken en dan kookten we samen. Na het eten gingen we vroeg naar bed. In mijn slaapkamer wachtte mij de moedeloosheid, elke avond opnieuw, maar ik wist dat mijn vader een eindje verderop, in dezelfde gang, sliep. Door de half openstaande deuren hoorde ik zijn gesnurk, hetzelfde geluid dat ik vroeger afstotelijk vond en dat me nu overeind hield. Dan dacht ik aan de woorden die Bern in de duisternis van Lofthellir had gesproken: 'Ik ben uit jouw hand naar jouw hand gevlucht.' Zo was het ook met ons gegaan, met mijn vader en mij.

Toen hij echt wegging, was ik zover dat ik alleen kon zijn. Terwijl ik hem naar Brindisi bracht, zei hij: 'Je zult zijn ouders moeten inlichten.'

'Ik weet het niet.'

'Het zijn z'n ouders,' zei mijn vader nadrukkelijk, alsof dat genoeg was om elke tegenwerping in de kiem te smoren.

Weer gingen een paar weken voorbij. Er kwamen niet veel mensen langs, naast degenen die met het werk te maken hadden: op maandag en donderdag kwam er iemand de bestelde groente ophalen, zo nu en dan had ik een afspraak voor het gewone onderhoud, en dan was er nog de man die me om de dag 's middags kwam helpen. Het was een milde nazomer, de herfst liet op zich wachten en het leek wel of de aubergineplanten niet ophielden met groeien, ze waren al zo hoog als kleine boompjes. Ik was bijna de hele dag buiten, altijd bezig, maar dat vond ik niet erg. Als ik werkte, kon ik nauwelijks nadenken, en als ik dat al deed dan was het over praktische dingen. Toch gebeurde het wel eens dat ik in het food forest een hele tijd zat te peinzen en voor me uit zat te staren. Vroeg of laat zou ik een paar lastige vragen moeten beantwoorden: hoe nu verder? Waar moest ik de draad weer oppakken? Ik was tweeëndertig, er lag een zee van tijd voor me waar ik wat mee moest. Zou ik voorgoed daar blijven en me schikken naar het dwingende ritme van de seizoenen?

Ik was het brandhout naast de gereedschapsschuur aan het opstapelen toen ik de auto op het weidepad aan zag komen rijden: een klein autootje dat ik niet kende, met een voorkant die een flinke klap had gehad. Ik liep erop af en trok intussen mijn handschoenen uit, en toen de auto stopte, zag ik dat het Cesare was. Hij stak zijn hand naar me op. Naast hem zat zijn zus, die me niet groette totdat we tegenover elkaar stonden. Toen gaf ze me een hand, een kleine, tengere hand, die ik me heel goed herinnerde van mijn bruiloft.

'Willen jullie binnenkomen?' vroeg ik. 'Ik denk dat het zo gaat regenen.'

Cesare deed zijn mond open en zoog zoveel lucht naar binnen als hij kon. Het leek wel of hij hem proefde, erop kauwde. De geur van de masseria: ik wist precies wat hij zocht.

'Ik heb liever dat je me eerst een rondleiding geeft,' zei hij stralend. 'Ik wil graag alles in me opnemen, als je het niet erg vindt.'

Dus liep ik met hem over het land dat ooit van hem was en vertelde precies wat er allemaal was veranderd, zoals Bern en Danco dat vroeger aan mij hadden verteld: het hele systeem van geleiding en filtering van het regenwater, de takkenwal waar de tuinkruiden op groeiden. Hij leek gegrepen door alles wat ik hem vertelde, hij luisterde met zijn handen op zijn rug en zei dan: 'Fantastisch.'

Marina liep achter ons aan maar haar blik dwaalde steeds af, en als hij vroeg wat zij ervan vond, hield ze zich op de vlakte.

'Je hebt deze plek weer tot leven gewekt,' concludeerde Cesare, met de plechtstatigheid die hem aankleefde en die uit de mond van ieder ander belachelijk zou hebben geklonken.

We gingen onder de pergola zitten. Hij keek met een mengeling van verbazing en onthutsing, maar misschien ook nostalgie, naar het tafelkleed met de wereldkaart en daarna richtte hij diezelfde blik op mij.

'Ik heb nooit een ander geschikt kleed gevonden,' rechtvaardigde ik mezelf, 'maar misschien is nu het moment wel gekomen.'

Ik haalde een karaf water, een aangebroken fles wijn en geroosterde amandelen.

'Ik heb je briefje ontvangen,' zei Cesare. 'Wij hebben het ontvangen. Marina is heel dankbaar dat je ons op de hoogte hebt gebracht. Toch?' En hij raakte liefdevol de onderarm van zijn zus aan, die knikte, nog even schuchter als net. 'Die jongen was tot heel bijzondere dingen in staat, maar dat van die grot slaat alles.'

'Ik ben na Nicola's begrafenis niet naar jullie toe gekomen. Dat spijt me.'

'Echt verdriet is meer waard dan duizend gebaren, Teresa. Dan alle telefoontjes van de wereld. En ik wist dat je verdriet had, ik voelde het naast me.'

Ze hadden geen wijn genomen en ook geen water. Ik had het voor ze moeten inschenken, maar ik was er niet bij met mijn hoofd. 'En Floriana?' vroeg ik.

'Ach, mijn arme Floriana, haar hart is vergiftigd van verdriet. Ik wou dat ik wist welk tegengif haar kan genezen, maar ik weet het niet. Geduld, misschien. Of de tijd. Ik kan me gewoon niet voorstellen dat we nog lang van elkaar gescheiden blijven, weet je. Misschien wil de Heer het gebed van een steeds ouder wordende man verhoren.'

Hij glimlachte. Het was waar wat hij zei, de laatste jaren hadden zijn gezicht getekend, diepe lijnen op zijn voorhoofd en om zijn mond, zijn vriendelijke ogen lagen iets dieper, zijn haargrens was opgeschoven; zijn haar was nu halflang, het zag er niet uit alsof hij het weer net zo lang wilde laten groeien als vroeger, maar eerder alsof er niemand meer was om hem erop te wijzen dat het af en toe geknipt moest worden.

'Hoe gaat het nu met jou?' vroeg hij.

Op zo'n rechtstreekse vraag was ik niet voorbereid. 'Er is altijd veel te doen.'

Cesare knikte nadenkend, hij vroeg zich kennelijk af of het antwoord hem tevredenstelde of niet.

'Wanneer wil je de olijven gaan oogsten?'

'Ik denk dat ik in november begin. Maar als het hard gaat regenen, moet ik misschien eerder beginnen. Het is niet goed voor de olijven als het regent in september.' Ik schaamde me meteen voor die woorden, die arrogantie. 'Maar dat weet jij beter dan ik.'

'Daar is een spreekwoord voor,' zei Cesare en kneep zijn ogen tot spleetjes, 'maar dat ben ik kwijt, geloof ik.'

Al dat loze gebabbel, dat verbale gebalanceer op de rand van de afgrond deed me pijn, vooral met hem. Maar we gingen nog even door. Cesare vroeg of ik van plan was alleen de olijven te persen die nog aan de bomen hingen of ook die op de grond waren gevallen. Ik legde uit dat ik de olijven die op de grond waren gevallen aan de olijfmolen zou verkopen.

'Dan krijg je absoluut topkwaliteit,' zei hij, en daarna zwegen we ongemakkelijk. Ik zag dat hij de blik van zijn zus probeerde te vangen, alsof hij haar om toestemming wilde vragen, en ik zag haar nerveus met haar lippen trekken.

'Marina en ik,' begon hij nu op ernstige toon, 'zijn gekomen om je een gunst te vragen. We begrijpen dat de bijzondere omstandigheden waaronder Bern is gestorven het onmogelijk maken om zijn lichaam hiernaartoe te halen, zodat we hem kunnen begraven. Maar je weet hoe belangrijk het voor ons is: begraven is de enige manier waarop de ziel bevrijd kan worden en een nieuwe zetel kan vinden. Weet je nog toen we de kikkers hier buiten begroeven? De eerste keer dat jij naar ons toe kwam op de masseria?'

'Ja.'

'Nou, Marina en ik weten zeker dat Bern zou willen dat hij hier begraven wordt, al kunnen we het niet anders doen dan symbolisch. Denk je ook niet?'

'We weten niet of hij dood is.'

'Uit wat je ons schreef, uit wat je in je briefje zei, meende ik te begrijpen dat dat zo was.'

'Het kan niet, sorry,' zei ik nu vastberaden, maar ik keek Marina aan in plaats van hem.

'Het is een grote kwelling voor zielen om werkeloos achter te blijven in een lichaam dat niet meer functioneert,' drong Cesare aan. 'Ze zitten gevangen.'

'Ik begrijp het.' Ik aarzelde, maar zei het toen toch: 'Maar dat zijn alleen jouw ideeën.'

Toch hadden Cesares woorden een akelig scherp beeld opgeroepen van Bern in dat donkere hol in de grot, zijn gebroken been dat in een onnatuurlijke hoek op het ijs lag, de huid van zijn gezicht hard en stijf, zijn opengesperde ogen die dezelfde kleur hadden als de lucht en de rots. Bern, die tot in de eeuwigheid immuun zou zijn voor verandering en bederf.

'Wil je ons even verontschuldigen, Marina?' vroeg Cesare terwijl hij opstond. 'Teresa, kom even mee, alsjeblieft.'

'Waarheen?'

'Je hebt me de steeneik nog niet laten zien, en het is al zo lang geleden. Laten we daar even gaan zitten.'

Ik liep achter hem aan. Toen ik hem zo voor me uit zag lopen, viel het me op dat zijn heupprobleem erger was geworden, hij liep onvast. Telkens als hij zijn linkervoet neerzette, leek het of hij erdoorheen zakte.

We gingen op het bankje zitten. Cesare strekte zijn hand uit om een blad te plukken, hij bestudeerde de omtrek en keek toen fronsend naar de stam.

'Ik geef hem er wat voor. De tuinman zegt dat hij al genezen is.'

'Godzijdank. Het zou een onschatbaar verlies zijn.'

Hij zwaaide het blad aan het steeltje heen en weer.

'Bern en die jongens met wie hij de laatste tijd omging,' zei hij, 'hadden een bijzondere verering voor bomen, hè?'

Ik knikte.

'Ik heb er iets over in de krant gelezen, maar ik geloof dat ik het niet helemaal begrepen heb. Ik voel wel dat ze geen ongelijk hadden, maar ik had het fijn gevonden als Bern er met mij over had gesproken. Dan zouden we misschien iets bereikt hebben. We konden heel goed praten, wij tweeën. Hij heeft altijd een grote gave gehad voor alles wat met het geloof te maken had, hij was intuïtief maar kon ook nogal impulsief zijn. Van bomen kan iets bovennatuurlijks uitgaan, dat ontken ik niet, toch hebben ze niet dezelfde ziel als wij. Maar wat zijn ze magnifiek, hè? Majestueus. Kijk maar naar boven.'

Ik deed wat hij vroeg, hoewel ik al wist wat ik zou zien. Ik kende dat schouwspel in alle jaargetijden.

'Je houdt iets voor me achter, Teresa,' zei Cesare.

'Nee,' antwoordde ik misschien iets te snel.

We bleven een hele tijd zwijgend zitten. Ik keek naar het huis, Cesare wiegde nauwelijks merkbaar met zijn bovenlichaam, naar voren en naar achteren, met het blad nog in zijn hand. Ik meende hem te zien glimlachen, maar durfde niet goed te kijken. Ik werd steeds ongeduldiger.

En ten slotte gebeurde wat hij vanaf het begin had verwacht. De bekentenis kwam eruit op een moment dat mijn geest volkomen leeg was, weerloos. 'Hij heeft hem vermoord.'

Het was de eerste keer dat ik die woorden eruit kreeg, het was me zelfs met mijn vader niet gelukt. Ze zetten de middaglucht in vuur en vlam.

Cesare legde zijn hand op de mijne. 'Arme Teresa, wat heb jij het zwaar gehad. Ik weet hoeveel je van allebei hield.'

Hij haalde een paar keer moeizaam adem. Toen zei hij: 'Ik denk echt dat onze Bern hier begraven zou willen worden.'

Ik keek hem aan. Ik was van mijn stuk gebracht. 'Hoorde je wel wat ik zei?'

'Ik heb het gehoord.'

'Waarom maak je je je dan zorgen over zijn begrafenis? Dat is toch onzinnig?'

Hij boog zijn hoofd weer naar achteren en keek omhoog. Hij deed zijn ogen dicht en toen hij ze weer opendeed, leken ze vervuld van dankbaarheid. Ik wist weer precies hoe hij was toen hij jong was, de vriendelijke wijsheid die zijn lichaam uitstraalde.

'Omdat het Bern is. Mijn zoon.'

'Maar hij heeft Nicola vermoord! Dat was je zoon! Hoe kun je hem dat vergeven?'

'Ja, maar Teresa, wat zou alles wat ik jullie heb geleerd waard zijn als ik nu niet in staat zou zijn om Bern te vergeven?' Hij zocht een ogenblik naar de woorden en reciteerde toen: "Als mijn broeder tegen mij misdoet, hoe dikwijls moet ik hem dan vergeven? Tot zevenmaal toe? Jezus antwoordde hem: nee, zeg Ik u, niet tot zevenmaal toe, maar tot zeventigmaal zevenmaal." Zeventigmaal zevenmaal. Ik ben nog maar amper begonnen, snap je? En ik hoop van harte dat jij me hiermee gaat helpen.'

Ik probeerde uit alle macht mezelf weer in bedwang te krijgen. 'De jongens wisten dat de grot een uitgang had. Dat wisten ze zeker. Misschien leeft hij nog.'

Cesare keek me indringend aan. 'Je hoop ontroert me, en de Heer zal je zeker belonen. Ik vraag je alleen om het te overwegen, als er niets verandert en je voelt dat het juiste moment is aangebroken.'

'Waarom doen jullie het zelf niet, als het zo belangrijk is? Jullie hebben mij helemaal niet nodig.'

'Ik vrees dat dat niet hetzelfde is. Jij bent zijn vrouw. Jou zou hij er liever dan wie ook bij willen hebben.'

'Zullen we weer naar Marina gaan?'

Ik wachtte niet op zijn antwoord. Ik liep voor hem uit terug naar de pergola.

'Zijn we zover?' vroeg Cesare aan zijn zus.

Ze stond op. Ze gaf me net als toen ze kwam een hand, maar dit keer boog ze naar me over en gaf me een kus op mijn wang.

'Ik had je graag beter leren kennen,' zei ze zachtjes.

Ik pakte het schaaltje amandelen, alsof het belangrijk was dat ik dat naar binnen bracht, bleef toen schaapachtig staan waar ik stond en zette het weer terug op tafel. Marina pakte er een en stopte hem in haar mond. 'Lekker,' zei ze.

Ik liep met ze mee naar de auto. Cesare deed zijn veiligheidsriem om voordat hij startte. 'Tot ziens, Teresa,' zei hij door het open raampje.

Maar nu was ík er nog niet klaar voor om hem te laten gaan.

'Bern zei iets over de bladeren van een oleander.'

Hij fronste. 'Geen idee.'

'Misschien was hij niet meer helder, maar het leek iets belangrijks. Iets waar ook Nicola van op de hoogte was. Iets ergs.'

Toen dwaalde zijn blik even naar de olijfgaard. Preciezer gezegd – maar ik kon dat verband toen nog niet leggen – naar het rietbos, dat onzichtbaar achter de bomen stond te ruisen.

'Hij had het waarschijnlijk over dat meisje, Violalibera.'

Weer die oude explosie in mijn maag, gêne en angst.

'Violalibera?' herhaalde ik zachtjes.

'Het arme kind! En de jongens waren nog zo jong. Daarna is Bern nooit meer de oude geweest. Ik was ervan overtuigd dat hij het je had verteld.'

'Dat heeft hij ook, natuurlijk.'

Daarna gingen ze weg. Als er echt zoiets als een openbaring bestaat, dan had ik die op dat moment, toen Cesares auto aan het eind van het weidepad uit het zicht verdween, maar zijn intense aanwezigheid nog in de lucht hing. Het gebeurde toen ik die vergeten naam hoorde, Violalibera, een naam die na jaren weer opdook, zoals grillig onkruid uit de aarde. De naam – werd me plotseling duidelijk – die de onontwarbare knoop van onze levens symboliseerde.

Diezelfde avond nog ging ik bij Tommaso langs. Na mijn terugkeer uit IJsland had ik hem niet opgezocht. Ik werd geplaagd door de gedachte dat hij het recht had om te weten wat er met Bern was gebeurd, maar ik kon me er niet toe zetten om het hem te gaan vertellen. Nu kon ik het niet langer uitstellen. Als er iemand was die voor eens en voor altijd licht kon werpen op de kwestie Violalibera, dan was hij het wel.

Eindelijk was het gaan regenen. De automobilisten waren erdoor overvallen en het verkeer was ontwricht, dus vlak voor Taranto stond ik ineens vast. De lagune aan mijn linkerkant was vlak en zwart. Ik zette de radio aan, maar werd zenuwachtig van de muziek, het drukke gepraat en de reclames, dus zette ik hem weer uit en gaf me over aan het gekletter van de regen op het dak.

Ik parkeerde de auto schuin voor iemands hek, waardoor ik de doorgang deels versperde, en deed de knipperlichten aan. Ik zou maar even blijven, geen seconde langer dan nodig was. Er stonden voor het merendeel buitenlandse namen op het belpaneel: Slavische, Arabische, Chinese, wel vijf of zes namen bij één bel. In het midden was een slordig afgescheurd geel papiertje met plakband vastgeplakt, en daarop stonden de initialen t.f. Ik belde aan en Tommaso deed meteen open, zonder iets te vragen.

Ik wist niet op welke verdieping ik moest zijn, dus nam ik de trap. Toen ik op de vierde was, ging het licht plotseling uit. De deur rechts stond op een kier, er kwam rossig licht naar buiten. Ik hoorde stemmen binnen en liep ernaartoe. Er zaten vier mannen te kaarten aan een tafel met een groen laken erover. Het zag er blauw van de sigarettenrook. Ineens stond Tommaso voor mijn neus. Hij had een paar bankbiljetten in zijn hand en keek stomverbaasd.
'Wat doe jij hier?'

'Jij hebt opengedaan,' zei ik.

Binnen barstten ze in lachen uit. Een van de mannen zei iets, de andere stemmen klonken erdoorheen. Tommaso glipte naar buiten en in de fractie van een seconde dat ik naar binnen kon kijken, zag ik een vrouw met lange blote benen in een short en blond haar los op haar rug. Ze gleed als een schim door het beeld.

'Je moet weg!' zei Tommaso.

'Wie zijn dat?'

'Dat gaat je geen reet aan. Mensen.'

'Dat zie ik, ja.'

'Ik ben aan het werk.'

'Is dit je werk?'

'Mag ik even weten wat je van me moet?'

Hij pakte me bij mijn schouder, maar dat contact bracht ons allebei van ons stuk, hij trok zijn hand meteen weer terug.

'Violalibera,' zei ik, en wachtte af hoe hij zou kijken bij het horen van die naam.

'Ik weet niet waar je het over hebt.'

Hij gaf de deur een zet en schoot naar binnen. Ik kon hem nog net met mijn hand tegenhouden voordat hij hem in mijn gezicht dichtsloeg.

'Vertel wat er is gebeurd, Tommaso.'

'Vraag maar aan Bern wat er is gebeurd, als je het zo nodig weten wil. En nou opzouten.'

'Bern is dood.'

Wat ik een paar uur eerder tegenover Cesare uit alle macht had ontkend, slingerde ik Tommaso die avond zomaar in zijn gezicht. In één klap verdween alle kracht uit zijn ogen. Hij boog zijn hoofd.

'Ik wil je hier nooit meer zien,' siste hij.

Ik liet de deur los en hij deed hem dicht. Ik hoorde een van de mannen vragen waar de pizza's waren, en toen werd er weer gelachen. Zo meteen zou Tommaso de deur opendoen en me het hemd van het lijf vragen over wat er precies gebeurd was, hij zou me zelf smeken om binnen te komen. Ik hoefde alleen nog even te wachten. Ik zocht de lichtknop in de gang.

Na een paar minuten ging het licht weer uit, en deed ik het weer aan. De lift kwam omhoog en er stapte iemand uit op een verdieping boven me, er klonk gerammel van sleutels. Hoe had ik het in mijn hoofd gehaald om hem te vragen of dat het werk was dat hij deed? Wat gaf mij het recht? Het was al een hele tijd niet meer mijn zaak wat Tommaso deed, en waarschijnlijk was het nooit mijn zaak geweest. Toen het licht de tweede keer uitging, ben ik weggegaan.

Na die ontmoeting overviel me een soort ziekte. Nu vind ik het vanzelfsprekend om het zo te noemen, een ziekte, maar in die weken vond ik dat er absoluut niets abnormaals aan de hand was. Ik zag Bern. Niet heel duidelijk, alsof hij in levenden lijve voor me stond, maar eerder als een voorafschaduwing, alsof hij ieder moment in levenden lijve voor me kon staan. Het gebeurde vooral als ik met de auto terugreed naar de masseria. Er was één precies moment, vlak voordat ik het weidepad opreed, dat ik zeker wist dat hij op het terras op me wachtte, schuin zittend op de schommelbank of staand met zijn rug naar me toe. Zijn houding was steeds anders, maar de manier waarop ik hem voor me zag, was altijd even gedetailleerd, mijn overtuiging dat hij er was even sterk. Als ik op de begane grond uit de wc kwam. Als ik me oprichtte nadat ik een tijdlang gebogen in de kas had gestaan. Als er een raam klapperde. Op al die momenten wist ik zonder een spoor van twijfel dat Bern er zou zijn. Dan zei ik tegen mezelf: daar heb je hem, en was totaal niet verrast. Wat me hooguit verraste, was dat ik hem dan niet meteen zag verschijnen. Maar ook die teleurstelling was niet al te groot, alsof hij gewoon te laat was of even ergens anders, maar in elk geval in de buurt.

Ik vond ze niet verontrustend, die lucide voorgevoelens. Toch leek het me beter om er niet met anderen over te praten, of zelfs maar iemand op te zoeken. Toen het december werd, liet ik mijn ouders weten dat ik niet naar Turijn kwam voor de kerst. Misschien later, beloofde ik. Ik moet heel gewoon geklonken hebben, want ze drongen niet aan.

Ik hing een paar slingers met lichtjes in de steeneik en meer werk maakte ik er niet van. Hoewel kerst me koud liet, moest ik vlak voor kerstavond toch vechten tegen een onbehagen dat de masseria in

zijn greep leek te hebben. Om een uur of zeven lag ik op de bank –
het donker had inmiddels bezit genomen van het huis – en ik overwoog om daar tot de volgende dag te blijven liggen, tot de kerst
voorbij was en alles weer normaal zou zijn.

Toen de telefoon ging, maakte ik geen haast om op te staan, ik liet
hem een tijdje overgaan.

'Met mij,' zei een stem en toen klonk er iets onverstaanbaars, alsof de beller plotseling de microfoon van zich afhield.

'Tommaso?'

Hij zweeg.

'Wat is er, Tommaso? Waarom bel je?'

Ik hoorde hem tweemaal diep zuchten. 'Hallo, Teresa. Ik hoop
dat ik je niet stoor bij je kerstdiner.'

Zat hij te grinniken? De knipperende lampjes in de eik wierpen
steeds heel kort licht op de voorwerpen in de kamer. 'Je stoort helemaal niet.'

'Dat vermoedde ik al.'

'Bel je om me belachelijk te maken?'

'Nee, sorry. Echt niet.'

Weer een paar diepe zuchten, toen een borrelend geluid. Hij
hield de telefoon weer van zijn mond vandaan.

'Ik wacht op Ada,' zei hij nadat hij zijn keel had geschraapt. 'Ik
ben dit jaar aan de beurt voor kerstavond. Maar ik geloof dat ik ziek
ben. Ik vroeg me, uh… af of jij zou kunnen komen om voor Ada te
zorgen.'

Hij had me dus nodig. Eerst jaagt hij me weg en nu heeft hij mijn
hulp nodig. Ik liet een paar seconden voorbijgaan.

'Nou?' zei hij ongeduldig.

Hoe graag ik ook vijandig tegen hem wilde doen, ik kon het niet.
Had hij echt niemand anders die hij kon bellen?

'Ik kan wel komen,' zei ik.

'Ada komt over een uur.'

'Zo snel red ik niet, denk ik.'

'Kom dan maar zo snel mogelijk. Ze kan me beter niet zo zien.'

In het donker zocht ik mijn schoenen en mijn jack, en toen mijn autosleutels. Daarbij gooide ik een bakje met pennen van mijn bureau, maar het kwam niet in me op om ze op te rapen. Vlak voordat ik de deur uit wilde gaan, vroeg ik me ineens af of Tommaso wel een cadeautje voor zijn dochter had gekocht. De trol stond nog steeds op de plek waar ik hem na terugkeer uit Reykjavik had neergezet, in een gaatje in de boekenkast. Zou ze hem eng vinden? Dat zou ik later wel bedenken.

Toen ik op de vierde verdieping kwam, stond de deur net als de vorige keer op een kier, maar het was stil. Voorzichtig liep ik naar binnen.

'Hier,' klonk de stem van Tommaso uit een andere kamer.

Hij hing op zijn bed. Hij had wallen onder zijn ogen en een grauwe kleur. Hij probeerde zijn hoofd op te richten, maar vertrok zijn gezicht. Ik zag een plastic teiltje onder zijn bed staan en herkende de doordringende geur.

'Je bent niet ziek, je bent dronken.'

'Oei! Betrapt!'

Hij grijnsde. Er lag een hond op de lege helft van het tweepersoonsbed die me gelaten aankeek.

'Waarom zei je dat niet, aan de telefoon?'

'Ik was bang dat je dan geen medelijden met me zou hebben.'

'Ik ben hier niet omdat ik medelijden met je heb.'

'O nee? Waarom dan wel?'

'Omdat...'

Maar verder kwam ik niet. Omdat we vrienden zijn?

'Wat een modelvader, hè?' zei Tommaso. 'Pappie is ladderzat met de kerst. Je zou voor minder jeugdzorg bellen. Corinne kan niet wachten.'

Hij probeerde weer te gaan zitten, maar werd zo duizelig dat ik hem moest vastpakken, anders was hij van het bed gevallen.

'Blijf liggen!' Ik raakte in paniek. 'Wat heb je in godsnaam ge-dronken dat je er zo bij ligt?'

'Ik heb alle regels van de verantwoordelijke drinker geschonden,' zei hij en drukte zijn hand tegen zijn voorhoofd, alsof hij iets wilde stoppen wat als een razende rondtolde. 'Geen dingen door elkaar drinken, niet van een hoger naar een lager alcoholpercentage gaan, niet op een lege maag drinken. En vooral niet beginnen voor vijf uur 's middags.'

'Hoe laat ben je begonnen?'

'Om zes uur. Maar dan wel gisteren.'

En weer datzelfde lachje dat ik aan de telefoon had gehoord.

'Ik heb nog nooit iemand gezien die er zo beroerd aan toe was.'

Voorzichtig haalde hij zijn hand van zijn voorhoofd, alsof hij ze-ker wilde weten dat zijn hersens op hun plaats bleven zitten als hij zijn hand weghaalde. 'Dan hebben we elkaar echt een hele tijd niet gezien, Teresa.'

Hij vroeg of ik de deur van zijn kamer op slot wilde draaien. Hij vertrouwde zichzelf niet genoeg om dat aan de binnenkant te doen. Ik moest met mijn hand op mijn hart beloven dat ik, wat er ook ge-beurde, de deur niet zou opendoen zolang Ada er was, ook al zou ze het op een krijsen zetten om naar binnen te mogen.

'Als ze me zo ziet, vertelt ze het aan haar moeder, en als ze het aan haar moeder vertelt...'

'Ik begrijp het. Moet ik haar beneden ophalen, als ze komt?'

'Je hoeft alleen maar open te doen. Ze komt in haar eentje naar boven, dan hoeven Corinne en ik elkaar niet te zien. Zeg alsjeblieft niets over de intercom. Je doet gewoon open en verder niks. Als ze een vrouwenstem hoort...'

'Ze vertelt haar toch wel dat er een vrouw was.'

Tommaso sloeg met allebei zijn vuisten op de matras. 'Ja, ver-domd. Godverdegodver, wat een klotezooi!'

'Wind je niet op.'

De alcohol kwam uit zijn poriën. Weerzinwekkend. Zijn oogleden trilden. Nadat ik hem een glas water had gegeven en hem in zijn kamer had opgesloten, deed ik mijn uiterste best om de woonkamer gezellig te maken. Vóór die avond dacht ik dat een berg lege flessen iets was wat je alleen in films zag, een overdrijving, maar ik kwam ze hier in de onverdachtste hoeken van het huis tegen. Ik zette ze allemaal op het balkon. Medea, de hond, liep braaf achter me aan. Tommaso wilde dat ze bij ons bleef omdat haar aanwezigheid zijn dochter gerust zou stellen.

Op het zwart-witschermpje van de intercom zag ik Ada opgewonden zwaaien. Naar haar vader, dacht ze natuurlijk. Corinne stond een paar passen achter haar, je zag alleen haar benen. Zonder iets te zeggen drukte ik op de deuropener.

Kennelijk mocht Ada alleen naar boven, maar niet met de lift. Ik hoorde de voetstappen op de trap steeds dichterbij komen. Eerst rende ze nog, maar nu liep ze rustiger. Ik stond op de overloop en als het licht uitging, deed ik het snel weer aan. Op die momenten stond ze stil, misschien omdat ze verbaasd was over dat kleine wonder.

Zou ze heel in de verte nog weten wie ik was? Waarschijnlijk niet. Toen ze op de overloop verscheen – ze zag er schattig uit, met haar wollen muts met een pompon erop en haar lichte huid, maar niet zo licht als die van haar vader – wist ik het zeker. Ze keek alsof ze voor de verkeerde deur stond, op de verkeerde verdieping, in het verkeerde gebouw, op de verkeerde dag, en ze wist niet wat ze moest doen. Ze wilde rechtsomkeert maken, maar toen zei ik: 'Het is hier, Ada. Rustig maar.'

Ze veerde op toen ze haar naam hoorde.

'Ik ben Teresa, een vriendin van papa. Hij voelt zich vanavond niet zo goed, hij heeft zelfs een beetje koorts, dus daarom ben ik er.'

Ze weifelde nog: onder haar mutsje kolkte het van al die waarschuwingen dat je niet met vreemde mensen mocht praten, maar tegelijkertijd had ze geen andere keus dan het te vertrouwen.

'We kennen elkaar al,' zei ik.

Ada schudde langzaam van nee.

'Maar jij was toen nog heel klein, zoiets ongeveer.'

Iets in dat gebaar van mij moet haar vertrouwen hebben gewonnen, want eindelijk liet ze de trapleuning los en deed een stapje in mijn richting. Toen ze binnenkwam, keek ze of het echt het appartement was dat ze kende. Toen rende ze naar de kamer van Tommaso en probeerde tevergeefs de deur te openen.

'Hij slaapt. Strakjes mag je hem gedag zeggen, dat beloof ik.'

Maar Ada rukte aan de deurkruk met al het enthousiasme dat kinderen tentoonspreiden als het om een dichte deur gaat. Gelukkig kwam Medea uit de keuken naar haar toegelopen, ze blafte een paar keer en liet zich toen aaien. Ten slotte wreef Ada met haar wang tegen haar neus.

Ik maakte gebruik van het moment. 'Heb je zin om koekjes te bakken voor de Kerstman? Dan zetten we die met een kop melk op de vensterbank.'

Geen antwoord, niet eens een welwillende blik van haar kant. Hele schoolklassen had ik in bedwang gehouden, maar nu was één klein meisje in staat om me met haar stilzwijgen totaal van de wijs te brengen. Ze liet zich, met haar jas nog aan en haar muts op, op de bank vallen. Ze zag er teleurgesteld uit. Precies op dat moment hoorden we Tommaso aan de andere kant van de muur snurken. Ik moest iets zeggen, dat geluid overstemmen, dus ratelde ik door over de Kerstman en hoe hij door het raam binnen zou komen. Ik had zelf ook geen idee waar ik het over had, maar ik zette een flinke stem op en moet haar op de een of andere manier overtuigd hebben, want toen ik uitgepraat was, was ze anders, rustiger. Ze zei: 'Ik heb honger.'

Mooi zo, we konden iets doen, we konden daar weg en naar de

keuken. Ik haalde haar over om haar jas uit te doen. Ik deed de ijs-kast en de voorraadkast open. Daar stonden nog meer lege flessen.

'Spaghetti met olijfolie,' riep ik ten slotte. 'Wat dacht je daarvan, als kerstdiner?'

Ada knikte en ik zag iets wat op een glimlach leek. Aan tafel at ze met haar ogen strak op het kerstboompje in de hoek van de kamer gericht. Nu en dan stak ze haar hand onder de tafel om Medea een korst witbrood te geven.

Een paar uur later, toen ze op de bank in slaap was gevallen, en haar kaak ritmisch op en neer bewoog, pakte ik de sleutel van de slaapka-mer uit mijn zak en deed de deur open.

'Slaapt ze?' vroeg Tommaso.

'Ja. Ik dacht dat jij ook sliep. Of dood was. Ik was een beetje be-zorgd.'

'Ik ben wakker. Maar ik kan niet garanderen dat ik nog leef. Hoe ging het?'

'Goed. We hebben koekjes gebakken en getekend.'

'Het is een schatje,' zei Tommaso. Het leek of zijn roes hem had uitgeput.

'Je moet water drinken. Ik haal het wel even.'

Ik zette een vol glas op zijn nachtkastje. Ik trok zijn laken en sprei recht, liet hem een eindje omhoogkomen met zijn bovenlichaam en stopte een tweede kussen achter zijn hoofd. Tommaso volgde nieuwsgierig mijn handen die rond zijn lichaam in de weer waren. 'Dit had ik nooit gedacht,' zei hij.

'Ik ook niet, kan ik je vertellen.'

Toen ik dacht dat hij goed lag, keek ik van bovenaf op hem neer. 'Violalibera.'

Tommaso sloot zijn ogen. 'Nee, hè?'

'Ik kan haar nu meteen wakker maken.'

'Dat zou je nooit doen.'

Toen schreeuwde ik de naam van zijn dochter, niet zo hard ik kon, maar hard genoeg om haar echt wakker te maken. Tommaso schrok.

'Hou op! Ben je gek geworden?'

'Violalibera. Dit is de laatste keer dat ik het zeg. Daarna bel ik Corinne.'

Zijn woede jegens mij kwam in al zijn oude hevigheid naar boven. Hij kneep zijn handen, die op de sprei lagen, tot vuisten.

'Goed dan.'

'Ik wacht.'

Ik was bang dat mijn vastberadenheid van het ene op het andere moment kon verdwijnen.

'Pak die stoel,' zei hij en wees op een stoel naast de kast, waar een stapel kleren op lag.

'Is het zo'n lang verhaal?'

'Pak die stoel. Ik krijg weer hoofdpijn als je zo blijft staan.'

Ik liep naar de stoel, pakte in één keer alle kleren op, legde ze op de grond en zette de stoel naast zijn bed. Tommaso had zijn ogen weer dicht.

Er hing een diepe stilte in het appartement, je hoorde alleen de vochtige adem van Medea en de net iets snellere ademhaling van Ada in de andere kamer. Er gebeurde eerst niets. Tommaso deed zijn mond een keer open, maar aarzelde. Misschien wilde hij zijn verhaal niet op dat punt beginnen. Hij zou veel meer tijd nodig hebben dan ik had gedacht.

'Het tehuis,' zei hij, 'was een ramp.'

EPILOOG

De donkere dagen

Jaren geleden had mijn oma tegen me gezegd dat je er eindeloos over doet om iemand te leren kennen. Ik stond tot aan mijn middel in het zwembad, terwijl zij uitgestrekt op een ligbed het vel van haar knieën vastpakte en keek naar wat er van haar lichaam was geworden.

'Je doet er eindeloos over, Teresa. En soms kun je er beter helemaal niet aan beginnen.'

Die middag had ik geen aandacht geschonken aan haar woorden. Ik was achttien en wilde niets weten van goede raad. Mijn moeder verweet me altijd dat ik impulsief was en koppig, een combinatie, zei ze, waar niets goeds uit voort kon komen. Toch zijn die woorden van mijn oma ergens blijven hangen, en na die nacht bij Tommaso thuis, die lange nacht van waken en roerloosheid en wrok, heb ik er vaak aan teruggedacht.

'Je doet er eindeloos over om iemand te leren kennen... Je kunt er beter helemaal niet aan beginnen.'

De waarheid over mensen. Dat was waar ze op doelde, denk ik. Komt er ooit een moment dat we kunnen zeggen dat we de waarheid over iemand weten? De waarheid over Bern, en die over Nicola en Cesare en Giuliana en Danco, de waarheid over Tommaso en weer die over Bern, ja, vooral over hem, zoals altijd. Kan ik, nu ik de hiaten in zijn geschiedenis, onze geschiedenis, heb opgevuld, zeggen dat ik hem echt ken? Ik weet zeker dat oma zou zeggen van niet, dat iedereen met gezond verstand zou zeggen van niet: want de waarheid over iemand, wie het ook is, bestaat gewoon niet.

En toch, ondanks alles wat ik van Tommaso en Giuliana over Bern te weten ben gekomen – en van iedereen die het voorrecht heeft gehad om bij hem te zijn toen ik er niet was – heb ik nog steeds hetzelfde idee als eerst, en is mijn antwoord nog precies hetzelfde als het antwoord dat ik, uit angst haar te ergeren, niet aan mijn oma had gegeven: ik ken hem. Ik kende hem. Alleen ik kende hem, niemand anders.

Want wat er over Bern te weten viel, wist ik meteen bij de eerste blik die hij me, staand voor de drempel van ons huis, toegeworpen had, toen hij zijn excuses was komen aanbieden voor een onnozel vergrijp. De waarheid over hem stond van a tot z in zijn donkere, dicht bij elkaar staande ogen, en ik had haar gezien.

Toen ik op kerstochtend wakker werd, was Tommaso niet in de slaapkamer en de deur was dicht. De lakens aan zijn kant van het bed waren verfrommeld, het kussen lag dubbelgevouwen. Misschien was hij zo misselijk geweest dat hij weer rechtop moest gaan zitten. De kamer baadde in een stoffig, winters licht. Van de consternatie die het nachtelijke verhaal bij mij teweeg had gebracht, was nu alleen nog een gevoel van uitputting over.

Ik hoorde zijn stem, en daarna het schelle stemmetje van Ada, aan de andere kant van de deur. Een paar keer stuiterde er iets op de vloer. Toen werd er aangebeld en gingen ze weg. Stilte. Ik stond op en trok het rolluik omhoog. De voorwerpen die ik aanraakte, voelden heel concreet, wat nieuw voor me was. Ik deed het raam open en de decemberlucht stroomde naar binnen.

Vier verdiepingen lager stond Corinne op de stoep. Ze had een crèmekleurige jas aan. Die elegante kleding paste bij haar. Toen stonden Tommaso en Ada voor haar neus. Ik keek hoe ze met elkaar praatten. Tommaso boog voorover om zijn dochter een kus te geven, en toen hij weer omhoogkwam, boog hij zich dapper over naar Corinne. Hun wangen raakten elkaar licht. Ten slotte liep ze met Ada aan de hand weg.

Toen Tommaso terugkwam, was ik koffie aan het zetten.

'Ik heb je niet geroepen om haar gedag te zeggen,' zei hij. 'Het leek me beter dat ze je hier niet zag, zo vroeg in de ochtend; het zou een beetje moeilijk uit te leggen zijn.'

'Hoe voel je je?'

'Alsof ik onthoofd ben en ze mijn hoofd er daarna achterstevoren weer hebben opgezet.'

Inderdaad zag hij er nog steeds beroerd uit. Hij leunde op het aanrechtblad.

'Ze was apetrots op dat monster dat je haar gegeven hebt,' zei hij.

'Het is geen monster, het is een trol.'

'Ze heeft me over jou verteld. En over de koekjes die jullie hebben gebakken voor de Kerstman.'

'Het is me redelijk goed afgegaan, denk ik. Maar de koekjes smaakten nergens naar. Je hebt niet eens boter in je koelkast, wist je dat?'

We dronken onze koffie op. Ik wist dat ik nu aan de beurt was. Maar ik was niet lang aan het woord. Mijn verhaal was niet zo uitvoerig als dat van hem. Ik vertelde Tommaso nauwelijks meer dan wat ik in mijn briefje aan Cesare had geschreven. Ik vertelde hem over de rotsspleet in de grot waar Bern zich doorheen had weten te wurmen, alsof hij de hele aarde wilde bevruchten, maar ik vertelde niet wat hij en ik door die vochtige rotswand tegen elkaar hadden gezegd. En ik zei ook niets over Duitsland, of Berns vader, of over Giuliana.

Tommaso vertrok de hele tijd geen spier, en hij huilde ook niet, en aan het eind stelde hij geen enkele vraag.

Daarna ging ik op zoek naar mijn tas. Bijna had ik een grap gemaakt over het feit dat ik zo vroeg in de ochtend het huis van een man uit sloop, maar om een of andere reden zouden we daar allebei treurig van zijn geworden. De vredigheid van die ochtend was een heel dun vliesje waar geen scheurtje in mocht komen. We waren allebei nog zo vol van Bern, zo doordrenkt van zijn afwezigheid, zoals we dat eerder waren van zijn aanwezigheid.

Tommaso vroeg wat voor plannen ik had voor de kerstlunch.

'Geen plannen, geen lunch,' zei ik. 'En jij?'

'Idem dito.'

Toen ik op de overloop stond, dacht ik dat het de laatste keer was dat ik hem, mijn liefste vijand, had gezien.

'Dank je dat je me gisteren hebt gered,' zei hij. 'Ik neem aan dat ik je nu hoor aan te bieden om iets terug te doen, maar ik zou niet weten wat.'

Ik had geen zin om naar huis te gaan. Daarom trakteerde ik mezelf op een wandeling. Ik liep door het oude deel van de stad, langs vervallen gebouwen en verlaten binnenplaatsen. Ik kwam bij de draaibrug en stak hem over. Ook in het centrum waren de cafés en winkels gesloten, op straat alleen gezinnen die terugkwamen van de mis, sommige met bossen bloemen bij zich en tassen vol cadeaus. Zonder het van tevoren bedacht te hebben stond ik plotseling voor Corinnes huis. Ik keek naar de ramen en dacht iemand te zien achter het glas. Ik miste haar, Corinne, ik miste haar stem, haar schelle lach. Ooit zou ik haar misschien opzoeken. Als ik langzaam terugreed, dan zou ik dat uur van de kerstlunch er wel zonder kleerscheuren van afbrengen. Niet dat ik bang was voor de eenzaamheid, maar het leek me toch makkelijker zo.

Toen ik bijna twee uur later het weidepad opdraaide, bereidde ik me voor op de vertrouwde voorafschaduwing van Bern, maar die was er die dag niet. Waar zijn schim de laatste maanden ook gehuisd mocht hebben, op het land rond de masseria of alleen maar in mijn hoofd, die middag was hij weg, en hij zou niet meer terugkomen. Alles was nog precies zoals ik het de avond ervoor had achtergelaten. De pennen die van het bureau waren gevallen lagen verspreid over de vloer, van sommige was de dop eraf gesprongen. Ik raapte ze op en zette ze terug in de pot.

Maar over Tommaso, over het feit dat ik hem niet meer zou zien, vergiste ik me. Een paar maanden later zocht ik hem zelf op. Het was al lente, en ik had een grote bloeiende hortensia gekocht die ik tegen de kale muur van het huis had geplant, waar het afdak voor genoeg schaduw zorgde. De hortensia had schandelijk veel water nodig, maar ik had er altijd al een willen hebben en misschien begon ik wel genoeg te krijgen van de strenge soberheid van de tuin. Al met al zou een hortensia niemand kwaad doen, hij zou de toestand van de grond niet hebben verslechterd, maar hij zou mij, telkens als ik naar die weelderige witte bollen zou kijken, blij hebben gemaakt.

Ik belde Tommaso en vroeg of zijn aanbod om iets terug te doen voor wat ik met kerst voor hem had gedaan, nog steeds gold. Hij zei ja maar klonk wantrouwig, alsof hij een verzoek verwachtte dat hem in de problemen zou brengen.

'Ik wil graag dat je met me meegaat op reis.'

'Ver weg?'

'Ja, nogal. Maar alles is betaald.'

In februari was ik teruggegaan naar dokter Sanfelice, in Francavilla. Ik had geen afspraak gemaakt, ik was er gewoon naartoe gegaan en wachtte, onder het wakend oog van de nieuwe secretaresse, een opgewekt, beleefd meisje, tot er tussen twee afspraken een gaatje viel. Als ik de normale procedure had gevolgd, had ik misschien niet genoeg lef gehad om mijn missie te volbrengen. Maar nu was ik daar.

Toen Sanfelice me zag, schoot hij omhoog in zijn stoel, paniek op zijn gezicht, zijn hand al op de telefoon om hulp in te roepen.

Hij is er niet bij, had ik gezegd, maakt u zich geen zorgen.

Hij had, nog niet helemaal overtuigd, zijn hand teruggetrokken van de telefoon. 'De laatste keer dat hij hier was, heeft hij mijn patientes de stuipen op het lijf gejaagd. En mij ook, eerlijk gezegd. Ziet u die kartonnen koker? Die pakte hij en begon toen alles kort en klein te slaan.'

Hij had zijn hoofd geschud, om dat beeld te verjagen. Toen besefte hij dat ik nog steeds stond en gebaarde me te gaan zitten. Hij had zijn uiterste best gedaan om weer zijn oude, vertrouwde zelf te zijn. Dwars over het glas van de fotolijst, waar foto's van zijn kinderen in zaten, liep een barst. Had Bern dat gedaan?

Ik had tegen Sanfelice gezegd dat ik het nog één keer wilde proberen.

'Staat uw man erachter?'

'Ik zei u al, hij is er niet.'

Hij vroeg zich misschien af of hij daar verder op in moest gaan, maar besloot van niet. Ik had hem uitgelegd dat in de papieren die Bern en ik in Kiev hadden getekend, ook onze toestemming was opgenomen om de embryo's in te vriezen. Misschien waren ze er nog.

'Nou, dat kunnen we meteen controleren.'

Hij had zijn agenda gepakt en het nummer gedraaid. Hij sprak een tijdje in het Engels met dokter Fedečko en knikte in mijn richting.

En zo stak ik in april, vier jaar nadat ik daar met Bern had gelopen, opnieuw de brug over de Dnjepr over, die op die nog koude, bijna onverdraaglijk heldere dag, oogverblindend lag te schitteren. Boten voeren traag de rivier op en af en trokken een waaiervormig spoor in het water.

Ik zag dat Nastja via de achteruitkijkspiegel vijandige blikken op Tommaso wierp. Ze had nog bijna geen mond opengedaan vanaf het vliegveld.

'Ik weet wat je denkt,' zei ik, 'maar hij is gewoon een vriend. Bern kon niet.'

'O, ik bemoei me niet met andermans zaken,' reageerde ze gepikeerd, maar ik zag dat ze opgelucht was door mijn opmerking.

'Ik ben hier omdat de donkere dagen zijn aangebroken,' zei ik.

'Welke donkere dagen?'

'Dat zei jij een keer. Dat je dingen moet bewaren voor als de donkere dagen aanbreken. En die zijn nu aangebroken.'

Ze glimlachte naar me. 'Dan ben ik blij dat ik dat heb gezegd.'

Na het inbrengen van het embryo kwam Tommaso stilletjes de kamer binnen waar ze me heen hadden gebracht om uit te rusten.

'Ik slaap niet,' zei ik. 'Kom gerust binnen.'

Hij had blauwe plastic hoesjes om zijn schoenen en een witte papieren jas aan met een grote knoop van achteren. Ik vond het roerend om te zien hoe hij zijn best deed.

'Zie je die koepels daar in de verte?' vroeg ik. 'Dat is het Lavra. Bern vond het schitterend.'

Maar Tommaso keek naar mij, duidelijk bezorgd. 'Voel je je wel goed?'

'Ja.'

'En wat gaat er nu gebeuren?'

'Nu gaan we terug naar huis. Wil je mijn kleren even pakken? Ze moeten in de kast liggen.'

Ik denk dat ik het op dat moment heb besloten, terwijl Tommaso me voorzichtig, en misschien ook een tikje verlegen omdat ik daar halfnaakt zat, hielp om mijn armen in de mouwen van mijn trui te steken. Ik besloot om Cesares wens te vervullen.

Toch wachtte ik nog tot mei voorbij was, en ook nog juni, en toen ik hem uiteindelijk belde en de afgesproken dag aanbrak, was het al hartje zomer.

Cesare verscheen met een paarse sjaal om zijn schouders. 'Welke plek heb je uitgekozen?' vroeg hij.

'De moerbeiboom.'

We liepen die kant op, naar de plek waar Bern en zijn broers ooit hun boomhut hadden gehad. Cesare en ik liepen voorop, Marina vlak achter ons, en wat verder daarachter Tommaso. Ada huppelde om hem heen.

Een koor van cicaden begeleidde ons terwijl we tussen de olijf-bomen door liepen, alles was precies zoals mijn eerste zomers daar, toen Speziale voor mij enkel en alleen in dat seizoen bestond.

Cesare vroeg Marina of ze zijn sjaal wilde vasthouden terwijl hij groef.

'Laat eens zien wat je hebt meegebracht,' zei hij.

Ik keek Tommaso aan. Uit de zijzak van zijn broek haalde hij een lichtgeel boek tevoorschijn, waarvan alle hoeken waren omge-kruld.

'Ik heb het teruggevonden,' zei hij.

Cesare pakte het exemplaar van *De baron in de bomen*, dat van Bern was geweest toen hij nog een jonge jongen was, van hem aan. Hij bladerde het door, nog steeds gebogen over de aarde. Zijn oog viel op een onderstreepte zin.

'Ja, dit is geschikt.'

Hij legde het boek in het grafkuiltje. Hij zei een psalm op en daar-na een passage uit het evangelie van Johannes, en ten slotte vroeg hij of iemand nog iets wilde zeggen. Iedereen zweeg, de ogen strak op het omslag van het boek gericht.

Toen zette Cesare, omdat niemand iets zei, een lied in. Zijn in-tonatie was wat minder dan vroeger en soms leek zijn stem het te begeven, vooral als hij, met die nasale klank van hem, die ik me zo goed herinnerde, de hoogste tonen zong. Maar de vastberadenheid waarmee hij zijn zang in de zinderende lucht tot klinken bracht, was nog precies dezelfde. Ik dacht dat hij tot het eind alleen zou zingen, maar bij de tweede strofe viel Tommaso in. Ze zongen de rest van het lied samen.

Ik denk dat Ada de plechtigheid van het moment aanvoelde. Ze keek omhoog naar haar vader, alsof die simpele handeling van het zingen iets heel belangrijks over hem onthulde, iets wat ze niet had verwacht.

We maakten het kuiltje weer dicht. Cesare stuurde ons erop uit om stenen te verzamelen en bouwde daarmee op de plek waar het boek lag een soort piramide. Vaarwel liefste, dacht ik.

Toen Cesare en Marina weg waren, liepen Tommaso en ik nog een keer door de olijfgaard, terwijl Ada achter een van de zwerfkatten aan zat.

'Kom je zo nu en dan langs?' vroeg ik.

Hij keek naar het huis. Ik wist zeker dat hij, waar hij ook keek, mensen en situaties uit het verleden zag, net als ik. 'Ada vindt het leuk hier,' zei hij. 'Ze is er nu al aan verknocht, lijkt het.'

'Van nu af aan zal ik hulp nodig hebben. Gratis,' zei ik.

Tommaso glimlachte. 'Gratis.'

Maar we beloofden elkaar niets. Het was goed zo. Ik vertelde hem over de groene draperieën die de nacht dat Bern stierf boven het meer waren verschenen. Dat had ik niet eerder gedaan, maar om een of andere reden voelde ik me verplicht dat aan hem te vertellen.

'In die tijd van het jaar is het noorderlicht heel zeldzaam, hebben ze me uitgelegd.'

'Maar voor jou was het geen verrassing.'

'Nee, inderdaad niet. Soms denk ik dat ik kierewiet ben. Moet je kijken wat we net gedaan hebben! Een boek begraven!'

Tommaso tekende met zijn wijsvinger een krabbel in de lucht.

'Misschien is het wel kierewiet,' zei hij, 'en waarschijnlijk is wat je gezien hebt gewoon een atmosferisch verschijnsel waarvan de oorzaak heel duidelijk aanwijsbaar is. Maar het is wel dieptriest om zo te denken.'

'Je weet toch dat Danco het nu op een schreeuwen zou zetten, hè?'

'Reactionairen! Rechtse honden!'

'Volksverlakkers!' galmde ik mee.

We lachten. Toen zei Tommaso: 'Ik heb gehoord dat hij terug is naar Rome.'

'Ja, dat heb ik ook gehoord.'

Een ekster vloog op van de grond en streek neer op een tak. Even kruisten onze blikken elkaar daarboven.

We speelden nog wat met Ada, en toen vertrokken zij ook. Ik ging op de schommelbank zitten. Ik had van die momenten dat ik opeens heel erg moe was, alsof al mijn bloed plotseling naar één punt werd gezogen. Sanfelice had gezegd dat dat kon gebeuren, vooral de eerste maanden. Ik wachtte tot het voorbij was.

De zon scheen nu minder ongenadig. Het licht was zo betoverend en zo volmaakt dat ik wenste dat het altijd zo zou blijven. Het was het moment van de dag waarop je hopeloos verliefd werd op die plek. Ik zag weer voor me hoe ontroerd Bern altijd was als hij bij zonsondergang het land om zich heen bewonderde. Zou die ontroering doorgegeven worden? Zou die ergens in de genetische code zijn opgeslagen of zou ze zomaar verdwijnen? Ik wist het niet. Maar ik hoopte dat ze niet verloren zou gaan. Het enige wat ik kon doen, was mijn dochter op een dag vertellen wie haar vader was, haar proberen uit te leggen wat hij als heilig vereerde en welke fouten hij daarbij had gemaakt; haar vertellen wat hij van de hemel en de aarde in zijn korte leven had liefgehad, onwankelbaar had liefgehad, met alle toewijding en geestdrift die een mens gegeven zijn.